벨 아미

벨 아미

기 드 모파상 지음 | 베스트트랜스 옮김

더클래식

| 차 례 |

제 1 부

1

조르주 뒤루아는 계산대 여자에게 100수(sou, 구체제하에서 사용되던 화폐의 단위로 1940년대까지 5상팀짜리 동전을 1수로 5프랑짜리 동전을 100수라고 했다)를 내고 거스름돈을 챙겨 레스토랑을 나왔다. 타고난 것도 있지만 전직 하사관다운 늠름한 자태를 가진 그는 가슴을 펴고 군인답게 익숙한 솜씨로 수염을 쓰다듬었다. 그런 뒤에 청년만이 보낼 수 있는 독특한 눈길로 마치 그물이라도 던지듯 남아 있는 손님들을 죽 훑어보았다.

여자들은 그를 보려고 고개를 들었다. 작은 몸집의 여직공 세 명, 빗질도 제대로 하지 않고, 꼴사나운 옷차림에 먼지투성이 모자를 쓴 중년 음악 교사, 남편과 함께 온 중산층 주부 두 명은 모두 그 싸구려 식당에 단골로 오는 손님이었다.

그는 거리로 나와 이제부터 무엇을 할 것인지 잠시 생각했다. 오늘이 유월 이십팔 일, 월말까지 주머니 속에 든 3프랑 40상팀으로 지내야 한다.

이틀 동안 점심은 굶고 저녁을 먹든지, 저녁은 굶고 점심을 먹든지 해야 한다는 뜻이었다. 신중하게 따져 보니 점심은 22수, 저녁은 30수니까 이틀간 점심을 먹으면 1프랑 20상팀이 남는다. 그 돈이면 이틀 동안 큰 거리로 나가서 빵과 소시지를 곁들인 맥주 한 잔을 마실 수 있다. 뒤루아는 그런 식으로 저녁 시간을 즐기는 것을 좋아했다. 그는 노트르담 드 로레트 거리를 따라 걷기 시작했다.

뒤루아는 경기병 제복을 입던 시절처럼 가슴을 내밀고, 말에서 방금 내린 것처럼 다리를 조금 벌리고 걸었다. 복잡한 거리에서 사람들과 어깨를 부딪치며 걷다가 방해가 된다 싶으면 밀어 버리기도 했다. 꽤나 낡은 실크해트를 한쪽으로 비스듬히 걸쳐 쓰고 뒤축에 힘을 실은 채 보도를 차면서 걸었다. 마치 전역한 미남 군인이라는 매력을 내세워 누군가 지나는 사람들에게, 혹은 건물들에, 혹은 도시 전체에 대항하는 듯이 보였다.

뒤루아는 한 벌에 겨우 60프랑짜리 옷을 입었지만 어딘지 모르게 우아함이 도드라져서 눈길을 끌었다. 조금 평범하지만 분명히 기품 있어 보였다. 큰 키와 건강한 체격, 붉은빛이 감도는 밤색에 가까운 금발, 끝이 말려 거품처럼 입술 위에 걸쳐진 콧수염, 푸른 눈 속에 작은 동공, 곱슬머리 한가운데를 지나는 가르마, 이 모든 것을 가진 그를 보노라면 통속소설에 등장하는 악당이 떠올랐다.

바람 한 점 불지 않는 파리의 저녁, 한증막처럼 달구어져 숨 막힐 듯한 도시는 땀을 흘리는 것 같았다. 하수구는 화강암 배출구로 썩은 냄새를 뱉어 내고, 지하 주방들은 설거지물이나 오래 묵힌 소스들의 악취를 거리로 쏟아 냈다.

문지기들은 웃통을 벗은 채 정문 아래 짚 의자에 말을 타듯 걸터앉아 파이프 담배를 피워 댔다. 행인들은 모자를 손에 들고 이마를 훤히 드러낸 채 축 늘어진 발걸음을 옮겼다.

조르주 뒤루아는 무엇을 할지 결정 내리지 못한 채 큰길에 멈춰 섰다. 샹젤리제 거리를 지나고 불로뉴 숲을 지나 나무 아래에서 서늘한 바람을 쐬고 싶기도 했고, 한편으로는 사랑할 수 있는 여자를 만나고 싶은 욕망이 꿈틀대기도 했다. 그 여자가 어떻게 나타날 것인지는 전혀 알지 못했지만 석 달 전부터 매일 기다리고 있었다. 때때로 잘생긴 그의 얼굴과 멋진 풍채 덕으로 사랑을 맛보기도 했지만 그는 더 많은 사랑, 더 멋진 사랑을 바랐다.

젊은 피가 끓어도 주머니가 비어 길모퉁이에서 "잘생긴 아저씨, 우리 집으로 갈래요?" 하면서 속삭이는 여자들을 만나면 욕정에 불타올랐지만 돈이 없어서 그녀들을 따라가지 못했다. 게다가 그는 다른 어떤 것, 그보다 훨씬 더 고급스러운 잠자리를 기대했다.

하지만 그는 매춘부들이 들끓는 장소, 그녀들이 여는 무도회, 카페, 그녀들이 있는 거리를 좋아했다. 그녀들과 스쳐 지나가고 이야기를 나누고 반말을 던지고 지독한 향수 냄새를 느끼기도 하면서 그녀들 곁에 있는 것이 좋았다. 매춘부들도 결국 사랑을 위해 존재하는 여자들이었다. 지체 높은 남자들은 그녀들 앞에서 흔히 경멸을 드러내곤 했지만 그는 조금도 그녀들을 멸시하지 않았다.

그는 마들렌 성당 쪽으로 돌아서서 더위에 지쳐 흐느적거리듯 걷는 군중 속에 섞여 걸었다. 인도까지 카페 손님들이 넘쳐 났는데 강렬하게 밝혀 놓은 불빛 아래 술을 마시는 사람들로 가득 차 있었다. 그들 앞에는 동그랗고 네모난 탁자 위에 빨갛고 노랗고 초록색에다가 갈색 병까지 온갖 색깔을 띤 술이 컵에 담겨 있었다. 물병 안에는 투명하고 커다란 얼음이 반짝거렸다.

뒤루아는 목이 타는 것 같아서 걸음을 늦췄다. 뜨거운 갈증, 여름날 저녁이 만들어 낸 목마름이 그를 괴롭게 했다. 입 안으로 차가운 음료가 흘러 들어갈 때의 감촉이 자꾸만 떠올랐다. 그러나 오늘 밤 두

11

어 잔을 마셔 버리면 내일 초라한 저녁 식사마저 할 수 없게 된다. 그는 월말이 되면 찾아오곤 하는 배고픈 시간을 너무나 잘 알고 있었다.

그는 중얼댔다.

"열 시까지 참아야 해. 그런 다음 카페 아메리캥(파리의 카퓌신 가에 있었던 유명한 카페)에 가서 한 잔 마시는 거야. 제길! 왜 이렇게 목이 탄담!"

그는 당당하고 짐짓 쾌활한 척 카페 앞을 지나며 탁자에 둘러 앉아 원하는 만큼 마음대로 마실 수 있을 듯한 사람들을 둘러보았다. 그들의 얼굴과 복장을 하나씩 살펴보며 돈을 얼마나 지니고 있을지 생각해 보았다. 호주머니를 뒤져 보면 금화, 백동화, 동전들이 있을 테고 적어도 평균 2루이씩은 가지고 있을 것 같았다. 카페 한 군데만 해도 대략 100명은 되어 보이니 그걸 곱하면 4,000프랑! 그는 우아하게 몸을 좌우로 흔들면서 걸었다. 그러면서 "돼지 새끼들!" 하고 중얼거렸다. 만약에 저들 가운데 한 명을 어느 길모퉁이 컴컴한 곳에서 붙잡을 수 있다면 농민들의 닭을 잡아먹었던 옛날 대훈련 때처럼 가차 없이 목을 비틀어 버릴 수 있을 것이다.

그는 이 년 동안 아프리카에서 보내면서 남부 작은 초소에서 아랍인을 약탈하곤 했던 때를 떠올렸다. 동료들과 함께 울레드알란족(알제리의 아랍계 토착민) 남자 세 명을 죽이고, 암탉 스무 마리, 양 두 마리, 금을 빼앗았다. 그 기억을 떠올리자 입가에 즐거운 듯 잔인한 미소가 번졌다. 그들은 그 일로 여섯 달 동안 웃어 대곤 했다.

범인이 누군지 끝내 밝혀지지 않았다. 아랍인은 군인들의 당연한 먹이처럼 여겨졌기 때문에 범인을 잡으려고 노력하지 않았다. 하지만 파리는 달랐다. 옆구리에 칼을 차고 손에 권총을 쥔 채 무법자처럼 도둑질을 할 수 없었다. 정복한 나라에 파견되었던 하사관의 본능이 마음속에 떠올랐다. 그곳에 남지 않은 것을 얼마나 아쉬워했는지 모른다. 사막에서 보낸 이 년을 그리워했지만 그는 귀국하면서 더 나은 삶을 기대했다. 그런데 지금은…… 아, 정말이지 엉망이다!

그는 입천장이 말라붙은 걸 확인이라도 하듯 가볍게 혀를 차고 입 안을 훑었다. 사람들은 축 늘어진 채 느리게 그의 주위를 지나고 있었다. 그는 여전히 '멍청한 놈들! 이놈들은 모두 조끼 속에 돈을 가득 채워 가지고 다니겠지!' 하고 생각했다. 그는 짐짓 즐거운 듯 휘파람을 불면서 사람들의 어깨에 부딪쳤다. 남자들은 뒤를 돌아보며 투덜댔고, 여자들은 "짐승 같은 놈!" 하고 소리를 질렀다.

보드빌 극장을 지나 카페 아메리캥 앞까지 온 뒤루아는 목이 말라서 견딜 수가 없었다. 한잔을 할까 말까 망설이다가 차도 한복판에서 빛나는 시계탑을 쳐다보니 아홉 시 십오 분이었다. 맥주가 가득 찬 잔 하나가 자신 앞에 놓이면 단숨에 마셔 버리고 말 것을 매우 잘 알고 있었다. 그러면 그다음 열한 시까지는 무엇을 한단 말인가?

그는 그곳을 그냥 지나쳐서 생각했다.

'마들렌 성당까지 갔다가 다시 천천히 돌아와야겠군.'

오페라 극장 앞 광장 모퉁이에 다다랐을 때 뚱뚱한 젊은 남자와 마주쳤는데 어디선가 본 적이 있는 얼굴이었다. 그는 기억을 더듬으며 뒤를 따라갔다.

"어디서 만났을까?"

그가 낮은 목소리로 중얼거렸다. 아무리 생각해도 좀처럼 떠오르지 않았다. 그러다가 갑작스레 지금처럼 뚱뚱하지 않고 좀 더 나이가 젊은 데다 자기와 똑같은 경기병 제복을 입은 남자가 떠올랐다.

"이봐, 포레스티에!"

그가 큰 소리로 외치고는 다가가서 그의 어깨를 쳤다.

"무슨 일입니까?"

상대가 돌아서서 그를 쳐다보고 말했다.

"자네 날 모르겠나?"

뒤루아가 웃었다.

"모르겠는데요."

"경기병 6연대 조르주 뒤루아!"

"맞아, 자네로군. 그래 어떻게 지내나?"

포레스티에가 두 손을 내밀었다.

"잘 지낸다네. 자네는?"

"아! 난 별로 잘 지내진 못한다네. 지금 내 가슴은 씹어 놓은 종이처럼 병들었다네. 일 년 열두 달 중에 여섯 달은 기침을 하지. 파리로 돌아온 해에 부지발에서 기관지염이 걸렸는데 그 때문일세. 지금 사 년째라네."

"저런! 그래도 건강해 보이는구면."

포레스티에는 옛 전우의 팔을 잡고 병세에 대한 이야기를 하기 시작했다. 의사들의 진단이며 의견, 충고 등을 말해 주면서 지금 자신의 처지로는 그런 것들을 따를 수가 없다고 했다. 겨울에는 남프랑스에서 지내라고 했다는데 그건 불가능하다고 했다. 결혼도 했고, 아주 잘나가는 신문기자였기 때문이다.

"나는 〈라비 프랑세즈〉 정치부를 맡고 있다네. 〈르살뤼〉에 상원에 대한 기사를 쓰고, 〈라플라네트〉에 가끔씩 문예 기사를 쓰기도 하지. 뭐, 그렇게 살아왔어."

뒤루아는 놀라서 그를 천천히 살펴보았다. 그는 완전히 달라져서 원숙미가 흘렀다. 태도나 말투, 복장도 걸맞고 자신감이 흘러넘쳤다. 기름진 음식을 먹은 탓인지 배까지 나와 있었다. 홀쭉하고 말라서 민첩하고 덜렁대곤 했던 옛날에는 늘 들뜬 채 떠들어 대고 흥청거렸는데 파리에서 삼 년을 지내는 동안 완전히 딴사람이 되었다. 뚱뚱해졌고 진중해졌으며 아직 스물일곱밖에 되지 않았는데 이마 위에 흰 머리카락도 몇 가닥 보였다.

"어딜 가는 거야?"

포레스티에가 물었다.

"가긴 뭘. 그냥 집으로 가기 전에 한 바퀴 돌고 있었어."

"그럼 〈라비 프랑세즈〉 편집실까지 함께 가지 않겠나? 교정 볼 게 좀 있거든. 그런 다음에 맥주나 한잔하러 가지."

"그렇게 하지, 뭐."

그들은 동창이나 같은 연대 전우들이 느끼는 허물없는 친밀감으로 서로 팔을 낀 채 걸었다.

"자넨 파리에서 뭘 하며 지내나?"

포레스티에가 말했다.

"하긴 뭘. 그저 굶어 죽을 지경이야. 제대를 하고 여길 왔다네. 돈을 벌어 볼까 해서……. 아니, 그저 파리에서 지내고 싶었어. 겨우 여섯 달 전에 북부 철도 사무실에 취직되어 연봉 1,500프랑을 받아. 그게 다일세."

뒤루아는 어깨를 으쓱거렸다.

"그것 참. 정말 적군그래."

포레스티에가 중얼거렸다.

"자네 말이 맞아. 하지만 방도가 있나? 나는 외톨이에 아는 사람도 없으니 부탁을 할 수도 없고 말이야. 어찌해 보고 싶은 마음이야 있지만 방법이 없더군."

포레스티에는 인사 시험이라도 보는 것처럼 아주 익숙한 태도로 그를 머리끝에서 발끝까지 훑어보았다.

"이봐 친구, 여기에선 모든 게 얼마나 당당한가에 달려 있네. 조금이라도 재주가 있는 사람이라면 과장이 되는 것보다 장관되기가 더 쉬울 걸세. 부탁하는 게 아니라 당당해야 한다 그 말이지. 그런데 자넨 어떻게 겨우 북부 철도 직원 자리밖에 못 구한 건가?"

"백방으로 찾아봤지만 아무것도 못 얻었어. 그래도 지금 한 가지 전망은 있다네. 펠르랭 조련소의 마술(馬術) 교관으로 오라는 제의를 받았어. 거기에선 최소한 연봉 3,000프랑은 받을 수 있을 거야."

뒤루아가 다시 말했다. 포레스티에가 갑자기 걸음을 멈췄다.

"그건 절대 하지 말게. 그건 바보짓이야. 자네가 1만 프랑을 받는다고 해도 단번에 미래가 박히는 자리야. 자네가 지금 사무실에 그대로 있으면 적어도 남의 눈에 띄지 않고 알려지지도 않은 상태에서 능력만 있다면 그곳에서 나와 출세를 할 수도 있어. 하지만 일단 승마 교관이 되면 그걸로 끝장일세. 마치 파리에 사는 사람들 모두 가는 식당의 주방장이 된 것과 같다네. 사교계 인간들이나 그들의 자식에게 승마를 가르친다면 그들은 언제까지나 자네를 동등하게 취급하지 않을 거란 말이야."

"자네 대학입학 자격시험은 합격했나?"

그가 말을 끊고 잠시 생각에 잠겼다가 다시 물었다.

"아니, 두 번 떨어졌어."

"공부를 끝까지 한 거라면 상관없네. 만약 키케로나 티베리우스라는 말을 들으면 그게 누군지는 대충이라도 알 수 있나?"

"그럼, 대충은 알지."

"됐어. 누구도 그 이상은 몰라. 궁지에서 벗어날 줄 모르는 멍청이들 스무 명가량은 빼고 말일세. 강한 사람으로 보이는 건 어렵지 않아. 중요한 건 무식해 보이지 않도록 하는 걸세. 교묘하게 잘 처신해서 어려움에서 빠져나오고 장애물은 피하고 나머지는 사전을 사용해서 남의 눈을 속이면 되는 거야. 인간이란 거위처럼 어리석고 잉어처럼 무식한 법이거든."

포레스티에는 인생을 다 아는 사람처럼 천천히 기분 좋게 이야기를 이어 갔다. 그리고 주위를 지나는 사람들을 바라보며 미소를 지었다. 그러다가 갑자기 기침이 터져서 걸음을 멈추고 발작이 끝나기를 기다렸다.

"이놈의 기관지염을 떼어 낼 수가 없으니 얼마나 지겨운 줄 아나? 지금은 한여름인데도 말일세. 오! 귀찮아도 겨울에는 지중해 망통에 가서 치료를 해야지. 무엇보다 건강이 중요하잖나."

포레스티에는 힘없는 목소리로 말했다.

그들은 푸아소니에르 대로의 커다란 유리문 앞에 섰다. 유리문 안쪽으로는 펼쳐진 신문이 양면으로 붙어 있었는데 세 사람이 그 앞에 서서 신문을 읽고 있었다. 문 위에는 〈라비 프랑세즈〉라는 큰 글씨가 구호라도 외치는 것처럼 네온등으로 그려져 있었다. 그 눈부신 세 단어가 만들어 내는 불빛 속을 지나는 사람들은 그 빛을 받아 선명하게 드러났다가 이내 어둠 속으로 사라졌다.

"들어와."

포레스티에가 문을 밀고 말했다.

뒤루아는 그를 따라 계단을 올라 대기실로 들어갔다. 거리에서도 보이는 계단은 호화롭긴 했지만 지저분했다. 그곳에 있던 사환 두 명이 포레스티에에게 인사를 했다. 또 다른 대기실에서 걸음을 멈추었는데 먼지투성이에 구질구질한 방이었다. 색 바랜 녹색 인조 벨벳은 얼룩얼룩하고 쥐가 쏠은 듯했다.

"여기 앉아 있어. 오 분 안에 돌아오지."

포레스티에는 이렇게 말하고 그 방에 난 문 세 개 가운데 하나로 사라졌다. 그곳에는 독특하고 뭐라고 표현하기 어려운 편집실 특유의 이상야릇한 냄새가 떠돌았다. 뒤루아는 놀란 정도를 넘어 기가 죽은 채 가만히 앉아 있었다. 가끔씩 남자들이 한쪽 문으로 들어왔는데 미처 볼 새도 없이 다른 문으로 뛰어나갔다.

어떤 때는 소년들이 매우 바쁜 듯 뛰어 들어오는 바람에 손에 든 종이가 펄럭였고, 어떤 때는 식자공들이 잉크 얼룩이 묻은 작업복 밑에 새하얀 와이셔츠 칼라와 사교계 사람들이 입는 것과 같은 천으로 만든 바지 차림으로 들어오기도 했다. 그들은 인쇄한 신문 뭉치, 채 마르지도 않은 교정지를 소중하게 안고 있었다. 가끔은 신사처럼 보이는 남자가 드나들었는데 몸에 꼭 끼는 프록코트, 넓적다리에 달라붙은 바지, 발을 조이는 듯 보이는 뾰족한 구두가 지나치게 두드러져 보였다. 그는 야회의 가십 거리를 가지고 온 사회부 기자였다.

다른 사람들도 줄지어 들어왔다. 모두 거만하게 점잔을 빼고, 자신들과 다른 사람들을 구별 지어 주기라도 하는 듯 챙이 납작한 모자를 썼다.

포레스티에는 깡마르고 키가 큰 남자의 팔을 잡고 들어왔다. 서른에서 마흔 사이쯤 되어 보였는데, 검은 양복에 하얀 넥타이를 맸고 짙은 갈색 머리카락에 끝을 뾰족하게 만 콧수염을 길렀다. 거만하고 자신만만해 보이는 사내였다.

"그럼, 안녕히 가십시오."

포레스티에가 그 남자에게 말했다.

"그럼, 또 보도록 하지."

그 남자는 포레스티에와 악수를 했다. 그러고는 지팡이를 겨드랑이에 끼고 휘파람을 불며 계단을 내려갔다.

"누구야?"

뒤루아가 물었다.

"자크 리발일세. 자네도 알다시피 유명한 기자인 데다가 결투의 명수이기도 하네. 교정을 보러 온 거야. 가랭, 몽텔과 함께 파리에서는 가장 똑똑한 기자로 꼽힌다네. 우리 신문사에서 매주 두 번 기사를 쓰고 연 3만 프랑을 받아 간다네."

그들은 막 나가려다가 머리가 길고 통통하며 몸집이 작고 지저분해 보이는 남자와 마주쳤다. 그는 숨을 헐떡이며 계단을 올라오고 있었다. 포레스티에가 허리를 숙여 그에게 인사했다.

"시인인 노르베르 드 바렌이야. '죽은 태양들'을 쓴 사람이지. 역시 엄청난 돈을 받는데 단편소설 한 편에 300프랑, 아무리 길어도 200줄이 안 된다네. 그건 그렇다 치고 나폴리탱으로 들어가자고. 목이 말라 죽을 것 같구먼."

포레스티에는 카페 탁자 앞에 앉아 맥주 두 잔을 외치고 나온 술을 단숨에 마셔 버렸으나 뒤루아는 음미라도 하듯 천천히 마셨다.

"자네 신문 일을 해 보는 건 어떤가?"

그의 친구가 생각에 잠긴 듯하더니 갑자기 말했다.

"하지만 나는 글이라곤 써 본 적이 없어."

뒤루아가 깜짝 놀라 포레스티에를 바라보았다.

"그야 뭐 해 보면 되는 일이지. 자네를 고용할 생각일세. 내게 정보를 찾아 주고 심부름을 해 주거나 탐방을 하면 되는 일이야. 처음에는 250프랑과 교통비를 지급할 거야. 사장한테 말해 줄까?"

"나야 물론 좋지."

"그럼 이렇게 하지. 내일 우리 집에 와서 저녁을 먹는 거야. 손님은 대여섯 명밖에 없어. 사장인 왈테르 씨 부부, 자크 리발, 자네가 방금 봤던 노르베르 드 바렌, 그리고 내 아내의 친구가 올 거야. 알겠나?"

뒤루아는 얼굴을 붉히고 당황해했다.

"그런데…… 입을 만한 옷이 없다네."

그는 망설이다가 기어들어가는 목소리로 말했다.

"옷이 없어? 저런! 그건 안 될 일이지. 파리에선 침대는 없어도 정장은 있어야 하는 법이라네."

포레스티에가 놀라서 말했다. 그러고는 조끼 호주머니를 뒤져 금화

한 주먹을 꺼내더니 2루이를 옛 동료 앞에 내놓았다.

"자네 능력이 될 때 갚으면 되네. 선금을 주고 빌리든 월부로 사든 알아서 자네에게 필요한 옷을 구하게. 어쨌든 내일 일곱 시 삼십 분에 집으로 저녁 식사를 하러 와. 퐁텐 가 17번지일세."

그는 다정한 말투로 이야기했다.

"자넨 정말 친절하군. 정말 고마워……. 절대 안 잊겠네……."

뒤루아가 당황해서 돈을 집으며 더듬거렸다.

"자, 그만하게. 한 잔 더 하지?"

친구는 말을 막고 "두 잔 더!"를 외쳤다.

"한 시간 정도 걸을까?"

잔을 비운 뒤 그가 말했다.

"좋지."

그들은 마들렌 성당 방향으로 걸었다.

"뭘 하면 좋을까? 파리를 산책하는 사람들은 늘 즐거운 걸 발견한 다지만 그건 사실이 아니야. 나는 저녁에 산책을 하려면 어디로 가야 할지 도무지 모르겠어. 숲을 한 바퀴 도는 것도 여자와 함께여야 재미 있는데 여자가 늘 붙어 다니는 것도 아니고 말이지. 카페에서 열리는 콘서트는 내 담당 약사나 그 마누라야 즐겁겠지만 나는 아니야. 그러 니 뭘 하냔 말이야. 별거 없어. 여기도 몽소 공원 같은 여름 정원이 있 다면 좋을 텐데. 거긴 밤에도 열려 있어 나무 아래에서 시원한 걸 마 시면서 좋은 음악을 들을 수 있지 않나.

환락의 장소가 아니라 산책하는 곳이어야만 하네. 아름다운 부인 들을 모시기 위해 입장료도 비싸야 하고 말일세. 모래가 곱게 깔리고 전등으로 밝힌 길을 걷다가 멀리서든 가까이서든 음악을 듣고 싶을 때는 아무 데나 앉을 수 있어야 되지. 옛날 뮈자르(프랑스 음악가) 댁 에 그것과 비슷한 게 있었어. 싸구려 댄스홀 취향에 무도곡도 지나치게 많고 그리 넓지도 않은 데다 그늘도 부족했고 어두운 곳도 적었어. 아주 아름답고 넓은 정원이라면 참 멋질 텐데. 어디로 가고 싶은가?"

포레스티에가 물었다. 뒤루아는 당황해서 어떻게 대답을 해야 할지 몰랐다.

"폴리베르제르에 못 가 봤어. 거길 한 바퀴 돌아보고 싶네."

이윽고 뒤루아가 결심한 듯 말했다.

"폴리베르제르? 거긴 푹푹 찔 텐데. 뭐, 좋아. 거기가 재미있기는 하지."

포레스티에가 소리를 높여 말했다.

두 사람은 방향을 바꿔 포부르몽마르트 거리로 향했다.

조명으로 환한 건물이 사거리를 비추고 있었다. 한 줄로 늘어선 마차들은 출구에서 대기하고 있었다.

"표를 먼저 사야 되잖나."

포레스티에가 들어가려고 하자 뒤루아가 그를 붙잡았다.

"나랑 함께 가면 돈을 낼 필요가 없다네."

포레스티에가 약간 거만하게 대답했다.

그들이 검표소로 다가가자 검표원 세 명이 인사를 했다. 가운데에 있던 사람이 손을 내밀었다.

"좋은 자리가 있나?"

신문기자가 물었다.

"물론입니다. 포레스티에 씨."

그는 표를 받아든 뒤 스펀지를 넣고 가죽으로 마감한 문을 밀었다. 바로 공연장이었다.

멀리 보이는 곳과 무대, 극장 건너편은 엷은 안개 같은 담배 연기에 가려 잘 보이지 않았다. 모든 사람들이 피워 대는 온갖 시가와 담배에서 끊임없이 피어오르는 엷은 안개는 하얀 줄이 되어 천장에 모여 있었다. 그 연기는 넓은 돔 아래, 샹들리에 주위, 관람객이 꽉 들어찬 2층을 감싸고 있어 구름이 낀 하늘처럼 보였다.

공연장을 한 바퀴 돌 수 있는 통로는 사람들이 입장하는 복도와 연결돼 있었는데 화려하게 치장한 처녀 무리가 수수한 남자들 틈에 섞여 서성대고 있었다. 또 세 개의 판매대 앞에는 음료도 팔고 몸도 파는 여자 셋이 짙은 화장에 푸석거리는 얼굴로 서 있었다. 그중에 한 판매대 앞에 한 무리 여자들이 새로운 손님을 기다리고 있었다.

여자들 뒤로 높은 거울이 있어서 그녀들의 등과 지나는 사람들의 얼굴이 보였다. 포레스티에는 무리를 헤치고 대접받을 권리가 있다는 듯 성큼성큼 앞으로 나아갔다.

"17번 박스는?"

그가 한 여자 직원에게 다가가 물었다.

"이쪽입니다."

그들은 천장이 없는 작은 나무 상자 안으로 들어갔다. 빨간 카펫이 깔려 있고 같은 색 의자 네 개가 놓여 있었는데 의자 사이가 너무 좁아서 한 사람이 겨우 빠져나갈 수 있을 정도였다. 둘은 자리에 앉았다. 그런데 오른쪽과 왼쪽 양옆으로 똑같이 생긴 칸막이 공간이 원을 그린 형태로 무대까지 길게 줄지어 있었고 거기 앉은 사람들은 가슴과 머리밖에 보이지 않았다.

무대 위에는 큰 키, 중간 키, 작은 키의 청년 셋이 몸에 딱 달라붙는 타이즈를 입은 채 차례로 그네 위에서 재주를 부리고 있었다. 키가 제일 큰 청년이 먼저 미소를 지으며 종종걸음으로 급하게 나와 키스를 보내듯 손을 흔들며 인사했다. 그는 배가 나온 것을 감추려고 가슴을 부풀렸는데 머리 한가운데로 정성스럽게 가르마를 타 놓아서 이발사처럼 보였다. 그는 보기 좋은 동작으로 뛰어올라 그네를 잡고 양손으로 매달렸다가 바퀴가 돌듯 빙글빙글 돌았다. 그리고 양팔을 쭉 편 채 몸을 반듯하게 해서 허공에 수평으로 눕고는 움직이지 않았다. 오로지 손아귀 힘만으로 철봉에 매달려 있었다.

그런 다음 바닥으로 뛰어내려 관중들이 보내는 박수갈채를 받으며 다시 웃는 얼굴로 인사하고 근육이 움직이는 걸 보여 주기라도 하듯 걸으면서 배경이 있는 곳으로 되돌아가 벽에 붙인 듯 섰다.

이번에는 뚱뚱하고 키가 좀 작은 두 번째 청년이 앞으로 나와 같은 동작을 반복했고 마지막 청년도 같은 곡예를 했는데 관중들은 마지막에 열광했다. 하지만 뒤루아는 무대에 관심을 갖기보다 고개를 돌려 뒤편에 앉은 남자들과 매춘부들이 가득한 넓은 통로를 자꾸만 바라보았다.

"1층을 보라고. 아내와 아이들을 데리고 구경하러 온 얼간이 부르주아들 뿐일세. 칸막이 좌석에는 거리의 건달들과 예술가들, 그렇고 그런 여자들이로군. 우리 뒤편에는 파리에 사는 온갖 인간들이 뒤섞여 있지.

잘 살펴보게나. 남자들은 어떤 사람들일까? 모든 직업, 모든 계급이 총망라되어 있지만 대부분 방탕한 사람들일세. 은행원, 가게 점원, 공무원 같은 월급쟁이나 기자, 뚜쟁이들, 사복을 입은 장교들, 빼입고 나온 멋쟁이들도 있지. 모두들 싸구려 식당에서 막 저녁을 먹고 나온 사람도 있고 오페라 극장에서 나와서 카페 이탈리앙으로 가려는 치도 있고, 그다음에는 파악하기 어려운 수상한 남자들이 또 한 무리 있다네.

여자들로 말할 것 같으면, 많이 있긴 해도 별 쓸모가 없어. 카페 아메리캥에서 저녁을 먹고 기껏해야 1루이나 2루이가 되는 걸 외국인을 노려서 5루이를 받고, 일이 없을 땐 단골손님을 찾는 그런 여자들이지. 십년 전부터 봐 왔던 여자들인데 생라자르(파리의 감옥)이나 루르신(파리 시립부인과 병원)에서 위생 검사를 받을 때를 빼곤 일 년 내내 같은 장소에서 볼 수 있다네."

포레스티에가 말했지만 뒤루아는 듣고 있지 않았다. 포레스티에가 말했던 그런 여자들 중에 하나가 그들이 있는 칸막이에 팔꿈치를 짚고 그를 바라보고 있었다. 갈색머리에 뚱뚱한 여자였는데 새하얗게 분칠을 한 데다가 검은 눈은 연필로 길게 늘여 그렸고 커다란 인조 눈썹 아래에는 아이섀도를 칠했다. 가슴은 너무 커서 짙은 실크 드레스가 터질 것 같았다. 상처 난 것처럼 빨갛게 칠한 입술은 육감적이고 강렬해서 보는 사람의 욕정을 부추겼다.

그녀는 고갯짓으로 지나가던 동료를 불렀다.

"저길 봐! 잘생긴 남자 있지? 그가 10루이에 날 원한다면 거절하지 않을 거야."

똑같이 뚱뚱하고 머리카락이 붉은 매춘부에게 하는 말이었지만 마치 모두에게 들으라는 것 같았다.

"자네한테 하는 말이군. 성공이야, 친구. 축하해."

포레스티에가 뒤를 돌아보고 웃으며 뒤루아의 허벅지를 쳤다. 전직 하사관은 얼굴이 붉어졌다. 그러고는 자기도 모르는 사이에 주머니 안에 있는 금화 두 개를 만지작거렸다.

막이 내리고 오케스트라는 왈츠를 연주했다.

"복도를 한번 돌아 볼까?"

뒤루아가 말했다.

"그럴까?"

그들은 칸막이에서 나와 산책하는 사람들 속으로 휩쓸려 들어갔다. 붐비는 사람들 속에서 밀고 밀리며 걸었다. 온통 모자투성이였다. 남자들 틈에 섞여 있었는데도 여자들은 둘씩 팔을 끼고 그들을 가로질러 쉽게 팔꿈치나 가슴, 등 사이를 미끄러져 빠져나갔다. 조금도 부끄러워하거나 망설이는 기색 없이 물고기가 물속에서 헤엄치는 것처럼 자유롭게 돌아다녔다.

뒤루아는 사람들에게 밀려 걸으면서 담배 연기, 사람들의 입김, 향수 냄새 따위로 구역질이 날 것처럼 탁한 공기를 들이마시면서 황홀해했다. 하지만 포레스티에는 땀을 흘리고 숨을 헐떡거리며 기침을 해 댔다.

"정원으로 가자고."

그가 말했다.

그들은 왼쪽으로 돌아 지붕이 있는 정원으로 갔다. 조잡한 샘 두 개가 시원한 물을 뿜어내고 있었다. 주목과 측백나무 화분들 아래에는 남녀 여럿이 양철 탁자에 앉아 술을 마시고 있었다.

"한 잔 더 할까?"

포레스티에가 물었다.

"그래, 좋아."

그들은 사람들이 지나가는 모습을 쳐다보며 앉아 있었다.

"나도 한 잔 사 주실래요?"

가끔씩 서성대던 여자가 잠시 걸음을 멈추고 값싼 웃음을 흘리며 물었다.

"시원한 물이나 한 잔 마셔."

포레스티에가 이렇게 대꾸를 하면 여자들은 "칫! 멍청한 놈!" 이렇게 중얼대며 사라지곤 했다.

그런데 조금 전에 칸막이에 기대고 섰던 뚱뚱한 갈색 머리 여자가 금발 머리 여자와 팔짱을 끼고 흐느적대며 다시 나타났다. 참 잘 어울리는 아름다운 한 쌍이었다.

그녀는 두 사람이 서로 비밀스러운 마음을 주고받기라도 한 것처럼 뒤루아를 보며 웃었다. 의자를 끌어당겨 그의 앞에 태연하게 앉은 다음 자기 친구에게도 앉으라고 했다.

"여기 석류 시럽 두 잔 주세요."

밝은 목소리로 주문까지 했다.

"거리낌이 없군."

포레스티에가 놀라서 말했다.

"당신 친구한테 정말 반했거든요. 진짜 잘생겼어요. 저 사람 때문에 미칠 지경이에요."

뒤루아는 겁이 난 것처럼 아무 말도 하지 못했다. 그는 곱슬거리는 콧수염을 비틀며 얼이 빠진 듯 웃었다. 웨이터가 시럽을 가져다 주자 여자들은 단숨에 비우곤 일어섰다.

"고마워요. 귀여운 고양이. 당신은 입이 무겁군요."

갈색 머리 여자가 다정하게 고개를 까딱거리곤 부채로 뒤루아의 팔을 슬쩍 치며 말했다. 그러고 나서 여자들은 엉덩이를 흔들어 대며 사라졌다.

"이봐, 자넨 정말 여자들한테 인기가 많군. 이걸 이용한다면 정말 잘 될 걸세."

포레스티에가 웃어 댔다.

"빨리 출세하려면 여자를 이용하는 게 제일 좋지."

그는 잠깐 말을 끊었다가 자기 생각을 말로 꺼내는 것처럼 꿈꾸듯 말했다. 하지만 뒤루아는 여전히 대답도 하지 않고 미소만 지었다.

"자넨 좀 더 있으려나? 난 지겨워졌네. 이만 가야겠어."

포레스티에가 물었다.

"응, 난 좀 더 있기로 하지. 아직 이르잖나."

뒤루아가 중얼거렸다.

"그것도 좋지. 그럼 또 만나자고. 내일 일곱 시 삼십 분까지, 퐁텐가 17번지. 잊지 말게."

포레스티에가 일어서며 말했다.

"알고 있어. 그럼 내일 만나지. 고마워."

그들은 악수를 한 뒤 헤어졌다. 그가 가 버리자 뒤루아는 갑자기 짐을 내려놓은 것처럼 홀가분한 마음이 되었다. 다시 호주머니 안에 들어 있는 2루이를 즐거운 마음으로 더듬어보고 자리에서 일어나 혼잡한 사람들 틈으로 들어가 두리번거리며 걷기 시작했다.

얼마 못 가서 그는 금발과 갈색 머리 여자를 찾아냈다. 그들은 여전히 뻔뻔스러운 얼굴로 남자들 틈에서 헤엄치듯 걷고 있었다. 그는 곧장 그리로 갔지만 막상 가까워지자 당황해서 말을 하지 못했다.

"이제 입이 떨어졌어요?"

갈색 머리 여자가 물었다.

"쳇!"

그는 이렇게 중얼거리기만 했다. 그들 셋이 우두커니 서 있었기 때문에 길이 막혀 주위에 소용돌이가 생겼다.

"이봐요, 우리 집에 안 갈래요?"

여자가 불쑥 물었다.

"가고 싶어도 1루이밖에 없어."

그는 욕망에 몸을 떨면서 내뱉듯 말했다.

"괜찮아요."

여자는 자기가 차지했다는 표시를 하듯 그의 팔을 잡으며 미소를 지어 보였다. 그는 여자와 함께 가면서 남은 20프랑으로 내일 야회복쯤은 거뜬히 빌릴 수 있을 것이라고 생각했다.

2

"포레스티에 댁은 어딥니까?"

"4층 왼쪽 문입니다."

문지기가 세 든 사람에 대한 존경을 담아 상냥하게 대답했다. 조르주 뒤루아는 계단을 올라갔다.

그는 약간 어색하기도 하고 겁도 났다. 야회복을 입은 건 처음이었기 때문에 신경이 쓰였다. 이것저것 조화롭지 못한 듯했다. 그는 원래 신발에 신경을 쓰는 편이라 구두는 꽤 고급품이었지만 에나멜이 아닌 것이 불만이었고, 셔츠도 그날 아침에 루브르에서 4프랑 50상팀을 주고 샀지만 앞깃이 너무 얇은 탓인지 벌써 주름이 잡혀 짜증이 났다. 평소에 입던 것도 몇 벌 있었지만 조금씩 해진 구석이 있어서 가장 흠이 적은 것도 입을 만한 게 못 되었던 것이다. 폭이 넓은 바지는 종아리 부근에서 다리 모양이 비틀린 듯 보이게 해서 마치 다리를 감싸기만 하면 되는 낡은 바지를 얻어 입은 것 같았다. 그래도 웃옷은 몸에 잘 맞아 보기 흉할 정도는 아니었다.

그는 남들이 비웃을까 봐 걱정이 되어 두근대는 마음을 졸이며 천천히 계단을 올라가다가 정면에서 점잖게 정장을 갖춰 입은 신사를 보았다. 신사는 그를 유심히 지켜보고 있었는데 계단이 서로 맞닿을 만큼 간격이 좁아서 뒤루아는 저도 모르게 한 걸음 뒤로 물러섰다. 그러다가 긴 복도를 비추기 위해 2층 층계참에 걸어 놓은, 발끝까지 볼 수 있는 커다란 전신 거울에 비친 자신의 모습인 것을 알고 어안이 벙벙해졌다. 생각했던 것보다 자신이 훨씬 멋지게 보여 기뻐서 몸이 떨릴 지경이었다.

집에는 면도할 때 쓰는 작은 거울밖에 없었기 때문에 전신을 비춰 볼 수도 없었고 갑작스레 몸단장을 하면서 부분 부분이 어색하게만 보였기 때문에 그런 것들을 과장해서 생각했고 자신이 이상한 모습일 거라는 생각에 불안했다. 그래서 전신 거울에 비친 자신의 모습을 알아보지 못하고 그저 첫눈에 봐도 참 멋진 신사라고만 생각했던 것이다.

지금 천천히 바라보니 아주 만족할 만한 모습이었다. 그는 배우가 자기 배역을 연습하는 것처럼 여러 가지 몸짓을 해 보았다. 웃어 보기도 하고 손을 뻗쳐 보기도 하고 이런저런 몸짓을 하면서 놀람이나 기쁨, 동의 같은 감정을 표현하는 것도 해 보았다. 그리고 부인들에게 멋지게 보이고 부인들을 찬미하고 갈망하는 것처럼 보이기 위해 미소를 짓는 것과 바라보는 것을 연습해 보았다.

그때 계단에서 문이 열려 그는 깜짝 놀라 급히 올라갔다. 그런 식으로 연습하는 것을 누군가가 볼까 봐 겁이 났기 때문이었다. 3층에 올라오자 또 다른 전신 거울이 있었고 그는 걸어가는 자신을 보기 위해 걸음을 멈추었다. 자신의 모습이 정말 우아해 보였다. 걸음걸이도 괜찮았다. 그러자 터무니없는 자신감이 넘쳐흘렀다. 이 정도의 외모와 출세하려는 욕망, 독립하고 싶은 마음이라면 틀림없이 성공할 것 같았다. 그는 마지막 층을 올라갈 때는 뛰어가고 싶었다. 그는 세 번째 전신 거울 앞에 이르러 익숙한 솜씨로 콧수염을 비틀어 꼬고 모자를 벗어 다시 머리를 매만졌다.

"정말 멋진 작품이군."

그는 늘 하던 대로 목소리를 낮춰 중얼거렸다.

문이 열리고 검은 정장을 입은 하인이 나타났다. 깨끗하게 면도를 하고 단정한 옷차림은 완벽할 정도여서 뒤루아는 다시 막연한 불안감을 느꼈다. 아마도 하인과 자신이 입은 옷을 무의식중에 비교했기 때문일지도 모른다.

"누구시라고 전할까요?"

에나멜 구두를 신은 하인은 뒤루아가 얼룩이 보일까 봐 팔에 걸친 외투를 받아 들으며 묻고는 커튼을 들어 올리고 객실을 향해 그의 이름을 댔다.

뒤루아는 갑자기 침착함을 잃어버리고 걱정이 가득 차올라 숨이 가빴다. 지금이야말로 그토록 오랫동안 꿈꿔 온 생활로 들어가려는 첫발을 내딛는 순간이었다. 그는 간신히 앞으로 나아갔다. 온실처럼 나무를 심은 화분을 가지런히 늘어놓은, 조명이 밝고 넓은 방에 금발의 젊은 여인이 혼자 그를 기다리고 서 있었다.

그는 당황해서 걸음을 멈추었다. 미소를 짓고 있는 이 여인은 누구일까? 그는 포레스티에가 결혼했다는 것을 금세 생각해 냈다. 이 우아한 금발 미인이 친구의 아내일 거라고 생각하자 정신을 차리기 버거웠다.

"부인, 저는……."

그는 정신을 못 차리고 중얼거렸다.

"알고 있어요. 어젯밤 샤를이 만났다고 하더군요. 오늘 저녁 식사에 초대했다고 해서 기뻐하고 있었어요."

그녀가 손을 내밀었다. 그는 뭐라고 해야 할지 몰라서 귀까지 새빨개졌는데 머리끝에서 발끝까지 조사를 받고 검사를 받으며 관찰을 당하고 평가를 받는 듯한 느낌이 들었다. 그는 옷차림이 허술한 것을 변명하려 했지만 아무 이유도 찾지 못하자 그런 어려운 화제를 이어 갈 엄두가 나지 않았다.

그는 그녀가 권한 팔걸이의자에 앉았는데 부드러운 벨벳으로 감싼 탄력 있는 의자가 몸무게로 인해 푹 꺼지는 것을 느낄 수 있었다. 푹신한 등받이와 팔걸이가 자신을 부드럽게 받쳐서 애무하는 듯한 느낌이 들면서 자신이 새롭고 즐거운 생활에 발을 들여놓은 것 같았고, 매우 흡족한 물건을 차지한 것 같은 생각이 들었다. 또한, 자신이 썩 괜찮은 인물이 되었고 결국 구제된 것 같은 느낌도 들었다. 그는 꼼짝하지 않고 자신을 바라보고 있는 포레스티에 부인과 눈을 맞췄다.

그녀는 부드러운 몸매와 탄력 있는 앞가슴이 또렷하게 드러나는 연한 푸른색 캐시미어 옷을 입고 있었다. 거품이 일어나는 듯한 흰 레이스를 단 짧은 윗옷과 짧은 소매 아래로 양팔과 목 언저리 살결이 보였다. 올려 빗은 머리에서 머리카락 몇 올이 가볍게 곡선을 이루면서 목덜미에 늘어졌고 금빛 솜털은 옷깃 위에 떠 있는 구름처럼 보였다.

뒤루아는 그녀의 눈길을 받는 동안 차츰 마음이 가라앉았다. 왠지 모르게 어젯밤 폴리제르베르에서 만난 여자의 눈길이 생각나게 했다. 잿빛 눈동자지만 묘한 느낌을 주는 파르스름한 잿빛이었고 오똑한 콧날에, 꼭 다문 입술, 약간 통통한 볼하며 얼굴 생김새가 대체로 단정하다고 볼 수 없지만 매혹적이었고 정숙하면서도 야무진 성품이 느껴졌다. 얼굴선 하나하나가 특별한 아름다움을 나타내면서 의미가 있어 보였고 어떤 표정을 짓든 뭔가를 드러내거나 혹은 감추고 있는 듯한 그런 얼굴이었다.

"파리에는 오래 계셨어요?"

잠시 말이 없던 그녀가 물었다.

"아니에요. 겨우 대여섯 달 정도 됐습니다. 지금은 철도 회사에 근무하는데 포레스티에가 신문사에 들어갈 수 있도록 손을 써 주겠답니다."

그는 차츰 자신감을 찾으며 대답했다.

"알고 있어요."

그녀는 조금 전보다 친절해진 미소를 지으며 낮은 목소리로 속삭였다.

"드 마렐 부인이 오셨습니다."

초인종이 울리고 하인이 들어와 알려 주었다.

그녀는 보통 '브뤼네트'라고 불리는, 몸집이 작고 갈색 머리를 한 사랑스러운 여자였다. 머리끝에서 발끝까지 수수한 옷차림을 하고 매우 가벼운 걸음걸이로 들어왔다. 다만 머리에 꽂은 빨간 장미가 두드러져서 얼굴을 돋보이게 하고 천성적으로 쾌활하고 성격이 급하다는 것을 보여 주는 듯했다. 짧은 옷을 입은 소녀가 뒤따라 들어오자 포레스티에 부인이 서둘러 마중을 나갔다.

"클로틸드, 어서 와요."

"안녕하세요, 마들렌."

두 사람은 서로 껴안았다.

"안녕하세요, 아주머니."

한 소녀가 어른 같은 차분한 태도로 이마를 내밀었다. 포레스티에 부인은 그녀에게 키스한 뒤에 그를 소개했다.

"이분은 조르주 뒤루아 씨에요. 샤를의 다정한 친구랍니다. 뒤루아 씨, 이분은 마렐 부인인데 먼 친척이에요."

"저희 집에서는 체면, 격식 모두 없애기로 했어요. 아시겠죠?"

그녀가 다시 덧붙였고 청년은 머리를 끄덕였다.

문이 다시 열리고 작고 뚱뚱한 신사가 들어왔다. 둥글납작한 사나이었는데 자기보다 훨씬 키가 크고 젊은 데다가 태도며 말씨가 고상하고 침착한 아름다운 여자에게 팔을 맡기고 있었다. 그는 국회의원 왈테르 씨였는데 은행가이자 〈라비 프랑세즈〉 사장으로 남프랑스 출신 유대인이었다. 함께 온 여자는 바질 라발로라는 은행가 집안 출신인 그의 부인이었다.

잠시 후 훌륭한 옷차림을 한 자크 리발과 노르베르 드 바렌이 뒤이어 나타났다. 바렌은 어깨까지 늘어뜨린 긴 머리에 스쳐 야회복 깃이 스쳐 반들거렸고, 머리에는 하얀 비듬이 드문드문 보였다. 넥타이를 어색하게 맸지만 처음 매 본 것 같지 않았다. 나이 든 멋쟁이처럼 우아하게 포레스티에 부인의 손을 잡고 손목에 키스했는데 몸을 숙이는 순간 긴 머리가 부인의 드러난 팔에 물결처럼 쏟아졌다.

그 뒤에 늦게 도착한 변명을 늘어놓으면서 포레스티에가 들어왔다. 그는 모렐 사건 때문에 신문사에서 빠져나올 수 없었는데 급진파인 국회의원 모렐 씨가 알제리 개척 경비에 대한 질문서를 내각에 제출했기 때문이었다.

"마님, 식사 준비가 다 됐습니다."

하인이 외쳐서 모두 식당으로 들어갔다.

뒤루아는 마렐 부인과 그 딸 사이에 앉았는데 포크나 스푼, 컵을 사용하다가 혹시 실수를 하지 않을까 불안해했으며 놓인 유리컵 네 개 중 연푸른빛 컵으로는 무엇을 마시는 건지 궁금해했다.

수프를 먹는 동안 아무도 말을 하지 않았다.

"'고티에 소송사건'을 읽어 보셨나요? 그건 굉장히 우스운 사건이더군요."

노르베르 드 바렌이 물었다. 사람들은 공갈 소동으로 뒤얽힌 간통 사건에 대해 토론을 벌였는데 신문에 발표된 사건에 대해 흔히 집에서 이야기하는 것이 아니라 의사가 병에 대해 이야기한다거나 채소 장수가 채소에 대해 말하는 것 같은 그런 어조였다. 사람들은 사건 그 자체에 대해 분개하거나 놀라지 않고 직업적인 호기심으로 죄 자체에 대한 원인만을 파고들었다.

그런 행동을 하게 한 원인과 비극을 만들어 낸 심리 현상, 즉 특수한 정신 상태의 과학적인 결과를 결론지으려고 애썼다. 여자들도 마찬가지로 그런 것을 탐구하고 열중했다. 그리고 그밖에 최근 일어난 사건을 모두 검토, 해석하고 서로 의견을 주고받았다. 상인들이 손님에게 팔 물건을 조사하고 뒤집어 보고 저울에 올려 달아 보는 것처럼 인간 희극사를 잘라 파는 뉴스 상인들이 한 줄에 얼마 하는 식의 실용적인 눈과 특수한 관점으로 이루어졌다.

다음 화제는 결투로 옮겨 갔는데 그 분야의 전문가인 자크 리발이 말하기 시작했고 다른 사람들은 아무도 그 문제에 끼어들 수 없었다.

뒤루아는 끼어들기가 어려워 가끔 옆에 앉은 부인을 바라보았는데 탄력 있는 가슴이 그의 호기심을 자극했다. 금줄에 박은 다이아몬드가 귀에 늘어진 것은 살결 위로 물방울이 흘러내리는 듯 보였다. 가끔 그녀가 자신의 의견을 말할 때면 사람들의 입술에 미소가 떠올랐다. 그녀는 색다른 면을 가지고 있었는데, 그런 점이 귀여웠다. 그녀는 때때로 독특한 기지를 발휘하기도 했다. 만사를 태평하게 생각하고 회의적이긴 하지만 호의를 간직한 눈으로 판단을 내리는 소녀 같은 기지였다.

뒤루아는 그녀에게 칭찬의 말을 던지고 싶었으나 마땅한 말이 떠오르지 않았다. 그래서 주로 딸을 상대로 접시를 건네주거나 음식을 덜어 주기도 했다. 어머니보다 무뚝뚝한 소녀는 감사하다는 말을 진지한 목소리로 던지고 다시 심각한 태도로 어른들의 이야기에 귀를 기울였다.

요리는 상당히 맛이 있어서 다들 흡족해했다. 왈테르 씨는 엄청나게 많이 먹어 대면서 말도 거의 하지 않고 눈앞에 놓인 접시를 안경 너머로 힐끔거렸다. 노르베르 드 바렌도 그에 못지않게 먹었는데 가끔 셔츠 앞자락에 소스를 흘리기도 했다.

포레스티에는 웃음을 띤 진지한 표정으로 사람들을 살피면서 모든 일이 잘 진행되도록 서로 힘을 보태듯이 아내와 끊임없이 눈짓을 주고받았다.

사람들의 얼굴이 붉어졌다. 목소리도 따라서 높아졌다.

"코르통으로 드릴까요, 아니면 샤토 라로즈로 하시겠습니까?"

하인이 이따금 좋아하는 술을 묻느라 손님 귀에 속삭였다. 뒤루아는 그때마다 입맛에 맞는 코르통을 달라고 했다. 후끈한 쾌감이 배에서부터 시작해 얼굴로 올라갔다가 팔다리를 돌아 온몸으로 퍼져 나갔다. 말로 표현할 수 없는 만족감 덕분에 생명과 정신, 육체가 모두 만족으로 휩싸였다.

그러자 마구 떠들고 싶은 욕망이 끓어올랐다. 모든 주의를 자신에게 집중시키고 자기 말에 귀를 기울이게 하고, 별것 아닌 말 한마디까지 듣는 사람이 음미하도록 하는 말재주 좋은 저 남자들처럼 자신도 칭찬을 받고 싶었다.

하지만 화제는 끊이질 않았다. 여러 가지 생각들이 꼬리를 물고 잡다한 문제에까지 주제를 옮겨 갔고 당면한 여러 사건까지 한 바퀴 돌고 난 다음에 다시 알제리 개척에 관한 모렐 씨 사건으로 돌아왔다.

왈테르 씨는 요리가 바뀌는 동안 다소 비열하고 회의적인 농담 두서너 마디를 던졌다. 포레스티에는 다음 날 신문에 실릴 자기 기사에 대해 이야기했다. 자크 리발은 군정을 베풀어야 하며 삼십 년간 식민지에 근무한 모든 장교에게 토지를 양도해야 한다고 주장했다.

"이런 방법이라면 강력한 사회가 만들어질 겁니다. 그들은 현지에 살았기 때문에 그 지방 실정도 잘 알고 그 지방을 사랑하거든요. 또, 언어가 통하는 데다가 새로 이주하는 사람들이 맞닥뜨리는 여러 가지 문제에도 아주 밝으니까요."

"그래요, 그들은 뭐든 알고 있겠지만 농업만은 어두워요. 아랍어는 잘해도 사탕무를 옮겨 심는 법이나 밀을 심는 방법은 모를 거예요. 검술은 능숙해도 비료는 전혀 모르죠. 그러니 차라리 누구에게나 개방을 해야 합니다. 똑똑한 사람은 성공할 테고 그렇지 않은 사람이야 실패할 테지만 그런 게 사회의 법칙 아니겠습니까."

노르베르 드 바렌이 그의 말을 가로챘다.

가벼운 침묵이 이어지고 모두들 미소만 짓고 있었다.

그때 조르주 뒤루아가 입을 열었다.

"저쪽에서는 기름진 토지가 제일 부족한 실정입니다. 정말 비옥한 토지는 프랑스만큼 비싼데도 파리 부자들이 투자를 한답시고 사들이고 있거든요. 그러니 진짜 이민자들, 먹고살기 버거워 고국을 떠나온 가난한 사람들은 물이 없어서 아무것도 자라지 않는 사막에 던져지는 겁니다."

그는 지금까지 자기 목소리를 들어 본 적이 없는 사람처럼 이상한 기분이 들었다. 모두들 그를 보았고 뒤루아는 얼굴이 붉어졌다.

"알제리를 잘 아시나 봅니다?"

왈테르 씨가 물었다.

"네, 알지요. 거기서 스물여덟 달 동안 있었는데 세 군데를 옮겨 다녔습니다."

그러자 노르베르 드 바렌이 모렐 사건 따위는 잊고 어느 장교에게 들은 적이 있는 풍습에 대해 꼬치꼬치 캐물었다. 사하라 사막 한복판, 그 타는 듯이 뜨거운 지방에서도 가장 건조한 지대에 위치한 조그마한 신생 공화국인 므자브에 관한 것이었다.

므자브에 두 번 가 본 적이 있는 뒤루아는 특이한 나라의 풍습에 대한 이야기를 해 주었다. 그곳에서는 물 한 방울이 황금과 같은 가치를 지니고 있다는 것, 모든 주민에게는 공공사업에 봉사할 의무가 있다는 것, 상도덕은 문명국보다 훨씬 발달했다는 이야기였다.

뒤루아는 술기운이 슬슬 돌자 그 자리를 흥겹게 만들고 싶다는 생각에 조금 과장을 섞어 이야기하기 시작했다. 군대에서 있었던 일, 아랍인들의 생활, 전쟁의 모험 같은 것을 들려주었다. 강렬한 태양의 불길에 타는 듯한 뜨거운 땅, 누렇고 헐벗은 그 땅을 묘사하기 위해 온갖 색채를 총동원해 가며 설명하기도 했다.

부인들이 모두 그를 바라보았다.

"당신이 겪은 그 일들을 연재물로 쓰면 좋겠네요."

왈테르 부인이 낮은 목소리로 속삭였다. 그러자 왈테르 씨가 남의 얼굴을 자세히 볼 때면 늘 하듯 안경 너머로 청년을 바라보았다. 안경 밑으로는 여전히 음식들을 살폈다.

"사장님, 좀 전에 말씀드린 대로 정치 기사를 취재할 수 있게 조르주 뒤루아 군을 제 밑에서 일하게 해 주십시오. 마랑보가 그만둔 뒤로는 급한 비밀 기사를 취재하려고 해도 보낼 만한 사람이 없습니다. 일하기가 몹시 힘든 상황입니다."

포레스티에는 그 기회를 놓치지 않았다.

"뒤루아 씨는 굉장히 독특하군요. 나와 얘기를 하고 싶다면 내일 세 시에 내 방으로 오십시오. 그때 다시 얘기를 해 봅시다."

왈테르 사장은 정색을 하고 뒤루아를 제대로 살펴보기 위해 안경을 아예 위로 올려 버렸다.

"그런데 알제리에 관한 몇 가지 읽을거리를 기사로 써 주지 않겠소? 그곳에서 겪은 회고담 말이오. 거기에 아까 말한 것처럼 이민 문제를 섞어 주시오. 어쨌든 지금 현실에 딱 맞는 문제니까 독자들이 아주 좋아할 거요. 서둘러 주시오! 독자들의 흥미를 끌려면 의회에 문제가 걸려 있는 동안 첫 기사를 내야 하니 말이오. 내일이나 모레가 좋겠군. 아시겠소?"

왈테르 씨는 진지한 표정으로 안경을 벗어 버리더니 뒤루아를 정면으로 바라보았다.

"제목은 '아프리카 기병의 회상'이 어떨까요? 노르베르 씨, 괜찮지 않아요?"

왈테르 부인이 정숙하고 진지한 말투로 이야기했다. 사실 이 부인은 늘 그런 어조로 자신의 말에 신중한 느낌을 더하곤 했다.

"네, 좋습니다. 하지만 아주 잘 다듬어져야 할 겁니다. 그런 게 가장 어렵지요. 음악에서 음색이라고 부르는 것처럼 모든 게 잘 어울려야 하지요."

노시인은 늦게 명성을 얻었기 때문에 신인들을 아주 싫어하고 두려워했다. 그래서 무뚝뚝하게 대답했다.

포레스티에 부인은 따뜻하게 감싸 주는 듯한 미소를 머금고 뒤루아를 바라보았다. 마치 안목을 갖춘 전문가라도 되는 듯 '당신은 출세할 거예요.'라고 말하고 싶은 눈치였다. 마렐 부인은 여러 번 뒤루아 쪽으로 몸을 돌리느라 귀에 달린 다이아몬드가 흔들려 물방울이 떨어지는 것 같았다. 그녀의 딸은 접시 위로 고개를 숙인 채 꼼짝도 하지 않고 진지한 태도로 앉아 있었다.

그동안 하인이 탁자 주위를 돌아다니며 푸른 술잔에 요하네스버그산 포도주를 따랐다.

"〈라비 프랑세즈〉의 무궁한 발전을 위하여!"

포레스티에는 왈테르 씨에게 가볍게 머리를 숙인 뒤 잔을 높이 들어 건배했다.

모두 사장을 향해 머리를 숙였다. 사장은 미소를 지었고 뒤루아는 승리감에 취해 단숨에 술을 들이켰다. 그렇게 한 통이라도 마실 수 있을 것 같았다. 소도 한 마리 통째로 뜯어 먹고 사자를 목 졸라 죽일 수도 있을 것 같았다. 팔다리에 초인적인 힘이 느껴지고 마음속에 굳은 결의와 함께 무한한 희망이 샘솟았다. 그는 이제야 이 사회 명사들 앞에서 자기 집에서와 같은 편안함을 느낄 수 있었다. 드디어 자신이 서 있을 만한 자리를 차지한 것이다. 그는 새롭게 자신을 가지고 모두를 둘러보았다.

"부인, 제가 여태껏 본 적 없는 훌륭한 귀걸이를 하고 있군요."

그는 비로소 옆에 앉은 부인에게 말을 걸 용기를 얻었다.

"이렇게 실 끝에 깔끔하게 다이아몬드를 단 건 제 생각이에요. 이 슬방울 같지 않나요?"

그녀는 웃으며 그를 돌아보았다.

"아름답습니다……. 게다가 귀까지 아름다우니 당신 훨씬 돋보이는군요."

그는 자신의 당돌함에 당황하기도 하고, 그녀가 쓸데없는 말이라고 생각할까 봐 겁을 내며 중얼거렸다. 그녀가 심장까지 파고드는 맑은 눈길로 고맙다는 인사를 대신했다.

그가 고개를 돌렸을 때 포레스티에 부인과 눈이 다시 마주쳤다. 여전히 호의를 보이면서도 전보다 훨씬 쾌활한 장난스러움이 묻어나는 눈길이었다.

남자들은 손짓을 해 가며 큰 소리로 떠들어 댔다. 파리 시내 지하철에 대한 이야기였는데 파리 교통기관이 얼마나 느린지, 경전철이나 합승마차가 얼마나 불편한지, 역마차 마부들은 또 얼마나 야비한지 등 이야기할 것들이 무궁무진해서 후식을 다 먹을 때까지도 끝나지 않았다.

그런 다음 모두들 커피를 마시기 위해 식당을 나왔다. 뒤루아는 장난 삼아 소녀에게 팔을 내밀었는데 그녀는 의젓하게 감사 표시를 하고 손을 걸기 위해 발돋움을 했다.

거실로 들어서자 그는 다시 온실에 들어가는 듯한 느낌을 받았다. 천장까지 닿은 커다란 종려나무가 사방으로 우아한 잎을 벌리고 있는 모습이 마치 분수 같았다. 난로 양쪽에는 기다란 검푸른 잎을 층층이 겹치고 선 고무나무 두 그루가, 피아노 위에는 이름을 알 수 없는 관목 두 그루가 동그랗게 다듬어져 있었다. 한쪽은 하얀색 꽃으로, 또 다른 쪽은 분홍색 꽃으로 둘러싸여 진짜 화초가 아니라 아름다운 조화 같았다.

공기 중에는 상쾌하고 부드러운 향기가 감돌았는데 무슨 향인지 정확히 말하기 어려웠다. 이제 침착함을 되찾은 뒤루아는 주의 깊게 실내를 살폈다. 아주 넓은 방은 아니었고 이름 모를 관목 두 그루를 빼면 눈길을 끄는 물건이나 강렬한 색채도 없었다. 하지만 그 안에 있는 것이 아주 편안했고 기분 좋은 포근함도 느껴졌다. 방이 그의 온몸을 감싸는 듯 온화함이 퍼져 기분이 좋아졌다.

벽은 빛이 바랜 것 같은 제비꽃 색깔 바탕에 파리만 한 크기의 노란 비단 꽃들이 가득 달린 옛날 천으로 도배되어 있고, 문마다 군용 시트 색깔인 검푸른 천에 패랭이꽃 서너 송이를 붉은 비단 실로 수놓은 휘장이 걸려 있었다. 긴 의자, 크고 작은 팔걸이의자, 소파 등 여러 가지 형태의 의자들이 무질서하게 놓여 있었는데 모두 루이 16세 시대의 비단과 크림색 바탕에 석류 빛깔 무늬가 수놓아져 있는 훌륭한 위트레흐트산 벨벳으로 덮여 있었다.

"커피 드시겠어요, 뒤루아 씨?"

포레스티에 부인이 입가에서 떠나지 않는 미소를 보이며 커피 잔을 내밀었다.

"네, 고맙습니다."

"왈테르 부인의 기분을 맞춰 주세요."

그가 커피를 받아 들고 소녀가 들고 있던 설탕 그릇에서 은 집게로 설탕을 집으려는데 포레스티에 부인이 낮은 목소리로 말했다. 그러고는 그가 대답도 하기 전에 저편으로 가 버렸다. 그는 양탄자 위에 커피를 엎지를 것 같아서 마셔 버렸다. 그러고 나니 마음이 조금 가벼워져서 새 상사의 부인에게 다가가 말을 걸 방법을 찾아보았다. 그러다가 문득 테이블이 멀어 놓을 곳을 찾지 못한 채 빈 잔을 들고 있는 그녀가 보였다. 그는 얼른 달려갔다.

"제가 도와드릴까요?"

"고마워요."

그는 커피 잔을 받아 테이블 위에 놓고 다시 왈테르 부인 곁으로 갔다.

"부인, 제가 저쪽 사막에 있을 때는 〈라비 프랑세즈〉 덕분에 즐거운 시간을 보내곤 했답니다. 프랑스를 떠나서 읽을 수 있는 신문은 그거하나밖에 없었거든요. 다른 신문들보다 훨씬 문학적인 데다가 재치도 있고 단조롭지 않은 신문이지요. 그 안에는 뭐든 다 들어 있었어요."

"그분은 새로운 요구에 부응하는 신문을 만드느라 무척 애를 쓰곤 했어요."

그녀는 소탈하고 상냥하게 웃으면서도 의젓한 말투로 대답했다. 그런 다음 두 사람은 담소를 나누기 시작했는데 뒤루아는 평범하지만 지루하지 않게 이야기를 할 수 있었다. 부드러운 목소리에 눈은 애교가 흘러 넘쳤으며, 매력적인 콧수염은 갈색이 도는 금발로 입술 위에서 가지런히 다듬어져 있고 끝으로 치켜 올라간 부분은 색이 조금 흐릿했다.

두 사람은 파리와 근교, 센 강가, 해수욕장, 여름의 즐거움 등 따분하지 않고 언제까지나 잡담할 수 있는 화젯거리로 대화를 나눴다.

잠시 후에 노르베르 드 바렌이 술잔을 들고 다가오는 바람에 뒤루아는 자리에서 물러났다.

"신문사 일을 해 볼 생각이신가 봐요?"

포레스티에 부인과 담소를 나누던 마렐 부인이 그를 부르더니 불쑥 물었다. 그는 애매하게 자신의 포부를 이야기하곤 조금 전에 왈테르 부인과 나눴던 이야기를 다시 하기 시작했다. 하지만 이번에는 무슨 이야기를 할지 분명히 알고 있었기 때문에 훨씬 능숙했고, 방금 들었던 이야기를 자신의 생각인 양 되풀이했다. 그러고는 자신의 말에 깊은 의미가 담긴 것처럼 상대방의 눈을 바라보았다.

부인도 자신이 재치 있는 사람이라고 생각하며 언제나 분위기를 주도하려는 여자들이 늘 그렇듯 아주 활기차고 명랑하게 여러 가지 일화를 꺼냈다. 둘은 점점 친숙해져서 그녀가 그의 팔에 손을 얹기도 하고 별일 아닌 것에도 목소리를 낮추고서 비밀 이야기라도 하듯 행동했다. 그는 자신에게 관심을 보이는 이 젊은 여자와 살며시 접촉하니 기뻐서 죽을 지경이었다. 만약에 어떤 일이 일어난다면 당장 그녀를 보호하고 그녀를 대신해 자신의 몸을 바치면서 자신의 참다운 가치를 보여 주고 싶었다. 그런 생각을 하느라 그녀의 질문에 대답이 늦어지기도 했다.

그런데 그때 갑자기 마렐 부인이 이유도 없이 딸을 불렀다. 소녀가 다가왔다.

"거기에 앉아, 로린. 창문 옆에 있으면 감기가 들지 몰라."

뒤루아는 마치 키스가 그녀의 어머니에게 전해지기라도 할 것처럼 소녀에게 키스를 하고 싶었다.

"아가씨, 키스해도 될까요?"

그는 아버지처럼 상냥하게 물었다. 소녀는 깜짝 놀라 그를 쳐다보았다.

"대답해 드려야지. '오늘은 괜찮아요. 하지만 늘 그러시면 곤란해요.' 하고 말이다."

마렐 부인이 웃으며 말했다.

뒤루아는 의자에 앉아 로린을 무릎 위로 안아 올린 채 아이의 물결치는 머리카락에 입술을 댔다.

"어머, 도망치지도 않네. 이상도 하지. 애는 언제나 여자가 하는 키스만 받아들이거든요. 당신은 정말 거부할 수 없는 힘이 있는 모양이에요."

어머니가 놀라며 말했다. 뒤루아는 얼굴을 붉힌 채 아무 말도 못하고 무릎 위의 아이를 가만히 흔들기만 했다.

"어머, 로린이 낯을 가리지 않는군요. 정말 기적이에요."

포레스티에 부인이 다가와 놀란 듯 소리를 질렀다. 자크 리발도 입에 시가를 물고 다가왔다. 뒤루아는 돌아가려고 일어섰다. 지금까지 애써 이룩한 것을, 겨우 시작한 정복을, 어쩌다 말실수라도 해서 망쳐버릴까 봐 두려웠다.

뒤루아는 인사를 하고 여자들이 내민 작은 손을 가볍게 잡았고 남자들이 내민 손은 힘차게 흔들었다. 자크 리발은 그의 악수에 마른손으로 따뜻하고 다정하게 답해 주었다. 노르베르 드 바렌은 축축하고 차가운 손가락으로 미끄러지듯 빠져나갔다. 왈테르 사장의 차갑고 부드러운 손에서는 아무런 힘이나 표정도 느껴지지 않았고, 포레스티에의 손은 기름지고 미적지근했다.

"내일 세 시, 잊지 말게."

친구가 그에게 작은 목소리로 말했다.

"알았네. 염려하지 말게."

뒤루아는 계단에 서자 굴러가고 싶은 충동이 생겼다. 그만큼 기뻤기 때문이었다. 그는 두 계단씩 성큼성큼 건너뛰다가 3층 계단참 전신 거울 속에서 자신을 향해 달려오는 신사를 보았다. 뭔가 나쁜 짓을 하다가 들킨 것처럼 부끄러워 걸음을 멈추었다.

그는 자신이 그토록 잘생겼다는 것이 스스로 감탄스러워 언제까지나 자기 모습을 넋을 잃은 채 바라보았다. 마침내 자신을 향해 상냥한 미소를 건네고, 대단한 인물들에게나 행하는 위엄 있는 태도로 격식을 차려 공손하게 고개를 숙였다.

3

거리로 나온 조르주 뒤루아는 무엇을 할 것인지 망설였다. 미래를 꿈꾸면서 상쾌한 밤공기를 마시며 달리고도 싶고, 공상에 잠겨 보고도 싶고, 발길 닿는 대로 걸어 보고도 싶은 생각이 자꾸만 들었다. 하지만 왈테르 사장에게 부탁받은 기사가 마음에 걸려 곧장 집으로 돌아가 일을 시작하기로 마음먹었다.

그는 성큼성큼 걸어 외곽의 큰길까지 나온 다음 그가 사는 부르소 거리까지 걸었다. 그가 사는 집은 노동자, 장사꾼 등 스무 가구가 함께 사는 7층 건물이었다. 그는 종잇조각, 담배꽁초, 부엌 쓰레기 등이 너저분하게 널려 있는 더러운 계단을 성냥으로 비춰 가며 오르다가 갑자기 불쾌한 생각이 들자 하루빨리 이곳에서 벗어나 카펫을 깐 깨끗한 집에서 부자처럼 살고 싶다는 강렬한 욕망을 느꼈다. 이 건물에는 위층부터 아래층까지 음식 냄새, 사람 냄새, 화장실 냄새가 잔뜩 배어 아무리 바람을 통하게 해도 사라지지 않을 것처럼 꽉 들어차 숨이 막혔다.

6층에 있는 그의 방은 바티플 역 근처 터널 출구 바로 위에 있었는데 깊은 연못을 바라보는 것처럼 서부 철도의 커다란 절벽을 내려다보고 있었다. 뒤루아는 창문을 열고 녹이 슨 철제 난간에 기댔다.

발밑 어두운 웅덩이 맨 아래쪽에는 빨간 신호등 세 개가 커다란 짐승의 눈처럼 꼼짝도 하지 않았다.

조금 떨어진 곳이나 더 멀리에서나 혹은 훨씬 저편에서도 빨간 신호등은 잘 보였다. 밤의 어둠을 뚫고 때로는 길게, 어떤 때는 짧게 끊임없이 기적 소리가 울렸는데 아주 가깝게 들리기도 했고 아득히 먼 곳에서 들리는 것처럼 희미하게 들리기도 했다.

마치 서로 이름을 부르는 사람의 목소리 같았는데 그중 하나가 호소하는 듯 점점 큰 소리를 지르며 다가오는가 싶더니만 얼마 지나지 않아 커다란 노란 불빛과 함께 찢어질 듯한 굉음으로 돌변해 달려왔다. 뒤루아는 긴 구슬처럼 이어진 객차들을 터널이 삼켜 버리는 것을 보았다.

"자, 일을 시작해 볼까!"

그는 중얼거리며 등잔을 테이블 위에 놓았다. 하지만 막상 기사를 쓰려니 종이라곤 편지지밖에 없다는 사실이 떠올랐다.

"하는 수 없지. 쫙 펼쳐서 쓰자."

그는 펜을 잉크병에 담갔다가 아름다운 필체로 첫머리를 시작했다.

'아프리카 기병의 회상'

그런 다음 어떻게 쓸지 궁리하면서 손으로 이마를 짚은 채 펼쳐 놓은 종이를 물끄러미 들여다보았다. 무슨 이야기를 쓰지? 그러나 실제로 겪었던 일이나 꾸며 낸 이야기나 할 것 없이 아까 했던 이야기가 전혀 생각나지 않았다.

그는 출발하던 때부터 시작해야겠다고 마음먹었다.

1874년 오월 15일, 끔찍한 재앙(프랑스와 프러시아의 전쟁)을 겪은 후 지친 프랑스가 휴식을 취하던 무렵이다…….

여기까지 쓰고 나니 승선이나 항해, 처음 느꼈던 감동 같은 여러 가지 일들을 어떻게 엮어 나가면 좋을지 몰라 펜을 멈추고 말았다. 십 분 정도 더 생각한 다음에 머리말은 내일로 미루고 알제리에 대한 글을 먼저 쓰기로 했다.

알제리는 새하얀 도시다…….

그 뒤가 이어지지 않았다. 머릿속으로 산꼭대기부터 바다 쪽으로 폭포가 떨어지듯 납작한 집들이 자리한 아름답고 밝은 도시를 그려 볼 수는 있었지만 보고 느낀 것을 표현하려니 한마디도 쓸 수 없었다. 한참을 끙끙거리다가 '주민의 일부는 아랍인이다…….' 라고 덧붙인 다음에 결국 테이블에 펜을 던져 버리고 일어나고 말았다.

하지만 자신의 궁핍한 생활을 돌아보고 화가 치밀어 내일이라도 당장 이곳을 나가서 구차한 생활과 인연을 끊어야겠다는 생각이 들었다. 그러자 다시 일에 대한 열의가 솟아올라 테이블 앞에 앉아 알제리의 독특한 아름다움을 선명하게 나타내기 위한 문구를 찾기 시작했다. 유랑하는 아랍인과 세상에 알려지지 않은 흑인들이 사는 매혹적인 땅, 아직 개척되지 않은 아프리카. 이따금 동화에나 나올 법한 진기한 동물들, 이를테면 거대한 암탉 같은 타조, 신성한 양 같은 영양, 놀랍도록 기묘한 동물 기린, 의젓하고 근엄한 낙타, 괴물 같은 하마, 추악하게 생긴 코뿔소, 인간의 끔찍한 형제인 고릴라 등이 사는 깊고 신비한 땅 아프리카. 알제리는 바로 그곳으로 들어가는 관문 같은 도시였다.

그는 수만 가지 생각들이 마구잡이로 솟아오르는 것을 느꼈는데 그것은 어쩌면 사람들에게 이미 말해 버린 것일지도 몰랐다. 하지만 글로 표현하려고 하자 손을 쓸 도리가 없어서 그는 자신의 무능함에 속이 타는 것 같아 다시 벌떡 일어섰다. 손에는 땀이 흥건하고 관자놀이는 지끈거렸다.

그때 문득 문지기가 그날 밤 놓고 간 세탁소 계산서가 눈에 띄자 그때까지 기쁨으로 가득 찼던 자신의 미래와 자신에 대한 믿음이 몽땅 사라지는 것 같았고 심한 절망감으로 뒤덮였다. 이제는 모든 것이 끝났다는 생각, 아무 일도 할 수 없을 거라는 생각, 아무것도 되지 못할 거라는 생각, 자신이 공허하고 무능하고 쓸모없고 희망도 없는 인간이라는 생각이 들었다.

그가 다시 철제 난간에 기대려는 찰나, 마침 기차가 요란한 소리를 내며 다급하게 터널에서 나왔다. 기차는 들을 지나고 산을 넘어서 저 멀리 바다를 향해 갈 것이다. 그러자 갑자기 부모님 얼굴이 떠올랐다. 저 열차는 여기서 20~30킬로미터밖에 떨어지지 않은 부모님 집을 지날 것이다. 그는 캉틀뢰 마을 어귀에 있고 루앙과 센 강의 넓은 계곡이 내려다보이는 언덕 위 고향 집을 떠올렸다.

부모님은 '전망 좋은 집'이라는 작은 선술집을 경영했는데 일요일마다 변두리에 사는 가난한 사람들이 밥을 먹으러 오곤 하는 술집이었다. 그들은 아들이 훌륭한 신사가 되길 원했기 때문에 중학교에 입학시켰다. 그런데 학교를 마치고 대학입학 자격시험에 떨어진 후에, 장교가 되고 대령이 되고 끝내는 장군이 되겠다는 야심을 품고 군대에 들어가더니 오 년의 임기를 마치기도 전에 군대 생활에 싫증을 내고 파리로 나가 성공하겠다고 했다.

제대한 뒤 그는 부모님의 만류에도 불구하고 파리로 나왔다. 부모는 아들의 처음 꿈이 깨지고 난 뒤에 곁에 붙들어두고 싶어 했지만 아들은 자신의 미래에 기대를 걸고 싶어 했다. 아직 확실한 형태를 갖추지는 못했지만 분명히 여러 가지 책략을 써서 승리를 가질 수 있을 거라는 믿음이 있었다.

그는 군대 시절, 주둔지에서 자신의 지위를 이용해 손쉽게 여자들을 주무를 수 있었는데 상류층 사회에 염문을 뿌리기도 했다. 실제로 어떤 세무 공무원의 딸은 모든 것을 팽개친 후 그를 따라가겠다고 했고, 어느 변호사의 아내는 그에게 버림을 받은 뒤 비관 자살을 하려고 했다.

"교활한 놈이라니까. 아주 영리해. 어떤 일이든 빠져나갈 거야. 권모술수가 능하다니까."

군대 동료들은 그를 이렇게 평가하곤 했다. 그래서 그는 그들이 평가한 대로 교활한 사람이 되거나 꾀가 많은 사람, 권모술수에 능한 사람이 되기로 결심했다.

그는 노르망디 사람으로 타고난 기질은 병영 생활에서 갈고닦았다. 아프리카에서 벌인 약탈이나 부정한 이득을 보는 일, 수상한 속임수 같은 것으로 의기양양해지고, 군대에서 유행하는 공명심이나 애국심, 하사관들이 자랑거리로 여기는 허영심 같은 것에 자극되었다. 그래서 결국 바닥이 세 겹인 상자처럼 온갖 것들이 들어차 버렸다.

하지만 출세하고 싶다는 욕망이 가장 큰 비중을 차지했다. 그는 자신도 모르는 사이에 이렇다 할 이유도 없이 매일 밤 습관적으로 공상에 빠졌다. 그리고 자신이 바라는 것을 한 번에 실현해 줄 굉장한 연애 사건을 상상하곤 했다. 은행가나 대귀족의 딸을 거리에서 만나 첫눈에 반하게 한 뒤 결혼한다거나 하는 그런 종류의 상상이었다.

그때 객차를 달지 않은 기관차 한 대가 날카로운 기적 소리를 울리며 터널에서 나와 차고를 향해 전속력으로 미끄러져 갔고 뒤루아는 그 소리에 꿈에서 깨어났다.

그러자 막연하고 즐거운 희망이 다시금 찾아와 그는 무작정 어둠 속에 키스를 보냈다. 애타게 기다리는 여인을 향한 사랑의 키스, 갈 망하는 행운에게 보내는 욕망의 키스였다. 그런 다음 창문을 닫고 옷을 벗었다.

"괜찮아. 내일 아침이면 기분도 좋아지겠지. 지금은 도무지 마음을 가라앉힐 수가 없군. 술도 좀 많이 마셨고. 이런 상태로 일이 잘될 리가 없지."

이렇게 중얼거리고는 불을 끄고 곧 잠이 들었다.

이튿날 아침, 근심거리가 있거나 희망이 가득한 날 누구나 그렇듯이 그는 일찍 잠자리에서 일어났다. 침대에서 뛰어내려 그의 표현대로 신선한 공기를 한껏 마시기 위해 창문을 열러 갔다. 넓은 철길 너머 롬 거리에서 떠오르는 아침 해를 받아 찬란하게 빛나는 풍경이 마치 하얀 빛을 칠한 듯했다. 멀리 오른편으로 푸르스름하고 희미한 안개 속에 아르장퇴유의 언덕과 사누아의 고지, 오르주몽의 풍차가 보였다. 아침 안개는 지평선에 하늘거리는 투명한 베일 같았다.

"이런 날에는 저쪽이 굉장히 좋을 텐데."

뒤루아는 잠시 먼 들판을 바라보며 중얼거렸다. 그런 다음 일을 해야겠다는 생각을 하고 문지기 아들을 불러 10수를 주고 아파서 출근을 하지 못한다는 전언을 사무실에 보냈다. 그리고 테이블 앞에 앉아 잉크병에 펜을 담근 채 이마를 짚고 생각을 정리하기 시작했다. 하지만 생각은 쉽게 떠오르지 않았다. 그러나 그는 실망하지 않았다.

"괜찮아. 익숙하지 않으니까 그런 걸 거야. 이것도 다른 일처럼 배워야 되는 거란 말이지. 맨 처음에는 도움을 좀 받아야 될 거야. 포레스티에를 만나러 가자. 그러면 십 분 안에 어떻게 써야 할지 알려 줄 거야."

그는 옷을 입고 거리로 나오면서 틀림없이 어제 늦게 잠자리에 들었을 친구를 찾아가기에는 좀 이른 시간이라고 생각했다. 그래서 큰 길에 있는 가로수 아래를 천천히 걸었다. 아홉 시도 되지 않은 시각이었다. 그는 물을 뿌려 신선한 기운을 뿜어내는 몽소 공원으로 들어갔다. 그리고 벤치에 앉아 다시 공상에 잠겼다. 여자를 기다리는 듯한 멋진 차림의 청년이 그의 앞을 서성거렸다.

이윽고 베일을 쓴 여자가 빠른 걸음으로 나타나 남자와 가볍게 악수를 하고 그의 팔을 잡은 뒤 함께 가 버렸다. 갑자기 사랑하고 싶은 강한 욕구가 뒤루아의 마음을 뒤흔들었다. 그 사랑은 지체 높고 향기로우며 고귀했다.

"그 친구는 정말 운이 좋단 말이야."

그는 포레스티에를 생각하며 걸었다. 그가 문 앞에 이르렀을 때 포레스티에는 막 나가려던 참이었다.

"자네, 이른 아침부터 웬일인가?"

"저기…… 그…… 기사를 쓰기가 어려워서 왔네. 왈테르 씨가 말했던 그 기사 말일세. 사실 지금까지 그런 걸 써 본 적이 없으니까 딱히 이상할 건 없지만 다른 일처럼 이것도 연습이 필요한 모양이야. 틀림없이 익숙해질 테지만 처음이라 어떻게 써야 할지 도무지 모르겠어. 쓸 거리는 잔뜩 있지만 그걸 표현하기가 어렵단 말일세."

뒤루아는 그가 집에서 나가는 길에 만난 것이 당황스러워서 작은 소리로 말했다. 포레스티에는 장난스럽게 웃고 있었다.

"그럴 거야."

"그래, 사실 그렇지. 누구나 처음엔 그럴 거라고 생각하네. 그래서 난 저기…… 자네 힘을 빌렸으면 해서 왔네. 자네라면 십 분도 안 돼서 내 기사를 쓸 수도 있고 어떻게 쓰는 건지 알려 줄 수도 있겠지. 문장 스타일을 좀 알려 주게. 나 혼자는 도저히 할 수가 없어."

포레스티에는 여전히 웃고만 있었다.

"내 아내한테 가게. 내가 가르쳐 주는 것만큼 훌륭하게 알려 줄 걸세. 그런 일쯤은 할 수 있도록 충분히 가르쳐 놓았거든. 난 오늘 아침에 좀 바빠서 말이야. 그렇지 않다면 기꺼이 도와줬을 텐데."

뒤루아는 우물쭈물 대답도 못하고 망설였다. 그의 아내를 만날 용기가 없었다.

"하지만 이 시간에 자네 부인을 어떻게 만나란 말인가?"

"괜찮아. 지금 일어나 있으니 걱정 말게. 서재에서 내가 기사 쓸 때 필요한 메모들을 정리하고 있을 거야."

"아니……그러면 안 되지……."

"괜찮다니까. 수줍어하지 말게. 설마 내가 계단을 다시 세 개나 올라가서 아내를 소개하고 상황 설명을 다시 해야 한다는 건 아니겠지?"

그가 선뜻 올라가지 못하자 포레스티에가 그의 어깨를 잡고 돌려세워 계단 쪽으로 밀었다. 그제야 뒤루아는 올라가기로 결심했다.

"고맙네. 그럼 가지. 그렇지만 자네가 억지로 보냈다고 말할 걸세. 꼭 만나고 오라 했다고 말이야."

"그래, 좋아. 잡아먹지 않을 테니 걱정은 하지 말라고. 하지만 세 시를 잊어선 안 되네."

"그건 걱정하지 말게."

포레스티에는 바쁜 듯 가 버리고, 뒤루아는 인사를 어떻게 할까 혹시나 푸대접을 받지 않을까 걱정하면서 계단을 하나씩 천천히 올라갔다. 하인이 푸른 앞치마를 두르고 손에는 비를 든 채 나와서 문을 열어 주었다.

"주인어른은 나가셨는데요."

하인은 뒤루아의 말을 들어 보지도 않고 말했다.

"포레스티에 부인께 만나 뵐 수 있는지 여쭤 보게. 그리고 방금 문 앞에서 주인장을 만났고, 그가 가 보라고 해서 여기에 왔노라고 말해 주게나."

잠시 후 하인이 나와서 오른쪽 문을 열었다.

"부인께서 기다리십니다."

그녀는 서재의 팔걸이의자에 앉아 있었다. 그 방은 검은 나무로 만든 책장 위에 가지런하게 놓인 책들 때문에 벽이 보이지 않을 지경이었다. 빨간색, 노란색, 파란색, 보라색, 초록색 등 여러 가지 색깔로 장정한 책들이 단조로운 책 속에서 환하게 빛났다.

"이렇게 일찍 오신 건가요?"

그녀는 항상 짓고 있는 미소를 보이며 돌아보았다. 레이스가 달린 하얀 실내복을 입었는데 넓은 소매 단 아래로 맨 팔을 드러내 보이면서 손을 내밀었다.

"비난하려는 건 아니에요. 그저 단순한 질문이죠."

"저, 부인. 저는 올라오지 않으려고 했습니다. 그런데 아래에서 부군을 만났는데 저더러 꼭 올라가 보라고 하더군요. 너무 죄송해서 무슨 일로 찾아뵈었는지도 말씀드리지 못하겠군요."

그가 말을 더듬거렸다.

"앉아서 말씀하세요."

그녀가 의자를 가리키고는 두 손가락 사이에 거위 깃털 펜을 넣고 빙글빙글 돌렸다. 그가 방문하는 바람에 쓰다 만 커다란 종이가 그녀 앞에 펼쳐져 있었다.

책상 앞에 앉은 그녀는 거실에 있을 때와 마찬가지로 상당히 편안하고 익숙해 보였다. 지금 막 뿌린 듯 포근한 향기가 실내복에서 흘러나왔다. 뒤루아는 부드러운 천 아래 통통하고 따뜻한 젊은 육체를 상상하려고 애썼다. 그랬더니 정말 보이는 것 같았다.

"자, 말씀해 보세요. 무슨 일이신가요?"

그가 말이 없자 그녀가 다시 채근했다.

"그게 말이죠…… 정말…… 말씀드리는 게 어렵네요. 사실 어젯밤에 아주 늦게까지 일을 했거든요……. 오늘 아침만 해도…… 일찍 일어나서…… 왈테르 씨가 어제 말씀하신 일을…… 알제리 기사를 쓰려 했습니다만…… 도무지 쓸 수가 없고……. 쓴 것도 다 찢어 버렸습니다. 그런 일은 전혀 익숙하지 않거든요. 그래서 포레스티에한테 도움을 받으려고 왔습니다. 이번 한 번만……."

그가 주저하면서 말했다.

"그래서 저를 만나라고 제 남편이 그랬군요? 그렇죠?"

그녀가 정말 기쁜 듯 웃으며 그의 말을 막았다.

"네, 부인. 부인께서 해 주실 거라고 하더군요. 하지만 저는 아무래도 용기도 나지 않고 해서 그럴 수 없다고 했습니다. 그렇게 된 것입니다."

"그렇게 함께 기사를 만들면 재미있겠어요. 좋은 생각이에요. 자, 제자리로 와서 앉으세요. 신문사에서 제 글씨체를 알거든요. 그럼 둘이서 멋지게 성공할 당신 기사를 만들어 보도록 하죠."

그녀가 일어섰고 그는 자리에 앉아 펜을 잡고 종이를 편 채 기다렸다.

"담배가 있어야 일을 할 수가 있거든요. 그럼 어떤 이야기를 하실래요?"

포레스티에 부인은 서서 준비하는 모습을 보다가 벽난로 선반 위에 놓인 담배를 가져다 불을 붙였다.

"그걸 잘 모르겠습니다. 그래서 찾아온 겁니다."

그가 놀란 얼굴로 그녀 쪽을 바라보았다.

"네, 알아서 해 드릴게요. 소스는 내가 만들겠지만 우선 요리가 있어야겠지요?"

"일단 여행 이야기부터 하고 싶은데요."

뒤루아가 어쩔 줄 몰라 하며 말했다.

"그럼 우선 저한테 말씀해 보세요. 하나도 빠뜨리지 말고 천천히요. 그러면 적당한 걸 골라 볼게요."

그녀는 커다란 책상 저편에 그와 마주 앉은 채 가만히 상대의 눈을 바라보며 말했다. 하지만 뒤루아는 어디서부터 시작해야 할지 알 수가 없었다.

그래서 그녀는 고해성사를 듣는 신부처럼 구체적인 질문을 던지면서 그가 잊고 있던 자질구레한 사건들이며, 만났던 사람들, 스쳐 지났던 모습들을 생각해 낼 수 있었다.

"시작해 볼까요? 우선 인상 깊었던 이야기를 어떤 친구에게 편지 쓰듯 해 보는 거예요. 그럼 얼마든지 편안하게 쓸 수 있거든요. 여러 가지 감상도 쓸 수 있는 데다가 솔직한 감정이 드러나게 되니까 잘만 쓰면 멋진 걸작이 될 수 있을 거예요. 그럼 시작해요."

포레스티에 부인은 그에게 약 십오 분 정도 이야기를 시켰다가 갑자기 말을 막았다.

그리운 앙리, 자네는 알제리가 어떤 곳인지 알고 싶다고 했었지? 내가 말해 주겠네.
지금 나는 진흙을 이겨 바른 조그만 상자 같은 집에 틀어 박혀 딱히 할 일도 없으니 매일 그때그때 생활을 적은 일기처럼 보내 주지. 때로는 약간 노골적인 것도 있겠지만 이해해 주게. 자네가 잘 아는 귀부인들한테 보일 필요는 없을 테니 말이야.

그녀는 꺼진 담뱃불을 다시 붙이느라 말을 끊었다. 그러자 종이 위에 거위 깃털 펜이 긁히는 소리도 멎었다.

"계속하죠."

알제리는 사하라 사막 혹은 중앙아프리카, 그밖에 다양한 이름으로 불리는 미지의 나라들과 국경을 맞대고 있는 프랑스 영토라네. 그 독특한 아프리카 대륙으로 들어가는 희고 아름다운 입구가 바로 알제리인 셈이지. 하지만 일단 거기까지 가는 것만도 문제일세. 어느 누구한테도 편안한 여행이 될 수 없거든. 자네도 알다시피 내가 말에 대해서는 전문가 아닌가. 연대장 말까지 조련하는 솜씨를 가지고 있으니 말이야. 그런데 아무리 그런 명수면 뭘 하겠나. 바다한테는 꼼짝을 못 하는걸.

자네는 우리가 이페카(구토제) 박사라고 부르던 생브르타 군의관을 기억할 테지? 기진맥진한 상태로 그야말로 천국인 병원에 스물네 시간 동안 입원하고 싶어서 찾아갔다네. 선생은 빨간 바지를 입고 있었는데 통나무 같은 다리를 떡 벌리고 앉아 무슨 교각처럼 팔을 무릎 위에 올려놓고는 흰 콧수염을 잘근잘근 씹으면서 커다란 눈을 굴리고 있더란 말이야.

그 선생의 처방도 기억할 걸세. '이 병사는 위에 이상이 있으므로 3호 구토제를 복용하게 하고 열두 시간 휴식을 취하면 반드시 회복할 것임.' 그 구토제야말로 특효약이었지. 그래서 별수 없이 그걸 삼켰고. 하지만 그 처방을 받기만 하면 열두 시간의 휴식을 취할 수 있었잖은가.

하지만 앙리, 아프리카로 가려면 싫든 좋든 대서양기선회사가 처방한 구토제를 마흔 시간 동안 먹어야 한다네.

그녀는 자신이 생각해 낸 구상이 마음에 들어 손을 비볐다. 그런 다음 다른 담배에 불을 붙이고 일어나서 걷기 시작했다. 그녀는 실처럼 가느다란 연기를 뿜어내며 기사를 받아쓰게 했다. 동그랗게 오므린 입술의 작은 구멍에서 곧장 뿜어져 나온 연기는 차차 넓게 퍼지다가 공중 여기저기에 회색 줄을 남기고는 사라져 갔다. 그 줄은 투명한 안개처럼 보이기도 했고 거미줄처럼 보이기도 했다. 그녀는 가끔씩 손을 들어 여전히 남아 있는 가벼운 줄을 털어 내듯 흔들기도 하고 집게 손가락을 튕겨 희미한 안개가 둘로 갈라져 천천히 사라지는 걸 진지하게 바라보기도 했다.

뒤루아는 그녀가 생각하는 것과 전혀 상관없는 무의미한 장난을 하는 태도와 몸짓, 얼굴의 움직임 하나하나를 자세히 관찰했다.

포레스티에 부인은 여행 도중에 갑작스럽게 일어난 사건을 상상하고 여행을 함께한 길벗을 만들어 인상을 묘사하는가 하면 보병 대위인 남편을 찾아가는 아내와의 연애 사건도 초안을 잡았다.

그다음 뒤루아에게 알제리의 지리에 대해 물었고 십 분 후에는 뒤루아만큼 알제리 지리를 잘 알게 되었다. 그런 다음 간략하게 알제리의 정치지리학을 다루면서 다음에 다루게 될 심각한 문제를 이해하는 데 필요한 예비 지식을 던져 주었다.

다음에는 오랑 지방으로 여행하는 이야기로 옮겨 갔는데 공상적인 여행이었으므로 주로 무어인 여자, 유대인 여자, 스페인 여자가 나오는 멋진 여행 이야기였다.

"독자들은 이런 이야기를 좋아하거든요."

그녀가 말했다.

기사는 사이다의 고원 지대에서 체류 중이던 조르주 뒤루아 하사관과 아인엘아자르 제지 공장 여공 사이에 피어난 청순한 사랑 이야기로 마무리를 지었다. 풀도 나무도 없는 바위산에서 밤에 나누는 밀회, 바위 그늘에서 울어 대는 승냥이, 하이에나, 아리비아 개들이 짖어 대는 가운데 둘이 만나는 이야기도 했다.

"자, 나머지는 내일 계속하기로 하죠!"

그녀가 즐거운 목소리로 말하고는 일어섰다.

"신문 기사는 이렇게 쓰는 거랍니다. 자, 서명하세요."

그는 망설였다.

"서명하시라니까요."

뒤루아는 웃으면서 맨 아래에 서명을 했다.

그녀는 여전히 담배를 피우며 서성거렸는데 그는 감사의 말을 어떻게 해야 좋을지 몰라 그녀를 바라보고만 있었다. 그녀 곁에 있다는 사실이 기뻤고 감사하는 마음이 가득 차올랐으며, 새롭게 싹튼 우정에 관능적인 행복마저 느꼈다. 그녀의 몸을 감싼 모든 것, 벽을 뒤덮고 있는 책들마저 그녀의 일부인 것처럼 생각되었다. 의자며 가구, 담배 향이 떠도는 공기까지도 그녀에게서 풍기는 특별하고 달콤하며 감미로운 매혹이 배어 있는 듯했다.

"제 친구 마렐 부인을 어떻게 생각하시나요?"

그녀가 갑자기 물었다.

"물론…… 그야…… 매력적인 분이라고 생각하죠."

"그렇죠?"

"네, 물론입니다."

그는 '하지만 당신보다는 못합니다.'라고 덧붙이고 싶었지만 차마 용기가 나지 않았다.

"정말 재미있고 독특하고 영리한 여자에요. 진짜 보헤미안이랍니다. 정말이에요. 그 이유 때문에 남편의 사랑을 받지는 못하지만요. 남편은 그녀가 지닌 장점은 알아주지도 않고 단점만을 들춰내거든요."

"아, 남편이 있었군요. 그분은 뭘 하시나요?"

아주 당연한 일이었는데도 뒤루아는 마렐 부인에게 남편이 있다는 소리에 몹시 놀랐다.

"북부 철도의 검사관이에요. 매달 일주일가량 파리에서 지내는데 부인은 그 일주일을 '의무적인 봉사', '일주일의 고역', '성스러운 주간'이라고 부른답니다. 그녀와 좀 더 친해진다면 섬세하고 친절한 여자라는 걸 알게 되실 거에요. 한번 찾아가 보세요."

포레스티에 부인은 이해할 수 없다는 듯 어깨와 눈썹을 동시에 살짝 치켜 올렸다.

그곳이 마치 언제까지나 머물 수 있는 자신의 집인 것처럼 느껴져서 뒤루아는 돌아가야 한다는 사실을 잊고 있었다. 그때 문이 소리 없이 열리고 훌륭한 신사가 안내도 없이 들어왔다가 손님이 있는 걸 보고 걸음을 멈췄다.

"들어오세요. 소개하죠. 제 남편의 절친한 친구인 조르주 뒤루아 씨예요. 미래의 신문기자랍니다."

포레스티에 부인은 약간 난처한 듯 보였지만 어깨까지 살짝 붉히면서 자연스럽게 말했다.

"저희와 가장 친한 친구이신 보드렉 백작이십니다."

그녀의 목소리가 달라졌다.

두 남자는 서로 얼굴을 살펴보며 악수를 했고 뒤루아는 바로 작별 인사를 했는데 부인이 무리하게 붙들려고 하지 않았기 때문에 고맙다는 말만 두서너 마디 던지고는 그녀가 내민 손을 쥐고 다시 한 번 손님에게 고개를 숙였다. 그 남자는 사교계 사람들 특유의 차갑고 냉정한 얼굴을 하고 있었다. 뒤루아는 실수라도 한 듯 당황해서 허둥거리며 자리를 떴다.

거리로 나오자 뒤루아는 서글프고 처량해지면서 마음이 불편했다. 무엇 때문에 갑자기 우울해졌는지 생각하며 무작정 걸었다. 이유는 알 수 없었지만 머리가 희끗희끗하고 부자들 특유의 거만함과 자신감이 넘치는 보드렉 백작의 얼굴이 자꾸만 떠올랐다.

포레스티에 부인과의 즐거운 만남을 알지 못하는 한 남자가 나타나는 바람에 꿈이 깨졌으며 그의 마음속에 비참함과 절망을 심어 버렸다. 상처를 주는 말을 듣거나 비참한 미래를 엿보았을 때, 혹은 별것 아닌 일들이 우리 마음속에 냉기와 절망을 가져다주는 것이다. 또한 왠지 모르게 그가 그 방에 있었다는 사실이 그 남자도 불쾌하게 만들었을 거라는 생각이 들었다.

세 시까지는 특별히 할 일이 없었는데 아직 열두 시도 되지 않았다. 주머니에는 6프랑 50상팀이 남아 있었기 때문에 뒤발이라는 싸구려 식당에서 점심을 먹고 거리를 서성이다가 세 시 종이 울릴 때 라비 프랑세즈 계단을 올라갔다.

직원 몇 명이 팔짱을 끼고 긴 의자에 앉아 있었고 수위는 대학교수가 사용하는 듯한 교단 비슷한 곳에서 방금 도착한 우편물을 분류하고 있었는데 찾아오는 사람들에게 위압감을 주기에는 안성맞춤이었다. 모두들 근사하게 차려 입은 데다 움직임도 우아해서 큰 신문사 현관에 어울리는 모습이었다.

"왈테르 씨를 뵈려고 하는데요."

뒤루아가 말했다.

"사장님께선 회의 중이십니다. 잠시 앉아 기다리시지요."

대기실에는 이미 사람들이 가득했다. 훈장을 달고 거드름을 피우는 사람, 연미복 단추를 바짝 채워 셔츠가 보이지도 않고 앞가슴에는 커다란 얼룩이 대륙 모양으로 그려진 사람들도 있었다.

여자도 세 명 있었는데, 첫 번째 여자는 웃는 얼굴이 아름답고 요염했고 잔뜩 치장한 것으로 보아 직업여성인 듯했다. 두 번째 여자는 주름 잡힌 얼굴을 잔뜩 찌푸리고 있었고 옷차림이 수수했다. 여자는 지친 늙은 여배우처럼 사라져 버린 젊음을 연기하는 듯 보였다. 세 번째 여자는 상복 차림이었는데 비탄에 잠긴 미망인 척하며 한쪽 가장자리에 앉아 있었다. 아마도 동정을 구하러 온 듯 보였다.

이십 분 정도가 지났는데도 아무도 불려 들어가는 사람이 없었다.

"왈테르 씨가 세 시에 오라고 하셨습니다만. 아무튼 친구 포르세스티에 씨가 있는지 알아봐 주시지요."

뒤루아는 수위에게 다가가 물었다. 그러자 그는 긴 복도를 지나 넓은 방으로 그를 안내했다. 거기에는 커다란 녹색 테이블 앞에 신사 네 명이 앉아 글을 쓰고 있었다. 포레스티에는 난로 앞에 서서 담배를 피우며 빌보케(공놀이의 일종)를 하고 있었다.

"스물둘, 스물셋, 스물넷, 스물다섯."

그는 그 놀이에 익숙해서 할 때마다 노란 회양목으로 만든 커다란 공을 가느다란 막대기 끝으로 정확에 꿰면서 수를 셌다.

"스물여섯."

뒤루아가 이어서 수를 셌다. 포레스티에는 계속 규칙적으로 팔을 움직이면서 뒤를 돌아보았다.

"아, 자네 왔군. 어젠 쉰일곱까지 계속했다네. 이제 나보다 센 사람은 생포탱뿐이야. 사장은 만난 건가? 저 늙어 빠진 노르베르 영감이 빌보케 하는 광경을 봐야 하는데. 공을 집어삼킬 것처럼 입을 벌리는 모습이 어쩌나 우스운지."

"이봐, 포레스티에. 누가 멋진 빌보케를 판다고 하더군 서인도제도에서 나는 나무로 만든 것인데 사람들의 말에 의하면 스페인 여왕이 가지고 있던 거래. 60프랑이라던데 어때? 비싼 건 아니야."

듣고 있던 기자 하나가 고개를 돌려 포레스티에에게 말했다.

"어디에 있는데?"

포레스티에가 물었다. 그는 서른일곱 번째에서 실패하고 벽장문을 열었다. 뒤루아가 들여다보니 수집한 골동품처럼 번호가 붙은 멋진 빌보케 공이 스무 개가량 가지런히 놓여 있었다.

"그게 어디 있다고?"

포레스티에는 도구를 자리에 넣어 두고 다시 물었다.

"보드빌 극장에서 표를 파는 사람이 가지고 있다네. 원한다면 내가 내일 가지고 오겠네."

"좋아. 그렇게 하자고. 정말 좋은 물건이라면 내가 사지. 빌보케는 많을수록 좋으니까 말이야."

"자네는 따라오게. 사장한테 데려다 주지. 안 그러면 저녁 일곱 시까지 목이 빠져라 기다려야 할 걸세."

포레스티에는 뒤루아 쪽을 돌아보며 말했다.

그들은 대기실을 가로질러 갔는데 아까 함께 기다리던 사람들이 여전히 그 자리에 앉아 있었다. 포레스티에를 보자 젊은 여자와 나이 든 여배우가 벌떡 일어나 다가왔다.

그는 여자들을 한 명씩 차례로 창가로 데려가서 매우 낮은 목소리로 소곤거렸다. 하지만 뒤루아는 그가 여자들에게 매우 친숙한 말투를 쓴다는 사실을 알아차렸다.

그들은 천을 댄 육중한 문을 밀고 들어갔다. 한 시간 전부터 시작된 회의라는 것은 바로 뒤루아가 어제 만났던 실크해트를 쓴 신사 몇 명과 하는 카드 게임을 말하는 것이었다. 왈테르 씨는 집중한 듯한 모습으로 신중하게 게임에 빠져 있었다. 맞은편에 앉은 상대는 색깔이 들어간 가벼운 카드를 섞고 들어 올리고 만지작거리는 모습이 노련하고 능숙했으며 우아하기까지 했다. 노르베르 드 바렌은 사장 의자에 앉아 기사를 쓰는 중이었고 자크 리발은 긴 의자에 벌렁 누운 채 눈을 감고 담배를 피우고 있었다.

실내는 난방을 해서 훈훈했다. 가구에서 나는 가죽 냄새, 오래 묵은 담배와 인쇄물에서 흘러나오는 잉크 냄새로 가득했다. 신문기자라면 누구에게나 익숙한 편집실만이 가진 냄새였다. 구리 장식을 한 통나무 테이블 위에는 편지며 카드, 신문, 잡지, 계산서와 각종 인쇄물 등이 수북이 쌓여 있었다.

포레스티에는 카드놀이를 하는 사람들 뒤로 돌아가 악수를 나누고 조용히 승부를 지켜보았다. 왈테르 씨가 이겼다.

"친구 뒤루아가 왔습니다."

포레스티에가 재빨리 소개했다.

"기사는 가지고 오셨소? 모렐의 토론과 함께 실으면 아주 잘 나갈 것 같은데."

왈테르 씨는 안경 너머로 뒤루아를 쳐다보며 말했다. 뒤루아는 주머니에서 네 번으로 접은 원고를 꺼냈다.

"좋아요. 아주 좋아요. 당신은 약속을 잘 지키는 사람이로군. 포레스티에, 자네가 한번 봐야겠지?"

왈테르 씨는 매우 흡족한 표정으로 웃으며 말했다.

"사장님, 그럴 필요는 없습니다. 실은 일을 가르치기 위해서 함께 썼거든요. 꽤 괜찮을 겁니다."

"그렇다면 잘됐군."

그때 중앙당 좌파 대의원인 야위고 키가 큰 신사에게 카드를 받은 사장은 이미 무관심해진 말투로 대답했다.

"마랑보 후임으로 뒤루아를 채용하겠다고 말씀하셨는데 그와 같은 조건으로 채용해도 될까요?"

포레스티에는 사장이 새로운 판을 시작하기 전에 그의 귀에 입을 바짝 대고 물었다.

"그렇게 하지."

신문기자는 왈테르 씨가 다시 승부를 시작하는 동안 친구의 팔을 잡고 나왔다.

노르베르 드 바렌은 그동안 한 번도 고개를 들지 않는데 뒤루아를 본 적도 없고 만나 본 적도 없는 사람처럼 굴었다. 그와 반대로 자크 리발은 문제가 생기면 언제든 도움이 돼 주겠다는 표시라도 하는 것처럼 힘차게 악수를 나눴다.

대기실을 지나올 때 모두들 그들을 바라보았다.

"사장님은 지금 예산위원회 두 분과 회의 중이신데 곧 만나 주실 겁니다."

그러고 나서 포레스티에는 당장 긴급한 전보라도 치러 가는 사람처럼 매우 바쁜 듯 급하게 그곳을 지나쳐 왔다.

편집실로 돌아온 포레스티에는 다시 빌보케를 꺼내 공놀이를 시작했다.

"이것으로 됐네. 이제 매일 세 시에 이곳으로 오면 돼. 그럼 그날이든 그날 밤이든 아니면 다음 날 아침이 됐든 자네가 어디를 가야 하고 뭘 해야 하는지 알려 줄 걸세.

하나, 우선 경시청 제1국 국장 앞으로 소개장을 써 주지. 둘, 그 사람이 자기 부하 직원을 연결해 주거든 그 사람을 잘 구워삶아서 셋, 경시청의 주요 뉴스들을 얻어 내야 해. 공식적이든 비공식적이든 말이야. 넷, 생포탱은 잠시 후 아니면 내일이 되면 만날 수 있을 거야. 누군가를 만나러 가면 다섯, 그 속을 알아 낼 수 있어야 하네. 만약에 문이 닫혀 있는 경우라도 여섯, 반드시 어떻게든 들어갈 줄 알아야 하고. 이 일을 하는 대가로 매달 기본급이 200프랑 정도 나갈 거야. 일곱, 거기에 덧붙여서 흥미 있는 기사를 취재해 오면 한 줄에 2수, 그외에 다른 문제에 대해서 기사 의뢰를 받을 경우에는 한 줄에 2수 쳐주겠네. 여덟……."

포레스티에는 수를 세느라 중간중간 말을 끊으면서도 뒤루아에게 해야 할 일을 알려 주었다. 그런 다음 놀이에 집중해서 수를 셌다. 아홉, 열, 열하나, 열둘, 열셋. 그는 열세 번째에서는 성공하지 못했다.

"제기랄! 열셋! 매번 여기서 막힌단 말이지. 나는 틀림없이 13일에 죽고 말 거야."

일을 끝낸 편집자 한 사람도 벽장에서 빌보케 공을 꺼냈다. 서른다섯 살은 되어 보이는 데도 어린아이처럼 키가 작은 남자였다.

다른 기자들 네댓 명도 들어오더니 각자 자기 빌보케 공을 꺼내 들었다. 마침내 여섯 사람이 한패가 되어 벽에 등을 기댄 채 빨강, 노랑, 검정 공을 규칙적인 동작으로 똑같이 공중으로 던지고 받는 놀이를 시작했다. 그렇게 다 같이 시합을 하는 분위기가 되자 일을 계속 하던 편집자 두 사람도 일어나서 합류했다.

포레스티에가 11점을 앞서자 어려 보이는 남자가 급사를 불러 맥주 아홉 잔을 청했다. 그러고는 맥주가 도착할 때까지 다시 시합을 계속했다.

"내가 할 일은 뭔가?"

뒤루아는 새롭게 동료가 된 그들과 함께 맥주를 마시고 친구에게 물었다.

"오늘은 없어. 이제 가 봐도 좋아."

"그런데 우리…… 우리가 쓴 기사는 내일 아침 신문에 나오는 건가?"

"그럼. 내가 교정을 볼 테니 신경 쓰지 말게. 내일분 기사를 써서 오늘처럼 세 시까지 여기로 나오면 되네."

뒤루아는 이름도 모르는 사람들과 악수를 하고 헤어져 즐거운 마음과 함께 용기가 솟아오르는 걸 느끼며 깨끗한 계단을 내려갔다.

4

조르주 뒤루아는 자신이 쓴 글이 신문에 나오는 것을 보고 싶은 마음에 밤새 잠을 이루지 못했다.

날이 밝기도 전에 일어나 신문 배달부가 올 시간이 되기도 전에 거리를 서성였다. 그리고 〈라비 프랑세즈〉가 먼저 도착하는 생라자르 정거장으로 나가 보았지만 너무 이른 시각이라 다시 거리를 방황해야 했다.

이윽고 신문 가판대 문이 열리고 이어서 한 남자가 접은 신문 뭉치를 머리에 잔뜩 이고 왔다가 또다시 달려갔다. 하지만 그가 가져온 신문은 〈르 피가로〉 〈르질 블라스〉 〈르골루아〉 〈레벤망〉 등과 조간 두서너 가지가 전부였다. 〈라비 프랑세즈〉는 없었다.

그는 갑자기 걱정되었다. '아프리카 기병의 회상'은 내일로 연기됐나? 아니면 마지막 순간에 왈테르 영감이 마음에 들지 않는다고 했을까?

신문 가판대로 되돌아오니 어느 틈엔가 〈라비 프랑세즈〉가 와 있었다. 그는 급히 뛰어 들어가 3수를 내고 신문을 펴 1면 제목을 훑어보았지만 없었다. 가슴이 뛰었다.

 신문을 들춰 보다가 어느 기사 아래 '조르주 뒤루아'라고 큰 글씨로 인쇄된 것을 찾아내고는 심하게 가슴이 뛰었다.

 "됐어! 나왔구나!"

 그는 모자를 비스듬히 쓰고 신문을 든 채 정신없이 걷기 시작했다. 지나가는 사람 아무라도 붙들고 '이 신문을 좀 보시오. 여기 내 기사가 실렸단 말이오!'라고 말하고 싶었다.

 저녁에 큰길에서 신문을 사라고 외치는 판매원이 하듯 〈라비 프랑세즈〉를 읽으세요. 조르주 뒤루아 씨가 쓴 '아프리카 기병의 회상'이 실려 있어요.' 하고 소리치고 싶었다. 그러자 문득 카페처럼 혼잡하면서도 눈에 띄기 쉬운 장소에서 신문 기사를 읽어야겠다는 생각이 들었다. 이 시간에도 사람이 많은 곳을 찾으려니 한참 걸어야 했다.

 마침내 대여섯 명이 들어찬 술집 같은 곳을 찾아 들어가 앉았다. 그리고 '압생트 한 잔'이라고 할 것을 시간도 개의치 않고 '럼주 한 잔'이라고 외쳤다. 그는 급사에게 〈라비 프랑세즈〉 한 부를 가져다 달라고 소리쳤다.

 "대단히 죄송합니다. 저희들은 〈르라펠〉 〈르 시에클〉 〈라랑테른〉 〈르 프티 파리지엥〉밖에 없는데요."

 흰 앞치마를 두른 남자가 뛰어왔다.

 "할 수 없군그래. 좀 사다 주게나."

 뒤루아는 화가 난다는 듯 힘주어 말했다.

 급사가 달려가서 신문을 사다 주었다. 뒤루아는 자신이 쓴 기사를 찾아 읽으면서 주위 시선을 끌려는 목적으로 몇 번씩이나 "좋아, 아주 좋아!"를 되풀이했다. 그리고 나올 때는 일부러 탁자 위에 신문을 놓고 나왔다.

"손님, 신문을 잊으셨습니다."

가게 주인이 그를 불렀다.

"놓고 가지요. 다 읽었으니 말이오. 오늘은 재미있는 기사가 나왔
더군요."

그가 무슨 기사인지 확실히 알려 주지 않았지만 나가면서 보니 옆
사람이 그가 남겨 둔 신문을 펼쳐 들었다.

그는 밖으로 나와 이제부터 무엇을 할 것인지 생각했다. 일단 철도
사무소에 가서 월급을 받은 다음 사표를 내기로 했다. 과장과 동료들
이 어떤 표정을 지을지 상상하자 얼굴도 보기 전에 기분이 무척 좋아
서 어깨춤이 절로 나올 지경이었다. 특히 과장이 놀랄 생각을 하니 더
욱 짜릿했다.

회계과는 열 시나 되어야 열기 때문에 뒤루아는 아홉 시 삼십 분이
되기 전에 도착하지 않으려고 아주 천천히 걸었다.

사무실은 다른 여러 사무소와 좁은 뜰을 가운데 두고 마주 보고 있
었다. 크기만 해서 음산하고 휑한 느낌이 들기 때문에 겨울에는 거의
하루 종일 가스등을 켜 놓아야만 했다. 직원은 전부 여덟 명이고, 칸막
이 뒤쪽 구석에는 계장이 앉아 있었다.

뒤루아는 우선 회계원 서랍 속 노란 봉투 안에 든 월급 118프랑
25상팀을 받으러 갔다. 그런 다음 여태까지 일해 온 넓은 사무실로
의기양양한 표정을 지으며 들어갔다.

"이봐, 뒤루아! 소장님이 벌써 몇 번이나 찾았단 말일세. 의사 진단
서 없이 이틀을 연달아 병가를 낼 수 없다는 것을 모르나?"

그가 들어서자 계장인 포텔 씨가 소리를 질렀다.

"흥, 그런 건 아무래도 좋단 말이오."

뒤루아는 효과를 더욱 크게 하기 위해 방 한복판에 서서 큰 소리로

말했다. 사람들이 놀라서 웅성거렸다. 포텔 씨는 어이없는 표정으로 상자 같은 칸막이 너머로 목을 길게 빼고 바라보았다. 그는 류머티즘 때문에 바람을 피해 그 안에 틀어박혀 있었는데 부하들을 감시하기 위한 구멍 두 개를 뚫어 놓은 상태였다.

무척 조용해서 파리가 날아다니는 소리가 들릴 지경이었다.

"지금 뭐라고 했나?"

계장이 머뭇거리며 간신히 물었다.

"그건 아무래도 좋다고 했습니다. 오늘 사표를 낼 거란 말입니다. 〈라비 프랑세즈〉에 편집 기자로 들어갔거든요. 월급 500프랑에 원고료도 따로 나옵니다. 오늘 아침에 벌써 기사가 나왔어요."

되도록 기쁨을 오래 누리고 싶었지만 한꺼번에 전부 쏟아 놓고 싶은 충동을 이기지 못했다. 어쨌든 효과는 만점이었다. 누구도 움직이지 않았다.

"일단은 페르튜이 씨를 만나고 나서 다시 작별 인사를 나누도록 하지요."

뒤루아가 큰 소리로 말하고 소장을 보기 위해 방을 나섰다.

"아, 드디어 나타났군그래! 내가 게으름을 싫어한다는 것쯤은 잘 알고……."

과장은 그를 보자마자 소리를 질렀다.

"그렇게 화내실 필요 없습니다."

뒤루아는 소장의 말을 잘랐다. 페르튜이 씨는 얼굴이 닭 볏처럼 벌겋고 뚱뚱한 사람이었는데 너무 놀라서 말을 잇지 못했다.

"전 여기가 싫증 나서 오늘부터 신문사에 나가기로 했습니다. 아주 좋은 자리랍니다. 그럼 안녕히 계십시오."

분풀이로는 충분한 것 같아 뒤루아는 방을 나와 버렸다. 그런 뒤 옛 동료들과 악수를 하러 갔다. 문이 열려 있어서 소장과 나눈 이야기를 들은 그들은 혹시라도 소장에게 미움을 살까 봐 두려워 아무도 입을 열지 못했다.

그는 월급을 주머니에 넣고 나와 예전부터 비교적 값싼 음식을 주문할 수 있는 훌륭한 식당으로 가서 점심을 푸짐하게 먹었다. 거기에서도 아침에 한 것처럼 〈라 비 프랑세즈〉를 한 부 사서 탁자 위에 그대로 올려 두고 나왔다. 또, 가게 여러 군데를 들러 자질구레한 물건들을 샀는데 그것은 오로지 '조르주 뒤루아'라는 이름을 남기고 배달시키는 것이 목적이었다. 그리고 매번 '라 비 프랑세즈의 기자'라는 말을 덧붙였다. 그런 다음 주소를 일러 주고 문지기에게 맡겨 두라는 다짐을 받았다.

아직 시간이 많았기 때문에 그는 통행인이 보는 앞에서 바로 명함을 만들어 주는 석판 인쇄소에 들렀다. 이름 아래에 새로운 신분을 새긴 명함을 100장 만들어 달라고 했다. 그러고는 신문사로 갔다.

"아, 왔군. 잘됐네. 자네에게 부탁할 것이 많이 있다네. 십 분만 기다려 주게. 하던 일을 마저 하고."

포레스티에는 그를 부하 직원 대하듯 거만한 태도로 맞았다. 그러고는 쓰다 만 편지를 계속해서 쓰기 시작했다.

커다란 테이블 반대쪽에서 심한 근시로 보이는 자그마한 남자가 종이에 코를 박고 무엇인가를 쓰고 있었다. 얼굴이 창백하고 뚱뚱했으며 개기름이 흐르고 벗겨진 머리는 하얗게 빛났다.

"이봐, 생포탱, 몇 시에 인터뷰하러 간다고 했지?"

포레스티에가 그에게 물었다.

"네 시."

"그럼 여기 뒤루아라는 친구를 데리고 가게. 새로 왔어. 가서 일하는 요령도 좀 알려 주게."

"그러지."

"알제리 속편은 가지고 왔나? 오늘 아침에 준 1회분은 아주 평이 좋다네."

포레스티에가 이번에는 뒤루아를 향해 물었다.

"아니…… 오후에 시간이 좀 있을 거라고 생각했는데…… 일이 있어서 아직 못 썼네."

뒤루아는 당황해서 중얼거렸다.

"일을 확실히 해야지. 그런 식으로 어물거리다가는 미래가 날아가 버린다고. 왈테르 사장이 자네 원고에 기대를 걸고 있어. 일단 내일로 미뤘다고 말해 두지. 놀고먹으면서 돈을 받을 수 있다고 생각하면 큰 오산일세."

포레스티에가 언짢은 표정으로 어깨를 으쓱거렸다.

"기회란 왔을 때 잡아야 한다네."

그가 잠시 후 다시 말했다.

"자, 난 다 됐네."

생포탱이 일어섰다. 그러자 포레스티에는 의자에 몸을 한껏 뒤로 젖히고 앉아 제법 의젓하게 지시를 내렸다.

"실은 이틀 전부터 중국 리텡파오 장군하고 인도 왕족 타포사히브 라마데라오 팔리가 파리에 와서 콩티낭탈 호텔과 브리스톨 호텔에 각각 머물고 있거든. 그 두 사람을 찾아가서 인터뷰 기사를 만들어 와야 해."

포레스티에가 뒤루아를 돌아보며 말을 이었다.

"참 아까 말한 것을 잊지 말게. 특히 영국의 간교한 극동 정책, 식민지 정책, 지배 방법에 대해 어떻게 생각하는지, 자기들 문제에 유럽과 특히 프랑스가 간섭할 경우 어떻게 대처할 것인지에 대해 물어보게."

그가 다시 생포탱에게 말했다.

"독자들이 매우 흥미진진하게 생각할 거야. 현재 여론을 들끓게 하는 문제에 대해 중국과 인도의 의견을 모두 들을 수 있다는 것은 정말 흥밋거리지."

그는 잠시 입을 다물었다가 다시 말을 이었다.

"생포탱이 하는 것을 잘 보게. 이 사람은 아주 뛰어난 취재기자란 말일세. 단 오 분이면 누구든지 다 털어놓게 되니 그런 걸 배워 오란 말이야."

포레스티에는 뒤루아에게도 한마디 더 던지고 다시 의젓한 태도로 글을 쓰기 시작했다. 거기에는 옛 친구와 거리도 두고 자기 부하 직원으로서 새로운 지위를 확실히 깨우치게 하려는 의도가 다분히 숨어 있었다.

"잘난 체도 어지간히 하는군. 우리한테까지 그럴 게 뭐 있나? 우리를 독자라고 생각하는 모양이야."

밖으로 나오자 생포탱이 웃음을 터뜨렸다.

"뭘 좀 마실까?"

두 사람이 큰길로 내려갔을 때 생포탱이 물었다.

"네, 그러죠. 굉장히 덥군요."

카페에 들어가서 시원한 음료를 시키고 난 다음 생포탱은 신문사 사람들과 신문에 관한 것들을 아주 자세하게 끝도 없이 늘어놓았다.

"사장 말인가? 그야말로 진정한 유대인이지. 어떻게 해도 변하지 않는 종족이란 말이야. 대단한 종족이지."

그는 사장이 정말 인색해서 이스라엘 자손답다고 말했다. 10상팀을 내는 것도 아까워서 벌벌 떨고 하녀들처럼 물건값을 깎질 않나, 체면도 없고 염치도 모르는 고리대금업자나 전당포 주인과 다를 것이 없다고 말했다.

"게다가 신념도 없고 태연하게 남을 속일 수도 있는 사람이야. 놈이 만드는 신문은 가톨릭당, 자유당, 공화당 할 것 없이 아무거나 될 수 있는 싸구려 잡화상 같은 걸세. 어차피 놈이 하는 주식 투기나 너저분하게 벌려 놓은 기업을 받쳐 놓기 위한 버팀목 구실을 하려고 시작한 거야. 그런 면에서는 대단한 셈이지. 처음 시작할 때는 자본이 4수도 안 됐는데 몇백만을 벌어 내니 말이야."

그는 뒤루아에게 다정하게 '친구'라고 불렀다.

"그 구두쇠는 발자크에게 비교도 안 될 거야. 며칠 전에 퇴물 노르베르와 돈키호테 리발하고 같이 사장 방에 있었는데 총무과 몽트롤랭이 들어온 거야.

사장이 '뭐 특별한 일 있나?' 하고 물었지. 그러자 몽트롤랭이 별생각 없이 '지물상에 줘야 할 1만 6,000프랑을 갚았습니다.' 한 거야. 그랬더니 사장이 펄쩍 뛰더군. 다들 깜짝 놀랐다네.

'뭐?' '프리바 씨에게 돈을 지불했다고요.' '자네 미쳤나?' '왜 그러십니까?' '왜? 왜냐고?' 그러더니 남을 곯릴 때 곧잘 하듯이 안경을 벗어서 닦는 거야. 그러면서 빙그레 웃는데 한쪽 뺨이 실그러지는 그런 웃음이었지.

'왜냐고 물었나? 4,000이나 5,000프랑은 깎을 수 있었으니 그리지.' 몽트롤랭이 놀라서 '하지만 청구서는 규정에 어긋난 게 없고 이미 사장님 결재도 받은 건데요.' 했지. 그러자 사장이 완전히 정색한 얼굴로 '자네 참 순진하군그래. 부채를 깎으려면 우선 잔뜩 쌓아 두는 거란 말이야.' 하더라니까."

생포탱은 모든 것을 다 안다는 듯한 표정으로 고개를 끄덕였다.

"어때? 발자크 소설 같지?"

"정말 그렇군요."

뒤루아는 소설을 읽어 보지 않았지만 자신 있게 대답했다.

그다음 화제는 왈테르 부인으로 이어졌다. 생포탱은 그녀가 몹시 얼빠진 여자라고 했다. 노르베르 드 바렌은 별 볼 일 없는 늙은이일 뿐이고, 리발은 페르바크(당시 유명했던 기자 레옹 뒤슈멩을 암시하는 인물) 같은 놈이라고 했다. 그다음에는 포레스티에 이야기가 나왔다.

"그놈은 처복이 있는 것뿐이야."

"그 부인은 어떤 여자인가요?"

"아주 영악해. 보드렉 백작이라는 늙은 난봉꾼의 정부였지. 그 늙은이가 지참금까지 줘서 결혼시켰다고 하더군."

생포탱은 손을 비비며 말했다. 그 말을 듣자 뒤루아는 갑자기 소름이 끼치면서 신경이 오그라드는 듯한 느낌을 받았다. 눈앞에서 계속 떠들고 있는 생포탱에게 욕을 해 주고 한 대 치고 싶은 충동이 일었다.

"생포탱은 당신 진짜 이름인가요?"

뒤루아는 충동을 누르고 이렇게 물어보았다.

"아니, 나는 토마라는 이름이 있는데 신문사에서 생포탱이라는 별명을 붙여 준 것일세."

상대가 선뜻 대답해 주었다.

"늦은 것 같군요. 유명인을 둘이나 만나 봐야 하는데 말이죠."

뒤루아가 계산을 하면서 말했다.

"아직 순진하시군. 내가 정말로 중국인이나 인도인한테 영국에 대한 감상 따위나 물어보러 갈 것 같은가? 〈라비 프랑세즈〉 독자들을 위해 어떤 생각을 해야 하는지는 그들보다 내가 더 잘 알걸?

이래봬도 나는 중국인, 페르시아인, 인도인, 칠레인, 일본인 등 다양한 사람들하고 이미 500번 넘게 인터뷰를 했네.

내가 볼 때는 그들의 대답이란 다 거기서 거기야. 그러니까 최근에 만난 사람 기사를 그대로 옮겨 쓰면 되는 거야. 그저 그들의 얼굴 생김새와 이름, 칭호와 나이, 수행원들만 바꾸면 되지. 이런 건 적당히 하면 안 되거든. 그랬다간 아마 〈르 피가로〉〈르 골루아〉한테 제대로 언어맞을 거야.

하지만 그런 건 브리스톨이나 콩티낭탈 호텔에 있는 급사들에게 물으면 단 오 분 안에 해결할 수 있지. 담배라도 피우면서 걸어가면 둘의 교통비로 100수를 청구할 수 있네. 이런 게 바로 경험자의 방법이라는 거지."

"그런 식으로 한다면 취재기자 일도 꽤 짭짤하겠군요."

뒤루아가 물었다.

"그렇지. 하지만 사회면 가십 기자만 못해. 은근슬쩍 광고에서 뜯어먹기도 하거든."

신문기자는 알쏭달쏭하게 말을 마치고 큰길을 걸어 마들렌 성당 쪽으로 함께 걸었다.

"혹시 볼일이 있다면 돌아가도 괜찮네. 나 혼자서도 할 수 있으니 말일세."

뒤루아는 생포탱과 악수를 하고 헤어진 뒤 그날 밤 안으로 완성해야 할 기사에 대해 궁리하기 시작했다. 걸으면서 이런저런 생각을 해보고 판단이나 삽화를 머릿속으로 그러모으면서 샹젤리제까지 올라갔다. 이렇게 무더운 날이면 파리는 늘 한산하게 마련인지라 산책하는 사람들도 별로 눈에 띄지 않았다.

에투알 광장 개선문 근처에 있는 술집에서 저녁을 먹고 외곽의 큰길을 통해 천천히 걸어 집으로 돌아왔다. 일을 하기 위해 책상 앞에 앉았지만 희고 커다란 종이를 보자마자 머릿속에 정리해 두었던 재료들이 마치 뇌수가 증발하듯 몽땅 날아가 버렸다. 어떻게 하든 남아있는 추억의 편린을 모아 붙들어 매려고 했지만 떠오르는 즉시 사라지거나 어떻게 엮어야 할지 알 수도 없고, 시작을 어찌해야 좋을지 막막하기만 했다.

"내가 아직 이 일에 익숙하지 못한 탓이야. 한 번 더 도와 달라고 해야겠다."

한 시간 동안 씨름을 하다가 첫머리만 쓰는 데 다섯 페이지 가량을 허비해 버리고 이렇게 생각하자마자 전날 포레스티에 부인과 일을 하던 감미로운 그 아침이 생각나서 친절하고 다정한 그 대화를 다시 하고픈 마음이 더욱 솟구쳤다.

그래서 일을 다시 시작해서 끝마치는 게 왠지 아까운 생각이 들어 일찌감치 잠자리에 들었다.

이튿날 아침, 그는 포레스티에 집을 방문할 생각에 들떠서 여느 때보다 조금 늦잠을 잤다. 친구네 집 초인종을 누른 것은 열 시였다.

"주인님은 지금 일을 하고 계십니다."

하인이 이렇게 말했다.

"주인어른께 급한 일이 있어서 왔다고 전해 주게나."

뒤루아는 남편이 집에 있을 거라는 생각을 하지 않았기 때문에 살짝 거북했지만 용기를 내어 말했다. 오 분 정도 기다린 다음 그는 말할 수 없이 즐거운 시간을 보냈던 그 서재에 들어갈 수 있었다.

포레스티에는 실내복에 슬리퍼, 영국식의 챙 없는 모자를 쓴 차림으로 전날 그가 앉았던 곳에 앉아 무엇인가를 쓰고 있었다. 그의 아내는 전에 입었던 실내복을 입고 벽난로에 팔을 기댄 채 담배를 물고 문장을 불러 주는 중이었다.

"미안한데, 방해가 되었나 보군?"

뒤루아가 입구에 서서 중얼거렸다.

"또 무슨 일인가? 빨리빨리 말해 보게. 지금 바쁘니까."

포레스티에는 잔뜩 화난 얼굴로 돌아보며 퉁명스럽게 말했다.

"아닐세, 아무것도 아니야. 미안하네."

뒤루아는 당황해서 더듬거렸다.

"뭐야? 꾸물거리지 말고 말하게. 설마 그냥 아침 인사나 하려고 온 것은 아닐 테지?"

"아니…… 그게…… 사실은…… 기사를 쓸 수가 없어서…… 지난번에도 무척…… 잘해 주셔서…… 염치도 없이 또 와 본 건데……."

"그걸 말이라고 하나? 그럼 자네 일은 내가 하고 돈은 자네가 타면 된다고 생각하는 건가? 그것 참 좋은 생각이군."

포레스티에가 그의 말을 가로막고 말했다. 그의 아내는 마음속에 일어나는 야유를 감춘 상냥한 가면 같은 얼굴로 희미하게 웃으며 담배만 피웠다.

"정말 미안하네…… 내 생각엔……."

뒤루아는 얼굴이 붉어졌다.

"정말 죄송합니다, 부인. 그날 정말 훌륭한 기사를 써 주신 건 진심으로 감사드립니다."

중얼거리던 그가 갑자기 분명한 목소리로 말하고는 고개를 숙였다. 그리고 샤를에게는 세 시에 신문사에 들르겠다는 말을 던지고 나와 버렸다.

"좋아. 그런 것쯤은 나 혼자서 해 보이도록 하지. 두고 봐."

그는 불쾌한 듯 중얼거렸다. 집으로 돌아오자마자 분노에 차서 글을 쓰기 시작했는데 포레스티에 부인이 시작한 사랑 이야기의 뒤를 이어 신문소설에서 읽었던 줄거리, 터무니없는 사건들, 과장된 경치 묘사들을 이리저리 뒤섞어 버렸다. 게다가 중학생 같은 서투른 문장과 하사관들이 쓰는 말들로 더욱 엉망진창이 되었는데 이렇게 한 시간 만에 말도 안 되는 기사를 써서 자신만만하게 〈라 비 프랑세즈〉로 가져갔다.

거기에서 생포탱을 제일 먼저 만났다.

"중국인과 인도인을 인터뷰했던 기사 읽었나? 꽤나 재미있다네. 파리 사람들을 모두 깔깔거리게 만들었지. 그런데 웃긴 건 내가 그들을 코빼기도 못 봤다는 걸세."

그는 공범자라도 만난 것처럼 뒤루아와 힘 있게 악수를 나눴다. 뒤루아는 곧 신문을 가져다가 '인도와 중국'이라는 긴 기사를 읽기 시작했다. 취재기자는 옆에서 가장 재미있는 곳을 찾아 해설까지 해 주었다.

"아! 마침 잘됐군. 자네들한테 부탁이 있네."

포레스티에가 헐떡이며 당황한 얼굴로 급히 들어왔다. 정치 분야 몇 가지를 그날 밤 안으로 취재해야 한다는 것이었다.

"이건 알제리 후속 이야기일세."

뒤루아가 그에게 기사를 내밀었다.

"좋아, 이리 주게. 사장님한테 전해 주지."

그러고는 끝이었다.

"회계과에는 다녀왔나?"

생포탱이 새로운 동료를 복도로 끌고 나가 물었다.

"아니 왜요?"

"왜라니! 돈을 받아야지. 잘 듣게나. 이보게, 한달치는 미리 받는 거야. 앞으로 어찌 될지 모르니 말이야."

"아……, 잘됐군요."

"그럼 회계과에 소개해 주겠네. 안 된다는 말은 안 할 걸세. 여긴 돈은 잘 나오거든."

그렇게 해서 뒤루아는 200프랑과 어제 쓴 기사의 원고료 28프랑을 받았다. 거기다 철도 사무소에서 받은 월급을 합하니 주머니에 340프랑이 생겼다. 여태껏 그렇게 많은 돈을 가져 본 적이 없어서 앞으로 영원히 부자가 될 것만 같은 기분이 들었다.

생포탱이 그를 데리고 몇 군데 경쟁 신문사에 찾아가 이런저런 잡담을 나누었다. 자신이 취재해야 할 기사를 다른 곳에서 취재했다면 이야기를 나누는 동안 자연스럽게 실토하도록 만들자는 속셈이었다.

저녁때가 되자 뒤루아는 할 일이 없어서 폴리베르제르에 가기로 했다.

"나는 〈라비 프랑세즈〉 조르주 뒤루아 기자요. 전에 포레스티에 씨와 함께 왔었는데 앞으론 나도 무료로 입장할 수 있게 해 주겠다고 했었소. 얘기가 되어 있는지 모르겠군."

그는 배짱 좋게도 매표소로 다가가 큰 소리로 말했다. 매표소에 앉아 있던 사내가 명단을 살펴봤지만 거기에는 없었다.

"어쨌거나 들어가시고, 지배인에게 직접 말씀하시면 틀림없이 될 겁니다."

그는 대단히 친절히 대해 주었다. 그가 막 입장하는데 전에 왔을 때 만났던 여자 라셀과 마주쳤다.

"어머, 당신이군요. 잘 지내셨어요?"

그녀가 곁으로 다가와 말을 걸었다.

"뭐, 나쁘진 않지. 당신은?"

"저도 그래요. 지난번에 당신을 만나고 나서 두 번이나 당신 꿈을 꿨답니다."

"아! 그건 무슨 뜻이지?"

뒤루아는 좋아서 싱긋 웃었다.

"그야 뭐 당신한테 반했다는 소리지. 그런 걸 뭘 물어요. 생각 있으면 또 오란 말이에요."

"오늘도 좋은데."

"그래요, 좋아요."

"좋아, 그런데……. 오늘 밤엔 돈이 없거든. 지금 클럽에서 막 나오는 길인데 다 털렸어."

뒤루아는 조금 쑥스러운 기분이 들었다.

"어머! 싫어요. 나한테 그러면 안 되죠."

그녀는 거리 여인다운 본능으로 그가 거짓말을 한다는 걸 알아내곤 그의 눈을 가만히 들여다보며 말했다.

"10프랑이라면. 그게 남은 돈 전부거든."

뒤루아는 어색하게 웃었다.

"당신 맘대로 해요. 난 당신만 있으면 되거든요."

그녀는 변덕스러운 매춘부답게 무관심한 말투로 중얼거렸다.

"우선 석류 시럽 한 잔을 마신 다음에 한 바퀴 돌아보죠. 당신하고 같이 오페라를 보러 가서 당신을 자랑하고 싶어요. 그런 다음에 일찍 집으로 갑시다."

그녀는 청년의 콧수염을 황홀한 눈길로 바라보고는 그의 팔을 잡고 사랑스럽게 달라붙었다.

뒤루아는 여자의 집에서 늦게까지 잠을 잤다. 밖으로 나왔을 때는 이미 대낮이었다. 바로 〈라비 프랑세즈〉를 사야겠다는 생각이 들었다. 초조한 마음으로 신문을 폈지만 그의 글은 실리지 않았다. 그는 길에 선 채 어딘가에는 찾는 것이 있지 않을까 하는 마음으로 샅샅이 훑어보았다.

묵직한 뭔가가 심장을 눌러 댔다. 사랑놀이로 하룻밤을 지내느라 몸도 지쳤는데 이런 타격까지 받으니 재앙으로 목을 졸리는 것만 같았다. 그는 자기 방으로 올라가 옷을 그대로 입은 채 이불 속으로 기어들어갔다.

몇 시간이 지나서 신문사에 들어간 뒤루아는 바로 왈테르 씨를 찾았다.

"사장님, 오늘 아침에 저의 알제리 기사가 실리지 않아서 놀랐습니다."

"자네 친구 포레스티에게 읽어 보라고 했더니 별로 좋지 않다고 하더군. 다시 써 오게."

사장이 무뚝뚝하게 말했다. 뒤루아는 화가 나서 대답도 하지 않고 나왔다.

"왜 내가 쓴 기사를 싣지 않은 건가?"

그는 친구 방으로 거칠게 들어가 따지듯 물었다. 포레스티에는 안락의자에 등을 기대고 발은 책상 위에 올려놓고 쓰고 있던 기사가 발끝에 닿을 지경이었다.

"사장한테 보였는데 그다지 좋지 않다면서 돌려보내라고 했다네. 다시 써 달라고 하더군. 거기 있으니 보게나."

그가 담배를 피우고 있어서 그런지 굴속에서 말하는 것처럼 아득하게 들렸다. 포레스티에는 접어 놓은 종이를 손가락을 가리켰고 뒤루아는 아무 말도 못하고 원고를 주머니에 쑤셔 넣었다.

"오늘은 먼저 경시청으로 가 보게."

포레스티에는 뒤루아에게 해야 할 일과 취재할 것에 대한 상세한 지시를 내렸다. 뒤루아는 한마디 쏘아붙이고 싶었지만 생각나는 것이 없어 그대로 밖으로 나오고 말았다.

그는 그다음 날 기사를 다시 써서 가지고 갔지만 퇴짜를 맞았다. 다시 고친 것도 역시 거절을 당하기는 마찬가지였다. 그는 자신이 너무 공을 세우려고 서두른다는 사실과 포레스티에가 도와주지 않으면 어떤 방법도 없다는 것을 깨달았다. 그래서 다시는 '아프리카 기병의 회상'에 대한 아무 이야기도 꺼내지 않기로 마음먹었다. 요령껏, 좀 더 빈틈없이 처신하리라, 상황이 나아질 때까지 우선 취재기자 일을 열심히 하겠다고 결심했다.

그렇게 해서 그는 차츰 연극, 정치의 내막, 정치가의 대기실, 의원회관 복도를 알아 갔으며 관저에 사는 관리들의 잘난 척하는 얼굴들과 꾸벅꾸벅 조는 수위들의 찡그린 얼굴에도 익숙해졌다.

그는 장관 집 문지기와 장군, 경찰, 공작, 뚜쟁이, 거리 여자, 대사, 접대부와 사기꾼, 사교계 신사들과 그리스인, 역마차 마부, 카페 급사를 비롯한 다양한 사람들과 끊임없이 사귀었다. 하지만 그들과는 그저 이해타산으로 얽힌 관계일 뿐 모두 똑같은 기준으로 판단했고, 똑같은 눈으로만 평가했다. 존경해야 하는 사람이 누구인지도 알 수 없었다.

깊이 생각해 볼 시간도 없이 매일 자기 직업과 관련된 그들 전부와 만나 늘 똑같은 이야기를 나눠야 했다. 그는 자기 자신이 시음용 술을 한 잔씩 마시다가 결국은 샤토 마르고와 아르장퇴유를 구별할 수 없게 된 사람에 비유하곤 했다.

결국 얼마 지나지 않아 뒤루아는 아주 유능한 취재기자가 되었다. 자기 정보에 확신이 있었으며, 교활하고 민첩한 데다 요령까지 좋아서 신문업계 전문가인 왈테르 씨의 표현에 의하면 신문사의 진정한 보배가 된 것이었다.

그러나 고정 급료 200프랑에, 기사 한 줄에 10상팀을 받는 걸로는 번화가 카페와 레스토랑에 수도 없이 돌아다니는 돈이 많은 드는 생활을 감당하기 어려워 언제나 무일푼 신세였고 몹시 가난했다.

그는 몇몇 동료들이 호주머니에 금화를 넣는 것을 보면서 분명히 뭔가 연구해 봐야 하는 요령이 있을 거라 생각했지만 그렇게 풍족한 생활을 하기 위해 무슨 수단을 써야 하는지 짐작조차 되지 않았다.

그저 남이 알지 못하는 부정한 방법이 있거나, 신문을 핑계로 수수료를 뜯어내거나 비밀 거래가 있는 게 틀림없다고 혼자 상상하며 부러워하기만 했다.

자신도 그렇게 되려면 암묵적으로 끈끈하게 연결되어 있는 저 동료들과 어울려야 했다. 자기를 제쳐 두고 자기들끼리만 이익을 나누는 동료들 사이로 파고들어야 했다.

그래서 그는 창문 밖으로 기차가 지나는 걸 바라보며 어떻게 해야 할지를 곰곰 생각하곤 했다.

5

그로부터 두 달이 지나 구월이 되었지만 행운은 뒤루아가 생각한 것처럼 빨리 오지 않고 아주 늑장을 부리는 것 같았다. 특히 그는 자신의 지위가 오르지 않는 것에 대해 굉장히 초조하게 생각했다. 어떤 길로 가야 존경을 받고 돈이 모이는 높은 곳에 오를 수 있는 것인지 짐작조차 할 수 없었다.

취재기자라는 하잘것없는 직업에 갇혀 사방이 꽉 막힌 벽 속에서 도저히 빠져나갈 수 있을 것 같지 않았다. 사람들은 그를 존경하는 척했지만 그건 순전히 신분에 맞는 존경일 뿐이었다.

포레스티에한테도 여러 가지 일을 애써 해 주었지만 더는 그를 만찬에 초대하지도 않았고, 허물없는 친구로 대해 주긴 했지만 일을 할 때는 꼭 부하 직원 취급을 하곤 했다.

물론 뒤루아는 이따금 짧은 기사를 쓰는 행운을 잡기도 했다. 두 번째 알제리 기사를 쓸 때와 달리 사회면 기사를 쓰면서 이미 유려하게 문장 쓰는 요령을 익혔기 때문에 더 이상 글을 퇴짜 맞는 일은 없었다. 하지만 그것과 자신의 생각대로 기사를 쓰고 정치 문제를 자기 식대로 심판하는 것은 마부가 블로뉴 숲으로 마차를 모는 것과 그 마차 주인으로 마차 안에 앉아서 가는 것 같은 차이가 존재했다. 게다가 사교계로 통하는 문이 모두 닫혀 버린 듯 그곳의 사람들과 교류하는 것은 물론이고 귀부인들과 친분을 쌓을 기회가 없다는 사실이 분통 터지게 했다. 그나마 타산적인 이해에 따른 우정을 보이면서 몇몇 여배우들이 가끔 불러 주는 것이 고작이었다.

그는 귀부인이든 별 볼일 없는 시시한 여배우든 모두 자신을 보는 순간 호의와 특별한 관심을 보인다는 걸 알고 있었기에 장래에 자신을 출세의 길로 인도할 여자들과 만나지 못하는 것이 마치 말뚝에 매인 말처럼 느껴져서 불안했다.

포레스티에 부인을 만나 볼까도 생각한 적이 몇 번 있었지만 전에 방문했던 기억이 떠오르면 화가 치밀어 가 볼 엄두를 내지 못했을뿐더러 남편이 초대해 주기를 바라는 마음도 있었던 것이다.

그러다가 드 마렐 부인이 한번 찾아오라고 했던 것을 기억해 내고는 특별히 할 일이 없었던 어느 날 오후에 그녀를 찾아갔다. '세 시까지는 언제나 집에 있어요.'라고 했기 때문에 그는 두 시 삼십 분에 초인종을 눌렀다.

그녀는 베르뇌유 거리 5층 건물에 살고 있었는데 초인종을 누르자 몸집이 작은 여자가 빗질도 제대로 하지 않은 머리로 문을 열어 주었다.

"네, 마님이 계시긴 합니다만, 아직 주무실지도 모르겠네요."

그녀는 모자 끈을 매면서 객실 문을 밀었다. 그 방은 제법 넓었지만 가구도 별로 없었고 오랫동안 내버려 둔 것 같은 느낌을 주었다. 빛바랜 낡은 안락의자들이 자기 집을 사랑하는 여자의 손길은 아예 닿지 않은 듯 아무렇게나 늘어서 있었다.

강 위에 떠 있는 보트, 바다를 달리는 배, 들판 한가운데 돌아가는 풍차, 숲에서 나무를 베고 있는 나무꾼을 그린 액자 네 개가 사방 벽에 빙 둘러 가며 길고 짧은 끈으로 대충 매달려 모두 비스듬히 기울어 있었다. 이것 역시 오랫동안 그냥 방치해 둔 것이 분명했다.

뒤루아는 앉아서 한참을 기다렸다. 이윽고 문이 열리고 드 마렐 부인이 뛰듯 들어왔다. 장밋빛 비단 바탕에 풍경과 파란 꽃, 하얀 새를 금실로 수놓은 일본식 실내복 차림이었다.

"어머! 늦잠을 자고 말았어요. 까맣게 잊어버린 줄 알았는데 이렇게 와 주시니 무척 기뻐요."

그녀는 정말 기쁜 듯 두 손을 내밀었다. 뒤루아는 단정하지 못한 방 안 풍경에 마음이 풀어져서는 그 손을 잡고 전에 노르베르 드 바렌이 하는 방식을 흉내 내어 한쪽 손에 입을 맞추었다. 그녀는 뒤루아를 앉으라고 하고 나서는 세심히 바라보기 시작했다.

"많이 변하셨네요. 몰라볼 정도로 훌륭해지셨어요. 파리가 체질에 맞는 모양이에요. 자, 얼른 어떤 일이 있었는지 말씀해 주세요."

그녀는 마치 십년지기 친구처럼 허물없이 이야기했다. 두 사람 사이에는 금세 따뜻한 분위기가 흘러넘쳤고, 같은 성격 같은 부류의 사람들이 만난 지 오 분 만에 친구가 되도록 하는 신뢰와 우정, 애정이 싹 튼 것처럼 느껴졌다.

"정말 이상해요. 당신과 대화를 나누고 있으니까 마치 십 년 전부터 알던 사람 같아요. 우린 분명히 좋은 친구가 될 수 있을 거예요. 그렇죠?"

그녀는 갑자기 말을 멈추고 매우 놀란 것처럼 말했다.

"고마워요."

뒤루아는 의미심장한 미소를 지으며 대답했다. 그는 부인이 매우 매력적이라는 생각이 들었다. 하얀 실내복을 입었던 포레스티에 부인에 비해 사랑스럽고 섬세한 느낌은 적은 대신에 화려하고 부드러운 실내복의 영향인지 훨씬 자극적이고 아름다웠다.

포레스티에 부인이 짓곤 하는 상냥한 미소는 '당신이 좋아요.'라고 하는 것 같다가도 '점잖게 행동하세요.'라고 말하는 것 같기도 해서 도대체 속마음이 어떤지 알아차리기가 어려웠다. 그래서 그는 그녀의 발밑에 꿇어 엎드리고 싶었고, 동시에 윗옷의 얇은 레이스에 입맞추고 가슴 사이로 전해지는 향기롭고 따뜻한 체취를 천천히 마시고 싶어서 그녀의 가슴에 고개를 파묻고 싶기도 했다. 엷은 비단 아래 드러난 몸의 윤곽 앞에서 느끼는 것처럼 손이 저절로 떨리는 그런 욕망이었다.

그녀는 계속 이야기를 했는데 말끝마다 신선한 재치가 느껴지는 그런 말투로, 솜씨 좋은 직공이 어려운 일을 쉽게 해치우듯 말하는 요령이 알고 있었다.

'이런 건 알아 둬야 해. 이 여자에게 매일 일어나는 사건에 대해 이야기를 하게 하면 파리의 사회기사쯤은 멋지게 쓸 수 있겠어.'

그는 그녀의 이야기를 들으며 이런 생각이 들었다. 그때 그녀가 들어왔던 문을 조용히, 아주 조용히 두드리는 소리가 났다.

"들어오렴. 우리 아가씨."

그녀가 대답했다. 소녀가 들어오더니 곧장 뒤루아에게 와서 손을 내밀었다.

"어머나, 아주 딴판이네. 제대로 마음을 사로잡으셨어요."

어머니가 놀라서 중얼거렸다. 뒤루아는 아이에게 키스를 한 뒤 옆자리에 앉히고 어찌 지냈는지를 다정하게 물었다. 아이는 어른처럼 정색을 하고 피리 소리 같은 가느다란 소리로 대답했다. 벽시계가 세 시를 알렸고 뒤루아는 일어섰다.

"이렇게 자주 찾아 주세요. 오늘처럼 이야기를 나누면 좋겠어요. 그런데 요즘엔 포레스티에 댁에서 통 뵐 수가 없네요."

"별다른 이유는 없어요. 그저 할 일이 좀 많았거든요. 곧 그곳에서도 뵙게 될 것입니다."

집을 나선 뒤루아는 막연하게 희망이 솟아나는 것을 느꼈다. 그는 이 방문을 마음에 지니고 다녔는데 그녀의 환영이 마음에 어른거려 사라지지 않았던 것이다.

마치 그녀의 어떤 것, 그녀의 몸은 영상으로 눈 속에 남아 있고 정신적인 것들은 마음속에 남아 있는 것만 같은 기분이 들었다. 누군가와 즐거운 시간을 보내고 나면 늘 그렇듯 그 모습이 사라지지 않았다.

그녀가 가진 이상하고 독특한 매력 때문에 걷잡을 수 없는 그리움의 망령에 사로잡힌 느낌이었다.

그는 그로부터 사오 일이 지난 후에 다시 그녀의 집을 찾았다. 하녀의 안내로 객실에 들어서자 로린이 나왔다.

"엄마가 옷을 갈아입으시려면 십오 분쯤 걸릴 거라고 잠시만 기다려 달라고 하세요. 그동안 제가 같이 있어 드릴게요."

그녀는 손이 아닌 이마를 내밀며 말했다.

"고맙습니다. 아가씨! 십오 분 동안 함께 지낸다니 영광입니다. 하지만 저는 잠시도 얌전히 있지 못하는 성격이라 하루 종일 장난을 친답니다. 그래서 지금은 술래잡기를 하고 싶은데요?"

뒤루아는 격식을 차리는 소녀가 귀엽고 재미있어서 이렇게 대꾸했다.

"방에서 그런 장난을 치면 안 돼요."

소녀는 뒤루아의 터무니없는 제안에 깜짝 놀라서 대답을 하지 않고 있다가 미소를 지으며 어른스럽게 말했다.

"그런 건 상관없어요. 저는 아무 데서나 장난을 치거든요. 자, 잡아 보세요."

그는 그녀가 자기를 쫓아오도록 테이블 주변을 자꾸만 돌았다. 소녀는 접대를 하려니 할 수 없다는 듯 마지못해 뒤를 따라왔다. 그리고 가끔씩 그를 잡으려고 손을 뻗쳤지만 뛰려고 하지는 않았다.

그는 멈춰 서서 무릎을 굽히고 서 있다가 소녀가 조금씩 다가오면 상자 속 깜짝 인형처럼 펄쩍 뛰어오르고는 방 반대편 구석으로 뛰어갔다. 소녀는 그게 우스웠던지 웃음을 터뜨리더니 점점 즐거워하면서 종종걸음으로 그를 쫓아갔다.

그를 잡았다 싶을 때에는 기쁜 듯이 나지막한 탄성을 지르기도 했다. 그는 의자를 이용해 장애물을 만들어 아이가 의자 주위를 몇 바퀴 돌게 하고 다른 의자를 다시 잡기도 했다.

로린은 이 놀이에 푹 빠져서 이젠 진짜로 뛰어다녔다. 얼굴이 발그스름하게 되어 상대가 달아나거나 속임수를 쓰거나 계략을 쓰려고 하면 힘껏 달려들었다. 드디어 로린이 그를 잡았다고 생각한순간에 그는 소녀를 번쩍 들어 천장까지 들어 올렸다.

"우와, 키 크다, 커!"

소녀는 벗어나려고 바동거리면서도 기분이 좋아서 깔깔거렸다.

"어머! 로린이 장난을 다 치네………. 당신 정말 요술쟁이군요."

드 마렐 부인이 들어오다가 그 광경을 보고 놀라며 말했다. 뒤루아는 소녀를 내려놓고 드 마렐 부인 손에 키스를 한 다음 로린을 옆에 앉힌 후 나란히 앉았다.

둘이서 대화를 하려고 했지만 평소에 말이 없던 로린이 뭔가 홀린 것처럼 쉴 새 없이 재잘거려서 제 방으로 쫓아 보내야만 했다. 소녀는 말은 하지 않았지만 눈에 눈물이 그렁그렁한 채 방으로 돌아갔다.

"당신한테 부탁하고 싶은 것이 있어요. 큰 계획을 하나 세운 게 있거든요. 사실 저는 매주 포레스티에 씨 댁 만찬에 초대되는데 저는 집에 손님을 초대하는 건 싫어해요. 집안일이나 요리도 전혀 몰라요. 그냥 평범하게 생활하는 걸 좋아하니까 두 분을 가끔 음식점으로 초대해서 대접하는 걸로 보답한답니다.

그런데 세 사람만으로는 재미가 별로 없거든요. 다른 분들을 초대하고 싶긴 한데 대화가 잘 통할지 걱정도 돼서 한 번도 그런 적이 없어요. 이렇게 불쑥 말씀드리는 이유를 아시겠죠? 토요일 일곱 시 삼십 분에 카페 리슈에 같이 자리해 주세요. 어딘지 아시죠?"

둘만 남았을 때 드 마렐 부인이 낮은 소리로 말했다. 그는 기꺼이 승낙했다.

"딱 네 사람뿐이에요. 오붓한 자리가 될 거예요. 우리 여자들한테는 흔한 기회가 아니랍니다. 아주 재미있을 거예요."

그녀는 몸에 꼭 끼는 짙은 밤색 옷을 입고 있었는데 허리와 가슴, 팔의 곡선이 그대로 드러나 무척 요염해 보였다. 뒤루아는 세련된 아름다운 차림새와 엉망으로 버려둔 방 안의 무관심함의 부조화에 놀란 것보다 더한 막연한 당혹감이 느껴졌다.

그녀는 자신의 몸에 닿는 것이나 걸친 것은 섬세하고 세련되게 가꿨지만 집 안 집기들은 아무렇게나 내버려 둔 것이다.

뒤루아는 인사를 하고 나왔는데 지난번에 느낀 것과 같은 관능의 환각처럼 야릇한 느낌이 들었다. 언제까지나 그녀가 앞에 있는 것 같은 느낌이었다. 그 느낌은 시간이 지날수록 약속한 날을 기다릴 수 없게 만들었다.

주머니 사정이 아직 여의치 않아서 야회복을 또 빌려 입은 뒤 약속 시간보다 훨씬 먼저 만나기로 했던 장소로 갔다. 그는 3층으로 올라가 붉은 양탄자가 깔리고 큰 창문 하나가 큰길 쪽으로 열려 있는 고급 레스토랑다운 작은 방으로 안내되었다.

네모난 식탁에는 니스 칠을 한 듯 반짝반짝 빛나는 새하얀 식탁보가 덮여 있고 4인용 식기가 마련되어 있었다. 유리컵, 은그릇, 화로가 열두 개의 촛불을 꽂은 가지 달린 두 개의 촛대 아래에서 밝게 빛났다.

창밖은 특별석의 강한 불빛으로 가로수 잎이 커다랗고 밝은 초록색 얼룩이 되어 흔들려 보였다.

벽지와 같은 붉은색 천을 씌운 낮고 긴 의자에 앉은 뒤루아는 낡은 용수철이 늘어져 마치 밑바닥으로 가라앉는 것 같은 기분이 들었다. 넓은 건물 안에서 온갖 소리들이 뒤섞여 들렸다.

접시와 은그릇들이 부딪히는 소리, 복도에 깔린 카펫 덕분에 훨씬 부드러워진 급사들의 바쁜 발걸음 소리, 어딘가의 문이 잠깐 열렸는지 좁은 방 안에서 쏟아져 나오는 손님들의 이야기 소리 등 큰 레스토랑이면 어디든지 들을 수 있는 그런 소리들이었다.

포레스티에가 들어오더니 라비 프랑세즈에서는 결코 보여 주지 않았던 다정하고 친밀한 태도로 그의 손을 잡았다.

"부인들은 나중에 함께 오기로 했네. 이런 자리는 아주 유쾌하지."

그는 식탁을 바라보고 밤새 켜 놓은 등처럼 희미해진 가스등을 완전히 꺼 버렸다. 그러고는 바람이 들어온다는 핑계로 유리창을 반쯤 닫고 바람이 닿지 않는 곳에 자리를 잡았다.

"조심을 해야 한다네. 최근 한 달 동안은 증세가 호전됐었는데 네댓새 전부터 또 안 좋아. 화요일에 연극을 보러 갔었는데 오는 길에 감기가 든 모양일세."

문이 열리고 두 젊은 부인이 지배인에게 안내를 받으며 들어왔다. 둘 다 베일로 얼굴을 가리고 약간 고개를 숙인 폼이 언제 누구를 만나게 될지 모르는 이런 곳에서 여자들이 흔히 하는 것처럼 아름답고 조심성 있는 모습이었다.

"알고 있어요. 드 마렐 부인이 더 좋으신 거잖아요. 그 집에 찾아갈 시간은 있으시니까요."

뒤루아의 인사를 받고 포레스티에 부인은 그가 찾아오지 않는다고 투정을 부리고는 드 마렐 부인에게 얼굴을 돌리고 웃으며 말했다.

"남자분들께는 원하시는 걸 가져다드리세요. 우리는 얼음을 채운 샴페인을 주세요. 순한 걸로요. 그거면 돼요."

모두 자리에 앉았다. 지배인이 포레스티에에게 포도주 메뉴판을 보여 주자 드 마렐 부인이 말을 걸었다.

"저 오늘 밤에 좀 취하고 싶어요. 마시고 노래하고 실컷 떠들어요. 마음껏 즐깁시다."

지배인이 나가자 드 마렐 부인이 다시 말을 이었다.

"창문을 닫아도 될까요? 며칠 전부터 가슴이 안 좋아서요."

포레스티에는 마렐 부인의 말을 듣고 있지 않았던지 이렇게만 물었다.

"네, 괜찮아요."

그는 반쯤 열어 둔 창문을 완전히 닫고는 마음이 놓인 것처럼 미소를 지었다.

그의 아내는 말없이 앉아 생각에 잠긴 듯 식탁 위의 유리컵을 보며 미소를 짓고 있었다. 언제나 약속은 하지만 지킬 생각은 전혀 없는 사람이 보여 주는 그런 미소였다.

오스탕드산 굴이 나왔다. 마치 조개껍데기 속에 넣은 기름지고 귀여운 조그만 귀처럼 생겼는데 입에 넣으면 사탕처럼 녹으면서 짭짤한 맛을 남겼다.

그런 뒤 수프가 나오고 젊은 처녀의 살결 같은 분홍빛 송어가 나왔다. 사람들은 본격적인 이야기를 나누기 시작했다.

먼저 화제에 오른 것은 거리에 떠돌고 있는 어떤 염문으로 사교계의 어떤 부인이 외국 왕족과 식당 밀실에서 식사를 하는 것을 남편 친구에게 들켰다는 소식이었다.

포레스티에는 그 이야기를 듣고 많이 웃었고 두 여자는 그런 말을 퍼뜨리는 사람은 야비하고 비열하다고 했다. 뒤루아도 그 의견에 찬성하면서 남자라면 그런 종류의 이야기는 그것이 자신의 일이든 남에게 들은 것이든 직접 목격한 일이든 간에 무덤에 갈 때까지 침묵을 지켜야 한다고 강력하게 주장했다.

"만약 서로 비밀을 끝까지 지킬 것을 기대할 수 있다면 인생에는 즐거운 일이 얼마나 많겠습니까. 여자들은 대개, 아니 거의 언제나 비밀이 탄로가 나지 않을까 하는 걱정으로 주저하는 거잖아요."

그는 이렇게 덧붙였다.

"안 그런가요? 만약 한때의 덧없는 행복을 추문이나 쓰라린 눈물로 보상해야 한다는 걱정만 없다면 얼마나 많은 여자들이 한순간의 불타오르는 욕망이나 격렬한 마음에 자신을 맡기겠습니까."

그는 웃으면서 다시 말했다. 마치 어떤 특정 사건을 이야기한다기보다 자신의 사건을 변호하듯 확신을 담은 목소리로 '나와 함께라면 그런 위험 따위는 걱정 없답니다. 한번 해 보세요.'라고 말하는 듯 떠들어 댔다.

두 여자들은 그를 물끄러미 바라보며 찬성하는 눈빛을 던지고, 입으로는 그가 정당하며 조리에 맞는 말을 한다고 감탄했다. 두 여자의 호의가 담긴 침묵은 만약에 비밀이 확실하게 지켜지기만 한다면 파리 여인의 견고한 정조 따위는 오래 버티지 못할 것이라는 것을 알려 주고 있었다.

포레스티에는 긴 의자 위에 한쪽 다리를 구부리고 거의 눕다시피 앉았는데 옷이 더러워질까 봐 조끼 속에 냅킨까지 접어 넣고 있었다.

"맞아. 자네 말이 맞네. 만약 틀림없이 비밀이 지켜진다고만 하면 여자들은 제멋대로 달려들고 말 거야. 그야말로 남편들만 참 불쌍한 거지.”

그는 상대방에게 설득당한 사람처럼 어색하게 웃으며 말했다.

그다음 화제는 연애 이야기였다. 뒤루아는 연애가 영원할 거라는 생각은 해 본 적 없지만 우정과 신뢰를 오래도록 지속하는 것은 가능할 것이라고, 육체가 결합한다는 것은 마음이 결합했다는 일종의 보증 같은 것이며, 헤어질 때 항상 따라다니는 귀찮은 질투와 하소연 그리고 싸움 같은 것으로 비참한 꼴이 되는 것은 질색이라고 말했다.

“맞아요. 이 세상에서 즐거운 것은 사랑뿐이에요. 그런데 우리는 터무니없는 이유로 그걸 끝내 버릴 때가 많아요.”

뒤루아의 말이 끝나자 드 마렐 부인은 한숨을 쉬었다.

“그럼요. 맞아요……. 사랑받는다는 것은 즐거운 일이죠…….”

포레스티에 부인이 장난하듯 나이프를 만지작거리다가 덧붙였다. 그녀는 자기만의 세계에 빠져 입 밖으로 낼 수 없는 여러 가지 일들을 꿈꾸는 것처럼 보였다.

첫 번째 코스가 아직 나오지 않아 다들 샴페인을 한 모금씩 홀짝거리며 둥글고 작은 빵 껍질을 뜯어서 먹었다. 맑은 술이 한 방울씩 목구멍으로 흘러 피를 데우고 머리를 흐릿하게 만드는 것처럼 사랑에 대한 생각이 마음을 사로잡으며 조금씩 그들의 영혼을 취하게 했다.

잠시 후에 어린 양고기가 잘게 다듬은 아스파라거스를 푸짐히 쌓은 위에 얹혀 나왔다.

“이것 참 맛있어 보이는군!”

포레스티에가 외쳤다. 모두 연한 고기와 크림처럼 기름진 채소를 천천히 음미하면서 먹었다.

“전 누군가를 사랑하게 되면 그 여자 주위의 모든 것이 감쪽같이 사라져 버리곤 해요.”

뒤루아가 다시 말했다. 확신에 찬 어조였는데 맛있는 음식을 즐기면서 사랑에 대한 즐거움을 상상하니 저도 모르게 흥분이 된 모양이었다.

"제일 처음 손을 잡을 때가 제일 행복하죠. 상대방이 '날 사랑해요?' 하고 물으면 '네, 그럼요. 당신을 사랑해요.' 하고 대답하는 거예요."

포레스티에 부인이 늘 그런 것처럼 무관심한 어조로 중얼거렸다.

"난 그렇게 플라토닉하진 못해요."

드 마렐 부인은 갸름한 잔에 담긴 샴페인을 단숨에 들이키고는 즐겁게 말했다. 다들 동의하는 듯 눈을 반짝이며 히죽거렸다.

"부인이 그렇게 솔직하니까 사람들이 좋아하는 거예요. 솔직하다는 것은 그만큼 실천적이라는 뜻도 되지요. 드 마렐 씨 생각은 어떠시려나?"

포레스티에가 소파에 드러눕다시피 앉아서 두 팔로 쿠션을 누르며 진지하게 물었다.

"드 마렐 씨는 이 문제에 대해 별 의견이 없어요. 금욕, 그저 금욕이죠."

드 마렐 부인은 한없는 경멸을 담은 표정으로 천천히 어깨를 으쓱하더니 또박또박 말했다.

식탁 위의 이야기는 고상한 이야기에서 점점 음란한 이야기꽃이 피기 시작했다. 교묘하고 암시를 담은 대화가 오갔으며, 짧고 간단한 단어만으로 스커트를 들추듯 아슬아슬한 이야기를 하기도 했고, 대담한 화제를 멋진 표현으로 솜씨 좋게 해치우고, 음탕한 상상을 하게 만들고, 적나라한 대화를 점잖게 나누기도 했다. 그러한 유희는 모두에게 입으로는 말하기 어려운 한순간의 환상을 눈과 마음에 떠오르게 만들어 사교계 사람들에게 일종의 미묘하고 신비로운 연애를 맛보게 만들었다. 이를테면 포옹처럼 애타면서도 육감적인 연상을 하게 만들어 마음만으로도 은밀한 접촉을 하거나 애무를 즐기는 것 같은 느낌을 주었다.

그때 음식이 나왔다. 메추리를 곁들인 구운 자고새 구이, 완두, 다음에는 샐러드를 곁들여 깊게 칼집을 넣은 푸아그라가 나왔는데 샐러드는 움푹 파인 그릇에 녹색 거품처럼 가득 채워져 있었다.

그들은 이야기를 하는데 푹 빠져서 사랑의 욕조에 몸을 담근 듯 아무 생각 없이 음식을 먹어 치웠다. 두 부인은 이제 상당히 노골적인 이야기들도 해 댔다. 드 마렐 부인은 타고난 대담함으로 도발적인 말을 꺼내곤 했지만 포레스티에 부인은 천성적인 조심성과 수줍은 태도를 보여 오히려 대담함을 누그러뜨리기보다 강조하는 결과가 되고 말았다.

포레스티에는 아예 쿠션에 기대고 누워 웃고 마시고 먹으면서 지나치게 노골적인 말을 이따금씩 던졌고 여자들은 그런 표현에 잠시 거북한 척했다.

"이거 정말 대단하군. 이렇게 가다간 끝내 일을 저지르고 말겠어."

포레스티에는 뭔가 상당히 음란한 말을 하고 난 뒤에 꼭 이렇게 덧붙여서 말하곤 했다.

후식이 나오고 커피도 나왔다. 그러고 나서 술을 마시니 흥분한 머리에 술기운이 온몸으로 퍼졌다. 드 마렐 부인은 자신이 선언한 것처럼 흠뻑 취해 버렸다.

자신도 취한 것을 알았지만 여자들이 실제로는 조금 취했으면서도 분위기를 돋우기 위해 곧잘 그러듯이 과장되게 떠들어 댔다. 포레스티에 부인은 조심하느라 그런지 조용해졌다. 뒤루아는 성적으로 흥분한 상태라 실수를 저지를까 봐 나름대로 주의를 기울이고 있었다.

모두 담배를 붙여 물었다. 그러자 포레스티에가 기침을 하기 시작했다. 목구멍이 찢어질 것 같은 심한 기침이었다. 얼굴이 시뻘개져서 땀에 흠뻑 젖은 채 냅킨으로 입을 눌렀다.

"모처럼 즐거웠는데 이놈의 기침 때문에. 빌어먹을!"

발작이 가라앉자 화가 난다는 표정으로 이렇게 중얼거렸다. 즐거웠던 기분이 병에 대한 공포 때문에 사라진 것이다.

"이제 그만 돌아가지."

그가 말했다.

드 마렐 부인은 초인종을 울렸다. 계산서를 읽으려고 했지만 숫자가 아른거리자 뒤루아에게 건네주었다.

"부탁이니 저 대신 계산 좀 해 주세요. 너무 취해서 아무것도 읽을 수가 없어요."

그러면서 돈이 든 지갑을 그에게 건네주었다. 130프랑이 나온 계산서를 꼼꼼하게 살펴보고 지폐를 두 장 건네주었다.

"팁은 얼마나 줄까요?"

거스름돈을 건네받을 때 조그맣게 물었다.

"마음대로 하세요. 난 모르겠어요."

그는 접시 위에 5프랑을 올려놓고 지갑을 돌려주었다.

"댁까지 모셔다 드릴까요?"

"네, 부탁할게요. 집 주소도 생각이 안 나요."

뒤루아는 포레스티에 부부에게 악수를 하고 드 마렐 부인과 마차에 올라탔다. 그는 새까만 상자 안에 든 여인의 몸이 자신에게 바짝 다가앉는 것을 느꼈다.

거리의 가스등이 갑자기 비추는 그 순간만 환해지는 그런 어둠 속에 단둘이 있는 것이다. 여인의 옷소매에서 따뜻한 기운이 느껴졌다. 그는 그녀를 끌어안고 싶은 욕망을 참느라 머리가 마비될 지경이었다.

'만약 내가 대담하게 행동한다면 어떻게 나오려나?'

그는 계속 그 생각뿐이었다. 식사를 하는 동안 떠들어 대던 음란한 이야기가 그의 용기를 북돋아 주었지만 동시에 추문이 날까 봐 걱정도 되었다.

그녀도 한쪽 구석에 웅크리고 앉아 말이 없었다. 마차 안으로 가스등 불빛이 비쳐 들어올 때마다 그녀의 눈이 빛나는 것을 보지 못했더라면 잠든 줄 알았을 것이다.

'무슨 생각을 하고 있는 것일까?'

말을 하면 안 된다는 것을 알고 있었다. 단 한마디라도 입 밖으로 뱉어 버리면 기회는 영영 사라진다. 그렇지만 그에게는 용기가 없었다. 갑작스럽게 거칠게 행동할 용기가 없었다.

갑자기 그녀의 발이 움찔하는 것이 느껴졌다. 성급하고 신경질적이며 지루하다는 듯한 동작이었다. 아주 작은 동작이었지만 그의 머리끝에서부터 발끝까지 전율이 일었다. 그는 몸을 홱 돌려 여인에게 달려들어 입술로 그녀의 입을 찾고, 손으로는 맨살을 더듬었다.

그녀는 작은 비명을 지르고 일어나려 몸부림을 치고 그를 밀어냈지만 더는 저항할 힘이 없어진 것처럼 몸을 맡겼다. 얼마 지나지 않아 마차가 그녀의 집 앞에 섰기 때문에 뒤루아는 그녀에게 뭔가 정열적인 말을 하거나 감사와 축복의 말을 건넨다거나, 사랑을 얻을 수 있었던 기쁨을 나타낼 시간이 없었다. 그렇지만 그녀는 지금 생긴 일에 정신이 아득해진 탓인지 꼼짝도 하지 않고 있었다.

그는 마부가 이상하게 생각할까 싶어서 먼저 마차에서 내려 젊은 부인에게 손을 내밀었다.

그녀는 비틀거리며 아무 말도 하지 않고 내렸다. 그가 초인종을 눌렀다.

"언제 또 만나 뵐 수 있을까요?"

문이 열렸을 때 그가 몸을 떨면서 물었다.

"내일 점심때 들르세요."

그녀는 간신히 들릴 만큼 작은 목소리로 중얼거린 뒤 무거운 문을 밀고 현관의 어둠 속으로 사라졌다. 문이 큰 소리를 내며 닫혔다. 그는 마부한테 100수를 집어 주고 승리했다는 기쁜 마음에 무작정 성큼성큼 걷기 시작했다.

'드디어 한 여자를, 그것도 결혼한 여자를, 사교계의 여자를 얻었다! 틀림없는 파리의 사교계 여자다! 게다가 아주 손쉽게, 이렇게 뜻밖에 기회가 찾아오다니!'

그는 너무나 오랫동안 여자들을 얻고 싶어 했다. 그 여자들에게 다가가는 것만으로도 말할 수 없는 걱정, 끝도 없는 기대, 아첨, 사랑의 말, 한숨과 선물 등이 있어야만 가능한 일이라고 생각했다. 그런데 생각과 달리 은밀히 점찍었던 첫 번째 여자가 살짝 건드렸을 뿐인데 손쉽게 넘어온 것이다.

'취한 탓일 거야.'

이런 생각을 하니 내일이 조금 걱정되었다.

"뭐, 잘되겠지. 한번 차지했으니까 이젠 쉽게 내줄 수 없어."

위대한 성공과 명성, 재산을 얻을 수 있다는 희망이 꿈틀대는 막연한 환상 속으로 아름답고 우아하고 돈 많고 권력 있는 여자들이 나타났다. 마치 연극 무대 위에 선 단역 여배우들처럼 줄줄이 미소 띤 얼굴로 나타났다가 그의 황금빛 환상 속 구름 저편으로 사라졌다.

그날 밤 그의 꿈에도 여러 가지 환상이 나타났다가 사라졌다.

이튿날 드 마렐 부인 집 계단을 오르는데 그의 가슴이 약간 두근거렸다. 그 여자는 어떻게 맞아 줄까? 혹시 만나지 않겠다고 하는 것은 아닐까? 방에 못 들어오게 하면 어떻게 하지? 혹시 다른 사람에게 얘기한 건 아닐까……? 아니, 그러지는 않을 것이다. 한마디라도 했다가는 전부 들통이 나고 만다. 그러니 모든 건 내가 어찌하느냐에 달렸다.

키 작은 하녀가 여느 때와 똑같은 얼굴로 문을 열어 나왔다. 그녀가 놀라는 모습을 예상하기라도 했던 것처럼 안심이 되었다.

"부인께선 안녕하신가?"

그녀는 별일 없다는 대답을 하고 그를 객실로 안내했다. 그는 곧장 벽난로가 있는 곳으로 가서 거울을 보며 머리와 옷매무새를 가다듬었다. 넥타이를 바로잡고 있는데 거울 속으로 젊은 여자가 문턱에 서서 자기를 물끄러미 지켜보고 있는 것을 알아차렸다.

그는 못 본 체했다. 두 사람은 거울을 통해 상대의 모습을 몇 초 동안 엿보았다. 그가 돌아보았는데 그녀는 기다리는 것처럼 꼼짝도 하지 않았다.

"이것 참!"

그는 그녀 쪽으로 달려갔다. 그녀는 두 팔을 벌리고 그에게 안겼다. 그들은 오랫동안 키스를 했다.

'생각보다 쉬운걸? 아주 잘되고 있어.'

입술이 떨어지고 그는 사랑을 담뿍 담은 눈길로 미소 지었다. 그녀도 생긋 웃었는데 그와 같은 생각을 하고 있다는 동의와 몸을 맡기겠다는 욕망, 의지가 담긴 미소였다.

"오늘은 당신과 나 둘뿐이랍니다. 로린은 친구네 가서 밥을 먹고 오라고 보냈거든요."

그녀가 나지막하게 말했다.

"고마워요. 당신을 정말 사랑해요."

뒤루아가 그녀의 손목에 키스하며 숨을 내쉬었다. 그녀는 마치 남편을 대하는 것처럼 그의 팔을 잡고 긴 의자로 가서 나란히 앉았다. 그는 재치도 있고 여자의 마음을 뒤흔들 만한 이야기를 뭔가 하려고 했지만 뜻대로 떠오르지 않았다.

"그럼 화 많이 나신 건 아니죠?"

"아무 말씀도 마세요."

그녀는 그의 입술을 손가락으로 막았다. 그들은 타오를 것 같은 뜨거운 손가락을 걸어 잡고 서로 눈을 바라보며 앉아 있기만 했다.

"얼마나 당신을 원하는지 몰라요."

"조용히 계시라니까요."

그녀가 다시 되풀이해서 말했다. 하녀가 벽 너머 식당에서 접시를 늘어놓은 소리가 들려왔다.

"당신 옆에 앉아 있을 수가 없어요. 이성을 잃을 것만 같군요."

그가 벌떡 일어섰다. 그 순간 문이 열렸다.

"마님, 식사 준비 다 됐습니다."

그는 의젓하게 부인에게 팔을 내밀었다. 두 사람은 얼굴 가득 미소를 짓고 마주 앉아 식사를 했다. 아무 생각도 하지 않고 오로지 사랑이 시작될 때 느끼는 달콤함에만 싸여 어떤 음식을 먹고 있는지도 모른 채 먹었다.

그는 조그만 발이 식탁 밑에서 뭔가를 찾아 헤매는 것을 느꼈다. 그는 그 발을 찾아 자신의 발로 꽉 죄고는 언제까지나 놓지 않았다. 하녀는 눈치를 못 챈 듯 무심하게 돌아다녔으며 접시를 들고 왔다가 다시 치우기도 했다.

식사를 마치고 객실로 돌아와 다시 긴 의자 위에 나란히 앉았다. 그는 조금씩 몸을 움직여 상대를 껴안으려고 했지만 그녀가 가만히 막았다.

"조심하세요. 들어올지도 몰라요."

"언제쯤 우리 둘이서만 만날 수 있을까요? 내가 당신을 얼마나 사랑하는지 알고는 있나요?"

그가 소곤거렸다.

"며칠 안에 당신 집에 잠깐 들를게요."

그녀가 그의 귀에 입을 바싹 대고 아주 낮은 소리로 말했다.

"하지만 저……집이 너무 누추합니다."

그는 얼굴이 화끈거렸다.

"그게 무슨 문제가 되나요? 당신을 보러 가는 거예요. 방을 보러 가는 게 아니구요."

그녀가 미소 지으며 말했다. 그래서 그는 언제 올 거냐고 졸라 댔다. 그녀는 한참 후로 날짜를 잡았다. 그는 눈을 반짝이는 그녀의 손을 잡고 마주 앉아, 식사한 뒤에 더욱 심한 욕정으로 달아오르는 볼을 느끼면서 좀 더 빨리 와 달라고 더듬거리는 말투로 애원했다. 그녀는 그가 그러는 게 재미있어서 뜸을 들이며 하루씩 앞당겼다. 그러나 그는 "내일 올 거죠? 내일? 네?" 하며 되풀이했다.

"좋아요. 그럼 내일 다섯 시에 갈게요."

그녀도 마침내 승낙했다.

그는 기뻐서 한숨을 길게 내쉬었다. 그런 뒤에 십년지기 친구라도 되는 것처럼 조용히 마음을 터놓은 대화를 시작했다.

갑자기 초인종이 울려 두 사람은 소스라치게 놀라 자리에서 튕기듯 일어났다.

"아마 로린일 거예요."

부인이 중얼거렸다.

아이는 들어오다가 손님이 있는 것을 보고 멈춰서더니 그 손님이 바로 뒤루아라는 것을 알아채고는 손뼉을 치며 기쁜 표정으로 뛰어왔다.

"이야! 벨 아미(미남 친구라는 뜻)!"

아이가 외쳤다.

"어머, 벨 아미! 로린이 멋진 별명을 지었구나! 당신한테 아주 잘 어울리는데요. 저도 앞으로는 그렇게 불러야겠어요."

드 마렐 부인이 웃었다. 그는 소녀를 무릎에 앉히고 전에 가르쳐 준

놀이를 하나도 빠짐없이 되풀이해서 놀아 주었다.

그러고 나서 신문사에 출근하기 위해 세 시 사십 분에 일어섰다.

"내일 다섯 시 잊지 마세요."

계단으로 나오면서 닫히려는 문틈 사이로 조그맣게 속삭였다. 그녀는 수줍게 미소 지으며 "네" 하는 대답과 함께 모습을 감췄다.

그는 신문사 일을 마치자마자 애인이 오기로 했으니 누추한 방을 어떻게 하면 보기 좋게 꾸밀지 생각에 잠겼다.

자질구레한 일본제 물건을 사서 핀으로 벽에 고정하기로 마음먹고 5프랑을 주고 주름진 종이와 부채, 병풍을 샀다. 그것으로 눈에 띄는 얼룩을 가렸다.

유리창에는 강 위에 떠 있는 배와 노을 진 하늘을 나는 새 그림과 발코니에 기대선 귀부인, 눈 덮인 들판을 걷는 검고 조그만 인형들이 화려한 색깔로 정밀하게 그려진 투명한 그림을 붙였다.

누울 자리와 한 사람이 겨우 앉을 자리밖에 없는 좁은 그의 집은 그림이 그려진 초롱처럼 느껴졌다. 그는 자신이 꾸민 것에 만족했으며 밤새 남은 색종이에서 오려 낸 새를 천장에 붙였다. 그런 다음 기차가 울리는 기적 소리를 들으며 잠이 들었다.

이튿날은 식료품점에서 마데르산 포도주와 과자를 사들고 일찍 집으로 돌아왔다. 하지만 접시 두 개와 컵 두 개가 필요해서 다시 나가야 했다. 그 물건들을 화장대 위에 나란히 올려놓고 지저분한 탁자 상판은 상보로 가리고, 대야와 물병 따위는 그 밑에 넣어 두었다.

그리고 기다리기 시작했다.

부인은 다섯 시 십오 분쯤 도착했다.

"어머, 세상에, 아주 아름다운 방이군요. 하지만 계단에는 사람들이 아주 많았어요."

그녀는 눈부시게 장식된 색색의 그림이 마음에 든 모양이었다. 그는 그녀를 끌어안고 베일 위, 이마와 모자 사이의 머리카락 할 것 없이 정신없이 키스를 퍼부었다.

한 시간 삼십 분 뒤에는 그녀를 롬 거리의 역마차 정류장까지 바래다주었다.

"그럼 화요일, 같은 시간에."

뒤루아는 그녀가 마차에 올라타자 이렇게 속삭였다.

"네, 화요일."

그녀는 이렇게 대답했는데 주위가 캄캄하니까 그의 목을 끌어당겨 입술에 키스했다. 그런 다음 마부가 채찍질을 시작하자 "안녕, 벨 아미!" 하고 외쳤다. 흰 말의 지친 발걸음에 낡은 마차는 멀리 사라져 갔다.

뒤루아는 3주 동안 이렇게 이틀, 혹은 사흘 건너 드 마렐 부인을 만났다. 아침일 때도 있었고 저녁일 때도 있었다.

어느 날 오후 역시 그녀를 기다리고 있는데 계단 쪽에서 큰 소리가 나서 나가보니 아이가 울어 댔다.

"이 놈은 왜 이렇게 울어 대!"

화가 잔뜩 난 남자가 소리를 질렀다.

"위층 신문쟁이한테 오는 매춘부가 니콜라를 넘어뜨렸잖아요. 무식한 것 같으니라고. 계단에 아이가 있는지 없는지 보고 지나다녀야지!"

짜증이 한껏 섞인 찢어지는 목소리로 여자가 대답했다. 뒤이어 계단을 스치는 치마 소리, 급한 발걸음 소리가 들려와서 뒤루아는 깜짝 놀라 방 안으로 들어갔다.

문을 두드리는 소리가 들리고, 문을 열자마자 드 마렐 부인이 헐떡거리며 정신없는 모습으로 뛰어 들어왔다.

"들었어요?"

그는 아무것도 모르는 것처럼 굴었다.

"아뇨, 뭘요?"

"저한테 욕을 하잖아요."

"누가요?"

"아래층에 사는 한심한 인간들 말예요."

그녀는 말을 잇지 못하고 흐느껴 울었다. 그는 모자를 벗기고 그녀를 침대에 누인 뒤 찬 수건으로 이마를 찜질해 주어야 했다. 숨이 막히는 것 같더니 조금 진정이 되자, 억누를 수 없는 분노가 치솟는 모양이었다. 그녀는 당장 아래로 내려가 그 사람들을 혼내 주라고, 모두 죽여 달라고 졸랐다.

"하지만 그 사람들은 그저 노동자예요. 거친 사람들이죠. 경찰에라도 가게 되면 당신이 누군지 알게 될 거고 갇히게 될지도 몰라요. 그렇게 되면 우린 끝장이에요. 저런 녀석들과 상대할 필요가 없어요."

"그럼 앞으로 어떻게 해요? 다시는 여기에 올 수 없단 말이에요."

"문제될 거 없어요. 내가 이사하면 돼요."

"그래요. 하지만 시간이 걸리잖아요."

"아니, 좋은 생각이 났어요. 방법을 찾았다구요. 걱정하지 말아요. 내일 아침 프티블뢰를 보낼게요."

그녀는 좋은 생각이 난 듯 쾌활하게 말했다. 그녀는 파리 시내의 속달 봉함 엽서를 프티블뢰라고 불렀다. 그게 무슨 생각인지 말해 주지 않았지만 그 생각만으로도 완전히 기분이 좋아져서 생글생글 웃었다. 그런 다음에 격정적인 사랑을 내보였다.

다시 계단을 내려갈 때는 겁이 나고 다리가 후들거리는지 연인의 팔에 매달렸지만 아무도 만나지 않았다.

이튿날 열한 시까지 늦잠을 자고 있는데 우편배달부가 프티블뢰를 가지고 왔다.

오후 다섯 시, 콩스탕티노플 거리 127번지. 뒤루아 부인 이름으로 빌린 방을 열어 달라고 하세요. 당신에게 키스를 보내며.

- 클로

전보에는 이렇게 쓰여 있었다.

다섯 시 정각에 그는 가구가 딸린 아파트 건물 관리실로 들어갔다.

"뒤루아 부인이 여기에 집을 빌렸나요?"

"그렇습니다."

"미안하지만 안내를 부탁합니다."

"당신은 분명 뒤루아 씨 맞습니까?"

그 사내는 신중을 기해야 하는 이런 미묘한 상황에 익숙한 듯 뒤루아의 눈을 유심히 살피고는 긴 열쇠 다발을 뒤적거리며 물었다.

"맞소. 내가 뒤루아요."

그는 열쇠를 가지고 아래층으로 내려가 자기 거처 맞은편 방을 열어 주었다. 거실과 침실이 있는 자그마한 집이었다. 거실은 비교적 깔끔한 꽃무늬 벽지를 발랐고 노란 무늬의 녹색 랩스 천을 입힌 마호가니 의자를 늘어놓았다. 방바닥에는 꽃무늬 융단이 깔려 있었지만 마루 판자의 감촉이 느껴질 만큼 얇고 빈약했다. 침실은 침대가 절반 이상을 차지할 정도로 좁았다. 침대는 방 안쪽 벽에 바싹 붙어 있었는데 좌우 벽에 닿을 정도로 컸고 의자와 같은 랩스 천으로 만든 커튼을 둘러쳤으며, 침대 위를 덮은 붉은 비단 깃털 이불에는 수상한 얼룩이 묻어 있었다.

'이런 방은 꽤 비싸겠군. 또 빚을 져야하겠는걸. 왜 이런 바보짓을 하는 거야, 이 여자는.'

뒤루아는 불안하고 못마땅했다.

문이 열리고 클로틸드가 요란스럽게 옷자락 스치는 소리를 내면서 두 팔을 벌리고 뛰어들었다.

"좋죠? 네, 좋죠? 계단을 올라가지 않아도 되잖아요. 바로 거리 옆이니까요. 관리인 몰래 창문으로 드나들어도 돼요. 여기라면 마음 놓고 사랑을 나눠도 될 거예요!"

그녀는 매우 기분이 좋은 모양이었다. 그는 입속에서 맴도는 말을 감히 묻지도 못하고 그저 차갑게 키스만 했다.

그녀는 방 한가운데 있는 둥근 테이블 위에 갖고 온 꾸러미를 풀었다. 비누와 뤼뱅 향수 한 병, 스펀지, 머리핀 상자, 병따개, 앞머리 손질을 위한 조그만 머리 인두도 있었다. 이마 위로 늘어뜨린 머리카락이 늘 풀어지곤 했기 때문이었다.

그녀는 새로운 장소로 온 게 즐거운지 물건을 놓을 장소를 찾으면서 신이 난 표정이었다.

"필요할 때 갈아입게 속옷도 좀 가져와야겠어요. 아주 편할 거예요. 혹시 장을 보다가 소나기를 만나면 여기 와서 말릴 수도 있겠어요. 우리 열쇠는 각자 하나씩 갖고 있어요. 잃어버렸을 때를 대비해서 관리인한테 한 개를 맡겨 두고요. 내가 석 달 동안 빌렸거든요. 물론 당신이름으로 빌렸어요. 내 이름으로 빌릴 수는 없으니까요."

그녀는 서랍을 열면서 말했다.

"집세는 언제 내는 거요?"

그녀의 말이 끝나자 뒤루아가 물었다.

"내가 벌써 냈죠."

"그럼 당신한테 빚을 졌군."

"아니에요. 그건 당신과 상관없는 일이에요. 이 일을 꾸민 건 나잖아요."

"아니! 그건 안 될 말이오. 절대로 허락하지 않을 거요."

뒤루아는 짐짓 화난 척했다.

"부탁할게요. 조르주! 난 정말 좋단 말이에요. 우리 보금자리잖아요. 이게 내 거라는 거, 오로지 내 거라는 게 얼마나 좋은데요. 당신이 화를 내면 안 되죠. 그럴 이유가 없잖아요. 난 우리 사랑에 투자하는 거예요. 사랑하는 조르주, 당신도 좋다고 말해 줘요. 그럴 거죠?"

그녀가 다가와 두 손을 그의 어깨에 얹고 애원하듯 말했다. 눈길로, 입술로, 온 존재를 다 바쳐서 애원했다. 그는 계속 화난 표정으로 안 된다고 하면서 그녀가 애원하도록 만들었다. 그리고 결국에는 고집을 꺾었다.

"어쨌든 착한 여자라니까."

그녀가 돌아간 뒤 뒤루아는 손을 비비며 중얼거렸다. 왜 그런 생각이 든 건지는 곰곰이 따져보려고도 하지 않았다.

며칠 뒤에 또 프티블뢰를 받았다.

육 주간의 시찰을 마치고 남편이 오늘 저녁에 돌아와요. 일주일 동안은
못 나가요. 정말 짜증나요.

– 당신의 클로

뒤루아는 그동안 그녀가 유부녀란 사실을 잊고 있었다는 사실에 깜짝 놀랐다. 그런데 남편이 나타난 것이다. 뒤루아는 한 번이라도 그 남자를 보고 싶다는 생각을 했다.

뒤루아는 남편이 떠나기를 인내심을 가지고 기다렸다. 하지만 그 사이에 폴리베르제르에 두 번을 갔으며 매번 라셀의 집에서 보냈다.

어느 날 아침 다시 프티블뢰가 왔다. '오늘 오후 다섯 시, 클로.'라고만 적혀 있었다. 두 사람은 모두 약속 시간 전에 도착했다. 그녀는 그의 품에 뛰어들어 얼굴 여기저기에 정열적인 키스를 퍼부었다.

"만약 괜찮으시다면 나중에 어디라도 좋으니 식사하러 가요. 집에

는 얘기 해 놓고 왔어요."

월급을 훨씬 전에 당겨쓰고 여기저기서 긁어모아 대충 그날그날을 지내곤 했는데 마침 월초라 우연히 돈을 갖고 있었다. 그는 여자를 위해 돈을 쓸 기회를 얻은 것이 무척 기뻤다.

"아, 좋아. 당신이 원하는 곳으로 갑시다."

그들은 일곱 시경에 나와 큰길 쪽으로 걸었다.

"이렇게 당신한테 매달려 걷는 게 너무 좋아요. 전 언제나 당신한테 기대는 게 좋아요."

그녀는 그에게 바짝 붙어서 소곤거렸다.

"라튈 영감 집으로 갈까?"

"어머, 거긴 너무 화려해요. 뭔가 재미있고 평범한 곳이 좋아요. 예를 들면 월급쟁이들이나 노동자들이 가는 그런 곳 말이에요. 싸구려 식당에서 먹어 보고 싶거든요. 시골에 갈 수 있으면 얼마나 좋을까!"

그 근처에서는 그런 종류의 레스토랑을 아는 곳이 없어서 큰길을 따라 헤매고 다니다가 별실에서 식사를 할 수 있는 와인 가게로 들어갔다. 가게 문 너머로 모자도 쓰지 않은 젊은 여자 둘이서 군인들과 마주 앉아 있는 게 보였다.

좁고 긴 방 안쪽에서는 역마차 마부 세 명이 식사를 하고 있었고, 어떤 일을 하는지 분간하기 어려운 남자가 두 다리를 길게 뻗고 손은 바지 허리띠에 끼운 채 의자 등받이에 머리를 대고 누운 듯 앉아서 파이프를 물고 있었다.

윗도리는 얼룩이 심하고 배처럼 불룩 튀어나온 주머니 밖으로는 병주둥이와 빵조각, 신문지에 싼 물건들이 보이고, 끈이 늘어져 있었다. 숱 많은 곱슬머리는 헝클어지고 먼지 때문에 잿빛으로 보였으며 그의 모자는 의자 아래에 떨어져 있었다.

멋진 옷차림을 한 클로틸드가 들어서자 모두들 눈이 휘둥그레졌다.

두 쌍의 남녀와 세 마부는 말을 중단했고 담배를 피우던 사나이는 파이프를 입에서 떼고 침을 뱉은 뒤 고개를 비스듬히 돌려 바라보았다.

"멋있어요. 재미있겠어요. 다음번엔 여공 차림으로 올 거예요."

드 마렐 부인이 속삭였다. 그런 뒤 음식물 기름으로 번들거리고 음료가 쏟아져서 아무렇게나 행주질만 한 식탁 앞에 태연히 걸터앉았다. 뒤루아는 조금 거북하기도 하고 창피하기도 했다. 실크해트를 걸어 놓을 곳을 찾다가 그냥 의자 위에 놓아야 했다. 둘은 양고기 스튜와 넓적다리 구이, 샐러드를 먹었다.

"전 이런 게 좋아요. 약간 저급한 취향이긴 해요. 하지만 카페 앙글레보다 여기도 훨씬 더 재미있어요."

클로틸드가 되풀이해서 말했다.

"만약 저를 아주 즐겁게 해 주시려거든 카바레로 데려가 주세요. 이 근처에 라렌 블랑슈(하얀 여왕)라는 아주 신나는 데가 있거든요."

"도대체 누구랑 그런 곳엘 간 거요?"

뒤루아가 놀라서 물었다. 그녀는 갑작스러운 질문을 받고 어떤 추억이 떠올랐는지 얼굴을 붉혔다.

"친구요."

그녀가 살짝 망설이다가 대답했다. 웬만큼 주의를 기울이지 않으면 알아챌 수 없는 여자들 특유의 망설임이었다.

"벌써 죽고 말았답니다."

그녀는 아주 슬픈 얼굴을 하고 눈을 내리깔았다. 뒤루아는 그때서야 이 여자의 과거를 전혀 모른다는 것을 깨달았다. 물론 많은 애인이 있었겠지만 도대체 어떤 종류의 인간들, 어떤 계급의 남자였을까? 걷잡을 수 없는 질투의 감정, 적의와 비슷한 감정이 끓어올랐다. 이 여자의 마음속 혹은 생활 속에 자기가 모르는 일, 자신과 관계없는 모든 일에 대한 적의였다.

그는 그녀를 말없이 바라보았다. 가만히 앉아 있는 이 아름다운 여자의 머릿속에 비밀이 감춰져 있으리라는 생각, 지금 이 순간에도 다른 남자 혹은 미련이 남아서 단념하기 어려운 남자들을 생각할 것이라는 상상만으로도 화가 치밀었다. 그는 그 추억을 모조리 들여다보고 모두 알고 싶고 마구 휘젓고 싶은 생각에 견디기 힘들었다.

"라렌 블랑슈에 데려다 주세요. 정말 재미있을 거예요."

그녀가 다시 말했다.

'뭐! 과거야 어떻든 무슨 상관이람. 그런 일에 신경 쓰는 건 어리석은 일이야.'

"그럼, 데려가 주지!"

"저는요, 여태까지 당신한테 이런 부탁을 할 용기가 없었어요. 하지만 여자들은 갈 수 없는 그런 곳에서 남자들처럼 유난스럽게 노는 것이 참 좋아요. 이번 사육제에는 남학생처럼 입어야겠어요. 내가 남학생 차림을 하면 아주 웃기거든요."

거리로 나서자 드 마렐 부인은 속마음을 드러낼 때처럼 야릇한 어조로 말했다.

무도장에 들어섰을 때 그녀는 겁이 나는지 뒤루아 옆에 바싹 붙어 섰지만 그러면서도 즐거운 듯 홀 안에 있는 여자들과 남자들을 바라보았다. 그러다가 이따금씩 위험한 일이라도 생길까 봐 두려운 듯 옆에 부동자세로 서 있는 경찰들을 곁눈질하곤 했다.

"정말 든든해 보이네요."

십오 분쯤 지나서 흡족해진 그녀를 집까지 바래다주었다.

그 후 그들은 하층민들이 자주 드나드는 수상한 장소를 닥치는 대로 순례하고 다녔다. 신분 차별 없이 예의 따위는 차리지 않는 연회에서 학생들이 신나게 노는 모습을 보며 뒤루아의 그녀는 정말로 좋아했다. 뒤루아는 그녀가 정말 즐거워하고 있다는 사실을 알아챘고,

어이가 없었다.

늘 오는 밀회 장소에도 그녀는 리넨으로 만든 옷을 입고 하녀가 쓰는, 그것도 희극에 나오는 하녀가 쓰는 모자를 쓰고 오기도 했다. 하지만 의복은 그렇게 신경 써서 검소하게 입어도 반지, 팔찌, 다이아몬드 귀걸이는 그대로 하고 있었다.

"괜찮아요! 다른 사람들은 그저 색깔 있는 수정쯤으로 알 거예요."

뒤루아가 그런 것은 제발 떼 놓고 오라고 부탁하면 이렇게 대답하곤 했다. 머리는 감추고 궁둥이는 감추지 않은 타조처럼 이런 식으로 변장을 하고 아무리 평판이 나쁜 술집이라도 드나들었다. 그녀는 뒤루아에게도 노동자처럼 변장을 하라고 졸랐지만 그는 절대로 받아들이지 않고 여전히 신사처럼 입었으며 실크해트를 말랑말랑한 펠트 모자로 바꾸려고도 하지 않았다.

'사람들은 내가 사교계 청년 신사와 함께 있는 운 좋은 하녀라고 생각하겠지.'

그녀는 그가 고집을 꺾지 않자 단념하면서 이런 연극도 재미있다고 생각했다.

그들은 하층민들이 애용하는 싸구려 술집에 들어가 삐걱거리는 작은 의자에 걸터앉은 뒤 낡은 나무 식탁을 사이에 두고 마주 보았다. 저녁 때 튀긴 생선 냄새가 매운 연기가 되어 구름처럼 떠돌고 작업복을 걸친 사내들이 조그만 술잔을 들어 건배하면서 거친 말을 내뱉고 있었다. 두 사람을 보고 놀란 급사가 버찌 술 두 잔을 내려놓으며 유심히 바라보았다.

그녀는 겁이 나 떨면서도 그래도 즐거운 듯 버찌 술을 조금씩 마시기 시작했고 불안하게 눈을 빛내면서 주위를 둘러보았다. 버찌가 들어갈 때마다 무슨 나쁜 짓을 저지르는 것 같은 기분을 느끼게 해 주었고, 타는 듯 독한 술은 한 방울씩 목구멍으로 넘어갈 때마다 쓰라리고 사악한, 금지된 쾌락에 빠져드는 것만 같았다.

"돌아가요."

그녀가 낮은 목소리로 말했다. 그녀는 고개를 숙인 채 무대에서 물러나오는 배우처럼 종종걸음으로 식탁에 팔꿈치를 괴고 술을 마시는 사내들 사이를 빠져나왔다. 사내들은 불쾌한 듯한 표정으로 어딘가 의심스럽다는 불만스럽게 그녀가 지나가는 모습을 쳐다보았다. 문밖으로 나오자 그녀는 무서운 위험에서 빠져나온 듯이 비로소 크게 한숨을 내쉬었다.

"만약 저런 곳에서 나한테 못되게 구는 남자가 있다면 어떻게 하실 거예요?"

이따금 몸을 떨면서 그녀가 뒤루아에게 물었다.

"당연히 당신을 위해 싸워야지."

그는 단호하게 말했다. 그러자 그녀가 매우 행복하다는 듯 그의 팔을 끌어안았다. 누군가 자신을 모욕하고 뒤루아는 화를 내고 그 사랑하는 애인이 필사적으로 싸움하는 것을 보고 싶어 하는 것 같았다.

하지만 이런 식의 나들이가 매주 두서너 번씩 반복되자 뒤루아는 차차 지쳐 갔다. 차비와 음식값으로 나가는 돈을 마련하는 일도 아주 애를 먹었다.

사실 그는 몹시 옹색하게 지내고 있었다. 신문사에 갓 들어간 두서너 달 동안 금방이라도 엄청난 돈을 벌어들일 것 같아 깊이 생각하지 않고 많은 돈을 써 버렸다. 저축한 돈도 몽땅 다 썼고 돈을 빌려 쓸 방도도 이미 막혔다.

신문사 회계과에서 빌리는 게 가장 쉬운 방법이었지만 넉 달 치의 월급과 원고료 600프랑을 가불한 상태였기 때문에 이미 불가능했다. 게다가 포레스티에게 100프랑, 돈을 펑펑 잘 쓰는 자크 리발에게 300프랑, 또 다른 이에게 20프랑이나 100수 이런 식으로 자질구레한 빚더미에 앉아서 쪼들리는 형편이었다.

생포탱은 술수에 능한 인물이었기에 그에게 100프랑을 만들어 낼 방도를 물었지만 별 도리가 없었다. 뒤루아는 옛날보다 훨씬 돈 들어갈 데가 많은 만큼 가난함의 고통을 더욱 뼈저리게 느꼈고 이렇게 구차한 생활을 하는 것이 짜증스러웠다. 그래서 사회 전체에 향한 무언의 분노가 마음속에 자리 잡았고 하루 종일 별다른 이유 없이 말끝마다 이런 분노가 튀어나왔다.

그는 매달 평균 1,000프랑의 돈을 썼는데 그다지 사치를 부리는 것도 아니고 방탕한 생활을 하는 것도 아닌데 어디다 써 버린 것인지 스스로 이상하게 생각했다. 하지만 점심 먹으면서 8프랑, 큰길에 있는 훌륭한 카페에서 저녁을 먹으면서 12프랑을 더하면 벌써 1루이, 거기에 용도를 잘 알지 못하는 용돈을 10프랑 정도 넣으면 합계가 30프랑이 되는 셈이니 하루 30프랑이면 월말에는 900프랑인 것이다. 의복, 구두와 속옷, 세탁비 등은 더하지 않았는데도 그렇다.

그런 식으로 해서 12월 14일에는 주머니에 한 푼도 없을뿐더러 돈을 만들 어떤 방법도 떠오르지 않았다. 그는 옛날에 자주 했던 것처럼 점심을 생략하고 오후에는 신문사에서 바쁘게 일하며 보냈다. 네 시경에 그녀로부터 '함께 저녁을 할까요? 그리고 식사 후에 기분 전환을 해요.'라는 전보를 받았다. 그는 '저녁은 안 되겠소.'라고 썼다가 모처럼 그녀가 제의했는데 거절하는 것은 바보 같은 행동인 듯 싶어서 '하지만 아홉 시에 그 집에서 기다리겠소.' 하고 덧붙였다. 그러고는 속달료를 아끼려고 급사를 시켜 편지를 전하고 저녁을 얻어먹을 방법을 궁리했다.

일곱 시가 되어도 마땅히 좋은 생각은 떠오르지 않았고, 심하게 배가 고팠다. 그래서 마지막 수단을 떠올리고 동료들이 돌아갈 기다렸다가 혼자 남았을 때 요란하게 초인종을 울렸다. 숙직을 서고 있던 사장실 수위가 왔다.

"이보게, 푸카르. 지갑을 두고 왔는데 지금 뢰상부르로 식사하러 가야만 해요. 미안한데 차비로 50수만 빌려 주지 않겠소?"

뒤루아가 서서 초조하게 주머니를 뒤지며 물었다.

"그걸로 되겠어요?"

수위는 이렇게 물으며 조끼 주머니에서 3프랑을 꺼냈다.

"됐어요. 고마워요."

그는 은화를 손에 쥐고 계단을 뛰어 내려가 배고픈 시절에 자주 가던 음식점으로 저녁을 먹으러 갔다. 그리고 아홉 시에 작은 거실에서 벽난로에 발을 올려놓고 애인을 기다렸다.

"괜찮으면 우선 한 바퀴 돌고 열한 시에 돌아오는 게 어때요? 산책하기 아주 좋은 날씨예요."

그녀는 찬바람을 맞고 매우 신이 나서 즐거운 얼굴로 들어왔다.

"뭐하러 나간단 말이야. 여기가 훨씬 좋은데."

"하지만 아주 멋진 달밤이에요. 이런 밤에 산책하면 정말 좋을 거예요."

그녀는 모자도 벗지 않고 서서 말했다.

"그래도 나는 싫소."

"아니, 왜 그래요? 왜 그렇게 퉁명스럽게 말씀하시는 거예요? 그저 한 바퀴 돌고 왔으면 좋겠다고 말한 것뿐이잖아요. 왜 화를 내는 거예요?"

그가 화난 듯 말하자 그녀가 깜짝 놀라며 언짢은 투로 물었다.

"화를 낸 게 아니야. 그냥 바보 같아져서 그런 거야."

그가 짜증을 내며 일어섰다. 드 마렐 부인은 상대가 자기 말을 안 들어주면 발끈하고, 무례한 말을 들으면 화를 내는 그런 여자였다.

"지금까지 그런 말을 들어 본 적이 없어요. 그럼 혼자 갈 테니까 잘 있어요."

그녀는 차가운 분노를 담아 경멸하듯 말했다.

"용서해 줘요. 부탁이야. 오늘 밤에는 굉장히 예민하고 초조해서 그런 거야. 신문사에서 안 좋은 일, 짜증나는 일이 많았거든."

그는 심상치 않다는 생각이 들어 얼른 그녀 옆으로 달려가 두 손을 잡아 키스를 하면서 떨리는 목소리로 말했다.

"그런 건 모르겠네요. 당신이 기분 나쁠 때마다 나도 그럴 수는 없어요."

그녀는 약간 누그러졌지만 완전히 납득하지는 못한 목소리로 말했다.

"내 말 들어 봐요. 당신한테 화풀이한 건 아니야. 그저 생각 없이 그런 거라니까."

그는 그녀를 품에 안고 긴 의자로 데리고 왔다.

"용서해 줘요. 용서한다고 말해 줘요."

그는 그녀를 억지로 앉혀 놓고 그 앞에 무릎을 꿇었다.

"좋아요. 하지만 또 이러는 건 절대 안 돼요."

그녀가 쌀쌀맞은 목소리로 말했다.

"그러면 이제 한 바퀴 돌고 와요."

그녀가 일어서면서 덧붙였다.

"제발 부탁이니 그냥 여기 있어요. 내 말 좀 들어 줘요. 오늘 밤 이 난롯가에서 당신을 독차지하고 싶소……. 제발 부탁이니 그런다고 말해 줘요. 그렇게 해 주오."

그는 꿇어앉아 그녀의 허리를 안고 중얼거렸다.

"아니, 난 나가고 싶어요. 당신 변덕에 맞춰 줄 순 없어요."

그녀가 딱 잘라 말했다.

"부탁하오. 이유가 있어서 그러오. 아주 중대한……."

"아니에요. 함께 가기 싫으면 전 이만 돌아가겠어요."

그녀는 남자를 떨쳐 버리고 문 앞으로 다가갔다.

"이봐, 클로. 귀여운 클로. 내 말 좀 들어 봐요."

그녀는 대답 없이 고개를 가로저으며 그가 하는 키스를 피하고 감은 팔에서 빠져나가려고 애썼다.

"클로, 귀여운 클로. 이유가 있다니까."

그가 더듬거리며 말했다.

"거짓말이죠……. 그래, 이유가 뭔데요."

그녀는 몸부림치는 것을 그만두고 그를 똑바로 쳐다보았다. 그는 어떻게 대답해야 할지 몰라 얼굴을 붉혔다. 그러자 그녀는 발끈 화를 내고 눈물을 글썽거리면서 남자를 뿌리쳤다.

"사실은…… 돈이 한 푼도 없어서 그랬던 거요……."

그녀와 헤어지느니 차라리 모든 걸 고백하는 게 낫겠다 싶어 풀이 죽은 어조로 말했다. 그는 쥐구멍에라도 들어가고 싶은 심정이었다.

"뭐라고요?"

그녀는 그가 하는 말이 사실인지 확인하기 위해 동작을 멈추고 서서 가만히 그의 눈을 들여다보았다.

"1수도 없다니까. 알겠소? 단돈 20수, 10수도 없어. 카페에 가서 카시스 술 한 잔을 사 줄 수도 없소. 이런 말은 창피해서 안 하려고 했는데 어쩔 수 없지. 당신과 함께 가서 식탁에 마주 앉아 마실 것 두 잔을 앞에 두고 아무렇지도 않게 낼 돈이 없다곤 못한단 말이오."

그는 머리끝까지 빨개졌다.

"그럼 정말이었군요."

그녀는 여전히 그를 똑바로 쳐다보았다.

"자아…… 이제는 만족하겠군……."

그는 빠르게 바지, 조끼, 웃옷의 모든 주머니를 뒤집어 보았다.

"어머, 가엾기도 하지……. 딱해라……. 좀 더 일찍 말씀하셨으면 좋았잖아요! 그런데 도대체 어쩌다 그 지경이 된 거예요?"

그녀는 갑자기 두 팔을 벌려 그의 목에 매달려 더듬거리며 말했다. 그녀는 그를 앉히고 자신도 그의 무릎에 앉아 수염, 입, 눈에다 쉴 새 없이 키스를 퍼부으면서 그런 불운이 닥치게 된 이유를 말해 달라고 졸랐다.

그는 슬픈 이야기를 하나 꾸며 냈다. 아버지가 몹시 곤경에 처했기 때문에 도와주지 않을 도리가 없어 지금은 물론이고 막대한 빚까지 지게 되었노라고 했다.

"앞으로 여섯 달은 꼼짝없이 굶어야 하오. 돈이 나올 구멍은 죄다 막혔으니 말이야. 하지만 어쩔 수 없지. 살다 보면 힘든 때도 있는 법이니까. 돈에 매여 살 수는 없지."

"제가 빌려 드릴까요?"

그녀가 귀에 대고 소곤거렸다.

"고맙지만 두 번 다시 그런 말은 하지 마시오. 마음이 아프군."

그가 딱 잘라 말했다.

"당신은 정말 귀여워요."

그녀는 다물었다가 힘껏 그를 끌어안고 속삭였다. 그날 밤 그들은 가장 멋진 사랑의 시간을 보냈다.

"당신 같은 처지가 되면 주머니 안에서 깜빡 잊었던 돈이 불쑥 튀어나오거나 안감 속에 기어 들어가 있던 돈을 찾게 된다면 정말 기분이 좋겠지요?"

그녀가 돌아갈 때 빙긋 웃으며 말했다.

"그야 말할 것도 없지."

그는 당연하다는 듯 단호하게 대답했다.

그녀는 달이 멋지다는 이유를 들어 걸어서 가겠다고 했다. 그리고 달을 보면서 감탄했다. 싸늘한 초겨울의 상쾌한 밤이었다. 길을 지나는 사람이나 말들은 얼어붙은 달빛 아래 바쁜 걸음을 옮겼다. 구두 소리만 경쾌하게 울렸다.

"모레 볼까요?"

헤어질 때 그녀가 물었다.

"물론이지."

"같은 시간?"

"응, 같은 시간."

"그럼 안녕."

두 사람은 다정하게 키스를 나눴다.

그는 내일은 이 난관에서 어떻게 헤쳐 나가야 좋을지 궁리하면서 집으로 돌아왔다. 방문을 열고 성냥을 찾으려다 호주머니에서 동전 하나가 만져지자 어리둥절해졌다. 그는 불을 켜고 그 화폐를 살펴보려고 꺼냈다. 20프랑짜리 금화였다!

뒤루아는 자기가 제정신이 아닌가 보라고 생각했다. 동전을 앞뒤로 뒤집어 보면서 하늘에서 뚝 떨어진 것도 아니고 어떻게 그게 주머니 속에 들어 있는 건지 생각해 봤다. 그러다가 짐작이 가서 격렬한 분노에 휩싸였다. 옷 안감에서 동전이 어쩌고 한 건 클로였다. 그에게 동정을 베푼 것이다. 얼마나 수치스러운가!

'모레 그녀를 만나러 가면 얘기를 해야지.'

그는 맹세했다. 분노와 굴욕감으로 떨리는 마음을 누르며 침대에 누웠다. 그는 늦게야 잠에서 깼다. 배가 고팠지만 두 시까지 버텨 보려고 다시 잠을 청했다.

'이렇게 해서야 아무것도 해결되지 않지. 돈을 구해야 해.'

그는 거리에서 좋은 생각이 떠오르길 바라며 밖으로 나갔다. 하지만 방법은 떠오르지 않고 식당 앞을 지날 때마다 먹고 싶다는 욕망에 입가에 침만 줄줄 흘렸다.

'좋아. 클로가 준 20프랑으로 점심을 먹자. 내일 갚으면 되지, 뭐.'

정오가 되도록 아무 생각도 하지 못한 그는 결국 이런 결심을 하고야 말았다. 그는 2프랑 50상팀으로 점심을 먹고 신문사에 들어가 수위에게 3프랑도 갚았다.

"자, 푸카르. 어제 빌렸던 돈이오."

그는 일곱 시까지 일하고 저녁을 먹으러 가서 그 돈에서 다시 3프랑을 썼는데 밤에 마신 맥주 두 잔 값을 더하면 그는 하루에 모두 9프랑 30상팀을 쓴 것이었다.

하지만 스물네 시간 안에 신용이 회복될 수도, 돈이 급작스럽게 생기는 것도 아닌지라 이튿날이 되어 그날 저녁에 갚을 돈에서 또 6프랑 50상팀을 쓰고 나서는 약속 시간이 될 무렵엔 4프랑 20상팀만 남아 있었다.

뒤루아는 미친개처럼 화가 났다. 당장 이 상황을 해결하리라 다짐했다.

"지난번 당신이 내 호주머니에 넣어 둔 20프랑을 발견했소. 그런데 내 처지가 변한 것도 없고 돈 문제에 신경을 쓸 겨를도 없어 오늘은 그걸 못 갚겠군. 하지만 다음에 우리가 만날 때는 꼭 갚겠소."

애인한테 이렇게 말하리라 결심했다.

그녀는 부드럽지만 근심이 가득한 얼굴로 급하게 들어왔다. 그는 그녀를 어떻게 맞을 것인가 고민하고 있었는데 그녀는 그런 상황을 피하기 위해 그에게 계속 키스를 퍼부었다.

'조금 지나면 기회가 생기겠지. 얘기할 틈을 만들어야겠어.'

하지만 그 틈은 좀처럼 찾을 수 없었다. 그리고 그 미묘한 문제를 꺼내려고 하면 뭐라고 해야 할 지 딱 막혀서 결국 아무 말도 하지 못했다.

그녀는 밖에 나가자고 조르지도 않고 끝까지 상냥하게 굴었다. 그들은 밤중에 헤어졌는데 드 마렐 부인이 만찬에 계속 초대를 받았기 때문에 다음 주 수요일에 만나기로 결정했다.

이튿날 아침밥을 먹고 계산을 할 때 주머니에 분명히 동전 네 개가 있으려니 했는데 다섯 개가 나왔고 그중 한 개가 금화였다. 처음에는 어젯밤에 누가 잘못 알고 20프랑짜리 금화를 거스름돈으로 준 것인가 싶었다가 금세 깨달았다. 그리고 이런 식으로 동냥을 받는 것에 대한 굴욕감으로 가슴이 떨렸다.

어젯밤에 아무 말도 하지 않은 것이 문제였다. 분명하게 말했더라면 이런 일은 생기지 않았을 텐데.

나흘 동안 그는 5루이를 마련하려고 이리저리 돌아다니고 모든 노력을 다해 봤지만 헛수고였다. 그래서 클로틸드가 준 두 번째 금화도 다 써 버렸다.

"분명히 말하는데, 지난번 같은 장난은 하지 마. 자꾸 그러면 화 낼 거야."

그 뒤에 두 사람이 만났을 때 뒤루아는 화난 목소리로 말했다. 하지만 그녀는 또 교묘하게 바지 호주머니에 20프랑을 넣고 가 버렸다. 그는 그걸 알자마자 "제기랄!" 하고 외쳤지만 돈이 한 푼도 없었기 때문에 용돈으로 쓰기 위해 조끼 호주머니 속에 넣어 두었다.

'한 번에 모아서 갚으면 되지 뭐. 이건 결국 빌린 돈이야.'

이렇게 생각하며 마음을 달랬다.

신문사의 회계 담당자에게 필사적으로 애원해서 매일 5프랑씩 받기로 했지만 먹는 데 쓰고 나면 남는 게 없어 60프랑의 빚을 갚기에는 턱없이 모자랐다.

그런데 클로틸드가 또다시 파리의 이상한 곳을 가고 싶어 했다. 밤마다 산책도 나가고 싶어 했다. 뒤루아도 산책한 뒤에 어느 주머니나 구두 속, 시계 뚜껑 아래 등 어느 곳에서나 금화가 하나씩 발견되더라도 예전처럼 심하게 화를 내지는 않게 되었다.

뒤루아는 지금 자신은 클로틸드의 욕망을 채워 줄 수 없고, 클로틸드도 자신의 욕망을 포기하는 것보다 이렇게 돈을 쓰는 한이 있더라도 욕망을 채우는 것이 낫지 않을까 생각했다. 그렇지만 뒷날 갚기 위해 그녀에게 받은 돈을 모조리 계산해 두는 것은 잊지 않았다.

"거짓말 같겠지만 전 아직 폴리베르제르에 못 가 봤어요. 데리고 가 주실래요?"

어느 날 밤에 그녀가 말했다.

'뭐, 어때. 라셸이랑 결혼한 건 아니잖아. 혹시 만나더라도 내 사정을 눈치채고 말을 걸지는 않겠지. 게다가 우린 칸막이 안에 있을 거니까.'

그는 라셸을 만날까 봐 걱정이 되어 잠시 대답을 미뤘지만 곧 이렇게 생각했다. 또 한 가지 그는 이 기회에 드 마렐 부인에게 공짜로 극장 구경을 시켜 줄 수 있다는 게 너무 기뻤다. 그동안 도움을 받은 것에 대한 일종의 보상 심리였다.

그는 표를 공짜로 받는 것을 보여 주지 않으려고 클로틸드를 마차 안에 있게 하고 표를 받아다가 검표원의 인사를 받으며 안으로 들어갔다. 복도에는 사람들이 많아서 복잡했다.

두 사람은 남자와 여자들을 뚫고 지나가는 데 힘이 들 지경이었다. 몸을 움직일 수도 없는 대중석과 복도 사이에 있는 지정 좌석까지 간신히 도착했다.

드 마렐 부인은 무대보다 등 뒤에서 얼쩡대는 거리 여자들에게 관심을 보였다. 끊임없이 뒤를 돌아보면서 그녀들이 어찌 생겼는지 알고 싶어 했는데 마치 허리와 빰, 머리카락 할 것 없이 몸 전체를 만져 보고 싶은 것처럼 보였다.

"우리를 계속 바라보는 키 큰 갈색 머리 여자가 있어요. 아까는 말을 걸려고도 하던데……. 봤어요?"

갑자기 그녀가 말했다.

"아니, 잘못 봤겠지."

그는 이렇게 대답했지만 이미 아까부터 눈치채고 있었다. 라셸이 분노가 가득 담긴 눈으로 욕설을 뱉으면서 그들 주위를 맴돌고 있었던 것이다. 아까 혼잡한 사람들 틈에서 그녀를 스치고 지나왔는데 그녀가 '좋겠어요.' 하는 눈길로 보면서 아주 낮은 목소리로 "안녕!" 하고 상냥하게 인사하는 것을 애인한테 혹시라도 들킬까 봐 못 본 척 시치미를 떼고 경멸 어린 미소를 띤 채 쌀쌀맞게 지나쳤던 것이다.

"안녕, 조르주."

의식하지 않았지만 이미 질투심이 솟구쳤던 여자는 뒤돌아서서 다시 뒤루아와 옷깃을 스치면서 좀 더 큰 소리로 말했다. 그는 그 말에도 대답하지 않았다. 그랬더니 심통이 난 여자가 자기를 알려서 인사를 받을 셈으로 칸막이 좌석까지 찾아와 적당한 기회를 엿보고 있었던 것이다.

"안녕, 잘 지냈지?"

드 마렐 부인이 자신을 알아본 것 같으니까 곧바로 손가락 끝을 뒤루아 어깨에 대고 말했다. 하지만 그는 돌아보지도 않았다.

"어머, 목요일부터는 귀머거리가 된 모양이지?"

그녀가 다시 말했다. 그는 매춘부 따위와 말을 섞어서 체면이 깎이지 않겠다는 듯 비웃기만 했다.

"이젠 벙어리가 됐나 봐? 이 부인이 혀를 깨물기라도 했나?"

그녀는 미친 듯이 웃음을 터뜨리며 말했다.

"당신이 뭔데 그런 말을 하는 거요? 당장 꺼지지 않으면 경찰을 부르겠소."

그는 화가 치민 듯 날카롭게 외쳤다.

"아! 그런 거였군. 꺼져, 이 얼간이야! 여자하고 잤으면 적어도 인사쯤은 해야지. 딴 여자하고 있다고 모르는 체하는 법은 없는 거야. 아까 옆을 지나칠 때 눈짓이라도 아는 척을 해 줬으면 내버려 뒀을 텐데 거만하게 으스대기나 하고! 기다려! 내가 직접 본때를 보여 줄 테니까! 그래! 얼굴을 봤을 때 '안녕!' 하고 한마디만……."

그녀가 이글거리는 눈으로 계속 악을 쓰자 드 마렐 부인이 칸막이 좌석의 문을 열고 혼잡한 사람들을 헤치며 미친 듯이 출구를 향해 나아갔다. 뒤루아도 그 뒤를 따라 가며 그녀를 붙잡으려고 했다.

"그 여자를 좀 붙들어 줘요! 잡으라니까! 내 남자를 훔쳐 갔어요!" 라셸은 그들이 도망가는 것을 보자 의기양양하게 소리 질렀다. 웃음소리가 터져 나왔다. 두 신사가 장난삼아 드 마렐 부인의 어깨를 잡아 돌려세우려고 했다. 그러나 뒤루아가 사납게 떼 내어 거리로 데리고 나갔다.

그녀가 극장 앞에 서 있던 빈 마차에 올라탔다. 그도 따라 타고는 마부가 어디로 가느냐고 묻자 아무 데라도 괜찮다고 대답했다. 마차는 울퉁불퉁한 길을 흔들리며 천천히 달렸다. 클로틸드는 발작을 일으키며 두 손을 얼굴에 대고 숨도 제대로 쉬지 못할 만큼 흐느꼈다. 뒤루아는 어떻게 해야 하는 건지, 뭐라고 말해야 좋을지 몰랐다.

"이것 봐, 내 사랑 클로. 내 말을 좀 들어 봐. 내 잘못이 아니오……. 예전에…… 파리에 처음 왔을 때…… 그때 알게 된 여자요."

그가 머뭇거리며 말했다.

"아아! 끔찍해! 세상에…… 끔찍해……. 어떻게 그런 추잡한 짓을 할 수가 있어요? 나한테…… 아! 정말 창피해……."

그녀는 갑자기 얼굴을 들고 배신을 당한 분노에 못 이겨 몸부림을 치면서도 간신히 입을 열어 헐떡이며 중얼거렸다.

"내 돈으로 여자를 샀어. 내가 그 여자한테 돈을 준 거야…… 어쩌면…… 어떻게 그럴 수가 있어요!"

그녀는 점점 생각이 분명해지고 머릿속이 정돈되자 격한 분노를 쏟아냈다.

"아아…… 이런 짐승…… 나쁜 놈…… 악당…… 내 돈으로 저런 여자를 샀단 말이지……. 악당…… 당신은 사람도 아니야."

좀 더 심한 말을 찾아 잠깐 입을 다무는가 싶더니 맞는 게 떠오르지 않는지 침이라도 뱉는 것처럼 말했다. 그녀는 다른 말은 더 생각나지 않아서 "악당…… 악당……."만을 되풀이했다.

"세워 주세요!"

갑자기 그녀가 마차 밖으로 몸을 내밀고 마부의 옷소매를 잡아당기며 소리를 질렀다.

"내리지 말아요!"

그녀가 거리로 뛰어내린 후 조르주가 뒤따르려고 했다. 그 목소리가 너무 날카로워서 지나가던 사람들이 주위로 몰려들었다. 뒤루아는 소문이라도 날까 봐 걱정이 되어 마차 안에 그대로 앉아 있었다.

"그럼…… 차비예요……. 모두 드리죠……. 저 난봉꾼을 바티뇰의 부르소 거리까지 데려다 줘요."

그녀는 주머니에서 지갑을 꺼내 등불 아래서 잔돈을 찾다가 2프랑 50상팀을 찾아 마부의 손 위에 올려놓으며 떨리는 목소리로 말했다. 주위에 서 있던 군중들 사이에서 웃음소리가 터져 나왔다. 한 남자가 "브라보, 멋지군." 하고 고함을 질렀고 마차 옆에 있던 젊은이는 열려 있는 문 안으로 고개를 들이밀고 "어이, 난봉꾼!" 하고 큰 소리로 외쳤다.

마차는 떠들썩한 웃음소리를 뒤로 한 채 달리기 시작했다.

6

다음 날 조르주 뒤루아는 슬픈 기분으로 잠에서 깼다. 천천히 옷을 주워 입은 뒤 창문 앞에 앉아 생각했다. 어제 누군가에게 몽둥이로 두들겨 맞은 것처럼 온몸이 쑤셨다. 그렇지만 간신히 일어나 당장 돈을 구하려고 포레스티에를 찾아갔다.

"꽤 일찍 찾아왔군. 무슨 일인가?"

친구는 서재에서 난로에 발을 뻗은 채 그를 맞았다.

"중요한 문제가 생겼네. 게임을 하느라고 돈을 좀 빌렸거든."

"도박 빚이란 말인가?"

"그렇다네."

뒤루아는 잠시 망설이다 대답했다.

"큰돈인가?"

"500프랑일세."

사실 빚은 280프랑뿐이었다.

"누구한테 진 건가?"

포레스티에가 의심스러운 듯이 물었다.

"그게…… 드 카를빌이라는 사람일세."

뒤루아는 머뭇거리다가 대답했다.

"아! 어디에 사는데?"

"일을 어렵게 만드는군. 그 사람이라면 나도 알고 있네. 하지만 20프 랑 정도면 한 번 더 빌려 줄 수 있지만 그 이상은 안 되겠네."

포레스티에가 웃음을 터뜨렸다. 뒤루아는 금화 한 닢을 받았다. 그 리고 이 사람 저 사람 모두 찾아다닌 뒤에 다섯 시경에는 마침내 80프 랑을 모을 수 있었다. 그렇지만 아직 200프랑이 더 필요했기 때문에 굳은 결심을 하고 모은 돈을 소중하게 간직하기로 마음먹었다.

"제기랄. 그따위 못된 여자 때문에 걱정을 할 필요 없어. 갚을 수 있 을 때 갚으면 되지."

뒤루아는 굳은 결심을 하고 이 주 동안 절약을 하면서 규칙적이고 정숙한 생활을 했다. 하지만 얼마 못 가 못 견디게 여자가 그리워졌다. 몇 년 동안 여자를 안아 보지 못한 것 같았다. 항해 중인 선원이 육지 를 보면 미쳐 버리는 것처럼 그는 치마만 봐도 전율이 일었다.

그러던 어느 날 밤, 혹시 라셀을 만날 수 있을까 하고 폴리베르제르 로 갔다. 그녀는 거의 그곳을 떠나는 일이 없기 때문에 들어가자마자 볼 수 있었다. 그는 미소를 지으며 그녀에게로 손을 내밀었다.

"내게 원하시는 게 뭔가요?"

그녀는 그를 아래위로 훑어보며 싸늘하게 말했다.

"에이, 그러지 말라구."

그는 억지로 웃으면서 말했다.

"난 포주들은 상대 안 해요."

그녀는 이렇게 말하곤 홱 돌아섰다. 아마 속으로는 더한 욕을 해 주고 싶었을 것이다. 그는 얼굴이 화끈거려 집으로 돌아오고 말았다.

포레스티에는 병이 악화되어 몸이 아프고 늘 기침을 했다. 신문사에서는 뒤루아를 들볶았다. 그에게 더 힘든 일을 시킬 수 없을까 하고 잔머리를 굴리는 것처럼 보였다.

"정말이지 자네는 생각보다 멍청하군."

어느 날 심한 기침 발작 뒤에 신경이 날카로워진 포레스티에는 뒤루아가 부탁한 정보를 갖고 오지 못한 것에 몹시 화를 냈다.

"그래, 꼭 너를 따라잡고 말 테다."

뒤루아는 그의 따귀를 때리고 싶은 것을 간신히 참고 나오면서 중얼거렸다. 그때 문득 어떤 생각이 머리를 스쳤다.

"좋아, 네놈 마누라를 유혹해야겠어."

그는 그 계획에 혼자 흐뭇해하며 손을 비볐다.

이튿날 당장 계획을 실천하기 위해 시험 삼아 방문해 보기로 했다. 그가 들어섰을 때 부인은 긴 의자에 누워 책을 읽고 있었는데 고개를 돌리기만 했을 뿐 일어나지도 않고 손을 내밀었다.

"어서 오세요, 벨 아미."

뒤루아는 뺨을 한 대 얻어맞은 기분이었다.

"저를 왜 그렇게 부르십니까?"

"지난주에 마렐 부인을 만났는데 그분 댁에서는 그렇게 부른다고 하더군요."

그녀가 미소 지으며 대답했다. 그녀의 상냥한 태도에 뒤루아는 안심이 되었다. 사실 걱정할 게 없지 않은가.

"당신은 드 마렐 부인한테는 무척 친절하시면서 저한테는 생각이 날 때만 오시던가, 아예 발길을 끊으시던가 하시는군요. 그렇죠?"

그는 그녀 옆에 앉아 새로운 호기심, 진귀한 골동품을 찾는 애호가라도 된 양 호기심으로 그녀를 바라보았다. 부드럽고 온화한 금발의 그녀는 매혹적이었다. 당장이라도 다가가서 애무를 하고 싶었다.

'이 여자는 확실히 먼저 여자보다 훨씬 낫다.'

그는 성공할 것을 조금도 의심하지 않았다. 손을 내밀기만 하면 쉽게 과일을 따는 것처럼 자기 것이 될 것만 같았다.

"찾아뵙지 않은 건 그편이 낫다고 생각해서 그런 겁니다."

뒤루아가 단호한 어조로 말했다.

"어머, 왜 그런데요?"

무슨 영문인지 모르겠다는 듯 물었다.

"왜라니요. 모르시겠습니까?"

"네, 전혀요."

"그건 제가 당신을 사랑하기 때문입니다……. 물론 아주 약간, 약간입니다만…… 혹시라도 완전히 사랑에 빠지기라도 하면 큰일 날 것 같아서요."

그녀는 별로 놀란 것 같지도 않고 충격을 받거나 좋아하는 것 같지도 않았다.

"그렇다고 해도 오셔도 되는데요. 절 오래 사랑하는 분은 없거든요."

그녀는 여전히 침착하게 웃으며 차분하게 대답했다.

"왜요?"

그는 그 침착함에 놀라 물었다.

"아무 소용도 없는 일이에요. 또 그렇다는 걸 제가 바로 알게 해 드리거든요. 그런 생각을 좀 더 일찍 말씀해 주셨다면 마음 편하게 자주 오시도록 부탁했을 텐데."

"사람 감정이란 게 그렇게 쉽게 조절이 됩니까?"

그가 비통하게 외쳤다.

"뒤루아 씨, 저는 사랑에 빠진 남자는 살아 있는 사람으로 취급하지 않아요. 그런 사람은 바보가 되는 법이거든요. 바보일 뿐만 아니라 위험한 사람이에요. 난 나를 사랑하는 사람, 아니 사랑한다고 주장하는 사람과는 일체 친밀한 관계를 갖지 않아요. 왜냐하면 일단 좀 귀찮고 언제 발작을 일으킬지 모르는 미친개를 상대하는 것처럼 불편하거든요. 그래서 저는 그런 남자를 멀리하면서 그 마음이 낫기를 기다리죠. 이걸 잊지 말아요.

나는 알고 있답니다. 남자들에게 연애는 그저 식욕 같은 것이지만 내게는 일종의…… 영혼의 교감 같은 거예요. 남자들이 생각하는 것과는 전혀 다르죠. 당신들은 형식만을 중요하게 생각하지만 나는 정신이 더 궁금하답니다. 그런데…… 제 얼굴을 똑바로 보세요.”

그녀는 더는 웃고 있지 않았다. 침착하고 냉정한 얼굴이었다.

“나는 결코, 결코 당신의 애인이 되지는 않을 거예요. 아시겠어요? 그러니까 그 욕망을 계속 고집한다고 해도 소용없는 일이에요. 당신한테도 안 좋아요……. 자, 이제 다 끝났으니까, 지금부터는 친구로 지내요. 다정하고 좋은 친구, 아무런 사심 없는 그런 친구가 되는 게 어때요?”

그녀는 한 마디 한 마디에 힘을 실어 말했다. 뒤루아는 포레스티에 부인이 내린 선고는 공소의 여지도 없고 무슨 계획을 세워 봤자 헛수고라는 걸 깨달았기 때문에 즉시 깨끗하게 단념했다. 살아가는 동안 자기편이 되어 줄 사람을 얻은 것에 만족하며 두 손을 내밀었다.

“말씀대로 따르지요, 부인.”

그녀는 뒤루아의 목소리에 담긴 진심을 알아차리고 두 손을 내주었다.

“정말이지 당신 같은 여자를 만난다면 무척 행복해서 그녀와 결혼했을 겁니다!”

뒤루아는 진심으로 말했다. 그녀도 이번에는 감동해서 기분이 좋아졌다. 그리고 사람들을 노예로 만들어 버리곤 하는 눈길을 재빠르게 보냈다.

"그럼 당장 친구로서 일을 시작할게요. 당신은 일하는 방법이 서투르더군요."

뒤루아가 이야기를 어떻게 이을지 망설이는 걸 보고 그녀가 팔에 손가락을 대면서 다정하게 말했다.

"솔직하게 말해도 될까요?"

그녀가 약간 망설이다가 물었다.

"네."

"모조리?"

"괜찮아요."

"그렇다면 말씀드리죠. 가서 왈테르 부인을 만나 보세요. 당신에 대한 칭찬이 끊이지 않거든요. 그리고 부인의 마음에 들도록 해 보세요. 그분께 찬사를 드리면 바로 돌아온답니다.

물론 정숙한 분이에요. 아시겠죠? 정말 정숙한 분이니까 유혹할 생각 따위는 하지도 마세요. 하지만 그분이 좋게 생각하면 그보다 훨씬 유익한 일이 생길 거예요. 당신이 신문사 말단 직원이라는 것은 알지만 그런 건 염려하지 말아요. 사장님 댁 사람들은 어떤 기자한테도 똑같은 친절을 베풀거든요. 꼭 가 보세요. 제 말을 들으세요."

"감사합니다. 당신은 천사군요⋯⋯. 저를 지켜 주는 그런 천사."

그가 미소를 지으며 말했다. 그런 뒤 그들은 사소한 이야기를 나눴다. 그는 그녀 곁에 있는 게 즐겁다는 것을 보여 주기 위해 꽤 오랜 시간을 앉아 있었다.

"그럼 우린 친구인 거죠?"

돌아갈 때 그가 한 번 더 물었다.

"물론이죠."

"그리고 만약 당신이 미망인이 되면 구혼자 명단에 저도 이름을 올릴 겁니다."

그는 아까 찬사를 보냈을 때 효과를 봤기 때문에 다시 한 번 되풀이한 뒤 상대가 화낼 틈을 주지 않으려고 뛰어나왔다.

왈테르 부인을 방문하는 일은 조금 부담스러웠다. 와도 좋다는 말을 듣지도 않은 채 불쑥 찾아가면 결례가 되지 않을까 걱정스러웠던 것이다. 하지만 사장은 평소에 그에게 호감을 가지고 있었고 그가 일하는 것을 인정해 어려운 일도 지시하곤 했다. 그런 걸 좀 이용한다고 해서 안 될 이유도 없는 것이다.

그래서 그는 어느 날 아침 일찍 일어나 경매하는 시각에 시장으로 가서 큰맘 먹고 좋은 배 스무 개가량을 10프랑에 샀다. 그러고는 먼 데서 온 것처럼 과일 바구니에 담고 정성스레 끈을 매서 명함과 함께 사장 댁 문지기에게 주었다.

> 왈테르 부인께. 오늘 아침 노르망디에서 온 과일입니다. 부디 받아 주시길 바랍니다.
>
> — 조르주 뒤루아

이튿날 그는 신문사의 자기 우편함에서 답장이 든 봉투를 발견했다.

> 조르주 뒤루아 씨. 진심으로 감사드립니다. 토요일엔 언제나 집에 있습니다.
>
> — 라셸

다음 토요일에 그는 부인을 찾아갔다. 그녀는 말제르브 대로에 살고 있었다. 두 채가 붙어 있는 집인데 현실적인 사람답게 그 일부는 세를 주었다. 문지기는 두 개의 문 사이에 살면서 집주인과 세 든 사람

양쪽 모두를 관리하고 있었다. 문지기는 흰 양말을 신고 금단추가 달린 화려한 옷을 입어서 마치 성당 근위병처럼 보였는데 양쪽 집 문 앞에 버티고 선 모습이 부잣집 저택다운 풍모를 드러냈다.

응접실은 2층에 있었다. 대기실에는 벽에 장식 융단을 걸고 문에 커튼을 쳐 놓았다. 하인 두 명이 의자에 앉아 졸고 있다가 한 명은 뒤루아의 외투를 받아 걸고, 한 명은 짧은 지팡이를 받아 든 채 방문객을 서너 걸음 앞서 안내했다. 그리고 몸을 비켜 뒤루아가 지나가게 한 뒤 아무도 없는 방 안에 대고 그의 이름을 크게 외쳤다.

그는 어리둥절해져서 기웃거리다가 커다란 전신 거울 속에 사람들이 앉아 있는 모습을 보았다. 처음에는 거울이 착시 현상을 일으켜서 방향을 잘못 잡았지만 곧 알아채고 사람 없는 응접실 두 개를 가로질러 갔다.

그가 들어선 방은 금빛 물방울무늬가 있는 푸른 비단으로 장식된 작은 부인용 규방 같은 곳이었는데 귀부인 네 명이 홍차 잔을 올려놓은 탁자 주위에 앉아 낮은 목소리로 이야기를 나누고 있었다.

그는 파리의 오랜 생활과 신문기자 일을 한 덕분으로 영향력 있는 사람들과 끊임없이 만나며 어느 정도 자신감을 얻었지만 지나치게 화려한 현관과 텅 빈 응접실을 가로질러 가는 동안 약간 기가 죽었다.

"부인, 이렇게 찾아뵙게 되어……."

그는 눈으로 안주인을 찾으며 머뭇거렸다.

"어서 와요."

그녀가 손을 내밀었다. 그는 허리를 굽히고 손을 잡았다. 그녀가 가리킨 의자에 앉으려다가 의자가 너무 낮은 관계로 엉덩방아를 찧고 말았다.

잠시 침묵이 이어졌지만 한 부인이 다시 아까 하던 이야기를 꺼냈다. 추위가 심해졌다고는 하지만 아직 티푸스가 유행하는 것도 멈추지 않았고 스케이트를 탈 정도로 추운 것도 아니라는 이야기였다. 모두들 파리에 곧 닥쳐올 첫 추위에 대해 이야기를 하고 그런 뒤에는 저마다 공기 중에 떠다니는 먼지처럼 마음속에 떠도는 진부한 이유를 들어 어느 계절이 좋은지 이야기했다.

문이 열리는 소리가 들려 뒤루아가 돌아다보았다. 투명한 유리문을 통해 뚱뚱한 부인이 들어오는 모습이 보였다. 그 부인이 들어서자 부인 한 명이 일어나 모두에게 인사를 하고 돌아갔다. 젊은이는 흑옥 진주가 반짝이는 여인의 뒷모습이 텅 빈 객실을 건너가는 것을 바라보았다.

새로 온 사람으로 인한 술렁거림이 가라앉자 모로코 문제, 근동의 전쟁 이야기가 나오고 다시 아프리카 벽지에서 영국이 난처한 입장이 됐다는 둥 두서없는 이야기들이 떠다녔다. 그 부인들은 그런 역사적인 사건들을 마치 사교계에서 인용되는 멋진 연극 대사를 외우듯 매끄럽게 이야기했다.

곱슬곱슬한 금발에 몸집이 작은 여자가 다시 들어오고 야위고 늘씬한 중년 부인이 나갔다. 이번 주제는 리네 씨에 대해서였는데 그가 어쩌면 프랑스 아카데미에 들어갈 수도 있다는 것이었다. 하지만 새로 온 부인은 《돈키호테》를 프랑스어로 훌륭하게 번안하여 상연할 수 있도록 만든 카바농 르바 씨가 그를 이길 것이라고 확신했다.

"그 작품이 올 겨울에 오데옹 극장에서 상연될 겁니다."

"오, 그래요? 문학적으로 의미 있는 시도는 꼭 보고 싶어요."

왈테르 부인은 대화에 집중하지 않으면서 차분하고 상냥하게 응대했다. 그녀는 어떤 문제든 자기 의견이 미리 준비되어 있기 때문에 자신이 이야기하는 것에 대해 주저하지 않았다.

그렇지만 날이 저무는 것을 느끼고는 쉴 새 없이 이어지는 잡담을 들으며 램프를 가져오도록 초인종을 눌렀다. 그리고 머지않아 치러질 만찬의 초대장을 위해 인쇄소에 들러야겠다고 생각했다.

그녀는 지나치게 뚱뚱한 편이었다. 아직은 봐줄 만했지만 그게 한 번에 무너지는 것은 시간문제였다. 그래서 여러 가지 손질도 하고 주의도 하면서 피부를 깨끗하게 만드는 것과 화장품에 신경을 쓴 덕분에 아직 아름다움을 유지하고 있었다.

그녀는 매사를 현명하고 절제 있고 합리적이며 프랑스 정원처럼 질서정연하게 정리할 줄 아는 여자였다. 깜짝 놀랄 정도는 아니었지만 매력적이라고 생각하며 산책할 정도는 되는 그런 정원이었다.

그녀는 자유로운 공상 대신 고상하고 조심성 있는 이성을 가지고 있었으며 남의 일에도 헌신적으로 나서는 편이라 모든 사람의 일에 인색하지 않았다.

그녀는 뒤루아가 아직 한마디도 못 한 채 약간 따분해한다는 것을 눈치챘다. 그렇지만 부인들은 언제나 길게 얘기하기 좋아하는 아카데미 문제에 빠져 있었다.

"뒤루아 씨, 당신은 누구보다 사정을 잘 알고 계시죠? 누굴 뽑으시겠어요?"

왈테르 부인이 물었다.

"부인, 이 문제에 있어서는 저는 어떤 후보자가 어느 면에서 뛰어난지 상관하지 않습니다. 그런 점은 누구라도 이견이 있는 법이거든요. 저는 그들의 나이나 건강 상태가 중요하다고 봅니다. 자격은 미뤄 두고 우선 병이 있는지 확인해야 합니다. 로페 데 베가의 운문을 번역했는지의 여부보다 간장이나 심장, 신장, 척수의 상태를 살펴보는 거죠. 병이 골수에 밴 비대증, 당뇨병, 운동 부족 현상 같은 것들이 조잡한 시 사십 편에 횡설수설하게 떠든 애국심보다 훨씬 더 중요하다고 생각합니다."

그는 당당하게 받아쳤다. 부인들은 독특한 생각에 놀라 모두들 입을 다물었다.

"왜 그런가요?"

왈테르 부인이 웃으며 물었다.

"무슨 문제건 저는 부인들께 흥미를 주는 쪽으로 생각했기 때문입니다. 그러나 부인, 아카데미라는 것이 여러분에게 진정한 흥미를 줄 때는 누가 죽었을 때뿐입니다. 그러니까 결국 학술원 회원 중에 죽는 사람이 많으면 많을수록 여러분도 즐거워지는 셈입니다. 그렇다면 빨리 사망할 수 있는 사람, 다시 말해서 병들고 늙은 사람을 지명하는 게 좋지 않겠습니까?"

모두들 어이없는 표정이었다.

"저도 부인들과 똑같습니다. 파리 단신에서 아카데미 회원의 사망 기사를 읽는 게 가장 흥미롭거든요. 누가 또 후보자가 될까? 생각하면서 나름대로 명단을 만들어 보기도 하죠. 별거 아닌 장난에 불과하지만 아주 재미있습니다. 후세에 남을 만한 인물이 명을 다할 때마다 파리 객실 어디에서나 '죽음과 마흔 명의 노인' 놀이를 할 겁니다."

뒤루아가 계속 말을 이었다. 귀부인들은 아직도 당혹스러운 얼굴이었지만 점점 미소가 번지기 시작했다. 그가 한 말이 옳았기 때문이었다.

"여러분, 아카데미 회원을 지명하는 이들은 바로 부인들이십니다. 그렇게 임명을 하시는 건 바로 그들이 사망하는 것을 보기 위해서고요. 그러니 노인 중에서도 아주 늙은 노인을 고르십시오. 다른 생각은 안 하셔도 됩니다."

그는 이렇게 말하고 일어서서 다정하게 작별 인사를 하고 방을 나갔다.

"재미있는 분이네요. 누구예요?"

그가 나가자 한 부인이 말했다.

"우리 신문사 기자랍니다. 지금은 보잘 것 없는 일을 하고 있지만 곧 출세할 겁니다."

왈테르 부인이 대답했다.

뒤루아는 말제르브 대로를 춤추듯 신나서 걸어갔다. 자신이 생각해도 참으로 멋지게 퇴장을 한 것이었다. 그는 재수가 좋았다고 중얼거렸다. 그날 밤에 그는 라셸과 화해했다.

다음 주에는 두 가지 사건이 생겼다. 그가 사회부장으로 임명된 데다가 왈테르 부인의 만찬에 초대를 받은 것이었다. 그는 이 두 가지가 연관이 있다는 것을 짐작했다.

사장은 돈을 숭배하는지라 〈라비 프랑세즈〉도 돈벌이로만 생각했다. 사장한테는 신문이든 대의원 역할이든 돈을 벌기 위해 지렛대 역할에 지나지 않았다.

그는 선량함을 무기로 삼아 사람 좋은 척하면서 일을 해 왔다. 어떤 일이든 자신이 부릴 사람은 충분히 알아보고 시험도 해 보고 됨됨이를 알아본 연후에야 담대하고 융통성 있는 사람을 썼다. 따라서 사장은 뒤루아를 사회부장으로 아주 믿을 만하다고 여긴 것이다.

그때까지 그 일을 맡은 건 부아르나르였는데 그는 나이 든 기자로, 사무원처럼 정확하고 빈틈없으며 세심한 사람이었다. 신문사 열한 군데에서 편집장으로 삼십 년을 지냈는데 행동 방식이나 사물을 보는 방법을 조금도 바꾸지 않았다. 마치 음식점을 바꾸는 것처럼 편집실을 바꿔 댔지만 음식 맛이 같지 않다는 것을 알아차리지 못한 모양이었다.

그는 정치나 종교 문제에는 관심이 없었다. 하지만 어디에 있건 정성껏 일했으며 능숙하고 경험이 풍부한 것이 장점인 중요한 인물이었다.

그는 장님처럼 아무것도 보지 않고 귀머거리가 된 듯 아무것도 들지 않았으며 벙어리처럼 아무 말도 하지 않고 일했다. 하지만 기자라는 직업에 매우 충실했다. 전문적인 입장에서 옳고 조리에 맞는다고 생각하는 일, 위험성이 없고 틀림없다고 생각하는 일이 아니면 절대로 받아들이지 않았다.

왈테르 씨는 그러한 그의 가치는 충분히 알고 있었지만 사회면은 신문의 핵심이므로 누군가 다른 사람에게 시켜 보고 싶다는 생각은 전부터 해 왔다고 말했다. 사회기사야말로 뉴스와 소문을 퍼뜨리면서 대중과 공채 시세에 영향을 미칠 수 있기 때문이었다.

사교계 모임 소식 중간에 별것 아닌 듯이 끼워 넣어야 하는데, 아예 드러내기보다 넌지시 암시해 주는 편이 좋다. 그런 식으로 해서 사람들이 원하는 것을 알아차리게 만드는 것이다.

소문이 굳어질 수 있도록 사실은 부정하고, 세상에 알려진 일들을 누구나 믿지 않도록 긍정해야 한다. 사회기사 속에는 독자 한 명 한 명이 모두 재미있다고 생각할 만한 기사를 적어도 한 줄씩은 끼워 넣어야 한다. 그래야 모든 사람이 그것을 읽는다. 사람과 사람이 하는 모든 일에서부터 모든 직업과 파리와 지방, 군대와 화가, 성직자, 대학, 관리와 거리의 여자들까지 모두를 생각해야 한다.

따라서 사회면을 총괄하고 취재기자들의 전투를 지휘하려면 언제나 긴장감을 유지해야 하고 경계를 소홀히 하면 안 되며, 뭐든지 쉽게 믿지 말고 앞을 내다볼 줄도 알아야 하며, 교활하고 민첩한 것은 물론 융통성도 필요하고, 계략에 능해야 하며, 한눈에 허위 보도를 알아낼 정도로 후각이 발달해야 하며, 해야 할 말과 하지 말아야 할 것을 판단하여 무엇이 독자의 지지를 얻는가를 분별하는 태도가 필요하다.

부아르나르 씨는 오랜 경험이 장점이지만 솜씨 있게 버릴 것은 버리고 취할 것은 취하면서 교묘하게 배열하는 능력이 부족했다. 그는 특히 사장이 마음속에 품고 있는 은밀한 생각이 뭔지를 간파하는 능력이 절대적으로 부족했다.

뒤루아라면 이 일을 완벽하게 해낼 것 같았다. 노르베르 드 바렌의 표현대로 '국가 재정과 정계 이면을 삿대 삼아 능숙하게 저어 나가는' 이 신문의 편집을 훌륭하게 수행할 것이다.

〈라 비 프랑세즈〉 기사에 영감을 주는 사람은 따로 있었는데 사장이 직접 계획하거나 관여하는 모든 투기에 이해관계가 있는 국회의원 여섯 명가량이었다. 그들은 의회에서 '왈테르 파'라고 불리면서 다른 이들의 부러움을 샀다. 그들이 왈테르 씨와 함께 하거나 아니면 그의 후원으로 돈을 버는 건 틀림없는 사실이었기 때문이다.

정치부장을 맡고 있는 포레스티에는 그들의 꼭두각시에 불과했고 그들이 지시하는 것을 그저 실행에 옮길 뿐이었다. 그는 그들에게서 사설을 귀띔받은 뒤에 그의 말에 의하면 '조용한 곳에서 정리하기 위해' 언제나 자기 집으로 가서 쓰곤 했다.

사장은 제각기 다른 분야에서 활동하는 저명한 작가 두 명을 참여하게 하여 신문에 문학적이고 파리적인 면모를 갖추게 했다. 시사 문제 기자인 자크 리발과 시인이자 새로운 유파에 속하는 단편 작가인 노르베르 드 바렌이었다. 또한 미술, 회화, 음악, 연극 등의 평론가와 형사 문제, 경마 기사 등을 다루는 필자들은 싼값에 어떤 것이든 다 써 대는 사람들로 골라 두었다. 또 '장밋빛 가면'과 '흰 손'이라는 필명으로 활동하는 상류층 부인 두 명이 사교계의 소문이나 유행 문제, 고상한 취미 생활, 에티켓, 처세술 등의 이야기를 다루고 가끔씩은 격이 떨어지는 소문을 다루기도 했다.

〈라 비 프랑세즈〉는 이렇게 온갖 사람들의 손을 거쳐 '깊고 얕은 바닥을 항해'했다.

뒤루아가 사회부장에 임명되어 기뻐서 어쩔 줄 모르고 있을 때 자그마한 목판 인쇄 카드를 받았는데 거기에는 이렇게 씌어 있었다.

조르주 뒤루아 씨께

1월 20일 목요일 밤, 조졸한 만찬을 열 예정이니 시간을 내주시기를 바랍니다.

- 왈테르 부부

연달아 자신에게 온 이 행운은 그를 기쁨의 절정에 다다르게 했다. 그는 연인의 편지에 키스하듯 그 초대장에 입을 맞췄다. 그러고 나서 자금 조달이라는 엄청난 문제를 해결하기 위해 회계과로 갔다.

사회부장에게는 대개 자신만이 쓸 수 있는 활동비가 지급되는데 과일을 재배하는 농부가 좋은 과일만을 골라 오듯 취재기자가 가져오는 기사 중에 좋은 것과 별 볼 일 없는 것을 골라내 마음대로 원고료를 내주었다.

뒤루아는 할당될 예정이던 한 달 예산 120프랑을 대부분 착복하리라고 결심한 터였다. 그는 회계 담당자에게 집요하게 요청한 뒤 마침내 400프랑을 미리 받을 수 있었다.

돈을 손에 움켜 쥔 그는 일전에 빌린 280 프랑을 드 마렐 부인에게 갚으려고 했으나 남는 돈이 120프랑밖에 되지 않다는 것을 깨달았다. 그것으로 새로운 임무를 수행한다는 것은 어려울 것 같아 돈을 갚는 걸 뒤로 미뤄 버렸다.

그는 이틀 동안 이사를 하느라고 바빴다. 편집부 직원 전체가 함께 쓰는 넓은 방에 있던 전임자의 책상과 우편함을 인계받았다. 그도 이제 방 한구석을 차지했고 나이에 어울리지 않는 새까만 머리를 늘어뜨린 부아르나르는 반대편으로 옮겨 갔다.

방 한가운데 있는 긴 테이블은 외근 기자용이었지만 대개는 의자 대용으로 쓰여 발을 늘어뜨리고 걸터앉기도 하고, 아예 올라앉아 책상다리를 하는 사람들도 있었다. 가끔은 대여섯 명이 중국 인형처럼 올라앉아 빌보케를 열심히 하기도 했다. 뒤루아도 나중에는 그 놀이에 관심을 갖게 되었고 생포탱의 지도와 조언으로 얼마 지나지 않아 잘하는 축에 끼었다.

포레스티에는 병세가 점점 심해져서 최근에 산 빌보케 공이 무겁다면서 뒤루아에게 물려주었는데 서인도제도 나무로 만든 훌륭한 공이었다. 뒤루아는 끈을 매단 커다란 검은 공을 힘센 팔을 움직여 능수능란하게 다루며 "하나, 둘, 셋, 넷, 다섯, 여섯." 하고 입으로 수를 세곤 했다.

드디어 왈테르 부인 만찬에 나가는 날에는 처음으로 스물까지 셀 수 있게 되었다. 그래서 '오늘은 징조가 좋군. 만사가 잘될 거야.' 하는 생각이 들었다. 〈라비 프랑세즈〉 사무실에서는 빌보케를 잘 하는 것으로 우월감을 느끼곤 했기 때문이다.

그는 옷을 갈아입을 생각으로 조금 일찍 사무실을 나서서 롱드르 거리로 올라갔다. 그때 드 마렐 부인과 닮은 작은 여자가 종종걸음으로 그의 앞에서 걷는 것을 발견했다. 그는 얼굴이 달아오르고 심장은 두근거렸다. 그는 여자의 옆모습을 확인하기 위해 길을 건넜다. 여자가 길을 건너기 위해 걸음을 멈췄을 때 보니 드 마렐 부인이 아니었다. 그는 안도의 한숨을 내쉬었다.

그는 만약 그녀와 길에서 마주치면 어떻게 해야 하는지 몇 번이나 생각했었다. 인사를 해? 모르는 척해? 그러다가 보고도 못 본 척하기로 결심했다.

도랑 위에 두꺼운 얼음이 얼고 추운 날이었다. 거리는 가스등 아래서 잿빛으로 보였다.

'집을 바꿔야겠군. 여긴 내 지위랑은 안 맞아.'

그는 집으로 돌아오자 생각했다. 마음이 들떴다. 지붕 위라도 뛰어다닐 수 있을 것 같았다.

"마침내 행운이 찾아왔어. 행운! 그래, 아버지한테 편지를 쓰자."

그는 침대에서 창문 쪽으로 걸으면서 혼자서 큰 소리로 말했다. 가끔 아버지한테 편지를 쓰곤 했다. 그 편지는 루앙 시와 센 강의 넓은 골짜기가 내려다보이는 높은 언덕, 노르망디식 조그만 선술집을 떠올리게 해 언제나 큰 기쁨을 가져다주곤 했다.

이따금씩 떨리는 손으로 큼지막하게 글씨를 쓴 파란 봉투를 받았다.

사랑하는 아들아, 네 어머니와 내가 아주 잘 지낸다는 말을 하기 위해
이 편지를 쓰는 거란다. 고향에도 별로 특별한 일은 없구나. 그래도 얘
길하자면……

편지는 항상 이렇게 시작하곤 했다. 마을 일, 이웃 사람들 이야기, 밭이나 농작물 상태가 어떻다는 소식에는 그도 흥미를 느꼈다.

"내일이라도 편지를 쓰자. 만약 오늘 저녁에 내가 저택으로 초대되어 가는 것을 보면 우리 영감 완전히 놀라 자빠질 텐데! 아버지는 한 번도 먹어 보지 못한 음식을 먹으러 가는 거란 말이지!"

그는 조그마한 거울 앞에서 하얀 넥타이를 매면서 되풀이했다. 그러자 갑자기 눈앞에 시골의 텅 빈 술집 안 검게 그을린 부엌이 떠올랐다. 누런빛 프라이팬이 쭉 걸려 있는 벽, 고양이가 코를 처박고 괴물처럼 웅크린 난롯가, 엎질러진 술과 세월의 때로 번질거리는 나무 식탁과 한가운데는 김을 뿜고 있는 수프 그릇이 있고 접시 사이에는 촛불이 켜 있다.

그리고 두 사람, 엄마와 아버지가 동작이 둔한 농사꾼 부부처럼 훌쩍거리며 수프를 먹고 있는 광경이 보였다. 그는 나이 든 얼굴에 자글자글한 주름, 팔, 아주 작은 목의 움직임까지 전부 기억했다. 또한, 두 사람이 매일 저녁 마주 앉아 저녁을 먹으며 무슨 이야기를 주고받는

지도 모두 알고 있었다.

그는 다시 '어쨌든 한번 찾아가 보자.' 하고 생각했으며 몸단장을 끝내고 불을 끄고는 아래로 내려갔다.

외곽의 큰길로 내려갈 때 거리의 여자들이 다가왔다. 그는 외투 주머니에서 손을 꺼내 휘둘렀다.

"귀찮으니까 저리 가란 말이야!"

그는 마치 모욕이라도 당한 것처럼 경멸을 담아 외쳤다. 나를 누구라고 생각하는 거야! 남자 분간할 줄도 모르는군. 부유하고 유명한 권력가의 집 만찬에 초대되고 야회복을 입었다는 그 사실 때문에 그는 새로운 사람이 된 듯한 느낌이 들었다. 마치 진짜 상류사회 사교계의 일원이 된 것 같았다.

그는 높은 청동 촛대로 환하게 밝힌 응접실로 점잖게 들어가 두 하인에게 짧은 지팡이와 외투를 아주 자연스러운 태도로 맡겼다.

객실은 모두 눈부실 정도로 불을 밝혀 놓았다. 왈테르 부인은 가장 큰 두 번째 객실에서 그보다 먼저 도착한 피르맹 씨와 라로슈 마티외 씨를 맞고 있다가 그를 발견하자 상냥하게 웃었다. 그들은 국회의원이면서 〈라 비 프랑세즈〉의 익명 편집자이기도 했다. 라로슈 마티외 씨는 의회에서 영향력이 컸기 때문에 신문사에도 특별 대접을 받았다. 그가 장래에 장관이 되리라는 걸 아무도 믿어 의심치 않았다.

얼마 뒤 포레스티에 부부가 도착했다. 분홍색 옷을 입은 포레스티에 부인은 눈부시게 아름다웠다. 뒤루아는 그녀가 두 국회의원과 친한 것을 보고 깜짝 놀랐는데 그녀는 난로 옆에 서서 라로슈 마티외 씨와 오 분 이상 소곤거렸다.

샤를은 한 달 전과 비교해서 아주 초췌해진 몰골로 나타났다. 몰라볼 만큼 야위었는데 '올 겨울에는 프랑스 남부 지방으로 요양을 가려고 해요.'라는 말을 되풀이하며 계속 기침을 했다.

노르베르 드 바렌과 자크 리발이 함께 들어왔고 안쪽 문이 열리며 왈테르 사장이 두 딸을 옆에 대동하고 나타났다. 열여섯과 열여덟이 된 두 딸은 몸집이 컸으며 한쪽은 이쁘고 다른 한쪽은 못생긴 편이 었다. 뒤루아는 사장에게 딸이 있다는 사실은 이미 알고 있었지만 막 상 눈앞에서 보고 너무 놀랐다. 사장의 딸이란 절대 가 볼 수 없는 먼 나라 같은 느낌을 주었기 때문이다. 게다가 어린아이들일 줄 알았는 데 이미 훌륭하게 성숙한 여인이었던 것이다. 그는 현기증이 나고 당황스러웠다.

두 딸은 그를 소개받고 차례로 손을 내밀었다. 그런 다음 자신들에 게 배당된 듯한 작은 테이블 앞에 앉아 작은 바구니에 가득 찬 비단실 뭉치를 만지작거렸다.

손님들은 아직 다 도착한 것 같지 않았다. 말하는 사람은 아무도 없 었다. 하루 종일 서로 다른 일을 하다가 와서 같이 만찬이 시작되길 기다리는 자리가 흔히 그런 것처럼 서로 똑같은 기분에 젖는 일이 쉽 지는 않았던 것이다. 왠지 거북한 기운이 흘렀다.

무료해진 뒤루아가 벽을 쳐다보자 왈테르 씨가 멀리서 다가왔다.

"자네 내 그림을 보고 있군."

왈테르 씨는 자신의 재산을 자랑하고 싶은 마음을 숨기지 않았다. '네.'라는 말이 뒤루아의 뇌리에 울렸다. 그는 "내가 보여 주지." 하면 서 등불을 높이 들어 그림 구석구석까지 보이게 만들었다.

"이건 풍경화일세."

벽 중앙에 커다란 그림 한 점이 걸려 있었다. 폭풍이 휘몰아치는 하 늘과 노르망디 해변을 그린 기메의 작품이었다. 그 아래에는 아르피 니의 '숲'과 기요메의 '알제리 평원'도 있었는데 다리가 길고 덩치도 큰 낙타 한 마리가 지평선에 서 있는 모습이 매우 기묘한 느낌을 주었 다. 마치 기념비가 우뚝 서 있는 것 같아 보였다.

"훌륭한 그림일세."

왈테르 씨는 다음 벽 앞에 서서 기념식을 주도하는 사람처럼 진지하게 말했다. 작품 네 개가 있었는데 제르벡스의 '검진', 바스티엥 르파주의 '밀 베는 여인', 부그로의 '미망인', 방데 지방의 한 성직자가 성당 벽 앞에서 대혁명 당시 공화주의자들에게 총살당하는 장면을 그린 장 폴 롤랑의 '사형집행'이었다.

"이건 상상화라네."

사장은 다음 벽면을 가리키며 근엄한 얼굴에 미소를 띠었다.

제일 먼저 장 베로가 그린 '높은 곳과 낮은 곳'이라는 작은 그림이 보였다. 달리고 있는 전차의 계단을 아름다운 파리 여인이 올라간다. 그녀의 머리는 2층 좌석 높이에서 보이고 긴 의자에 앉은 신사들은 귀여운 얼굴을 매우 기쁜 듯이 바라보고 있다. 하지만 아래층에 있는 남자들은 욕정이 이글대는 눈으로 젊은 여인의 다리를 훔쳐보았다.

"어떤가, 아주 재미있지?"

왈테르 씨는 등불을 쑥 내밀고 장난스럽게 웃었다. 그런 다음 등불로 랑베르의 '어떤 구조'를 비췄다. 식기들을 모두 치운 식탁에 새끼 고양이가 한 마리 앉아서 파리가 컵 속 물에 빠져 발버둥치는 것을 신기하게 바라보고 있다. 새끼 고양이는 재빨리 앞발을 쳐들어 파리를 잡으려고 하지만 아직은 망설이고 있다. 어쩌려는 거지?

사장은 또 병영에서 한 병사가 삽살개에게 북 치는 걸 가르치는 것을 그린 드타유의 '수업'을 비췄다.

"정말 재치 있는 그림 아닌가?"

사장이 큰 소리로 물었다.

"네, 정말 매력적입니다. 정말…….."

뒤루아는 아첨하듯 웃다가 입을 다물었다. 등 뒤에서 지금 막 들어오는 드 마렐 부인의 목소리가 들렸던 것이다.

사장은 여전히 그림을 보여 주고 설명했다. 건장해 보이는 하층민 남자 둘이서 헤라클레스처럼 맞붙어 싸우는 바람에 마차는 움직이지 않고, 마차 창문으로 아름다운 여자 얼굴이 보이는데 난폭한 두 남자가 싸우는 모습을 두려워하지도 않고 초조한 기색도 전혀 없이 감탄하면서 바라보고 있다. 이 그림은 모리스 를루아르가 그린 수채화 '장애물'이었다.

"저 앞방에도 그림이 아직 많다네. 이름이 알려지지 않은 풋내기들이 그린 그림이지. 여기가 내 전시실인 셈이야. 젊은 친구들의 그림은 유명해질 때를 기다리면서 저 안쪽 내실에 걸어 둔다네."

왈테르 씨가 계속 말했다.

"지금이 그림을 살 적기라네. 화가들이 배고프거든. 다들 한 푼도 없어. 아주 땡전 한 푼도……."

왈테르 씨가 목소리를 낮춰서 말했지만 뒤루아한테는 아무것도 들리지 않았고 아무것도 보이지 않았다. 드 마렐 부인이 바로 등 뒤에 있었다. 어떻게 하지? 먼저 인사를 건네면 혹시라도 모른 척하거나 싫은 소리를 하지 않을까? 그렇다고 옆에 가지도 않는다면 다른 사람들이 뭐라고 생각할 것인가.

그는 시간을 좀 벌어야 한다고 생각했다. 어떻게 해야 좋을지 몰랐다. 갑자기 아프다는 핑계를 대고 가 버릴까도 생각했다.

벽에 걸린 그림을 다 돌아보고 나서 사장은 등불을 제자리에 가져다 걸고 마지막으로 도착한 손님에게 인사를 하러 갔다. 그동안 뒤루아는 그림에 취미가 많은 사람처럼 다시 혼자 그림을 돌아보기 시작했다.

'어떻게 해야 할까?'

사람들 목소리가 구분이 되었고 대화도 또렷하게 들려왔다.

"뒤루아 씨, 잠깐만요."

포레스티에 부인이 불렀다. 그는 그쪽으로 갔다. 부인 친구가 야회를 베푼다는 이야기를 〈라비 프랑세즈〉에 올리고 싶다면서 그 친구를 소개해 주었다.

"네, 부인, 좋습니다."

드 마렐 부인이 곁에 있어 그는 머뭇거리며 대답했다. 이젠 몸을 돌려 다른 곳으로 가는 것이 더 이상했다.

"안녕하세요, 벨 아미? 저를 못 알아보시나 봐요?"

뒤루아는 자기가 미쳐 버린 줄 알았다. 그녀가 큰 소리로 이렇게 말했기 때문이었다. 그가 돌아서자 그녀는 밝은 눈빛에 애정을 담아 생글거리면서 서 있었다.

"어찌된 거예요? 통 뵐 수가 없으니."

그는 그녀가 내민 손을 덜덜 떨면서 잡았다. 뭔가 저의나 책략이 담겨 있지나 않을까 마음이 놓이지 않았다.

"좀 바빴습니다, 부인. 정신없이 바빴답니다. 왈테르 씨께서 새로운 일을 맡겨 주셨거든요."

그는 아직도 진정되지 않아 머뭇거리며 말했다.

"알고 있지요. 하지만 그렇다고 해서 친구를 잊어버리시면 안 되죠."

그녀는 그를 똑바로 쳐다보면서 말했다. 그 눈길 속에는 호의만이 가득했다. 두 사람은 그때 막 들어온 뚱뚱한 부인 때문에 멀리 떨어졌다. 어깨와 가슴을 드러낸 부인으로 팔과 뺨이 불그스름한 데다가 옷과 모자도 상당히 눈에 띄는 디자인이었다.

그녀는 매우 무거운 걸음걸이로 다가왔는데 그걸 보고 있자니 넓적다리의 무게와 굵기를 알 것 같았다. 모든 사람들이 그녀에게 상당히 공손한 태도를 취했다.

"누구예요?"

뒤루아는 포레스티에 부인에게 물었다.

"페르스뮈르 자작 부인이랍니다. '흰 손'이라는 필명으로 활동하시는 분이에요."

"흰 손이라고요? 흰 손! 저는 당신 같은 젊은 부인을 상상했었는데. 저분이 흰 손이란 말이죠? 정말 멋지군요!"

뒤루아는 어이가 없어서 허탈한 웃음이 터지려는 것을 애써 눌렀다.

"식사 준비가 다 되었습니다."

하인이 다가와 알렸다.

만찬 모임은 별다른 일 없이 활기차게 이어졌다. 다들 떠들어 대면서도 아무 말도 하지 않은 것 같은 모임이었다. 뒤루아는 사장의 큰 딸인 못생긴 로즈 양과 드 마렐 부인 사이에 앉았는데 부인은 아주 편안해 보였지만 그는 이런 좌석 배치가 마음에 들지 않았다.

그는 처음에는 음을 놓쳐 버린 음악가처럼 어수선하고 머뭇거렸지만 차츰 마음이 진정되기 시작했다. 자꾸만 마주치는 두 사람의 시선은 서로 묻기 시작하면서 예전처럼 친밀해지더니 나중에는 거의 관능적으로 서로를 보았다.

그는 갑자기 테이블 아래에서 뭔가가 그의 발에 가볍게 스치는 것을 느끼고 슬며시 발을 내밀어 보았더니 부인의 발에 닿았다. 그녀는 발을 거두지 않았다. 그들은 서로를 바라보지 않고 다른 쪽으로 얼굴을 돌리고 있는 상태였다.

뒤루아는 가슴이 두근거렸다. 무릎으로 조금 밀었더니 가볍게 압박하는 것으로 되돌아왔다. 그는 두 사람의 감정이 다시 합쳐진 것을 깨달았다. 그런 뒤에 그들이 무슨 이야기를 나눴는지는 모른다. 별다른 이야기 없이 눈이 마주칠 때마다 서로의 입술이 가볍게 떨렸다.

그는 가끔씩 사장 딸에게 상냥하게 대하는 것을 잊지 않았다. 딸은 어머니를 닮아 조금도 망설이지 않고 자신의 의견을 또렷하게 대답하곤 했다.

왈테르 씨 오른편에 앉은 페르스뮈르 자작 부인은 마치 왕비가 된 것처럼 행동했다.

"'장밋빛 가면'이라는 필명을 쓰시는 분이 또 한 분 있죠?"

뒤루아는 자작 부인을 보며 웃으면서 작은 소리로 드 마렐 부인에게 물었다.

"네, 잘 아는 분이에요. 드 리발 남작 부인이랍니다."

"역시 저런 부류인가요?"

"아니에요. 하지만 역시 재미있는 분이지요. 키가 크고 깡마른 데다가 나이는 예순. 곱슬곱슬한 가발에 영국식 틀니, 왕정복고시대 복장과 그에 걸맞는 사고방식을 가지신 분이에요."

"동화에나 나올 법한 분은 어디서 찾으셨답니까?"

"몰락한 귀족들은 늘 출세한 평민들이 거두는 법이거든요."

"그밖에 다른 이유는요?"

"없어요."

사장과 두 국회의원, 노르베르 드 바렌, 리발 사이에 정치 논쟁이 시작되어 디저트가 나올 때까지 계속되었다.

"오늘 밤 제가 바래다 드릴까요?"

객실로 돌아와 드 마렐 부인 옆에 앉았을 때 눈을 들여다보며 말했다.

"아뇨."

"왜요?"

"라로슈 마티외 씨가 이웃에 살기 때문에 여기서 식사를 할 때는 언제나 바래다주시거든요."

"그럼 언제 뵐 수 있을까요?"

"내일 점심때 식사하러 오세요."

그들은 더 이상 말을 나누지 않은 채 헤어졌다.

뒤루아는 별로 재미가 없어서 돌아가기로 했다. 계단을 내려갈 때 집으로 돌아가려던 노르베르 드 바렌과 마주쳤다.

노시인은 그의 팔을 잡았다. 두 사람은 신문사에서 서로 다른 일을 했기 때문에 경쟁을 할 필요가 없어져서 지금은 이 젊은이에게 호의를 보이는 것이었다.

"어떻소? 저 길 끝까지 나를 좀 바래다주지 않겠소?"

"기꺼이 모시겠습니다, 선생님."

그들은 말제르브 거리를 내려가 천천히 걷기 시작했다. 그날 밤 추워서 그런지 파리에는 인적이 드물었다. 주위가 다른 때보다 넓어 보였다. 별은 매우 높은 곳에서 반짝이고 얼어붙은 바람이 별보다 먼 곳에서 무언가를 보내주는 것처럼 느껴졌다.

두 남자는 한동안 말을 하지 않았다.

"저 라로슈 마티외라는 분은 말이에요, 아주 현명하고 학식도 깊으신가 봐요."

뒤루아가 이야기를 이어가려고 입을 열었다.

"그렇게 생각하시오?"

노시인이 중얼거렸다.

"그냥 그런 생각이 들어요. 게다가 하원에서는 아주 유능하다고들 하지 않습니까?"

"그럴지도 모르지. 장님들만 있는 곳에서는 애꾸눈이 왕이 되는 법이니까요. 하지만 그 사람들은 전부 멍청이들이야. 마음이 돈과 정략이라는 벽 두 개 사이에 갇혀 버렸거든요.

그 사람들은 죄다 유식한 척하지만 우리가 좋아하는 일에 대해 전혀 이야기를 나눌 수가 없어요. 그들 머릿속은 그냥 진흙 밭, 아니 오히려 하수구에 가깝지요. 아니에르 근처의 센 강처럼 말이오. 진정으로 여유로운 머리를 가진 사람을 찾기는 매우 어렵지. 바닷가에 서서

탁 트인 바다에서 불어오는 바람을 들이마시는 것 같은 느낌을 주는 사람을 찾는 건 정말 어렵다오. 그런 사람들을 네댓 명 알고 있었는데 이미 다 죽어 버렸어."

노르베르 드 바렌은 맑지만 절제된 목소리로 말했다. 만약 나오는 그대로 이야기를 했다면 어두운 밤의 적막을 깨고 울려 퍼졌을 것 같았다. 그는 흥분도 했지만 슬픈 것처럼 보였다. 가끔씩 사람의 영혼 위로 흐르는 비애, 얼어붙은 대지처럼 떨리게 하는 그런 비애가 느껴졌다.

"하지만 재주가 많든 적든 그게 뭐 그리 중요하겠소? 결국 모든 일에는 끝이 있는 법이라오."

그는 이렇게 말하고 입을 다물었다.

"선생님, 오늘은 기분이 안 좋으신 모양이에요."

그날 저녁 기분이 좋았던 뒤루아가 미소를 지으며 말했다.

"아니, 이봐요. 난 늘 그렇다오. 당신도 몇 년 지나면 나처럼 될 거요. 인생이란 산길과 같거든. 올라갈 때는 정상이 보이니까 행복을 느끼는데 다 올라가면 갑자기 내리막길이 보이고, 게다가 죽음으로 끝나니 말입니다. 천천히 올라가고 빠르게 내려오게 되는 거예요. 당신 나이에는 즐거운 일만 가득하니까 희망을 품게 되지요. 실현되지 못할 희망까지 품고 있지만 내 나이쯤 되면 아무것도 기대하지 않게 되고 그저 죽음만이 기다린다오."

시인이 대답했다.

"그거 참, 선생님 말씀만 들어도 등골이 오싹합니다."

뒤루아가 웃었다.

"지금은 이해하기 힘들 거요. 나중에 언젠가는 내가 얘기한 것을 기억해 낼 거요. 사람들이 말하는 것처럼 웃을 수 없는 날이 대다수 사람들에게 상당히 빠르게 다가오거든. 눈에 보이는 모든 것 뒤에는 죽음이 있어요.

아, 그대는 죽음이라는 낱말의 의미조차 모를 거요. 그 나이에는 무의미한 말이지. 하지만 내 나이가 되면 참으로 두려운 말이라오. 곧 알게 될 거요. 어째서인지 어떤 계기로 그렇게 되는지도 모르는 채 인생의 모습이 한순간에 변하고 말지.

나는 십오 년 전부터 세균을 몸속에 기르는 것처럼 조금씩, 한 달에 한 번, 한 시간에 한 번 마치 집이 무너지는 것처럼 나를 좀먹어 들어가는 걸 느꼈다오. 지금은 나 스스로를 알아보지도 못할 만큼 인상이 변하고야 말았지. 내겐 이제 나 자신 따위는 없소. 서른 살 즈음의 쾌활하고 기운찬 나는 이제 어디에도 없다오. 죽음이란 놈이 내 검은 머리를 허옇게 물들였어. 어찌나 교묘하고 교활하고 또 천천히 다가오는지!

단단하고 팽팽했던 피부도, 근육도, 치아도, 예전에 내가 가졌던 육체를 몽땅 빼앗기고 남은 건 절망에 시달리는 영혼밖에 없지만 그것도 조만간 빼앗기고 말 거요.

그렇소, 그놈, 그 망할 놈이 나를 망가뜨렸다오. 천천히, 오랜 시간에 걸쳐 무참하게 내 육체를 파괴했단 말이오. 지금 나는 어떤 일을 하건 죽음을 느낀다오.

한 걸음 한 걸음을 걸을 때마다 죽음에 다가가게 하고 동작 하나하나에도, 들이마시고 내뱉는 숨까지도 죽음에 다다르게 하는 거요. 숨 쉬고 자고 먹고 마시고 꿈꾸고 하는 건 모두 죽는 일이오. 그러니까 산다는 건 결국 죽는 일이오! 오, 당신도 머지않아 알게 되겠지! 단 십오 분만 잘 생각해 보면 죽음이 보일 거요!

당신은 무엇을 기대하시오? 사랑? 하지만 키스를 즐기는 것도 한순간이고 금방 할 수 없게 돼 버리는 거요. 그리고 또? 돈? 무엇 때문이오? 여자한테 주려고? 대단한 행복이긴 하오! 그것보단 실컷 먹고 살이 투실투실하게 쪄서 관절염에 걸리고 매일 밤 신음하기 위해서요? 그럼 그다음엔 뭐가 남소? 마지막엔 언제나 죽음이 기다리고 있을 뿐이오.

나는 지금 죽음을 아주 가까이에서 느낀다오. 팔을 뻗어 밀어내고 싶지. 죽음이 땅을 덮고 공간도 가득 채웠어요. 여기저기에서 죽음을 본다오. 길에 깔려 죽은 작은 짐승들, 떨어진 낙엽들, 친구 수염 속에 삐죽 솟아난 하얀 털이 내 마음을 갉아먹지. 그러고는 내게 '죽음이 여기 있다.' 이렇게 소리친다오.

죽음은 모든 걸 망쳐 놓는단 말이오. 내가 하는 일, 보는 것, 먹는 것, 마시는 것, 내가 사랑하는 모든 것까지요! 일출, 달빛, 망망대해, 아름다운 강, 상쾌한 여름 밤공기까지도 말이오."

그는 다른 사람이 듣고 있다는 것도 잊은 채 숨을 헐떡이며 큰 소리로 꿈을 꾸고 있었다.

"죽은 사람은 절대로 다시 돌아오지 않는 법이오. 절대로……. 같은 동상을 찍어 내리려면 주형만 간직하면 언제든 가능하지만 내 몸, 내 얼굴, 내 생각, 내 욕망은 절대로 다시 만들 수 없다오. 물론 몇 제곱센티미터 안에 나와 비슷하게 생긴 코와 눈, 이마, 뺨, 입, 게다가 나와 똑같은 영혼을 가진 사람이 몇백만, 몇천만이라도 태어날 수 있겠지만 나는 결코 다시 살아날 수 없고 또 내 것이었던 것들도 다시 살아올 수 없는 거요. 모두 같아 보이지만 어딘지 모르게 다른, 무한히 다른 존재니 말이오. 어디에 의지하는 게 좋겠소? 누구한테 이 재앙의 외침을 던져 버리고 무엇을 믿으면 좋겠소? 종교는 유치한 도덕, 이기적인 약속, 흉물스러운 짐승들만 득시글거리지. 확실한 건 죽음뿐이오."

그는 걸음을 멈추었다.

"이런 걸 생각해 보시오. 젊은이, 며칠 혹은 몇 달, 몇 해건 충분히 잘 생각해 보란 말이오. 그럼 당신은 인생을 다르게 볼 수 있어요. 당신을 둘러싼 것들로부터 빠져나와 봐요. 살아 있으면서 초인적인 노력으로 당신의 육체, 이익, 사상, 인간성에서 벗어나 봐요. 그러면 낭만주의와 자연주의가 싸우는 일도 예산 논의를 한다는 것도 모두 무가치한 것임을 알게 될 거요."

그는 뒤루아의 외투 깃을 붙잡고 온화한 목소리로 말했다.

"그러나 동시에 당신은 절망에 빠진 사람들이 흔히 그렇듯 비탄에 잠기고 말 거요. 불안해져서 정신없이 몸부림을 치겠지. 아무한테나 '살려 주시오!' 하고 소리를 지르고 말이오. 그래도 대답하는 사람은 아무도 없을 겁니다. 도와 달라고, 사랑해 달라고, 위로를 해 달라고, 구원을 해 달라고 외쳐 봐요. 아무도 도와주는 이 없을 거요. 왜 우리가 그런 괴로움에 시달릴까요?

틀림없이 우리는 정신보다 물질에 의존해서 살게 만들어졌기 때문일 거요. 우리 지식인이 생각에 생각을 거듭한 결과 광대한 지성과 변하지 않는 생활 조건 사이에 불균형이 생긴 거지요. 평범한 사람들을 봐요. 큰 재난이 닥쳐오지 않는 한, 인류가 무슨 불행을 겪는지 그런 건 전혀 상관하지 않고 그저 만족한 채 살아가지 않소. 동물도 그렇고 말이오."

그는 빠른 걸음으로 걷기 시작했다.

"난 이미 다 끝났소. 내겐 아버지, 어머니, 형제, 자매, 아내, 자식도 없소. 신도."

그는 다시 걸음을 멈추더니 피곤한 모습으로 체념한 듯 말했다.

"유일하게 시만 있을 뿐이오."

한동안 침묵한 뒤 덧붙였다.

나는 찾는다. 이 풀 수 없는 수수께끼의 답을
창백한 달이 떠돌아다니는 어둡고 허무한 하늘에서.

노시인은 둥근 달이 창백하게 빛나는 하늘을 올려다보며 이렇게 읊었다.

그들은 콩코르드 다리를 말없이 건너고 부르봉 궁을 따라서 걸었다.

"결혼하시오. 혼자 산다는 게 내 나이가 되면 얼마나 쓸쓸한지 모른다오. 고독은 지금 내 마음을 끔찍한 고뇌로 가득 채우고 있다오. 밤에 집에 돌아가도 혼자이고 아무도 돌봐 줄 사람이 없고, 게다가 내 주위에 정체 모를 위험, 알지 못하는 무서운 것들이 우글대고 있다는 생각이 들면 견딜 수가 없다오. 낯선 이웃과 나를 가로막은 벽은 멀리 보이는 별처럼 그와 나를 떨어뜨려 놓고 있지. 고뇌와 공포가 가져온 일종의 열이 내 몸속으로 스며 들어오고, 벽의 침묵 앞에서 나는 괴롭다오. 혼자 사는 방의 침묵이란 게 그렇게 깊고 슬픈 거라오. 몸 주위에 일어나는 침묵만이 아닌 영혼까지 맴도는 침묵이지요. 혹여 가구가 삐걱거리기라도 하면 심장까지 떨린다오. 음산한 집에서는 원래 아무 소리도 안 들리는 법이니 말이오."

노르베르 드 바렌이 다시 이야기했다.

"나이를 먹으면 역시 아이들이 최고지."

그는 잠깐 있다가 덧붙였다. 그들은 부르고뉴 거리 중간쯤까지 내려왔다. 시인은 담장이 높은 집 앞에 멈춰 서서 초인종을 눌렀다.

"이 늙은이가 주책없이 떠들었소만 다 잊으시구려. 모두 잊고 나이에 어울리게 잘 사시오. 잘 가오."

뒤루아의 팔을 잡으며 말하고는 어두운 복도 안으로 사라졌다. 뒤루아는 왠지 가슴이 죄어 오는 것만 같았다. 마치 피하려고 해도 언젠가는 떨어질 수밖에 없는 해골이 가득한 구멍을 엿본 것만 같았다.

"제길, 그 영감 집은 틀림없이 끔찍할 거야. 영감 생각의 행렬이 줄줄이 지나가는 것을 보려고 발코니에 안락의자를 놓고 싶지는 않다고! 빌어먹을!"

그가 중얼거렸다. 그때, 마차에서 내려 집 안으로 들어가려던 여인에게 길을 비켜 주기 위해 멈춰 섰는데 그 여인에게서 나는 버베나와 창포 향기를 굶주린 듯 깊이 들이마셨다. 갑자기 폐와 심장이 희망과 환희로 벌렁거렸다. 내일 드 마렐 부인을 만날 생각을 하니 온몸이 따뜻해지는 것 같았다.

모든 것이 그에게 미소 짓고 있었다. 인생은 그를 상냥하게 맞아들이고 있다. 꿈이 이루어진다는 것은 얼마나 기분 좋은지!

그는 취한 듯 잠들었다. 이튿날 아침 일찍 일어나 그녀를 만나기 전에 불로뉴 숲 가로수 길을 한 바퀴 돌았다. 밤사이 바람이 바뀌었는지 사월인 듯 태양이 따뜻하게 빛났다. 그날 아침에는 늘 숲을 찾는 사람들이 밝고 따뜻한 하늘에 이끌려 모두 나와 있었다.

뒤루아는 봄을 머금은 가볍고 상쾌한 공기를 마시며 천천히 걸었다. 에투알 광장의 개선문을 지나 커다란 가로수 길로 들어선 뒤 마찻길을 피해 걸었다.

사교계 부자들이 남자건 여자건 할 것 없이 모두 말을 탄 채 느리게 몰기도 하고, 빠르게 달리기도 했다. 하지만 지금은 그들이 부럽지 않았다. 그는 그들의 이름, 재산이 얼마인지, 비밀은 무엇인지 모두 알고 있었다. 그가 하는 일이라는 것이 파리 유명한 사람들과 그 추문을 주르륵 꿰게 만들었기 때문이었다.

말을 탄 여자들은 몸에 잘 맞는 옷을 입고 약간 거만하고 접근하기 어려운 모습으로 지나갔다. 뒤루아는 장난으로 그녀들의 정부, 혹은 정부로 소문난 남자들 이름, 신분, 성격 같은 것을 마치 교회 기도문을 외우듯 낮은 목소리로 암송했다. 그리고 가끔씩 '탕클레 남작, 드 라 투르 앙게랑 공작'이라고 말하는 대신 '동성애 편. 보드빌의 루이즈 미쇼, 오페라 극장의 로즈 마르크탱.' 이라고 중얼댔다.

그는 이 장난이 무척 재미있었다. 근엄하게 꾸민 외관 속에 감춰진 깊고도 영원한 비행을 보는 것 같아 즐겁기도 하고 짜릿하기도 하며 위로를 받는 기분이 들었다.

"이 위선자들아!"

그는 큰 소리로 외쳤다. 그러면서 말 탄 남자들 중에 가장 소문이 화려한 사람을 눈으로 좇았다. 사기도박으로 의심받는 사람들도 많았는데 그들에게는 클럽이 커다란 수입원이자 유일한 수입원이었다. 또, 굉장히 유명하지만 아내의 수입만으로 먹고사는 사람도 있었다. 모두에게 알려진 사실인데 그중에는 정부의 수입으로 먹고사는 치들도 있다고 했다. 대부분은 빌린 돈을 갚긴 하지만 그 돈이 어디서 나온 건지는 짐작할 수 없었다. 은행가들 중에는 사기 절도를 해서 막대한 재산을 긁어모으고 극상류층 가정에만 드나드는 사람이 있었고, 길에서 만나는 소시민들이 모자를 벗고 예의를 표할 만큼 세상의 존경을 받으면서도 국가의 대사업을 이용해 철면피한 사기 행각을 벌이는 사람도 있었다. 그것은 어두운 뒷골목 현실을 아는 사람들에게는 공공연한 비밀이었다.

하지만 그들은 모두 구레나룻과 콧수염을 기르면서 거드름을 피워 댔으며 안하무인인 데다가 입술에 힘을 주고 다녔다.

"하찮은 놈들 같으니라구! 난봉꾼, 이 악당들!"

뒤루아는 이 말을 되풀이하며 끝없이 웃어 댔다.

그때 날씬한 백마 두 마리가 갈기와 꼬리를 바람에 날리며 지붕을 내린 낮은 차체의 마차를 끌고 지나갔다. 그 말을 부리던 금발 머리의 여자는 유명한 창부로 몸집이 작고 젊었다. 산뜻하게 치장한 하인 두 명까지 마차 뒤에 앉혔는데 뒤루아는 연애 세계에서 출세한 격인 이 여자에게 인사하고 갈채를 보내고 싶은 마음에 걸음을 멈췄다.

그 여자와 자기 사이에 뭔가 공통적인 것이 있다는 생각이 들었다. 아마도 두 사람은 핏줄이 같고 종족도 같으며 영혼도 같을 것이다. 둘 다 성공하기 위해서는 대담한 수법을 필요로 한다는 것도 공통점이었다.

만족감에 마음이 따뜻해진 뒤루아는 천천히 되돌아와 약속 시간보다 조금 이른 시각에 예전 애인의 집 앞에 다다랐다. 그녀는 사이가 틀어졌던 일은 전혀 없었던 것처럼 입술을 내밀며 그를 맞아 줬다. 게다가 집에서는 서로 애무를 하지 않기로 했던 것도 잊었다.

"어떻게 해요. 곤란한 일이 생겼어요. 밀월의 즐거움을 기대했는데 갑자기 남편이 돌아와서 육 주나 있을 거래요. 휴가를 받았다나 봐요. 하지만 난 육 주씩이나 당신을 못 만나곤 안 되겠어요. 특히 그런 어색한 일이 있었잖아요. 그래서 이렇게 하려구요. 월요일 저녁 식사에 당신을 초대할 거예요. 남편에게는 이미 말했으니까 소개해 드릴게요."

그녀는 곱슬곱슬한 그의 콧수염 끝에 키스하면서 말했다. 뒤루아는 뭐라고 해야 좋을지 몰라서 가만히 있었다. 그는 아직 자기 아내를 빼앗긴 남자와 얼굴을 마주친 적이 없었다. 어색해하다가, 눈짓을 하다가, 혹은 다른 하찮은 일로 들키는 것은 아닐까 하고 걱정이 되었다.

"난 당신 남편 만나고 싶지 않은데……."

"어머, 왜요? 이상할 거 없어요. 언제나 있는 일도 아니고요. 당신이 이렇게 바보 같은 줄 몰랐어요."

그녀는 깜짝 놀라서 순진한 눈을 크게 뜨고 주장을 굽히지 않았다.

"알았소. 그럼 월요일 저녁에 오지."

그는 약간 화가 나서 말했다.

"집에 손님을 초대하는 건 별로 좋아하진 않지만 좀 더 자연스럽게 보이기 위해서 포레스티에 씨 부부도 초대할 거예요."

월요일이 될 때까지 뒤루아는 그 초대 건에 대해서는 생각하지 않았다. 하지만 막상 드 마렐 부인 집 계단을 올라가려니 긴장되었다. 그녀의 남편과 악수를 하고 술을 마시고 빵을 먹고 그러는 일이 싫은 것보다는 왠지 모를 불안한 기분이 자꾸만 들었다.

객실에 안내되어 다른 때처럼 기다리고 있을 때 이윽고 문이 열리면서 몸집이 큰 남자가 나타났다. 하얀 수염에 매우 의젓하고 단정한 남자로 훈장을 달고 있었다.

"집사람에게서 가끔 말씀을 들었습니다. 이렇게 만나 뵈니 반갑습니다."

그 남자는 매우 공손한 태도로 다가와 말했다.

뒤루아는 부드러운 표정을 지으려고 애쓰면서 과장된 몸짓으로 주인이 내민 손을 힘주어 잡았다. 자리에 앉았는데 할 말이 생각나지 않았다.

"신문사 일을 오래 하셨습니까?"

드 마렐 씨가 난로에 장작을 더 집어넣으며 물었다.

"아닙니다. 오륙 개월 정도 지났습니다."

"승진이 무척 빠른 편이시군요."

"네, 그런 편입니다."

그런 다음에는 자신의 말을 깊이 생각해 보지도 않은 채 처음 만나는 사람들과 늘 주고받는 상투적인 대화를 지껄여 댔다. 그는 이제야 마음이 좀 놓이면서 이런 상황을 즐기기 시작했다.

드 마렐 씨의 의젓하고 점잖은 얼굴을 바라보며 '이봐, 자네 마누라를 내가 빼앗았네. 자네 마누라 말일세.' 하고 생각하면서 비웃어 주고 싶어 안달이 났다. 그러자 악의에 찬 만족감이 가슴속에서 솟아올랐다. 감쪽같이 훔치는 것에 성공을 했으면서도 아무에게도 의심을 받지 않는 도둑이 느끼는 기쁨이 가슴 가득 느껴졌다.

갑자기 이 남자와 친구가 되어 신뢰를 얻고 그가 가진 온갖 비밀을 털어놓게 하고 싶다는 생각까지 들었다.

그때 갑자기 드 마렐 부인이 들어왔다. 그녀는 미소를 지으면서 속을 알 수 없는 눈길로 두 사람을 바라보았다. 뒤루아 곁으로 왔지만 그는 남편 때문에 그 손에 키스를 할 용기가 나지 않았다. 그녀는 세상일을 다 겪은 여인처럼 침착하고 쾌활해 보였다. 거리낄 것이 없는 천성을 지닌 그녀였기 때문에 지금 이런 식의 만남 정도는 자연스럽게 보였다.

로린도 여느 때보다 얌전하게 나타나 조르주에게 이마를 내밀었다. 아버지가 있어 수줍어하는 모양이었다.

"어머, 오늘은 벨 아미라고 부르지 않는구나?"

천박하고 버릇없는 짓을 하거나, 입 밖에 내서는 안 될 말을 듣거나, 마음속의 비밀을 폭로당하기라도 한 것처럼 어머니의 지적을 받고 로린의 얼굴이 새빨개졌다.

포레스티에 부부가 왔을 때 다들 깜짝 놀랐다. 샤를이 일주일 동안 무섭게 야위었고 창백해진 데다가 끊임없이 기침을 했기 때문이었다. 다음 목요일에는 의사의 명령으로 칸에 간다고 했다. 그들은 식사가 끝난 뒤에 바로 돌아갔다.

"무척 말랐네요. 저러다가는 오래 못 살겠어요."

뒤루아가 고개를 흔들며 말했다.

"이젠 틀린 거죠. 하지만 저런 부인을 맞이한 건 그 사람한테는 행운이었다고요."

드 마렐 부인이 아무렇지 않게 말했다.

"그렇게 도움이 많이 됐나요?"

뒤루아가 물었다.

"도움 정도가 아니라 그녀 혼자 모두 다 한 거예요. 세상일에 밝거나 사람을 만나는 것 같지도 않은데 모르는 사람이 없고, 필요하다고 생각한 것은 언제가 됐든 꼭 손에 넣고 말거든요. 정말 영리하고 교묘하고 능수능란한 사람이에요. 출세를 바라는 남자들한테는 보물과 같죠."

"재혼은 꼭 하시겠죠?"

"그럴 거예요. 이미 어떤 분이 점찍어 놓았다고 해도 별로 놀랄 일도 아니죠. 국회의원쯤 된다고 해도 말이에요……. 그쪽에서 싫다고만 하지 않는다면……. 여러 가지 큰 장애물이…… 도덕적인……. 하지만 저도 잘 몰라요."

"당신은 언제나 남을 의심하고 추측하는 말만 하는 게 나는 싫소. 남의 일에는 상관하지 말아요. 양심이 허락하는 대로 따르면 되는 거요. 그게 모든 사람이 지켜야 할 규칙이지."

드 마렐 씨가 참다못해 부인을 꾸짖었다.

뒤루아는 머릿속이 복잡해지고 생각이 뒤엉켜 마음이 어수선해지자 그만 작별 인사를 하고 나왔다.

이튿날 그는 포레스티에 부부를 찾아갔다. 짐을 거의 다 꾸린 상태였는데 샤를은 긴 의자에 비스듬히 누워 숨쉬기가 힘들다고 불평을 해 댔다.

"한 달 전에 이미 떠났어야 하는 건데."

그는 자꾸 이 말을 되풀이했다. 그리고 왈테르 씨와 모든 이야기를 마친 상태인데도 신문사 일에 관해 이러쿵저러쿵 주의 사항을 들려주었다.

"자, 그럼 빨리 나아서 돌아오게나."

뒤루아는 돌아갈 때 친구의 손을 꼭 붙들고 말했다.

"지난번에 한 약속 잊지 않으셨지요? 우리는 친구이고 한편입니다. 만약 제가 필요하시면 어떤 일이든 괜찮으니까 사양하지 마시고 전보나 편지를 보내세요. 당장 달려가겠습니다."

그는 문까지 배웅을 나온 부인에게 재빨리 말했다.

"감사합니다. 잊지 않겠어요."

부인이 중얼거렸는데 말보다 그녀의 눈이 더 깊고 온화하게 감사의 마음을 담고 있었다.

뒤루아는 계단을 내려가다가 전에 한 번 본 적이 있는 보드렉 씨가 올라오는 것을 보았다. 포레스티에 부부가 떠나기 때문인지 백작은 매우 슬퍼 보였다. 신문기자는 사교계에 속한 사람이라는 것을 보여 주기 위해 공손하게 인사를 했지만 그는 답례를 점잖게 하면서도 약간 거만한 태도를 보였다.

포레스티에 부부는 목요일 밤에 떠났다.

7

샤를이 떠난 뒤 뒤루아는 〈라비 프랑세즈〉 편집국에서 더욱 중요한 인물로 부각되었다. 사회면 기사에 서명하는 한편 사설에도 가끔 서명했다. 각자가 자기 원고에 책임을 져야 한다는 사장의 뜻에 따른 것이었다.

뒤루아는 몇 번인가 논쟁을 일으키기도 했지만 아주 솜씨 좋게 마무리를 지었다. 그리고 정치가들과 끊임없이 접촉하면서 능숙하고 통찰력 있는 기자로 커 나가고 있었다.

다만 오점 하나가 그의 앞길을 막고 있었다. 비판적인 작은 신문이 〈라비 프랑세즈〉 사회부장을 끊임없이 공격했다. 〈라플륌〉이라는 신문의 익명 기자가 그를 가리켜 왈테르 씨의 낙하산 사회부장이라고 하면서 매일 적대적으로 독설을 비롯한 온갖 비방을 퍼부어 댄 것이다.

"당신도 대단하군."

자크 리발이 어느 날 뒤루아에게 말했다.

"그럼 어쩝니까? 직접 공격하는 것도 아닌데."

그러던 어느 날 오후, 편집실로 들어서는 그에게 부아르나르가 〈라 플룀〉 한 부를 내밀었다.

"이것 봐요. 당신에 대한 불쾌한 기사가 또 실렸어요."

"아! 이번엔 뭡니까?"

"하찮은 일이오. 오베르라는 여자가 풍기단속반 경찰에게 체포된 사건입니다."

'즐기는 뒤루아'라는 제목 아래 다음과 같은 기사가 실려 있었다.

오늘 〈라비 프랑세즈〉의 한 저명한 기자는 우리 신문사가 전에 보도한 적 있는, 풍기단속반에 붙잡힌 가증스러운 오베르라는 부인이 우리가 날조한 인물에 지나지 않는다고 발표했다. 하지만 문제의 그 부인은 현재 몽마르트르의 에퀴뢰이 거리 18번지에 거주하고 있다. 원래 왈테르 은행 행원들이 그들의 영업을 묵인하는 치안국 앞잡이들을 지지하는 것으로 막대한 이익을 올리고 있다는 사실을 잘 알고 있다. 우리는 문제의 그 기자가 그만이 알고 있는 선정적인 기사를 우리한테도 더러 제공해 줬으면 하고 바란다. 즉, 다음 날 취소하는 사망 통지라든가, 벌어지지도 않았던 전투, 실제는 아무 말도 하지 않았던 각국 군주들의 중대한 발언이라든가, 이를 테면 '왈테르의 이익'을 만들어 내는 여러 가지 보도들, 또는 이익을 창출하기 위해 야회에서 어느 귀부인이 망언을 했다고 꾸민다든가 우리 동업자 중에 누군가에게 엄청난 수입을 가져다주는 제품의 우수성에 대한 선전을 한다든가 하는 일이다.

뒤루아는 화가 나기보다 어이가 없어서 그냥 서 있었다. 불쾌한 기사가 실렸다는 사실을 알게 되었을 뿐이다.

164

"누가 이 기사를 가지고 왔습니까?"

부아르나르가 거듭 물어보았다.

"아, 생포탱이군요."

뒤루아는 기억이 나지 않아 곰곰이 생각하다가 마침내 떠올렸다.

"뭐! 내가 돈으로 매수되었단 소리……."

그가 다시 〈라플륌〉의 기사를 읽어 보다가 매수 혐의를 받았다는 데에 생각이 미치자 얼굴이 붉어졌다.

"바로 그겁니다. 당신한테는 매우 난처한 얘기지. 사장은 이런 일에는 아주 신경을 많이 쓰거든요. 사회기사에는 흔한 이야기인데……."

부아르나르가 가로막으며 말했다.

마침 그때 생포탱이 들어와 뒤루아는 그에게 달려갔다.

〈라플륌〉의 기사를 읽어 봤어요?"

"읽었다네. 그래서 지금 오베르라는 여자한테 다녀오는 길이야. 실존 인물이더군. 하지만 체포된 적은 없다고 해. 그러니까 사실무근인 셈이지."

뒤루아는 사장에게 달려갔다. 사장은 귀찮은 듯 냉랭하게 그를 쏘아보았다.

"자네가 직접 그 여자한테 가서 다시는 그런 기사가 나오지 않도록 담판을 짓고 와. 마지막 부분이 문제야. 그런 건 신문에도, 자네한테도 좋을 게 없어. 신문기자는 카이사르 아내 이상으로 조금의 의심도 허용해서는 안 되는 걸세."

사정을 다 듣고 난 사장이 이렇게 말했다.

"몽마르트 에퀴뢰이 거리 18번지!"

뒤루아는 생포탱과 함께 마차에 올라 마부에게 주소를 불러 주었다.

오베르의 집은 계단을 여섯 개나 올라가야 할 만큼 엄청나게 컸다.

"또 무슨 일이에요?"

노파가 모직 내의 바람에 문을 열더니 생포탱을 보자 의아한 듯 물었다.

"이분을 모시고 왔어요. 치안국 감찰관인데 사건을 자세히 알고 싶다고 하셨거든요."

"당신이 간 다음에 신문사에서 또 두 사람이나 다녀갔어요. 무슨 신문사인지는 모르겠지만."

노파는 그들을 방으로 안내하면서 말했다.

"댁은 뭘 알고 싶은 겁니까?"

노파는 뒤루아를 보며 물었다.

"네. 풍기단속반에 잡히신 적이 있었나요?"

그녀는 기가 막히다는 듯 두 팔을 쳐들었다.

"나 참, 평생 그런 일 없수다. 사실대로 말씀드리자면요, 내가 늘 가는 푸줏간이 하나 있는데 서비스는 아주 기가 막히지만 근수를 속이곤 한단 말입니다. 나는 몇 번 눈치를 채긴 했는데 가만히 있었어요. 그런데 며칠 전에 딸과 사위가 온다고 하기에 양 갈빗살을 1킬로그램 사러 갔더니 잡뼈까지 넣어서 달더라구요.

갈비 고기를 발라낸 뼈다귀라지만 그런 건 싫죠. 스튜로 쓴다지만 양 갈빗살을 달라는데 다른 손님이 사고 남은 뼈다귀를 주는 건 안됩니다. 그런 건 싫다고 했더니만 나더러 늙어 빠진 시궁쥐라는 거예요. 그래서 나도 늙은 도둑놈이라고 되갚아 줬죠. 그래서 한바탕 싸웠더니만 가게 앞에 100명 정도 되는 사람들이 모여서 깔깔거리고 웃더라고요.

너무 괘씸하고 어떻게 해야 할지 몰라서 경찰관을 불러서 경찰서로 갔어요. 양쪽 다 잘못이 없는 것으로 끝났고 난 그 뒤부터 다른 가게로 가요. 그 가게 앞은 지나치지도 않는답니다. 다시 소동을 일으키고 싶지 않거든요."

그녀는 이렇게 말하고는 입을 다물었다.

"그게 다입니까?"

뒤루아가 물었다.

"네, 정말 그게 다예요."

노파가 과실주를 한 잔 마시라고 권했지만 뒤루아는 거절했다. 그녀는 보고서에 고기 장수가 근수를 속였다는 사실을 꼭 덧붙여 달라고 끈질기게 졸랐다. 신문사로 돌아온 뒤루아는 반박 기사를 썼다.

〈라플륌〉의 풋내기 익명 기자가 그 깃털(플륌은 '깃'이라는 뜻)을 하나 뽑아서 어떤 노파에 관한 일로 내게 싸움을 걸어 왔다. 그 기자 말로는 노파가 풍기단속반 순경에게 체포되었다고 했는데 그건 잘못된 일이다. 그 오베르 부인을 직접 만났더니 예순을 넘긴 나이인 데다가, 그녀의 이야기에 따르면 근수 때문에 고기 장수와 싸운 일로 경찰서장에게 사정을 이야기하러 간 것뿐이다.

이것이 사건의 진상이다. 또 〈라플륌〉 기자가 말한 다른 중상모략에 대해서는 모두 무시하겠다. 더구나 익명으로 쓴 기사에 일일이 응수하지 않는 것이 당연한 일이다.

– 조르주 뒤루아

신문사에 막 도착한 왈테르 씨와 자크 리발이 이것으로 충분하다고 했기 때문에 그날 신문 사회기사 마지막에 싣기로 결정이 되었다.

뒤루아는 약간 흥분한 채 불안을 느끼며 일찍 귀가했다. 상대가 뭐라고 답을 할지, 도대체 어떤 놈이 무엇 때문에 그렇게 난폭한 공격을 하는 것인지 궁금했다. 신문기자란 원래 기질이 거칠어서 이런 하찮은 사건이 또 어떤 결과를 가져올지 모르는 일이었다. 그는 잠을 이루지 못했다.

이튿날 신문에 실린 자신의 글을 다시 읽어 보니 처음에 쓴 것보다 훨씬 도전적으로 보여 좀 더 부드러운 표현을 쓸 걸 그랬나 하는 생각이 들었다. 그는 하루 종일 마음이 들떠 그날 밤도 역시 잠을 잘 자지 못했다. 이튿날에는 꼭 반박문이 실릴 거라는 예상에 새벽부터 일어나 〈라플륌〉을 사러 갔다.

다시 추워진 날씨에 거리가 꽁꽁 얼어붙어 있었다. 길 옆 도랑을 흐르던 물은 그대로 얼어붙어 길 양쪽으로 얼음 리본 두 줄을 풀어놓은 것 같았다.

신문은 아직 가판대에 나오지 않았다. 뒤루아는 문득 자신이 처음 썼던 '아프리카 기병의 회상'이 나왔던 날을 떠올렸다. 추위로 손발이 곱았는데 특히 손가락 끝이 아파왔다.

그는 가판대 주위를 뛰기 시작했다. 가판대 안에는 여점원이 조그만 화로에 달라붙다시피 앉아 모직 머플러를 두른 채 빨간 뺨과 코끝만 창문 밖으로 보였다.

겨우 신문배달원이 도착해서 기다리던 신문 뭉치를 네모진 창문에 던지고 갔다. 친절한 여점원이 〈라플륌〉을 펼쳐서 내주었다. 그는 급히 자신의 이름을 찾아보았으나 처음에는 눈에 띄지 않아 안심이 되었는데 그 순간, 앞뒤로 횡선까지 그은 기사가 보였다.

〈라비 프랑세즈〉의 뒤루아 씨는 우리 기사를 부정했지만 그의 부정은 또 거짓말이다. 그는 오베르라는 부인이 현재 살아 있으며 게다가 경찰관에 의하여 경찰서에 연행되었던 사실을 인정했다. 그러므로 유일한 문제는 경찰관이라는 낱말 앞에 풍기단속반이라는 글자가 첨가된 것이다. 그러나 신문기자의 양심은 그 재능과 수준을 같이 하는 법이다. 내 이름을 밝힌다.

- 루이 랑그르몽

기사를 읽고 나서 뒤루아는 심장이 무섭게 뛰기 시작했다. 어떻게 해야 좋을지 몰라 일단 옷을 갈아입으러 집으로 돌아왔다. 모욕을 받고 말았다. 이제 망설일 여지가 없다. 게다가 그 동기란 것이 참으로 하찮게도 고작 고기 장수와 싸움을 한 늙은 노파 문제인 것이다. 그는 서둘러 옷을 입고 여덟 시도 안 된 시각임을 무시하고 왈테르 씨 집으로 갔다. 사장도 벌써 일어나 〈라플륌〉을 읽고 있었다.

　"이렇게 됐으니 자네는 이제 물러설 수 없네."

　그는 뒤루아를 보고 심각한 얼굴로 말했다. 뒤루아는 대답하지 않았다.

　"리발을 만나 보게. 방법을 알려 줄 걸세."

　뒤루아는 알아들을 수 없는 말 몇 마디를 중얼거리고 사장 집에서 나와 리발에게 달려갔다. 그는 아직 자고 있었지만 초인종 소리가 들리자 침대에서 뛰어내렸다.

　"제길! 이건 안 할 수 없겠구먼. 입회인이 또 한 명 필요한데 누굴 지목할 텐가?"

　그는 기사를 읽자마자 소리쳤다.

　"글쎄, 모르겠네. 난."

　"부아르나르는? 어때?"

　"응, 좋네."

　"자네 검술은 잘하나?"

　"전혀 못하네."

　"그건 안 되겠군. 그럼 권총은?"

　"조금 쏠 줄 아네."

　"됐군. 그럼 내가 모든 준비를 마칠 때까지 연습을 하게. 잠깐만 기다려 주게나."

　그는 세면실로 들어가 얼굴을 씻고 수염을 재빨리 깎은 뒤 말쑥하게 단장한 차림으로 나왔다.

"자, 따라오게."

그는 작은 호텔 모퉁이에 살고 있었는데 뒤루아를 커다란 지하실로 데리고 갔다. 그곳은 거리로 난 창문을 모두 막고 검술과 사격 연습장으로 쓰이는 곳이었다.

옆에 붙은 조그만 지하실까지 한 줄로 늘어선 가스등에 전부 불을 켜자, 빨강과 파랑으로 칠한 철제 인형이 안쪽에 있는 게 보였다.

"준비됐나? 발사! 하나, 둘, 셋."

리발은 뒤로 총알을 넣는 신식 권총 두 자루를 테이블 위에 올려놓고 마치 결투장에 있는 것처럼 짧고 또렷한 목소리로 명령했다. 뒤루아는 몹시 놀라 명령대로 철제 인형을 겨누고 쏘았다. 어릴 때 아버지의 구식 승마용 권총으로 뜰에서 비둘기를 가끔 쏴 봤기 때문에 몇 번이나 인형의 배 한복판에 명중시킬 수 있었다.

"좋아, 아주 좋아. 흠잡을 데가 없군. 잘될 거야. 잘될 거야."

자크 리발은 만족한 듯 외쳤다.

"정오가 될 때까지 그렇게 쏘고 있게. 총알은 여기 있으니까 다 써도 괜찮네. 점심때 부르러 오면서 결과를 알려 주겠네."

그는 이렇게 말하면서 나갔다.

혼자 남은 뒤루아는 대여섯 발을 더 쏘고는 앉아서 생각에 잠겼다. 어찌 됐건 이 무슨 해괴망측한 일인가! 이런 짓을 해서 뭘 어쩌겠다는 거지? 사기꾼이 결투를 했다고 사기꾼이 안 될 리도 없고 진실한 남자가 모욕을 당했다고 건달 때문에 목숨을 걸면 무슨 이득이 생기는 걸까.

이렇게 우울한 생각을 하고 있는 동안 문득 노르베르 드 바렌이 빈곤한 인간 정신과 사상의 범속함, 어리석음과 도덕의 하찮음에 대해 얘기했던 것을 기억해 냈다.

"맞아, 그의 말이 정말 옳아!"

그는 큰 소리로 외쳤다. 굉장히 목이 말랐다. 뒤쪽에서 물방울이 떨어지는 소리가 들려 찾아보니 샤워 장치가 있었다. 그는 수도꼭지에 입을 댄 채 물을 마시고 또 생각에 잠겼다. 그 지하실은 아주 음침해서 무덤에 있는 것 같았다. 멀리서 굴러가는 둔탁한 마차 소리가 마치 먼 곳에서 천둥이 울리는 소리와 비슷하게 들렸다.

도대체 몇 시나 된 걸까. 마치 감옥 안에서 간수가 식사를 날라다 줄 때를 제외하고 시간을 알지 못하는 것처럼 그 지하실에서는 몇 시인지 전혀 알 수 없었다. 그는 무척 오래 기다렸다.

갑자기 발소리와 말소리가 들리면서 자크 리발이 부아르나르를 데리고 지하실로 들어왔다.

"결정했다네!"

자크 리발은 뒤루아를 보자마자 외쳤다.

"아! 정말 고맙네."

뒤루아는 사과문이나 다른 어떤 것으로 이야기가 잘된 줄 알고 가슴이 뛰었다.

"그 랑그르몽이라는 녀석 제법 분명하더군. 우리 조건을 전부 승낙했어. 스물다섯 걸음 간격을 두고 신호와 함께 권총을 높이 겨누고 한 발씩 쏠 것. 그렇게 하는 것이 낮게 잡는 것보다 훨씬 조준이 정확하거든. 이보게, 부아르나르, 내 말이 맞는지 보여 주지."

그는 직접 총을 쏴서 팔을 높이 쳐드는 편이 얼마나 조준이 정확하게 되는지를 보여 주었다.

"자, 이제 점심을 먹으러 가세. 벌써 열두 시가 지났어."

그들은 근처 식당으로 갔다. 뒤루아는 거의 말을 하지 않았지만 두려워하는 것처럼 보이기 싫어서 억지로 먹었다. 오후에는 부아르나르와 신문사로 돌아가 기계적으로 대충대충 일을 했다. 남들은 그런 그를 보고 용기 있는 사람이라고 생각했다.

오후에 자크 리발이 왔다. 입회인 두 사람이 이튿날 아침 일곱 시에 마차를 타고 뒤루아를 데리러 가서 결투가 치러질 베지네 숲으로 안내하기로 결정이 되었다.

이런 일들이 그도 모르는 사이에 그의 의견도 무시한 채 진행이 되었다. 그는 자기 의견을 한마디도 내지 못하고 승낙도 거절도 할 틈 없이 일사천리로 일이 결정되었다. 그는 너무 당황해서 어떻게 해야 할 지, 뭐가 뭔지도 알 수 없는 상태에 빠졌다.

충실하게도 부아르나르가 하루 종일 그의 곁을 지켜 주어 뒤루아는 그와 저녁을 함께 먹고 아홉 시경 집으로 돌아왔다.

혼자 남게 되자 그는 한동안 방 안을 성큼성큼 걸어 다녔다. 마음이 심란해서 아무 생각도 나지 않았다. 단지, 내일 결투를 한다는 생각만이 맴돌았다. 그러나 그렇게 생각해도 그저 막연하기만 할 뿐이었다.

그는 병사 시절에 아라비아인을 쏜 일이 있었지만 그건 사냥하러 가서 멧돼지를 쏜 것과 같았다. 아무튼 자신은 해야 할 일을 했고 자신의 태도도 잘못된 것이 아니었다. 세상은 그걸 믿어 주고 칭찬해 줄 것이다.

"그놈은 왜 그렇게 뻔뻔한 거야!"

누구나 혼자 생각하기 어려울 때 곧잘 그러듯 그는 큰 소리로 외쳤다.

책상 위에는 리발이 주소를 알아 두라며 줬던 상대방의 명함이 아무렇게나 떨어져 있었다. 낮에도 몇 번씩 읽었던 명함을 또 읽었다. 루이 랑그르몽, 몽마르트르 거리 176번지. 그게 다였다.

그는 이 글자들의 조합이 뭔가 으스스하고 기분 나쁜 의미를 풍기기라도 하는 것처럼 유심히 바라보았다. 루이 랑그르몽이란 인물은 도대체 어떤 인간일까? 나이는? 키는? 얼굴은 또 어떻게 생겼을까?

얼굴도 모르는 생판 남이 아무런 이유도 없이 단순하고 순간적인 기분으로 고기 장수와 싸운 보잘 것 없는 노파를 핑계로 갑자기 남의 생활을 뒤엎어 버리다니, 이 얼마나 어이없는 일인가!

그는 다시 한 번 "어쩌면 그렇게 뻔뻔하지!" 하고 되풀이했다. 그러고는 한참 동안을 명함만 노려보면서 생각에 잠겨 꼼짝도 하지 않았다. 그러고 있으려니 종이 한 장에 대해 말할 수 없는 분노가 치밀었다. 깊은 증오가 담겨 있었지만 동시에 이상한 불쾌감도 느껴졌다.

'정말 지저분한 사건이군!'

그는 손톱 깎는 가위로 누군가를 찌르듯 인쇄된 이름 한복판을 푹 찔렀다.

'결국 나는 결투를 해야 한단 말인지. 게다가 권총으로. 어째서 칼을 선택하지 않았을까? 칼로 하면 손이나 팔이 찔릴 뿐 생명에 지장은 없을 텐데. 권총을 사용하면 결과가 어떻게 될지 짐작도 할 수 없는데.'

"자, 용기를 내자!"

그는 자신의 목소리에 놀라서 주위를 둘러보았다. 자신이 몹시 신경이 곤두선 상태라는 걸 깨닫고 물을 한 모금 마신 뒤 잘 준비를 했다.

불을 끄고 바로 잠자리에 들었다. 방 안은 무척 추운 상태였는데 이불 속은 반대로 따뜻했다. 하지만 그는 잠을 이루지 못하고 계속 몸을 뒤척였다. 오 분쯤 겨우 똑바로 누웠다가 왼쪽 아래로 내려갔다가 다시 오른쪽으로 구르기도 했다. 아직도 목이 말랐다.

'나는 중요한순간에 혹시 떨지는 않을까?'

그는 물을 마시다가 갑자기 불안감에 사로잡혔다. 언제나 들어오던 소리인데도 뻐꾸기시계가 때를 알리려는 소리에 심장이 떨려서 기겁을 하고 벌떡 일어났다.

가슴을 누가 조이기라도 하듯 답답해서 한동안 입을 벌리고 숨을 쉬어야 했다. 그는 자신이 두려움에 떨 가능성에 대해 되도록 이성적으로 생각해 보았다.

아니, 마지막까지 물러서지 않겠다고 결심을 한 이상 결코 두려워하지 않을 것이다. 끝까지 훌륭하게 결투할 것이다. 그렇지만 그는 마음속으로 몹시 흥분한 상태라는 걸 의식했다. '자신의 의지와 상관없이 두려워지기도 하는 걸까?' 하고 생각해 보았다. 이런 의혹과 불안, 초조가 그를 사로잡았다. 만약 자신의 의지보다 훨씬 강력하고 압도적이면서 도저히 반항할 수 없는 힘에 지배를 당한다면 어떻게 되지? 어떤 일이 생기는 걸까?

작정을 했으니 결투장에 가긴 갈 것이다. 하지만 만약 떨리기 시작하면? 의식을 잃기라도 하면 어쩌지? 그는 자신의 지위, 평판이나 장래에 대해 생각했다.

갑자기 얼굴을 거울에 비추어 보고 싶은 충동이 일어 촛불을 켰다. 매끄러운 유리에 비친 얼굴은 자신의 것 같지 않았다. 처음 보는 모습이었다. 퀭한 눈은 터무니없이 커 보였고 창백한 얼굴은 핏기라고는 전혀 없어 보였다. 갑자기 '내일 이맘때쯤이면 죽어 있겠구나.' 하는 생각이 총알처럼 가슴을 꿰뚫고 지나갔다. 그러자 심장이 다시 세차게 뛰었다.

그는 다시 침대 쪽으로 갔지만 이불 속에서 자신이 반듯하게 누워 있는 모습을 똑똑히 보았다. 죽은 사람처럼 얼굴이 움푹 파였고 손은 새하얀 게 벌써 움직이지 않는 것 같았다.

그는 너무 겁이 나서 침대 쪽을 보지 않으려고 창문을 열었다. 서릿발 같은 차가운 바람이 발끝부터 머리끝까지 살을 벨 것처럼 불었다. 그는 숨을 헐떡이며 뒤로 물러섰다.

난로에 불을 피워야겠다는 생각이 들어 그는 뒤를 돌아보지 않고 천천히 불씨를 부채질했다. 무언가에 닿을 때마다 손이 신경질적으로 떨렸다. 머릿속은 멍해져서 생각들이 토막 난 채 이리저리 휩쓸려 다니다가 안개처럼 희미해져서 괴로웠다. 술을 지나치게 마셨을 때처럼 머리가 마비되어 갔다.

그는 끊임없이 '어떻게 하지? 어떻게 되는 거지?' 하고 스스로에게 물어보았다. 그러고는 '정신을 차려야 해. 정신을 차려야 해.' 하고 기계적으로 되풀이했다가 방 안을 왔다 갔다 했다.

'만약을 위해서 부모님께 편지를 써 두자.'

혼잣말로 중얼거린 뒤 의자에 앉아 편지지에 "그리운 아버님, 사랑하는 어머님……." 하고 썼다. 하지만 이렇게 비극적인 순간에 이런 말은 너무 완곡하다고 생각되어 종이를 찢어 버리고 다시 썼다.

"존경하는 아버님, 존경하는 어머님, 저는 내일 날이 밝으면 결투를 합니다. 그런데 만약, 혹시라도……."

뒤를 차마 이을 수가 없어서 벌떡 일어섰다.

'이미 피할 수 없는 일이었기에 그는 결투에 나서려고 했다. 그는 과연 무슨 생각을 했을까? 그는 싸우려고 했고 의지와 결심도 확고했다. 하지만 그가 모든 노력을 했는데도 불구하고 결투장으로 갈 힘조차 낼 수가 없었다.'

그는 자신의 일을 제삼자의 입장에서 다시 생각해 보다가 한 대 세게 얻어맞고 쓰러지는 기분이 들었다. 이따금씩 입 안에서 이가 부딪치면서 조그맣게 마른 소리를 냈다.

'상대는 이미 전에도 결투를 해 본 적이 있을까? 사격장에서 연습도 해 봤을까? 그 방면에 이름이 알려진 인물은 아닐까?'

그는 이런 생각도 해 보았다. 그는 상대방 이름을 들어 본 적이 없었다. 만약 그 사나이가 사격 솜씨가 뛰어나지 않다면 위험한 무기 사용에 그토록 선뜻 동의하지 않았을 것이다.

뒤루아는 결투 현장과 자신, 그리고 상대의 모습을 상상해 보았다. 그런 다음 결투의 미세한 부분까지 머리에 그려 보려고 필사적으로 노력했다. 그러자 갑자기 눈앞에 지금 막 총알을 발사하려는 총신의 시커멓고 작고 깊은 구멍이 보이는 듯했다.

그는 그 순간 깊은 절망에 빠졌다. 온몸에 소름이 돋고 오들오들 떨렸다. 소리를 지르지 않으려고 이를 악물었다. 무언가 닥치는 대로 찢어 버리고 물어뜯어 버리고 싶은 광적인 충동에 사로잡혀 마룻바닥을 굴렀다. 그러다가 그는 난로 위에 컵을 발견하자 거의 마시지 않은 브랜디 한 병이 벽장에 있다는 것을 떠올렸다. 그는 군대에서의 습관이 남아 지금도 매일 아침 치미는 울화를 술로 가라앉히고 있었다.

그는 병을 들어 숨도 쉬지 않고 마셨다. 숨이 막혀 병을 놓았을 때는 이미 3분의 1가량은 비어 있었다. 금세 배 속이 타는 듯 뜨거워졌다. 그 열기가 손과 발까지 퍼지면서 취기가 도는 것과 동시에 마음도 든든해졌다.

"이젠 됐어."

그는 이렇게 혼잣말을 하고 몸이 뜨거운 탓에 창문을 열었다. 고요히 얼어붙어 있던 밤이 물러가고 이제 날이 밝고 있었다. 희뿌연 어둠 저 멀리서 꺼지기라도 할 것처럼 별이 깜박이고, 산을 깎아 만든 철로 안에 있던 초록, 빨강 신호등도 빛을 잃어 갔다.

기관차가 몇 번씩 기적을 울려 대며 차고에서 나와 열차를 연결하러 갔다. 다른 기관차들은 멀리서 연거푸 날카로운 소리를 울려 댔다. 시골에서 수탉이 울 듯 잠에서 깨어나는 시간을 알리는 모양이었다.

뒤루아는 '이런 경치도 다시는 볼 수 없을지 모르겠구나.' 하는 생각이 들었다. 하지만 허무함에 빠져 또다시 울적해지는 것 같아 다시 마음을 다잡았다.

'자, 이제 결투 때까지 아무 생각도 하지 말자. 용기가 꺾이지 않으려면 그럴 수밖에 없어.'

그는 준비하기 시작했다. 수염을 깎을 때 자신의 얼굴을 보는 것도 이것이 마지막이라고 생각하니 또다시 맥이 풀려 다시 한 번 브랜디를 마시고 간신히 몸단장을 끝냈다. 그러고 나서도 시간이 남아 결국 방 안을 서성이며 자꾸 흥분되려는 마음을 가라앉혔다.

얼마 뒤 문을 두드리는 소리가 들렸다. 그 소리에 하마터면 뒤로 나자빠질 뻔했다.

'벌써 왔군.'

입회인들은 모피 달린 외투를 입고 있었다.

"밖은 완전히 시베리아일세. 상태는 좀 어떤가?"

리발이 그의 손을 잡고 말했다.

"괜찮아."

"침착하지?"

"그럼. 태연하지."

"그럼 됐어. 뭘 좀 먹었나?"

"응. 별생각이 없어."

부아르나르는 제법 격식까지 차려서 녹색과 황색 훈장을 달고 있었다. 뒤루아는 그가 훈장 단 것을 처음 보았다.

거리로 나서자 한 신사가 마차 안에서 기다리고 있었는데 리발이 르 브뤼망 의사라고 소개했다. 뒤루아는 "수고하십니다." 하고 중얼거리며 그의 손을 잡았다. 그러고 나서 앞 좌석에 앉으려는데 뭔가 딱딱한 게 느껴져 용수철처럼 튀어 오르고 보니 권총 상자였다.

"아니지, 뒷자리에 앉아야지. 의사와 결투하는 사람은 뒤에 앉아야 하네."

리발이 말했다. 뒤루아는 그가 말한 것을 겨우 알아듣고 의사 옆에 털썩 주저앉았다. 두 입회인도 탄 뒤에 마부가 출발했다. 그는 이미 어디로 가야 하는지 알고 있었다.

모두들 권총 상자 때문에 심기가 불편했다. 특히 뒤루아는 가능하면 그것을 보지 않으려고 노력했다. 그래서 등 뒤에 놓았는데 허리가 아파서 어쩔 수 없이 리발과 부아르나르 사이에 세워 놓았다가 자꾸만 쓰러지는 통에 아예 발아래로 밀어 넣어 버렸다.

의사가 다양한 일화를 이야기해 주었지만 대화는 도무지 활기를 띠지 못하고 오로지 리발만이 혼자서 상대해 주었다. 뒤루아도 대화에 참여하려고 했지만 횡설수설할까 봐 두려운 데다가 또다시 떨림이 시작될 것 같아 걱정도 되었다.

마차는 얼마 못 가 들판으로 들어섰다. 아홉 시경이었고 자연에 있는 모든 것이 수정처럼 반짝거리며 단단하게 얼어붙어 조금만 건드려도 깨질 것 같은 몹시 추운 겨울 아침이었다.

나무들은 온통 눈에 덮여 얼음으로 된 땀을 흘리는 것처럼 보였다. 대지가 말발굽 아래에서 높은 소리를 내며 울리면서 건조한 공기가 내는 희미한 소리까지 멀리 전달했다. 푸른 하늘은 거울처럼 빛났는데 막상 자신은 식어 버린 것처럼 얼어붙은 대지를 따뜻하게 해 줄 힘이 사라진 빛을 던지고 있었다.

"권총은 가스틴 르네트의 가게에서 사 온 걸세. 총알도 그 사람이 직접 장전해 주었네. 상자는 봉인되어 있지만 이것을 쓸 건지 저쪽 편 것을 쓸 건지는 제비뽑기를 통해 결정하게 될 걸세."

리발이 뒤루아에게 말해 주었다.

"고맙네."

뒤루아는 건성으로 대답했다. 리발은 그에게 어떻게 행동해야 하는지를 일일이 설명했다.

"'모두 준비가 되었습니까?' 하고 물으면 힘 있게 대답해야 하네. 그리고 '발사!'라는 소리가 들리면 팔을 높이 들고 셋까지 세는 동안 쏘는 걸세."

그는 자신이 입회해야 하는 친구가 실수하지 않도록 몇 번이나 주의를 주었다.

'발사! 하면 팔을 든다. 발사! 하면 팔을 든다.'

뒤루아는 속으로 몇 번이고 되풀이했다.

마차는 숲 속으로 들어서서 가로수 길을 따라 오른쪽으로 돌고 다시 왼쪽으로 접어들었다.

"거기 그 좁은 길로 들어가야 하네."

리발이 벌컥 문을 열고 마부에게 말했다.

마차는 바큇자국이 선명한 샛길로 들어갔다. 길 양쪽 숲에는 얼음으로 가장자리를 장식한 것 같은 가랑잎들이 떨리고 있었다.

뒤루아는 그때까지도 '발사! 하면 팔을 든다.'라고 중얼대면서도 마차가 사고라도 나서 모든 것이 끝나기를 바랐다. '아, 마차가 뒤집힌다면 얼마나 좋을까! 그래서 다리 한쪽만 부러진다면 좋을 텐데!'

하지만 숲 속 빈터에 마차가 한 대 서 있고 신사 네 명이 언 발을 녹이기 위해 동동거리는 것이 보였다. 뒤루아는 그것을 보고 숨이 턱 막히는 것 같아 입을 벌렸다.

입회인이 먼저 내리고 그다음에 의사와 뒤루아가 내렸다. 리발은 권총 상자를 안고 부아르나르와 함께 저편에서 걸어 나오는 두 신사를 맞으러 갔다.

뒤루아가 보니 그들은 의식적인 인사를 나누고 난 뒤 떨어뜨린 물건이나 날아가 버린 뭔가를 찾기라도 하는 것처럼 땅바닥을 내려다보기도 하고 나무들을 올려다보기도 하면서 빈터를 돌아다니는 것이었다.

얼마 뒤 걸음 수를 세고 언 땅에 힘겹게 짧은 지팡이를 두 개 꽂고는 한데 모여 아이들이 놀이하듯 금화를 던져 앞뒤를 가렸다.

"기분은 어떠신가요? 필요하신 건 없습니까?"

르 브뤼망 박사가 뒤루아에게 물었다.

"네, 없습니다. 감사합니다."

그는 자신이 미치거나 잠이 들었거나 꿈을 꾸는 것처럼 여겨졌다. 뭔가 초자연적인 것이 갑자기 내려와 온몸을 휩싸고 도는 것 같았다. 겁을 먹었나? 그럴지도 모르지만 그는 알 수 없었다. 그저 주위의 모든 것이 변해 버린 것만 같았다.

"이제 준비가 다 되었네. 정말 운 좋게도 우리 권총을 쓸 수 있게 됐다네."

자크 리발이 돌아와 만족스럽게 말했다.

뒤루아는 아무래도 좋았다. 사람들이 그의 외투를 벗겼고 그는 가만히 서 있기만 했다. 그들은 다시 윗도리 호주머니를 더듬어 혹시라도 탄환을 피할 서류나 지갑이 들어 있는 건 아닌지 확인했다.

'발사! 하면 팔을 든다.'

뒤루아는 마음속으로 기도를 하듯 되풀이했다.

자크 리발이 뒤루아를 지팡이를 꽂은 곳에 데리고 가서 권총을 건네주었다. 그때 바로 코앞에 키가 작은 남자가 보였다. 배가 나오고 머리가 벗겨진 채 안경을 쓴 그 남자가 바로 뒤루아의 상대였다.

그는 그 모습을 똑똑히 보고 있으면서도 '발사! 하면 손을 들고 쏜다.'는 생각밖에 하지 않았다.

"모두 준비되었습니까?"

정적을 깨고 아득히 먼 곳에서 들리는 것 같은 목소리가 들렸다.

"좋소!"

뒤루아가 외쳤다.

"발사!"

명령이 들렸다. 그는 더 이상 아무것도 들리지 않고 보이지도 않았다. 또 아무것도 알 수 없었다. 다만 자신이 팔을 들고 방아쇠를 힘껏 당긴 것만을 기억했다. 소리는 전혀 나지 않았다. 하지만 뒤루아는 자신이 가진 총구에서 실 같은 연기가 나오는 것을 보았다. 그리고 상대방이 처음과 같은 자세로 눈앞에 서 있는 것이 보였다. 그의 머리 위에서 조그만 흰 구름이 떠가는 것도 보였다. 둘 다 쏘았고 결투는 끝났다.

"다친 데는 없나?"

입회인과 의사가 그를 만지기도 하고 두드리기도 하고 단추를 끄르고는 걱정스럽게 물었다.

"응. 아무렇지도 않아."

뒤루아는 되는 대로 대꾸했다.

랑그르몽도 상처를 입지 않았다.

"이놈의 권총이 언제나 말썽이야. 꼭 불발이 아니면 상대방을 죽여 버리거나 하거든. 참 더러운 무기야!"

자크 리발이 못마땅하게 말했다.

'아, 이제 드디어 끝났구나!'

뒤루아는 놀라움과 기쁨으로 멍해져서 그대로 서 있었다. 계속 무기를 움켜쥐고 있었기 때문에 다른 사람이 손에서 빼내야만 했다. 그는 온 세계와 싸운 것만 같았다.

'이젠 끝났어. 아아, 잘된 거야.' 그는 갑자기 누구한테나 도전할 수 있을 것만 같은 용기가 솟아나는 걸 느꼈다. 양쪽 입회인들은 잠깐 이야기를 주고받고 보고서를 작성하기 위해 다시 만날 약속을 한 뒤 각자 마차에 올라탔다. 마부는 좌석에 앉아 껄껄 웃더니 말을 몰았다.

잠시 후 넷은 큰 거리에 있는 음식점에서 아침을 먹으며 좀 전에 있었던 사건에 대해 이야기를 나눴다.

"나는 아무렇지도 않더군. 정말 아무렇지도 않았어. 자네들이 보고 있었으니 알겠지."

뒤루아는 자신의 기분을 이야기했다.

"응, 참 훌륭한 태도였네."

리발이 대답했다.

보고서가 작성되자 리발은 사회기사에 넣으라면서 뒤루아에게 주었다. 거기에는 놀랍게도 루이 랑그르몽이 두 발을 쏜 것으로 되어 있었다.

"하지만 둘 다 한 발씩만 쏘았는데."

뒤루아가 의아해서 리발에게 물었다.

"웅, 당연히 한 발을 쏘았지. 하지만 각각 한 발씩이니 합치면 두 발 아닌가."

상대가 빙그레 웃으며 말했다. 뒤루아는 그럴 듯한 설명이라 여겨서 더는 지적하지 않았다.

"잘했군. 잘했어. 자네는 〈라비 프랑세즈〉의 품격을 지킨 걸세. 정말 잘했어."

왈테르 영감이 그를 얼싸안았다.

뒤루아는 그날 밤 큰 신문사들과 주요 카페에 얼굴을 내보였다. 도중에 상대방도 똑같이 하는 것을 두 번이나 목격했다. 하지만 그들은 서로 아는 척을 하지 않았다. 만약 한편이 다쳤더라면 굳게 악수를 했을지도 모른다. 양쪽 다 상대의 총알이 날아오는 소리를 들었다고 자신 있게 말했다.

이튿날 아침 열한 시경에 그는 프티블뢰를 받았다.

아! 얼마나 무서웠는지 몰라요! 콩스탕티노플 거리로 얼른 와 주세요.
키스하고 싶어요. 내 사랑, 당신 정말 용감해요. 당신을 사랑해요.
- 클로

그곳에 도착하자 그녀는 품에 뛰어들어 아무 데나 마구 키스를 퍼부어 댔다.

"아, 당신! 오늘 신문을 읽고 얼마나 가슴이 철렁했는지 몰라요! 자, 얼른 얘기해 봐요. 다 이야기해 주세요."

그는 자초지종을 상세하게 알려 주었다.

"결투하기 전날 밤, 많이 괴로웠죠."

"아니, 아주 푹 잤는걸."

"저 같으면 한숨도 못 잤을 거예요. 그런데 결투장에 갔을 때는 어땠어요?"

"서로 스무 걸음 떨어져서 마주 섰지. 스무 걸음이면 이 방 네 배 정도 되는 길이요. 자크가 준비되었느냐고 묻고 '발사!' 하고 명령했다오. 나는 곧 팔을 높이 들고 똑바로 겨눴지만 머리를 겨눈 게 실수였어. 나한테 준 권총의 방아쇠가 뻑뻑했거든. 부드러운 것에 익숙해 놔서 방아쇠의 반동이 탄환을 위로 빗나가게 만든 거지. 그렇지만 그렇게 멀리 벗어난 건 아니오. 상대방도 권총에 능숙해서 탄환이 관자놀이를 스치고 지나는 게 느껴지더군. 바람을 가르고 날아오는 걸 알았으니까."

그는 꾸며서 이야기를 해 주었다.

"어머, 위험했군요. 정말 위험했어요."

그녀는 그의 무릎 위에 앉아 마치 위험을 함께 나누려는 듯 그를 껴안았다.

"내 사랑, 난 이제 정말 당신 없이는 못 살 것 같아요! 매일 만나고 싶어 미칠 것 같아요. 하지만 남편이 파리에 있으니. 그대도 오전 중에 한 시간 정도는 당신이 일어나기 전에 키스해 주러 가고 싶어요. 하지만 당신 집은 무서워서 못 갈 것 같은데 어떡하죠?"

"여기는 얼마를 내야 되나?"

그에게 문득 어떤 생각이 스쳤다.

"한 달에 100프랑이에요."

"그럼 내가 방세를 내고 여기 묵도록 하지. 지금 방은 내 새로운 지위에 어울리지도 않으니 말이오."

"난 싫어요."

그녀가 한참 동안 생각하더니 말했다.

"왜?"

그는 놀라서 물었다.

"왜라뇨?"

"싫어할 이유가 없으니 하는 말이오. 이 방은 나한테 딱 맞는 것 같으니까 아무래도 여기 묵어야겠소."

"게다가 내 이름으로 되어 있으니 말이오."

그가 웃으며 덧붙였다.

"싫어요. 싫어요. 싫단 말이에요."

그녀는 여전히 승낙하지 않았다.

"도대체 왜 그러는 거요?"

"여기에 다른 여자들을 데리고 올 거잖아요. 그러니 싫어요."

그녀가 낮은 소리로 다정하게 소곤거렸다.

"무슨 소리! 맹세할 수 있소."

그가 분개해서 소리쳤다.

"아니에요. 말씀은 그렇게 하시지만 데리고 올걸요?"

"맹세한다니까!"

"정말?"

"그럼 정말이고말고. 명예를 걸고 약속하지. 여긴 우리 두 사람만의 집이오. 우리 둘만의 집."

"그럼 좋아요. 하지만 기억해 두세요. 한 번이라도, 단 한 번이라도 약속을 어길 땐 우리 사이는 끝장이에요. 영원히 끝이라고요."

그녀는 그가 사랑스럽다는 듯 꼭 껴안고 말했다.

그는 다시 한 번 굳게 맹세했다. 그리고 그녀가 문 앞을 지날 때는 언제든 만날 수 있도록 그날 안으로 이사하기로 했다.

"그건 그렇고, 일요일 저녁에 오세요. 남편이 당신을 무척 칭찬하더군요."

잠시 후 그녀가 말했다.

"아, 그래?"

"네. 우리 집 양반을 완전히 구워삶았더군요. 당신, 시골 저택에서 자랐다고 그랬죠?"

"응, 그게 왜?"

"그럼 재배에 관한 것도 어느 정도 아시겠군요?"

"알지."

"그럼 우리 집 양반한테 원예나 농작물에 대한 이야기를 해 주세요. 그런 이야기하는 걸 아주 좋아하거든요."

"좋아. 잊지 말아야겠군."

그녀는 끊임없이 키스를 퍼붓고 돌아갔다. 결투가 애정을 부추긴 셈이었다.

'정말 웃기는 여자라니까! 멍청하기는! 뭘 좋아하고 뭘 바라는지 도무지 알 수가 없어. 저 부부도 정말 이상해! 도대체 어떤 정신 나간 놈이 그 늙은이하고 저 경솔한 여자를 붙여 놓은 거지? 감찰관은 무슨 생각으로 저런 철부지하고 결혼을 한 거야? 알 수가 없군. 하지만 누가 알아? 저런 것도 사랑일지.'

뒤루아는 신문사로 나가면서 생각했다.

'어쨌든 정부로는 저만하면 됐지. 저런 여자를 놓친다면 정말 멍청한 거야.'

그는 이렇게 결론지었다.

8

결투로 인해 뒤루아는 〈라비 프랑세즈〉 사설 기자로의 이름을 올리긴 했지만 새로운 사상을 생각하는 능력이 딸렸으므로 주로 풍기 문란이나 인격 손상, 애국심 쇠퇴, 프랑스적 명예심의 빈혈이니 하는 말들을 늘어놓곤 했다. 그는 이 빈혈이라는 말을 생각해 내곤 상당히 우쭐거렸다.

"흥, 두고 봐. 이게 분명 인기를 끌 테니까."

빈정거리기 좋아하고 의심 많고 성급하게 결론을 내리곤 하는, 흔히들 파리 사람의 기질이라고 불리는 성질을 가진 드 마렐 부인이 그의 장광설을 비웃거나 긁으려고 들면 빙긋 웃으며 이렇게 대꾸하곤 했다.

그는 지금 콩스탕티노플 거리에 살았다. 그는 그곳에 트렁크와 칫솔, 비누를 가져오는 것으로 이사를 끝냈다. 일주일에 두서너 번, 드 마렐 부인이 그가 아직 일어나기도 전에 와서 순식간에 옷을 후다닥 벗고 오들오들 떨면서 잠자리 속으로 파고들었다.

뒤루아는 그 대신 매우 목요일에 드 마렐 댁에 가서 저녁을 먹으며 농사 이야기를 늘어놓아 그녀 남편의 환심을 샀다. 마렐 씨는 재배에 관심이 많아 때로는 서로 이야기에 너무 열중하느라 그들 공동의 아내가 긴 의자에서 꾸벅꾸벅 조는 것도 완전히 잊곤 했다.

로린도 마찬가지로 가끔은 아버지 무릎에서, 때로는 벨 아미의 무릎에서 깊이 잠이 들곤 했다.

신문기자가 돌아가면 드 마렐 씨는 언제나 그렇듯 아주 점잖게 '저 젊은이를 만나면 기분이 참 좋아. 교양도 풍부한 사람이라니까.' 하고 진지하게 말하곤 했다.

이월도 다 지나갔다. 아침에 거리에서 꽃 파는 여자의 손수레가 지나가면 오랑캐꽃 향기가 풍겨 나왔다. 뒤루아는 구름 한 점 없는 맑은 하늘 아래 한가롭게 지냈다. 그러던 어느 날 밤 집에 돌아오니 문 밑에 편지 한 통이 끼어 있었다. 발신지가 칸이었다.

칸 졸리 별장에서 그리운 벗, 뒤루아 씨에게

전에 무슨 일이 생기면 부탁하라고 하셨지요? 그 말씀을 믿고 정말 귀찮은 일을 부탁드리려고 이렇게 편지를 씁니다. 부디 이곳에 오셔서 저를 좀 도와주세요.

샤를의 병세가 악화되어서 저 혼자서는 최악의 경우가 생기면 어떻게 해야 할지 모르겠어요. 이주도 견디기 어려울 것 같아요. 아직 살아 있긴 합니다만 의사가 그러더군요.

저는 이제 밤낮으로 저 고통을 보고 있을 힘과 용기를 잃었어요. 그래서 임종이 가까워 온단 생각만으로도 무서워요. 이런 일을 부탁할 수 있는 사람이 당신밖에 없군요. 남편한테는 친척도 없거든요. 게다가 당신

187

은 남편 친구이기도 했고 남편은 당신을 신문사에 추천해 주었잖아요. 그러니 제발 와 주세요. 당신밖에는 부를 사람이 없답니다. 제발 와 주세요. 부탁드립니다.

– 마들렌 포레스티에

묘한 감정이 뒤루아를 휘감았다. 마치 그의 앞길에 넓은 공간이 확 펼쳐진 듯한 해방감이 느껴졌다.

"물론 가야지. 불쌍한 친구! 뭐, 어쨌든 누구나 겪는 일이긴 하지만 서도."

포레스티에 부인의 편지를 보여 주었더니 사장은 내켜 하지 않으면서도 허락을 해 주었다.

"하지만 빨리 돌아오게. 자네가 없으면 곤란하니까."

뒤루아는 이튿날 오전 일곱 시 급행으로 칸을 향해 출발했다. 드 마렐 부부에겐 가기 전에 전보를 쳐 두었다. 그는 다음 날 오후 네 시경에 칸에 도착했다.

심부름꾼이 졸리 별장으로 안내해 주었다. 졸리 별장은 칸에서 주앙 만으로 이어진, 전나무 숲 속 주위에 하얀 집에 점점이 흩어진 산 중턱에 자리 잡고 있었다. 숲 사이 오솔길에 낮으면서도 작은 이탈리아식 별장이 보였다. 길은 한 바퀴 돌 때마다 아름다운 풍경을 보여 주었다.

"아! 어서 오십시오. 부인께서 무척 기다리셨습니다."

하인이 문을 열며 반갑게 소리쳤다.

"주인께선 좀 어떠시오?"

"별로 안 좋으십니다. 오래 못 버티실 것 같습니다."

그가 안내된 객실에는 장밋빛 바탕에 푸른 무늬를 섞은 페르시아 사라사 천으로 장식되어 있었다. 높고 넓은 창문은 마을과 바다를 그대로 보여 주었다.

"여긴 아주 멋진 별장이군. 도대체 어디서 이런 돈을 마련했을까?"

뒤루아가 중얼거리고 있는데 옷 스치는 소리가 들렸다.

"정말 미안해요. 감사하게도 바로 오셨군요."

포레스티에 부인이 나타나 두 손을 내밀었다. 그러고는 느닷없이 그에게 키스했다. 그녀는 안색이 별로 좋지 않았다. 좀 야위긴 했지만 여전히 싱싱했고 예전보다 훨씬 더 늘씬해진 모습이 한층 아름다워 보였다.

"정말 무서워요. 자신도 이젠 틀렸다는 걸 아는지 별것도 아닌 일에도 심하게 굴어요. 당신이 오신다는 말씀은 미리 했어요. 그런데 짐은 어떻게 하신 거예요?"

"역에 맡겨 두었습니다. 어느 호텔에 묵어야 부인께 도움이 될지 몰라서요."

"이 별장에 묵으시면 돼요. 방도 마련되어 있으니까요. 게다가 그가 언제 어느 때 눈을 감게 되실지도 모르잖아요. 만약 한밤중에 그런 일이 벌어진다면 저 혼자 어떻게 하겠어요? 짐은 하인에게 찾아오라고 이를게요."

그녀는 약간 망설이다가 말했다.

"그럼 편하실 대로 하시지요."

그가 고개를 숙였다.

"이제 올라가시지요."

그는 부인의 뒤를 따라갔다. 그녀는 2층에 있는 한 방문을 열었다. 뒤루아는 저녁노을이 붉게 물든 창문 옆에 시체 같은 사람이 담요에 둘둘 싸인 채 안락의자에 앉아 자신을 바라보는 것을 느꼈다. 누군지 알아보기가 힘들었지만 뒤루아는 그가 포레스티에라는 것을 겨우 짐작으로 알았다.

방 안은 열기로 후끈했고 탕약과 에테르, 소독약 등의 냄새가 뒤 범벅이 되어 있었다. 폐병 환자가 호흡하는 방 특유의 답답한 냄새 였다.

"아, 자네 왔군. 내가 죽는 것을 보러 왔나. 고맙네."

포레스티에는 괴로운 듯 천천히 손을 들며 말했다.

"무슨 그런 말을 하는가! 별로 재미없네. 모처럼 칸에 오는데 그런 기회를 고르겠나? 그저 병문안도 할 겸 조금 쉬러 온 걸세."

뒤루아는 애써 웃는 얼굴로 말했다.

"앉게."

포레스티에는 뭔가 절망적인 생각에 빠진 듯 고개를 숙였다. 그는 숨을 가쁘게 헐떡이며 이따금 얼마나 위중한지를 알리려는 듯 이상 한 신음 소리를 흘리곤 했다.

"여길 보세요. 아름답죠?"

그가 말이 없는 걸 보고 부인이 창가로 다가와 지평선 쪽을 턱으로 가리켜 보였다. 눈앞에는 해안을 따라 반원형으로 들어앉은 마을까지 별장들이 드문드문 보이는 언덕이 닿아 있는 풍경이 보였다.

마을 오른편은 낡은 종루가 우뚝 솟은 옛 시가지가 방파제까지 뻗 어 있고, 왼편은 레랭의 섬들과 마주 본 모양새로 크루아제트 곶에서 끝났다. 그 섬들은 새파란 물속에 두 개의 초록빛 얼룩이 늘어선 듯 보였다. 또 커다란 나뭇잎 두 장을 띄워 놓은 것처럼 위가 편평해 보 였다.

그리고 더 멀리 방파제와 종루 위에 푸른빛을 던지는 긴 산맥은 만 이 끝나는 곳에 지평선을 막고 눈부신 하늘에 산봉우리들의 기묘하 면서도 아름다운 선을 그대로 보여 주고 있었다. 봉우리들이 둥글거 나 갈고리 모양처럼 구부러지거나 뾰족했는데 마지막은 커다란 피라 미드형 산에서 끝이 났다.

"에스트렐이랍니다."

포레스티에 부인은 그 산을 가리키며 말했다.

그림 같은 산봉우리들 뒤로 피처럼 붉은 빛과 금빛으로 빛나는 하늘은 너무 눈이 부셔서 도저히 바라볼 수가 없었다. 뒤루아는 자기도 모르게 이 장엄한 풍경에 감동했다.

"아아! 정말 근사하군요!"

그 감동을 충분히 나타낼 말을 찾지 못해서 그저 이렇게 감탄의 말을 중얼거렸다.

"바람을 좀 쐬게 해 줘."

포레스티에가 부인에게 말했다.

"안 돼요. 늦었어요. 해도 져 버려서 또 감기 드시겠어요. 게다가 지금 상태로는 큰일 난다는 것을 잘 아시잖아요?"

"숨이 막힐 것 같아서 그래. 내가 하루 빨리 죽든 늦게 죽든 당신한테 다를 게 없잖아. 어차피 죽을 텐데……."

열에 들뜬 허약한 몸이면서도 주먹으로 때릴 것처럼 오른손을 움직이고 분노로 얼굴을 찡그렸다. 죽어 가는 병자의 찡그린 얼굴은 엷은 입술과 움푹 파인 뺨과 뼈를 두드러지게 만들었다.

부인은 창문을 활짝 열었다. 바람이 불어와 마치 애무를 하듯 세 사람의 얼굴을 쓰다듬었다. 부드럽고 따뜻하고 감촉이 아주 좋은 바람이었다. 언덕 위에서 자라는 관목와 향긋한 꽃들의 향기로 취할 듯했다. 강한 송진 냄새와 유칼리나무의 혀를 찌를 것 같은 맛도 함께 느껴졌다.

"닫아, 힘들군. 차라리 지하실에서 거꾸러지는 게 낫겠어."

포레스티에는 짧게 헐떡이듯이 그 공기를 들이마셨다. 그리고 부들부들 떨리는 양손의 손톱으로 의자 팔걸이를 잡으며 노기 어린 쉰 목소리로 말했다.

아내는 천천히 창문을 닫고 이마를 유리창에 댄 채 먼 곳을 바라보았다. 거북해진 뒤루아는 병자와 이야기를 나눠서 진정시키고 싶었지만 딱히 할 말이 없었다.

"그럼 여기 와서도 별로 좋아지지 않은 건가."

"보이는 대로일세."

상대는 지쳐 버린 표정으로 어깨를 으쓱거렸다. 그러고는 다시 고개를 떨어뜨렸다.

"하지만 여긴 파리에 비하면 무척 기분이 상쾌해지는군. 거긴 아직 한겨울이거든. 눈은 내리고 싸라기는 쏟아지고 비도 내린다네. 게다가 오후 세 시만 되면 불을 켜야 될 만큼 어둡지."

"신문사에는 특별한 일이 없나?"

포레스티에가 물었다.

"그럼. 자네 대신 〈볼테르〉에서 꼬마 라크랭이 왔는데 아직 풋내기야. 이제 자네가 돌아와 줘야지."

"나? 땅 밑에 가서 긴 기사라도 써 줄까?"

병자가 혼잣말처럼 말했다. 그는 말을 할 때마다 종이 울리듯 강박적인 생각이 드러났다. 침묵이 오래 지속됐다. 견디기 힘든 침묵이었다.

노을은 어느새 엷어져 저물어 가는 붉은 하늘 아래 산들이 어두운 빛을 드리웠다. 붉게 물든 어둠과 사라져 가는 태양빛이 방 안으로 스며들어 가구와 벽, 방 구석구석에 검은빛과 붉은빛을 섞은 색깔로 물들였다. 난로의 거울은 먼 바다를 마치 피가 괸 것처럼 비추었다.

포레스티에 부인은 여전히 방을 등지고 서서 유리문에 얼굴을 댄 채 꼼짝도 하지 않았다.

"이젠 몇 번이나 노을을 볼 수 있을까…… 여덟 번이나 열 번…… 열다섯이나 스물…… 아니면 서른…… 그 정도일 거야. 자네들한테야 앞으로 희망이 있지…… 하지만 나는 이게 마지막이야……. 그리고 내가 죽어도…… 아직 살아 있을 때처럼…… 세상은 또 그렇게 이어지겠지."

포레스티에가 숨을 헐떡거리며 창자를 쥐어뜯는 듯한 지친 목소리로 말했다.

"난 무엇을 봐도 이제 며칠 후면 못 보게 될 거라는 생각이 들어……. 무서운 일이지……. 이젠 아무것도…… 이 세상에 있는 건…… 아무것도 못 보는 거지……. 손으로 만질 수 있는 아주 작은 것도…… 컵…… 접시…… 편하게 누울 수 있는 침대…… 마차…… 저녁에 마차로 산책하는 건 기분이 참 좋지……. 나는 뭐든 다 좋아했어."

그가 한동안 잠자코 있다가 다시 말했다.

"난 지금 죽음을 아주 가까이에서 느낀다오. 팔을 뻗어 밀어내고 싶지. 죽음이 땅을 덮고 공간도 가득 채웠어요. 여기저기에서 죽음을 본다오. 길에 깔려 죽은 작은 짐승들, 떨어진 낙엽들, 친구 수염 속에 삐죽 솟아난 하얀 털이 내 마음을 갉아먹지. 그러고는 내게 '죽음이 여기 있다.' 이렇게 소리친다오."

뒤루아는 얼마 전에 노르베르 드 바렌이 했던 이 말이 갑자기 떠올랐다. 그때는 이 말이 어떤 의미인지 알 수 없었지만 지금 포레스티에의 모습을 보자 간신히 이해가 되었다. 그리고 여태까지 알지 못했던 참을 수 없는 고뇌가 마음속에 생겨났다. 바로 옆에서 친구가 괴로운 숨을 내쉬는 안락의자 위로 불길한 죽음의 신이 손에 잡힐 것만 같았다. 그는 일어나서 밖으로 뛰어나가 당장 파리로 돌아가 버리고 싶은 유혹을 느꼈다.

'아, 이럴 줄 알았으면 오지 말걸!'

지금 빈사 상태에 있는 병자가 아직 죽기 전에 그 위에 죽음이 내려온 듯 밤이 방 안 가득 퍼졌다. 다만 창문만은 아직 희미한 빛을 뿜어 밝은 네모 속에 부인이 선 모습이 뚜렷하게 드러났다.

"여보, 오늘은 아직 등불을 안 가져왔군. 이게 병자를 위한 간호라는 건가?"

포레스티에가 초조한 듯 말했다. 창유리로 보이던 그림자가 사라지면서 고요한 집 안에 초인종 소리가 울려 퍼졌다. 이윽고 하인이 들어와 난로 위에 등불을 놓았다.

"이대로 쉬실래요, 아니면 아래로 내려가 식사를 하시겠어요?"

포레스티에 부인이 남편에게 물었다.

"내려가지."

그가 중얼거렸다. 그들은 식사가 준비될 동안 거의 한 시간가량을 꼼짝도 하지 않았다. 가끔 이따금씩 별로 중요하지 않은 말을 한 마디씩 뱉을 뿐이었다. 마치 침묵을 너무 오래 끌면 죽음의 신이 배회하는 방 안 공기를 그대로 고이게 만들어 위험이 다가오기라도 하는 것처럼.

드디어 하인이 식사 준비가 되었음을 알려 주었다. 기다리는 시간이 뒤루아에게는 한없이 길게 느껴졌다.

세 사람은 아무 말도 하지 않고, 소리도 내지 않고 밥을 먹었다. 손가락 끝으로 빵을 뜯었고, 하인은 시중을 들면서도 발소리도 내지 않았다. 구두 소리가 샤를의 신경에 거슬린다고 해서 뒤축이 없는 슬리퍼를 신은 탓이었다. 다만 나무 시계의 똑딱거리는 소리만 규칙적으로 방 안의 고요를 깨뜨렸다.

식사가 끝나자 뒤루아는 피곤하다며 포레스티에 부인이 준비해 준 방으로 돌아갔다. 거기서 창문에 팔꿈치를 괴고 하늘 가운데 높이 뜬 둥근달을 바라보았다. 달은 커다란 등잔의 둥근 갓이 된 듯 별장 흰 벽 여기저기에 빛을 삭막하게 던지고, 바다 위로는 은빛 비늘을 부드럽게 뿌렸다.

그는 빨리 돌아갈 구실을 만들기 위해 여러 가지 방법을 생각해보

왔다. 왈테르 씨한테 부탁해서 돌아오라는 전보를 쳐 달라고 할까도 생각했다.

하지만 다음 날 눈을 뜨자 그 결심을 실행하기는 곤란할 것 같아 보였다. 포레스티에 부인이 그걸 곧이들을 리도 없고 그런 짓을 하다가는 모처럼 애쓰고 마음을 써 준 일이 몽땅 수포로 돌아갈 지경이었다.

"이것 참, 큰일이군! 하지만 별수 없지. 살다보면 이런 귀찮은 일도 생기는 법이니까. 그다지 오래 걸리지도 않을 거야."

맑고 푸른 청명한 날씨였다. 사람의 마음을 기쁨으로 가득 채우는 전형적인 남프랑스의 푸른 하늘이었다. 뒤루아는 포레스티에를 보러 가는 것은 오후에 해도 괜찮을 거라고 생각하고 바닷가 산책에 나섰다.

"나리께서 몇 번이나 찾으셨습니다. 얼른 방으로 가 보십시오."

점심 무렵 돌아왔는데 하인이 그에게 말했다. 2층에 올라가 보니 포레스티에는 안락의자 위에서 잠든 것처럼 보였고 부인은 긴 의자에 비스듬히 누운 채 뭔가를 읽고 있었다.

"좀 어때? 오늘 아침에는 기운이 좀 나는 모양일세?"

금세 병자가 얼굴을 드는 걸 보고 뒤루아가 물었다.

"응, 기분이 좋아. 힘이 조금 생긴 느낌일세. 빨리 마들렌과 점심을 먹게. 마차로 한 바퀴 돌고 싶군."

상대가 낮은 목소리로 대답했다.

"저이는 오늘은 자기가 살 것처럼 생각해요. 아침부터 여러 가지 계획을 세웠어요. 지금부터 주앙 만에 가서 파리 집에 장식할 도기를 사오자는 거예요. 무슨 일이 있어도 가겠다고 떼를 쓰는데 저는 도중에 무슨 일이 일어날까 봐 걱정스러워요. 마차의 흔들림도 견디기 어려울 텐데 말이에요."

뒤루아와 둘이 마주 앉았을 때 부인이 말했다.

마차가 오자 포레스티에는 하인의 부축을 받으며 한 걸음 한 걸음 계단을 내려갔다. 그러고는 포장을 벗기라고 명령했다.

"감기 들어요. 안 될 일이에요."

아내는 반대했다.

"괜찮아. 오늘은 아주 상태가 좋아. 내가 잘 안다고."

그는 고집을 부렸다.

처음에는 나무가 우거져 그늘을 만든 길을 달렸다. 정원 사이로 난 길은 칸이 아니라 마치 영국 공원을 달리는 기분을 느끼게 했다. 마차는 다시 해안을 따라 앙티브 가도를 달렸다.

포레스티에가 그 지방 지리에 대해 설명해 주었다. 먼저 드 파리 백작의 별장과 다른 별장을 일일이 가리켰다. 그는 쾌활해 보였지만 그것은 이미 운명이 정해진 인간이 거짓되게 꾸미는 힘없는 쾌활함이었다.

"저길 보게. 생 마르그리트 섬일세. 바젠이 탈출한 성도 보이나? 그 사건 덕분에 성 이름도 외우게 되었다네."

그는 팔을 뻗을 힘도 없어서 손가락만 까딱거렸다. 그런 다음 군대에서 있었던 일을 기억해 내고는 유명했던 일화의 주인공인 장교들의 이름을 들었다. 그때 갑자기 길이 구부러지면서 주앙 만의 전경이 눈앞에 펼쳐졌다. 만 안쪽에는 하얀 빛으로 빛나는 마을이, 그 기슭에는 앙티브 곶이 뻗쳐 있었다.

"아아! 군함이야! 이보게, 군함일세!"

포레스티에는 갑자기 어린아이처럼 기뻐하며 아주 약한 목소리로 외쳤다. 정말 넓은 만 한복판에 잔가지로 덮인 바위처럼 생긴 커다란 군함 여섯 척이 늘어서 있었다.

곳곳에 탑과 망루가 달렸으며 바닷속에 뿌리를 뻗은 것처럼 충각을 물속에 내리꽂아 모두 괴상하고 기형적인 모습이었으며 상당히 거대했다.

움직이거나 앞으로 나아가는 일이 불가능해 보일 만큼 육중한 듯했으며 바다 밑바닥에 완전히 고정된 것 같았다. 천문대처럼 둥글고 높게 만들어진 유동 포대는 암초 위에 세워 놓은 등대 같았다.

큰 배가 즐거운 듯 새하얀 돛 세 개를 활짝 펴고 함대 곁을 지나 넓은 바다를 향해 나아갔다. 물 위에 웅크리고 앉은 추악한 괴물 같은 무쇠 군함에 비하면 우아하고 깨끗한 모습이었다.

포레스티에는 군함을 콜베르, 쉬프랭, 아미랄 뒤페레, 루드타블, 데바스타시옹 하면서 하나하나 분간해서 이름을 불렀다. 그러다가 "아냐, 틀렸어. 데바스타시옹은 이쪽이지."라고 하기도 했다.

얼마 뒤에 그들은 커다란 정자를 닮은 건물 앞에 도착했다. 주앙 만 미술 도기 진열관이라는 간판이 붙어 있었다. 마차는 잔디밭 주위를 돌아 문 앞에 멈춰 섰다.

포레스티에는 서가 위에 놓을 화병 두 개를 사고 싶다고 했지만 마차에서 내릴 수가 없으므로 견본을 하나하나 가져와야 했다.

"이보게, 서재 안쪽 서가 위에 놓을 걸세. 의자에 앉았을 때 언제나 볼 수 있게 말이야. 고풍스러운 그리스형이 좋을 것 같군."

무엇을 살지 일일이 아내와 뒤루아에게 물어보고 정해야 했기 때문에 시간이 오래 걸렸다. 그는 견본 여러 개를 꼼꼼하게 보고 다른 것을 가져오게 했다가 다시 먼저 것이 낫겠다고 하기도 했다. 가까스로 결정을 하고 돈을 치르면서 이삼일 안에 파리로 떠날 테니 바로 배달해 달라고 했다.

집으로 돌아가는 길에 어느 골짜기 사이로 불어 들어가는 찬바람이 갑작스럽게 그들을 덮쳤다. 병자는 기침을 시작했다.

처음에는 아무렇지도 않은 기침이라 대수롭지 않게 여겼으나 점점

심해져 포레스티에는 결국 걷잡을 수 없이 기침을 하고 딸꾹질을 하는 바람에 목구멍이 그렁그렁하게 울렸다.

포레스티에는 숨이 막히는지 몸부림을 쳤다. 숨을 쉬려고 하면 가슴속에서부터 기침이 치밀어 올라 목을 쥐어뜯었다. 어떤 방법을 써도 가라앉힐 수가 없었다. 집에 도착한 후 마차에서 방까지 들어서 날랐다. 그의 발을 들고 있던 뒤루아는 포레스티에의 폐가 경련할 때마다 두 다리가 흔들리는 것을 느꼈다.

따뜻한 침상의 온기도 발작을 멈추게 하지 못했고 처절한 고통은 밤중까지 계속되었다. 그러다가 겨우 마취제가 들어가서야 치명적인 기침이 가라앉았다. 병자는 아침까지 뜬눈으로 침상에 앉아 있었다.

날이 밝자 그가 맨 처음 한 말은 이발사를 불러 달라는 것이었다. 매일 아침 수염을 깎아야 했기 때문이었다. 그런 뒤 몸단장을 하려고 일어나려 했지만 다시 누워야 했다. 숨소리가 거칠고 급했다. 매우 괴로워보여서 부인은 막 잠자리에 든 뒤루아에게 사람을 보내 의사를 불러 달라고 청했다.

그는 곧바로 가보 박사를 데리고 왔다. 의사는 물약을 처방해 주고 주의 사항 몇 가지를 이야기했다.

"저건 마지막 고통이에요. 내일 아침 임종을 맞으실 겁니다. 불쌍한 젊은 부인께 알려 드리고 신부님을 부르게 하십시오. 이제 별다른 방도가 없습니다. 하지만 부르시면 언제든 다시 오겠습니다."

의사는 신문기자가 배웅하러 나가서 환자의 용태를 묻자 이렇게 대답했다. 뒤루아는 부인을 부르도록 했다.

"이제 오래 못 견디신답니다. 의사가 신부님을 모셔 오라 하는데 어떻게 하시겠습니까?"

"네, 그게 좋겠네요……. 여러 가지 면에서……. 샤를에게는 듣기 좋은 말을 지어내야겠군요. 신부님이 만나고 싶어하신달지……. 당장 생각은 안 나지만. 그럼 일단 죄송한데 어떤 신부님이든 좀 모셔다 주세요. 너무 격식을 따지지 않는 분이면 좋겠어요. 참회로만 끝내고 다른 말씀은 안 하시도록 부탁을 해 주세요."

그녀는 오래 망설이다가 띄엄띄엄 말을 이었다.

뒤루아는 인상이 좋은 늙은 신부를 데리고 왔다. 그는 이쪽 부탁을 선선히 들어 주었다. 그가 죽어 가는 병자 방에 들어서니까 부인이 바로 나와 뒤루아와 함께 옆방으로 갔다.

"저이가 무척 놀랐어요. 신부 이야기를 꺼내니까 표정이 금세 달라져서 마치…… 그 무슨 입김이라도 쐰 것처럼 험악한 표정을 짓더군요. 이젠 틀렸다는 것을 자기도 안 거예요. 불과 몇 시간 안 남았다는 사실을요……"

"그 표정은 평생 못 잊을 거예요. 아마 틀림없이 그때 죽음의 신을 눈앞에서 본 걸 거예요."

그녀는 창백한 얼굴로 계속 말을 이었다.

"아닙니다, 아니에요. 그렇게 나쁘신 게 아니에요. 병중이긴 하지만 절대 위험하신 게 아닙니다. 저는 그냥 이웃에 사는 사람이 아파서 왔다가 잠깐 문안차 들린 것뿐이에요."

가는귀가 먹었는지 신부가 약간 높은 목소리로 이야기하는 것이 들렸다.

"아니에요. 영성체 미사라니요. 그건 좀 더 회복되신 다음에 얘기하도록 하죠. 다만 제가 이렇게 찾아온 김에 참회라도 하시면 저로서는 좋은 일이죠. 원래 사람을 인도하는 게 직업이잖습니까. 좋은 기회를 잡아 어린양을 인도하고 싶습니다."

포레스티에가 어떻게 대답을 했는지는 안 들렸지만 신부의 말이 이어졌다. 오랜 침묵이 흘렀는데 포레스티에가 숨이 차서 희미한 목소리로 이야기하는 모양이었다.

"신의 자비는 무한하십니다. 자, 나의 아들이여, 기도문을 욉시다. 잊으셨을 테니 도와드리지요. 저를 따라 외우십시오. 콩피테오르 데오 옴니포텐티…… 베아타 마리아 셈페르 비르기니…… (전능하신 하느님께 참회하오니…… 동정녀 마리아와……)."

별안간 성당에서 미사를 드리는 어조로 바뀐 신부의 목소리가 들려왔다. 죽어 가는 병자가 따라 올 수 있도록 조금씩 끊어서 기도를 했다.

"그럼 참회하십시오."

부인과 뒤루아는 꼼짝도 하지 않았다. 불안하고 야릇한 흥분에 기대감까지 생겨났다.

"죄 많은 쾌락을 추구하셨다고요……. 어떤 쾌락이었습니까?"

병자가 뭐라고 한 모양이었다. 신부가 그 말을 되풀이했다.

"우리는 잠깐 정원으로 나가죠. 저분의 비밀을 듣는 건 좋은 일이 아닌 것 같아요."

부인이 일어서더니 단호하게 말했다.

그들은 문 앞으로 나와 벤치에 걸터앉았다. 머리 위에는 덩굴장미가 늘어져 있고 패랭이꽃이 핀 화단이 앞에 있어 맑은 공기 속에 강렬하고 달콤한 향기가 떠다녔다.

"여기 오래 계실 건가요?"

"아뇨. 일이 끝나는 대로 돌아갈 거예요."

"그럼 열흘?"

"글쎄요. 늦어도 그때까지는 정리가 되겠죠."

"샤를은 친척이 없다고 하셨죠?"

"네, 사촌 형제 두서너 명이 있을 뿐이에요. 부모님은 저이가 어렸을 때 돌아가셨구요."

그들은 패랭이꽃에 앉아 꿀을 빠는 나비를 바라보았다. 나비는 꽃에서 꽃으로 이동할 때도 날개를 퍼덕이고 꽃에 앉아 있을 때에도 여전히 팔랑거렸다. 그들은 오랫동안 그렇게 앉아만 있었다.

"신부님께서 다 끝내셨습니다."

이윽고 하인이 나와 알려 주었다.

그들은 함께 2층으로 올라갔다. 포레스티에는 어제보다 여윈 모습이었다. 신부가 그의 손을 잡고 있었다.

"그럼 안녕히 계십시오. 내일 아침에 또 들르겠습니다."

신부가 인사를 하고 돌아갔다.

"살려 줘……. 살려 주시오……. 나는 죽고 싶지 않아……. 죽기 싫단 말이야……. 아, 살려 줘……. 어떻게 하면 되는지 알려 줘……. 의사를 불러……. 어떤 약이라도 다 마실 터이니……. 싫어……. 싫어……."

괴로운 듯 숨을 헐떡이던 병자가 두 손을 아내에게 뻗치면서 더듬더듬 말했다.

굵은 눈물방울이 넘쳐 나와 움푹 꺼진 뺨 위로 흘렀다. 서러워 흐느끼는 아이처럼 여윈 입가에 주름이 잡혔다. 그리고 침상 위에 축 늘어진 두 팔이 이불 위에 있는 뭔가를 잡기라도 할 듯 규칙적으로 움직였다.

"아니에요, 별거 아니에요. 그저 대수롭지 않은 발작일 뿐이에요. 내일 아침이 되면 훨씬 좋아질 거예요. 산책 때문에 피곤해서 그래요."

그의 아내도 역시 울면서 말했다. 포레스티에의 숨결은 계속 달리던 개보다도 빠르고 도저히 세기 힘들 정도로 급하고, 겨우 들릴까 말까 할 정도로 희미했다.

"죽고 싶지 않아! 아아! 신이시여……. 신이시여……. 난 어떻게 되는 걸까! 이젠 아무것도…… 아무것도…… 영원히 볼 수 없다니……. 아아! 하느님!"

다른 사람에게는 보이지 않는 무서운 어떤 것을 보는 듯 뭔가를 응시했다. 움직이지 않는 눈동자에 공포가 가득했다.

"무덤이야……. 나는…… 신이여!"

갑자기 그는 곁에서도 보일 만큼 온몸 구석구석까지 심하게 떨면서 띄엄띄엄 말했다. 그러고는 한동안 아무 말도 하지 않았다. 꼼짝도 하지 않고 한곳만을 계속 바라보며 헐떡거렸다.

시간이 흘러 가까운 수도원의 시계가 열두 시를 울렸다. 뒤루아는 요기나 할까 하고 방에서 나와 한 시간 후 돌아왔지만 부인은 다 싫다고 했다. 병자는 아까부터 조금도 움직이지 않았지만 가끔 바싹 여윈 손가락으로 얼굴에 덮으려는 듯 이불을 잡아당겼다.

젊은 여인은 침대 발치 팔걸이의자에 앉아 있었다. 뒤루아는 다른 의자에 앉아 둘 다 묵묵하게 기다렸다. 의사가 보낸 간호사는 창문 근처에 앉아 졸고 있었다.

뒤루아도 막 졸음이 오려는 찰나 갑자기 무슨 일이 생긴 것 같은 느낌에 눈을 번쩍 떴는데 바로 포레스티에가 불이 꺼지듯 두 눈을 감는 참이었다. 희미한 딸꾹질이 죽어 가는 남자의 목구멍에서 헐떡이고 가느다란 두 줄기 피가 입가에서부터 흘러 셔츠를 적셨다. 두 손도 멈췄고 숨은 이미 끊어져 있었다.

아내는 그가 죽은 것을 알자 외마디 소리를 지르며 털썩 무릎을 꿇고는 이불에 얼굴을 파묻은 채 울었다. 뒤루아는 놀랍고 무섭고 당황스러워서 자신도 모르게 성호를 그었다.

"돌아가셨습니다."

간호사가 잠에서 깨어 침대 곁에 서며 말했다.

"생각했던 것보다 빠르군."

겨우 침착해진 뒤루아가 한숨을 크게 내쉬며 조그맣게 중얼거렸다. 처음의 놀라움이 사라지고 눈물을 한차례 흘리고 나자 사람이 죽고 난 후에 따라오는 여러 가지 일들로 바빠져서 뒤루아는 저녁때까지 뛰어다녔다.

돌아왔을 때는 배가 몹시 고팠다. 부인도 조금 요기를 한 후에 두 사람은 시신을 안치한 방에서 밤샘을 하기 위해 의자에 앉았다. 탁자 위에는 촛불 두 개를 피워 놓았고 그 옆 조그만 접시에 담긴 물에는 격식에 맞는 회양목 가지 대신 미모사 가지를 놓았다.

지금은 고인이 된 남편 옆에 젊은 여자와 남자가 단둘이 앉아 제각기 생각에 잠긴 채 가끔씩 고인의 얼굴을 보며 침묵을 지켰다.

조르주는 시체 주위에 떠돌아다니는 어둠이 불안하게 느껴져 집요하게 시체를 지켜보았다. 흔들리는 빛 때문에 더욱 움푹 팬 것 같은 마른 얼굴에 이끌려 눈과 마음이 모두 떨어지지 않았다. 이것이 어제까지 말을 하던 친구 샤를 포레스티에란 말인가? 인간의 종말이란 참으로 이상하고도 무서운 것이다.

아! 그는 지금 죽음의 공포에 위협을 느끼던 노르베르 드 바렌의 말이 생각났다. '인간은 두 번 다시 돌아오지 못한다.' 똑같은 눈과 코와 입과 두뇌를 가지고 그 두뇌 속에 든 생각이 같은 인간은 몇백만 몇천만 번 태어나지만 이 침대 위에 누운 사나이는 결코 두 번 다시 살아오지 못할 것이다.

몇 년 동안 이 사내는 다른 사람들처럼 살고 먹고 웃고 사랑하고 꿈을 꾸었다. 하지만 이제는 끝이다. 영원히 끝인 것이다. 인간의 생애는 지극히 적은 며칠에 지나지 않고 그다음은 아무것도 없다.

사람은 태어나고, 성장하고, 행복도 맛보며, 기대도 하고, 그런 다음 죽는 것이다. 영원히 안녕! 남자도 여자도 모두 두 번 다시 이 세상에 돌아올 수 없다. 그런데도 각자 마음속으로는 영원을 꿈꾼다. 실현하기 어려운 이 염원을 열렬하게 꿈꾼다.

인간은 우주 속에서 저마다 자기 나름의 우주를 가지고 있으며 그

우주는 얼마 지나지 않아 완전히 소멸되고 새로운 싹이 트기 위한 비료로 쓰이게 된다. 식물도, 동물도, 인간도, 별도, 세계도, 모든 것이 일시적인 생명을 얻지만 곧 죽어서 형태를 바꾼다. 그러고는 곤충도 인간도 별도 모두 절대로 다시 살아오지 못하는 것이다!

이런 막연한 공포가 뒤루아의 마음을 무겁게 눌렀다. 모든 존재를 이토록 신속하게 또 처참하게 영원히 파괴하는 허무, 피할 수 없는 허무에 대한 공포였다.

그는 그 위협 앞에 고개를 숙였다. 그리고 몇 시간밖에 살지 못하는 파리와 며칠밖에 못 사는 동물, 몇 해를 사는 인간, 몇 세기를 살아 내는 천체를 생각했다. 그것이 무슨 차이가 있을까? 오직 새벽이 오는 것을 조금 더 볼 수 있다는 것뿐이다. 그뿐이다.

그는 시신을 보지 않으려고 고개를 돌렸다. 부인은 고개를 떨어뜨린 채 역시 비통한 생각에 잠겨 있는 것 같았다. 슬픈 얼굴에 늘어진 금발이 한층 더 아름답게 보였다. 희망의 손으로 살짝 쓰다듬은 것 같은 감미로움이 느껴졌다. 앞으로 남은 날들이 많은데 슬퍼할 이유가 뭐가 있단 말인가!

그는 부인을 유심히 바라보았다. 하지만 부인은 깊은 생각에 잠겨 그것을 깨닫지 못했다.

'아무튼 인생의 즐거움이란 연애뿐이야! 사랑하는 여자를 품에 안는 것! 그게 바로 인간이 행복함을 느끼는 극치의 순간이지!'

이 죽은 친구에게는 이렇게 영리하고 아름다운 여자를 만났다는 것이 참으로 행운이었다. 이들은 어떤 기회에 알게 되고 또, 이 여자는 어떻게 재능도 돈도 없는 남자의 아내가 될 생각을 했을까? 그리고 이 남자를 어떤 방법을 써서 멋진 인간으로 만들어 낸 것일까?

그는 사람들의 생활에 감춰진 여러 가지 비밀이 궁금해졌다. 그리고 이 여자에게 지참금을 줘서 결혼시켰다고 한 보드렉 백작의 소문을 떠올렸다.

이 여자는 앞으로 어떻게 할까? 누구랑 결혼할까? 드 마렐 부인이 생각하는 것처럼 국회의원일까, 아니면 포레스티에를 능가할 젊은 친구일까? 이미 무슨 계획 같은 걸 세워 놓았을까?

정해진 상대가 있나? 그것이 꼭 알고 싶다. 하지만 어째서 그녀의 장래 따위에 신경이 쓰이는 거지? 그는 자신에게 물어보고 그러한 것들이 모두 막연하고 비밀스러운 저의에서 나온 것임을 깨달았다. 자신에게도 은밀히 감추었기 때문에 깊숙한 마음 밑바닥을 뒤져 보지 않으면 결코 발견할 수 없는 야심 때문이었다.

맞다, 어째서 나는 이 여자를 차지하기 위해 적극적으로 노력하지 않는 것일까? 이 여자와 함께라면 얼마든지 강력하고 무서운 존재가 될 수 있을 텐데! 단번에 엄청난 출세를 할 것임은 믿어 의심치 않는다.

더욱이 성공하지 못할 리가 없다! 그 여자가 자기를 좋아하고 동정하는 것 이상의 마음을 가지고 있다는 것을 그는 안다.

그것은 성격이 비슷한 두 남녀 사이에 생겨나서 서로를 끌어당기고 또 말 없는 가운데 서로 이해되는 그런 애정이었다. 이 여자는 그가 영리하고 대담하고 의지가 강하다는 것을 안다. 어쩌면 그를 믿고 있는지도 모른다.

지금처럼 중요할 때 자기를 부르지 않았던가? 어째서 자기를 부른 것일까? 그것은 일종의 선택이고, 고백이자, 자신을 지명한 거라고 보면 안 되는 걸까? 바로 미망인이 되려는 이때에 자기를 떠올린 것은 어쩌면 새로운 배우자로서, 또 자신을 그녀 편으로 생각했기 때문이 아닐까?

이렇게 생각하자 그녀에게 진심을 물어보고 확실한 의향을 알고 싶어 견딜 수가 없었다. 언제까지나 이 집에 젊은 미망인과 마주 앉아 있을 수도 없다. 모레는 돌아가야 한다. 그렇다면 서둘러야 했다. 돌아가기 전에 교묘하게 심중을 떠보고 그녀가 파리에 돌아가서 다른 남자의 구애를 받아들이고 돌이킬 수 없는 약속을 하기 전에 손을 쓰지 않으면 안 되었다.

방 안은 깊은 침묵에 잠겨 시계추가 벽난로 위에서 똑딱거리며 규칙적으로 내는 금속성 소리 외에는 들리지 않았다.

"무척 피곤하시죠."

그가 속삭였다.

"네, 완전히 맥이 풀려 버렸어요."

그들은 음침한 방 안에서 자신들의 목소리가 묘하게 높이 울리는 바람에 깜짝 놀라 자기도 모르게 죽은 사람의 얼굴을 들여다보았다. 그가 갑자기 다시 움직이고 몇 시간 전처럼 말을 걸어 올 것 같았다.

"정말 당신한테는 큰 타격일 거예요. 인생이 단번에 확 바뀌어 버릴 테니까요. 마음뿐만 아니라 생활 전체가 뒤집힐 겁니다."

뒤루아가 말을 이었다.

그녀는 대답하지 않고 언제까지나 긴 한숨을 쉬었다. 그는 다시 말을 이었다.

"젊은 나이에 앞으로 혼자 지내려면 무척 쓸쓸하시겠어요."

그는 거기까지 말하고 입을 다물었다.

"어쨌든 먼저 한 약속은 기억하시죠. 부탁하실 일이 있으면 어떤 일이든 사양 마시고 말씀해 주세요. 기꺼이 해 드릴 겁니다."

그녀가 아무 말도 없었기 때문에 그가 다시 중얼거렸다. 그녀가 상냥하게 손을 내밀면서 바라보는 눈길이 너무나 애처로워서 뼛속까지 스며들 것만 같았다.

"고마워요. 정말 친절한 분이군요. 저도 만약 뭔가 도움이 될 일이 있다면 '저한테 말씀하세요.' 하고 말씀드리고 싶군요."

그는 내민 손을 잡고 그것을 바라보다 키스하고 싶은 심정이 강렬해져서 꽉 쥐었다. 그러다 마음을 굳게 먹고 그 손을 가만히 입으로 가져가서 열 때문에 약간 달아오른 매끄럽고 향기로운 손을 오랫동안 입술에 댔다.

그러나 그녀는 친구로서의 애무가 지나치게 오래된다 싶어 조그마한 손을 내려놓았다. 그 손은 천천히 부인의 무릎 위로 돌아갔다.

"그래요. 혼자 남겠지만 될 수 있는 한 힘을 낼 게요."

그녀가 차분한 목소리로 말했다.

그는 그녀를 아내로 삼을 수 있다면 얼마나 행복해지리라는 것을 그녀에게 어떻게 납득시켜야 할지 알 수 없었다. 물론 그런 말을 지금 이런 자리에서, 시신을 앞에 놓고 말할 수는 없었다. 그러나 뭔가 모호하지만 평범하고도 복잡한 말이 있을 거라고 생각했다.

의미를 감추고 말 뒤에 오히려 진심이 분명하게 드러나는 그런 말을 찾아내고 싶었다. 하지만 시신이 방해되었다. 뻣뻣하게 굳어서 눈앞에 누워 있는 시신이 두 사람 사이를 뚫고 들어오는 것 같았다.

게다가 얼마 전부터 방 안에 가득 찬 공기에 불쾌한 냄새가 섞여 있었다. 썩기 시작한 시신에서 나오는 퀴퀴한 냄새로 침대에 누워 있는 불쌍한 죽은 이들이 밤샘을 하는 친척들에게 주는 주검으로서의 최초의 숨결인 것이다. 머지않아 관의 공허한 구석마다 가득 채워질 무서운 입김이었다.

"창문을 열어도 될까요? 공기가 탁한 것 같습니다."

뒤루아가 물었다.

"네, 저도 그렇게 생각해요."

그는 일어나서 창문을 열었다. 상쾌하고 향기로운 밤기운이 한 번에 몰려들어 침대 옆에 켜 놓은 촛불들이 흔들렸다. 전날 밤처럼 달이 별장의 흰 벽과 반짝이는 넓은 바다에 맑고 조용한 빛을 뿌리고 있었다. 뒤루아는 가슴 가득히 숨을 들이마시면서 갑자기 짜릿한 행복이 온몸이 뒤흔들고 지나가 희망이 용솟음치는 것을 느꼈다.

"잠깐 이쪽으로 와서 신선한 바람을 좀 쐬십시오. 달도 참 아름답네요."

그가 돌아보고 말을 걸었다. 그녀가 조용히 다가와서 그의 옆에 팔꿈치를 괴고 섰다.

"잠깐 드릴 말씀이 있습니다만, 저를 이해해 주시기 바랍니다. 첫째, 이런 때에 이런 말씀을 드리는 것을 화내지 말아 주십시오. 어쨌든 저는 모레는 떠나야 하는데 당신이 파리에 돌아오신 뒤에 말하면 혹시라도 늦을지도 모르니까요…….

저는 아시다시피 재산도 없고 지위도 이제부터 쌓아 올려야 하는 별 볼 일 없는 남자입니다. 하지만 의지가 강하고 제 자랑 같습니다만 다소 재간도 있는 남자입니다. 게다가 이만하면 장래도 어둡지 않습니다. 이미 출세해 버린 남자라면 갈 길이 뻔하겠지만 이제 막 걷기 시작한 남자는 어디까지 갈 수 있을지 모릅니다.

모두 일장일단은 있습니다. 언젠가 댁에서 제가 진정으로 바라는 꿈은 당신과 같은 분을 아내로 맞는 일이라고 말씀드린 적이 있지요. 대답은 하지 마시고 제 이야기만 들어 주십시오. 저는 지금 당신에게 부탁을 드리는 것은 아닙니다. 그냥 저를 행복하게 만들어 주실 수 있다는 것을 잊지 말아 달라는 것뿐입니다.

당신이 저를 형제 같은 친구로 삼든지 남편으로 삼든지 자유입니다. 아무튼 제 마음과 몸을 모두 당신께 드립니다. 하지만 이 자리에서 대답을 듣고 싶지도 않고, 여기에서 다시 이런 이야기를 하고 싶지도 않습니다. 파리로 돌아오신 다음 만나 뵐 때 어떻게 결정하셨는지를 들려주시면 됩니다. 그때까지는 이 문제를 다시 꺼내지 않겠습니다."

그는 마치 눈앞의 어둠 속에 말을 뿌리는 것처럼 부인의 얼굴을 단한 번도 보지 않고 이야기를 마쳤다. 부인도 그 말이 들리지 않는 듯 꼼짝도 하지 않고 시선은 앞을 향한 채 달빛이 비치는 막막한 풍경을 하릴없이 바라보기만 했다.

그들은 오랫동안 팔꿈치가 서로 닿을 만큼 가깝게 나란히 서서 말없이 서로 생각에 잠겼다.

얼마 뒤 그녀는 "조금 춥네요." 하고 중얼거리며 침대 쪽으로 갔다. 그도 그 뒤를 따랐다. 침대 옆으로 가자 포레스티에가 정말 악취를 풍기기 시작한 것을 깨달았다. 그녀는 팔걸이의자를 조금 뒤로 물려 앉았다. 그 부패한 악취를 오래 참아 낼 것 같지 않았다.

"아침이 되면 바로 입관을 해야겠네요."

"네, 그래요. 여덟 시에 관 짜는 사람이 오기로 했어요."

뒤루아가 "불쌍한 친구!" 하며 한숨을 쉬자 그녀도 슬픈 듯 한숨을 길게 내쉬었다. 그들은 죽음에 벌써 익숙해져서 아까처럼 자주 시신 쪽을 바라보지 않게 되었다.

조금 전까지만 해도 그의 죽음이 납득되지 않아서 반발도 하고 화도 냈지만 자신들도 죽음의 운명을 짊어졌기 때문에 마음속에는 벌써 체념이 깃들기 시작했다. 그래서 이제 대화도 나누지 않고 자지도 않고 격식대로 밤샘을 계속했다. 그러나 밤중이 되자 뒤루아가 먼저 잠들어 버렸다.

그가 깨어 보니 부인도 역시 자고 있었다. 그래서 그는 잠자기 편한 자세를 잡고 다시 눈을 감으면서 "아아, 역시 이불 속이 편하다니까." 하고 중얼거렸다.

갑자기 나는 소리에 깜짝 놀라 일어나니 간호사가 들어왔다. 이미 날은 밝아 있었는데 부인도 맞은편 팔걸이의자에서 몸을 일으켰는데 그녀도 놀란 듯했다. 약간 창백하기는 했지만 의자에 앉아 하룻밤을 새웠으면서도 역시 아름답고 싱싱하고 우아했다.

"아, 수염!"

문득 시신을 힐끔 돌아본 뒤루아가 기겁을 해서 외쳤다. 살아 있는 남자의 얼굴이라면 대엿새는 족히 길러야 할 정도의 수염이 썩어 가는 육체 위에서도 몇 시간 사이에 자라 있었다. 그들은 시체 위에서 계속 살아가는 이 생명을 보고 망연자실했다. 마치 무서운 불가사의, 초자연적인 부활의 위협이나 미지를 엿보게 하는 이상하고도 두려운 사실을 보고 있는 것만 같았다.

그들은 각자 자기 방으로 돌아가 열한 시까지 쉬었다. 그리고 샤를을 입관한 다음에는 어깨에 짊어진 짐을 한꺼번에 내려놓은 듯이 명랑한 기분을 되찾았다. 마주 앉아 점심을 먹고 나서, 이제 죽음과의 접촉은 끊어졌으니 무언가 좀 더 밝고 마음을 위로할 수 있는 이야기를 해서 살아 있는 생활로 돌아가고 싶은 기분이 들었다.

활짝 열어젖힌 창문으로부터 문 앞에 핀 패랭이꽃 화단의 향기로운 숨결이 봄의 부드러운 기운과 함께 흘러들었다. 부인이 정원을 한 바퀴 돌고 오자고 해서 그들은 전나무와 유칼리 향기를 담뿍 풍기는 훈훈한 공기를 달게 들이마시며 잔디밭 주위를 천천히 걷기 시작했다.

"저어, 뒤루아 씨, 전…… 벌써…… 당신이 말씀하신 것을 잘 생각해 보았어요. 그래서 대답을 하지 않은 채 당신을 떠나게 하고 싶지 않았어요. 하지만 지금은 당장 좋다 싫다 하는 얘기는 아니에요. 좀 더 시간을 두고 천천히 생각하고 서로 더욱 잘 알아 가는 게 좋겠어요.

당신도 충분히 생각해 주세요. 일시적 감정에 지배되어서 너무 경솔하게 결정하면 안 돼요. 하지만 가엾은 샤를이 아직 땅속에 묻히기도 전에 이런 말씀을 드리는 건, 당신한테 그런 얘기를 들은 이상 내가 어떤 여자인지 알고 계셔야 하기 때문이에요. 만약 당신이 나를 이해하고 참아 주실 수 있는 그…… 성격이 아니라면, 당신이 언제까지고 그런 마음을 품고 있게 할 수는 없는 노릇이니까요.

제 말을 잘 들어 주세요. 저에게 결혼이란 속박이 아니라 공동생활을 뜻해요. 제가 무엇을 하듯 어디에 가 있든 완전히 자유롭고 싶어요. 제가 하는 일에 대해서 일일이 지시를 한다거나 질투하거나 잔소리를 한다면 참을 수가 없어요.

물론 남편의 명예를 훼손한다거나 세상의 웃음거리가 되거나 수치스럽게 만드는 일은 절대로 없도록 할 테니까요. 하지만 제 남편이 될 분도 저를 자신과 대등하게 동맹 관계를 맺은 여자라고 생각하고 자기보다 열등하거나 순종하는 얌전한 아내라고 생각하지 않는다는 약속을 해 주셔야 해요. 내 생각이 세상 보통 여자들과 전혀 다르다는 것은 알지만 결코 바꿀 맘은 없어요. 말씀드리고 싶은 건 이게 다예요."

그녀는 걸으면서 갑자기 어젯밤 그가 2층에서 한 것처럼 상대방에게 얼굴을 돌리지도 않고 이야기를 꺼냈다. 낮고 진지한 목소리로 한 마디씩 천천히 이야기했다.

"저도 말씀드리죠. 지금은 대답하지 마십시오. 그런 건 소용없는 일이고 적당한 시기도 아니니까요. 언젠가 또 뵙고 다시 이야기하도록 해요."

"그럼 산책하고 오세요. 전 그분 곁으로 가 봐야겠어요. 저녁 식사 때 다시 만나요."

그는 오랫동안 그녀의 손에 키스하고 아무 말 없이 그 자리를 떠났다. 저녁 식사 때까지 만나지 않았다가 식사가 끝나자 모두 죽도록 피곤했기 때문에 각자 자기 방으로 올라갔다.

샤를 포레스티에는 그다음 날, 화려한 장례식 없이 칸 묘지에 매장되었고 조르주 뒤루아는 한 시 삼십 분에 칸을 지나가는 파리행 급행을 타기로 했다.

부인은 그를 역까지 전송해 주었다. 기차를 기다리는 동안 그들은 플랫폼을 조용히 걸으면서 도란도란 이야기를 나누었다. 기차가 도착했는데 말 그대로 급행이라 객차가 다섯 칸밖에 달려 있지 않았다. 신문기자는 자리를 정한 뒤 다시 내려와 잠깐 동안 그녀와 이야기하다가 갑자기 서글픈 마음이 들었다. 영원히 그녀를 잃을 것만 같아 그녀와 헤어지는 것이 애석해서 견딜 수가 없었다.

승무원이 외쳤다.

"마리세유, 리용, 파리 방면으로 가실 분은 승차하시기 바랍니다."

뒤루아는 기차에 올라타서 다시 승강구 창가에 팔꿈치를 짚고 그녀와 두서너 마디를 더 주고받았다. 기적을 울리고 기차가 조용히 움직이기 시작했다.

그는 창문 밖으로 몸을 내밀어 플랫폼에 꼼짝 않고 서서 전송하는 부인을 지켜보았다. 그리고 그녀의 모습이 보이지 않을 무렵 갑자기 그녀 쪽을 향해 양손으로 키스를 던졌다. 그녀는 훨씬 조심스럽게 망설이는 것처럼 그저 시늉뿐인 키스를 살그머니 돌려보냈다.

제 2 부

1

조르주 뒤루아는 다시 예전의 생활 습관으로 돌아왔다. 그는 현재 콩스탕티노플 거리 1층 작은 방에 기거하며 착실하게 새로운 생활을 준비하며 지냈다. 그리고 드 마렐 부인과 부부와 다름없는 관계로 지냈다. 뒤루아로서는 곧 멀지 않은 미래에 들이닥칠 일을 대비해 마치 연습이라도 하는 것 같았다. 클로틸드는 그들의 밀회가 흠잡을 데 없이 완벽한 것을 보고, 한편으로 놀라면서 또 한편으로는 짓궂게 웃으며 말했다.

"이봐요, 당신은 우리 남편보다 훨씬 더 살림꾼답군요. 아무것도 바꿀 필요가 없겠어요."

포레스티에 부인은 돌아오지 않았다. 그녀는 아직도 칸에 머물러 있었다. 그가 받은 편지에서 그녀는 사월 중순께나 돌아오겠다고 했다. 헤어질 때 나눴던 이야기에 대해서는 아무 말도 없었다. 그는 기다렸다. 만약 이제 와서 자신과의 결혼을 주저한다면 어떤 방법이라도 써야겠다고 다짐했다. 그는 자신의 행운을 믿었다. 어떤 여자라도 유혹할 수 있다는 자신만의 힘을 믿었다.

결정적인 시간이 다가왔음을 알리는 짤막한 편지 한 통이 왔다.

파리에 있습니다. 집으로 오세요.

- 마들렌 포레스티에

이것이 전부였다. 그는 오전 아홉 시에 전보를 받고는 그날 오후 세 시에 부인을 찾아갔다. 부인은 상냥한 미소를 지으며 그에게 두 손을 내밀었다. 그들은 한동안 서로의 눈을 들여다보았다.

그녀가 속삭였다.

"그렇게 끔찍한 상황에서 그곳까지 와 주셔서 정말 고마웠어요."

"당신의 명령이라면 무슨 일이든 할 수 있습니다."

그들은 자리에 앉았다. 그녀는 왈테르 부부와 신문사 동료들의 소식을 물었다. 줄곧 그녀는 신문사 일을 생각했던 것이다.

"신문사가 많이 그리웠어요. 그것도 아주 많이요. 제 영혼은 이미 신문기자랍니다. 어찌되었든 전 그 직업이 좋아요."

그녀는 말을 끝낸 뒤 침묵했다. 그는 그녀의 미소와 목소리 음조 속에서 자신을 유혹하는 무엇인가를 발견했다. 성급한 모습은 보여 주지 않으리라 결심하면서도 그는 말을 더듬거렸다.

"그렇다면…… 어째서…… 어째서…… 그 일을…… 다시 시작하지 않습니까……? 뒤루아의 이름으로 말입니다."

순간 그녀는 진지한 태도로 그의 팔을 잡으며 중얼거렸다.

"아직 그 이야기는 하지 말기로 해요."

하지만 그는 그녀가 마음속으로 승낙했으리라 믿고 무릎을 꿇었다. 그러고는 그녀의 두 손에 열정적으로 키스하며 더듬거리며 말하

216

기를 반복했다.

"고맙습니다……. 정말 고맙습니다……. 당신을 얼마나 사랑하는지 모릅니다!"

그녀가 별안간 일어섰다. 그도 덩달아 그녀를 따라 일어서며 그녀의 낯이 창백하다는 사실을 알았다. 그는 오래전부터 그녀가 자신을 좋아했다고 짐작했다. 그는 마주 선 그녀를 껴안고 한참 이마에 애정이 담긴 진지한 입맞춤을 했다.

그녀는 얼마 뒤, 그의 품에서 달아나며 아무렇지도 않게 말했다.

"잠깐만요. 뒤루아 씨. 전 아직 마음을 결정하지 않았어요. 긍정적인 대답이 나올 수도 있겠지만, 그래도 제가 좋다고 대답할 때까지는 비밀로 하겠다고 약속해 주세요."

그는 굳은 약속을 하고 기쁨에 부푼 가슴을 안고서 돌아갔다.

그날 이후로 뒤루아는 그녀를 방문하는 일에도 신중을 기했고, 좀 더 분명한 답을 달라는 요구도 하지 않았다. 그녀는 나름의 방식으로 장래에 대해 이야기했으며, "좀 더 나중에."라고 말하기도 했다. 또 둘만의 생활 계획을 세우기도 했기 때문에 정식 승낙보다 훨씬 명확하고 깊은 의미를 담고 있었다.

뒤루아는 결혼할 때 무일푼이 되지 않기 위해 부지런히 돈을 모았다. 그는 과거와 달리 검소한 생활을 했다.

여름이 지나고 또 가을이 지나갔다. 그들은 자주 만나지 않았다. 가끔 만나더라도 너무나 자연스럽게 행동했기 때문에 아무도 그들 사이를 의심하지 않았다.

어느 날 밤, 마들렌이 그의 눈을 깊이 들여다보면서 말했다.

"아직 우리 계획을 드 마렐 부인에게 알리지 않으셨나요?"

"네, 당신과의 비밀을 지키기 위해서 아무에게도 말하지 않았습니다."

"그러셨어요? 그럼 이제는 말해도 좋아요. 전 왈테르 씨 쪽을 맡을 테니까 이번 주 안에 처리해요. 어때요?"

그의 얼굴이 빨개졌다.

"그러죠. 그럼 내일부터."

그녀는 그가 당황한 모습을 보지 않으려는 듯 살짝 눈길을 돌렸다.

"여건이 된다면 오월 초에 결혼식을 올려요. 그때가 가장 좋을 것 같아요."

"무슨 말이든 따르겠습니다."

"저는 십 일 토요일이 좋아요. 제 생일이기도 하고요."

"그래요, 십 일로 합시다."

"부모님께서는 루앙 근처에 사신다고 하셨죠? 예전에 그렇게 들은 것 같아요."

"맞습니다. 루앙 근처 캉틀뢰입니다."

"무슨 일을 하시나요?"

"음…… 얼마 안 되는 연금으로 생활하고 계십니다."

"어서 부모님들을 만나 뵙고 싶어요!"

그는 당황해서 우물거렸다.

"하지만…… 그러니까 부모님께서는……."

그러나 곧 뒤루아는 마음을 고쳐먹고 남자답게 말했다. 강한 모습을 보여 주고 싶었던 것이다.

"사실 저희 부모님께서는 농사를 지으며 선술집을 하고 계십니다. 저를 공부시키느라 허리가 휘도록 고생하셨지요. 저는 한 번도 부모님을 부끄럽게 생각한 적이 없습니다. 하지만 시골 사람 특유의 누추한 차림이기에 당신이 만나 보고 당황하면 어쩔까 싶어 걱정이……."

그녀는 온화한 미소를 얼굴 가득 띠며 말했다.

"그렇지 않아요. 저는 그분들을 좋아할 것만 같아요. 우리 언제 뵈

218

러 가요. 꼭 가고 싶어요. 이 이야기는 나중에 의논하기로 해요. 사실 저 역시 평민의 딸이에요. 그리고 부모님은 돌아가시고 안 계세요. 그래서 이 세상에서 의지할 사람이 아무도 없어요……."

그녀는 그에게 손을 내밀며 다시 말했다.

"당신밖에는."

순간 그는 충격과 동시에 감동을 받았다. 살면서 어떤 여자에게도 느껴 본 적 없는 감정이었다. 그는 그녀에게 완전히 빠져들었다. 그녀가 말했다.

"생각한 것이 있는데 말하기가 꽤 어렵네요."

"무엇이지요?"

"그게 뭐냐면……, 사실 제게도 다른 여자들이 가진 약점이나 쓸데없는 허영심이 있어요. 빛나는 것이라던가 울리는 것들 말이지요. 그래서 말인데, 귀족 이름을 가지면 좋겠다는 생각을 했어요. 그러니까 이번 우리 결혼을 계기로 귀족 이름을 붙이면 어떨까요?"

그녀는 마치 실례되는 말이라도 한 듯 얼굴을 붉혔다.

그는 아무렇지도 않게 대답했다.

"나 역시 그 생각은 했어요. 하지만 쉬운 일은 아니에요."

"왜 그렇지요?"

그가 웃음을 터뜨렸다.

"웃음거리가 될 테니까요."

그녀는 어깨를 으쓱했다.

"어머, 무슨 소리예요! 모두들 그렇게 하고 있어요. 웃는 사람들도 없고요. 이름을 둘로 나눠서 뒤 루아(Du Roy, 프랑스 이름에서의 'de'나 'du'는 귀족의 표시)라고 해요. 아주 괜찮아요."

그는 이미 그 문제를 잘 알고 있다는 듯 바로 대답했다.

"아니요. 그건 안 됩니다. 너무 쉽고 또 너무 평범하면서도 속이 보일 만큼 뻔해요. 처음에는 고향 지명을 필명으로 할까 했지요. 그리고 다시 내 이름을 거기에 붙일까도 하고……. 나중에는 지금 나온 말처럼 이름을 둘로 나눌까도 생각했습니다."

"고향이 캉틀뢰라고 했지요?"

"그래요."

그녀는 잠시 주저했다.

"어미가 안 좋아요. 음…… 그 이름을 바꿀 수는 없을까요? 캉틀뢰였지요?"

그녀는 결국 책상 앞에 앉아 펜을 들고는 글자 모양이나 배열을 고민하며 여러 가지 이름을 써넣기 시작했다.

"아, 이건 어때요? 보세요!"

갑자기 그녀가 소리치며 그에게 종이쪽지를 내밀었다. 종이에는 "뒤루아 드 캉텔 부인"이라고 적혀 있었다.

그는 잠시 생각을 한 뒤 점잖게 대답했다.

"좋습니다, 아주 좋아요."

그녀는 매우 기뻐하며 되풀이해서 말했다.

"뒤루아 드 캉텔, 뒤루아 드 캉텔, 뒤루아 드 캉텔 부인. 아, 멋져요! 정말 훌륭해요!"

그러고는 자신 있는 말투로 다시 말했다.

"이 이름을 세상에 퍼뜨리는 일은 어렵지 않아요. 하지만 때를 기다려서 마땅한 기회를 잡아야 해요. 때를 놓친다면 아무 소용없거든요. 그래요, 내일부터 사회면 기사에는 D. 드 캉텔이라고 서명하고, 단신 부분에는 그냥 뒤루아라고 쓰세요. 신문사에서 이런 일은 흔해요. 또 당신이 필명을 썼다고 해서 이상하게 생각하지도 않을 거예요. 물론 결혼 때는 조금 바꿔도 상관없어요. 친구들에게는 전부터 자격은 있었지만 그냥 '드'를 생략했다고 말하면 되고 또 아무 말이 없으면 그냥 지나가는 거죠. 그런데 아버님 성함은 어떻게 되나요?"

"알렉상드르."

그녀는 두서너 번 계속해서 "알렉상드르, 알렉상드르." 하고 중얼거리면서 철자 하나하나의 음에 귀를 기울이다가 곧 하얀 종이에 이렇게 썼다.

알렉산드르 뒤루아 드 캉텔 부부는, 아들인 조르주 뒤루아 드 캉텔과 마들렌 포레스티에 부인이 결혼하게 되었기에 이를 알려 드립니다.

뒤로 물러선 그녀는 자신의 글씨체를 보며 흡족해서 말했다.

"무엇이든 조금만 머리를 쓰면 훌륭하게 만들어져요."

거리로 나온 그는 이제부터 자신을 뒤루아, 또는 뒤루아 드 캉텔이라고 해야겠다는 생각에 머무르자 갑자기 스스로가 위대해졌다는 느낌이 들었다. 그는 고개를 높이 쳐들고 수염을 으스대며 잘나가는 귀족 신사가 된 듯 당당하게 걸었다. 가슴은 기쁨으로 넘친 나머지 그는 아무나 붙잡고서는 "나는 뒤루아 드 캉텔이라는 사람이오." 하고 말하고 싶어 견딜 수가 없었다.

하지만 집에 돌아온 그는 갑자기 드 마렐 부인의 일이 걱정되어 내일 꼭 와 달라는 편지를 썼다.

'보나 마나 힘이 들 거야. 끔찍한 폭풍우를 각오해야 되겠지.'

그러나 천성이 대범한 그는 살아가면서 번거로운 일에 대해서는 별로 신경을 쓰지 않는 편이었기에 그다지 걱정되지 않았다. 그리고 정부가 예산 균형을 확보하기 위해 세우려는 새로운 세제(稅制)에 관한 엉뚱한 기사를 썼다. 귀족의 성에 붙이는 '드'라는 칭호에는 일 년에 100프랑, 남작부터 공작에 이르기까지의 칭호에는 500프랑에서 1,000프랑의 세금을 부과하자고 주장한 것이다. 그리고 'D. 드 캉텔'

이라고 서명했다.

다음 날 그는 오후 한 시에 오겠다는 드 마렐 부인의 편지를 받았다. 그는 초조한 마음으로 기다렸다. 또한 서둘러 이야기를 꺼낸 다음 처음부터 끝까지 모든 것을 털어놓아야겠다고 생각했다. 처음에는 매서운 폭풍우가 휘몰아치겠지만 차분하게 이야기를 진행한 뒤, 자신은 언제까지 독신으로 살 수 없으며 또 드라렐 씨가 언제 죽을지도 모르므로 합법적인 배우자로서 다른 여자를 마음에 두지 않을 수 없었다는 것을 차근차근 이야기하리라고 생각했다.

마음은 진정되지 않았다. 초인종이 울리자 가슴은 심하게 방망이질 치기 시작했다. 그의 품으로 드 마렐 부인이 달려왔다.

"안녕, 벨 아미."

하지만 그녀는 곧 눈치챘다. 그의 포옹이 평소와 달리 싸늘하다는 것을. 그녀는 가만히 그의 표정을 살피며 물었다.

"무슨 일이지요?"

"앉아요. 중요한 이야기를 해야 해요."

베일을 이마 위까지만 올린 그녀는 모자는 벗지도 않은 채 그의 말을 기다렸다.

눈을 내리깐 그는 맨 처음 말을 생각한 뒤 천천히 이야기를 시작했다.

"사랑하는 클로틸드, 보다시피 나는 지금부터 고백하려는 일에 몹시 당황하고 있소. 사실 어떻게 말을 시작해야할지 모르겠소. 나는 당신을 너무나도 사랑하고 있소. 행여 당신을 힘들게 하지 않을까 싶은 내 근심이, 이제부터 말하려는 고백보다 더 나를 슬프고 힘들게 하고 있소."

그녀는 몸을 떨며 창백한 얼굴로 더듬거렸다.

"무슨 일이지요? 빨리 말해요!"

그는 슬픈 얼굴이었지만 말만은 분명한 어조로 말했다. 상대에게는 불행이었지만 자신에게는 기쁜 일을 알릴 때 꾸미는 비통한 어조였다.

"난 결혼하게 됐소."

그녀는 기절 직전의 여자들이 그러하듯 가슴 깊숙한 곳에서 나오는 고통스러운 한숨을 내쉬었다. 목이 메어 말을 하기 힘들었다. 숨도 막히는 것 같았다.

아무 말 없는 그녀를 보고 그는 말을 이어 나갔다.

"이런 결정을 내리기까지 너무나도 괴로웠소. 당신은 상상도 하지 못할 거요. 사실 나는 지위도 돈도 없이 혼자 넓은 파리에 살고 있소. 그런 내게 충고도 해 주고 위로도 해 줄 수 있는 사람이 필요했소. 내편이 되어서 나와 함께 일 할 수 있는 사람 말이오. 그래서 나는 그런 사람을 찾고 있었소. 그런데 이번에 그런 사람을 어렵게 발견했소."

그는 말을 마친 뒤, 여자의 거친 행동과 더불어 심한 욕지거리를 기다렸다. 그러나 그녀는 심장의 심한 고통을 누르려는 듯 손을 가슴에 대고 괴로움에 못 이겨 숨을 헐떡였다. 젖가슴이 부풀어 오르고 고개가 흔들렸다.

그는 안락의자 팔걸이에 걸쳐 있는 그녀의 한쪽 손을 잡았다. 그러나 그녀는 손을 사납게 뿌리치고는 두서없이 중얼거리기 시작했다.

"아, 이를 어쩌나……."

그는 이미 그녀 앞에 무릎을 꿇었으나 차마 그녀의 무릎에는 손을 댈 용기가 나지 않았다. 그리고 주저하며 말했다.

"클로, 귀여운 클로, 부디 내 입장을 이해해 주오. 내 어려운 처지와 신분을 생각해 주오. 아, 정말로 당신과 결혼할 수 있다면 그 얼마나 기쁘겠소? 하지만 당신에게는 남편이 있잖소. 그럼 난 어떡하면 좋겠소? 당신도 생각해 봐요. 그리고 이 점도 잘 생각해 주오. 나는 세상을 남부럽지 않게 훌륭하게 살고 싶소. 그러나 가정이 없으면 이룰 수 없소. 솔직하게 말하면……, 당신 남편을 죽여 버리고 싶다는 생각을 여러 번 했소."

뒤루아는 부드러운 목소리로 이야기했다. 목소리는 마치 귓속으로 자연스럽게 흘러 들어가는 음악과도 같았다. 한곳만을 뚫어지게 쳐다보던 애인의 눈에 한 방울 눈물이 맺히는가 싶더니 곧 뺨을 따라 눈썹 가장자리에 다음 눈물이 맺혔다.

그가 중얼거렸다.

"울지 말아요, 클로. 제발 부탁이니 울지 말아요. 당신이 울면 내 가슴은 찢어질 것만 같소."

그녀는 꿋꿋한 모습으로 자존심을 찾기 위해 힘겹게 애를 썼다. 그러고는 울기 직전에 떨리는 목소리로 물었다.

"어떤 여자지요?"

그는 잠깐 망설였다. 그러나 어차피 말해야 할 상황이었다.

"마들렌 포레스티에요."

순간 드 마렐 부인은 입을 꽉 다문 채 몸을 부들부들 떨었다. 그러고는 발밑에 그가 있다는 사실도 잊은 듯 골똘히 생각에 잠겼다. 그 와중에도 맑은 눈물이 한두 방울 괴었다가 떨어지기를 반복했다.

얼마 후, 그녀는 일어섰다. 뒤루아는 그녀가 비난의 말도, 용서의 말도 없이 그대로 가려 한다는 사실을 깨달았다. 그는 그녀를 잡기 위해 옷자락 뒤에 숨은 통통한 그녀의 다리를 붙잡았다. 다리는 저항하듯 움직이지 않았다.

그는 애원하며 말했다.

"부탁이오. 제발 그냥 그렇게 가지 마오."

그녀는 그를 위아래로 훑어보았다. 눈물로 젖은 여인의 눈은 괴로움으로 출렁였다. 또 뭐라고 설명할 수 없을 만큼 슬프면서도 사랑스러웠다. 그녀는 띄엄띄엄 말했다.

"나에게는…… 아무 할 말이 없어요……. 또 뭘 어떻게 할 수도 없어요. 당신도 무리는 아니에요……. 스스로에게…… 스스로에게…… 적당한 사람을 잘 고르셨어요……."

그녀는 말을 마치자 뒤로 몸을 빼고 나갔다. 그도 그녀를 붙잡지 않았다.

홀로 남겨진 그는 마치 머리를 세게 얻어맞은 듯 정신이 혼미해지는 것을 느꼈다. 그러나 곧 정신을 차리고는 중얼거렸다.

"아무튼 잘 견뎌 냈어. 큰 소란도 없었고 말이지. 그래, 천만다행이야!"

그는 불현듯 무거운 짐을 내려놓고 자유의 몸이 된 해방감을 느꼈다. 이제는 모든 것을 편안하게 시작할 수 있을 것이리라. 그리고 운명과 싸워 이긴 듯이 자신의 성공과 힘에 취해 벽에 대고 주먹질을 하기 시작했다.

포레스티에 부인이 그에게 물었다.

"드 마렐 부인에게 이야기했나요?"

그는 태연하게 대답했다.

"물론이지요. 이야기했습니다."

그녀는 해맑은 눈길로 그의 모습을 살폈다.

"화내시지 않던가요?"

"아니요. 조금도 그러지 않으셨습니다. 오히려 잘되었다고 말하더군요."

그들의 소문은 얼마 안 가서 금세 퍼졌다. 어떤 이는 놀라기도 했고 또 어떤 이는 벌써 알고 있었다고 했다. 그리고 별반 이상할 것도 없다는 식으로 말하며 웃어넘기는 이도 있었다.

그는 이제 사회기사에는 D. 드 캉텔, 당신이나 가끔씩 쓰는 정치 기사에는 뒤루아라고 서명했다. 그러고는 시간이 날 때마다 약혼녀의 집을 찾아갔다. 그녀는 마치 형제와도 같은 다정함으로 그를 맞이했지만 마음 깊은 속은 끈끈한 애정과 쉽게 부끄러워하는 수줍은 욕망이 숨겨져 있었다. 그녀는 소수의 증인만을 세운 극비 결혼식을 올린 뒤, 그날 밤 바로 루앙으로 출발하자고 말했다. 그리고 다음 날에는 남편의 연로하신 부모님 곁에서 사오 일을 함께 지내기로 계획을 세웠다.

뒤루아는 이 계획을 무산시키려 힘썼지만 그녀가 도무지 말을 듣지 않아 결국 포기하기로 했다.

시간이 흘러 오월 십 일, 그들은 아무도 초대하지 않을 바에는 종교 의식도 필요 없다고 생각하여 시청에 들러 수속을 한 뒤 바로 집으로 돌아와 짐을 꾸렸다. 그리고 생라자르 역에서 오후 여섯 시 기차로 노르망디를 향해 떠났다.

기차 안에서 그들은 둘만이 될 때까지 아무 말도 나누지 않았다. 그리고 기차가 달리자 얼굴을 마주 보고 웃었다. 사실은 서로가 조금은 쑥스러웠지만 상대에게 그런 내색을 보이고 싶지 않았던 것이다.

기차는 속력을 줄이며 바티뇰의 긴 정거장을 지나 군사 요새와 센강 사이의 곰팡이가 핀 듯한 평야를 달렸다. 뒤루아와 마들렌은 가끔씩 쓸데없는 말을 주고받았으나 곧 승강구 창문 쪽으로 눈길을 돌렸다.

아니에르의 철교를 건넜을 때였다. 강 위로 수많은 배와 어부 그리고 뱃사공들이 떼로 몰려 있는 것을 보고 그들은 갑자기 유쾌해졌다. 태양은 오월의 강한 햇살을 배와 강 위에 비스듬히 던지고 있었고, 강은 석양의 열과 빛 아래 무겁게 가라앉아서 흐르는 것 같지도 않게 물결도 일지 않은 듯 멈춰서 움직임 없이 고요했다.

강 복판에 떠 있는 돛단배 한 척이 희미한 미풍도 놓치지 않으려고 양쪽 뱃전에 희고 큰 세모 돛을 달고 있었는데, 마치 커다란 새가 당장이라도 날아가려고 하는 듯한 모습이었다.

뒤루아가 작은 목소리로 말했다.

"나는 파리 근교가 정말 좋아요. 요전에 먹은 생선 튀김의 맛도 내 삶의 가장 즐거운 추억이지요."

"보트도 좋아요! 해 질 무렵 물 위를 미끄러지는 풍경은 정말 멋지거든요."

그들은 그것을 끝으로 입을 다물었는데 마치 더는 과거 생활 따위는 기억하고 싶지 않다는 모습이었다.

뒤루아는 말했다.

"돌아오면 이따금 샤투로 저녁 식사를 하러 갑시다."

그녀가 말했다.

"하지만 해야 할 일이 너무 많아요."

그녀의 말에는 쾌락 따위는 더 중요한 일을 위해서는 희생할 수도 있다는 뜻이 들어 있는 듯했다.

그는 여전히 그녀의 손을 잡고 어찌하면 애무로 이끌 수 있을까 고민하고 있었다. 순진한 숫처녀 앞이라면 이렇게 고민하지도 않았을 것이다. 마들렌은 총명하면서도 눈치가 빨라서 쉽게 넘어올 여자가 아니었다. 그러면서도 자신이 마들렌에게 수줍은 모습을 보이는 것도 또는 성급함을 앞세운 난폭함을 보이는 것도 내키지 않았다. 사실은 염두에 둔 두 모습 모두가 바보 취급을 받지는 않을까 걱정스러웠다. 결국 그녀를 잡은 손에 약간의 힘을 줬지만 아무런 반응이 없자 입을 열고 말았다.

"당신이 내 아내라고 생각하니 무척 묘한 기분이 드는군요."

그녀는 깜짝 놀란 듯 보였다.

"어째서 그런 말을 하지요?"

"나도 잘 모르겠소. 하지만 아무리 생각해도 이상해요. 나는 지금 당신에게 키스를 하고 싶어 못 견디겠는데 쉽게 다가가지 못하니 말이오. 사실 나는 그럴 권리가 충분한데 말이오."

그녀는 조용히 뺨을 내밀었다. 그는 마치 여동생에게 키스하듯이 뺨에 입을 맞췄다.

그는 계속해서 말을 이어 갔다.

"기억해요? 당신을 처음 만났던 날, 포레스티에가 초대한 만찬이었지요. 그때 난 '나에게도 이런 아내가 있으면 좋겠다.' 하고 생각했어요. 그런데 내 생각대로 당신을 내 아내로 만들었소."

그녀는 작은 목소리로 말했다.

"정말 기뻐요."

그러고는 평소처럼 미소를 머금은 눈길로 그를 자세히 바라보았다.

'너무 조바심을 내고 있군. 바보처럼 보일 수도 있겠어. 그래, 좀 더 적극적으로 말하자.'

그는 생각했다. 그리고 물었다.

"포레스티에와는 어떻게 친분을 쌓게 되었습니까?"

그녀는 짓궂은 미소를 띠며 대답했다.

"그 사람 이야기를 하며 루앙으로 가자고요?"

그는 얼굴을 붉히며 대답했다.

"눈치 없는 말을 했군요. 그래요, 난 늘 당신 앞에만 있으면 이렇게 안절부절못한답니다."

그녀는 기쁜 듯 말했다.

"무슨 말씀을 그렇게 하세요! 그럴 리가 있나요?"

그는 마들렌 옆자리로 옮겨서는 바짝 붙어 앉았다. 그러자 갑자기 그녀가 외쳤다.

"어머나! 사슴이에요!"

기차는 생제르맹의 숲을 지나치고 있었다. 그녀는 암사슴 한 마리가 놀라서 가로수 길을 한달음에 뛰어넘는 것을 본 것이다.

뒤루아는 그녀가 창문을 연 출입구 쪽 밖을 내다보는 사이에 얼른 몸을 기울여 그녀의 머리칼 속 목덜미에 연인들만 하는 긴 키스를 했다.

그녀는 가만있는가 싶더니 고개를 들며 말했다.

"그만해요, 간지러워요."

하지만 그는 하얀 살결에 곱슬곱슬한 콧수염을 부드럽게 움직이는 황홀한 애무를 멈추지 않았다. 그녀는 고개를 흔들며 말했다.

"그만하라니까요."

그러나 그는 살그머니 오른손을 뒤로 넣고는 그녀의 머리를 껴안아 자기 앞으로 돌렸다. 그러고는 마치 독수리가 자신의 먹잇감에 덤비듯 그녀의 입술을 덮쳤다. 그녀는 몸부림치며 그를 떼어 내려 했다. 그리고 간신히 그의 품에서 빠져나오자 다시 한 번 되풀이해 말했다.

"그만하시라니까요."

하지만 그는 멈추지 않았다. 마치 주린 듯 그녀를 끌어안고 떨리는 입술로 키스했다. 그리고 의자 위에 그녀를 눕히려고 안간힘을 썼다. 그녀는 간신히 그의 팔에서 빠져나와서는 별안간 발딱 일어섰다.

"정말 왜 이러세요! 이제 그만두세요. 우린 어린애가 아니니 루앙에 도착할 때까지 기다려야 하잖아요!"

그는 새빨개진 얼굴이 되어 자세를 고쳐 앉았다. 그녀의 이성적인 말에 감정이 얼어붙는 듯한 느낌이었다. 그리고 조금 시간이 흘러 어느 정도 이성을 되찾자 흥분한 목소리로 말했다.

"그래요, 기다리지요. 그러나 그곳에 도착할 때까지 나는 별로 할 말이 없습니다. 아, 이제 겨우 푸아시를 지나고 있군요."

"그럼 제가 이야기하지요."

그녀는 조용히 그의 옆에 와서 앉았다. 그러고는 파리에 돌아가서 해야 할 일을 명확하게 설명했다. 그들은 그녀가 전남편과 살았던 아파트에서 그대로 살기로 했다. 또 뒤루아는 〈라비 프랑세즈〉에서 포레스티에의 일과 급여를 이어받을 예정이었다. 게다가 그녀는 실무가의 도움을 빌어 꼼꼼하게 부부의 세세한 재산 문제까지 빈틈없이 정리해 놓았다.

두 사람의 결혼은 죽음, 이혼 그리고 하나나 혹은 여러 아이들의 출생 등에서 일어날 수 있는 여러 경우를 재산 분리제에 의거하고 있었다. 신랑 말로는 본인이 가진 돈은 4,000프랑이나 그중 1,500프랑은 빚이고, 그 외로는 결혼을 준비해서 저축한 돈이 따로 있었다. 신부는 포레스티에의 유산 4만 프랑을 가지고 있었다.

그녀는 프레스티에에 관한 장점을 이야기했다.

"그분은 검소했고 무척 세밀했으며 부지런한 일꾼이었어요. 이렇게 일찍 죽지만 않았다면 분명 한밑천 잡았을 거예요."

그러나 뒤루아는 다른 생각에 빠져 있었다. 그녀는 가끔씩 마음속 생각을 정리하듯 침묵했다가 다시 입을 열어 이야기를 계속했다.

"앞으로 삼사 년이 지나면 당신도 일 년에 3~4만 프랑은 벌 수 있을 거예요. 샤를도 살아 있었다면 그 정도는 받을 수 있었겠지요."

뒤루아는 그녀의 이야기에 싫증이 나서 대답했다.

"지금 우리가 그의 이야기나 하려고 루앙으로 가는 거요?"

그녀는 그의 뺨을 살짝 두드리며 웃었다.

"그렇군요, 미안해요."

그는 말 잘 듣는 어린아이처럼 일부러 두 손을 무릎 위에 올려놓았다.

"그러지 말아요. 꼭 얼간이 같아요."

"무슨 소리, 이건 내 역할이오. 당신도 아까 그러지 않았소? 그러니 절대 그만두지 않을 거요."

"왜요?"

"몰라서 묻소? 집안일이든 내 행동거지든 앞으로는 모두 당신 뜻대로 하지 않겠소? 사실 당신이 할 일이긴 하지요. 미망인으로서 말예요."

그녀는 깜짝 놀라 물었다.

"정확하게 무슨 뜻이지요?"

"당신은 경험이 풍부하니 세상 물정 모르는 나를 선도할 것이고, 결혼 생활도 실제로 해 보았으니 나 같은 노총각 얼간이를 제대로 정신 차리도록 도와주지 않겠소?"

"어머나, 말이 심하네요!"

그녀가 외쳤다. 그는 대답했다.

"그래요, 난 여자를 잘 몰라요. 그런데 당신은 그렇지 않아요. 미망인이거든요. 내 말이 맞지요? 나는 모든 것을 당신에게 허락 받고 행동해야 해요. 오늘 밤은 어때요? 뭐 지금 당장도 좋긴 하지만요!"

그녀는 곧 기분이 좋아져서 큰 목소리로 말했다.

"세상에, 그런 것까지도 나한테 의논을 하다니!"

그는 마치 학과 공부를 하는 중학생처럼 중얼거리며 말했다.

"당연하지요. 의논해야 하고말고요. 철저한 교육을…… 스무 번으로…… 독파해 주리라고 생각합니다. 열 번은 기초 과목으로 해독과 문법…… 그리고 나머지 열 번은…… 마지막 완성과 수사학이겠지요. 나는 아무것도 모르니까요."

그녀는 몹시 재미있다는 듯 웃으며 말했다.

"아휴, 당신은 바보야!"

그가 재빨리 말했다.

"이제야 당신이 부부처럼 말하는군요. 그럼 나도 고백하겠소. 실은 매 순간마다 당신이 좋아져서 루앙이 너무도 멀고 아득하게 느껴지는군!"

이제 그는 마치 배우처럼 우스꽝스러운 표정과 목소리로 이야기했다. 그것은 평소 문인들의 호탕한 태도와 농담에 익숙했던 한 젊은 여인을 흥겹게 만들었다.

그녀는 곁눈질로 본 그의 얼굴이 정말로 귀엽다고 생각했다. 흡사 그 감정은 나무에 열린 과일을 당장 깨물어 먹고 싶지만, 식사 때까지 기다렸다가 먹어야만 좋다는 마음속 이성의 목소리에 주저하고 있는 상황이었다.

그녀는 조금은 부끄러운 생각에 낯을 붉히며 말했다.

"이봐요, 귀여운 학생. 제가 하는 말을 믿으세요. 제 풍부한 경험을 말예요. 기차 안에서 하는 키스는 아무것도 아니에요. 그저 배만 고플 뿐이지요."

그런 다음 더욱 얼굴을 붉히고는 다음 말을 했다.

"밀은 푸르스름할 때 베는 것이 아니에요."

그는 아내의 아름다운 입술에서 나오는 은근한 암시를 눈치채고는 솟구쳐 오르는 욕정을 느꼈다. 그러고는 알겠다는 얼굴로 살짝 미소 지었다. 기도문을 외우듯 중얼거리며 성호를 긋는 행동도 했다.

"이제부터 나는 유혹의 수호신이며 성 앙투안의 가호를 받았노라. 이제 나는 동상이다."

밤이 조용히 내려와 오른편에 펼쳐지는 넓은 평야가 가벼운 망사라도 친 것처럼 투명한 어둠으로 덮였다. 기차는 센 강을 따라 달리고 있었다. 선로 연변으로는 깔끔하게 닦인 금속 리본과도 같은 폭 넓은 강이 구불구불 흐르고 있었다.

하늘에는 석양이 불처럼 새빨간 얼룩을 문질러 놓고 갔다. 젊은 부부는 붉게 반사된 강물이 흔들리는 것을 조용히 바라보았다. 그러나 그 빛도 차차 엷어져서 거무스름해지고 슬픈 듯이 저물어 갔다. 평야는 언제나 황혼이 지상을 두려움에 떨게 하는 그 불길한 죽음의 전율을 감돌게 하며 어둠 속에 잠겼다.

이 저녁나절의 애수가 열어 놓은 창문으로 들어와 조금 전까지도 그토록 재잘거리던 젊은 부부의 마음에 스며들어 그들은 입을 다물어 버렸다. 서로는 바짝 붙어 앉아 오월의 아름다운 하루가 서서히 저물어 가는 풍경을 바라보았다.

망트로 오자 작은 석유 등잔에 불이 켜졌다. 석유등은 회색 쿠션 바탕에 점점이 노란빛을 비추었다. 뒤루아는 마들렌을 힘주어 껴안았다. 조금 전까지 해도 떨렸던 격렬한 욕정은 어느새 온화한 애정으로 돌아서 있었다. 마치 어린아이를 흔드는 애무와도 같이 세심한 동작으로 쓰다듬어 주고 싶은 포근한 소망이었다.

그는 낮게 속삭였다.

"흠뻑 사랑해 줄게, 귀여운 마드."

부드러운 음성은 곧 젊은 여인을 감동하게 한 것도 모자라 온몸에 전율을 일으켰다. 그녀는 허리를 구부리며 그에게 입술을 내맡겼다. 그가 따뜻한 젖가슴에 뺨을 대고 있었기 때문이었다.

말없이 깊은 키스가 길게 이어졌다. 그러고 나서 그들은 갑자기 벌떡 일어나서는 숨을 헐떡이며 짧은 싸움을 벌였다. 거칠고 서툰 성교였다. 두 사람은 약간 실망했으나 몹시 지쳤기에 기적 소리가 다음 역이 가까웠음을 알려 올 때까지 서로를 꼭 껴안았다.

그녀는 관자놀이에 헝클어진 머리를 손끝으로 가볍게 매만지며 말했다.

"우린 마치 어린아이 같아요. 정말 바보지요."

하지만 그는 여전히 욕정에 사로잡혀 그녀의 양손에 키스를 퍼부어 댔다.

"귀여운, 나의 귀여운 마드."

루앙에 도착하기 전까지 부부는 뺨을 맞대고 차창 밖을 쳐다보며 꼼짝도 하지 않았다. 컴컴한 어둠 속에 이따금씩 반짝이는 집들이 스쳐 지나갔다. 두 사람은 이토록 서로가 가깝게 느껴지는 것이 즐거웠고 다음번에는 조금 더 다정하고 안락하게 껴안을 수 있으리라 상상했다.

그날 밤, 강변으로 창이 난 호텔에 묵었다. 늦은 저녁을 조금만 챙겨 먹고 침실로 들었다. 다음 날 아침 여덟 시에 하녀가 깨우러 들어왔다. 뒤루아는 침대 옆 탁자에 놓인 차를 마신 다음 마들렌을 오랫동안 바라보았다. 그러고는 마치 보물을 발견한 뒤 기뻐서 어쩔 줄 모르는 사람처럼 환희에 휩싸였다. 그는 마들렌을 힘껏 품에 안으며 나지막이 읊조렸다.

"내 사랑 마드……. 나는 당신을 무척이나…… 무척…… 무척 사랑하고 있다오."

그녀는 만족스러운 미소를 지으며 남편에게 키스했다. 그리고 이렇게 말했다.

"나도 그런 것 같아요."

그러나 뒤루아는 자신의 부모를 만나러 간다는 사실이 무척이나 꺼려졌다. 이미 몇 번이나 아내에게 타이르며 마음의 준비를 하라고 말했지만, 한 번 더 이야기를 해야만 할 것 같았다.

"알고 있소? 그들은 농사꾼들이오. 희가극에 나오는 그런 농부가 아니란 말이오."

그녀는 웃으며 대답했다.

"알고 있어요. 벌써 당신 여러 번 이야기했어요. 이제 일어나요. 그래야 나도 일어나지요."

침대에서 뛰어내리며 양말을 신으며 뒤루아는 다시 말을 이었다.

"집이 불편할 것이오. 아주 많이요. 집에는 짚으로 만든 침대밖에 없거든. 캉틀뢰에는 매트 밑에 바닥을 제대로 깐 침대 같은 건 아예 없소."

마들렌은 개의치 않아 보였다.

"상관없어요. 그래요, 당신…… 당신 곁에서라면…… 잠을 좀 못 자더라도 괜찮아요. 아침에 수탉이 우는 소리에 잠을 깨는 것도 좋고요."

얼마 뒤 마들렌은 가운을 입고 있었다. 그 가운은 이전에 뒤루아도 본 적이 있는 백색의 커다란 플란넬 가운이었다. 그는 기분이 나빴다. 어째서일까? 그녀는 열두 벌 정도의 가운을 가지고 있다. 그래도 그렇지, 그걸 모두 가져올 것이 아니라 새것 하나쯤은 샀어야 하는 것이 아닌가? 크게 신경 쓸 일은 아니지만 뒤루아는 아내의 실내복과 잠옷이 전남편과 함께 살 때 입었던 것이 불쾌했다. 그 보드랍고 따뜻한 옷감 위에 포레스티에의 살에 스쳤던 자국이 그대로 남아 있을 것만 같았다.

그는 담배에 불을 붙이며 창가로 걸어갔다. 항구와 넓은 강 풍경을 보니 마음속 흥분이 일었다. 강에는 날씬한 돛대를 세운 배들과 기선들이 가득했고, 하역 장비가 시끄럽게 방향을 바꿔 가며 기선의 짐을 부두 위에 내려놓고 있었다. 그가 소리쳤다.

"야아, 그것 참, 장관이군!"

마들렌은 달려와 남편 한쪽 어깨에 두 손을 올려놓으며 정답게 기댔다. 그리고 황홀한 표정으로 바라보며 되풀이해 말했다.

"정말 멋있어요! 정말 멋있어! 이렇게 배가 많은 줄은 몰랐어요."

그들은 한 시간 뒤 다시 길을 나섰다. 며칠 전 미리 약속한 뒤루아의 부모와 함께 점심 식사를 하기로 했기 때문이다. 덮개 없는 녹슨 마차는 쇠 긁는 소리를 내며 달렸다. 마차는 지저분한 큰길을 한참 달린 뒤 작은 강이 흐르는 풀밭을 가로질렀고, 다음은 언덕을 오르기 시작했다.

피곤하기도 했고 더구나 낡은 마차 속으로 햇볕이 바닥을 덮히며 몸을 감싸자 마들렌은 부드러운 빛과 전원의 공기 속에 몸을 담근 기분으로 잠이 들었다. 조금 뒤 남편이 깨웠다.

"저길 좀 봐!"

마차는 산 중턱 삼분의 이 정도 되는 지점에 멈춰 있었다. 전망 좋기로 소문난 이곳은 관광객들에게 인기가 좋았다.

맑은 강물이 시원하게 굽이치며 흘러가는 깊은 골짜기가 보였다. 멀리서부터 시작된 강은 여러 곳의 섬을 감싸며 흘렀고, 넓은 굽은 선을 그리며 굽이친 후 루앙 시를 지나갔다.

강 오른편으로는 흐릿한 아침 안개에 젖은 시가지가 펼쳐졌고, 햇빛을 받아 반짝이는 지붕과 날렵한 것, 뾰족한 것 그리고 작달막한 것, 가늘고 커다란 보석처럼 세공이 된 것 등 각양각색의 종탑들이 셀 수 없이 솟아 있었다. 또 문장을 새긴 왕관을 쓰고 있는 원형 혹은 사각형의 탑, 누각, 작은 종각 등 고딕 양식 교회의 꼭대기에 놓이는 장식이 모두 다 모여 있는 것 같았다. 그중에서 가장 높은 것은 대성당의 첨탑이었다.

세상에서 제일 높게 솟은 실로 놀라운 그 청동 첨탑은 기이하면서도 지나치게 커서 아름답게 보이지 않았다.

강 반대 기슭에는 생스베르의 공장들이 꼭대기가 둥그스름한 굴뚝을 하늘 위로 세우고 있었다. 공장 굴뚝은 그 형제인 성당 종탑들보다 더 많았다. 시야에서도 한참이나 떨어진 들판에까지 우뚝 솟은 둥근 벽돌 기둥들은 새까만 석탄의 입김을 쉬지 않고 쏟아 냈다.

그중에서도 제일 높은 것은 인간이 만들어 낸 것 중에 두 번째로 높은 쿠푸 왕의 피라미드와 같고, 대모격인 대성당 종탑과 거의 비슷한 증기펌프 라 푸드르였다. 건너편에 대성당 첨탑이 성스러운 건물들 위를 꾸미는 뾰족 장식의 제왕이라면, 라 푸드르의 굴뚝은 공장에서 연기를 내뿜으며 일하는 노동자들의 제왕인 셈이다.

멀리 공장 지역 뒤로는 전나무 숲이 펼쳐져 있고, 도시의 두 지역 사이를 지난 센 강이 기복 심한 구릉을 따라 계속 흘러갔다. 구릉 위쪽은 숲으로 덮여 있고 중간중간 뼈의 모습인 양 흰 바위가 드러났다. 강은 쉼 없이 커다란 반원을 그리며 흘러 지평선 쪽으로 사라졌다.

짙은 연기를 내뿜는, 파리 크기만 한 증기선에 끌려 배 몇 척이 강을 오르내리고 있었다. 물 위에 누운 섬들은 이어져 있는 것도 있고 상당히 떨어져 있는 것도 있어서 그 모습이 흡사 알이 고르지 못한 묵주처럼 보였다.

마부는 손님들의 경치 감상이 끝나기를 기다렸다. 그는 그동안의 경험으로 손님의 종류에 따라 구경하는 데 시간이 얼마나 걸리는지 알고 있었다.

마차는 다시 달리기 시작했고, 뒤루아는 한순간 몇백 미터 저쪽에 노인 둘이 걸어오는 것을 보았다. 그는 마차에서 뛰어내리며 큰 목소리로 말했다.

"아, 저기들 오시는군. 맞아!"

남녀 두 농부가 엉거주춤한 걸음걸이로 몸을 흔들며, 이따금 서로 어깨를 부딪치며 걸어오고 있었다. 남자는 작은 키에 얼굴은 붉었고 배는 좀 나왔지만 나이에 비해 건강해 보였다. 여자는 빼빼한 몸에 키는 컸으나 허리는 굽었고 표정이 어두웠다. 어렸을 때부터 일만 해 온, 남편이 손님들과 술을 마시며 농담을 즐기는 동안에도 웃는 일 없이 말 그대로 일만 한 농사꾼 아낙네였다.

마차에서 내린 마들렌은 두 노인네가 다가오는 것을 물끄러미 바라보았다. 갑자기 그녀는 예상치 못했던 야릇한 슬픔을 느꼈다. 노인네들은 앞에 서 있는 멋진 신사 아들을 알아보지 못했다. 그래서 노인네들은 뒤를 따라오는 마차와 도회지 사람들에게는 눈길도 주지 않은 채 오로지 아들의 마중만을 생각하며 걸었다.

노인네들이 그대로 지나치자 뒤루아가 웃으며 소리쳤다.

"안녕하셔라, 아부지!"

두 노인네는 놀란 듯 걸음을 멈췄다. 처음에는 어리둥절했다가 곧 화들짝 놀라는 모습이 마치 얼빠진 사람들 같았다. 먼저 정신을 차린 어머니가 여전히 꼼짝 않고 서서 자그마한 목소리로 물었다.

"네가 우리 아들이냐?"

뒤루아가 대답했다.

"맞아요. 어머니."

뒤루아는 어머니의 두 뺨에 아들의 사랑을 담은 키스를 했다. 그러고 나서 챙 모자를 들고 서 있는 아버지의 뺨에도 입을 맞췄다. 아버지의 모자는 루앙에서 유행하는 스타일의, 위쪽이 길게 올라간 검은 실크 모자로, 소 장수들이 쓰는 것과 비슷했다.

뒤루아는 마들렌을 소개했다.

"집사람이에요."

두 시골 노인네는 마들렌을 바라보았다. 신기한 구경거리를 볼 때처럼 왠지 불안한 기분이었다. 아버지에게는 아들의 성공에 흡족한 마음이 깃들어 있었고, 어머니에게는 은밀한 질투 어린 적개심이 섞여 있었다.

원래 명랑한 사람인 데다가 달콤한 능금주의 힘을 얻어 더욱 기분이 좋아진 아버지가 용기를 내서 물었다.

"안으며 인사해도 되겠냐?"

아버지의 눈에는 짓궂은 장난기가 가득했다.

아들이 대답했다.

"그럼요."

마들렌은 싫었지만 결국 두 뺨을 내밀었고, 농사꾼 노인네는 소리가 나도록 입을 맞추고는 손등으로 입을 닦았다.

늙은 아낙네도 적의를 숨긴 채 며느리에게 키스를 했다. 아무리 뜯어봐도 아니었다, 그동안 꿈꾸며 상상했던 며느리는 이런 여자가 아니었다. 노인네가 바란 며느리는 튼실하면서도 마치 씨암말처럼 통통한 젊은 농사꾼 여인네였다. 잔뜩 멋이나 부린 채 사향 냄새나 풍기다니……, 창녀가 따로 없지 않은가.

신혼부부의 여행 가방을 실은 마차 뒤를 모두가 함께 뒤따라 걸었다. 노인네는 아들의 팔을 끌어당기며 물었다.

"그래, 일은 잘되냐?"

"물론이죠. 아주 좋아요."

"됐다, 됐어. 아주 잘됐다. 그리고 말 좀 해 봐라, 니 색시는 돈 좀 있냐?"

아들이 대답했다.

"4만 프랑."

놀란 아버지는 가볍게 휘파람을 불면서 나지막하게 "오호!"라고 말할 뿐 더는 말을 잇지 못했다. 놀랍게도 매우 큰 액수였기 때문이다. 그런 다음 자기가 한 말을 진심으로 믿고 있는 듯한 목소리로 말했다.

"그려. 아주 멋진 여자구먼."

사실 뒤루아 영감도 한창때는 여자에 대해 일가견이 있는 사람으로 통했고, 마들렌도 그의 취향에 맞는 여자였다. 앞에서 나란히 걷는 두 여자는 입을 떼지 않았다. 조금 뒤 남자들이 따라왔다.

그렇게 마을에 도착했다. 찻길을 끼고 양쪽으로 자리 잡은 아담한 마을은 한쪽에 열 가구씩 시골집과 허름한 농가들이 있었다. 벽돌집도 있고 점토로 지은 집도 있고 초가지붕도 있고 슬레이트 지붕도 있었다. 뒤루아 영감의 술집 '전망 좋은 집'은 동네 어귀 왼쪽에 자리 잡고 있었다. 달랑 다락방만 있는 단층집이었다. 문에는 솔가지가 달려 있는데, 목마른 사람은 들어오라는 옛날식 표시였다.

식당 안에 식탁보를 덮은 테이블 두 개에 식기를 차려 놓았다. 일을 돕기 위해 이웃 아낙네들이 왔다가 너무도 아름다운 귀부인을 보고는 공손하게 인사했다. 그러더니 옆에 있는 남자가 조르주라는 사실을 알고 소리쳤다.

"세상에! 네가 그 꼬맹이니?"

그는 명랑하게 대답했다.

"맞아요, 저예요. 브륄랭 아주머니!"

그리고 어머니에게 한 것처럼 키스했다. 이번에는 아내를 돌아다보며 말했다.

"방에 들어가 모자 좀 벗지?"

그는 오른쪽 문으로 아내를 데려갔다. 바닥에 타일이 깔려 있고 벽에 석회를 하얗게 바른 썰렁한 방이었다. 침대에는 면으로 만든 커튼이 걸려 있었다. 청결하지만 살풍경한 방에 장식이라곤 성수반 위에 걸어 놓은 십자가와 조잡스러운 그림 두 장이 전부였다. 하나는 파란 종려나무 그늘에 폴과 비르지니 그림이었고, 또 하나는 나폴레옹 1세가 황색 말에 타고 있는 그림이었다. 두 사람만 남았을 때 그는 마들렌을 껴안고 말했다.

"미안해, 마드. 솔직히 막상 노인네들을 만나니 좋군. 파리에 있을 때는 별로 생각하지 않았는데 역시 만나니 무척 기뻐."

그때 아버지가 칸막이벽을 두드리며 고함을 쳤다.

"애야, 수프가 다 됐다!"

식탁에 앉을 시간이었다.

배합이 전혀 어울리지 않는 접시가 차례로 나왔다. 양고기 다음에 순대가 나오고 순대 다음에 오믈렛이 나오면서 시골 농부들의 식사는 오랫동안 이어졌다. 능금주와 두어 잔의 포도주로 기분이 좋아진 뒤루아 영감은 큰 경사 때나 이야기하려고 아껴 둔 재미난 농담을 쉴 새 없이 풀어냈다. 영감은 외설스럽고 지저분한 이야기 전부가 자신이 아는 사람들에게 실제로 일어난 일이라고 우겼다.

뒤루아는 이미 알고 있는 이야기였지만 웃음보를 터뜨렸다. 고향의 친근한 공기에 취하기도 했고 어린 시절을 보낸 고향에 대한 본능적인 사랑이 그의 마음을 감동으로 채웠다. 온갖 느낌과 추억 그리고 과거에 있었던 일들이 떠올랐다. 문에 난 칼자국, 지난 일을 다시 떠올리게 만드는 기울어진 의자 다리, 흙냄새, 근처 숲에서 풍겨 오는 송진과 나무 냄새, 집 냄새, 시냇물 냄새, 사료 냄새 등 모두가 소소한 것들이었다.

뒤루아 노파는 여전히 침울한 얼굴로 입을 열지 않았다. 곁눈질로 며느리를 훔쳐보는 동안 마음속에서는 증오심이 싹텄다. 손가락이 흉하게 거칠어지고 팔다리가 모두 망가지도록 힘든 일을 해 온 여자, 일밖에 할 줄 모르는 늙은 여자가 이 도시 여자, 하늘의 저주를 받고 버림받은 여자, 게으름과 죄악으로 인해 순수를 잃어버린 타락한 여자를 향해 적개심을 품은 것이다.

그녀는 쉴 새 없이 일어나 음식을 가져왔고, 물병에 든 노랗고 시큼한 음료를 잔에 따랐다. 또 탄산 레모네이드 병을 딸 때처럼 마개가 튀어 오르게 병을 따고 거품이 이는 달콤한 능금주를 잔에 계속 따랐다.

마들렌은 거의 먹지도 않았고 말도 없었다. 얼굴에는 일상적인 미소를 띠었지만 도무지 생기라곤 찾아볼 수 없었다. 그녀는 모든 것이 실망스러웠으며 속도 상했다. 무엇 때문이었을까? 스스로가 고집을 부려 오지 않았는가. 농사꾼, 그것도 가난한 농사꾼을 만나러 간다는 것은 그녀도 잘 알고 있었다. 평소에는 공상 따위 생각하지도 않았는데 지금 자기가 만난 사람들에게 무엇을 기대하고 있었던 걸까?

정말 아무것도 몰랐던 것일까? 여자들이란 늘 있지도 않은 것을 기대하지 않았던가! 어쩌면 이 늙은이들을 조금 더 시적으로 상상했을 지도 몰랐다. 아니, 그렇지는 않았을 것이다. 그러나 조금 더 문학적이 고 고상하며 애정이 많은 장식적인 것을 상상했을지도 몰랐다. 그렇 다고 해서 시부모가 소설 속에나 나오는 농부들처럼 멋진 사람들이 라고는 기대하지 않았다. 그렇다면 그들의 어떤 모습에 불편했던 것 일까? 눈에 잘 띄지도 않는 수많은 자질구레한 것들, 특별히 지적하기 힘든 천박함, 시골 사람다운 기질, 그들이 하는 사투리와 동작들 그리 고 그 명랑함이 어째서 마들렌의 눈에 거슬렸던 것일까?

그녀는 자신의 어머니를 생각했다. 아무에게도 이야기한 일은 없 지만 그녀의 어머니는 생드니의 여학교를 나온 초등학교 선생이었다. 남자에게 농락당한 뒤 그녀를 낳고, 그녀가 열두 살이 되던 해에 가난 과 슬픔에 시달리다가 죽고 말았다. 그리고 누군지도 모르는 낯선 남 자가 어린 그녀를 데려다가 키웠다. 아마도 아버지였을 것이다. 누구 였을까. 그녀는 막연하게나마 짐작은 했지만 분명한 사실은 몰랐다.

점심 식사는 오랫동안 이어졌다. 그러는 사이, 손님이 들어와 뒤루 아 영감과 악수를 나눴다. 손님은 아들을 보더니 감탄했고, 젊은 여인 을 곁눈질한 뒤에 짓궂게 눈을 찡긋했다. 그 눈길은 "오, 아들 참 굉장 하군! 그리고 색시는 아주 멋져." 하는 뜻이었다.

주인과 그다지 친분이 없는 사람들은 나무 테이블에 앉아 "포도주 한 병, 맥주 한 잔, 브랜디 두 잔, 라스파유 한 잔!" 하고 주문했다. 그런 다음 도미노 게임을 하며 흑백 카드를 요란하게 테이블에 내리쳤다.

어두운 얼굴의 뒤루아 노파는 쉬지 않고 가게 안을 돌아다니면서 손님 시중을 드는가 하면 계산을 했고 파란 앞치마 끝으로 테이블을 닦았다.

흙으로 구운 파이프와 1수짜리 싸구려 잎담배 연기가 가게 안을 가 득 채웠다. 마들렌은 기침을 하며 남편에게 말했다.

"밖으로 나가면 안 될까요? 더는 여기 못 있겠어요."

아직 식사가 끝나지 않았기에 아버지는 불쾌한 표정을 지었다. 결국 그녀는 문간 앞에 있는 의자에 앉아 시아버지와 남편이 마시는 조그마한 커피 잔이 비길 기다렸다. 조금 있으려니 뒤루아가 다가와 말했다.

"센 강까지 함께 가 볼까?"

그녀는 흔쾌히 대답했다.

"좋아요, 어서 가요!"

그들은 산을 내려가 크루아세에서 보트 한 척을 빌려 가까운 섬으로 갔다. 그러고는 봄의 따뜻한 온기 속에서 강물의 잔잔함을 느끼며 꾸벅꾸벅 졸았다. 그들은 오후 내내 버드나무 그늘에 누워서 한가로운 시간을 보냈다.

해가 질 무렵에야 그들은 산을 올라 돌아왔다.

마들렌은 촛불 아래에서 하는 저녁 식사가 점심때보다 힘들었다. 시아버지는 술에 만취했고 시어머니는 여전히 퉁명스러운 얼굴이었다. 희미한 불빛은 사방 회색의 벽에 그림자를 만들었다. 코가 엄청 큰 얼굴들과 말도 안 되게 과장된 큰 동작도 그림자가 되었다. 가끔씩 누군가가 몸을 돌려 노란 불꽃에 옆얼굴을 들이대면 마치 괴물처럼 커다란 입에 쇠스랑 같은 포크를 들어 올린 거인의 손이 비쳤다.

저녁 식사가 끝나자마자 마들렌은 남편을 급히 밖으로 불렀다. 낡은 파이프와 엎질러진 술에서 나는 끔찍한 냄새를 더는 참을 수 없었던 것이다.

밖으로 나온 그가 말했다.

"벌써 지겹소?"

그녀는 아니라고 말하려고 했지만 그가 먼저 말을 가로챘다.

"아니, 나도 잘 알아. 만약 돌아가고 싶다면 내일이라도 당장 돌아갑시다."

그녀는 작은 목소리로 중얼거렸다.

"네, 그럼 좋겠어요."

그들은 천천히 걸음을 옮겼다. 따뜻한 밤이었다. 또 깊은 어둠은 가벼운 소리와 더불어 나뭇잎 스치는 소리로 가득했다. 그들은 키가 큰 나무 아래 좁은 오솔길로 들어섰다. 양쪽 모두 들어가기 발을 들여 놓기 힘들 정도로 숲이 우거져 있었다.

"여긴 어디지요?"

"숲이잖소."

"큰 숲인가요?"

"아주 크지. 프랑스에서 가장 큰 숲 중에 하나일 거요."

오솔길에서는 흙냄새, 나무 냄새, 이끼 냄새가 풍겼다. 울창한 숲에서 흔히 맡을 수 있는 산뜻한 냄새와 오래 묵은 냄새, 그러니까 새싹의 수액 냄새와 덤불숲 속에 시들고 곰팡이 핀 풀들의 냄새가 잠들어 있는 것 같았다.

마들렌이 고개를 들자 나무 꼭대기 사이로 별이 보였다. 나뭇가지를 흔들 만한 바람이 없는데도 그녀는 넓은 바다처럼 끝없이 펼쳐진 나뭇잎들이 일렁이는 파도처럼 움직이고 있다는 느낌이 들었다.

이상야릇한 전율이 온몸으로 번져 나가며 알 수 없는 불안이 가슴을 죄었다. 무슨 이유일까? 그녀는 알 수 없었다. 하지만 그녀는 길을 잃은 기분이었고 물에 빠져 허우적거리는 것 같았다. 보이는 곳 모두 위험했고 모두에게 버림을 받은 채로, 머리 위에서 살아 흔들리고 있는 관 뚜껑 아래를 걷는 기분이었다. 그녀는 자신도 모르게 중얼거렸다.

"무서워요. 어서 돌아가요."

"그러지."

"그리고…… 내일, 파리로 돌아가나요?"

"응. 내일 가지."

"아침에 떠날 거지요?"

"그러고 싶다면 아침에 갑시다."

그들은 집으로 돌아왔다. 노인들은 이미 자고 있었다. 그녀는 낯선 시골의 온갖 잡다한 소리에 잠을 설쳤다. 올빼미 소리, 우리 벽에 붙은 돼지가 꿀꿀대는 소리에다 자정이 지나자 수탉이 설쳐 대며 울어 댔다.

동이 트자마자 그녀는 떠날 채비를 했다. 그리고 뒤루아가 이제 곧 떠나겠다고 말하자 노인네들은 놀란 기색을 보였다. 하지만 곧 아들의 말이 어디에서 나왔는지 알아챘다.

아버지는 아무렇지도 않게 말했다.

"다시 만나겠지?"

"그럼요, 이번 여름에 올게요."

"그래, 꼭 그랬으면 좋겠구나."

어머니는 화가 난 얼굴로 중얼거렸다.

"흥, 네가 한 짓이니 후회나 하지 말았으면 좋겠구나."

그는 양친의 불만을 달래기 위해 선물로 200프랑을 주고 왔다. 근처에 사는 어린아이를 시켜 부른 마차가 열 시경에 도착했다. 신혼부부는 노인네들에게 인사를 하고 파리로 떠났다.

언덕을 내려오자 뒤루아가 웃음을 터뜨렸다.

"내 말이 맞지요? 나의 부모, 뒤루아 드 캉텔 부부에게는 역시 당신을 소개하지 말아야 했소."

그녀도 웃으며 말했다.

"하지만 전 기뻐요. 훌륭한 분들이고 전 그분들을 곧 좋아할 것 같아요. 파리에 도착하면 맛있는 것을 보내도록 해요."

그리고 그녀는 중얼거렸다.

"뒤루아 드 캉텔……, 우리가 결혼 초대장을 그렇게 돌려도 아무도 이상하게 생각하지 않을 거예요. 당신 부모님 저택에서 일주일 동안 머물다가 왔다고 이야기해요."

그녀는 남편 콧수염 끝에 살짝 키스를 하며 말했다.

"축하해요, 조!"

"축하해, 마드."

그는 그녀의 허리에 팔을 두르며 대답했다. 골짜기 아래 아침 태양을 받으며 은색 리본처럼 펼쳐진 커다란 강과 하늘로 석탄 연기를 토해 내는 공장 굴뚝들 그리고 옛 시가지 위로 솟은 뾰족한 종탑들이 곧 시야에서 멀어져 갔다.

2

뒤루아 부부가 파리로 돌아온 이틀째 되는 날부터 그는 다시 예전 신문기자 일을 시작했지만, 멀지 않은 시간 내에 사회부 담당을 그만두고 포레스티에가 했던 직무를 인계받아 정치 방면에 뛰어들 예정이었다.

그날 저녁, 그는 이제 자신의 집이 된 마들렌의 전남편 집으로 식사를 하러 들어갔다. 그리고 아내를 조금 더 빨리 안고 싶은 마음에 들떠 가슴이 두근거렸다. 그는 이미 아내의 육체적 매력과 미묘한 지배력에 빠져 있었다. 노트르담 드 로레트 거리 끝 꽃집을 지나다가 문득 아내에게 꽃을 사 주면 좋겠다는 생각이 들었다. 그는 이제 막 피어나기 시작한 장미를 한 다발 샀다. 갓 피어난 봉우리였지만 향기로웠다.

그에게는 새집이 된 계단을 한 층씩 올라갈 때마다 그는 거울에 비친 자신의 모습을 뿌듯하게 바라보았다. 이 집에 처음 왔을 때 일이 자꾸 떠올랐다. 열쇠를 두고 왔기에 초인종을 누르자 전에 있던 그 하인이 문을 열었다. 그는 아내의 의견을 따라 하인을 그대로 고용하기로 했다.

"마님은 돌아오셨나?"

"네, 오셨습니다."

식당을 지나던 뒤루아는 준비된 삼 인분의 식기를 보고 깜짝 놀랐다. 그리고 거실 문의 커튼이 올라간 저편에서는 마들렌이 자신이 사 온 것과 똑같은 장미 다발을 화병에 꽂고 있었다. 자신이 사 온 것과 똑같은 것이었다. 그는 기분이 상했고 짜증이 났다. 모처럼 자신의 생각과 마음 씀씀이 그리고 기대했던 기쁨이 몽땅 누군가에게 도둑맞은 것 같았다.

그는 객실로 들어서자마자 물었다.

"손님을 초대했소?"

그녀는 뒤돌아보지 않은 채 꽃을 꽂으며 대답했다.

"초대는 아니고 오랜 친구분이 오세요. 월요일마다 이곳에 와서 식사를 하시곤 하는 보드렉 백작님이 오늘도 오실 뿐이에요."

그는 중얼거렸다.

"아, 그렇군."

그는 꽃다발을 손에 든 채 아내 등 뒤에 서 있었다. 꽃다발을 감춰 버리든 던져 버리든 하고 싶었다. 하지만 이렇게 말했다.

"어쩌지……, 나도 장미꽃을 사 왔는데."

그녀는 얼른 뒤를 돌아보며 환히 웃었다.

"어머나, 자상하기도 하셔라!"

그리고 정말 기쁜 듯 두 팔을 벌리며 입술을 내밀었다. 그는 기분이 풀렸다. 꽃을 받아든 그녀는 장미꽃 향기를 흠뻑 맡았다. 그러고는 마치 좋아서 어쩔 줄 모르는 어린애처럼 신이 나서는 조금 전에 꽃을 꽂은 화병 옆 또 다른 화병에 꽃을 꽂았다.

"정말 멋져요. 이제야 벽난로가 제대로 빛이 나네요!"

그러고 나서 곧 확신에 찬 얼굴로 말했다.

"여보, 보드렉 씨는 정말 좋은 분이세요. 당신도 그분을 좋아하실 거예요."

백작이 도착한 듯 초인종이 울렸다. 그는 마치 자기 집처럼 편안하게 들어왔다. 그리고 젊은 여자의 손에 정중하게 키스를 한 뒤 남편을 향해 몸을 돌아서서는 정중하게 악수를 신청했다.

"안녕하세요, 뒤루아 씨."

그의 태도는 상냥했다. 전처럼 거만스럽게 점잔을 빼야 할 상황이 이제는 아니라는 것을 알리려는 듯 보였다. 놀란 뒤루아는 상대의 호의에 답하기 위해 자신도 친절하게 행동했다. 오 분이 지나자 그 둘은 마치 십 년 친구라도 되는 듯 편해졌다. 마들렌은 기쁜 얼굴로 말했다.

"잠시만 실례할게요. 요리 좀 봐야겠어요."

그녀는 두 남자의 시선을 뒤로하고 거실을 빠져나갔다. 마들렌이 다시 돌아왔을 때 두 남자는 연극 이야기를 하고 있었다. 그들은 새로 공연되고 있는 희극에 대해 의견이 똑같았다. 그래서인지 그들의 눈 속에는 완전한 의견 일치에서 비롯된 우정 비슷한 동질감이 엿보였다.

저녁 식사는 무척 유쾌하고 즐거웠다. 허물없이 마음속 깊은 이야기를 나누다 보니 절로 화기애애한 분위기가 만들어졌다. 백작은 늦은 밤 시간까지 머물렀다. 신혼부부가 마음에 들었던 것이다. 백작이 떠나자 마들렌이 남편에게 말했다.

"여보, 정말 좋은 분이시지요? 주변 사람들에게도 인정받는 분이세요. 아, 만약 그분이 계시지 않았더라면……."

그녀가 말을 끝내기도 전에 뒤루아가 대답했다.

"맞아요, 느낌이 좋은 분이셔. 마음이 잘 맞는 친구가 될 것 같다는 예감이 들어."

그녀가 다시 말을 이었다.

"그런데 말예요. 오늘 밤 자기 전에 할 일이 있어요. 저녁 먹기 전에 얘기를 하려고 했는데 바로 백작님이 오시는 바람에 못 했어요. 오늘 오후에 중요한 소식을 들었어요. 모로코 문제 말예요. 모로코가 장차 장관이 될 거라고 국회의원 라로슈 마티외 씨가 알려 줬어요. 지금부터 우리 둘이서 세상을 깜짝 놀라게 할 기사를 써야 해요. 사실이나 수치는 제가 다 알고 있으니 지금 시작해요. 미안한데 램프 좀 가져다주세요."

그는 램프를 들고서 그녀와 함께 서재로 들어갔다. 서가에는 이전과 같은 책이 꽂혀 있었고 책상 위에는 포레스티에가 죽기 전날 주앙만에서 산 화병 세 개가 놓여 있었다. 테이블 아래에는 고인의 털 실내화가 뒤루아의 발을 기다리고 있었다. 뒤루아는 자리에 앉아 포레스티에가 이빨로 끝을 깨물어 놓은 상아 펜대를 집었다.

마들렌은 벽난로에 팔꿈치를 짚은 채 담배에 불을 붙이고 뉴스에 관해 자세하게 이야기했다. 자신의 의견과 현재 생각하고 있는 기사 계획도 함께 말했다.

그는 아내의 말을 주의 깊게 들으며 메모를 긁적거렸다. 그런 다음에는 반론을 제기하고 문제를 다시 검토하고 확대함으로써 단순한 기사가 아닌 현 내각에 반대하는 의견 몰이를 준비했다. 이번 공격은 그 시작이 될 것이다. 마들렌은 담배도 꺼 버렸다. 남편의 생각을 따라가다 보니 넓은 시야는 물론 새로운 흥미가 생긴 것이다. 그녀는 이따금 중얼거렸다.

"그렇군요, 그래요……. 좋네요. 멋져요."

그리고 남편이 이야기를 끝내자 기다렸다는 듯 말했다.

"그럼 이제 쓰기 시작해요."

언제나처럼 그는 첫 구절 쓰는 것을 힘들어했다. 적당한 구절은 쉽게 떠오르지 않았다. 그녀는 남편의 어깨에 다정하게 기댄 뒤 그의 귀에 나지막하게 문장을 불러 주었다. 마들렌은 중간에 망설이며 남편에게 물었다.

"이 말이 하고 싶은 말 맞아요?"

"응. 바로 그거요."

그는 대답했다. 그녀는 여인 특유의 독기 어린 날카로운 필치로 총리를 공격했다. 또한 총리의 얼굴 모습과 정책을 연관시켜 조롱했는데, 읽다 보면 재미있어 웃으면서도 정확한 관찰에 탄복하지 않을 수 없었다.

뒤루아는 중간에 두서너 줄을 더 보태 써 넣어서 공격의 효과를 더 깊고 강렬하게 만들었다. 그는 사회기사를 쓸 때 흥미를 끌기 위해 쓰는, 좋지 않은 암시의 수법을 알고 있었다. 마들렌이 확실하다고 믿는 것 중에서도 의심스럽거나 위험하다고 생각되는 것이 있으면 뒤루아는 탁월한 능력을 발휘하여 직접 말하기보다 짐작하게 만들었고, 그렇게 해서 단정적으로 말했을 때보다 오히려 더 강한 효과를 낼 수 있었다.

기사가 완성되자 뒤루아는 낭독하듯 큰 목소리로 다시 읽어 보았다. 부부는 기사 내용에 매우 흡족해했고 서로의 실력을 확인했다는 듯 놀라워하며 행복에 겨워 마주 보며 웃었다. 결국 그들은 육체로 전해진 애욕에 사로잡혀 와락 껴안았다.

뒤루아는 다시 램프를 들고 눈을 번득이며 말했다.

"자, 그럼 자도록 합시다."

"그럼 선생님이 앞장서세요. 길을 비추는 것은 당신이니까요." 하고 그녀는 대답했다.

그가 앞장서자 그녀는 뒤를 따라 침실로 들어오면서, 남편 발걸음을 재촉하기 위해 목깃과 머리카락 사이를 손끝으로 간질였다. 그는 이 애무를 가장 좋아했기 때문이다.

조르주 뒤루아 드 캉텔 이름으로 발표된 기사는 요란한 입소문과 함께 의회에도 큰 파문을 일으켰다. 왈테르 영감도 뒤루아를 칭찬하며 〈라비 프랑세즈〉 정치국 책임자로 임명했다. 이제 사회면은 부아르나르의 몫이 되었다.

〈라비 프랑세즈〉는 이렇듯 국정을 이끄는 내각에 대해 교묘하면서도 격렬한 공격을 퍼부어 댔다. 풍부한 정보를 바탕 삼아 교묘하게 이어진 공격은 농담을 섞은 빈정거림을 선보였으며 때로는 한없이 날카롭고 진지하여 사람들을 깜짝 놀라게 만들기도 했다.

다른 신문들은 덩달아 〈라비 프랑세즈〉를 인용했고 때로는 통째로 문장을 가져다 쓰기도 했다. 골치가 아픈 정치인들은 차라리 이 낯설고 불편한 적에게 한자리를 마련해 준 뒤 입을 다물게 하는 방법이 낫지 않겠느냐며 의논했다.

얼마 뒤 뒤루아의 이름은 정치 단체에 알려졌다. 뒤루아는 사람들의 힘 있는 악수와 정중하게 모자를 벗는 태도를 보며 자신의 세력이 커졌음을 느꼈다. 한편으로는 마들렌의 총명함과 정보를 능숙하게 다루는 솜씨 그리고 알고 있는 지인들도 상당히 많다는 사실에 놀라움과 경탄을 보내지 않을 수가 없었다.

저녁이 되어 집으로 돌아오면 언제나 하원의원이나 법관, 장군이 와 있었다. 그들 모두는 마들렌을 좋은 친구처럼 대했다. 그녀는 무슨 방법으로 그 사람들을 알게 된 것일까? 그녀 말로는 사교계라 했지만 뒤루아는 사실 납득이 가지 않았다.

'외교관이 됐다면 굉장했을 거야.'

그는 곧잘 이런 생각을 했다. 마들렌이 저녁 식사 시간에 숨을 헐떡이며 늦게 들어오는 횟수도 많아졌다. 그러고는 벌겋게 상기된 얼굴로 베일도 들어 올리지 않은 채 이야기부터 시작했다.

"특종이에요! 글쎄 법무장관이 말이죠, 합동위원회에서 법관을 둘이나 임명했다는군요. 두고두고 기억할 만큼 제대로 두들겨 줘요. 본을 보이는 거지요."

결국 장관은 형편없이 흠씬 두들겨 맞았는데, 한 번도 아닌 다음 날도 그다음 날도 두들겨 맞았다. 월요일마다 찾아오는 보드렉 백작이 일주일을 시작하고 나면 화요일마다 퐁텐 거리로 저녁을 먹으러 오는 하원의원 라로슈 마티외는 신이 나 뒤루아 부부의 손을 잡고 호들갑을 떨었다.

"오, 아주 제대로 쳤더군요. 그런데 이러고도 성공하지 못하면 어떤 방법이 있을까요?"

사실 오래전부터 라로슈 마티외는 외무장관직을 노리고 있었다. 자신의 확고한 주관도 없고 특별한 수완도 없는 그렇다고 대범하거나 깊은 지식을 갖추지도 않은 시골 변호사 출신인 라로슈 마티외는 사실 도청 소재지의 저명인사임과 동시에 완전히 다른 정당들 사이를 이리저리 교활하게 오가는 공화주의의 위선자였다. 결국은 보통선거라는 민중의 퇴비 속에서 수백 개씩 자라나는 버섯처럼 근본을 알 수 없는 벼락출세한 정치인이었다.

그러나 그의 권모술수는 동료들 사이에서 통했다. 더군다나 그는 자신의 몸치장에 신경을 썼고 누구에게나 붙임성 있게 상냥했기에 어렵게나마 성공할 수 있었다. 사교계에서도 그를 나쁘게 평가하지 않았다. 하긴 사교계 또한 그다지 세련되지 못한 뒤죽박죽 세계였다.

사람들은 그를 가리켜 "라로슈는 장관이 될 거야." 하고 말했고, 라로슈 자신 또한 "나는 장관이 될 거야." 하며 그 누구보다 확신했다. 또한, 그는 왈테르 영감의 신문사 대주주였고, 여러 금융 관련 사업과도 왈테르와 깊은 유대 관계를 맺고 있었다.

뒤루아는 그를 신뢰했으며 장래에 대한 막연한 희망을 가지고 그를 지지했다. 사실 라로슈 마티외는 포레스티에가 했던 일을 이어받은 것이다.

라로슈 마티외는 자신이 승리하는 날이 오면 훈장을 주겠다고 포레스티에에게 약속했다. 그리고 그 훈장은 마들렌의 새로운 남편의 가슴에 달린다는 것 외에는 전체적으로 아무것도 달라질 것은 없었다.

모두가 아는 사실이었다. 결국 뒤루아는 동료들의 조롱에 화를 내기 시작했다. 이미 많은 사람들은 그를 포레스티에라고 부르고 있었다.

"어이, 포레스티에!"

그는 외면한 채 우편함 속을 뒤져 자신에게 온 편지를 가져왔다. 하지만 다시 한 번 그를 부르는 목소리는 더욱 우렁찼다.

"여보게, 포레스티에!"

여기저기서 웃음을 참는 소리가 들렸다. 사장실로 들어가려는 뒤루아를 방금 그를 부른 친구가 붙들며 말을 건넸다.

"아, 미안하네! 할 이야기가 있어서 말이야. 어찌된 일이 자네하고 그 불쌍한 샤를을 매번 혼동하지 뭐야. 자네가 쓴 논설이 샤를의 그것과 아주 똑같거든. 누구라도 구분하기 어려울 거야."

뒤루아는 말은 하지 않았지만 속으로는 부아가 치밀었다. 그리고 이미 세상에는 없는 친구에게도 화가 났다. 왈테르 영감까지도 다른 누군가가 새 정치부장과 전 정치부장 기사의 문장과 사상이 몹시 닮았다고 말하면 이렇게 대답했다.

"그래, 포레스티에와 똑같지. 하지만 조금 더 깊어지고 조금 더 힘있고 또 신랄해졌지."

그리고 어느 때인가 뒤루아는 우연히 빌보케 공이 들어 있는 벽장문을 열어 보았다. 벽장 안을 보니, 전 주인이 사용했던 빌보케 공 손잡이에는 상장이 달려 있고, 뒤루아가 생포탱에게 배우며 연습할 때에 사용했던 것에는 분홍빛 비단 리본이 매어져 있었다. 그리고 벽장 안에 진열된 모든 빌보케 공은 크고 작은 순서로 한 줄로 진열되어 마치 박물관 진열장처럼 다음과 같은 표가 붙어 있었다.

옛 포레스티에 상회의 수집품. 후계자 포레스티에서 뒤루아로 명의 변경. 특허는 정부의 보증 없음. 본품은 반영구적 물품으로 여행을 포함한 어떤 상황에서도 사용할 수 있음.

그는 가만히 벽장문을 닫으며 들으란 듯 큰 목소리로 말했다.

"어딜 가도 멍청한 놈이나 시기하는 놈은 있어."

말은 그랬지만 그는 자존이 몹시 상했다. 글 쓰는 사람 특유의 까다로운 자존심과 허영심, 그것은 취재기자와 천재 시인을 불문하고 언제나 경계하기를 게을리하지 않는 신경질적인 감수성을 만들어 냈다.

뒤루아는 '포레스티에'라는 말을 들으면 귀가 찢기는 기분이 들었다. 그 말은 언제 들어도 끔찍했고 얼굴도 함께 달아오르곤 했다. 뒤루아에게 포레스티에라는 이름은 조롱 그 자체였다. 아니 조롱 이상으로 거의 모욕에 가까웠다. 그 이름은 뒤루아에게 이렇게 외쳤다.

'네 일은 네 여편네가 하는 거야. 마치 전남편의 일을 해 오듯이 말이야. 여편네가 없으면 넌 아무것도 할 수 없어.'

그도 마들렌이 없는 포레스티에는 아무것도 아니라는 것을 인정했다. 그러나 자신에게는 말도 안 되는 소리였다. 똑같은 생각은 집에 와서도 지워지지 않았다.

이제는 집뿐만이 아닌 가구와 장식품을 포함한 손에 닿는 것 모두가 친구를 생각나게 했다. 처음에는 그런 생각조차 들지 않았지만, 동료들의 짓궂은 농담에 마음이 쓰인 뒤로는 여태까지 깨닫지 못했던 자질구레한 일 모두가 마음에 걸렸다.

뒤루아는 무엇을 잡아도 곧 그 위에 놓인 샤를의 손이 보이는 것만 같았다. 보이는 것, 만지는 것 모두가 샤를이 쓰던 것이고, 샤를이 샀고, 그가 사랑하고 소유했던 것들이었다. 이제 뒤루아는 그 친구와 자기 아내의 관계를 떠올리기만 해도 화가 났다. 가끔은 스스로도 통제할 수 없는 분노에 놀라 이렇게 생각하기도 했다.

'도대체 무슨 일이지? 나는 마들렌에게 어떤 남자 친구가 있어도 상관하지 않는다. 설사 그녀가 무슨 짓을 하건 상관하지 않는다. 그녀는 제멋대로 아무 때나 들락날락하지! 그런데 저 샤를 놈을 생각하기만 하면 이렇게 화가 나다니!'

그러고는 마음속으로 중얼거렸다.

'사실 그놈은 멍청이였어. 그것이 나를 이렇게 못 견디게 만드는 거야. 마들렌이 그런 바보 멍청이 같은 놈을 남편으로 삼았다는 그 자체가 못마땅한 거지!'

그리고 끊임없이 이렇게 되풀이했다.

'도대체 이해할 수 없어, 어떻게 단 한순간이라도 마들렌은 그런 모자란 인간과 사랑에 빠졌던 걸까?'

셀 수 없이 많은 일들이 하루도 빠짐없이 뒤루아의 마음을 바늘처럼 찔러 댔다. 마들렌이 무심코 던지는 한마디 한마디가 그랬고, 하인이나 하녀의 말 한마디에도 쉴 새 없이 샤를이 생각났다.

어느 날 저녁, 달콤한 요리를 좋아하는 뒤루아가 물었다.

"우리 집엔 왜 앙트르메가 없지? 당신은 한 번도 그것을 만들어 주지 않았어."

마들렌은 명랑한 음성으로 말했다.

"그러네요. 미처 생각을 못 했어요. 샤를이 싫어했기 때문에……."

그 순간 그는 참을 수 없는 분노가 치밀어 올라 소리쳤다.

"아! 또 샤를 이야기야? 난 이제 샤를은 지긋지긋하오. 저기를 가도 샤를, 여기를 가도 샤를, 일 년 내내 샤를 천지란 말이오. 샤를은 저걸 좋아했다느니, 샤를은 이걸 좋아했다느니. 그러나 샤를은 이미 죽어 버렸으니 그대로 덮어 두는 게 어떻소?"

마들렌은 어째서 남편이 갑자기 화를 내는지 알 수가 없어 멍하니 뒤루아의 얼굴을 바라보았다. 그러나 그녀는 워낙 영리한 여자였기에 곧 남편의 심정을 어느 정도 짐작했다. 주변에 널려 있는 모든 것들이 전남편을 생각나게 했기 때문에 그것이 차차 그의 마음에 들어와 죽은 남편을 향한 질투심에 괴로워한다는 사실을 말이다. 그녀는 뒤루아의 그런 행동이 유치했지만 왠지 어색한 기분이 들어 아무 말도 하지 않았다.

뒤루아는 또 자신의 분노를 감추지 못한 사실에 화가 났다. 그리고 그날 밤, 식사를 마친 뒤 다음 날 기사를 쓸 때였다. 갑자기 털을 댄 실내화가 거북하게 느껴졌다. 신경 쓰지 않으려 했지만 그것도 쉽지 않았다. 결국 뒤루아는 털 실내화를 던지고는 웃으며 물었다.

"샤를은 일 년 내내 발이 시렵다고 했소?"

그녀도 웃으면서 대답했다.

"네, 그랬어요, 늘 감기에 걸릴까 봐 맘 졸이며 지냈지요. 기관지가 약했기 때문에요."

뒤루아는 통쾌한 듯 말을 이었다.

"그래서 그것을 몸소 증명한 셈이군그래."

그리고 나서 거들먹거리며 덧붙였다.

"나로서는 오히려 다행이었지만."

그리고 아내의 손에 키스했다. 그러나 잠자리에 들어서도 그는 여전히 같은 생각에 사로잡혀서 또다시 물었다.

"샤를 녀석은 귀에 바람이 들어가지 않도록 나이트캡을 쓰고 잤겠군."

마들렌도 농담에 맞장구치듯이 대답했다.

"아뇨, 마드라스 천을 이마에 묶고 잤어요."

뒤루아는 어깨를 으쓱해 보이며 마치 상대방을 경멸하듯 말했다.

"흥, 갓난애가 따로 없군!"

그 뒤로도 샤를은 자주 화제가 되었다. 뒤루아는 시도 때도 없이 샤를 이야기를 하며 그때마다 가엾다는 표정을 지으며 "불쌍한 샤를." 하며 중얼거렸다.

그리고 신문사에서 두세 번 자기를 포레스티에라고 부르는 소리를 듣고 온 날은 죽은 친구에게 증오에 찬 조소를 보내며 무덤 속까지 쫓아가서 복수했다. 그의 결점 혹은 우스꽝스러웠던 점이나 소심했던 점을 상기하고 재미있다는 듯 화제에 올리기도 했다. 마치 대면하기 싫은 경쟁자를 아내의 마음속으로부터 쫓아내려는 사람처럼 그것들을 더 늘어놓으며 부풀렸다.

그는 종종 이런 말을 했다.

"여보, 마드, 기억하오? 포레스티에 바보 녀석이 언젠가 뚱뚱한 남자가 여윈 남자보다 정력이 세다는 걸 증명할 수 있다고 우기던 말 말이오."

뒤루아는 이미 세상을 떠난 친구에 대한 자질구레한 부부간의 비밀까지 알고 싶어 했다. 마들렌은 기분이 상해 대답하려고 하지 않았다. 그러나 그는 짓궂게도 집요하게 물고 늘어졌다.

"이야기 좀 해 봐. 그때 샤를 녀석은 무척 우스웠겠지?"

그녀는 억지로 웃으며 중얼거렸다.

"여보, 그이에 대한 이야기는 이제 그만해요."

그러나 그는 신경 쓰지 않았다.

"괜찮아. 나는 상관하지 말고 말해 보구려. 그 인간은 잠자리에서는 틀림없이 우스꽝스러웠겠지."

그리고 언제나 마지막에는 이렇게 내뱉었다.

"참 얼간이야! 그 녀석은."

유월이 끝나 가는 어느 날 밤, 그는 창가에서 담배를 피우다가 너무 더운지 산책할 생각을 하게 되었다. 그래서 부인에게 물었다.

"여보, 우리 숲까지 산책하지 않겠소?"

"좋은 생각이에요. 가요."

그래서 그들은 덮개가 없는 마차를 빌려 타고는 샹젤리제에서 불로뉴 숲의 가로수 길로 들어갔다. 바람 한 점 없는 밤이었다. 후끈 달아오른 공기가 화덕 속의 더운 김처럼 가슴속까지 들어오는, 마치 한증막 같은 밤이었다. 마차들은 무리를 지어 연인들을 태우고 나무 그늘 속을 달렸다. 그야말로 끝없는 마차들의 행렬이었다.

조르주와 마들렌은 마차 안에서 껴안고 가는 남자와 여자를 바라보며 즐거워했다. 여자들은 모두 화려한 옷을 입었고 남자는 검은 예복 차림이었다.

타는 듯한 뜨거운 별이 총총한 하늘 아래로 이어진 마차의 행렬은 마치 불로뉴 숲으로 흐르는 거대한 강줄기의 모습과 닮았다.

땅 위를 굴러가는 마차 바퀴의 육중한 소리만 들렸다. 보이는 마차마다 두 남녀가 쿠션을 댄 의자에 기대어 누워서는 말없이 끌어안고 있었다. 그리고 이제 곧 다가올 욕정 속 잠자리를 기대하며 몸을 떨고 있었다. 무더위를 실은 밤은 남녀의 키스만으로 가득 차 있는 듯했다.

주변을 가득 떠도는 애정과 여기저기서 넘치는 동물적 욕망이 공기를 한층 더 답답하게 만들었다. 같은 생각과 같은 열정에 취해 서로 껴안은 열기는 사방으로 퍼져 나갔다.

애욕과 애무의 소용돌이를 싣고 달리던 마차 위에는 다정한 애무가 흩날렸고, 스치듯 마차가 지나간 자리에는 섬세하게 떨리는 관능의 숨결 같은 것이 떠돌았다.

조르주와 마들렌도 격렬한 애정에 점점 끌려들었다. 그리고 짓누르는 듯한 무거운 공기와 마음에 스며드는 정념에 늘어져 아무 말도 하지 않은 채 다정하게 손을 잡고 있었다. 성벽에 이어진 모퉁이를 돌아설 때 두 사람은 자연스럽게 키스를 했다. 그녀는 약간 창피한 듯 중얼거렸다.

"루앙에 갔을 때처럼 아이들이 되어 버렸네요."

마차 행렬은 숲 입구에서 둘로 갈라졌다. 그들이 택한 호수로 들어가는 길은 마차가 뜸했다. 그러나 나무가 빽빽하게 들어서 있어서 조금은 어두웠고, 우거진 나뭇잎들은 생기를 불어넣고 있었다. 나뭇가지 아래로 여기저기 흐르는 개울물 소리도 듣기 좋았다. 넓은 땅 위로 별이 가득 펼쳐진 아름다운 장소였다. 이 모든 분위기는 마차 안 연인들에게도 신비로운 기분이 들게 만들었다.

조르주는 "아! 귀여운 마드." 하고 낮게 속삭이며 아내를 꼭 끌어안았다.

"여보, 당신 집 근처에 있던 숲은 무척 음침했죠? 왠지 사나운 짐승이 많을 것 같았고 길은 가도 가도 끝이 없는 것 같았어요. 거기에 비하면 여긴 참 기분이 좋아요. 바람은 살결을 쓰다듬는 듯 부드럽고 숲 저편이 세브르라는 것도 잘 알고 있고요."

"그렇군, 우리 집 숲에는 사슴이나 여우나 노루, 산돼지밖에 없고 군데군데 포레스티에의 오두막이 있을 뿐이지."

포레스티에라는 말이 나오자 뒤루아는 마치 누군가가 우거진 숲 속에서 그 이름을 외치기라도 한 듯 깜짝 놀랐다. 그는 생활을 엉망으로 만들고 있는 이 까닭 없는 집요한 불쾌감과, 가슴을 할퀴는 억누를 수 없는 질투의 분노에 다시금 사로잡혀 갑자기 입을 다물어 버렸다. 잠시 후 마들렌에게 물었다.

"가끔씩 밤에 포레스티에와 여기 온 적이 있었소?"

"네, 가끔요."

그는 갑자기 집으로 돌아가고 싶었다. 마치 심장을 조여 오는 듯한 초조함이 밀려왔다. 포레스티에의 모습이 다시 되살아나 그의 마음을 단단히 움켜쥐었다. 그는 이미 포레스티에에 관한 일 외에는 생각할 수도 지껄일 수도 없었다.

그는 심술궂은 어조로 물었다.

"여보, 마드."

"네?"

"당신 혹시 그 불쌍한 샤를을 속이고 다른 남자를 사랑한 일이 있소?"

그녀는 불쾌한 듯 중얼거렸다.

"몰라요, 당신은 매일 똑같은 말만 하시는군요."

그러나 그는 집요하게 물었다.

"여보, 귀여운 마드. 솔직하게 말해 봐요. 당신, 딴 남자를 사랑한 일이 있지? 어서 있다고 털어놔."

마들렌은 어떤 여자가 들어도 충격적일 수밖에 없는 말이 남편 입에서 나왔다는 사실이 놀라워 곧 입을 다물어 버렸다. 그는 지치지 않고 말했다.

"그거 아오? 혹, 여편네를 잘 간수하지 못할 녀석이 있다면 바로 그 녀석일 거요. 그럴 게 뻔해, 그렇고말고! 포레스티에가 여편네를 뺏겼다면 난 좋아서 어쩔 줄 모를 거야! 흥, 그 바보 같은 얼굴이 정말 볼 만한걸!"

그는 마들렌과의 어느 한 가지 추억을 떠올리며 살짝 웃었다가 생각하고 다시 물었다.

"어서, 말해 봐요. 사실 별것도 아니잖소? 그 녀석을 감쪽같이 속인 일이 있었다고 내게 고백해 봐요. 재밌지 않소?"

사실 그는 샤를이, 그 끔찍했던 샤를이, 가증스러운 전남편이, 아무리 미워해도 다 미워할 수 없는 고인이 그러한 우스꽝스러운 일을 당했다는 사실을 알고 싶어 몸이 떨릴 지경이었다. 그러나 또 다른, 좀 더 막연한 동기가 그의 호기심을 부추겼다.

그는 다시 한 번 말했다.

"마드, 귀여운 나의 마드. 부탁이니 제발 좀 말해 봐. 녀석은 그런 일을 당해도 괜찮아. 당신이 그 녀석에게 그런 놀랍고도 당황스러운 일을 안겨 주지 않았다면 오히려 당신이 잘못한 거야."

그녀는 이제 그의 짓궂은 질문이 재미있다는 듯 쿡쿡 소리 내어 웃었다. 그는 아내 귀에 입을 대고 속삭였다.

"여보……, 여보……, 어서 솔직히 말해 봐."

그녀는 몸을 빼며 불쑥 던지듯 말했다.

"당신 참 바보 같아요. 어떤 여자가 이런 질문에 대답을 하겠어요?"

그녀의 말은 야릇했다. 그 즉시 남편은 혈관 속으로 차디찬 전율을 느꼈다. 그는 충격을 받은 듯이 멍했고 놀란 듯 숨을 헐떡였다.

이제 마차는 호숫가를 달렸다. 물 위는 마치 하늘의 별들이 흩뿌려진 듯했다. 백조 두 마리가 천천히 헤엄치는 것이 어둠 속에 희미하게 보였다.

뒤루아는 마부에게 "돌아갑시다!" 하고 외쳤다. 마차는 방향을 돌려, 천천히 달려오는 다른 마차를 스쳐 지나갔다. 그리고 그 지나쳐 가는 마차에 달린 커다란 등잔은 마치 숲을 뒤덮은 밤의 눈처럼 빛났다.

아내의 말투는 참으로 이상했다! 뒤루아는 생각했다.

'그건 고백이었을까?'

그리고 그녀가 전남편을 속인 것은 의심할 여지가 없는 사실이라고 여겨지자, 이번에는 알 수 없는 화가 치밀었다. 생각 같아서는 마음껏 때리고 목을 조르고 머리를 쥐어뜯고 싶었다.

만일 그녀가 "하지만 여보, 내가 꼭 그이를 속여야 했다면 상대는 물론 당신이었을 거예요." 하고 대답했다면 분명히 정신없이 끌어안고 키스하며 너무나도 사랑스러워 했을 것이다!

그는 팔짱을 낀 채 하늘을 가만히 올려다보았다. 마음이 복잡해서 아무것도 생각나지 않았다. 다만 여자의 변덕스러운 욕정 앞에서 모든 남자들이 느끼는 분노가 끓어올랐을 뿐이었다. 처음으로 그는 의심에 사로잡힌 남편이 가진 걷잡을 수 없는 번민을 느꼈다! 결국 그는 전남편에게, 포레스티에에게 질투하고 있었던 것이다.

게다가 가슴을 찌르는 듯한 이 끔찍한 질투. 그것도 모자라 갑자기 마들렌에 대한 증오가 파고들었다. 전남편을 속인 여자인데 나라고 다르겠는가!

시간이 흐른 뒤, 조금씩 마음이 진정되자 그는 고통을 누르며 생각했다.

'여자란 모두 매춘부다. 그냥 재미로 만나자. 진짜로 내 마음을 주어선 안 돼.'

마음속 씁쓸한 고민이 경멸과 혐오를 담은 말이 되어 입술로 올라왔다. 그러나 그는 그것을 입 밖에 내지 않고, 가슴속에서 이렇게 되풀이했다.

'세상은 강한 자의 것이다. 강자가 되어야 한다. 모든 사람들의 위에 서지 않으면 안 된다!'

마차는 속도를 냈다. 그리고 성벽을 다시 지나쳤다. 뒤루아는 눈앞에 펼쳐진 하늘에서 마치 거대한 용광로에서 나오는 듯한 희미한 불빛 같은 것을 보았다. 그리고 끊임없이 요란하게 울리는 갖가지 많은 소리를 들었다.

어떤 소리는 희미하게 들렸고, 어떤 것은 가까이, 또 어떤 것은 멀리 들렸다. 삶이 모호하고 거대하게 몸부림치는 소리였고, 이 여름밤에 피로에 지친 거인 같은 도시 파리가 숨을 쉬는 소리였다.

뒤루아는 생각했다.

'이런 일로 화를 내는 것은 바람직한 일이 아니다. 각자 맡은 자기 일만 생각하면 된다. 승리는 대담한 자에게 떨어지는 법이다. 결국 모든 것은 이기주의에 지나지 않는다. 더군다나 야심과 부귀영화를 노리는 이기주의는 여자와 사랑을 뒤쫓는 이기주의보다 낫다.'

도시 입구에 에투알 광장의 개선문이 보였다. 두 다리를 벌리고 선 개선문은 마치 거인이 눈앞에 펼쳐진 널찍한 가로수 길을 내려가려고 하는 것 같았다.

조르주와 마들렌은 연인들이 떨어질 줄 모르며 말없이 부둥켜안고 집으로, 고대하던 잠자리로 돌아가는 행렬 속에 끼어 있었다. 마치 이 세상 모든 사람들이 환희와 쾌락과 행복에 취해서 옆을 미끄러져 가는 것 같았다.

젊은 여인은 남편 마음속에 무슨 일이 일어난 것을 눈치채고 다정한 목소리로 물었다.

"당신 뭘 그렇게 곰곰이 생각해요? 삼십 분 동안 한마디도 하지 않으시는군요."

그가 차가운 목소리로 대답했다.

"저 포옹하는 바보 같은 놈들을 생각하는 거요. 그리고 우리 삶에서 중요한 일은 따로 있는데 하며, 안타까워하는 중이었지."

그녀는 중얼거렸다.

"글쎄요, 하지만 저것도 때론 좋잖아요."

"그야 즐겁지……. 물론 그렇고말고……. 아무것도 할 일이 없을 때는 말이지."

악의에 찬 분노에 빠진 뒤루아의 생각은 인생이 두르고 있는 시정(詩情)의 옷을 벗겨 내면서 더욱 앞으로 나아갔다.

'나도 얼마 전부터 바보 같았지! 사양하고, 양보하고, 망설이고, 초

조해하면서 내 마음을 괴롭히는 어리석은 행동을 했잖아!'

포레스티에의 생전 모습이 떠올랐다. 하지만 아무런 미움이 생기지 않았다. 마치 두 사람은 서로 화해하고 친구가 된 듯했다. 심지어는 "여보게, 잘 왔네." 하고 말해 주고 싶은 마음이 들었다.

마들렌은 그가 입을 다물자 심심해하며 물었다.

"여보, 돌아가기 전에 토르토니에 가서 아이스크림을 좀 먹어요."

그는 곁눈질로 슬쩍 그녀를 보았다. 화환처럼 늘어뜨려 놓은, 음악 카페의 밝은 가스등 불을 받은 금발 머리 아내의 옆모습이 보였다. 뒤루아는 아내를 곁눈질하며 생각했다.

'마들렌은 아름답다. 내겐 아주 잘된 일이야! 그래, 우린 막상막하지. 앞으로 누가 무슨 짓을 한들, 북극이 열대로 바뀌는 날이 올지언정, 다시는 너 때문에 힘들어하지 않을 거야.'

뒤루아는 대답했다.

"좋은 생각이오, 여보."

그는 아내가 아무 눈치도 채지 못하도록 곧바로 키스를 했다. 하지만 젊은 여인은 남편의 입술이 얼음처럼 차갑다는 것을 느꼈다.

카페 계단 앞에서 아내를 내려 주느라 손을 내밀 때 뒤루아는 평소 때처럼 부드럽게 미소를 띠고 있었다.

3

다음 날, 뒤루아는 신문사에 들어서자마자 부아르나르를 찾아갔다.

"이보게, 내가 자네에게 부탁할 게 있네. 모두 얼마 전부터 나를 포레스티에라고 부르며 놀리는데 이제는 그 농담을 참을 수가 없네. 그래서 하는 말인데, 다시 한 번 그런 농담을 하는 놈이 있다면 내가 당장 달려가 뺨을 후려치겠다고 동료들에게 이야기 좀 해 줄 수 있겠나? 농담 하나로 칼침 맞을 것을 각오하라고 말일세. 내가 자네에게 이런 부탁을 하는 것은 자네가 불상사를 미리 방지할 수 있는 냉철한 사람이라 여겼기 때문이고 또 한 가지 이유는 내가 결투할 때 입회인이 되어 주었기 때문일세."

부아르나르는 그 부탁을 받아들였다. 뒤루아는 곧장 볼일을 보러 나갔다가 한 시간이 지나서야 돌아왔다. 그러나 아무도 그를 포레스티에라고 부르지 않았다. 집으로 돌아오자 객실에서 부인들의 목소리가 들렸다.

"손님이 오셨나?"

"왈테르 부인과 드 마렐 부인입니다."

하인이 대답했다.

그는 잠시 가슴이 두근거렸다. 그러나 '그래, 어차피 부딪칠 일이었어.' 하고 생각하고는 문을 열었다. 클로틸드는 창문으로 들어오는 햇빛을 받으며 벽난로 옆 구석에 앉아 있었다.

그녀는 뒤루아를 보자 안색이 창백해지는 것 같았다. 그는 처음에는 왈테르 부인의 양옆에 앉아 있는 두 딸에게 인사를 하고 옛날 정부에게로 향했다. 그녀가 손을 내밀었다. 그는 "나는 언제까지나 당신을 사랑하오."라는 말을 하려는 듯 그녀의 손을 힘주어 잡았다. 그녀 역시 손에 힘을 주며 잡았다.

뒤루아가 물었다.

"정말 오랫동안 뵙지 못한 것 같은데 안녕하셨습니까?"

그녀는 거침없이 대답했다.

"그럼요, 당신은 잘 지냈나요, 벨 아미?"

그녀는 마들렌 쪽을 돌아보며 다시 덧붙였다.

"벨 아미라 불러도 괜찮겠지요?"

"네, 물론이죠. 좋으실 대로 하세요."

마들렌의 말에는 빈정거림이 길들어 있는 것 같았다.

왈테르 부인은 자크 리발이 혼자 사는 집에서 검술 시합을 열겠다는 이야기를 했다. 검술 시합은 성대하게 열릴 계획이고, 사교계의 부인들도 초대된다는 이야기를 덧붙였다. 그러고는 다시 덧붙여 말했다.

"정말 재미있을 것 같은데 전 걱정이에요. 그때쯤 남편이 집에 없어서 데려가 달라고 부탁할 분이 없어서요."

뒤루아는 즉시 자신이 그 일을 하겠다고 나섰다. 부인은 매우 기뻐하며 말했다.

"그래 주신다면 저나 아이들이 참으로 고맙게 생각하겠어요."

그는 왈테르의 딸 중에 둘째 쪽을 바라보며 '이 쉬잔이란 아이는 나쁘지 않아, 제법 쓸 만해.' 하고 생각했다. 그녀는 마치 가녀린 작은 인형 같았다. 키는 작았지만 가느다란 허리와 엉덩이 그리고 가슴이 제법 고운 곡선을 만들어 냈다.

얼굴은 조그만 모형 인형 같고, 붓으로 그려 놓은 칠보 같은 청회색 눈은 까다롭지만 자유로운 상상력을 지닌 화가가 색조를 배합해 놓은 듯했다. 매끄럽게 윤이 나는 뽀얀 살결은 잡티 하나, 불그스레한 점 하나 없이 깨끗했다. 구불구불하게 헝클어진 머리카락은 공들여 다듬은 수풀 혹은 가볍게 떠 있는 구름 같아서, 마치 어린 계집아이들이 들고 다니는 자기 몸보다 더 큰 고급 인형의 머릿결처럼 아름다웠다.

하지만 언니 로즈는 못생겼고 볼품도 없으며 이렇다 할 개성도 없는 외모였다. 그러니 남의 눈에 띌 리도 없었다. 그래서 아무도 말을 걸지 않았다. 결국 이야기 속 화제의 주인공과는 거리가 먼 처녀 중에 한 사람이었다.

왈테르 부인이 일어나 뒤루아 쪽으로 몸을 돌리며 말했다.

"그럼 내일 목요일 두 시에 뵙겠어요."

"네, 알겠습니다, 부인."

그녀가 돌아가자 드 마렐 부인도 일어섰다.

"안녕히 계세요, 벨 아미."

이번에는 그녀가 힘을 주며 오랫동안 그의 손을 잡았다. 뒤루아는 이 무언의 고백에 마음이 흔들렸다. 어쩌면 이 사람 좋은 바람난 유부녀가 진실로 자신을 사랑하고 있을지도 모른다는 생각에 갑자기 그녀가 그리워졌다.

'그래, 내일 만나러 가 보자.'

손님이 떠나자 마들렌은 거리낌 없는 명랑한 목소리로 웃기 시작했다. 그러고는 마주 앉은 남편을 보며 말했다.

"여보, 왈테르 부인이 당신에게 정신이 쏙 빠졌더군요."

그는 어리둥절한 표정으로 물었다.

"대체 무슨 말이오?"

"몰랐어요? 제가 장담해요. 왈테르 부인은 몹시 흥분해서 당신 이야기를 하더군요. 부인은 평소 그런 모습을 보이지 않았거든요. 그리고 글쎄, 당신 같은 남편감을 두 딸에게 짝지어 주고 싶다나요? 다행히 왈테르 부인에 대해서는 문제없지만."

그는 여전히 마들렌의 말을 이해하지 못했다.

"문제가 없다는 것은 또 무슨 말이오?"

그녀는 확신이 선 듯 분명한 어조로 대답했다.

"그 부인은 말예요. 한 번도 이상한 소문이 난 일이 없는 여자예요. 당신도 아시겠지만 작은 소문조차 없었어요. 사실 어디를 보나 나무랄 데 없는 분이지요. 그 남편에 대해서는 당신도 나만큼 알고 있지요. 하지만 부인은 달라요. 사실 유대인을 남편으로 삼고 있다는 사실을 괴로워하기는 하지만 늘 정숙하면서도 강한 여자지요."

뒤루아는 깜짝 놀라서 말했다.

"난 부인도 유대인인가 했어."

"부인이요? 아니에요. 그런데 마들렌 성당에서 하는 자선 사업은 뭐든지 앞장서서 해요. 결혼도 정식으로 성당에서 올렸대요. 사장이 세례 받는 흉내를 냈는지, 성당에서 눈을 감고 모르는 체했는지는 알 수 없지만요."

뒤루아는 중얼거렸다.

"아 참……! 그렇다면 그분은 내게 반했다는 말인가?"

"그래요, 그것도 정신 못 차릴 만큼 반했어요. 그리고 당신이 독신이었다면……, 쉬잔에게 결혼 신청을 하라고 말했을 텐데……. 그런데 로즈는 싫죠?"

그는 콧수염을 만지작거리면서 대답했다.

"그 어머니도 아직은 쓸 만해."

마들렌은 지루한 듯이 말했다.

"세상에, 당신도 참……. 그 어머니야 당신 재주 나름이겠지만, 전 조금도 걱정되지 않아요. 그 나이에 처음 바람을 피우다니 말도 안 돼요. 사실 하려면 좀 더 일찍 시작했어야지요."

뒤루아는 생각했다.

'어쩌면 나도 쉬잔을 차지할 수 있었을지도 모르겠군.'

그는 어깨를 으쓱하며 생각했다.

'어리석긴! 말도 안 되는 소리야! 그 영감이 그러라고 말할 턱이 없지.'

하지만 그는 이제부터 왈테르 부인의 태도를 좀 더 주의 깊게 보리라 생각했다. 그렇지만 어떤 성과를 만들어 낼 수 있는지는 계산이 되지 않았다.

클로틸드와 나눴던 사랑의 기억이 밤새도록 그의 머릿속을 떠나지 않았다. 시시콜콜한 일상과 더불어 떨쳐 버릴 수 없는 관능의 추억이었다. 그녀의 생뚱맞은 엉뚱한 짓과 귀여운 짓 모두와 함께 나눴던 산책 시간까지 그리웠다. 그는 마음속으로 되풀이했다.

'그래, 참 귀여운 여자야, 내일 만나러 가자.'

이튿날, 뒤루아는 점심 식사를 마치자마자 베르뇌유 거리로 갔다. 전에 보았던 하녀가 문을 열어 주며 평범한 중산층 하녀처럼 다정하게 인사를 했다.

"안녕하셨습니까, 나리?"

"그래, 좋아."

객실로 들어서자 서툰 피아노 소리가 들렸다. 로린이었다. 뒤루아는 그녀가 냉큼 달려와 목에 매달릴 줄 알았다. 그러나 그녀는 어른처럼 공손히 인사를 하고 말없이 밖으로 나갔다.

그는 깜짝 놀랐다. 로린은 마치 모욕을 당한 듯 굴었다. 그러나 곧 어머니가 들어와 그의 손을 잡고 키스했다.

"당신 생각을 얼마나 많이 했는지 몰라요."

"저도 그랬어요."

그녀가 대답했다.

그들은 자리에 앉아 서로의 눈을 조용히 들여다보면서 미소 지었다. 키스를 하고 싶은 생각에 입술이 간지러웠다.

"귀여운 클로, 난 당신을 잊을 수가 없소."

"저도 마찬가지예요."

"그럼, 나를 원망하지 않았단 말이오?"

"사실은 그렇기도 하고 안 그렇기도 해요. 전 너무 힘들고 괴로웠어요. 하지만 그러는 동안 당신이 결혼을 한 이유를 조금씩 이해하게 되었어요. 그러면서 언젠가는 다시 내게 돌아올 거란 생각을 했어요."

"내게는 돌아올 용기가 없었소. 당신이 어떤 모습으로 나를 맞이할지 몰라서 말이오. 그래서 용기 있게 나서질 못했지만, 사실은 얼마나 그리웠는지 모르오. 그건 그렇고, 로린이 왜 저렇게 행동하는지 아시오? 글쎄, 제대로 인사도 않고 나가 버렸다오."

"잘 모르겠어요. 그런데 당신이 결혼한 뒤로는 로린에게 당신 이야기를 못 하고 있어요. 아마 질투하나 봐요."

"설마……."

"아뇨, 정말이에요! 당신을 이제는 벨 아미라 부르지 않고 포르스티에 씨라고 부르던걸요!"

뒤루아는 얼굴이 빨개졌다. 그가 그녀 곁으로 다가갔다.

"자, 입을."

그녀는 입술을 내밀었다.

"이제 어디서 만날까?"

"어디라뇨, 물론 콩스탕티노플 거리죠."

"아, 그럼 그 방은 아직 세를 낸 사람이 없었소?"

"제가 줄곧 빌리고 있었어요."

"줄곧 빌리고 있었다고? 왜?"

"당신이 되돌아오실 줄 알고요."

순간 돌풍처럼 밀려온 뿌듯함과 기쁨이 그의 가슴속을 꽉 채웠다. 이 여자는 언제나 영원토록 자신을 진정으로 깊이 사랑했던 것이다.

"당신을 정말 사랑하오."

그는 그렇게 말하고 물었다.

"남편은 안녕하신가?"

"그럼요, 잘 지내고 있어요. 한 달가량 있다가 그저 떠나셨어요."

뒤루아는 슬쩍 작은 미소를 보이며 말했다.

"그거 마침 잘됐군."

그녀도 솔직하게 말했다.

"네, 그래요. 잘됐어요. 하지만 집에 있어도 그다지 방해되진 않았어요. 당신도 잘 아시면서."

"그건 그렇지. 어쨌든 좋은 분이야."

"그런데 당신은 어때요, 신혼 재미가?"

"좋은 것도 나쁜 것도 없지. 내 아내는 친구 혹은 일 때문에 만난 동료 같다는 생각이 드니까."

"정말 그것뿐이에요?"

"그뿐이지. 애정은……."

"알아요. 하지만 그분, 좋은 분이에요."

"응, 하지만 나를 자기 맘대로 다루지는 못하지."

그는 클로틸드 옆으로 다가가 속삭였다.

"우린 언제 만날 수 있을까?"

"언제라뇨……. 내일이라도…… 당신만 좋으시다면."

"그럼 내일 두 시에…… 알겠소?"

"그래요."

그는 돌아가려고 일어서다가 잠깐 망설이며 말했다.

"클로, 이번에는 내가 콩스탕티노플 거리의 방을 빌리려 하오. 어떻소? 이번에는 꼭 그렇게 해 주구료. 이젠 당신이 방세를 지불하지 않아도 되니까."

이번에는 그녀가 사랑스러운 듯이 그의 두 손에 키스하며 중얼거렸다.

"당신 마음대로 하세요. 전 언젠가 다시 뵐 수 있기 위해 그곳을 빌려 두었을 뿐이니까."

뒤루아는 흐뭇한 마음으로 돌아갔다. 그는 한 사진관 진열장 앞을 지나가면서 눈이 크고 몸집이 큰 여자의 사진을 보며 왈테르 부인을 생각해 냈다.

'어찌되었든 간에 그 여자도 그다지 나쁘진 않을 거야. 그런데 어째서 전부터 그걸 깨닫지 못했을까? 목요일에 어떤 표정으로 나를 대할지 기대가 되는군.'

그는 들뜬 마음을 누르기 위해 손을 비볐다. 어디를 가든 성공하는 기쁨, 수완 좋게 성공하는 남자가 누리는 이기적인 기쁨, 여자들의 사랑을 받으면서 허영심도 채우고 관능적 쾌감도 덩달아 만끽하는 그런 기쁨이었다.

목요일이 되자 그는 마들렌에게 물었다.

"오늘 리발 검술 시합에 안 가겠소?"

"네, 안 가겠어요. 전 흥미도 없고, 마침 오늘은 하원에 가야 해요."

날씨가 무척 좋았기에 그는 지붕이 없는 마차를 타고 왈테르 부인을 맞으러 갔다.

그는 부인의 모습을 보고 깜짝 놀랐다. 생각지도 않은 젊고 아름다운 모습을 본 것이다.

화려한 몸단장을 한 그녀의 약간 깊고 넓게 파인 윗옷의 연한 갈색 레이스 너머로 탄력 있는 유방이 보였다.

한 번도 이 여자가 이렇게 젊고 싱싱하게 보인 적이 없었다. 정말 탐나는 여자라고 그는 생각했다. 그러나 그녀는 평소 때처럼 신중하고 조심스러운 모습이었다. 그리고 이처럼 차분한 어머니다운 태도로 말미암아 남자들의 호기심을 받아 본 적이 없었다. 그것도 모자라 그녀는 모두가 다 아는 틀에 박힌 공손한 말로 모두를 대했다. 생각이 깊고 이치에 어긋나지 않아서 결코 극단적인 행동을 하지 않았기 때문이었다.

딸인 쉬잔은 장밋빛 드레스를 입고 있어서 방금 니스 칠을 끝낸 와토의 그림 같았다. 그런데 언니는 아름다운 인형 같은 아가씨를 모시는 가정교사처럼 보였다.

리발의 집 문 앞에는 마차가 줄지어 서 있었다. 뒤루아는 왈테르 부인에게 팔을 내밀며 함께 안으로 들어갔다. 검술 시합은 파리 6구의 고아들을 돕기 위해 열린 것으로 〈라비 프랑세즈〉와 친분이 있는 상원 및 하원의원들의 부인이 모여 후원했다.

왈테르 부인은 후원자로서 이름을 올리는 것은 사양했지만 딸들을 데리고 오기로 약속했다. 부인은 원래 종교 단체가 주최하는 사업 외에는 이름을 올리지 않았다.

각별히 신심이 두터웠기 때문이 아니라 유대인과의 결혼으로 어느 정도 종교적인 관심을 나타낼 필요가 있다고 생각했기 때문이다. 그러나 이처럼 신문기자가 베푸는 모임에는 일종의 공화적인 의미가 있었고 더욱 반종교적으로 보일 가능성이 있었던 것이다.

삼 주 전부터 이미 각종 신문에는 이런 내용의 기사가 실려 있었다.

'저명한 기자 자크 리발' 씨는 파리 6구 고아 구제를 위해 온정에 찬 기발한 생각을 내놓았다. 그가 사는 독신 아파트에 부속된 훌륭한 무도장에서 대대적인 검술 시합을 열기로 한 것이다.

라루아뉴, 루몽텔, 리솔랭 등 상원의원 부인 및 라로슈 마티외, 페르스롤, 피르맹 등 하원의원 부인이 발기인으로 초대되었다. 휴식 시간에 한차례 기부금을 거둘 예정이고 모인 금액은 곧 6구 구장이나 또는 구장 대리인에게 전달될 예정이다.

이 기사는 교활한 신문기자인 자크 리발이 자신의 이익을 위해 생각해 낸 광고였다. 자크 리발은 현관 앞에 서서 손님을 맞았다. 간이 식당이 마련되어 있었는데 그 비용은 기부금에서 공제하기로 했다.

리발은 검술과 사격을 하기로 지정된 지하실로 내려가는 계단을 상냥한 목소리로 안내하며 말했다.

"자, 부인! 아래로 내려가십시오. 아래로요. 경기는 지하실에서 열립니다."

사장 부인을 본 리발은 재빨리 앞으로 달려왔다. 그러고는 뒤루아와 악수를 하며 말했다.

"아, 잘 와 주었네, 벨 아미."

뒤루아는 깜짝 놀라서 물었다.

"누구에게 들었나? 그런……."

리발은 말을 자르며 대답했다.

"여기 계신 왈테르 부인께 들었습니다. 매우 좋은 별명이라고 말이지요."

왈테르 부인이 얼굴을 붉혔다.

"네, 제가 말했어요. 솔직하게 말씀드리면, 저 또한 좀 더 가깝게 지냈다면 로린처럼 벨 아미라고 부르고 싶어요. 당신에게 잘 어울리는 이름이에요."

뒤루아는 웃으면서 말했다.

"괜찮습니다, 앞으로 부인께서도 그렇게 불러 주십시오."

그녀는 눈을 내리깔고 말했다.

"아니에요. 아직은 그만큼 친하지 않은걸요."

"그럼 앞으로는 더욱 친해지도록 해 주시겠습니까?"

"네, 언젠가는 그렇게 되겠지요."

뒤루아는 가스등이 비추는 좁은 계단 입구에서 몸을 옆으로 비켜섰다. 환한 대낮의 바깥 빛이 노란 등불 속으로 들어와 주위는 어쩐지 음침한 분위기가 돌았다.

나선형 계단에서는 지하실 특유의 냄새가 풍겼다. 끈적끈적한 습기 냄새, 오늘 행사를 위해 곰팡이를 제거한 벽에서 풍기는 냄새, 종교 의식을 떠올리게 하는 안식향 냄새, 여자들이 뿌린 향수 뤼뱅 향, 마편초 향, 붓꽃 향, 제비꽃 향이 뒤섞여 있었다.

떠들썩한 사람들의 목소리와 들뜬 군중의 요란한 소음도 들려왔다. 지하실은 초석 바른 벽을 나뭇잎으로 덮어 놓았고 그 아래는 화환처럼 이어진 가스등과 베네치아 초롱을 환하게 밝혀 놓아서 사람들 눈에는 나뭇가지밖에 보이지 않았다. 또한 천장에는 양치류를 붙여 놓았고 바닥은 나뭇잎과 꽃으로 덮어 놓았다.

사람들은 이 모든 장식이 멋지고 기발한 아이디어라고 생각했다. 안쪽 작은 지하실에는 무술을 겨룰 사람들을 위한 무대가 마련되었고 양쪽으로 심판관들의 의자가 놓여 있었다. 지하실 전체에는 벤치를 좌우로 열 개씩 늘어놓아 거의 이백 명가량을 수용할 수 있었다. 초청 인원은 모두 사백 명이었다.

무대 앞에는 검술복을 입은 늘씬하면서도 아름다운 청년들이 몸을 뒤로 젖히고 서서 콧수염을 만지며 관객 모두에게 그럴듯한 모습을 선보이고 있었다. 사람들은 앞으로 나와 검술의 달인과 검술 아마추어들에게 아는 척을 했다.

주위에는 프록코트를 입은 여러 나이 든 신사들이 모여 이야기를 나누면서 유니폼을 입은 사람들과 스스럼없이 어울리는 모습을 보였다. 그들 역시 관객의 이목을 끌고 싶고, 모든 사람들이 자신을 알아보고 또 이름을 불러 주기를 바랐다. 그들은 평상복을 입었으나 검술의 대가였고 그 방면에서는 모두가 알아주는 권위자들이었다.

모든 벤치는 여자들로 메워졌고, 드레스 옷자락이 스치는 소리와 소곤거리는 소리가 여기저기서 들렸다. 나뭇잎으로 덮인 그 동굴 같은 지하실은 이미 한증막처럼 더웠기 때문에 여자들은 모두 연극을 볼 때처럼 부채질을 했다. 한 익살스러운 사람이 이따금 "보리차, 레몬수, 맥주!" 하고 소리를 질러 댔다.

왈테르 부인과 딸들은 미리 마련된 맨 앞자리에 앉았다. 뒤루아는 그녀들을 앉히고는 자리를 떠나면서 작은 목소리로 말했다.

"그럼 이만 저는 실례하겠습니다. 남자가 벤치를 차지하고 있을 수도 없으니까요."

하지만 부인이 망설이며 대답했다.

"그래도 곁에 계시면 안 될까요? 시합에 나오는 사람들의 이름을 가르쳐 주셨으면 해요. 그래요, 벤치 옆에 서 계셨으면 좋겠네요. 그러면 아무에게도 방해되지 않을 거예요."

그녀는 커다랗고 상냥한 눈으로 그를 보았다. 그러고는 또다시 졸라 댔다.

"그렇게 하세요, 곁에 계셔 주세요. 벨 아미, 당신이 필요해서 부탁하는 거예요."

"네, 알겠습니다. 부인……, 기꺼이."

여기저기서 와자하게 떠드는 소리가 들렸다.

"이 지하실, 꽤 멋있는걸요. 아주 훌륭해요!"

천장이 둥근 지하실 방은 뒤루아도 잘 알고 있었다. 결투하기 전날, 여기서 지냈던 아침의 일은 결코 잊을 수가 없다. 저 건너 지하실 안쪽에서 작은 흰색 표적이 엄청나게 크고 무시무시한 눈으로 이쪽을 쳐다보지 않았던가.

자크 리발의 목소리가 계단 쪽에서 울렸다.

"자, 신사 숙녀 여러분, 지금부터 시작하겠습니다."

앞가슴이 한층 더 두드러지게 보이기 위해 몸에 딱 들어맞는 옷을 입은 여섯 신사가 무대 위 심사위원 자리에 앉았다.

그들의 이름은 입에서 입으로 전해졌다.

기다란 콧수염을 기른 키가 작달막한 남자는 심사위원장 레날디 장군, 턱수염이 멋진 세 청년은 마테오 드위자르, 시몽 라몽셸, 피에르 드 카르뱅, 한 사람은 사범인 가스파르 메를롱이었다. 조그만 지하실 양쪽에 두 개의 패가 걸렸다. 오른편은 크레브 쾨르 씨, 왼쪽에는 플 뤼모 씨라고 쓰여 있었다.

두 사람 모두 이류 선수였지만 훌륭한 검투사였다. 무대에 올라온 두 사람 모두 단단한 근육을 가졌고 동작 또한 군대식이라 딱딱했다. 그들은 마치 자동인형 같은 동작으로 검으로 인사를 나눈 뒤 곧바로 시합을 시작했다. 아마와 흰 가죽 옷을 입은 모습은 마치 병사로 분장한 피에로가 장난질을 하며 싸우는 것 같았다.

이따금 "명중!" 하는 소리가 들렸다. 곧바로 심사위원 여섯 명은 전문가답게 고개를 앞으로 내밀었다. 관중들은 그저 살아 움직이는 인형 둘을 보고 있었다. 그러나 모두 즐거워했다. 또 한편으로는 그들 눈에 보이는 두 인형은 그다지 우아하지 못했고 어쩐지 우스꽝스럽게 보였다. 사실 두 검투사는 새해 첫날 거리에서 파는 나무로 만든 투사의 형상과 똑같았다.

맨 처음의 두 검객에 이어 플랑통 씨와 카라팽 씨가 나왔다. 한편은 민간인 사범이었고 다른 편은 군인이었다. 플랑통 씨는 매우 작고 카라팽 씨는 뚱뚱했다. 검의 일격으로 그 풍선이 가죽 코끼리처럼 푹 꺼져 버릴 거라는 생각에 모두 낄낄대며 웃어 댔다. 플랑통 씨는 원숭이처럼 뛰면서 돌았다. 그러나 카라팽 씨는 팔밖에는 움직이지 않았고, 다른 부분은 너무 뚱뚱해서 잘 움직이지 못했다. 그는 오 분마다 발을 앞으로 내디뎠으나 모든 행동이 무겁고 힘들어 보였다. 필사적으로 몸부림을 쳤지만 다시 몸을 일으키는 것 또한 매우 힘들어했다. 전문가들은 카라팽 씨의 솜씨가 매우 탄탄하면서도 빈틈이 없다고 말했다. 관중들은 그 말을 믿고 그를 높이 평가했다.

다음에는 포리옹 씨와 라팔므 씨가 나타났다. 한 사람은 프로이고 또 한 사람은 아마추어였다. 그들은 맹렬한 추격을 시작하며 무서운 힘으로 달라붙어서 심사위원이 의자를 들고 도망칠 정도였다. 그들은 무대 끝까지 밀고 나가서 발을 구르고, 보기에도 우스꽝스럽게 쫓고 쫓기기를 반복했다. 그들이 토끼처럼 깡충깡충 뛰며 뒤로 물러갈 때면, 부인들은 까르르 웃었으나 그들이 앞으로 불쑥 뛰쳐나올 때는 그 모습이 조금은 감동스럽기도 했다. 마치 이 체조와도 흡사한 시합을 보고 어떤 풋내기 젊은이가 외쳤다.

"좀, 살살 좀 해요! 지쳐 쓰러지겠군!"

관객들은 흥을 깨는 이 말에 기분이 상해서 "쉿!" 하고 손가락을 올렸다. 전문가들의 의견이 전해져 왔다. 양쪽 다 매우 힘들여 시합을 했지만 때론 임기응변 기술이 부족했다는 평가였다.

제1부는 자크 리발과 유명한 벨기에 사범 르베그와의 멋진 시합으

로 막을 내렸다. 리발은 부인들에게 인기가 좋았다. 사실 그는 미남이면서 체격도 좋았다. 또 몸놀림이 부드럽고 민첩해서 무대에 나온 어떤 선수보다 돋보였다. 그는 물러서서 막을 때나 앞으로 나가 공격할 때도 상류사회 사람다운 우아한 기품을 보여 줬다. 리발의 모습은 상대편의 날쌘 동작과 어딘가 야비해 보이는 태도와 큰 대조를 보였기에 시합을 보는 사람들의 눈을 즐겁게 만들었다.

"정말 품위 있는 분 같아요."

사람들은 소곤거렸다.

그는 박수갈채를 받았다. 그런데 관객들은 조금 전부터 위에서 들려오는 이상한 소리가 궁금했다. 많은 사람들이 왁자지껄 웃으며 발을 구르는 소리였다. 아마도 지하실로 내려올 수 없었던 손님 이백 명이 멋대로 울분을 터뜨리며 놀고 있는 것이 분명했다.

작은 나선형 계단에는 남자들 오십 명쯤이 몰려 있었다. 이제 지하는 참기 힘들 정도의 열기로 뜨거워졌다. 곧 여기저기서 "창문 좀 열어라!" "마실 것 좀 줘요!" 하는 고함 소리가 들렸다. 조금 전의 그 익살스러운 꾸러기가 사람들이 웅성거리는 소리를 누를 만큼 커다란 목소리로 외쳤다.

"보리차, 레몬수, 맥주!"

유니폼을 입은 리발은 낯이 상기되어 나왔다. 그는 "시원한 것을 좀 가져오라고 해야겠군." 하고 계단 쪽으로 달려갔다. 그러나 1층으로 올라가는 길은 막혀 있었다. 계단에 있는 사람들을 헤치고 가는 것보다 천장 구멍을 뚫는 편이 쉬울 듯 보였다.

"부인들에게 아이스크림을 가져다 드리지."

오십 명의 목소리가 동시에 외쳤다.

"아이스크림!"

겨우 쟁반이 하나 들어왔다. 하지만 위에 놓인 것은 빈 접시뿐이었고 알맹이는 하나도 없었다. 누군가 큰 소리로 외쳤다.

"숨 막혀 죽겠소! 어서 끝내고 갑시다!"

또 다른 목소리가 대답했다.

"기부다!"

그러자 관중들은 더위에 녹초가 됐으면서도 함께 "기부다! 기부다! 기부다!" 하고 목청껏 외쳤다. 부인 여섯 명이 벤치 사이를 돌기 시작했다. 모금함에 떨어지는 돈 소리가 조그맣게 들렸다.

뒤루아는 저명한 남자들의 이름을 왈테르 부인에게 가르쳐 주었다. 우선 사교계 명사들, 그리고 규모가 큰 신문사나 전통 있는 신문사 기자들, 그들은 조심하긴 했지만 〈라비 프랑세즈〉를 깔보았다. 그것도 수상한 계획 아래 창간된 정치 경제 신문이 한 내각의 붕괴에 휩쓸려 어이없이 쓰러진 것을 많이 보아 왔기 때문이었다.

저편에는 화가와 조각가들이 눈에 띄었는데, 그들은 보통 스포츠에 취미가 있었다. 또 아카데미 회원인 시인도 있어서 사람들이 그 이름을 쑤군댔다. 그 외에도 음악가 두 명과 외국 귀족들이 눈에 띄었다. 뒤루아는 그 외국 귀족의 이름을 속삭일 때마다 '라스트'라는 말을 곁들였다. 그의 말에 의하면 영국 사람이 명함에 에스크라고 붙이는 것을 본떴다는 것이다.

누군가 그에게 말을 걸었다.

"어이, 안녕하시오!"

보드렉 백작이었다. 뒤루아는 부인들에게 양해를 구한 뒤 그에게로 가서 악수를 청했다. 그가 돌아와서 말했다.

"매력 있는 분이십니다, 보드렉은. 처음 봐도 귀족이라는 걸 금세 알 수 있죠."

왈테르 부인은 아무 대답도 하지 않았다. 조금 피로하기도 했고, 숨을 쉴 때마다 가슴이 답답했다. 뒤루아는 계속해서 그쪽을 쳐다보았다. 그러다가 순간순간 왈테르 부인과 눈이 마주쳤는데, 그때마다 부인은 당황스러운 듯 잠시 뒤루아를 보다가 다른 곳으로 눈길을 돌렸다. 그는 중얼거렸다.

"아, 이 여자도 내게 반한 모양이군."

모금함을 든 부인들이 앞을 지나갔다. 모금함은 은화와 금화로 가득했다. 그리고 "깜짝 쇼"라고 쓰인 새로운 패가 무대에 걸렸다. 심사위원들이 다시 제자리에 모습을 나타냈다. 모두 기다리고 있었다.

두 여자가 펜싱 검을 들고 나타났다. 몸에 꽉 끼는 진한 색 윗옷에 허벅지 중간까지 오는 짧은 치마를 입고, 가슴 보호대가 너무 두꺼워서 고개를 숙이기도 힘들어 보였다. 두 여자 모두 젊고 아름다웠다. 두 여자는 관객들에게 인사하면서 방긋 미소 지었다. 뜨거운 박수 소리가 그치지 않았다. 그녀들은 멋들어진 야유와 소곤거리는 농담 속에서 서로에게 검을 겨눴다.

심사위원들의 입술에는 사랑스럽다는 듯한 미소가 떠나지 않았다. 그들은 공격이 성공할 때마다 '브라보!'를 외치며 응원을 보냈다. 단위에서 시합을 하고 있는 두 여자는 남자들의 정욕을 충동했고 여자들에게는 파리 관객 모두가 좋아하는 것들, 굳이 말하자면 아름답지만 조금은 외설스러운 것, 우아하지만 약간은 천박한 것, 즉 사이비 아름다움과 사이비 우아함, 카페 콩세르에서 노래하는 여가수나 짧은 희가극에 등장하는 가벼운 노래, 이런 것들과 비슷한 취향을 자극했다.

여자 중에 하나가 발을 앞으로 내디디며 일격을 가할 때마다 관중 사이로 탄성이 터졌다. 또 둘 중에 한 사람이 관객석 쪽으로 통통한 등을 보이면 모두가 입을 크게 벌리고 휘둥그렇게 눈을 떴다. 손목 동작 같은 것은 아예 눈에 들어오지도 않았다.

시합이 끝나자 사람들은 열광적으로 박수를 보냈다. 이어 장검 시합이 시작되었는데 아무도 주의를 기울이지 않았다. 먼저 벌어진 시합에 완전히 정신을 빼앗겨 버린 것이다. 마치 이삿짐을 나르듯 가구를 여기저기 움직이거나 마루 위를 잡아끄는 소리가 한동안 들려왔다. 그리고 갑자기 피아노 소리가 천장을 뚫고 내려오는가 싶더니 박자에 맞춰 발을 구르는 소리가 났다. 위층 사람들이 시합을 보지 못한 분풀이로 춤을 추기 시작한 모양이었다.

그 소리를 듣자 관객들은 모두 한꺼번에 웃음보를 터뜨렸으나 여자들은 춤을 추고 싶은 마음에 무대 위 시합 따위는 거들떠보지도 않은 채 큰 소리로 떠들어 대기 시작했다.

늦게 온 사람들이 춤을 추기 시작한 것은 좋은 생각이었다. 지루하지 않을 것이고 차라리 자신들도 위에 있었으면 좋았을 것이라고 생각했다.

그사이 새로운 검사 두 명이 나와 인사를 했다. 그들은 너무나 위엄 있게 준비 자세를 취했기에 모두의 시선을 한눈에 받았다. 그들은 온몸을 휘감는 발랄한 힘을 사용해, 찌를 때나 물러날 때 탄력 있는 우아함을 보였다. 힘을 쓰는 동작에도 자신감이 넘쳐 무리가 없었다. 움직임도 정확했고 기술도 절도가 있었다. 아무것도 모르는 군중도 감탄해서 넋을 잃고 바라보았다. 눈앞에서 벌어지고 있는 이 희귀한 아름다움을 보여 주는 두 사람에게 '예술가'라는 말을 붙여도 아깝지 않았다.

이제는 모두가 입을 다문 채로 그들을 지켜보았다. 그리고 마지막 일격이 끝나자 두 사람은 손을 굳게 잡았다. 덩달아 관객들도 일제히 환호성을 지르며 브라보를 외쳤다. 사람들은 발을 구르며 목청껏 고함을 질렀다. 그들의 이름을 모르는 사람은 한 사람도 없었다. 세르장과 라비냐크였다.

사람들은 모두 흥분해서 자칫하면 싸울 듯한 분위기에 휩싸였다. 남자들은 한바탕 붙잡고 싸움이라도 해 보고 싶은 기분으로 곁의 사람들을 흘끔흘끔 쳐다보았다. 상대편이 웃기만 해도 트집을 잡아 싸움질을 시작할 기세였다. 한 번도 검을 쥐어 본 적이 없는 사람들까지 지팡이로 공격과 방어 흉내를 냈다.

사람들은 하나둘 좁은 계단을 올라갔다. 마침내 무엇이든 마실 수 있게 된 것이다. 그러나 춤추는 사람들이 간이식당을 다 비워 버린 것을 보자 분개했다. 그들은 또 다른 이백 명에게 아무것도 보여 주지 못했으면서 그들이 불편을 겪게 된 것은 옳지 않은 일이라 불평하며 자리를 떴다.

과자 한 개, 샴페인, 시럽, 맥주 한 방울도 남지 않았고 사탕도 과일도 송두리째 사라지고 없었다. 약탈하듯이 깡그리 털어 깨끗이 먹어 치운 것이다. 하인들에게 상황을 물으니 그들은 터져 나오는 웃음을 참으며 대답했다.

"사실 남자분들보다 부인들께서 더 난리였습니다. 탈이 날 정도로 먹고 마셨거든요."

마치 프러시아군의 침략으로 모든 것을 약탈당한 도시에서 살아남은 사람의 이야기라도 듣는 듯했다. 이렇게 된 이상 집으로 돌아가는 수밖에 도리가 없었다. 신사들은 기부한 20프랑을 아까워했다. 위에 있는 사람들은 한 푼도 내지 않고 잔뜩 먹고 갔다며 화를 냈다.

시합을 주최한 부인들의 수중에 모인 돈은 3,000프랑이 넘었다. 모든 비용을 빼고 나니 6구의 고아들에게 보낼 돈은 고작 220프랑밖에 남지 않았다.

뒤루아는 왈테르 모녀 옆에 붙어 서서 마차를 기다렸다. 이들을 집까지 바래다주기 위해 마차에 오른 그는 왈테르 부인과 마주 앉았다. 그는 다시 한 번 왈테르 부인의 눈길이 다정하게 자신을 쳐다보다가 막상 눈이 마주치면 당황해서 피하는 모습을 보았다. 뒤루아는 생각했다.

'젠장, 나한테 반했군.'

그는 새삼 자기가 여자들에게 정말 인기가 있다는 것을 깨닫고 미소를 지었다. 왜냐하면 드 마렐 부인과 다시 만난 이후로도 그녀는 미친 듯이 그를 사랑하는 것처럼 보였기 때문이었다. 그는 가벼운 발걸음으로 집에 돌아왔다. 마들렌이 객실에서 그를 기다리고 있었다.

"보세요, 뉴스가 있어요. 모로코 사건이 복잡하게 됐어요. 프랑스는 이삼 개월 안에 그곳으로 출병할지도 몰라요. 어쨌든 이 사건을 잘 이용해서 내각을 무너뜨리는 거예요. 라로슈 씨가 이 기회를 잘 이용하면 외무장관 자리를 붙잡을 수 있을 거예요."

뒤루아는 아내를 골려 주기 위해서 조금도 믿지 않는 체했다. 그리고 당국도 튀니지에서의 실패를 되풀이할 정도로 어리석지 않을 것이라고 말했다. 그러자 마들렌은 답답하다는 듯이 어깨를 올리며 말했다.

"정말이라니까요! 정말이라고요! 정말 그들에게는 중대한 돈벌이 문제라는 것을 모르시는군요. 옛날에는 정치 문제를 해결하려면 '여자를 찾아라.'였지만 지금은 '사업이 걸려 있는 이권을 찾아라.'예요."

그는 그녀를 더욱 흥분시키기 위해 일부러 경멸하듯 비웃었다.

"에이, 대체 무슨 소릴 하는 거요!"

마들렌은 화를 내며 말했다.

"어머, 당신도 포레스티에랑 똑같이 순진한 사람이군요!"

그녀는 남편의 마음을 상하게 하고 싶었다. 일부러 포레스티에를 말하면 남편이 틀림없이 화낼 것이라고 생각했다. 그러나 뒤루아는 빙긋 웃으면서 대답했다.

"아내를 빼앗긴 포레스티에 말이오?"

그녀는 깜짝 놀라서 대답했다.

"어머! 조르주!"

그는 빈정거리는 태도로 대답했다.

"뭐가 잘못됐소? 당신이 요전 날 밤, 포레스티에 몰래 바람피운 적이 있다고 고백했잖소."

그리고 다시 불쌍하다는 어조로 덧붙였다.

"가엾은 놈이야."

마들렌은 대답을 하는 것도 화가 난다는 듯이 등을 홱 돌렸다. 그러고는 얼마 뒤에야 말을 이었다.

"화요일에 손님을 초대할 생각이에요. 라로슈 마티외 부인이 페르스뮈르 자작 부인과 함께 만찬에 올 예정이에요. 그러니까 당신도 리발 씨하고 노르베르 드 바렌 씨를 초대하세요. 전 내일 왈테르 부인과 드 마렐 부인한테 갔다 오겠어요. 어쩌면 리솔랭 부인도 오실지 몰라요.

얼마 전부터 그녀는 남편이 정치적 세력을 이용해 여기저기 아는 사람을 만들고 〈라비 프랑세즈〉의 지지를 필요로 하는 상원이나 하원 의원의 부인들도 좋든 싫든 집으로 불러들였다.

"그러지. 리발과 노르베르는 내가 맡지."

뒤루아는 흡족하게 양손을 비볐다. 드디어 아내를 괴롭힐 수 있는 좋은 방법을 찾아낸 것이다. 알 수 없는 원한이, 불로뉴 숲에 나갔던 그날 이후 가슴속에 들어앉은, 그 어렴풋하지만 가슴을 에는 것 같은 질투가 조금은 가라앉는 것 같았다. 이제부터 포레스티에 이야기를 할 때는 반드시 '아내를 빼앗긴'이라는 형용사를 붙이리라. 그렇게 하면 제아무리 마들렌이라도 끝내 화를 낼 것이라고 생각했다. 그는 그날 밤 열 번이나 기회를 잡아서 모르는 척 빈정거리는 투로 '아내를 빼앗긴 포레스티에'를 되풀이했다. 그는 더 이상 죽은 포레스티에를 원망하지 않았다. 대신에 그는 복수를 하고 있었다. 마들렌은 못 들은 채 미소를 지으며 태연하게 웃었다.

이튿날 뒤루아는 마들렌이 왈테르 부인에게 초대 소식을 전하러 가기 전에 자기가 먼저 방문하기로 했다. 사장 부인과 단둘이 마주 앉아 정말 그녀가 자신을 마음에 두고 있는지 확인하고 싶었다. 생각할수록 은근히 재미있기도 했고 기분도 좋았다. 사실 안 될 일은 아니었다. 그럴 수만 있다면, 가능하다면!

그는 두 시에 벌써 말제르브 거리에 모습을 나타냈다. 그러고 나서 객실에 안내되어 기다렸다. 왈테르 부인은 기쁜 듯 손을 내밀며 황급히 들어왔다.

"아니 대체 무슨 바람이 불어서 오셨어요?"

"아무 바람도 아닙니다. 단지 뵙고 싶어 견딜 수가 없었습니다. 이유를 알 수가 없습니다. 아무도 모르는 어떤 힘이 댁으로 끌어당기는 것 같습니다. 드릴 말씀도 없습니다. 그냥 무작정 왔습니다. 이렇게요! 이렇게 이른 시간에 찾아와 숨김없이 말씀드리는 저의 무례한 행동을 용서해 주시겠습니까?"

그는 품격을 지키면서도 장난기 어린 어조로 말했다. 입술에는 미소가 보였고 음성은 진지했다. 그녀는 깜짝 놀라 얼굴을 붉히며 더듬더듬 말했다.

"어머, 그럴 리가……. 저는 무슨 뜻인지 잘 모르겠어요. 너무나 놀라서."

그는 말했다.

"사실은 사랑을 고백하는 것입니다. 부인께서 겁내시지 않을까 해서 이렇듯 유쾌한 태도로 말이지요."

그들은 나란히 자리에 앉았다. 그녀는 그가 농담하고 있다고 생각했다.

"사랑 고백이라니……. 진심인가요?"

"당연하죠, 아주 오래전부터 말씀드리려고 했습니다만 용기가 없었습니다. 모두들 무척 엄격하시고 강직하기 이를 데 없는 분이라고 하더군요."

부인은 그제야 제 모습으로 돌아와 대답했다.

"그런데 하필이면 왜 오늘로 날을 잡으셨나요?"

"모르겠습니다."

그는 바로 목소리를 낮추어 속삭였다.

"어제부터 줄곧 부인 생각만 했기 때문이겠지요."

그녀는 갑자기 얼굴이 창백하게 질려서 말했다.

"세상에나, 어린아이 같은 이야기는 이제 그만두세요. 다른 이야기를 해 주세요."

그런데 뒤루아가 갑자기 무릎을 꿇었다. 겁이 난 왈테르 부인은 일어서려고 했다. 그런데 뒤루아가 두 팔로 그녀의 허리를 감싸 안으며 붙잡았다. 그는 열정을 담아 뜨거운 목소리로 말했다.

"정말입니다. 정말로 저는 오래전부터 당신을 미칠 듯이 사모했습니다. 대답은 하지 말아 주십시오. 당신을 사랑하다니…… 미치지 않고서는 어찌 이럴 수 있는지 저도 잘 모르겠습니다. 아, 얼마나 당신을 사모하는지 당신이 알아주신다면!"

왈테르 부인은 숨이 막히는 듯 헐떡거리면서 무슨 말이든 하려 했지만 결국 아무 말도 하지 못했다. 그녀는 뒤루아의 입술이 자기에게 다가오는 것을 알아차리고 가까이 오지 못하도록 두 손으로 그의 머리카락을 붙잡아 밀었다. 그리고 재빨리 고개를 저으며 그의 모습을 보지 않기 위해 눈을 감았다.

뒤루아는 옷 위 그녀의 몸을 마음대로 더듬었다. 이 갑작스런 뜨거운 애무에 왈테르 부인은 온몸에 힘이 풀려 버렸다. 하지만 그 짧은 순간 자유의 몸이 된 부인은 몸을 뒤로 빼며 빠져나가서 이 의자 저 의자로 도망을 다녔다.

뒤루아는 여자를 따라다니는 꼴이 우스워질까 봐 걱정이 되었다. 그는 두 손으로 얼굴을 감싸 안으며 의자에 주저앉아 우는 척했다. 그리고 얼마 후 다시 일어나 "안녕, 안녕히 계십시오!" 하고 외치고 황망히 자리를 떴다.

그는 현관에서 평소처럼 단장을 받아 들고 거리로 나와 생각했다.

'제기랄! 그 정도면 됐을 거야!'

그는 전신국에 가서 다음 날의 밀회를 위해 클로틸드에게 편지를 보냈다.

보통 때와 같이 집에 돌아오자 그는 아내에게 물었다.

"만찬에 예정된 손님들이 모두 오신다고 하오?"

"네, 하지만 왈테르 부인은 잘 모르겠어요. 말을 얼버무리면서 약속이 어떻다느니 기분이 어떻다느니 하며 알 수 없는 말을 하더군요. 아무튼 좀 이상하게 보였어요. 하지만 오실 것 같아요."

그는 어깨를 으쓱해 보였다.

"그렇고말고, 오실 거요."

그러나 그는 확신이 서지 않았다. 그리고 만찬회 날까지 계속 신경이 쓰였다.

바로 그날 아침, 마들렌은 사장 부인의 전갈을 받았다.

간신히 시간이 나서 참석할 수 있을 것 같아요. 초대해 주셔서 감사합니다. 하지만 남편은 함께 갈 수 없습니다.

뒤루아는 생각했다.

'그 뒤로 그 집에 안 가길 정말 잘했군. 이제 좀 마음이 가라앉은 모양이야. 아무튼 조심해야겠어.'

조금은 불안한 마음으로 그는 왈테르 부인이 오기를 기다렸다. 그녀는 침착하면서도 다소 거만한 모습으로 들어왔다. 뒤루아는 일부러 바짝 기가 죽은 모습으로 조심스럽게 행동했다.

라로슈 마티외 부인과 리솔랭 부인은 남편과 함께 왔다. 페르스뮈르 부인은 상류 사교계의 소문을 주제로 이야기했다. 드 마렐 부인은 기묘하게 다자인한 옷을 입고 있어서 눈길을 끌었다. 노란색과 검은색을 배합한 스페인식 옷으로, 아름다운 몸매와 가슴, 통통한 팔을 한껏 드러내고 작은 새 같은 얼굴을 야무지게 보이게 했다.

뒤루아는 오른편 바로 옆자리에 왈테르 부인이 앉았지만 저녁 내내 과장된 경의를 표하며 따분한 이야기만 했다. 이따금 그는 클로틸드를 쳐다보며 생각했다.

'정말 예뻐. 그리고 싱싱해!'

그러고 나서 아내를 보았다. 아내에 대한 앙심 섞인 분노는 여전했지만 아내 역시 충분히 아름다웠다. 하지만 사장 부인은 쉽게 정복하기 어렵다는 점에서 더 마음을 끌었고 새로운 욕망을 부추겼다.

그녀는 일찍 돌아가려 했다.

"모셔다 드리겠습니다."

뒤루아가 말했다. 그녀는 사양했지만 그는 굽히지 않았다.

"어째서 안 된다는 말씀인가요? 제 체면이 서질 않습니다. 절대 저를 용서해 주실 마음이 없다는 말씀이신지……. 보시다시피 저는 이제 괜찮습니다."

"하지만 다른 초대한 손님들은 어쩌시고요?"

그는 미소를 지으며 말했다.

"괜찮습니다, 대략 이십 분 후에는 돌아올 수 있으니 아무도 눈치채지 못할 겁니다. 만약 끝내 거절하신다면 제 마음이 너무도 아픕니다."

그녀는 속삭이듯 말했다.

"그럼 그렇게 해요."

그러나 마차에 올라타자마자 그는 그녀의 손에 키스를 퍼붓기 시작했다.

"사랑합니다. 진정 사랑합니다. 제발, 제 말을 들어 주십시오. 무슨 일이 있어도 몸에는 손대지 않겠습니다. 다만 사랑한다고만 말씀드리고 싶습니다."

그녀는 중얼거렸다.

"오, 그런 약속을 하시고서도. 안 돼요. 안 될 일이에요."

그는 조급한 마음을 간신히 누르고 목소리를 낮춰 계속 말했다.

"보십시오. 이렇게 마음을 잘 다스리지 않습니까. 그러나 사랑한다는 말만은 하게 해 주십시오. 그리고 매일 댁을 찾아가, 오 분 동안만이라도 부인의 발밑에 무릎을 꿇고 그리운 얼굴을 바라보며 이 몇 마디만은 할 수 있도록 허락해 주십시오."

그녀는 뒤루아에게 손을 내맡기고는 힘겹게 숨을 내쉬며 말했다.

"아뇨, 안 돼요. 절대 그럴 순 없어요. 세상의 소문이나 하인들이나 딸들을 생각해 주세요. 아뇨, 아뇨, 안 될 말씀이세요."

그는 계속해서 말했다.

"이제 전 부인을 뵙지 않고서는 하루도 살아갈 수 없습니다. 부인 댁이 아니라면 다른 곳도 좋습니다. 매일 일 분씩이라도 부인의 손을 만져야겠습니다. 또 부인의 드레스가 휘저어 놓은 공기를 마시고, 부인의 몸매를 바라보고, 저를 견딜 수 없게 만드는 부인의 크고 아름다운 눈을 매일 보고 싶습니다."

그녀는 상투적인 이 달콤한 말을 몸을 떨면서 들었다. 그리고 더듬거리면서 말을 이었다.

"아뇨, 아뇨, 안 돼요. 이젠 아무 말씀도 하지 마세요."

그는 이 단순한 여자를 차지하기 위해서는 조급하게 굴지 말아야 한다는 사실을 알고 있었다. 우선 어디가 됐든 상대가 좋다는 곳에서 밀회할 약속을 결정하면 그 뒤로는 마음먹은 대로 되리라 생각했다. 이번에는 더 목소리를 낮추어 귓가에 속삭였다.

"저는…… 무슨 일이 있어도 부인을 만나야겠습니다. 거지처럼, 부인 댁의 문 앞에서 기다리겠습니다. 만약, 내려오지 않으시면 제가 올라가겠습니다. 아무튼 내일 뵈러 가겠습니다. 꼭 가겠습니다."

그녀는 되풀이했다.

"아뇨, 안 돼요. 오시면 안 돼요. 절대로 만나지 않겠어요. 부디 제 딸들을 생각해 주세요."

"그럼 어디서 만나면 좋을지 말씀해 주십시오. 저는 어느 거리에서나 좋습니다. 시간도 원하시는 때로 정하세요. 전 그저 만나만 뵐 수 있다면 행복합니다. 그저 뵐 수만 있다면……. '사랑합니다.'라는 말씀만 드리고 가겠습니다."

그녀는 어찌할 바를 몰랐다. 그러나 마차가 집 현관문 앞에 이르자 빠르게 중얼거렸다.

"그럼 내일 세 시 삼십 분에 트리니테 성당으로 갈게요."

그녀는 마차에서 내려 마부에게 명령했다.

"뒤루아 씨를 댁까지 모셔다 드려요."

그가 집으로 돌아오자 마들렌이 물었다.

"어디 갔다 오세요?"

그는 목소리를 낮춰 대답했다.

"급한 전보를 치러 전신국에 갔다 왔소."

그때 드 마렐 부인이 곁에 와서 말했다.

"벨 아미, 저 좀 바래다주세요. 그러지 않으면 이렇게 먼 데까지 오지 않았을 거예요."

그녀는 마들렌을 돌아보고 물었다.

"설마 질투하지는 않으시겠죠?"

뒤루아 부인은 친절히 대답했다.

"그럼요, 괜찮아요."

손님들이 돌아갔다. 라로슈 마티외 부인은 시골 아낙 같았다. 그녀는 공증인의 딸로 라로슈가 아직 풋내기 변호사였던 시절에 결혼했다. 리솔랭 부인은 제법 고상한 체하는 노파로 마치 도서관에 다니면서 공부한 산파 출신 같아 보였다. 페르스뮈르 백작 부인은 그들을 얕보았다. 그 '흰 손'은 평민의 손이 닿는 것을 싫어하는 듯했다.

클로틸드는 레이스로 몸을 싸고 계단으로 향한 문을 나서며 마들렌에게 말했다.

"정말 훌륭했어요. 당신 댁의 만찬회는 이제 조금만 있으면 파리에서 모두가 알아주는 정치 살롱이 될 거예요."

뒤루아와 단둘이 되자 클로틸드는 그를 껴안으며 말했다.

"아, 사랑하는 벨 아미, 전 날이 갈수록 당신이 좋아져요."

그들을 싣고 마차는 배처럼 미끄럽게 굴러갔다.

"역시 우리 방이 좋죠?"

"그럼, 좋고말고!"

그는 대답했지만 마음속으로는 왈테르 부인을 생각하고 있었다.

4

 뒤루아는 회중시계를 꺼냈다. 아직 세 시가 되지 않았다. 삼십 분이나 일찍 온 것이다. 그는 이 밀회를 상상하며 조용히 웃었다. 그리고 중얼거렸다.

 '저 여자에게 성당은 여러모로 편리하군. 유대인을 남편으로 삼은 것도 슬쩍 넘어가 주고, 정계에서는 정의파인 체하는 태도를 취하게도 해 주고, 상류사회에서는 훌륭한 몸가짐을 갖게 하고, 연인과는 은밀하게 밀회할 장소도 제공하지 않는가. 그러니까 맑은 날에나 비 오는 날 겸해서 쓸 수 있는 우산처럼 성당을 이용하는 습관이 들어 버렸어. 날씨가 좋은 날에는 단장이 되고, 햇빛이 강하면 양산이 되고, 비가 오면 우산이 되고, 외출하지 않을 때에는 현관에 처박아 두면 되는 것이다. 사실 이렇게 마음이 너그러운 하나님을 우습게 여기는 여자가 몇백 명 있을지도 모르지. 그들은 하나님 흉을 보거나 혹은 화를 내면서도 때와 경우에 따라서는 중매쟁이 노릇까지 시키지 않는

가. 가구가 딸린 방에 가자고 말하면 호들갑을 떨며 추잡한 일이라고 펄쩍 뛰면서도 신성한 제단 앞에서는 사랑의 불장난을 아무렇지 않게 생각하고 있어.'

그는 연못 주위를 천천히 걸었다. 그리고 종탑의 시계를 보았다. 종탑 시계는 그의 시계보다도 이 분이 빨라서 세 시 오 분을 가리키고 있었다. 그는 성당 안에서 기다리는 편이 낫겠다는 생각을 하며 안으로 들어갔다.

지하실에서 느낄 수 있는 시원한 기운이 살결에 스몄다. 그는 가슴이 열리도록 심호흡을 크게 한 번 하고 장소를 알아보기 위해 성당 중앙 홀을 돌아보았다.

높이 솟은 넓은 건물 안쪽으로부터 둥근 천장 아래로 울리는 그의 발소리가 퍼져 나가 대답이라도 하듯 또 다른 규칙적인 발소리가 이따금 끊어졌다가 다시 들렸다. 그는 그 발소리의 주인을 알고 싶어서 고개를 들었다. 뚱뚱한 대머리 남자가 뒷짐을 진 채 모자를 들고서 고개를 위로 젖히고 걷고 있었다. 또한, 군데군데 혼자 무릎을 꿇은 여자들이 얼굴을 두 손으로 가리고 기도하고 있었다.

불현듯 고독과 적막과 휴식이 마음을 사로잡았다. 창문을 통해 스며든 햇빛이 부드럽게 눈에 와 닿았다. 뒤루아는 생각했다.

'성당 안이 생각보다 좋은걸.'

그는 입구로 되돌아와 다시 한 번 자신의 시계를 보았다. 아직 세 시 십오 분밖에 되지 않았다. 담배를 피울 수 없다는 사실을 유감스럽게 생각하면서 중앙 통로의 입구 제일 앞 의자에 앉았다. 교회 안쪽 끝 제단 근처에서 조금 전에 본 그 뚱뚱한 신사의 느릿느릿한 발소리가 다시 들려왔다.

그때 누군가가 들어왔다. 뒤루아는 깜짝 놀라서 돌아보았다. 모직 스커트를 입은 서민층의 여자였다. 불쌍한 여자는 가까운 의자에 쓰러지듯 꿇어앉았더니 양쪽 손가락을 깍지 낀 채로 위를 올려다보고는 꼼짝도 하지 않았다. 온 정신을 기도하느라 빼앗긴 듯한 모습이었다.

뒤루아는 그 여인을 유심히 바라보았다. 도대체 어떤 슬픈 일이 생겨서 이토록 괴로워하며 몸부림치는 것일까. 여자는 언뜻 보아도 궁핍해 보였다. 또 어쩌면 남편에게 맞으며 살 수도 있고 아니면 어린아이가 죽어 가고 있는지도 몰랐다.

뒤루아는 생각했다.

'불쌍한 사람들이야, 이렇게 고통을 받는 사람들이 많다니!'

그는 무자비한 자연에 대해서 분노가 치밀어 올랐다. 그는 곰곰이 생각했다. 저 사람들은 가난에 찌들어 살면서도 하늘나라에서는 자신들을 살피고 있다고, 자기들의 호적이 대차대조표 기록과 함께 하늘나라 장부에 기록되어 있다고 믿을 것이다.

'저세상? 도대체 어떤 곳일까?'

뒤루아는 성당의 고요한 정적 속에서 한없이 공상하며 창조에 대해 이것저것 생각해 보다가 중얼거렸다.

"정말 쓸데없는 생각이야."

그때 드레스를 스치는 소리에 그는 멈칫했다. 그녀였다. 그는 일어나서 재빨리 곁으로 갔다. 그녀는 손도 내밀지 않고 나지막하게 속삭였다.

"서두르세요. 시간이 없어요. 그리고 남의 눈에 띄지 않도록 제 옆에 꿇어앉아 주세요."

그녀는 제법 내부를 잘 안다는 듯 편하고 안전한 자리를 찾아 안쪽으로 나갔다. 그녀는 두꺼운 베일로 얼굴을 가린 채 발소리를 죽이며 걸었다. 안쪽 깊숙이 성가대석 가까이에 이르자, 그녀는 뒤를 돌아보며 낮은 어조로 속삭였다.

"측랑이 좋겠어요. 여긴 너무 남의 눈에 띄어요."

그녀는 주 제단의 성합을 향해 머리를 깊이 숙인 후 다시 한 번 가볍게 인사를 하고 오른쪽으로 돌아섰다. 그리고 입구 쪽으로 약간 되돌아와 결심한 듯 기도석에 들어가서 무릎을 꿇었다. 뒤루아는 그 옆 기도석에 자리를 잡았다. 두 사람이 정말로 기도하는 자세가 되어 움직이지 않자 그가 말했다.

"고맙습니다. 정말 고맙습니다. 당신을 사모합니다. 때가 되면 이 말을 당신께 하고 싶습니다. 그리고 어떻게 부인을 사모하게 되었는지, 처음 뵈었을 때부터 부인께 제 마음을 빼앗긴 이야기도 하고 싶습니다. 부디 이 마음을 모조리 털어놓고 모든 것을 다 이야기할 것을 허락해 주시겠습니까?"

왈테르 부인은 깊은 생각에 빠져 있었다. 그리고 그녀의 손가락 사이로 목소리가 흘러나왔다.

"이런 이야기를 잠자코 듣고 있다니……. 나도 제정신이 아니네요. 무엇보다 여기에 온 것도 그렇고 또 이런 짓을 하는 것도 그래요. 어쩌자고 난……, 오늘의 이런 일이 계속 이어질 수 있다고 생각하는 걸까요. 제발, 다 잊으시고 두 번 다시 내게 말하지 말아 주세요."

그녀는 뒤루아의 다음 말을 기다렸다. 뒤루아는 상대를 꼼짝 못하게 만들 결정적이면서도 열정적인 말을 찾았다. 하지만 말을 하면서 어떤 행동을 취해야 할지 몰라서 아무것도 하지 못했다.

"전 아무것도 기대하지 않습니다. 또 희망하지도 않습니다. 하지만 당신을 사랑합니다. 당신이 무슨 말씀을 하든 전 힘과 열의를 담아 몇 번이라도 말하겠습니다. 그러면 언젠가는 알아주시겠지요. 또 저의 애정을 부인의 마음속에 스며들게 할 것이며 또 마음에 부어 드리고 싶습니다. 나중에는 부인께서도 마음이 따뜻해지고 너그러워져서 저에게 '저도 당신을 사랑합니다.'라고 말씀하시게 될 것입니다."

뒤루아는 자신의 어깨에 기댄 그녀의 어깨가 가볍게 떨리는 것을 느꼈다. 그녀가 빠른 말로 내뱉었다.

"저도 당신을 사랑해요."

그는 벼락을 맞은 듯했다.

"오, 하나님!"

그녀는 떨리는 목소리로 말했다.

"당신에게 이런 말을 해도 될까요? 저는 죄 많고 보잘것없는 여자예요. 제겐 두 딸이 있는데…… 하지만 어쩔 수가 없어요. 어쩔 수가……. 이렇게 되리라곤 상상도 못했어요. 하지만 소용없어요. 제힘으론 이 마음을 누를 자신이 없어요. 사실을 말한다면…… 전 일 년 전부터 남몰래 당신을 사모했답니다. 하지만 당신 말고는 아무도 사랑한 일이 없어요. 맹세하겠어요. 아, 얼마나 괴로워하며 마음속으로 싸웠는지. 하지만 이제는 어쩔 수 없어요. 당신이 그리워서……."

그녀는 깍지 낀 손가락을 얼굴에 묻고 울었다. 감정이 심하게 솟구쳐 몸 전체를 파들파들 떨었다.

뒤루아가 속삭였다.

"손을 주세요. 제 손에 넣고 꼭 쥐고 싶습니다."

그녀는 천천히 얼굴에서 손을 뗐다. 그녀의 얼굴은 온통 젖었고 속눈썹 끝에서는 눈물 한 방울이 당장이라도 떨어질 듯 흔들렸다.

그는 그 손을 잡고 꼭 쥐었다.

"아, 당신의 눈물을 마시게 해 주세요!"

그녀는 신음하는 듯하면서 띄엄띄엄 끊어지는 목소리로 말했다.

"무작정 너무 덤비지 마세요, 이제 나는 파멸이에요!"

그는 웃음이 터져 나오려는 것을 꾹 참았다. 대체 이런 곳에서 어떻게 마구 덤빌 수가 있는가? 그는 쥐고 있던 그녀의 손을 자신의 심장에 가져다 대고 이렇게 물었다.

"이 고동이 느껴지지요?"

이제는 정열적으로 구사할 문구가 바닥나 버린 것이다.

문득 조금 전부터 규칙적인 발걸음 소리가 다가오고 있었다. 발걸음 소리의 주인은 제단을 한 바퀴 돌고 다시 오른쪽 좁은 신자석으로 내려오고 있었다. 적어도 두 바퀴째 돌고 있는 셈이었다. 왈테르 부인의 자리는 기둥에 가려 보이지 않았다. 발걸음 소리가 다가오자 그녀는 뒤루아가 잡고 있던 손을 빼내더니 다시 한 번 얼굴을 가렸다.

두 사람은 꿇어앉은 채 열렬히 기도를 하는 듯 꼼짝도 하지 않았다. 뚱뚱한 신사는 그들 옆을 지나가며 무관심한 눈길을 한 번 주었을 뿐 여전히 모자를 손에 들고는 회당 아래쪽으로 내려갔다.

뒤루아는 트리니테 성당이 아닌 다른 곳에서 약속을 잡아야겠다고 생각하며 물었다.

"내일은 어디서 뵐까요?"

그녀는 대답하지 않은 채 완전히 풀이 죽었다. '기도'하는 조각상이 돼 버린 듯했다. 그는 다짐하듯 물었다.

"내일 몽소 공원에서 뵐까요?"

그녀는 다시 얼굴에서 손을 뗀 뒤, 고통이 심한 듯 일그러진 창백한 얼굴을 그에게 돌리며 띄엄띄엄 말했다.

"이대로 내버려 둬요. 이제 제게는 아무 관심도 갖지 말아요. 저리로 가요. 제발 가요. 단 오 분 동안이라도 좋으니까. 당신이 곁에 있으면 괴로워서 견딜 수가 없어요. 기도를 드리고 싶은데 도무지 집중이 되지 않아요. 어디로든 가 줘요. 기도하게 해 줘요. 나를 혼자 있게 해 줘요. 단 오 분만이라도."

그녀는 너무도 고통스러워 보였다. 부인의 표정이 너무나도 혼란스러워 보여 그는 한마디도 하지 않고 일어섰다. 그리고 잠시 망설이다가 물었다.

"곧 돌아와도 괜찮습니까?"

그녀가 "네, 좋아요." 하는 듯 고개를 끄덕여서 그는 성가대 쪽으로 걸어갔다.

왈테르 부인은 기도하려고 했다. 모든 노력을 다해 하나님을 부르며 그야말로 열광적인 정성을 담아 하나님을 향하여 "자비를!" 하며 외쳤다.

그녀는 지금 막 눈앞에서 사라진 남자의 모습을 보지 않기 위해 필사적으로 눈을 감았다. 또 그 모습을 눈앞에서 쫓아 버리고 그의 매력에 빠지지 않기 위해 몸부림쳤다. 하지만 그토록 원하는 하나님의 모습은 나타나지 않고 멋진 청년의 콧수염만 눈앞에 어른거렸다.

그녀는 일 년 전부터 매일 밤마다 뒤루아를 향한 생각과 싸워 왔다. 피하면 피할수록 더 많이 생각났고, 꿈속에서도 나타나 그녀의 몸에 달라붙어 밤을 설치게 했다.

그녀는 마치 그물에 걸려들 듯 뒤루아의 양팔 속에 내던져져 옴짝달싹 못하게 되어 버린 것이다. 뒤루아는 오직 입술 위 수염과 눈빛만으로 그녀를 가진 셈이다.

왈테르 부인은 자신의 집이 아닌 성당 안 하나님 옆에 있었지만 오히려 마음은 한층 나약해졌고 버림받은 느낌마저 들었다. 이미 기도도 할 수 없었고 뒤루아 생각만이 머릿속을 지배했다. 하지만 벗어나려고 필사적으로 싸웠다. 영혼의 힘을 빌려 하나님의 도움을 구했다. 한 번도 부정을 저지른 일이 없는 그녀는 이렇게 타락하느니 죽는 편이 훨씬 낫다고까지 생각했다. 정신없이 기도문을 중얼거렸지만 귀는 둥근 천장 아래 저편으로 멀어져 가는 뒤루아의 발소리만을 쫓고 있었다.

그녀는 이제 끝이라고 생각했다. 발버둥 치며 저항해도 소용없다는 것을 느꼈다. 하지만 이대로 무너지고 싶지 않았다. 그녀의 모습은 끔찍한 발작에 시달려 온몸을 떨며 울부짖는 모습과 다를 바 없었다. 이제 곧 무너질 것이 분명했다. 그리고 찢어질 듯 끔찍한 비명을 지르며 의자 사이를 뒹굴 것만 같았다. 그녀는 손발을 사시나무처럼 떨었다.

누군가가 빠른 걸음으로 다가왔다. 돌아보니 신부였다. 그녀는 순간적으로 일어서서 두 손을 마주 잡은 채 앞으로 내밀며 그쪽으로 달려갔다. 그러고는 더듬거리면서 말했다.

"제발 도와주십시오, 도와주세요!"

신부는 갑작스러운 일에 놀라서 걸음을 멈추었다.

"무슨 일입니까, 부인?"

"도와 달라고 부탁하는 겁니다. 제발 저를 거둬 주세요. 제게 힘을 빌려 주시지 않으면 제 인생은 파멸하고 맙니다."

사제는 왈테르 부인을 쳐다보며 이 여자가 혹시 미친 것이 아닌가 생각했다. 그가 물었다.

"제가 어떻게 하면 되겠습니까?"

키가 큰 젊은 사제는 약간 살이 쪘으며, 통통하게 처진 볼에 정성스럽게 깎은 수염 자국이 시커멓게 나 있었다. 돈이 많은 여자들의 고해를 많이 접한, 대도시 부유한 동네의 보좌 신부였다.

"고해성사를 하게 도와주세요. 제발 저를 불쌍히 여겨 주세요. 앞으로 어떻게 하면 좋을지 말씀해 주세요."

사제가 대답했다.

"고해성사는 매주 토요일 세 시부터 여섯 시까지입니다."

그녀는 신부의 팔을 잡으며 같은 말을 반복하며 소리쳤다.

"아뇨, 아뇨, 아니에요! 지금 곧, 당장 부탁드리고 싶어요! 제발 그렇게 해 주세요! 그분이 저기에, 이 성당 안에 있어요! 저를 기다리고 있어요!"

"누가 기다립니까?"

"남자입니다. 그런데…… 저를 파멸시키려는 남자예요. 만약 신부님께서 구해 주시지 않으시면 저는 그 남자에게 붙잡히고 말아요. 저는 이제 달아날 길이 없어요. 저는 너무나 약하거든요. 정말 어찌할 수가 없어요."

그녀는 신부의 무릎 앞에 쓰러져서 흐느껴 울었다.

"아, 불쌍히 여겨 주세요. 신부님! 제발 절 좀 구해 주세요. 하나님의 이름으로 구해 주세요!"

그녀는 사제가 가지 못하도록 검은 사제복을 단단히 붙잡았다. 신부는 혹시라도 누군가 악의 있는 사람이나 완고한 신자의 눈이 자기 발밑에 쓰러진 여자의 모습을 보고 있지는 않나 싶어 불안한 눈으로 주의를 둘러보았다. 그러나 결국 여자에게서 빠져나갈 방법이 없음을 깨닫고 말했다.

"일어나십시오, 마침 제가 고해소 열쇠를 가지고 있습니다."

신부는 주머니를 뒤져 열쇠가 잔뜩 달린 고리를 꺼냈다. 그리고 그 중 하나를 고르고 빠른 걸음으로 자그마한 통나무집이 늘어서 있는 쪽을 향했다. 그곳은 신자가 죄를 고하러 오는 영혼의 쓰레기통과 같은 곳이었다.

신부는 가운데 문으로 들어간 뒤 문을 닫았다. 왈테르 부인은 그 옆 작은 칸막이 안으로 들어간 뒤, 희망의 끈을 잡아 보려는 일념으로 열심히 중얼거렸다.

"저는 죄를 지었습니다. 제게 하나님의 가호를 받게 해 주세요."

뒤루아는 제단을 한 바퀴 돌아본 다음 다시 왼편 신자석으로 내려왔다. 그리고 가운데까지 오자, 아직도 소리 없는 발걸음으로 배회 중인 뚱뚱한 대머리 신사를 만났다. 뒤루아는 대머리 신사가 수상했다.

'도대체 저 남자는 여기서 뭘 하고 있는 거지?'

대머리 신사 역시 걸음을 늦추고 이야기를 걸고 싶은 듯 뒤루아를 바라보았다. 그리고 옆에 오자 인사를 하며 매우 정중하게 물었다.

"죄송하지만 이 성당이 언제쯤 지어졌는지 가르쳐 주실 수 있을까요?"

뒤루아가 대답했다.

"잘은 모르겠지만 이십 년이나 이십오 년 전에 지어졌을 것이라고 생각합니다. 실은 여기에 들어와 본 것은 오늘이 처음입니다."

"실은 저도 그렇습니다. 한 번도 와 본 일이 없습니다."

뒤루아는 흥미를 느낀 듯 물었다.

"무척 꼼꼼하게 구경하시는 것 같은데 무슨 조사를 하고 있으신가요?"

그러나 상대는 단념한 듯한 태도로 대답했다.

"구경이 아닙니다. 실은 아내가 여기서 만나자고 해서 기다리는 중입니다만 좀처럼 오지 않는군요."

그러고 나서 이삼 초 후에 다시 이었다.

"밖은 지독히 덥습니다."

뒤루아는 그의 얼굴을 보며 매우 남자답게 생겼다고 생각하다가 문득 그가 포레스티에를 닮았다는 생각이 들었다. 뒤루아가 물었다.

"혹시 시골에서 오셨습니까?"

"네, 렌에서 왔습니다. 그런데 선생도 구경을 위해 이 성당에 들어오셨나요?"

"아닙니다, 저 또한 여자를 기다리고 있습니다."

뒤루아는 가볍게 목례를 하고 입술에 미소를 띠며 그곳을 떠났다.

정문 현관으로 가자, 조금 전에 본 가난한 여자가 여전히 꿇어앉아 기도를 드리고 있었다. 그는 '끈질기군, 아직도 빌고 있구나.' 하고 생각했다. 이제는 아무런 감동도 느껴지지 않았다.

뒤루아는 걸음을 옮겨 왈테르 부인이 있는 오른쪽 신자석으로 갔다. 하지만 부인의 모습이 보이지 않아 깜짝 놀랐다. 기둥을 잘못 보았나

하고 마지막 기둥까지 갔다가 다시 되돌아왔다.

'흥, 가 버리고 말았구나!'

그는 놀라움과 동시에 노여움을 느꼈다. 그러나 부인도 자기를 찾고 있을지도 모른다는 생각에 다시 한 번 성당 안을 돌아보았다. 그러나 그녀의 모습이 보이지 않아 그들이 앉아 있던 의자로 다시 돌아와 그녀가 오기를 기다렸다.

잠시 후 어디선가 소곤소곤 속삭이는 목소리가 그의 주위를 끌었다. 그러나 근처에는 아무도 없었다. 그럼 이 소리는 어디서 나는 것일까? 그는 속삭임을 찾아 주위를 둘러보니 고해소 문들이 보였다. 그 중 한 곳에 여자의 옷자락이 삐져나와 돌을 깔아 놓은 바닥에 깔려 있었다. 어떤 여자일까 하고 다가가 보니 바로 왈테르 부인이었다. 고해성사를 하고 있구나!

그는 화가 치밀어 올랐다. 마음 같아서는 당장 부인의 어깨를 움켜쥐고 그곳에서 끌어내고 싶었으나 참기로 했다.

'쳇, 어쨌거나 오늘은 신부 차지지만 내일은 내 차례다!'

그리고 고해소의 작은 창문 앞에 조용히 앉아 부인이 나오기를 기다렸다. 가만히 생각해 보니 일이 우습게 되어 가는 것 같아 자기도 모르게 멋쩍어 웃음을 지었다.

그는 오랫동안 기다렸다. 드디어 왈테르 부인이 일어섰다. 돌아선 그녀는 뒤루아를 보자 냉정하면서도 근엄한 얼굴로 말했다.

"선생님께 부탁드려요. 제발, 저를 바래다주시지도 말고 제 뒤를 따라오지도 마세요. 그리고 앞으로는 혼자서 제 집에 방문하지 않았으면 좋겠습니다. 절대로 만날 일은 없을 테니까요. 안녕히."

그녀는 품위 있는 걸음으로 나갔다.

그는 그대로 부인을 돌려보냈다. 어떤 일이라도 무리하지 않는다는 것이 그의 원칙이었다. 그때 신부가 조금은 혼란스러운 표정으로 고해소에서 나왔다. 그는 곧장 신부 앞으로 다가가 사납게 중얼거렸다.

"흥, 당신이 치마만 입지 않았다면 그 바보 같은 낯짝에 따귀를 먹였을 거요."

그러고 나서 그는 몸을 홱 돌리고 휘파람을 불며 성당을 나갔다.

정면으로 보이는 현관 앞으로 나가자 뚱뚱한 대머리 신사가 보였다. 신사는 모자를 쓴 채 양팔을 뒤로 돌려 뒷짐을 지고 있었다. 누군가를 기다리다 지친 듯 넓은 광장과 그곳으로 통하는 길을 바라보고 있었다.

뒤루아가 옆을 지나칠 때 그들은 서로 인사를 나눴다. 할 일도 없어졌기 때문에 뒤루아는 〈라비 프랑세즈〉 쪽으로 내려갔다. 문을 들어서자 급사들이 어수선하게 떠들고 있는 것이 보였다. 뭔가 심상치 않은 일이 생긴 것이 분명했다. 그는 황급히 사장실로 뛰어 들어갔다.

왈테르 영감은 초조한 모습으로 기사를 받아 적게 하고 있었다. 짧은 문장을 부르면서, 문단이 바뀔 때마다 주위에 서 있는 취재기자들에게 일을 주었다. 또 부아르나르에게 방침을 일러 주기도 했으며 편지를 뜯어보기도 했다.

뒤루아가 들어가자 사장은 기쁜 듯이 소리쳤다.

"아, 벨 아미 아닌가! 마침 잘 왔어!"

그리고는 조금은 겸연쩍은 듯 말을 멈추고 변명을 했다.

"아, 그렇게 불러서 미안하네. 사실은 지금 돌아가는 상황이 아주 복잡해서 말이야. 게다가 아내나 딸들이 하루 종일 자네를 '벨 아미'라고 부르는 통에 듣는 나까지도 그만 습관이 들어 버렸다네. 언짢게 생각하지는 않겠지?"

뒤루아가 소리 내어 웃었다.

"괜찮습니다. 그 별명은 전혀 불쾌하지 않습니다."

왈테르 영감이 다시 말했다.

"그럼 좋네, 이제부터 나도 남들처럼 벨 아미라고 부르겠네. 그런데 자네, 굉장한 사건이 생겼네. 내각이 310표 대 102표로 쓰러졌네. 우리 휴가는 무기한 연기일세. 오늘이 칠월 이십팔 일이지만 말일세. 스페인이 모로코 문제로 몹시 분개해서 결국은 뒤랑 드 렌과 그 일당이 내팽개쳐진 셈이지.

뭐, 뒤죽박죽 대혼란이야. 마로가 후계 내각을 조직할 것을 위촉받았네. 그는 부탱 다크르 장군을 국방 장관으로, 내 친구인 라로슈 마티외를 외무장관으로 앉히고, 총리와 내무장관 자리는 자신이 겸임할 생각이더군. 하, 우리 신문은 앞으로 정부 기관지가 되는 걸세. 그래서 지금 내가 사설을 쓰는 중일세. 각 장관들에게 그들이 나아가야 할 길을 보여 주는 간단명료한 원칙 선언을 말일세."

사람 좋은 영감은 싱글싱글 웃으면서 말을 이었다.

"물론 그들이 나아가려는 길을 말하는 거지. 하지만 모로코 문제에 대해서 뭔가 재미있는 기사가 절실해. 대번에 일대 혼란을 일으킬 만한 시국에 알맞은 그런 기사 말일세. 자네가 찾아 주지 않겠나? 번득이는 기사로 말일세."

뒤루아는 잠깐 생각하고 나서 곧 이렇게 대답했다.

"네, 알겠습니다. 아프리카에 있는 우리나라 식민지 전체의 정치 상황에 대해서 조금 더 고민하겠습니다. 왼쪽은 튀니지, 가운데는 알제리, 오른쪽은 모로코라는 식으로 시야를 넓혀서 말입니다. 이 광대한 지역에 사는 민족의 역사를 엮어 넣고, 거기에 모로코의 국경을 피기유의 대오아시스까지 답파하는 기행문을 써 보겠습니다. 사실 이 대오아시스는 여태까지 유럽 사람은 한 번도 가 본 일이 없는 곳이고 이번 분쟁의 원인도 거기에 있으니까요. 어떻겠습니까, 제 생각이?"

왈테르 영감은 외쳤다.

"아주 훌륭하군! 제목은?"

"튀니지에서 탕헤르까지!"

"훌륭해!"

뒤루아는 〈라비 프랑세즈〉의 기사 철을 뒤져 그가 맨 처음에 쓴 기사 '아프리카 기병의 회상'을 찾아냈다. 제목을 바꾸고 내용을 다시 손질해서 새롭게 꾸미면 제대로 쓸 수 있는 기사였다. 식민지 정책, 알제리 주민 이야기, 오랑 지방의 기행문이 들어 있었기 때문이다.

그는 불과 사십오 분 만에 기사를 싹 뜯어고쳤다. 그는 기사를 손보면서 최근의 시사 문제와 관련한 이야기를 곁들여 새 내각에 관한 찬사를 함께 써 넣었다.

사장은 그 기사를 읽자 자기도 모르게 탄성을 질렀다.

"잘됐어. 나무랄 데 없네! 자네는 참으로 쓸모 있는 친구야. 진심으로 고맙게 생각하네."

뒤루아는 그날 하루의 일에 대한 만족감에 젖어 저녁 식사를 하러 집으로 들어갔다. 트리니테 성당 일은 실패했지만 크게 마음 쓸 일은 아니었다. 결국은 자신이 뜻한 대로 일이 마무리 될 것이라 생각했기 때문이다.

아내는 매우 초조하게 그를 기다리다 뒤루아를 보자마자 외쳤다.

"여보, 들으셨어요? 라로슈 씨가 외무장관이 되셨어요."

"나도 알고 있어. 지금 그 일로 방금 알제리에 관한 기사를 쓰고 오는 길이야."

"그래요? 어떤 기사예요?"

"당신도 알고 있는 거야. 그 왜 둘이서 썼던 그 처음 기사 말이오. '아프리카 기병의 회상'. 그걸 현 사태에 맞추어 손질을 해서 새로 썼지."

그녀가 활짝 웃으며 말했다.

"어머, 그래요! 그거라면 정말 좋아요!"

그러고 나서 한동안 생각하다가 말했다.

"방금 생각났어요. 당신이 그때 쓰려고 하다 도중에 그만둔 연재물 말예요. 그걸 다시 우리 둘이 시작해 보면 어떨까요? 현시점에 아주 잘 맞는 흥미 있는 읽을거리가 될 것 같아요."

그는 수프 앞에 앉으며 대답했다.

"좋은 생각이군. 아내를 빼앗긴 포레스티에도 지금은 죽고 없으니 방해할 사람도 없겠군."

그녀는 기분이 상한 듯 차갑게 말했다.

"그런 농담은 이제 좀 그만하세요. 이젠 그만둘 때도 됐잖아요?"

그는 빈정거리며 말했다. 그런데 바로 그때 속달 편지가 배달되었다. 편지에는 서명 없이 다음 말만 적혀 있었다.

제정신이 아니었어요. 용서하세요. 그리고 내일 네 시에 몽소 공원으로 와 주세요.

그는 편지 내용을 읽고 곧 즐거워진 마음에 편지를 주머니에 구겨 넣으며 아내에게 말했다.

"그래, 이제는 그만두지. 말해 봤자 바보 같은 짓이니까."

그는 식사를 했다. 식사를 하면서도 뒤루아는 "제정신이 아니었어요. 용서하세요. 그리고 내일 네 시에 몽소 공원으로 와 주세요." 라는 말만을 천천히 되씹었다. 결국 그녀가 항복한 것이다. 속달 편지는 '제가 졌어요. 언제 어디서든, 당신 뜻을 받아들이겠습니다.' 하는 의미인 것이다.

그가 혼자 웃자 마들렌이 물었다.

"왜 웃으세요?"

"별것 아니오. 오늘 낮에 본 우스꽝스럽게 생긴 신부를 생각하니 웃음이 나와서 말이야."

뒤루아는 이튿날 약속한 시간에 밀회 장소로 갔다. 공원의 벤치마다 더위에 지친 사람들이 앉아 있었다. 그리고 아이 보는 여자들은 아이들이 길바닥의 모래에서 뒹구는데도 그저 멍하니 앉아 꿈을 꾸고 있는 것 같았다.

왈테르 부인은 샘물이 흐르는 옛 모습을 조그맣게 옮겨 놓은 폐허 속에 있었다. 그녀는 원형으로 둘러선 기둥을 따라 쓸쓸하고 불안한 모습으로 걷고 있었다.

뒤루아가 인사를 하자 그녀는 곧 이렇게 말했다.

"이 공원에는 제법 사람이 많군요."

그가 재빨리 말했다.

"정말 그렇군요. 그럼 다른 곳으로 갈까요?"

"아는 곳이 있나요?"

"아무 곳이나 상관없습니다. 괜찮다면 마차 안이라도. 부인이 앉은 방향의 커튼만 내리면 안전하죠."

"네, 그게 좋겠네요. 여긴 불안해요."

"그럼 오 분쯤 지나 외곽 큰길로 향한 문으로 오세요. 마차를 곧 잡아 올 테니까요."

그는 서둘러 뛰기 시작했다. 그녀는 그가 잡아 온 마차에 올라탔다. 그러고는 자기가 앉은 유리창 커튼을 완벽하게 내린 뒤 물었다.

"어디로 갈 건지 마부에게 말씀하셨나요?"

"걱정하지 마세요. 그 정도는 잘 알고 있으니까요."

그는 콩스탕티노플 거리에 있는 자신의 방을 마부에게 가르쳐 줬던 것이다.

그녀가 다시 말했다.

"당신 때문에 제가 얼마나 괴로웠는지 아세요. 당신은 상상도 하지 못할 거예요. 어제 성당에서 매정하게 대했던 이유는 무슨 일이 있어도 당신 곁에서 벗어나고 싶었어요. 사실은 당신과 둘만 있는 것이 두려웠어요. 저를 용서해 주시겠어요?"

그는 그녀의 손을 굳게 잡으며 말했다.

"그럼요, 이렇게 당신을 사랑하는데 용서하지 못할 일이 뭐가 있겠습니까?"

그녀는 애원하는 듯 그를 쳐다보았다.

"부탁이에요. 제 마음을 존중해 주시겠다고……. 부디 이상한 짓은 않겠다고 약속해 주세요. 그렇지 않으면 저를 만나실 수 없어요."

그는 바로 대답하지 않았다. 대신 콧수염 밑으로 여자의 마음을 휘젓는 야릇한 미소를 띠었다. 그리고 나지막하게 중얼거렸다.

"무슨 말씀이든 따르겠습니다."

부인은 그가 마들렌 포레스티에와 결혼한다고 들었을 때 비로소 그를 사랑하고 있음을 깨달았다고 이야기했다. 그리고 세세하게 자질구레한 날짜며 생각나는 일들을 늘어놓았다.

갑자기 그녀가 입을 다물었다. 마차가 선 것이다. 뒤루아가 문을 열었다.

"어디지요?"

그녀가 묻자 그가 대답했다.

"내려서 이 집으로 들어오십시오. 여기보다 훨씬 조용할 겁니다."

"거기가 어디지요?"

"제 집입니다. 혼자 지낼 때 살던 집인데 만나 뵙기에 적당한 곳이라고 생각해서 사오 일 빌렸습니다."

그녀는 뒤루아와 단둘이 마주 앉을 것을 생각하니 겁이 나서 마차 좌석에 달라붙은 채 작은 목소리로 애원했다.

"안 돼요. 싫어요. 싫어요!"

그는 목소리에 힘을 주어 말했다.

"괜찮습니다. 부인의 뜻을 존중하겠다고 맹세하지 않았습니까. 자, 어서 들어오세요. 남들이 보고 있지 않습니까? 이제 곧 소란스러운 사람들이 모여들 겁니다. 빨리, 빨리 내리시라니까요."

그리고 되풀이해서 말했다.

"맹세컨대 부인의 뜻을 존중하겠습니다."

술집 주인이 문 앞에 서서 재미있다는 듯이 그들을 보고 있었다. 겁이 난 그녀는 허둥지둥 뛰어 들어갔다.

그녀가 계단을 오르자 뒤루아가 그녀의 팔을 잡아당겼다.

"이쪽입니다. 1층이에요."

그는 이렇게 말하면서 그녀를 방 안으로 안내했다.

문을 닫자마자 그는 곧 먹이에 달려드는 맹수처럼 그녀를 부둥켜안았다. 그녀는 "아아! 어쩌면 좋아…… 아아! 난 몰라!" 하고 중얼대면서 몸부림을 치며 저항했다.

그는 미친 듯이 그녀의 목덜미며 눈과 입술에 키스했다. 그녀는 뒤루아의 격렬한 애무를 피할 수가 없었다.

그리고 뒤루아를 밀쳐 내면서도 자신도 모르게 다시 키스를 하고 있었다.

갑자기 그녀는 몸부림을 멈췄다. 그러고는 모든 것을 체념한 듯 그가 옷을 벗기도록 놔두었다. 뒤루아는 능숙한 솜씨로 재빠르게 왈테르 부인의 옷을 하나씩 벗겼다.

왈테르 부인은 뒤루아가 벗긴 윗옷을 빼앗아 그 속에 얼굴을 묻었다. 옷가지는 발밑에 떨어져 흐트러졌고, 그녀는 그 가운데 하얀 살결을 드러낸 채 알몸으로 서 있었다.

뒤루아는 구두를 채 벗지 않은 그녀를 안고 침대로 데려갔다. 그러자 그녀는 떨리는 목소리로 그의 귀에 대고 띄엄띄엄 끊어지는 목소리로 속삭였다.

"맹세하겠어요. 정말 맹세해요……. 전 지금까지 한 번도 연인을 만들어 본 일이 없어요."

이 말은 마치 어린 처녀가 "고백해요, 저는 정말로 처녀예요." 하는 듯했다.

뒤루아는 속으로 생각했다.

'그런 건 아무래도 상관없어. 정말로.'

5

다시 가을이 되었다. 뒤루아 부부는 여름 내내 파리에서 지냈다. 하원의원들이 짧은 휴가를 떠난 중에도 〈라비 프랑세즈〉는 새로운 내각의 옹호를 위한 왕성한 캠페인을 벌였다.

아직은 시월 초순이었으나 이미 하원은 개원 준비를 하고 있었다. 모로코 문제가 꽤 심각해진 것이다.

아무도 탕헤르로의 출병을 믿지 않았다. 그날 우파의 하원의원인 랑베르 사라쟁 백작은 중앙당에서까지 박수를 받은 기지 넘치는 연설에서, 신내각은 이전 내각의 정책을 모방해 마치 벽난로 위에 꽃병을 두 개 늘어놓듯이 균형을 맞추기 위해, 튀니지 출병의 짝으로 탕헤르에 군대를 보낼 것이라고 했다. 그는 여기에 옛날 인도의 어떤 유명한 왕이 그랬듯이 총리의 수염에 자신의 수염을 걸어서 내기를 걸어도 좋다고 말했다. 그리고 덧붙여 말했다.

"여러분, 사실 아프리카 토지는 프랑스에 있어 벽난로입니다. 국립

313

은행 지폐를 태워 버리는, 매우 통풍이 잘되는 벽난로 말입니다. 여러분이 예술적인 상상력을 발휘해서 벽난로 왼쪽에 값비싼 튀니지산 골동품을 가져다 놓았으니, 이제 마로 씨는 전임자를 본떠서 벽난로 오른쪽을 모로코산 골동품으로 장식할 것입니다."

뒤루아는 이 연설에서 영감을 얻어 알제리 식민지에 관한 기사를 열 편이나 썼다. 그렇게 신문사에 갓 입사했을 때 중단되었던 연속물을 완성했다. 그리고 결코 그런 일은 생기지 않을 것이라고 확신하면서도 겉으로는 열렬히 지지했다. 그는 대대적으로 독자들의 애국심을 부채질하는 한편 이해가 상반되는 다른 민족에게 으레 사용하는 경멸적인 비난을 총동원해 스페인을 공격했다.

〈라비 프랑세즈〉는 권력과 밀착되어 있다는 사실을 공공연하게 알리면서 막강한 세력을 얻었다. 〈라비 프랑세즈〉는 신뢰가 높은 다른 신문사들보다 먼저 발 빠르게 새로운 정치 소식을 실었고, 자기편인 장관들의 견해를 암시적으로 나타내기도 했다.

결국 파리나 지방을 막론한 모든 신문이 〈라비 프랑세즈〉에서 정보를 가져갔다. 사람들은 〈라비 프랑세즈〉를 인용하면서도 두려워했으며 마침내 존중하기 시작했다. 이제는 정치 투기꾼들이 모인 기관지가 아니라 공공연한 내각 기관지가 되었다. 라로슈 마티외는 중심인물이었고 뒤루아는 그 대변인이었다. 음험하면서도 말 없는 사장 왈테르 영감은 뒤에 숨어서 막대한 이익이 걸린 모로코 구리 광산 문제를 조정한다는 소문이 돌았다.

이제 마들렌의 살롱은 막강한 영향력을 가진 사교계의 중심이 되었다. 매주 각료 수 명이 모였다. 총리까지도 그녀의 저녁 만찬에 두 차례 참석했다. 예전에는 그녀의 집에 들어서길 망설였던 정치인 부인들도 지금은 그녀의 친구임을 자랑하며 마들렌이 찾아가기보다 그 부인들이 더 자주 찾아왔다.

외무장관은 마들렌의 집을 자기 집인 양 주인처럼 행동했다. 그는 급한 전보나 정보, 여러 소식들을 갖고 아무 때나 찾아와서 마치 자기 비서인 양 뒤루아나 그의 아내에게 받아 적게 했다.

뒤루아는 장관이 돌아가고 마들렌과 단둘이 남으면 별 볼 일 없는 주제에 벼락출세한 인간이 장관이라며 분노와 경멸이 가득한 욕을 퍼부어 댔다. 그럴 때면 마들렌은 남편을 경멸하듯 어깨를 올리면서 이렇게 말했다.

"당신도 그분처럼 하세요. 그러면 장관이 돼요. 그리고 얼마든지 거들먹거릴 수 있어요. 그 전에는 잠자코 계세요."

뒤루아는 곁눈질로 아내를 보면서 콧수염을 만지작거렸다.

"아무도 내가 앞으로 무슨 일을 할지 모르지. 그러나 언젠가는 알게 될 거야."

그녀는 철학적으로 대답했다.

"살아 있으면 보게 되리라."

하원이 개원하는 날 아침, 마들렌은 잠자리에 누운 채로 남편이 해야 할 일들에 관해 이야기를 했다. 뒤루아는 라로슈 마티외를 만나기 위해 옷을 차려 입는 중이었다. 뒤루아는 이튿날 〈라 비 프랑세즈〉에 실릴 정치 기사에 대해서 개회 전에 외무장관의 지시를 받아야 했다. 기사는 내각이 실행하려고 하는 정책의 비공식 설명이 될 예정이었다.

마들렌이 또 말했다.

"사람들 말대로 벨롱클 장군이 오랑에 파견되었는지 잊지 말고 확인하세요. 매우 중요한 의미가 있으니까요."

뒤루아는 신경이 날카로워져서 대답했다.

"뭘 해야 하는지는 당신보다 내가 더 잘 알고 있소. 그러니 잔소리 좀 그만해요!"

마들렌은 태연하게 다시 말했다.

"장관 만날 때마다 뭐 좀 알아보라고 부탁하면 당신은 매번 절반은 잊어버리잖아요."

뒤루아는 짜증나는 목소리로 말했다.

"당신의 그 장관 때문에 아주 짜증이 나! 그 멍청한 인간 때문에 말이오!"

마들렌은 다시 한 번 태연하게 말했다.

"내 장관뿐이 아니라 당신 장관이기도 해요. 사실 나보다 당신에게 더 도움이 되잖아요."

뒤루아는 빈정거렸다.

"그렇다면 미안하오. 그자가 나한테는 그다지 공을 들이지 않아서 말이야."

이번에는 마들렌도 목소리에 힘을 주며 말했다.

"저한테도 안 그래요. 하지만 우리가 그 사람 때문에 얻는 것이 많다는 사실을 잊지 마세요."

그는 입을 다물었지만 얼마 있다가 다시 말했다.

"난 당신이 숭배하는 사람 중에서 그 보드렉 늙은이가 가장 마음에 들더군. 그런데 그 늙은이에게 무슨 일이 생겼소? 일주일이나 보이지 않으니 말이야."

그녀는 무심한 듯 말했다.

"편찮으세요. 신경통으로 누워 계신다고 편지를 보내왔어요. 오시는 길에 들르셔서 형편이 어떤지 보고 오세요. 당신도 알다시피 그분은 정말로 당신을 좋아하니까 무척 기뻐할 거예요."

"그렇게 하지. 아무튼 빨리 가 봐야겠군."

그는 입을 다 입은 뒤 모자를 쓰고는 다시 한 번 옷매무새를 살폈다. 아무 문제가 없자 그는 침대 곁으로 가서 아내의 이마에 키스했다.

"다녀오리다, 여보, 빨리 가더라도 일곱 시 전에는 돌아오지 못할 거요."

그러고 나서 그는 집을 나섰다.

라로슈 마티외 씨는 그를 기다리고 있었다. 의회 개원에 앞서 정오부터 회의가 있기 때문에 그날은 열 시에 점심 식사를 하기로 했기 때문이다.

라로슈 마티외 부인이 식사 시간을 바꾸기를 원하지 않았기 때문에 식탁에 마주 앉은 사람은 장관의 개인 비서까지 단 세 사람뿐이었다. 뒤루아는 곧 사설에 관한 이야기를 꺼냈다. 그리고 명함에 갈겨쓴 메모를 보면서 논지를 설명했다. 그리고 이야기를 마친 뒤에 물었다.

"어디 수정할 곳이 있습니까, 장관님?"

"거의 없소. 다만 모로코 문제에 대해서는 좀 지나친 감이 있소. 파병은 당연히 해야 할 일처럼 쓰시오. 그러나 그런 일은 일어나지 않을 거라는 암시를 주어야 하오. 우리가 구태여 그런 모험에 끼어들 생각이 없다는 사실을 독자들이 느낄 수 있도록 말이오."

"맞는 말씀이십니다. 장관님 말씀대로 독자들이 제 뜻을 잘 이해할 수 있도록 써 보겠습니다. 그리고 아내가 알아오라고 한 말이 있는데요. 벨롱클 장군이 오랑에 파견됩니까? 말씀하시는 것으로 봐선 그런 일은 없을 것 같군요."

장관이 대답했다.

"없소."

다음으로는 곧 열릴 의회 이야기가 나왔다. 라로슈 마티외는 몇 시간 뒤에 시작될 연설을 연습하기 위해 서투른 몇 마디를 시작했다. 그는 때로는 포크나 나이프를, 또 때로는 빵 한 조각을 공중으로 쳐들며 오른팔을 휘둘렀다. 상대의 얼굴은 보지 않고, 보이지 않는 청중을 향해 풋내기가 하는 것처럼 몹시 거드름을 피우며 웅변을 토했다. 비틀어 올린 작은 콧수염은 입술 위에서 전갈 꼬리처럼 양쪽으로 뻗쳐오르고 기름을 바른 머리는 이마 한복판에서 둘로 갈라져 관자놀이 위에 시골 멋쟁이처럼 동그랗게 뭉쳐 있었다. 그는 아직 젊은데도 약간의 비곗살이 붙어 뚱뚱했고 배는 조끼를 불룩하게 밀어내고 있었다.

수행 비서는 장관이 떠드는 것에 익숙한 듯 태연하게 먹고 마셨다. 그러나 뒤루아는 그의 성공에 질투가 나서 속이 뒤틀리는 것 같았다.

'뭐야, 이 멍청한 녀석! 정치인들이란 정치인들은 누구나 다 바보 멍청이라니까!'

그러고는 자신과 그 장관를 비교하며, 그가 뽐내면서 마구 지껄여 대는 말을 생각하며 혼잣말로 중얼거렸다.

"제길, 만약 내게 10만 프랑이 있으면 아름다운 고향 루앙에서 출마할 텐데. 그리고 교활하고 둔한 노르망디 사람들을 잘 구워삶아서 훌륭한 정치인도 될 수 있을 것이고. 저 선견지명 없는 애송이들과는 다르지!"

커피가 나올 때까지 라로슈 마티외는 계속 지껄여 댔다. 잠시 후, 시간이 늦은 것을 알고 초인종을 울려 마차를 준비하게 한 다음 뒤루아에게 손을 내밀며 말했다.

"그럼, 내 말 잘 알아들었소?"

"네, 장관님, 저만 믿으십시오."

뒤루아는 사설을 쓰기 위해 천천히 신문사 쪽으로 걸어갔다. 네 시에는 콩스탕티노플 거리에서 드 마렐 부인을 만나기로 했다. 매주 두 번, 월요일과 금요일에 만나기로 했던 것이다. 그러나 편집실에 들어가자 봉인된 속달 편지가 와 있었다. 왈테르 부인에게서 온 것이었다.

오늘 꼭 만나서 할 이야기가 있어요. 아주 중대한 일이에요. 두 시에 콩스탕티노플 거리에서 기다려 주세요. 큰 도움이 될 수 있을 거예요.

　　　　　　　　　　　- 죽는 날까지 당신을 사랑하는 비르지니

그는 화가 나서 중얼거렸다.

"제기랄! 지독하게 끈질긴 여자군!"

그는 짜증이 나서 밖으로 나왔다.

뒤루아는 육 주 전부터 부인과 관계를 끊으려고 애를 썼다. 하지만 그 집요한 끈은 쉽게 끊어지지 않았다.

뒤루아를 처음 받아들인 그날 이후 왈테르 부인은 크나큰 비참함과 후회에 빠져 있었다. 세 번을 만나는 동안 그녀는 뒤루아에게 비난과 저주를 퍼부었다. 뒤루아는 그러한 그녀의 발작에 싫증을 느꼈고 너무나도 연극적인 이 중년 여인에게 이미 진저리가 나 슬그머니 도망칠 준비를 했다. 만나는 횟수를 줄이면 장난도 끝나리라 생각했다. 하지만 그러면 그럴수록 여자가 정신없이 달라붙었다. 마치 목에 돌을 매달고 물에 뛰어들듯이 사랑에 몸을 던졌다. 그는 약한 마음과 동정심이 들어 하는 수 없이 다시 가까이 지냈으나 그녀는 자신의 정열 속에 그를 가두어 넣고 그 애정이 지쳐 쓰러질 때까지 그를 못살게 굴었다.

그녀는 매일 뒤루아를 그리워했고 쉴 새 없이 편지를 보내, 거리 모퉁이 혹은 백화점이나 공원 같은 곳에서 그를 만나기를 원했다. 게다가 언제나 똑같이 짧은 말로, 얼마나 그를 사랑하고 얼마나 그를 우상처럼 숭배하는가를 여러 차례 되풀이하고 "만나서 기뻤어요." 하고 돌아가는 것이었다.

왈테르 부인은 뒤루아가 상상했던 것과는 전혀 딴판이었다. 그녀는 유치하게 교태를 부려 보이기도 하고, 나이에 어울리지 않는 어린아이 같은 색정으로 그를 유혹하려 들었다. 그녀는 오랜 세월 정숙하게 살아왔지만 마음만은 처녀와 다름없었다. 오랫동안 마음을 닫고 살아 관능적인 쾌락을 알지 못했다. 따라서 여름 뒤에 선선한 가을이 오듯이 조용히 마흔 고개를 맞이한 이 얌전한 여자에게, 뒤루아에 대한 사랑은 실로 맑은 하늘의 벼락 같은 뜻밖의 일이었다. 말하자면 철이 지나 버린 작은 꽃과 제대로 자리지 못한 새싹만으로 이루어진 비참한 봄과도 같았다.

마치 어린 처녀가 색정에 눈을 뜬 것과 같아서 걷잡을 수 없는 정열이나, 열여섯 살 난 처녀의 조그만 탄성, 주체할 수 없는 아양, 젊음을 알지 못하고 늙어 버린 여자가 어색하게 부리는 교태의 연속이었다. 그녀는 하루에 열 장씩 편지를 써 보낸 일도 있는데, 편지는 모두 제정신으로 쓴 것이라고는 생각할 수 없는 어이없는 내용이었다. 편지는 시적이면서도 우스꽝스러운 기이한 문체로 쓰였고, 짐승과 새 이름으로 가득 찬 인도 사람들이 쓰는 문장과 비슷했다.

그녀는 주위에 아무도 없을 때면 서슴지 않고 뒤루아를 껴안았다. 그러고는 뚱뚱한 처녀처럼 보이는 미련스러운 교태로 그를 끌어안고 입술을 내밀며 추한 모습으로 히죽 웃었다. 때로는 뒤룩거리는 젖가슴을 흔들면서 들떠서 돌아다니기도 했다. 그는 특히 "나의 쥐", "나의 강아지", "나의 고양이", "나의 보석", "나의 파랑새", "나의 보물"이라고 부르는 것에서 진저리가 났다. 그녀는 몸을 맡길 때마다 어린아이처럼 부끄럽다는 시늉을 보이기도 하고, 자신은 매우 고상한 부인이라 자못 무섭다는 시늉을 보이기도 했다. 때로는 타락한 여학생 흉내를 내며 시시한 장난을 하기도 했다.

그녀는 또 "이 입은 누구 거죠?" 라 묻고 "그건 내 거지!" 하고 바로 대답을 하지 않으면 뒤루아가 짜증을 내며 얼굴이 창백해질 때까지 끈질기게 물었다.

연애를 하려면 극도로 발달된 기교를 알아야 하며, 또한 세련되고 신중해야 한다는 것을 그녀는 모르고 있었다. 이미 왈테르 부인은 상당한 나이였고, 한 집안의 어머니요 사교계의 부인이었다. 그래서 그녀는 몸을 맡길 때 품위를 지켜야 했다. 물론 줄리엣의 눈물이 아니라

디도의 눈물을 말이다.

그녀는 뒤루아에게 같은 말을 되풀이해서 물었다.

"난 당신이 귀여워서 못 견디겠어요. 내 아기! 이것 좀 봐요, 당신도 마찬가지로 내가 귀엽지요? 안 그래요?"

그는 내 아기라는 둥 어린애라는 둥 하는 소리를 들으면 그만 화가 나서 "이봐, 할머니!"라고 대답해 주고 싶었다.

그녀는 이런 말도 했다.

"정말 전 바보예요. 당신에게 넘어가다니…… 하지만 후회는 없어요. 사랑한다는 건 정말 즐거운 일이잖아요."

뒤루아는 더 이상 짜증이 나서 들을 수가 없었다. 그녀는 마치 연극에서 숫처녀 역을 맡은 여자가 말하듯이 "사랑한다는 건 정말 즐거운 거예요." 하며 중얼거렸다. 게다가 그녀는 애무 솜씨가 서툴러 그를 짜증스럽게 만들었다. 부인은 미남 청년의 키스를 받고서 관능에 눈을 떴다. 더군다나 상대가 지나치게 강렬하게 그 피를 뜨겁게 만들었기에 그녀의 애무는 열정만이 넘치는 서툰 동작이었다. 또 그 진지한 모습은 마치 늙은이가 처음 글을 배우는 모습과도 비슷했다.

그녀는 자신의 젊음이 시들어 버려 마지막 사랑을 위해 몸부림치듯 견디기 힘든 눈길로 상대를 으스러지게 껴안았고, 이미 지친 몸 위에 여전히 만족을 모르는 뜨겁고 거대한 몸을 눌러 댔으며, 소리 없이 떨리는 입으로 물어뜯었다. 그런 와중에도 그녀는 어린 처녀처럼 동동거리며 떠들어 대고, 귀엽게 보이려고 "귀여워요, 내 아기, 귀여워서 견딜 수가 없어요. 자, 당신의 귀여운 아기를 마음껏 사랑해 주세요." 하고 지껄여 댔다. 그럴 때면 뒤루아는 그녀를 향해 한바탕 욕설을 퍼붓고 싶었다. 그런 다음 모자를 찾아 쓰고 문을 힘껏 열고 뛰쳐나가고 싶었다.

그들은 처음에 이따금씩 콩스탕티노플 거리에서 만났다. 그러나 뒤루아는 드 마렐 부인과 마주치는 것이 두려워 여러 가지 핑계를 만들어 그곳에서의 밀회를 피해 왔다.

결국 뒤루아는 왈테르 부인 댁의 점심 식사나 만찬에 참석하지 않을 수 없었다. 부인은 그때마다 식탁 아래에서 그의 손을 잡았고, 문 뒤에서 입술을 내밀었다. 그러나 그는 쉬잔과 노는 것이 훨씬 즐거웠다. 그녀의 인형 같은 몸속에는 민첩하고 약삭빠른 기지가 있었는데, 어디로 튈지 모르는 음험한 기지로 잔칫날 꼭두각시 인형처럼 언제나 톡톡 튀었다. 그녀야말로 모든 사람들을 조롱했다. 뒤루아는 그녀의 흥을 칭찬하며 더 신나고 재미나게 놀 수 있도록 도와주었다. 두 사람은 죽이 잘 맞았다.

그녀는 쉴 새 없이 그를 부르며 말했다.

"자, 벨 아미, 이리 오세요. 네? 나의 벨 아미."

그러면 그는 그녀의 어머니 곁을 지나 딸에게로 달려갔다. 딸은 그의 귀에 조롱 섞인 야유의 말을 속삭였다. 그리고 둘은 신이 나 깔깔대고 웃었다.

그러는 동안 그는 쉬잔 어머니의 애정에 싫증이 났고, 나중에는 지독한 혐오감마저 느끼게 되었다. 이제는 얼굴을 보기만 해도, 목소리를 듣기만 해도, 그저 생각하기만 해도 화가 치밀었다. 그는 그녀의 집을 찾아가지도 않았고 편지에도 답장을 하지 않았다.

결국 왈테르 부인은 그의 사랑이 식어 버린 것을 눈치채고 몹시 괴로워했다. 하지만 몸이 더 뜨겁게 달아올라 커튼을 내린 마차 안에서 그의 거동을 엿보곤 했다. 그의 뒤를 밟고, 신문사 현관이나 그의 집 문 앞이나, 그가 지나갈 만한 거리에서 기다리는 일도 다반사였다.

뒤루아는 그때마다 고함을 지르며 그녀를 한 대 갈겨 버리고 싶었다. "쳇, 이제는 꼴도 보기 싫어. 귀찮아 죽겠다니까." 하며 소리를 지르고 싶었으나 〈라비 프랑세즈〉를 생각하며 참았다. 그저 차갑게 대하고, 정중한 척하면서 매정하게 굴고, 가끔씩 모진 말을 해서 상대가 스스로 깨닫게 하려고 했다. 그러나 그녀는 단념하기는커녕 어떻게든 교묘한 술책을 써서 그를 콩스탕티노플 거리로 끌고 가려고 애를 썼다. 뒤루아는 언젠가 두 여자가 문 앞에서 마주치는 것은 아닌가 하고 늘 긴장했다.

한편 드 마렐 부인과의 애정은 여름을 보내면서 한층 깊어졌다. 그는 그녀를 "개구쟁이"라고 불렀고 진정 그녀를 좋아했다. 그들의 성격은 비슷한 구석이 많았다. 그들은 분명 인생을 사교계의 방랑 속에서 보내는 족속이었다. 스스로는 그것을 깨닫지 못했지만 거리의 집시와 똑같았다.

그들은 달콤한 사랑의 여름을 보냈다. 마치 마음껏 뛰놀며 여름방학을 보내는 학생 같았다. 아르장퇴유, 부지발, 메종, 푸아시로 점심 혹은 저녁 식사를 하러 갔고, 둑을 따라 꽃을 따며 몇 시간씩 보트를 탔다. 그녀는 센 강에서 잡히는 물고기 튀김, 토끼 고기 스튜, 포도주와 둥근 파가 들어간 물고기 요리를 좋아했고, 선술집의 정자들과 뱃놀이를 하며 떠드는 사람들의 소리도 좋아했다.

뒤루아는 날씨가 좋을 때면 교외의 기차 지붕 위에 앉아서 여행을 떠나는 것도 좋아했다. 두 사람은 즐거운 농담을 주고받으며 부르주아들의 저택이 점점이 흩어진 시골 전원을 돌아다녔다.

돌아오는 길에 저녁 식사 초대 때문에 어쩔 수 없이 왈테르 부인의 집에 가야 하는 날이면 뒤루아는 옛 정부가 여전히 집착을 버리지 못한 채 끈덕지게 매달리는 것이 가증스럽게 느껴졌다. 지금 막 헤어진 젊은 여인은 강가 풀숲에서 그의 욕정을 풀어 줬기에 그는 왈테르 부인이 더욱 싫어졌다.

뒤루아는 조금은 거칠고 분명하게 결별 의사를 밝혔다. 그리고 마침내 왈테르 부인으로부터 해방되었다고 생각했다. 그런데 바로 그때, 콩스탕티노플 거리로 두 시에 오라는 속달을 받았다.

그는 길을 걸으며 다시 한 번 편지를 읽어 보았다.

오늘 꼭 만나야 해요. 중요한 일이 있어요. 할 말이 있어요. 두 시에 콩스
타티노플 거리에서 기다려 주세요. 큰 도움이 될 수 있을 거예요.

– 죽을 때까지 당신을 사랑하는 비르지니

'이 늙은 올빼미 같은 여자가 새삼스럽게 이제 와 무슨 말을 하겠
다는 걸까? 보나 마나 할 이야기도 없을 것이다. 흥, 또 내게 반했노라
고 지껄여 대겠지. 하지만 어쩌면 내게 도움이 되는 중요한 용건일지
도 몰라. 하지만 네 시에는 클로틸드가 오기로 했어. 그러니 세 시까
지는 먼저 왈테르 부인을 돌려보내야 해. 아, 이거 참 난감하군. 둘이
서로 마주치지 않아야 하는데. 참 여자란 처치 곤란한 짐승들이야!'

그리고 아내만은 다행히 귀찮지 않은 여자라고 생각했다. 그녀는
자기 멋대로 생활하면서도 사랑을 위해 정해 놓은 시간만은 매우 충
실히 임했다. 왜냐하면 그녀의 매일매일은 직무상 일정한 규율이 있
었고 그것을 어기는 것을 스스로 용납하지 않았기 때문이었다. 그는
사장 부인에게 분노의 불길을 태우며 밀회할 집으로 천천히 발걸음
을 옮겼다.

'그렇지, 만약 아무런 이야기가 없으면 가만두지 않겠어. 캉브론의
프랑스어도 내 말에 비하면 점잖게 보일 만큼 심하게 욕을 해 줘야지.
우선 두 번 다시 그녀 집에 발을 들여놓지 않겠다고 말해야지.'

뒤루아는 방으로 들어가 왈테르 부인을 기다렸다. 부인은 곧 도착
했다. 그리고 그의 모습을 보자마자 외쳤다.

"아아! 전보를 받으셨군요! 정말 다행이에요!"

그는 사나운 얼굴로 물었다.

"마침 의회에 나가려는데 신문사로 왔더군요. 또 무슨 일입니까?"

키스를 하기 위해 베일을 들어 올린 왈테르 부인은 자주 두들겨 맞아 눈치를 보는 개처럼 겁먹은 표정으로 다가왔다.

"너무하세요. 보자마자 퉁명스러운 말만 하시고. 제가 당신에게 잘못한 일이 있나요? 당신은 모르세요. 제가 얼마나 괴로웠는지!"

그는 호통치듯 말했다.

"또 시작입니까?"

왈테르 부인은 뒤루아가 웃어 주기를 기다리며, 손짓만 하면 바로 그의 품에 달려들기 위해 바로 옆에서 서성거렸다.

"이제 와서 나를 이렇게 차갑게 대할 거면 처음부터 저를 내버려 뒀어야 해요. 성당에서 한 말씀 기억하세요? 그리고 이 집에 억지로 끌고 들어왔을 때의 일도 그렇고요. 그런데 지금은 나를 이렇게 함부로 대하다니! 아, 정말 너무해요!"

뒤루아는 발을 거칠게 구르며 소리쳤다.

"이런! 빌어먹을! 잠깐 만났는데도 투정만 부리시는군요. 만날 때마다 같은 소리를 들어야 하다니! 내가 아무것도 모르는 순진한 열두 살 난 계집애를 데려왔소? 그건 아니잖소.

자, 분명히 이야기하지요. 내가 미성년자를 유괴한 건 아니지요? 당신은 분명 맨 정신에 내게 몸을 맡겼소. 물론 당신에게 감사하는 마음은 가지고 있소. 정말 진심으로 고맙게 생각하오. 하지만 그렇다고 내가 평생 당신 치마폭에서 살아야 한단 말이오? 당신은 가정이 있소. 물론 나도 가정이 있고요. 그러니 우린 둘 다 자유의 몸이 아니잖소. 사실 우린 그저 한순간 잠시 즐겼단 말이오. 그리고 이제는 다 끝났단 말이오!"

"어머나, 정말 너무하세요! 당신은 정말 파렴치한 사람이네요. 물론 나는 숫처녀는 아니지요. 하지만 이제껏 한 번도 남을 사랑했거나 남자를 만든 적은 없어요."

뒤루아가 말을 자르며 소리쳤다.

"그만 좀 하세요. 그런 말은 귀에 못이 박히도록 들었으니까. 아무리 그래도 당신은 애가 둘이나 되고……. 내가 뭐 처녀를 범한 것도 아니고."

그녀가 뒷걸음질 치며 소리쳤다.

"어머나, 조르주. 너무해요!"

그녀는 두 손을 가슴에 갖다 댔다. 목구멍으로 치밀어 오르는 오열로 인해 숨이 막힌 듯했다. 뒤루아는 그녀가 울자 벽난로 구석에 놓인 모자를 집어 들며 말했다.

"흥, 또 우시는군요. 전 갑니다. 그나저나 나를 불러낸 것도 그런 연극을 보이기 위해서였군요."

그러자 그녀는 그의 앞으로 한 발짝 앞으로 나오더니 호주머니 속 손수건을 꺼내 재빨리 눈물을 닦았다. 그러고는 마음을 진정시키기 위해 목소리에 힘을 줘 말을 시작했다. 그러나 그녀의 말은 슬픔에 떨려 여러 번 끊겼다.

"아니에요……. 그렇지 않아요. 오늘……, 제가 여기에 온 이유는 정치 소식을…… 당신이 5만 프랑을…… 벌 수 있는 정보를 알려 드리기 위해서예요."

뒤루아는 갑자기 부드러운 목소리로 물었다.

"뭐라고요? 그게 무슨 말씀이지요?"

"어젯밤에 우연히 남편하고 라로슈 씨가 이야기하는 걸 들었어요. 그 사람들은 내 앞에서 얘기할 때 숨기는 것이 많아요. 남편이 장관에게 그랬어요. 당신은 절대 모르게 하라고. 당신이 사실을 알게 되면 모두가 알게 될 것이라고 하면서요."

뒤루아는 다시 모자를 의자 위에 놓고는 잔뜩 긴장한 얼굴로 부인의 이야기를 기다렸다.

"도대체 어떤 이야깁니까?"

"모로코를 점령한다고 했어요!"

"말도 안 되는 소리! 오늘 난 라로슈 씨와 점심을 먹으며 내각의 계획에 대해 이야기를 나눴단 말이오."

"아니요. 그렇지 않아요. 자기들의 야합을 다른 사람들이 알까 봐 연극을 한 거예요."

"우선 앉으세요."

그러면서 뒤루아도 팔걸이의자에 앉았다. 그러자 왈테르 부인은 등받이가 없는 작은 의자를 당긴 후 뒤루아의 두 다리 사이에 웅크리고 앉았다. 그녀는 차분하게 이야기를 시작했다.

"난 언제나 당신 생각만 해요. 그래서 남들이 몰래 주고받는 이야기 모두 신경 쓰지요."

그녀는 남편과 장관이 은밀하면서도 교묘하게 꾸미고 있는 일을 뒤루아에게 이야기했다. 그리고 자신이 이 일을 어떻게 알게 되었는지도 말했다. 결국 두 사람은 뒤루아를 이용만 하고 있다는 내용이었다. 그리고 덧붙였다.

"조르주, 그거 아세요? 사랑을 하면 여자도 교활해지더군요."

그녀도 어젯밤에서야 이 사실을 알았다. 두 남자는 그야말로 엄청난 돈이 걸린 일을 꾸미고 있었다. 그녀는 눈치 빠른 자신의 솜씨를 대견해하며 빙긋 웃음 지었다. 그리고 금융인의 아내로 이미 주식시장을 조작하는 일에 익숙한 여자답게 주가 변동에 대해 이야기했다. 주가가 갑자기 올라가거나 폭락하게 되면 불과 두 시간 만에 수많은 시민과 소규모 투자자들 그리고 명망 있고 존경받는 사람들, 정치인이나 금융인의 이름으로 보증된 주식에다가 그동안 힘들게 번 돈을 다 맡겨 버린 사람들을 파산시킬 수 있다고 했다.

그녀는 여러 번 되풀이해서 말했다.

"굉장한 일을 벌이고 있어요. 그리고 말할 수 없을 만큼 교활해요. 물론 모든 지휘권은 남편이 쥐고 있어요. 그 방면에는 통달한 일인자예요."

그는 그녀가 이런 말을 자꾸 늘어놓는 데 짜증이 나서 말했다.

"그건 그만해 두고 빨리 가르쳐 줘요."

"좋아요, 그게 말이죠. 이야기를 하자면 탕헤르 파병은 라로슈 씨가 외무부 장관이 된 날부터 이미 두 사람 사이에서 결정된 일이었어요. 그리고 64프랑인가 65프랑으로 내린 모로코 공채를 조금씩 사들였지요. 그것도 수상한 중간 상인을 내세워 주변 사람들의 의심을 사지 않도록 교묘하게 말이지요.

로스차일드의 회사에서도 모로코 공채 주문이 자꾸 들어와 수상쩍게 생각은 했지만 그것도 교묘하게 속여 넘겼어요. 사는 사람의 이름을 들으면 모두 형편없는 중간 상인들뿐이기 때문에 큰 매매처인 은행도 마음을 놓았으니까요. 그래서 이제부터 파병이다 어쩐다 해서 모로코를 점령하면 곧 프랑스 정부는 공채를 보증하게 되는 거죠. 그렇게 되면 그분들은 5,000만에서 6,000만 프랑쯤은 가뿐히 벌 수 있지요. 이제 그 투기란 것을 아셨죠? 그래서 비밀이 누설될까 봐 그분들이 조심하는 이유도요."

왈테르 부인은 뒤루아의 조끼에 머리를 기대고 두 팔을 그의 무릎 위에 올려놓았다. 뒤루아가 한 번이라도 안아 준다면, 웃어만 준다면, 그녀는 무슨 일이든, 어떤 나쁜 짓이든 할 준비가 되어 있었다.

"확실한가요?"

그녀가 자신 있게 대답했다.

"그럼요, 틀림없어요!"

그는 큰 소리로 말했다.

"너무하군! 어쨌든 그 라로슈란 더러운 자식, 내가 당장 실토를 하게 만들어야지. 아주 혼을 내 주겠어. 장관이니 뭐니 해도 내가 목덜미를 누르고 있으니까!"

그리고 잠시 생각에 잠겼다가 중얼거렸다.

"그건 그렇고, 기회를 놓칠 수는 없겠군."

"공채를 사세요. 72프랑밖에 하지 않아요."

"그렇지만 움직일 돈이 없습니다."

그녀가 그에게로 눈을 들었다. 애원하는 듯한 안타까운 눈빛이었다.

"나도 그 생각은 했어요. 그래서 말인데, 당신이 그렇게 퉁명스럽게 굴지 말고 다정하게 군다면 그리고 조금은 나를 귀엽게 봐 준다면 내가 빌려 줄 수 있어요."

그는 거칠게 화를 내며 말했다.

"어림없는 소리! 그건 싫소!"

그녀는 이제 애원하는 목소리로 말했다.

"조르주, 그렇다면 내게 돈을 빌리지 않아도 되는 방법이 있어요. 실은 내가 그 공채를 1만 프랑어치 사서 용돈을 만들 계획이었어요. 하지만 2만 프랑어치 사겠어요. 그리고 당신께 절반은 나누어 드리죠. 물론 그 돈은 남편에게 줄 필요가 없는 돈이에요. 그러니 굳이 갚을 일도 없어요. 생각해 보세요. 잘만 되면 당신은 7만 프랑을 벌게 돼요. 그렇지만 잘되지 않으면 언제라도 형편 좋을 때 만 프랑을 갚아 주시면 돼요."

뒤루아가 다시 말했다.

"그런 속임수는 싫소."

그러자 왈테르 부인은 그를 결심시키기 위해 여러 가지 이유를 늘어놓았다. 그리고 실제로 당신은 말로만 만 프랑을 내기에 거는 모험을 하는 셈이지만, 돈은 왈테르 은행이 빌려 주는 것이니 그에게는 아무런 부채도 없다는 설명도 했다.

왈테르 부인은 더구나 이 일이 가능하도록 〈라비 프랑세즈〉에서 정치 여론을 몰고 가는 일을 한 건 바로 당신이 아니냐면서 이런 기회를 이용하지 못하면 너무 순진한 것이라고 말했다. 그러나 그가 여전히 망설이자 그녀가 덧붙였다.

"생각해 보세요. 그 1만 프랑을 당신에게 빌려 주는 것은 왈테르예요. 더욱이 당신은 그 이상의 가치 있는 일을 해 주고 있지 않아요?"

"좋소, 그렇게 합시다. 당신과 함께하기로 말이오. 그리고 만약 실패하면 1만 프랑을 당신에게 갚지요."

그녀는 몹시 기뻤다. 일어서서 그의 얼굴을 두 손으로 감싸고 주린 듯 키스했다. 처음에는 그도 거부하지 않았다. 하지만 부인은 대담하게 그를 끌어안고 정신없이 애무하기 시작했다.

다음 여자가 곧 올 테고, 여기서 마음을 놓았다가는 시간도 없어질 것이며, 젊은 여자를 위해 아껴 두는 편이 훨씬 나을 정력을 늙은 팔에 안겨서 써 버리는 것은 손해라고 그는 생각했다. 그는 상냥하게 그녀를 밀어내며 말했다.

"이러지 마세요. 좀 얌전히 있어요."

그녀는 슬픈 듯한 눈으로 그를 보았다.

"어머나! 조르주, 이젠 키스도 할 수 없나요?"

"오늘은 안 됩니다. 두통이 좀 있어서 몸이 좋지 않습니다."

그녀는 다시 얌전하게 그의 두 무릎 사이에 앉아서 물었다.

"그럼, 내일 저녁 식사하러 오시면 안 될까요? 당신이 온다면 전 정말 행복할 거예요."

그는 망설였으나 그렇다고 거절할 수도 없었다.

"그럼 그렇게 하지요."

"고마워요. 기뻐요."

그녀는 응석을 부리는 몸짓으로 뒤루아의 가슴에 천천히 뺨을 문질렀다. 그러는 사이 검은 머리가 한 가닥 조끼에 얽혔다. 그녀는 문득 재미있는 생각이 떠올랐다. 가끔 여자들이 미신으로 믿는, 사실상 여자들의 이성이라 할 수 있는 생각들 중에 하나였다. 그녀는 머리카락을 조심스럽게 단추에 감았다. 그리고 다른 머리카락을 다음 단추에 감고 다시 그 위의 단추에도 머리카락을 감았다. 이렇게 해서 그녀는 모든 단추에 머리카락을 얽어매 놓았다.

'이 사람이 곧 일어설 때면 내 머리카락이 뽑힐 것이다. 그래서 나에게 아픔을 주겠지. 하지만 난 행복해!

내 몸에 붙은 것을 한 번도 달라고 하지 않았지만 자기도 모르는 사이에 내 머리카락을 몇 개 가져가는 셈이잖아. 머리카락은 이 사람을 묶는 눈에 보이지 않는 비밀 굴레가 되겠지. 마치 부적을 달아 준 것처럼. 그리고 싫든 좋든 내 생각을 하고 꿈꾸고, 내일은 다시 좀 더 나를 사랑해 주게 될지도 몰라!'

뒤루아는 갑자기 말했다.

"그럼 이젠 가야겠습니다. 의회에서 회의가 끝날 때쯤 만날 사람이 있어서요. 오늘은 빠질 수가 없어요."

그녀는 한숨을 깊게 쉬며 말했다.

"어머! 벌써요?"

그러고 나서 단념한 듯이 말을 이었다.

"그럼 어쩔 수 없군요. 하지만 내일 저녁 식사 때는 꼭 오실 거죠?"

그러면서 그녀는 홱 몸을 돌렸다. 순간 머릿살을 바늘로 찔린 통증을 느꼈다. 그러나 두근두근 뛰는 가슴은 아픔 대신 뜨거운 기쁨을 느꼈다.

"그럼 잘 가요!"

그녀가 말했다. 그는 애써 미소를 띠면서 그녀를 팔에 안고 대는 둥 마는 둥 양쪽 눈에 입을 맞췄다. 하지만 그녀는 새삼스럽게 접촉으로 정열이 불타올라 "벌써 헤어져야 해요?" 하고 중얼거리며 열린 옆방을 애원하는 듯한 눈빛으로 보았다. 그는 부인을 밀어젖히며 재빨리 말했다.

"그럼 가 봐야겠습니다. 늦을 것 같으니."

그러자 그녀는 입술을 내밀었다. 그러나 뒤루아는 가볍게 입술을 댄 뒤, 그녀가 잊고 있던 양산을 건네주었다.

"자, 서두르세요. 벌써 세 시가 넘었습니다."

그녀는 앞서 나가며 다짐을 했다.

"내일 일곱 시예요."

"네, 잘 알고 있습니다."

그들은 그곳에서 곧바로 헤어져 그녀는 오른쪽으로, 그는 왼쪽으로 꺾어 들었다. 뒤루아는 외과 큰길까지 되돌아가 말제르브 거리까지 내려와서는 느릿느릿한 걸음으로 걸었다. 그는 문득 제과점 앞을 지나다가 수정 잔 속에 든 설탕에 절인 밤을 보았다.

'클로틸드에게 조금 사다 줘야겠군.'

그는 달콤한 열매를 한 봉지 샀다. 그리고 네 시에 젊은 정부와 만나기 위해 방으로 되돌아왔다. 남편이 일주일 휴가로 돌아와 있기에 그녀는 조금 늦게 도착해서는 물었다.

"내일 저녁 식사에 오실 수 있으세요? 남편이 기뻐하실 거예요."

"안됐지만 내일은 사장 댁에 가기로 했소. 정치와 재정상 계획이 잔뜩 있어서 의논을 해야 하기 때문에."

그녀는 모자를 벗고는 거북하게 느껴지는 웃옷도 벗었다. 그는 벽난로 위에 놓아둔 봉지를 가리키며 말했다.

"설탕에 절인 밤을 사 왔소."

그녀는 손뼉을 쳤다.

"어머나, 좋아라!"

그녀는 밤 한 개를 집어 입에 넣고 기쁜 듯이 말했다.

"맛있어요. 하나도 남기지 않고 버릴 것 같아요."

그러고 나서 기분 좋은 육감적인 눈길로 뒤루아를 보면서 말했다.

"그러니까 당신은 내 별난 취미를 다 받아 주실 수 있지요?"

그녀는 천천히 밤을 먹으면서 쉴 새 없이 봉지 속 밤알 수를 세었다.

"자, 이제 안락의자에 앉으세요. 당신의 두 무릎 사이에 웅크리고 앉아 밤을 먹을래요. 기분이 좋을 거예요."

그는 빙긋 웃으며 의자에 앉아 조금 전에 왈테르 부인이 했던 것처럼 두 다리를 벌리고 그 가운데 그녀를 앉게 했다. 그녀는 그를 쳐다보며 한입 가득히 밤을 집어넣은 채 말했다.

"조르주, 당신 꿈을 꿨어요. 둘이서 낙타를 타고 먼 여행을 하는 꿈이었어요. 낙타에 혹이 두 개 있어서 우리들은 각각 그 위에 올라타고 사막을 가로질러 갔어요. 종이에 싼 샌드위치하고 포도주병을 안고 혹 위에서 먹었어요. 하지만 우리는 너무 떨어져 있어서 다른 짓은 아무것도 할 수가 없었기 때문에 전 따분해서 내리고 싶어졌어요."

"나도 내리고 싶군."

그는 클로틸드의 꿈 이야기를 재미있게 들으며 웃었다. 그리고 말도 안 되는 소리를 하며 그녀를 부채질했고 더욱 수다스럽게 떠들게 만들었다. 그렇게 말도 안 되는 이야기라도 드 마렐 부인의 입에서 나오니까 재미있지 왈테르 부인이었다면 짜증이 났을 것이다.

클로틸드 또한 그를 가리켜 "귀여운 사람, 내 아기, 내 고양이" 등으로 불렀지만 그는 그 말을 다정하고 귀엽게 받아 줬다. 바로 조금 전에 다른 여자에게 들었을 때는 화가 나 구역질이 날 지경이었다. 왜냐하면 사랑의 속삭임은 언제나 같지만 나오는 입술의 맛이 달랐기 때문이었다.

그러나 그는 그러한 달콤한 희롱이 흥겨우면서도 앞으로 벌 7만 프 랑이 머릿속에서 떠나지 않아 그녀의 머리를 손가락으로 두 번 가볍 게 치며 이야기를 멈추었다.

"들어 봐. 당신 남편에게 내 말을 좀 전해 주지. 내일 모로코 공채를 1만 프랑어치만 사도록 내가 권하더라고 말해. 지금은 72프랑밖에 하 지 않지만 석 달이 되기도 전에 6만에서 8만이 된다는 것을 내가 장담 하리다. 그러나 절대 비밀을 지키도록 해야 하오. 탕헤르 파병이 결정 되고 프랑스 정부가 모로코 공채를 보증하게 된다고 내가 말하더라 고 말이오. 그러나 다른 사람들에게 발설하면 안 되오. 지금 한 이야 기는 국가의 비밀이니까."

그녀는 정색한 낯으로 들었다. 그리고 이렇게 소곤거렸다.

"고마워요. 오늘 밤 당장 말하겠어요. 그분은 믿어도 좋아요. 절대 로 함부로 이야기하지 않으니까요. 정말 입이 무거운 사람이에요. 절 대로 위험하지 않아요."

그녀는 다 먹은 밤 봉지를 구겨서 벽난로 속에 던져 넣었다.

"자, 이제 누워요."

그녀는 이렇게 말하며 일어나지도 않은 채 뒤루아의 조끼 단추를 풀기 시작했다. 그런데 갑자기 그녀는 손을 멈추고 단춧구멍에 얽혀 있는 긴 머리카락을 집어내서는 깔깔대고 웃었다.

"어머, 당신 마들렌의 머리카락을 가지고 나오셨군요. 정말 아내에 게 충실한 남편이군요!"

하지만 곧 얼굴이 굳어졌다. 눈으로도 잘 보이지 않는 머리카락을 손바닥 위에 올려놓고는 중얼거렸다.

"어머, 이건 마들렌 머리카락이 아닌데요. 마들렌 머리카락은 밤색인데."

뒤루아는 싱겁게 미소를 지으며 말했다.

"아마 하녀 거겠지."

하지만 그녀는 마치 증거물을 포착하는 형사처럼 주의를 집중해서 조끼 주위를 살폈다. 그리고 다른 단추에 말린 두 개째의 머리카락을 찾아 낸 뒤 다시 세 번째 것도 찾아냈다. 클로틸드는 새파랗게 질려 조금은 떨면서 말했다.

"어머, 당신 다른 여자와 잤군요? 단추마다에 머리카락을 얽어 놓았어요."

그는 깜짝 놀라 더듬거리며 말했다.

"그럴 리가 없어, 무슨 바보 같은……."

그는 무슨 일인지 짐작이 갔다. 처음에는 당황했지만 쓴웃음을 지으며 아니라고 말했다. 그러나 그녀에게 의심을 받는 것도 그다지 나쁘지 않았다. 그녀는 고집스럽게 뒤져 머리카락을 몇 개씩이나 발견하고 그것을 재빠르게 뭉쳐서 융단 위에 내던졌다.

그리고 여자의 재빠른 본능으로 상황을 파악했다. 그러고는 화가 나서 펄펄 뛰며 당장이라도 눈물을 터뜨릴 것 같은 목소리로 중얼거렸다.

"당신을 사랑하는 여자예요. 그래서 자기 몸에 붙은 것을 당신이 가져가도록 한 거예요. 아, 참 당신은 바람둥이군요."

그러더니 그녀는 별안간 외쳤다. 날카로운 슬픔이 느껴지는 외침이었다.

"아, 아, 늙은 여자군요. 여기 흰머리가 있잖아요! 어쩌면, 당신……, 이번엔 늙은 여자를 속였군요. 늙은 여자라면 당연히 돈을 내겠죠. 그렇죠? 아, 기가 막혀요. 늙은 여자를 사귀다니……. 그럼 나 같은 애송이는 필요 없겠군요. 그래요, 그 여자하고 잘해 보세요!"

그녀는 몸을 일으켜 벗어 놓았던 윗옷이 있는 의자로 달려가 재빠르게 옷을 걸쳤다. 그는 부끄러운 듯이 우물거리며 말했다.

"사실이 아니야. 클로, 바보군그래. 나는 도무지 알 수 없는 일이야.

자, 들어 봐요."

그녀는 되풀이해서 말했다.

"당신 마나님을 소중하게 모시세요. 그게 좋겠어요. 그리고 그 사람의 머리카락으로, 센 머리카락으로, 반지라도 만들게 하세요. 당신에게 참 잘 어울리겠어요."

그녀는 거친 동작으로 재빠르게 옷을 입고는 모자를 쓰고 베일을 내렸다. 그가 붙잡으려고 하자 팔을 크게 휘둘러 따귀를 후려갈겼다. 뒤루아가 어리둥절해서 멈칫하는 틈에 문을 열고 밖으로 뛰쳐나가 버렸다.

혼자 남자 그는 갑자기 분노가 치밀어 올라와서 "늙은 여편네, 늙어 빠진 말 같으니라고!" 하고 욕을 퍼부었다.

'아, 못된 늙은이, 한번 호되게 때려눕혀 줄 테다!'

그는 시뻘게진 뺨을 한참 동안 물로 식히고 어떻게 복수할까 생각하면서 밖으로 나왔다.

'이제는 용서하지 않겠다, 용서할 수가 없어!'

그는 큰길까지 내려와서 거리를 서성거리다가 보석상 앞에서 걸음을 멈추고 전부터 몹시 가지고 싶어 했던 시계를 들여다보았다. 값은 1,800프랑이었다. 그리고 갑자기 기쁨으로 마음이 부풀어 생각했다.

'7만 프랑이 손에 들어오면 저걸 살 수 있겠군.'

그리고 7만 프랑을 어떻게 쓸까 하고 이것저것 궁리하기 시작했다.

'우선 국회의원이 되자. 그러고 나서 저 시계를 사고 투기에 조금 손을 대 보자. 그러고 나선……'

신문사에는 들어가고 싶지 않았다. 왈테르를 만나 논설을 쓰기 전 마들렌에게 이야기를 하고 싶어져 집으로 돌아가기로 했다.

그는 드르오 거리에 다다르자 걸음을 멈췄다. 보드렉 백작의 건강 상태를 물어보고 오는 것을 잊었던 것이다.

백작은 쇼세 당탱에 살았다. 그는 되돌아갔지만 여전히 한가하게 걸으면서 행복한 꿈에 잠겨 기쁜 일, 즐거운 일, 머지않아 차지할 재산, 라로슈의 난봉, 사장 부인인 고집불통 왈테르 부인 따위의 여러 가지 생각에 잠겼다.

클로틸드의 분노는 곧 가라앉을 것으로 믿었기 때문에 그다지 걱정하지 않았다. 이윽고 보드렉 백작의 집에 도착했다. 문을 열어 주는 하인에게 물었다.

"보드렉 백작님은 좀 어떤가요? 요 며칠 편찮으시다고 들었는데."

"백작님은 매우 위중하십니다. 오늘 밤을 넘기기 힘들다고 합니다. 신경통이 심장으로 올라왔다고 들었습니다."

뒤루아는 뜻밖의 말에 깜짝 놀랐다. 뭐, 보드렉 백작이 죽어 간다고! 급작스러운 일에 뒤루아는 자신도 알 수 없는 수만 가지 생각이 떠올랐다. 자신이 무슨 말을 하는지도 모를 정도로 정신이 아득했다.

"알겠네. 다시 오지."

그러고는 마차를 타고 급히 집으로 왔다.

마들렌은 집에 있었다. 그는 방으로 뛰어 들어가자마자 숨을 헐떡거리며 말했다.

"여보, 큰일 났소! 보드렉 백작이 죽어 가오!"

마들렌은 의자에 앉아 편지를 읽고 있었다. 고개를 든 그녀는 세 번을 반복해서 물었다.

"네? 뭐라고요? 지금 뭐라고 했어요?"

"보드렉 백작 말이오. 신경통이 심장으로 올라가서 죽게 됐다는군."

그러고 나서 다시 덧붙였다.

"당신 어쩔 셈이오?"

그녀는 신경질적으로 몸을 떨더니 곧 두 손으로 얼굴을 가리고 울음을 터뜨렸다. 그러다가 별안간 눈물을 닦으며 말했다.

"지금 다녀와야겠어요. 걱정하지 마세요. 어쩌면 늦게 돌아올지도 몰라요. 그러니 기다리지 마세요."

"그게 좋겠소, 어서 다녀와요."

그들은 손을 맞잡았다. 그녀는 장갑을 끼는 것도 잊고 급히 나갔다.

뒤루아는 혼자 저녁 식사를 한 뒤 논설을 쓰기 시작했다. 장관의 의향을 정확하게 지켜 모로코 파병은 이루어지지 않을 것이라고 암시하는 글을 썼다. 그리고 그 기사를 신문사에 가지고 가서 잠깐 사장과 이야기를 나누고 나자 왠지 마음이 홀가분해져서 그는 담배를 피우며 돌아왔다. 아내는 아직 돌아오지 않았다. 그는 침대로 들어가서 곧장 잠들어 버렸다.

마들렌은 밤이 깊어서야 돌아왔다. 뒤루아는 깜짝 놀라 눈을 뜨고 일어나 침대 위에 앉았다.

"그래, 어떻게 됐소?"

그는 그때만큼 창백하고 비통한 그녀의 얼굴을 본 적이 없었다.

그녀가 조그만 목소리로 말했다.

"돌아가셨어요."

"뭐, 죽었다고! 그래, 당신한테 아무 말도 없었소?"

"네, 아무 말도. 제가 갔을 때는 의식이 없었어요."

뒤루아는 생각에 잠겼다. 마음 같아서는 지금 당장 여러 가지 묻고 싶은 일이 입술까지 올라왔으나 아무것도 물을 수 없었다.

"어서 자는 게 낫겠소."

그녀는 빠르게 옷을 벗고는 그의 옆으로 들어왔다. 그가 다시 물었다.

"임종 때 친척이 왔소?"

"조카 한 사람뿐이었어요."

"그래? 그 조카란 가끔 오던 사람이오?"

"아뇨, 한 십 년 동안 만난 일이 없었어요."

"그 밖에 친척이 또 있소?"

"아뇨, 없을 거예요."

"그럼 그 조카가 유산을 받겠군."

"글쎄요."

"굉장한 부자겠지, 보드렉은?"

"네."

"대체 재산이 얼마나 있는지 아오?"

"아뇨, 자세히는 몰라요. 아마 100만이나 200만쯤 되겠죠."

그는 그 이상 아무 말도 하지 않았다. 그녀가 촛불을 불어 껐다. 그들은 어둠 속에 나른히 누워 아무 말도 하지 않고 생각에 잠겼다.

그는 잠이 오지 않았다. 그리고 왈테르 부인이 약속해 준 7만 프랑이 갑자기 초라해 보였다. 문득 마들렌이 우는 것같이 느껴졌다.

"잠들었소?"

"아니요."

목소리가 눈물을 머금고 떨렸다.

"아까 이야기하는 걸 잊었는데, 당신의 장관은 우리를 속였더군."

"뭘요?"

그는 라로슈와 왈테르가 꾸민 책략에 대해 길고도 소상하게 이야기했다.

"어떻게 그걸 알아냈어요?"

"미안하지만 절대 말할 수 없소. 당신도 여러 가지 정보를 알아내는 길을 갖고 있지만 난 그걸 캐물은 일이 없으니까. 하지만 정보가 확실하다는 것은 장담하지."

그녀가 중얼거렸다.

"그래요. 그럴 수 있어요. 그분들이 우리 몰래 뭔가를 하는 것 같다는 눈치는 어렴풋이 채고 있었어요."

뒤루아는 좀처럼 잠을 이룰 수 없어 아내 옆으로 다가가 귀에 살그머니 키스했다. 그러나 그녀는 뿌리치며 말했다.

"제발 부탁이에요. 그냥 가만히 놔두세요. 네? 장난칠 기분 아니에요."

그는 단념하고 벽 쪽으로 돌아누웠다. 그리고 눈을 감고 있는 동안 결국 잠들고 말았다.

6

교회에는 검은 휘장이 걸렸다. 현관에는 왕관을 올려놓은 큰 방패가 걸려 있어서 그 앞을 지나가는 사람들에게 귀족의 장례식이 거행되는 것을 알렸다.

방금 의식이 끝나고 조문객들은 한 명씩 줄을 지어 보드렉 백작의 관과 그 옆에 서 있는 조카 앞을 천천히 지나쳐 걸어갔다. 조카는 사람들에게 일일이 손을 내밀고 인사했다.

뒤루아와 마들렌은 교회 밖으로 나오자 어깨를 나란히 하고 집 쪽으로 걷기 시작했다. 두 사람 모두 깊은 생각에 잠겨 아무 말도 하지 않았다. 조금 뒤 뒤루아가 혼잣말을 하듯 중얼거렸다.

"정말 믿기 어려운 일이야!"

"뭐가요?"

"보드렉 백작이 우리에게 아무것도 물려주지 않았다는 사실이 말이오."

마들렌의 얼굴이 붉어졌다. 마치 장밋빛 베일이 얼굴까지 올라와 그녀의 하얀 살결을 물들이는 것 같았다.

"어째서 백작님이 우리한테 무언가를 남겨야 하나요? 그럴 이유가 전혀 없잖아요?"

그리고 잠시 생각에 잠겼다가 다시 말했다.

"어쩌면 공증인에게 유언장이 있을지도 몰라요. 기다려 보세요."

그는 고개를 끄덕이며 중얼거렸다.

"응, 그럴 수도 있겠군. 일이 어찌 되었든 백작에겐 우리 두 사람이 가장 친한 친구였잖소. 그래, 매주 빠짐없이 두 번씩이나 우리 집에서 저녁 식사를 했지. 또 당신을 마치 친딸처럼 사랑스러워했고 우리 집을 마치 자기 집처럼 드나들었지. 게다가 가족이라곤 자식도 형제도 아무도 없고 다만 조카가 한 사람뿐이라지만 자주 만날 일도 없는 사람이란 말이오. 그러니 분명 유언이 있을 거야. 뭐 크게 기대하지는 않지만 그가 우리를 생각했다면 우리에게 작은 것이라도 성의를 남겼겠지."

그녀는 무언가 또 다른 생각에 잠긴 듯 건성으로 대답했다.

"그래요, 그럴지도 모르지요."

집으로 돌아오자 하인이 마들렌에게 편지 한 통을 건네줬다. 그녀는 그것을 본 뒤 다시 남편에게 건네주었다.

라마뇌르 공증인 사무소

보즈 거리 17번지

부인,

화, 수, 목 중 어느 날이든 오후 두 시에서 네 시 사이에 저희 사무실에 들러 주시기 바랍니다. 부인과 관련된 일이 있습니다.

- 라마뇌르

이번에는 뒤루아의 얼굴이 붉어졌다.

"맞아, 분명 그 일 때문일 거요. 그런데 법률상 가장인 나를 부르지 않고 당신을 부른 것은 좀 이상하군."

그녀는 아무런 대답 없이 잠깐 생각한 뒤 말했다.

"지금 가 볼까요?"

"그럼 그러지."

그들은 점심 식사를 마치자마자 집을 나섰다.

라마뇌르 씨의 사무실에 들어가자 수석 서기가 황급히 일어나 두 사람을 공증인의 방으로 안내했다. 공증인은 몸집이 자그맣고 키가 작은 사나이로 온몸이 동글동글했다. 마치 공 같은 얼굴에 다리 두 개가 달린 다른 공에 붙어 있는 것만 같았다. 다리는 또 어찌나 짧은지 그 역시 공과 비슷했다.

"부인을 오시라고 한 이유는 당신과 관계있는 보드렉 백작의 유언을 알려 드리기 위해서입니다."

뒤루아는 낮은 목소리로 중얼거렸다.

"그럴 줄 알았습니다."

공증인이 다시 말했다.

"그럼 이 서류의 내용을 전달해 드리겠습니다. 아주 짧고 간단합니다."

그는 앞에 놓인 상자에서 종이 한 장을 꺼내 읽었다.

"아래 서명한 나 보드렉 백작, 폴 에밀 시프리엥 공트랑은 마음과 몸이 모두 건강한 상태에서 여기에 나의 마지막 뜻을 밝힌다. 죽음이 다가오는 시기는 예측할 수 없으므로 나는 만일의 경우를 생각해 유언장을 작성하고 이것을 라마뇌르 씨에게 기탁한다. 내게는 직계 상속인이 없으므로 유가 증권 60만 프랑 및 부동산 약 50만 프랑을 포함한 나의 모든 재산을 클레르 마들렌 뒤루아 부인에게 무상으로 아무 조건 없이 유증한다. 부탁하건대 죽은 벗의 경의에 찬 우정의 표시로 이 증여를 받아 주기를 바란다."

공증인은 덧붙였다.

"이것이 전부입니다. 이 서류는 작년 팔월에 작성되었습니다. 이 년 전 클레르 마들렌 포레스티에 부인 앞으로 작성된 똑같은 서류를 다시 쓴 것이기도 합니다. 이전 유언장도 제게 있으니까 친척 되시는 분의 이의 신청이 있을 때에는 그것에 의해 보드렉 백작의 의사가 변하지 않은 것을 증명하겠습니다."

마들렌은 창백한 얼굴로 오로지 발끝만을 내려다보았다. 뒤루아는 초조하게 손가락 끝으로 콧수염을 비틀었다. 공증인은 잠자코 있다가 말을 이었다.

"물론 부인께서는 남편의 동의가 없으면 이 유증을 받으실 수 없습니다."

뒤루아가 자리에서 일어나 무뚝뚝하게 말했다.

"잠시 생각할 시간을 주십시오."

공증인은 미소를 띠며 머리를 숙였다. 그리고 상냥한 목소리로 말했다.

"무엇 때문에 주저하시는지 알 만합니다. 그리고 덧붙여 말씀드리면 보드렉 씨의 조카님은 오늘 아침 백부님의 마지막 의사를 아신 뒤, 자신 앞으로 10만 프랑을 받을 수 있는 권리를 준다면 아무 이의를 제기하지 않기로 하셨습니다.

아시다시피, 소송이 일어나면 여러 가지로 머리 아픈 일이 생깁니다. 되도록 그것은 피하시는 편이 좋으리라 생각합니다. 세상 사람들은 어찌되었든 좋게 생각하지 않으니까요. 그럼 토요일까지 모든 것에 관한 답변을 알려 주실 수 있겠습니까?"

뒤루아는 머리를 숙였다.

"잘 알겠습니다."

그는 예의를 갖춰 인사를 하고는 말이 없는 아내를 데리고 몹시 어색한 태도로 나갔다. 그를 본 공증인도 더는 미소 짓지 않았다.

집으로 돌아오자마자 뒤루아는 거칠게 문을 닫고는 모자를 침대에 던지며 소리쳤다.

"당신이 보드렉의 정부였소?"

베일을 벗으려던 마들렌이 정색을 하며 돌아보았다.

"제가요? 당신도 참!"

"그래, 당신 말이오. 그렇지 않고서야 모든 재산을 송두리째 당신에게 줄 리가 없어."

마들렌은 손이 떨려 투명한 천에 꽂힌 핀을 뽑을 수가 없었다. 그녀는 잠시 생각하더니 흥분한 목소리로 띄엄띄엄 말했다.

"아, 당신 제정신이 아니군요. 미쳤어요……. 당신도 아까…… 말했잖아요. 당신에게 뭐가 물려줄 만하다고."

뒤루아는 마들렌 곁에 붙어서는 아내에게 일어나는 감정의 동요를 살폈다. 마치 피의자를 앞에 두고 사소한 혐의까지도 캐내려는 판사처럼 주의 깊게 바라보았다. 그리고 한 마디 한 마디에 힘을 주어 말했다.

"그래, 그 사람은 내게도 무언가 남길 만했어. 나는 당신의 남편이자 그 사람의 친구였으니 말이야. 하지만 당신에게는 그러면 안 되지. 당신과 가까운 사이였어도, 당신은 내 아내니까. 이런 구별쯤은 누구나가 다 아는 본질적인 일이란 말이지."

그러나 이번에는 마들렌이 무언가를 알아내려는 듯 그의 눈 속을 깊은 눈빛으로 유심히 바라보았다.

어쩌다가 긴장이 풀렸거나 잠시 부주의해질 때 마음속의 비밀을 가리고 있는 문이 살짝 열리듯, 간신히 조금 엿보이는 것이 전부인 남편의 마음속에서 마들렌은 무언가를 찾고 있었다. 그녀는 천천히 말을 끊으며 이야기했다.

"하지만 만약, 막대한 유산을 그분이, 당신에게 줬더라도 역시 남들은 이상하게 바라보리라는, 생각이 드네요."

그가 차갑게 물었다.

"어째서 그렇게 생각하지?"

그녀는 "왜냐하면……." 하고 망설이더니 다시 말을 이었다.

"왜냐하면 당신은 내 남편이지만 그분과 가깝게 지낸 지는 얼마 되지 않았어요. 하지만 저는 오래전부터 친구였고, 포레스티에가 살아 있었을 때 작성한 예전의 유언장에도 제 이름이 씌어 있었을 정도잖아요."

뒤루아는 방 안을 성큼성큼 걷다가 꾸짖듯 말했다.

"당신은 그걸 받아서는 안 돼."

그녀는 아무렇지도 않은 듯이 대답했다.

"좋아요. 그럼 군이 토요일까지 기다릴 필요도 없어요. 지금 즉시 라마뇌르 씨에게 말하러 가요."

뒤루아는 아내 앞에 마주 섰다. 두 사람은 오랫동안 서로의 눈을 바라보며 엿볼 수 없는 마음의 비밀까지도 파고들어 진심을 알아내려고 애썼다. 말은 하지 않았지만 서로의 마음을 간파하려고 했다. 생활은 함께했지만 상대를 몰라 의심하고, 캐 보고, 엿보고, 그러면서도 영혼의 밑바닥까지 들여다보지 못하는 두 사람의 은밀한 싸움이었다.

느닷없이 그는 아내의 얼굴에 내뱉듯 낮은 소리로 말했다.

"어때, 보드렉의 정부였다고 자백하는 게?"

그녀는 어깨를 으쓱해 보였다.

"당신 참 이상하군요. 어쨌든 보드렉 씨는 저를 무척 사랑했어요. 그래요, 모두가 부러워할 정도였지요. 하지만 그것뿐이었어요. 정말이에요."

그는 발을 굴렀다.

"흥, 거짓말! 그럴 리가 없어!"

그녀는 침착하게 대답했다.

"하지만 사실이에요."

그는 다시 서성이다 멈춰 서서 말했다.

"그럼 내게 설명해 봐요. 어째서 당신에게 재산을 송두리째 다 주었는지 말이오."

그녀는 마치 남의 일이라도 되는 것처럼 무심하게 말했다.

"사실 대단한 일도 아니에요. 당신도 조금 전에 말씀하셨듯이 그분에게 친구라고는 우리뿐이었어요. 아니, 정확히 말하면 저밖에 없었어요. 저에 대한 일은 아주 어렸을 적 일부터 모두 잘 알고 있었어요. 어머니가 그분의 친척 댁에 일을 도우러 가셨으니까요. 그래서 여기도 자주 오셨고, 나중에는 적당한 상속인이 없었기 때문에 저를 생각하신 거예요.

어쩌면 제게 다소 마음이 있었는지도 모르지만 어떤 여자라도 그런 사랑은 받을 수 있다고 생각해요. 그리고 혼자 몰래 숨겨 두었던 사랑을 마지막으로 정리하려고 할 때, 제 이름을 썼다고 해서 나쁠 건 없잖아요? 그분이 월요일마다 제게 꽃다발을 줬지만 당신은 조금도 이상하게 생각하지 않았어요.

그때만 해도 당신에게는 아무것도 가져다주시지 않았어요. 그렇죠? 오늘 제게 유산을 준 것도 똑같은 이유고 저 외에 줄 사람이 없었기 때문이에요. 반대로 당신에게 재산을 물려주었다면 오히려 이상하지 않아요? 첫째, 그럴 만한 이유가 없어요. 당신은 그분에게는 아무것도 아니잖아요."

그녀의 이야기가 매우 자연스러우면서도 차분했기에 뒤루아는 당황했다. 그러나 그럴수록 고집을 부렸다.

"어쨌든 우린 유산을 받을 순 없어. 분명 좋지 않은 결과가 될 테니까. 사람들은 분명히 숨어서 나를 욕하며 비웃을 것이오. 안 그래도 동료 녀석들이 나를 시기해서 무엇이든지 트집을 잡아 빈정거리니까 말이오. 나도 내 체면을 위해 사람들이 어중이떠중이로 하는 이야기를 들을 필요가 있어. 그러니 백작의 유산을 받는 것을 나로서는 승낙할 수 없는 거요. 포레스티에라면 받아 주었겠지만 그렇겐 안 돼."

그녀는 부드럽게 말했다.

"좋아요, 거절해요. 뭐, 우리 주머니에 100만 프랑이 없다고 생각하면 그만이죠."

그는 여전히 방 안을 돌아다녔다. 그러고는 아내를 향해서가 아니라 그저 말하기 위해 자기 생각을 큰 소리로 지껄였다.

"좋소, 그럼 이렇게 합시다. 100만 프랑은 아깝지만 백작은 유언장을 쓰면 좋은지 몰랐던 거요. 이 일로 인해 나를 난처한 입장에 몰아넣게 될 것인가를 깨닫지 못했던 거요. 세상일은 아무도 모르는데. 내게도 절반을 남겨 뒀다면. 아무런 분쟁도 없었을 거요."

그는 의자에 앉아 다리를 꼬고 콧수염 끝을 비틀기 시작했다. 무언가 성가신 일이나 걱정거리가 있어 생각에 할 때 하는 버릇이었다. 마들렌은 가끔씩 자수를 꺼내 들고 실을 골랐다. 그리고 남편에게 말했다.

"전 이제 더는 할 말이 없네요. 생각할 사람은 당신이지만요."

그는 한참 동안 대답하지 않았다. 그리고 잠시 후에 망설이듯 말했다.

"사람들은 보드렉이 당신만을 상속인으로 하고 내가 그것을 승인할 이유를 납득하지 못할 거요. 그런 식으로 재산을 받는다는 것은 당신과 불의의 관계를 자백하는 것이 되고 나는 파렴치한 동의를 한 것이 되오. 우리가 그것을 받는다면 남들이 어떻게 생각할지 당신도 알 거요. 그러니깐 기발한 방법을 써서 그럴듯한 이유를 붙여야 해. 이를 테면 보드렉의 재산을 둘로 나눠서 우리 부부에게 절반씩 물려줬다고 생각하게 만든다든가."

"유언장의 내용이 분명한데 어떻게 그렇게 할 수 있죠? 전 잘 모르겠어요."

"그거야 쉽지. 당신이 살아 있는 동안 증여하는 걸로 내게 절반을 주면 되지 않소. 우리에게는 아이가 없으니 그렇게 할 수 있소. 그렇게 하면 세상에 떠도는 소문을 막을 수 있지."

그녀는 조금은 초조한 듯 말했다.

"이해하기 힘들어요. 왜 사람들이 떠들어 대지 않는다는 거죠? 어차피 백작님이 서명한 유언장이 있잖아요."

그는 화가 나서 소리쳤다.

"굳이 그 증서를 사람들에게 보이거나 벽에 내붙일 필요는 없지 않소. 당신 참 어리석군. 보드렉 백작이 우리한테 절반씩 양도해 줬다고 말하기만 하면 되는 거요. 어치피 당신은 내 허락 없이 유산 상속을 받을 수 없지 않소. 내가 허락하겠소. 하지만 내가 사람들의 웃음거리가 되지 않도록 그 유산을 나와 나눈다는 조건을 들어줘야 하오."

그녀는 다시 한 번 매서운 눈으로 그를 보았다.

"그럼 당신 맘대로 하세요, 전 아무래도 상관없으니까."

뒤루아는 일어나 다시 걷기 시작했다. 하지만 주저하는 듯한 태도로 아내의 찌를 듯한 눈길을 피하면서 말했다.

"아니야, 역시 다 포기하는 편이 나을지도 모르겠어. 되겠어. 그편이 훨씬 훌륭하고……, 명예로운 태도지. 아무튼 그렇게 하면 세상 놈들이 이러쿵저러쿵 쓸데없는 상상을 할 여지가 없을 거야. 틀림없이 그럴 거야. 아무리 억측을 잘하는 사람들이라도 머리를 숙일 거야."

그는 마들렌 앞에서 다시 말을 이었다.

"여보, 당신만 좋다면 나 혼자서 라마뇌르 씨에게 가서 사정을 이야기한 다음 의논하고 오리다. 그리고 내가 무엇을 걱정하는지 이야기하고, 사람들의 입방아를 막기 위해서 편의상 유산을 둘로 나누기로 결정했다고 말하겠소. 내가 유산의 절반을 받으면 아무도 나를 비난하지 않을 거야. 결국 내 아내는 남편인 내가 승낙했기 때문에 유산을 받는 거다, 내가 재판관으로서 아내는 조금도 명예를 더럽히는 행위를 하지 않았다고 인정한 거라고 큰소리치는 것과 마찬가지지. 그렇게 하지 않는다면 세상 사람들의 웃음거리가 될 거요."

마들렌은 여전히 아무래도 좋다는 듯이 중얼거렸다.

"그래요, 당신 좋을 대로 하세요."

그러자 그는 능란한 말솜씨로 떠들기 시작했다.

"그렇지, 그렇게 유산을 절반씩 나누면 조금도 꺼림칙한 데가 없지. 우리에게 유산을 양도한 친구는 우리를 차별하거나 어느 한쪽을 더 소중히 여겨서 '나는 진심으로 생전에 부부 중에 어느 한쪽을 더 사랑했으므로 죽은 뒤에도 그 이익을 고려했다.'라는 태도를 보이기를 원하지 않았소.

물론 아내를 더 사랑하기는 했지만 두 사람에게 평등하게 재산을 나누어 주어 단지 그 애정이 플라토닉했다는 것을 분명하게 나타내려고 한 것이 되오. 백작도 생전에 거기까지 생각이 미쳤다면 분명 그렇게 했을 거요. 그다지 깊게 생각하지 않아서 어떤 결과가 될지 전혀 예측하지 못했던 거요. 아까 당신도 분명하게 말했듯이 그 사람은 매주 당신에게 꽃다발을 가지고 왔던 것처럼 앞뒤를 전혀 생각지 않고 마지막 추억을 주려고 했을 뿐인 거요."

그녀는 화난 듯이 그의 말을 잘랐다.

"그만해요. 이젠 됐어요. 잘 알았어요. 그렇게 구구절절 변명하지 않아도 괜찮아요. 얼른 공증인에게나 다녀오세요."

그는 얼굴을 붉히고 중얼댔다.

"당신 말이 옳소. 그럼 다녀오리다."

그는 모자를 들고 나가려다가 물었다.

"조카 쪽의 요구는 5만 프랑으로 결말짓도록 교섭하는 건 어떻소?"

그녀는 딱 잘라 대답했다.

"아니요. 원하는 대로 10만 프랑 주세요. 그게 내키지 않으면 제 몫에서 줘도 좋으니까요."

그는 갑자기 쑥스러워져서 대답했다.

"아니, 그건 안 될 소리지. 똑같이 나눕시다. 둘이서 5만 프랑씩 내더라도 여전히 100만 프랑 남으니까."

그러고 나서 다시 말했다.

"그럼 다녀오리다, 마드."

그는 공증인에게 가서 아내가 생각해 낸 거라고 말하면서 분할할 것을 이야기했다.

그들은 이튿날 마들렌 뒤루아가 남편에게 양도하는 50만 프랑의 생전 증여 증서에 서명했다.

공증인 사무소를 나서는데 날씨가 좋았다. 뒤루아는 큰 거리까지 걸어가자고 했다. 그는 아내에게 상냥했고 정성껏 마음을 쓰며 존경과 애정을 보였다. 그는 세상만사가 마음껏 웃을 수 있을 만큼 행복했지만 그녀는 여전히 생각에 잠겨 심각해 보였다.

꽤 쌀쌀한 가을날이었다. 사람들은 바쁜 듯이 서둘러 걸었다. 뒤루아는 시계가 갖고 싶어서 지나칠 때마다 한참을 서 있던 보석상 앞으로 아내를 데리고 갔다.

"당신에게 보석을 선물하려는데 어떻소?"

그녀는 무관심한 얼굴로 중얼거렸다.

"당신 마음대로 하세요."

그는 가게로 들어가 물었다.

"뭐가 좋겠소? 목걸이, 팔찌, 아니면 귀걸이?"

반짝이는 보석을 보자, 일부러 냉랭한 표정을 지었던 마들렌의 태도가 한꺼번에 사라져 버렸다. 그러고는 탐나는 듯 눈을 빛내며 보석이 가득 진열된 유리문 안을 들여다보았다.

그리고 곧 마음에 드는 것을 발견하고는 감탄했다.

"어머, 여기 멋진 팔찌가 있네요."

그것은 색다른 모양의 사슬로 고리 마디마디마다 보석들이 박혀 있었다.

뒤루아가 물었다.

"이 팔찌는 얼마요?"

보석상이 대답했다.

"3,000프랑입니다."

"2,500프랑으로 깎아 주면 좋겠는데."

보석상은 조금 망설이더니 대답했다.

"글쎄요, 그 가격으로는 어렵겠습니다."

뒤루아는 말을 계속했다.

"좋소, 그럼 이 시계를 1,500프랑으로 해서 함께 사겠소. 4,000프랑을 당장 현금으로 지불하리다. 어떻소? 정 안 된다면 다른 보석상으로 가겠소."

보석상은 난처한 기색을 보이더니 결국은 고개를 끄덕였다.

"네. 그렇게 드리겠습니다."

신문기자는 주소를 가르쳐 주고 나서 이렇게 덧붙였다.

"시계 위에 내 이름의 머릿글자인 G. R. C를 새겨 주시오. 남작의 관(冠) 밑에 글자를 잘 맞추어서."

마들렌은 깜짝 놀라며 미소를 띠었다. 그러고는 밖으로 나가자 남편 팔을 다정하게 잡았다. 그녀는 뒤루아가 처세에 능한 남자라고 탄복했다. 연금이 들어오게 된 이상 작위는 꼭 있어야만 했다.

보석상은 그들 부부에게 정중히 인사했다.

"네, 잘 알았습니다. 목요일까지 틀림없이 해 놓겠습니다. 남작님."

그들은 보드빌 극장 앞을 지나갔다. 그곳에서는 새로운 연극을 공연하고 있었다.

"어떻소, 오늘 밤 연극을 보지 않겠소? 칸막이 좌석을 삽시다."

그들은 칸막이 좌석을 발견하고 자리를 잡았다.

"카페에 가서 저녁 식사를 할까?"

"좋은 생각이에요."

그는 군주가 된 듯 행복했다. 그러고는 또 할 수 있는 일은 없을까 생각했다.

"이제 드 마렐 부인 댁으로 가서 오늘 밤 우리와 함께 어울리도록 말하지 않겠소? 남편이 돌아왔다니 악수할 수 있으면 나도 기쁠 것 같소."

그들은 드 마렐 부인 댁으로 갔다. 뒤루아는 일전의 좋지 않은 만남 뒤에 그녀를 보는 것이 약간은 두려웠으나, 아내와 함께라면 구구한 변명을 하지 않아도 될 테니 오히려 잘됐다는 생각을 했다. 그러나 클로틸드는 그 일을 모두 잊어버린 것 같았고 심지어는 남편에게 초대를 승낙하도록 강요하기까지 했다. 만찬은 흥겨웠고 매우 기분 좋은 만남이었다.

뒤루아와 마들렌은 꽤 늦게 집으로 돌아왔다. 가스등은 이미 꺼져 있었다. 뒤루아는 계단을 비추기 위해서 이따금 성냥을 켰다. 2층 층계참에서 성냥을 긋자 순간 타오르는 환한 불빛이 계단 어둠 속 거울에 비친 그들 부부의 모습을 거울 속에 비추었다. 그들은 마치 당장에라도 사라져 버릴 유령 같았다.

뒤루아는 성냥을 든 손을 쳐들어 자신들의 모습을 또렷하게 비추었다. 그리고 의기양양한 웃음소리와 함께 말했다.

"백만장자들이 납신다!"

7

　모로코 침공은 두 달 전에 끝났다. 프랑스는 탕헤르를 제압함으로써 지중해 연안의 아프리카를 손을 넣고 트리폴리의 섭정권까지도 획득했다. 그리고 새로이 병합한 모로코의 국채를 프랑스가 지불했다.

　장관 두 사람이 2,000만 프랑을 벌었다는 소문이 자자했고, 특히 라로슈 마티외의 이름이 화제에 올랐다. 또한, 왈테르가 다른 사람들과는 달리 두 배가 넘는 돈을 벌었다는 것을 대다수의 파리 사람들은 알고 있었다. 그는 공채로 3,000만에서 4,000만 프랑을 벌어들였고 동산과 구리 광산에 투자한 것과, 침공 전에 헐값으로 사 두었던 광대한 토지를 점령 이튿날 척식회사에 팔아 치워 800만 내지 1,000만 프랑을 손에 쥐게 되었다.

　왈테르는 불과 며칠 만에 절대 권력을 가진 금융가이자 세계의 주인 중에 한 사람이 되었다. 그 권력은 국왕보다 높아 모든 사람들은 그에게 고개를 숙였고 그 누구도 제대로 말하지 못했다. 모두가 왈테르를 대하는 순간 비굴해졌으며 마음 깊숙한 곳에서 나오는 시기심에 몸을 떨었다.

이제 그는 유대인 왈테르가 아니었다. 수상쩍은 은행 대표나 엉터리 신문사 사장도 아니었다. 더불어 부패한 책략가라며 의심을 받는 국회의원도 아니었다.

그는 이스라엘의 부호 왈테르였다. 왈테르는 그것을 세상에 보여주길 원했다. 그래서 포부르 생토노레 거리에 샹젤리제 쪽으로 정원이 있고 파리에서 모두가 알아주는 훌륭한 저택의 주인인 칼스부르 대공의 재정 상황이 어려워졌다는 소식을 듣고는 바로 저택을 사겠다고 나섰다. 가구까지 그대로 사서 절대 옮기지 않고 사용하겠다고 말하며 300만 프랑 제시했다. 칼스부르 대공은 그 액수에 마음이 끌려 수락하고 말았다.

다음 날 왈테르는 새로운 저택으로 이사했다. 그러자 그는 또 다른 생각이 들었다. 아예 파리를 몽땅 손에 넣으려던, 정복자 나폴레옹과도 같은 생각이었다.

당시 파리 사람들은 자크 르노블 화방에 전시 중인 헝가리 화가 카를 마르코비치의 대작 '물 위를 걷는 그리스도'를 보려고 인산인해를 이루고 있었다. 미술 비평가들은 매우 감격하며 이 작품이야말로 금세기 최대 걸작이라며 격찬했다.

이튿날 왈테르는 그림을 50만 프랑에 사들였다. 이로써 작품을 향한 사람들의 발걸음을 단호하게 잘라 냈다. 결국 파리 사람들은 부러움과 비난 사이를 오가며 왈테르 이야기에 꽃을 피웠다. 그러나 왈테르는 모두의 예술 작품을 개인적인 사유물로 만들었다는 비난을 막기 위해 파리에 사는 모든 명사들을 자신의 저택에 초대했다. 또한 모든 신문에는 거장의 그림을 저택에서 함께 감상할 수 있다는 광고를 냈다.

그날 밤 왈테르는 저택을 개방하기로 했다. 입구에서 초대장만 보이면 누구든 들어갈 수 있었다. 초대장에는 이렇게 씌어 있었다.

왈테르 씨 부부가 초대합니다. 12월 30일 오후 아홉 시부터 열두 시까지 카를 마르코비치의 작품 '물 위를 걷는 그리스도'를 전등 불빛 아래 전람하겠사오니 오셔서 감상해 주시기 바랍니다.

그리고 덧붙여서 아주 조그만 글씨로 "열두 시 이후에는 무도회를 개최합니다."라고 적혀 있었다. 그러니까 원하는 사람은 남아도 좋았는데, 왈테르 부부는 그 사람들 중에서도 앞으로 꾸준히 교제할 사람만을 고를 생각이었다.

무도회까지 가고 싶지 않은 사람들은 그림만 감상하고 저택과 주인 부부를 보고 가기만 하면 됐다. 그중에는 사교계 특유의 호기심으로 이들을 보는 사람도 있을 것이고, 무례하지만 무심한 눈길을 던지는 사람들도 있을 것이다.

어찌 되었든 그런 다음에는 왔을 때처럼 그냥 되돌아가면 되는 것이다. 하지만 왈테르 영감은 알고 있었다. 한 번이라도 대부호가 된 유대인의 집에 발을 들여놓은 사람은 누구나 반드시 다시 오리라는 사실을 말이다.

우선 신문에 자주 이름이 오르내리지만 재정 상태가 좋지 않은 귀족들부터 끌어들여야 했다. 그들은 불과 육 주 동안 5,000만 프랑을 벌어들인 왈테르의 얼굴을 보기 위해서라도 올 것이고, 그곳에 모이는 사람들의 숫자를 세어 보기 위해서라도 올 것이다. 또 고상한 취미를 지닌 유대인의 자손인 그의 저택으로 그리스도의 그림을 보러 오라는 청원 때문이라도 방문해야 했다. 아무튼 그의 저택으로 불러들이는 일이 중요했다.

그는 이렇게 말하는 듯했다.

"자, 보세요. 나는 마르코비치의 종교적 걸작 '물 위를 걷는 그리스도'에 50만 프랑을 지불했습니다. 이 그림은 내 집에, 유대인 왈테르의 집에 영원토록 남아서 항상 내 눈 아래 있을 것입니다."

사교계, 특히 공작부인들이나 조케 클럽 회원들 사이에서도 이 초대에 대한 말들이 많았다. 그러나 결국 초대에 응하더라도 굳이 나쁠 일은 없으리라는 결론을 지었다. 즉, 프티 씨 집으로 수채화를 보러 가는 것과 다를 것이 없다는 말이었다.

왈테르 부부가 훌륭한 걸작을 사들여 모두가 감상할 수 있게 하루 저녁 자택을 개방했으니, 그저 좋은 기회라고 생각하면 된다는 의견이었다.

〈라 비 프랑세즈〉는 이 주 전부터 단신 난에 십이월 삼십 일 야회에 관한 기사를 써 사람들의 호기심에 불을 붙였다. 뒤루아는 사장의 승리에 분개했다. 마들렌에게 50만 프랑을 빼앗았을 때는 부자가 된 기분이었다. 그러나 이제는 그 보잘것없는 재산을 왈테르 주변에 쏟아져 내린 몇천 몇백만이라는 프랑과 비교하는 순간, 더욱이 그 가운데 단돈 한 닢도 내 것일 수 없다는 생각이 드니 자신이 매우 가난한 거지가 된 기분이었다.

원망과 부러움이 섞인 그의 분노는 날이 갈수록 심해졌다. 그는 모든 사람들을 원망했다. 왈테르 부부에 대해서는 더욱 참기 힘들었다. 그는 왈테르 저택에 발을 끊었다. 다음으로는 라로슈에게 속아 모로코 공채를 사지 못하게 말린 마들렌이 원망스러웠다. 그러나 그가 특히 분노를 참을 수 없었던 사람은 장관 라로슈 마티외였다. 일주일에 두 번씩이나 그의 집에서 저녁 식사를 하면서도 그는 뒤루아를 이용하기만 했다. 사실 뒤루아는 장관의 비서임과 동시에 대리인이자 대필자였다.

그러나 그가 부르는 문장을 받아쓸 적마다 뒤루아는 그 건방진 장관을 물어뜯고 싶다는 충동에 몸을 떨었다. 라로슈는 장관이었지만 별 두각을 나타내지 못해 이번 일로 엄청난 돈을 벌었다는 사실을 숨겨야만 했다. 하지만 뒤루아는 최근에 만난 변호사를 보고 돈 냄새를 맡았다. 벼락출세한 그의 말투는 건방진 듯했고, 태도 또한 거만했다. 게다가 그 자신만만해진 태도는 분명 황금을 가진 자의 오만으로 보였다.

라로슈는 이제 뒤루아의 집을 점령했다. 이전에 보드렉 백작이 오던 날도 라로슈의 날이 되었고, 보드렉 백작이 거닐던 자리도 라로슈의 것이 되었다. 그가 하인들에게 말할 때를 보면 마치 이 집의 또 다른 주인 같았다.

뒤루아는 물어뜯고 싶었지만 차마 엄두를 내지 못하는 개처럼 부들부들 떨었다. 하지만 마들렌은 어깨를 으쓱하며 그를 철없는 어린애 취급을 했다. 사실 마들렌은 남편 뒤루아가 왜 항상 기분이 나쁜지 이해가 되지 않았다.

"나는 당신 마음을 모르겠어요, 당신의 지금 지위도 훌륭한데 그렇게 불평만 하니 말예요."

뒤루아는 등을 돌리고 아무 말도 하지 않았다.

처음에는 사장 집 만찬은 가지 않겠다고, 절대 그 더러운 유대인의 집에는 발을 들여놓지 않겠다고 큰 소리를 쳤다.

왈테르 부인은 두 달 전부터 매일 그에게 편지를 보냈다. 편지에는 제발 와 달라는 이야기와 함께 조용한 곳에서 만나 대화를 나누었으면 좋겠다는 요청이 담겨 있었다. 또 뒤루아를 위해 7만 프랑을 주겠다는 말도 적혀 있었다. 그러나 그는 답장은 고사하고 편지를 불 속에 던져 버렸다. 왈테르 부인이 자신의 몫으로 챙겨 놓은 돈을 받기 싫은 것이 아니라 그녀를 미치게 만들 뿐만 아니라 경멸하며 밟아 버리고 싶었기 때문이었다. 그녀는 사실 매우 큰 부자가 아닌가! 그는 자존심을 세우고 싶었던 것이다.

그림을 전시하는 날, 마들렌은 그가 가지 않는 것은 큰 잘못이라고 말했고 그는 대답했다.

"내버려 둬. 나는 집에 있겠어."

그러나 식사가 끝난 뒤 갑자기 생각을 바꾸었다.

"어차피 치를 일, 마냥 미루는 것도 현명한 일은 아니지. 자, 당신도 어서 채비하구려."

그녀는 고개를 끄덕이며 말했다.

"십오 분이면 다 돼요."

그는 불평을 늘어놓으면서 옷을 입고는 마차 속에서 여전히 욕설을 퍼부어 댔다.

칼스부르 저택 앞뜰에는 전등 네 개가 푸르스름한 달처럼 빛나고 있었다. 높은 돌계단 위에는 화려한 융단이 위에서부터 아래로 깔려 있고 계단마다 제복을 입은 남자가 조각상처럼 꼼짝 않고 서 있었다.

"아주 난리가 났군."

뒤루아는 질투에 가슴을 떨며 어깨를 추켜올렸다. 마들렌이 말했다.

"아무 말도 하지 마세요. 당신도 똑같이 행동해요."

그들은 들어가자마자 다가온 하인에게 무거운 외투를 맡겼다.

다른 여자들도 남편과 함께 와서 모피 외투를 벗고 있었다. 여기저 기서 "참 멋지군요! 정말 굉장해요!" 하고 소곤거리는 소리가 들렸다.

어마어마하게 큰 현관에는 군신 마르스와 비너스의 사랑을 그린 장식물이 걸려 있었다. 층계는 좌우 양쪽으로 팔을 벌렸다 접은 것 같은 모양으로 2층과 연결되어 있었다. 난간은 매우 세련된 주철 세공이었고, 오래되어 광택이 흐려진 금도금이 붉은 대리석 계단을 따라 은은한 빛을 비추었다.

객실 입구에는 폴리로 분장한 두 소녀가 하나는 장밋빛, 또 하나는 푸른빛 옷을 입고 부인들에게 꽃다발을 건네고 있었다. 모두들 괜찮은 생각이라며 칭찬했다.

객실에는 이미 많은 손님으로 꽉 차 있었다. 개인이 집에서 열린 그림 전시회를 보러 온 것임을 강조하기 위해 여자들 대부분은 파티복이 아닌 외출복을 입고 있었다. 무도회까지 참석할 여자들은 목과 팔이 드러난 옷을 입고 있었다.

왈테르 부인은 두 번째 객실에 앉아 여자 손님들에게 둘러싸인 채 인사를 받고 있었다. 그녀 또한 손님 모두에게 인사를 했지만 어떤 이들은 여주인의 얼굴을 처음 대면한 이들도 있었다. 그들은 주인에게 관심을 접은 채 미술관을 구경하듯 저택 안을 이리저리 돌아다녔다.

왈테르 부인은 뒤루아를 보자 얼굴빛이 하얗게 질리며 그에게 다가가기 위해 몸을 움직였다. 그러나 부인은 바로 자세를 고쳐 앉으며 뒤루아가 다가오기를 기다렸다.

그는 정중하게 인사를 했다. 마들렌은 부인의 비위를 맞추는 인사말을 늘어놓았다. 뒤루아는 아내를 사장 부인 곁에 남겨 두고 사람들 속으로 들어갔다. 틀림없이 이곳을 험담하는 사람도 있을 테니 한번 들어 보기 위한 생각이었다.

나란히 이어진 다섯 곳의 객실에는 값이 비싼 천 벽지에 색조와 양식이 모두 다른 이탈리아제 자수와 양탄자로 장식되어 있었다. 그리고 벽에는 전 주인이 걸어 놓은 유명한 옛날 화가들의 그림이 걸려 있었다. 특히 루이 16세 양식으로 장식된 조그마한 객실을 본 사람들은 감탄하며 발을 멈췄다. 안주인이 사용하는 침실 같은 방인데 벽 전체가 엷은 푸른색 바탕에 장밋빛 꽃무늬가 실크로 장식되어 있었다. 벽과 같은 실크가 덮인 금박 입힌 나지막한 가구들 또한 무척 훌륭했다.

뒤루아가 둘러보니 이름 있는 사람들의 모습도 여기저기 눈에 띄었다. 페라신 공작 부인, 라브넬 백작 부부, 장군인 당드르몽 공작, 뛰어나게 아름다운 된 가 후작 부인, 그 밖에 일류 사교 모임에 으레 모습을 보이는 귀족과 귀부인들이었다. 그때 누군가가 그의 팔을 잡고 행복에 겨운 목소리로 귓전에 속삭였다.

"아, 드디어 오셨군요. 심술쟁이 벨 아미. 그동안 왜 얼굴을 보이지 않으셨나요?"

쉬잔 왈테르였다. 곱슬곱슬한 금발 머리 아래로 맑은 에나멜 같은 눈이 그를 올려다보았다. 뒤루아는 그녀를 만난 것이 기뻐서 서둘러 손을 잡고 말했다.

"올 수가 없었습니다. 어찌나 일이 많은지 두 달 전부터 밖에 나갈 수가 없을 정도였어요."

쉬잔은 정색을 하며 말했다.

"그럼 안 되죠. 나빠요. 정말 나빠. 당신은 나쁜 사람이에요. 아세요? 당신은 우릴 힘들게 해요. 엄마나 저나 당신을 좋아하잖아요. 전 당신 없이 지낼 수 없어요. 당신이 없으면 심심하거든요. 이렇게 고백하는 이유는 그렇게 모습을 감추시면 안 된다고 말씀드리고 싶어서예요. 팔 좀 주세요. '물 위를 걷는 그리스도'에 제가 직접 안내할게요. 그림은 온실 뒤 깊숙한 곳에 있어요. 아빠가 거기에 두셨어요. 사람들이 모두 구경할 수 있게 말이에요. 아빠는 이 저택을 얼마나 자랑스러워하시는지 놀라울 정도예요."

그들은 조용히 사람들 사이를 헤쳐 나갔다. 사람들은 잘생긴 뒤루아와 인형처럼 생긴 쉬잔을 보기 위해 돌아섰다. 어느 유명한 화가가 외쳤다.

"와, 눈부시게 아름다운 한 쌍이야! 이렇게 잘 어울릴 수가!"

뒤루아는 생각했다.

'내가 정말로 능력이 있었다면 이 여자와 결혼했을 텐데. 불가능한 일은 아니잖아? 어째서 그 생각을 하지 못했을까? 왜 다른 여자들만 쫓아다녔지? 내가 미쳤지! 아무튼 충분히 생각해야 했어. 난 너무 서둘렀던 것이 문제야.'

그러자 시기심과 함께 씁쓸한 부러움이 담즙처럼 한 방울씩 그의 마음속에 떨어져 그는 곧 명랑한 마음을 잃어버린 것도 모자라 삶 자체가 추악하게 느껴졌다.

쉬잔이 말했다.

"오! 벨 아미, 앞으로는 자주 오세요. 이제는 아빠가 어마어마한 부자가 되었으니 하고 싶은 대로 할 수 있어요. 우리 미친 사람들처럼 신나게 놀아요."

그는 자기 생각을 정리하며 대답했다.

"아, 하지만 당신은 곧 결혼할 거예요. 가난한 어떤 잘생긴 왕자하고 결혼하겠지요. 그럼 우리는 볼 수가 없습니다."

그녀는 안타깝게 외쳤다.

"오! 아직은 아니에요. 전 제 마음에 드는 사람을 만나고 싶어요. 마음에 꼭 들어 조금도 손색없는 사람이 좋아요. 전 그런 사람과 행복하게 살 만큼 충분한 돈이 있어요."

뒤루아는 빈정거리는 듯한 거만한 미소를 지었다. 그리고 앞을 지나가는 남자들의 이름을 그녀에게 가르쳐 주기 시작했다. 그 남자들은 귀족으로 문벌이 매우 높지만 녹슨 작위를 그녀와 같은 재산가의 딸에게 팔아 버린 사람들이었다. 지금은 아내와 헤어져 사는 사람도 있고 그렇지 않은 사람도 있지만, 어쨌든 세상에 이름이 알려지고 존경을 받으면서도 체면 차리지 않고 자유롭게 사는 사람들이었다. 그는 이렇게 말을 맺었다.

"감히 제가 장담하건데, 당신은 여섯 달도 못 버티고 미끼에 걸려들 겁니다. 그리고 후작 부인이나 공작 부인 아니면 그보다 높은 대공비가 되어 나 같은 것은 하찮게 여기며 훨씬 높은 곳에서 내려다보겠지요. 아가씨."

쉬잔은 화를 내며 부채로 그의 팔을 때렸다. 그러고는 진심으로 사랑하는 사람이 아니면 절대로 남편으로 삼지 않겠다고 맹세했다. 그는 코웃음을 쳤다.

"그럼 어디 두고 봅시다. 하지만 당신은 너무 부자예요."

"당신도 유산을 상속받으셨잖아요?"

"오!"

뒤루아는 마치 스스로를 불쌍히 여기듯 소리쳤다.

"연금은 고작 2만 프랑이에요. 지금 시세로는 별로 큰 액수가 아닙니다."

"하지만 부인께서도 똑같이 상속받으셨잖아요."

"그렇죠. 둘이 합해서 100만 프랑을 받았어요. 그러니까 일 년에 4만이 들어오죠. 하지만 마차 한 대도 살 수 없는 돈이지요."

그들은 가장 안에 자리 잡은 객실로 갔다. 객실 바로 앞에는 온실이 있었다. 넓은 겨울 정원에는 커다란 열대 지방 나무가 가득했는데, 그 아래로는 진귀한 꽃들이 자라고 있었다.

희미한 빛이 은물결처럼 들어오는 어두컴컴한 녹음으로 들어가자 축축한 흙의 신선함과 꽃향기 섞인 무서운 공기가 코를 찔렀다. 인공적이기는 했으나 부드러웠고 연약하면서도 감미로운 느낌이었다. 두터운 관목 숲 사이에는 이끼를 닮은 융단이 깔려 있었다.

마침 뒤루아는 왼쪽에 마치 우산처럼 펼쳐진 커다란 종려나무 아래로 시선을 옮겼다. 그곳에는 사람이 헤엄칠 수 있을 만큼 넓은 하얀 대리석 연못이 있었다. 또 그 가장자리에는 델프트 제도기로 만든 커다란 백조 네 마리가 반쯤 벌린 주둥이로 물을 뿜고 있었다.

연못 바닥에는 황금빛 모래가 깔려 있고 그 안에는 커다란 금붕어 몇 마리가 헤엄치는 것이 보였다. 기괴한 중국 괴물처럼 눈이 튀어나오고 비늘 가장자리가 푸른색인 금붕어들이 황금빛 바닥 위를 돌아다니는 모습은 흡사 중국 고관대작들이 물속에 들어가 있는 듯했고, 중국 자수에 그려진 기묘한 풍경을 생각나게 했다.

뒤루아는 가슴이 두근거리는 것을 느끼며 걸음을 멈췄다. 그는 생각했다.

'이것이 바로 부자들의 호화로운 생활이구나. 그래, 이런 집에 살아야 하는 거야. 다른 사람들은 이렇게 성공하는데 어째서 나는 못 한단 말인가?'

그는 방법을 생각했지만 그 즉시 아무것도 떠오르지 않자 자신의 무능함에 화가 치솟았다. 옆에 선 쉬잔 역시 말없이 생각에 잠겨 있었다. 그는 쉬잔의 모습을 곁눈질로 보며 또 한 번 생각했다.

'이 인형처럼 생긴 쉬잔과 결혼했으면 간단한 일이었는데.'

그때 쉬잔이 꿈에서 깨어난 듯 소리쳤다.

"잠깐만요!"

쉬잔은 길을 막고 선 사람들 사이로 뒤루아를 밀치고 가로막고 서 있는 사람들의 사이를 뚫고 지나갔다. 그리고 불쑥 오른쪽으로 돌아섰다.

기묘하게 생긴 나무들이 가느다란 손가락을 펼친 것처럼 생긴 잎들이 하늘로 뻗어 있고, 그 한가운데 물 위에 꼼짝 않고 서 있는 한 남자의 모습이 보였다.

정말 놀라웠다. 흔들리는 푸른 나뭇잎들이 그림 가장자리를 가리고 있어서 그림은 마치 먼 곳 어딘가에 어두운 구멍이 있는 것처럼 환상적이며 강렬한 느낌을 주었다.

그림을 이해하려면 자세히 들여다보아야 했다. 한쪽 끝에는 배가 반만 그려져 있고, 그 안에 타고 있는 사도들 중 한 명이 뱃전에 앉아

예수가 오고 있는 방향으로 등불을 비추는 모습이 어렴풋이 보였다.

예수는 물결 위에 발을 내딛고 있었다. 예수의 발길에 닿은 파도는 부서졌다가 다시 고요하게 물결치며 올라와, 그 위를 밟고 선 신성한 발을 포근하게 감쌌다. 예수의 주위는 온통 어두웠다. 오직 하늘의 별들만이 빛났다. 예수 쪽으로 내민 등불 아래로 사도들의 놀라 일그러진 얼굴이 희미하게 보였다.

그림은 분명 모두의 기대를 넘어선 역작이었다. 그림을 보는 사람의 마음을 뒤흔들어 놓아 몇 해가 지나도 꿈속에 남을 작품 중 하나였다. 그림을 바라보는 사람들은 처음에는 말을 잃고 서 있었다. 그러고는 마치 꿈에 잠긴 듯 자리를 떠났다. 어떤 사람도 그 자리에서 그림의 가치에 대해 함부로 말을 꺼내지 못했다. 한동안 그림을 바라보던 뒤루아가 소리 내어 말했다.

"이런 걸작을 살 수 있다면 얼마나 멋진 일일까!"

그러나 그림을 보려는 사람들에게 부딪히고 밀려서, 결국은 쉬잔의 작은 손을 조금 더 힘주어 잡았다. 쉬잔이 물었다.

"샴페인 한잔하시겠어요? 음식 있는 곳으로 가요. 아빠도 계실 거예요."

두 사람은 다시 지나온 살롱을 거쳐 천천히 빠져나갔다. 살롱마다 모여든 사람들로 시끌벅적했다. 공개 축제에 모인 점잖은 사람들이었다. 그때였다. 뒤루아는 갑자기 누군가 "뒤루아 부인과 라로슈다!" 하고 말하는 소리를 들은 것 같았다. 이 말은 마치 바람에 실려 오는 아득한 소리처럼 그의 귀를 스쳤다. 어디서 들려온 말이었을까?

그는 사방을 둘러보았다. 과연 아내가 장관의 팔짱을 끼고 걸어가는 것이 보였다. 그들은 미소 띤 얼굴로 서로의 눈을 바라보며 매우 친한 듯 작은 소리로 이야기를 나누고 있었다.

뒤루아는 사람들의 따가운 시선이 느껴져, 지금 당장이라도 그들에게 달려가 주먹으로 때려눕히고 싶은 충동을 느꼈다.

마들렌은 그를 세상의 조롱거리로 만들고 있었다. 그는 포레스티에를 생각했다. 세상은 그를 '뒤루아에게 아내를 뺏긴 자'라고 말했을 것이다.

도대체 마들렌은 어떤 여자인가? 약간의 재주가 있어 출세하긴 했지만 실제로는 대단한 재능이 있는 것도 아니다. 세상 사람들은 나에게 힘이 있다는 것을 알고는 두려운 마음에 집으로 찾아오지만 뒤에서는 별 볼 일 없는 신문기자 부부라며 비웃었을 것이다.

마들렌과 사는 한 결코 출세하지 못할 것이다. 사람들 모두가 내 집을 의심에 찬 시선으로 바라보게 만드는 여자, 늘 소문에 휘둘리는 여자, 하는 짓이 다 모사꾼처럼 보이는 여자와는 살 수 없다. 이제 마들렌은 내게 족쇄일 뿐이다. 아, 좀 더 일찍 깨달았어야 했다! 처음부터 이 귀여운 쉬잔에게 손을 썼더라면 더 많은 것을 손에 넣었을 것이다! 그런 것도 몰랐다니 장님이 따로 없지 않은가?

그들은 식당으로 갔다. 수많은 대리석 기둥이 서 있는 넓은 식당 벽에는 옛 고블랭의 장식 융단천이 걸려 있었다. 왈테르는 뒤루아를 모습을 보자 달려와 악수를 했다. 그는 기쁨에 들떠 있었다.

"오, 자네 다 보았는가? 애, 쉬잔, 보여 드렸니? 어떤가? 엄청난 사람들이지, 벨 아미? 그리고 게르쉬 대공은 만나 뵈었나? 지금 막 여기서 펀치를 한 잔 마시고 가셨다네."

그리고 나서 왈테르는 상원의원 리솔랭 쪽으로 허겁지겁 뛰어갔다. 상원의원의 아내도 함께 참석했는데, 노점상이 파는 것 같은 색이 조잡한 옷을 차려입은 여자는 어리둥절한 얼굴로 서 있었다.

한 신사가 쉬잔에게 인사했다. 금빛 구레나룻에 머리가 약간 벗겨진, 키가 크고 늘씬한 청년이었다. 어디에서나 볼 수 있는 사교계 냄새를 풍기는 남자였다. 하지만 뒤루아는 카졸 후작이라는 남자의 이름을 듣자 걷잡을 수 없는 질투에 휩싸였다. 도대체 쉬잔은 언제부터 이 남자를 알고 지냈을까? 아마도 부자가 된 다음이겠지? 뒤루아는 그를 쉬잔의 구혼자 중에 한 사람이라고 생각했다.

그때 누군가가 그의 팔을 잡았다. 노르베르 드 바렌이었다. 노시인은 기름이 밴 백발에 낡은 옷을 입고 세상일에 별 관심 없는 듯 서성거리고 있었다.

"이 모습이 바로 즐긴다는 것이오. 조금 있으면 사람들은 춤을 출 것이고, 그러고 나면 다들 자러 가겠지. 처녀들은 흡족해할 거요. 샴페인 좀 드시오. 아주 훌륭해요."

노르베르 드 바렌은 술잔에 술을 가득 따르고는 잔을 들고 서 있는 뒤루아에게 말했다.

"난 인간의 정신이, 돈 많은 갑부들의 돈을 눌러 이기는 승리를 위해 건배하겠네."

그런 다음 작은 목소리로 덧붙였다.

"재산이 많은 자들이 나를 귀찮게 하는 건 아니네. 나 또한 그 사람들에게 나쁜 감정이 있는 것도 아니고. 단지 내 마음을 따라 저들에게 저항하는 것이라네."

뒤루아는 그의 말을 듣지 않았다. 그는 카졸 후작과 함께 모습을 감춘 쉬잔을 찾고 있었다. 그는 노르베르 드 바렌을 남겨 두고 쉬잔을 찾으러 갔다.

술을 마시려는 사람들이 너무 많아 그는 앞으로 나갈 수가 없었다. 겨우 사람들을 헤치고 나오자 드 마렌 부부와 딱 마주쳤다. 부인과는 자주 만났지만 남편은 한참 오랜만에 보았다. 남편이 뒤루아의 두 손을 잡고 말했다.

"정말 고맙습니다. 클로틸드를 통해 알려 준 이야기 말입니다. 모로코 공채로 10만 프랑가량 벌었습니다. 모두 당신 덕분입니다. 정말 당신은 저의 소중한 친구입니다."

남자들은 우아한 갈색 머리를 가진 아름다운 클로틸드를 힐끗거리며 훔쳐보았다. 뒤루아가 대답했다.

"그럼 사례 대신 부인을 좀 빌려도 되겠습니까? 아니, 그보다는 제가 잠깐 모셔 가겠습니다. 원래 부부는 떼어 놓아야 하는 법입니다."

마렐 씨가 말했다.

"맞습니다. 만약 서로 찾지 못하면 한 시간 후에 여기서 만나기로 합시다."

"알겠습니다."

뒤루아와 클로틸드는 사람들 틈 속으로 섞여 들어갔다. 그리고 그 뒤를 클로틸드의 남편이 따랐다. 클로틸드가 되풀이해서 말했다.

"왈테르 씨 댁은 정말 운이 좋아요. 어쨌든 이 정도로 사업 수완이 좋다니 놀라워요."

"흥, 수완은 무슨! 능력 있는 사람은 어떤 방법을 써도 성공하는 법이죠."

클로틸드가 다시 말했다.

"왈테르 씨 두 딸에겐 각각 2,000만에서 3,000만의 지참금이 붙었다지요? 게다가 쉬잔은 예쁘기까지 하고."

뒤루아는 아무 말도 하지 않았다. 자기가 생각한 것을 다른 사람의 입을 통해 듣는 것이 불쾌했다.

클로틸드가 아직 '물 위를 걷는 그리스도'를 보지 못했기에 뒤루아는 그녀를 안내하기로 했다. 두 사람은 처음 보는 사람들이 지나갈 때마다 흉을 보며 재미있어 했다. 또 곁을 지나가는 생포탱이 야회복 깃에 많은 훈장을 단 것을 보고 그들은 큰 소리로 웃었다. 그 뒤로 전에 대사를 지낸 사람도 지나쳤지만, 심지어 그 사람도 생포탱만큼 훈장을 달고 있지는 않았다.

뒤루아는 내뱉듯이 말했다.

"온갖 인간들이 잡탕으로 섞였군."

옆을 지나며 악수한 부아르나르 역시 예의 결투하던 날 달았던 초록빛과 노란빛 훈장으로 단춧구멍을 장식했다. 육중한 몸을 요란하게 장식한 페르스뮈르 자작 부인은 작은 루이 16세풍 침실에서 어떤 공작과 다정하게 이야기를 나누고 있었다. 뒤루아는 중얼거렸다.

"아주 다정하게 마주 앉았군."

그리고 온실 앞을 지날 때였다. 뒤루아는 아내 마들렌이 라로슈 마티외와 바짝 붙어 나무숲 그늘에 숨은 듯 앉아 있는 모습을 발견했다. 그 둘은 마치 모든 사람들에게 대놓고 이렇게 말하는 것 같았다.

"보세요, 우린 여기서 은밀히 만나고 있어요. 하고 있어요. 남들이 뭐라 말하든 우린 신경 쓰지 않아요."

드 마렐 부인 역시 마르코비치의 이 예수 그림이 놀랄 만한 훌륭한 작품이라는 것을 인정했다. 잠시 후 그들은 되돌아왔으나 마렐 씨의 모습은 보이지 않았다. 뒤루아가 물었다.

"그런데 로린은 아직도 내게 화가 나 있소?"

"네, 지금도 그래요. 앞으로는 당신과 만나기 싫다고 하면서 당신 이야기만 나오면 화를 내며 나가 버리더군요."

그는 대답하지 않았다. 생각지도 않은 로린의 행동이 그를 슬프고 우울하게 만들었기 때문이었다.

문 모퉁이로 가자 쉬잔이 나타나 소리쳤다.

"어머나! 여기들 계셨군요. 벨 아미, 당신은 혼자 계세요. 대신 아름다운 클로틸드 부인을 모셔 가야겠어요. 제 방을 보여 드리고 싶어서요."

그리고 두 여자는 혼잡한 사람들 틈을 재빠르게 빠져나갔다. 군중 속 두 여자는 물결치듯 몸을 흔들며 사라졌다. 그리고 바로 속삭이는 음성이 들렸다.

"조르주!"

왈테르 부인이었다. 그녀는 매우 낮게 속삭였다.

"아, 당신은 정말로 무자비하고 잔인해요! 아무 이유도 없이 얼마나 저를 괴롭혔는지…… 사실은 제가 꼭 드리고 싶은 말이 있어서 쉬잔에게 저분을 모시고 가도록 했어요. 이봐요, 무슨 일이 있어도 오늘 밤에는 제 말을 들어야 해요. 그러지 않으면…… 그러지 않으면…… 제가 무슨 일을 저지를지 몰라요. 온실로 가면 왼쪽에 문이 있어요. 그곳으로 들어가면 정원으로 나갈 수 있는데, 그 앞길을 곧장 따라가면 지붕에 푸른 잎을 올린 정자가 있으니, 십 분 후에 거기에서 기다려 주세요. 만약 싫다고 거절하신다면 지금 당장 소란을 피울 테니까요."

뒤루아는 차갑게 말했다.

"알겠습니다. 십 분 뒤에 말씀하신 장소에 있겠습니다."

그리고 두 사람은 헤어졌다. 그러나 도중에 자크 리발을 만나 하마터면 늦을 뻔했다. 그는 뒤루아의 팔을 잡고 매우 흥분한 목소리로 여러 가지 말을 늘어놓았다. 아마도 식당에서 온 모양이었다. 뒤루아는 곧 마렐 씨를 발견하고 그에게 리발을 떠맡겼다. 게다가 그는 아내와 라로슈의 눈에도 띄지 않아야 했다. 그러나 그 둘은 이야기에 정신이 팔려 무사히 정원으로 나올 수 있었다.

차가운 공기가 마치 얼음처럼 온몸을 덮쳤다. 그는 '제기랄, 이러다 감기 들겠군.' 하고 생각하며 손수건을 꺼내 넥타이처럼 목에 감았다. 그는 천천히 오솔길을 걸었다. 살롱의 휘황찬란한 불빛 속에서 나온 직후여서 주위가 잘 보이지 않았다.

양옆으로 떨기나무들이 잎사귀 없이 가느다란 나뭇가지들을 떨고 있는 것이 보였다. 저택 창문에서 새어 나오는 희미한 불빛이 그 작은 가지들 사이를 흐르고 있었다. 눈앞 길 한가운데에 희끄무레한 것이 보였다. 왈테르 부인이었다. 그녀도 팔과 가슴이 훤히 드러난 옷을 입고 떨리는 목소리로 속삭였다.

"아! 드디어 오셨군요. 당신은 내가 정말로 죽는 모습을 보고 싶으신가요?"

뒤루아는 태연하게 말했다.

"부탁입니다. 제발 쓸데없는 연극은 여기서 그만두십시오. 그렇지 않으면 당장 돌아가겠습니다."

그녀는 뒤루아의 목에 팔을 감았다. 그리고 입술을 그의 입술 가까이 가져가면서 애원하듯 말했다.

"제가 당신에게 뭘 어쨌다는 거죠? 그리고 당신은 왜 나를 함부로 대하는 거죠? 대체 내가 뭘 잘못했나요?"

뒤루아는 그녀를 밀어내려고 했다.

"당신과 마지막으로 만났던 날, 당신은 내 단추에 당신의 머리카락을 감아 놓지 않았습니까? 덕분에 하마터면 아내와 다투고 헤어질 뻔했습니다."

그녀는 잠깐 놀란 얼굴이었으나 이내 고개를 저으며 말했다.

"오! 당신 부인이 화를 냈다고요? 사실대로 말하세요. 당신 애인들 중에 한 사람이 앙탈을 부렸겠지요."

"내겐 애인이 없습니다."

"말도 안 되는 소리! 그런데 어째서 나는 보러 오지 않죠? 일주일에 겨우 하루뿐인데, 어째서 식사하는 것까지 거절하나요? 전 이제 죽을 만큼 괴로워요. 당신이 그리워서 당신 생각밖에 나지 않아요. 그래서 무엇을 보아도 눈앞에는 당신 모습만 보이고 당신 이름만 부르고 있어요. 무서워서 아무 말도 못하겠어요. 당신은 그걸 모르시겠죠. 마치 무서운 맹수의 발톱에 찍혀 자루 속에 갇힌 것 같아요.

뭐가 뭔지 하나도 모르겠어요. 이제는 당신 생각이 내 마음에 달라붙어 목을 누르고 있어요. 그래서 내 가슴을 쥐어뜯고 있어요. 아, 이제는 다리에 힘이 없어 걷기도 버거워요. 마치 동물처럼 하루 종일 의자에 앉아 당신 생각만 하고 지냈어요."

그는 깜짝 놀라 그녀의 얼굴을 보았다. 이미 그녀는 바람난 뚱보 여자가 아닌, 절망에 빠져 허우적대며 정말 무슨 일이든 저지를 수 있는 모습이었다. 뒤루아는 어렴풋이 한 가지 계획을 떠올렸다. 그가 대답했다.

"연애는 영원할 수 없습니다. 누구나 그렇듯, 만났다가 헤어집니다. 그것이 우리처럼 길어질 때는 무서운 폭탄이 되겠지요. 이제 나는 당신을 원치 않습니다. 그게 제 진실한 마음입니다. 그리고 당신이 나를 예전처럼 점잖게 대해 주신다면 다시 편한 마음으로 찾아오겠습니다. 그러실 수 있겠습니까?"

그녀는 맨살이 드러난 두 팔을 뒤루아의 검은색 옷 위에 올려놓고 속삭였다.

"당신을 볼 수만 있다면 무슨 짓이라도 할 수 있어요."

"그럼, 제 말을 받아들이는 것으로 알겠습니다. 우리는 그저 사사로운 친구일 뿐 그 이상은 아닙니다."

부인은 더듬거리며 대답했다.

"네……. 좋아요."

그녀는 입술을 내밀고 애원했다.

"그럼 한 번만 더 키스해 주세요. 마지막으로."

그는 부드럽게 거절했다.

"아뇨, 우리는 약속을 지켜야 합니다."

그녀는 얼굴을 돌리며 눈물을 닦았다. 그리고 장밋빛 비단 리본으로 맨 종이 꾸러미를 코르셋에서 꺼내어 뒤루아에게 건넸다.

"이건 모르코 공채 이익 중 당신 몫이에요. 당신을 위해 이 돈을 벌고 나서 무척 행복했는데……. 자, 받으세요.”

뒤루아는 내키지 않았다.

“아닙니다. 받지 않겠습니다.”

그러자 왈테르 부인은 화를 냈다.

“아, 이제는 이것도 싫다는 건가요! 이건 당신 거예요. 오직 당신만이 가질 수 있는 것이라고요. 만일 당신이 받지 않는다면 하수구에 던져 버리겠어요. 조르주, 제발 거절하지 마세요.”

그는 꾸러미를 받아 호주머니에 넣었다.

“그만 돌아갑시다. 이러다 폐렴에 걸릴지도 모릅니다.”

“그편이 낫겠어요! 아, 이대로 죽을 수만 있다면…….”

그녀는 뒤루아의 손을 붙잡더니 슬픔과 절망에 휩싸인 사람처럼 미친 듯이 키스했다. 그러고는 저택 쪽으로 도망치듯 달려갔다. 그는 생각에 잠겨 천천히 저택 쪽으로 걸어갔다. 그리고 잠시 후 고개를 들고 입술에 미소를 띠며 온실로 들어갔다.

마들렌과 라로슈는 이미 그곳에 없었다. 사람들도 많이 줄었다. 무도회에 남은 사람도 많지 않았다. 쉬잔이 언니 손을 끌고 오는 것이 보였다. 왈테르의 두 딸은 그가 있는 쪽으로 와서는 라투르 이블랭 백작과 함께 첫 카드릴을 추길 바랐다.

뒤루아가 놀라 물었다.

“그분은 어떤 분이죠?”

쉬잔이 짓궂게 대답했다.

“언니의 새 친구예요.”

로즈가 얼굴을 붉히며 조그맣게 중얼거렸다.

“심술궂구나, 쉬잔. 그분은 네게도 친구 아니니?”

쉬잔이 웃으며 대답했다.

“그렇긴 하지.”

로즈는 화를 내며 다른 곳으로 가 버렸다. 뒤루아는 옆에 서 있는 쉬 잔의 팔꿈치를 다정하게 잡으며 달콤한 목소리로 물었다.

"이봐요, 아가씨. 당신은 정말로 나를 친구라고 생각합니까?"

"그럼요, 벨 아미."

"나를 믿나요?"

"물론이죠."

"아까 내가 말한 걸 기억합니까?"

"무슨 말이었죠?"

"당신의 결혼에 대해서. 아니, 당신이 결혼할 사람에 대한 이야기."

"네."

"그럼 나하고 한 가지만 약속해 줄래요?"

"네, 그런데 뭐죠?"

"누군가가 당신에게 구혼할 때마다 나하고 의논할 것. 내 의견을 듣기 전에는 아무에게도 승낙하지 않을 것이라고."

"네, 좋아요."

"이건 우리 둘만의 비밀입니다. 아버지나 어머니께 한마디도 하지 마세요."

"네, 말하지 않을게요."

"맹세할 수 있어요?"

"네, 맹세하죠."

리발이 바쁘게 다가왔다.

"아가씨, 아버님께서 춤추러 오라고 부르십니다."

"우리 가요, 벨 아미."

그러나 뒤루아는 거절했다. 끊임없이 새로운 생각이 머릿속으로 들어와 혼자 조용히 생각해 보고 싶었다. 그는 아내를 찾기 시작했다. 얼마 뒤에 그는 뷔페에서 두 낯선 신사와 초콜릿을 마시는 아내를 찾아냈다.

그녀는 신사들의 이름은 말하지 않고 뒤루아만을 그들에게 소개했다.

잠시 후 뒤루아가 물었다.

"이제 그만 돌아갈까?"

"그래요."

그녀는 남편의 팔을 잡고 손님이 적은 살롱을 가로질렀다.

그녀가 물었다.

"왈테르 부인은 어디 계시죠? 인사를 해야겠는데요."

"그럴 필요 없소. 인사하는 통에 무도회까지 있으라고 할 텐데 나는 이제 그만 돌아가고 싶소. 지쳤단 말이오."

"그래요, 돌아가요."

돌아오는 마차 안에서 두 사람은 말없이 앉아 있었다. 그러나 방에 들어가자마자 마들렌은 베일을 벗기도 전에 빙긋 웃으며 말했다.

"여보, 당신이 아주 놀랄 선물이 있어요."

그는 퉁명스럽게 물었다.

"뭔데?"

"알아맞혀 보세요."

"별로 그럴 생각이 없는데."

"아무튼, 모레가 정월 초하루죠?"

"응."

"새해 선물을 주는 때죠."

"그렇지."

"보세요, 당신께 드리는 새해 선물이에요. 라로슈 씨가 아까 주셨어요."

그녀는 보석함처럼 생긴 자그마한 검은 상자를 그에게 보여 줬다.

그는 무관심하게 상자를 열었다. 레지옹 도뇌르 십자가 훈장이었다. 처음에는 얼굴이 좀 창백했던 뒤루아가 가볍게 웃으며 말했다.

"나는 1,000만 프랑이 더 좋아. 라로슈한테 이 정도는 별로 비싸게 먹히지 않을 테니까."

그녀는 남편이 기뻐하며 환성을 지르리라 생각했다. 하지만 그가 관심을 보이지 않자 화를 냈다.

"당신은 정말 놀랍군요. 이제는 뭘 얻어도 만족하지 않는군요."

그는 태연하게 대답했다.

"그 남자는 내게 빚을 갚았을 뿐이야. 그래, 아직 빚이 꽤 남았지."

그녀는 남편의 말투에 놀라서 대답했다.

"하지만 그건 당신 나이에는 이것도 과분하지 않나요?"

"모든 것은 상대적이야. 지금보다 더 많은 것을 가질 수도 있었으니까."

그는 뚜껑을 연 채로 상자를 벽난로 위에 놓고는 별 모양의 훈장을 말없이 바라보았다. 잠시 후, 상자 뚜껑을 닫고 어깨를 한 번 으쓱해 보이며 침실로 들어갔다.

일월 일 일자 〈로피시엘〉은 신문기자인 프로스페르 조르주 뒤루아 씨가 뛰어난 공적을 인정받아 레지옹 도뇌르 기사에 임명되었다고 발표했다. 성이 둘로 나뉘어 씌어 있었다. 뒤루아는 그 사실이 훈장보다 기뻤다.

공표된 뉴스를 읽고 한 시간 뒤 왈테르 부인이 짤막한 편지를 보냈다. 훈장 수여를 축하하고 싶으니 부인과 함께 만찬에 와 주면 고맙겠다는 내용이었다.

그는 잠시 망설이다, 알 듯 말 듯한 표현을 늘어놓은 편지를 불 속에 던지며 마들렌에게 말했다.

"오늘 밤 왈테르 씨 댁 만찬에 갑시다."

마들렌이 놀라 물었다.

"어머! 웬일이죠? 다시는 안 갈 줄 알았는데……."

뒤루아는 태연하게 중얼거렸다.

"생각이 달라졌소."

뒤루아 부부가 도착했을 때, 왈테르 부인은 친한 손님을 맞기 위해 마련된 작은 루이 16세풍 침실에 혼자 있었다. 검은 옷차림에 머리에 파우더를 뿌려 아름답게 보였다. 멀리서 보면 늙어 보였고, 가까이서 보면 젊고 아름다웠다.

"상복을 입으셨네요?"

마들렌이 말했다. 왈테르 부인은 슬픈 목소리로 대답했다.

"그렇다고 할 수도 있고 아니라고 할 수도 있어요. 가까운 사람 중에 누군가를 잃은 건 아니지만, 저도 이제는 삶 자체와 작별할 나이가 되었어요. 오늘은 첫날이라 입었지만 앞으로는 마음속으로 입겠어요."

뒤루아는 생각했다.

'흥, 과연 그 결심이 오래갈까?'

만찬은 어딘가 좀 침울했다. 쉬잔만이 쉴 새 없이 이야기를 했다. 로즈는 뭔가 근심이 있어 보였다. 뒤루아는 모든 사람들에게 축하 인사를 받았다.

식사가 끝나자 모두들 자리에서 일어나 객실과 온실을 서성거리며 잡다한 이야기를 나눴다. 뒤루아는 사장 부인과 함께 뒤처져 걷고 있었다. 왈테르 부인이 그의 팔을 잡고 조그맣게 속삭였다.

"나는 이제 당신에게 아무 말도 하지 않겠어요. 하지만 절 만나러 와주세요. 조르주, 보다시피 이제는 친숙한 말투도 쓰지 않잖아요. 난 당신 없이는 살아가기 힘들어요.

아, 이 괴로움은 상상조차 할 수 없어요. 밤과 낮 모두, 당신은 나의 눈 속과 마음속과 몸속에 있어요. 마치 당신이 나에게 독이라도 먹인 것처럼, 그 독이 내 가슴을 물어뜯고 있어요. 이제는 견디기 힘들어요. 정말 더는 못 참겠어요. 당신에게는 내가 그저 늙은 여자일 뿐이라도 좋아요. 내 마음을 보여 주기 위해 머리를 하얗게 만들었어요. 그러니 제발 친구로서 우리 집을 찾아 주세요."

왈테르 부인은 손톱이 살에 파고들 만큼 그의 손을 세게 움켜쥐었다. 뒤루아가 침착하게 대답했다.

"잘 알았습니다. 그 이야기는 이제 다시 하실 필요가 없습니다. 오늘도 편지를 받고 왔으니까요."

두 딸과 마들렌을 데리고 앞서 걷던 왈테르가 '물 위를 걷는 그리스도' 앞에서 뒤루아를 기다리고 있었다. 그가 웃으면서 말했다.

"여보게, 상상이 가나? 글쎄 우리 집사람이 어제 이 그림 앞에서 마치 교회에서처럼 무릎을 꿇고 기도를 하지 뭔가. 내가 그 모습을 보고 얼마나 웃었는지!"

왈테르 부인이 단호한 목소리로 대답했다. 모두에게 숨겼던 그 목소리는 격렬한 흥분으로 떨렸다.

"아, 이 그리스도야말로 내 영혼을 구제해 주실 거예요. 저는 그를 쳐다볼 때마다 용기와 힘을 얻었어요."

그리고 바다 위에 선 그리스도의 정면 모습을 바라보며 말했다.

"참으로 아름다워요! 이 사람들은 얼마나 이분을 두려워하고 사랑하는지! 얼굴과 눈을 보세요. 평범하면서도 초인적이잖아요!"

쉬잔이 외쳤다.

"아, 그런데 예수의 모습이 당신을 닮았어요, 벨 아미. 분명 닮았어요. 당신께 구레나룻이 있던가, 저분이 깎아 버리든가 하면 두 분이 똑같아요. 오! 이건 정말 충격이야!"

그녀는 그림 옆에 그를 세우려고 했다. 그리고 모두들 얼굴이 비슷하다고 했다.

모두가 놀라워했다. 왈테르는 이상한 일이라고 말했고, 마들렌은 예수 얼굴이 훨씬 더 남자답다고 말했다. 왈테르 부인만이 꼼짝 않고 서서 예수의 얼굴과 나란히 선 연인의 얼굴을 뚫어져라 쳐다보았다. 그녀의 얼굴이 흰 머리카락처럼 창백해졌다.

8

겨울이 끝날 때까지 뒤루아 부부는 왈테르 집을 자주 찾아갔다. 마들렌의 몸이 피곤할 때는 뒤루아 혼자서도 저녁을 먹으러 갔다. 그는 매주 금요일을 왈테르의 집에 가는 날로 정했다. 사장 부인도 그날 저녁만큼은 아무도 초대하지 않았다.

뒤루아는 식사가 끝나면 카드놀이를 하기도 하고 금붕어에게 먹이를 주기도 하며 마치 한집안 식구처럼 스스럼없이 어울렸다. 가끔씩은 문 뒤나 온실 나무 숲 뒤나 어두운 한쪽 구석에서 왈테르 부인이 별안간 뛰어나와 뒤루아에게 매달리고는 힘껏 껴안으며 귓속말을 하기도 했다.

"아, 그리웠어요! 정말 그리웠다고요! 죽을 만큼이요!"

하지만 그는 언제나 냉정한 태도로 그녀를 밀쳐 내며 무뚝뚝하게 말했다.

"그만하세요. 다시 또 그런 말씀을 하시면 오지 않겠습니다."

삼월 말 무렵, 갑자기 사장네 두 딸의 결혼 소문이 퍼졌다. 로즈는 라투르 이블랭 백작과, 쉬잔은 카졸 후작과 결혼한다고 했다. 이 두 청년은 이 집안의 단골손님이 되었고, 누가 봐도 특별한 혜택과 특권을 부여받았다.

뒤루아와 쉬잔은 마치 남매처럼 다정하고 허물없이 지냈다. 몇 시간이고 이야기를 나누고 마음 가는 대로 남을 흉보고, 함께 있는 것이 즐거워서 견딜 수 없는 모양이었다. 하지만 두 사람은 머지않아 실현될지도 모르는 결혼이나 새롭게 나타난 구혼자에 대해서는 한 번도 이야기하지 않았다.

어느 날, 사장이 뒤루아를 점심 식사에 초대했다. 식사가 끝난 뒤 왈테르 부인은 집 안에 출입하는 상인을 만나러 갔다. 뒤루아가 쉬잔에게 말했다.

"금붕어에 먹이를 주러 가죠."

그들은 각각 식탁에서 커다란 빵 덩어리를 들고 온실로 들어갔다.

커다란 대리석 연못 주위 바닥에는 쿠션을 나란히 깔아 놓아 무릎을 꿇고 물고기를 가까이서 볼 수 있도록 해 놓았다. 둘은 나란히 쿠션에 무릎을 대고 물 위로 몸을 굽혀 빵을 손가락으로 뜯어 굴려 뭉친 뒤에 던지기 시작했다.

금붕어 떼는 그들을 보자 곧 모여들어 꼬리를 흔들고 지느러미를 퍼덕였다. 툭 튀어나온 눈을 굴리며 제자리를 빙글빙글 돌기도 하고, 가라앉으려고 하는 먹이를 쫓아 깊은 곳으로 헤엄쳐 들어가기도 하고 금세 또 올라와서 다른 먹이를 찾기도 했다.

우스꽝스럽게 입을 움직이며 갑자기 재빠르게 뛰어오르는 물고기들은 마치 조그마한 괴물처럼 보였다. 물고기들의 타는 듯한 붉은색은 바닥에 깔린 금모래와 선명한 대조를 이루면서 그 모습은 마치 투명한 물결 속을 지나치는 불꽃처럼 보였다. 뒤루아와 쉬잔은 거꾸로 물에 비친 자신들의 얼굴을 보고는 함께 마주 보며 미소를 지었다. 갑자기 뒤루아가 속삭이듯 말했다.

"나에게 자꾸 감추려 드는 건 좋지 않아요, 쉬잔."

"무슨 말씀이죠, 벨 아미?"

"그때 파티가 있던 밤에 바로 이 자리에서 내게 약속한 것을 기억하시지 않나요?"

"무슨 약속이요?"

"누군가가 당신에게 구혼하면 그때마다 내게 의논한다고 한 것 말입니다."

"맞아요, 그런데요?"

"구혼한 사람이 있지요?"

"누구요?"

"알고 있으면서."

"아뇨, 정말 몰라요."

"아니, 알고 있어요. 그 바보 같은 카졸 후작 말입니다."

"그분은 바보가 아니에요, 제가 보기엔."

"그럴지도 모르죠! 하지만 어리석어요. 도박으로 파산한 데다가 결혼으로 신세를 망쳤죠. 당신처럼 아름답고 젊고 총명한 사람에게 그런 상대라니요!"

그녀가 미소를 지으며 물었다.

"그분과 좋지 않은 일이 있었나요?"

"내가요? 전혀 없어요."

"거짓말, 그분은 당신을 두고 그렇게 말씀한 적이 없어요."

"하지만 그 녀석은 바보고 모사꾼이에요."

그녀는 물속 들여다보기를 그만두고 약간 몸을 돌렸다.

"왜 그러세요? 어서 말해 봐요."

그는 마치 누군가 자기 마음속 깊은 곳에서 비밀을 끄집어내기라도 한 것처럼 힘들게 말했다.

"난…… 난…… 그를 질투하고 있소."

쉬잔은 놀라며 물었다.

"당신이 질투를 한다고요?"

"네, 그렇습니다."

"어머, 어째서요?"

"당신을 사랑하기 때문이죠. 짓궂으시군요. 당신도 알고 있잖아요."

그러자 그녀는 정색을 하고 말했다.

"미쳤군요! 벨 아미."

"제정신이 아니라는 건 나도 잘 압니다. 이런 고백을 당신에게 말해서는 안 됩니다. 나는 아내가 있는 몸이고, 당신은 처녀니까요. 나는 머리가 돈 정도가 아니라 죄인입니다. 비인간적인 놈이지요. 사실 나에게는 아무런 희망을 걸 여지가 없습니다. 이런 생각을 하면 이성도, 그 아무것도 느껴지지 않습니다. 그런데 당신이 곧 결혼한다는 소문을 듣자 나는 너무나도 화가 치밀어서 상대를 가리지 않고 누구든 죽여 버리고 싶었습니다. 부디, 날 용서하시오, 쉬잔."

뒤루아는 입을 다물었다. 그들이 빵을 던져 주지 않자 물고기들은 마치 영국 병사들처럼 한 줄로 늘어섰다. 그리고 이제는 자기들을 상대하지 않는 두 사람의 얼굴을 조용히 지켜보았다. 쉬잔은 반은 슬프고 반은 기쁜 목소리로 속삭였다.

"당신이 유부남이라는 사실이 슬퍼요. 하지만 방법이 없잖아요? 아무것도 할 수 없는데요 뭐. 그러니 더는 할 말이 없어요."

그는 별안간 그녀에게 몸을 돌렸다. 그러고는 그녀의 얼굴에 맞닿을 것처럼 얼굴을 바짝 대고 말했다.

"만약에 내가 결혼한 몸이 아니라면 결혼해 주겠소?"

쉬잔은 차분한 목소리로 대답했다.

"그래요, 벨 아미. 당신과 결혼하겠어요. 다른 어떤 남자들보다 훨씬 당신을 좋아하니까요."

그는 일어나서 중얼거렸다.

"고마워요, 정말 고마워요. 부탁이니 제발 다른 남자의 청혼을 받아들이지 마세요. 조금만 더 기다려 주세요. 부탁입니다! 그럴 수 있다고 약속해 줄 수 있나요?"

그녀는 어리둥절하여 상대의 말뜻은 이해도 못 한 채 대답했다.

"약속할게요."

뒤루아는 손에 들고 있던 빵 덩어리를 물속에 던져 버리고 미친 사람처럼 인사도 하지 않고 뛰어나갔다.

손가락으로 뭉치지 않아 그대로 물 위에 떠 있는 빵 덩어리에 물고기들은 정신없이 달려들어 탐욕스러운 입으로 조금씩 뜯어 먹었다. 그리고 연못 끝으로 끌고 가서 마치 움직이는 열매 송이처럼 그 밑을 바쁜 듯이 헤엄치며 돌아다녔다. 마치 머리를 거꾸로 하여 물에 떨어진 한 송이 꽃이 활발하게 움직이며 돌아가는 것 같았다.

쉬잔은 뜻밖의 일을 겪고 놀라서 불안해졌다. 그리고 일어나 천천히 발걸음을 옮겼다. 뒤루아는 벌써 돌아간 뒤였다.

뒤루아는 집에 도착하자 냉정을 되찾았다. 그는 마들렌이 편지를 쓰는 것을 보고 물었다.

"금요일에 왈테르 씨 댁 만찬에 가지 않겠소? 나는 그럴 생각인데."

그녀는 망설이며 대답했다.

"아뇨, 전 몸이 안 좋아서 집에 있겠어요."

"그럼 그렇게 해요. 무리해서 갈 것까지는 없지."

그는 대답하고 나서 다시 모자를 들고 나가 버렸다.

오래전부터 그는 마들렌의 거동을 엿보며 감시해 왔다. 그는 그녀가 가는 곳을 상세히 알고 있었다. 드디어 때가 온 것이다. "집에 있는 편이 좋겠어요." 하고 대답했을 때 마들렌의 어조는 그의 추측이 옳다는 것을 증명했다.

그로부터 며칠 동안 그는 아내에게 상냥하게 굴었다. 평상시와 다르게 즐거워 보이기까지 했다. 마들렌은 말했다.

"어머, 당신! 요즘 다시 상냥해졌네요!"

금요일이 되자, 사장 댁으로 가기 전 두서너 곳 볼일이 있다며 그는 일찍부터 옷을 갈아입었다. 그리고 여섯 시경, 아내에게 키스를 하고 나와 노트르담 드 로레트 광장에서 마차를 잡았다. 그는 마부에게 말했다.

"퐁텐 거리 17번지 앞에서 마차를 멈추시오. 그리고 내가 출발하라고 할 때까지 기다려 주시오. 그다음에는 라파예트 거리의 코크파장이라는 음식점으로 가 주시오."

마차는 천천히 달리기 시작했다. 뒤루아는 창문 커튼을 내렸다. 자기 집 문 앞에 이르자 그는 문에서 눈을 떼지 않고 기다렸다. 십 분쯤 지나자, 마들렌이 나와 외곽 큰길 쪽으로 올라가는 것을 보았다. 그녀의 모습이 보이자 그는 마차 앞으로 목을 내밀며 소리쳤다.

"자, 어서 갑시다!"

마차는 금세 그를 코크파장 앞에 내려놓았다. 그곳은 근처에서 이름이 유명한 대중음식점이었다. 식당에 들어간 뒤루아는 이따금씩 시계를 보며 천천히 식사를 했다. 커피를 마시고 값비싼 브랜디를 두 잔들이켜고 향 좋은 잎담배를 여유롭게 태우고 나자 일곱 시 삼십 분이 되었다.

그는 음식점을 나와서 다른 빈 마차를 불러 세워 라로쉬푸코 거리로 갔다. 그리고 마부에게 가르쳐 준 집 문 앞에서 마차에서 내렸다. 문지기에게는 아무것도 묻지 않은 채 4층으로 올라갔다. 하녀가 문을 열자 뒤루아가 물었다.

"기베르 드 로르므 씨는 댁에 계시겠죠?"

"네, 계십니다."

그는 객실로 안내되어 잠시 기다렸다. 이윽고 한 남자가 들어왔다. 키가 크고 훈장을 달았으며 군인 같은 분위기를 풍기는 남자로, 아직 젊은데도 머리가 희끗희끗했다. 뒤루아는 인사를 마치고 말했다.

"경위님, 제 예상대로 아내가 지금 평소 마르티르거리에 빌려 놓은 가구 딸린 방에서 정부와 저녁을 먹고 있습니다."

경위는 고개를 숙이며 말했다.

"그럼 지금 가 봐야겠군요."

뒤루아가 이어서 말했다.

"아홉 시 전까지가 맞습니까? 그 시각이 지나면 개인 주택에 들어가 간통 사실을 확인할 수 없으니까요."

"아, 겨울은 일곱 시까지고 삼월 삼십 일 이후는 아홉 시까지입니다. 오늘은 사월 오 일이니까 아홉 시까지도 괜찮습니다."

"그럼 경위님, 밑에 마차를 기다리게 했으니, 경비 순경들을 태우고 가서 문 앞에서 기다리기로 합시다. 늦게 도착할수록 현행범을 잡을 확률이 높을 테니까요."

"그럼 그렇게 하시죠."

경위는 객실에서 나가 외투를 입고 돌아왔다. 훈장에 늘어진 삼색 띠가 외투 속에 숨어 있었다. 그는 뒤루아가 먼저 지나가게 하느라고 옆으로 물러섰으나 뒤루아는 우울한 생각에 잠겨 있어 뒤따르겠다며 사양했다. 그리고 되풀이해서 말했다.

"먼저 나가십시오, 먼저."

그러나 경위는 말했다.

"자, 먼저 나가십시오. 여기는 제 집이니까요."

뒤루아는 바로 인사를 하고 방을 나섰다. 그들은 사복 경찰을 데리러 경찰서로 갔다. 뒤루아가 오늘 밤에 간통 현장을 붙들러 간다고 낮에 미리 통지를 한 덕분에 세 사람이 기다리고 있었다. 그중 한 사람은 마부와 나란히 마부 석에 앉고 다른 두 사람은 마차 좌석에 올라탔다. 마침내 마차가 마르티르 거리에 도착했다. 뒤루아가 말했다.

"제가 아파트의 약도를 가지고 있습니다. 문제의 방은 3층입니다. 처음 들어서면 바로 앞에 현관이 있고 다음은 식당입니다. 그리고 그 안쪽은 침실이고, 방 세 개는 연결되어 있습니다. 도망칠 곳은 없습니다. 요 앞으로 조금 더 가면 열쇠 장수가 있는데 부르면 바로 달려오기로 했습니다."

아파트 앞에 도착해 보니 아직 여덟 시 십오 분이었다. 그들은 이십 분 넘게 말없이 기다렸다. 사십오 분이 되자 뒤루아가 말했다.

"자, 들어갑시다."

그들은 문지기는 전혀 아랑곳하지 않은 채 계단을 올라갔다. 하기야 문지기는 그들을 보지 못했다. 경찰관 한 사람은 출입구를 지키기 위해 거리에 남았다.

네 남자는 3층으로 올라갔다. 뒤루아는 문에 귀를 바짝 댔다. 그리고 열쇠 구멍으로 안을 들여다보았다. 아무것도 들리지 않고 아무것도 보이지도 않았다. 그는 초인종을 눌렀다. 경위가 경찰관들에게 말했다.

"자네들은 여기 있다가 부르면 바로 달려오게."

모두가 기다렸다. 이삼 분이 지난 후 뒤루아는 몇 번을 연달아 초인종을 눌렀다. 곧 방 안에서 소리가 들리며 가벼운 발소리가 문 앞으로 다가왔다. 밖의 동태를 엿보는 듯했다. 뒤루아는 주먹을 쥐고 문짝을 거칠게 두드렸다. 꾸민 듯한 여자의 목소리가 들렸다.

"누구세요?"

경위가 대답했다.

"문을 여십시오. 공무 집행 중입니다."

문 안쪽에서 다시 목소리가 들렸다.

"누구신데요?"

"경찰입니다. 어서 문을 여십시오. 그렇지 않으면 문을 부수겠습니다."

목소리는 다시 물었다.

"무슨 일이지요?"

이번에는 뒤루아가 말했다.

"나야, 피하려 해도 이제는 소용없어."

가벼운 발소리가 잠시 멀어졌다 다시 이삼십 초 지나서 되돌아왔다. 뒤루아가 말했다.

"문을 열지 않으면 부수겠어."

그는 구리 손잡이를 붙들고 서서 어깨로 문을 천천히 밀었다. 안에서는 아무 소리도 나지 않았다. 그러다 한순간 뒤루아가 힘을 모아 거칠게 흔들자 자물통은 다 떨어져 버렸다. 나사못이 나무에서 빠져나온 것이다. 그 바람에 뒤루아는 앞으로 넘어지며 현관에 서 있던 마들렌과 부딪힐 뻔했다. 마들렌은 속옷 바람에 머리는 풀어헤친 채로 맨발에 촛대를 들고 서 있었다.

뒤루아가 외쳤다.

"이 여자가 맞습니다. 현장을 잡았습니다."

그리고 방으로 뛰어 들어갔다. 경위도 모자를 벗고 그 뒤를 따라 들어갔다. 하얗게 질린 마들렌은 어찌할 바를 모르며 촛대를 들고 그 뒤를 따라 들어갔다.

그들은 식당을 가로질러 갔다. 아직 치워지지 않은 식탁에는 먹고 남은 음식이 어지럽게 널려 있었다. 빈 샴페인이 두서너 병, 뚜껑이 열려 있는 푸아그라 통, 닭 뼈와 먹다 남은 빵 덩어리 등이었다. 찬장에 놓아둔 접시 두 개에는 굴 껍데기가 수북이 쌓여 있었다.

침실은 싸움이라도 벌인 양 흐트러져 있었다. 의자에는 여자의 옷이 덮여 있었고, 옆의 다른 의자 팔걸이에는 남자 반바지가 걸려 있었다. 또 큰 구두 한 켤레와 작은 구두 한 켤레가 침대 밑에 쓰러져 뒹굴고 있었다.

아파트는 흔히 볼 수 있는 가구 딸린 셋집으로, 셋집 특유의 냄새가 났다. 냄새는 커튼, 털, 이불, 벽, 의자 등에서 풍겨 나오는 냄새였으며, 이 아파트에 왔다 간 사람들이 하루건 여섯 달이건 자고 깨어나기를 반복하며 살던 냄새였다. 사람들은 자신의 체취를 조금씩 남겨 놓고, 그것이 그전에 살던 사람의 체취와 섞여, 이상야릇하면서도 달짝지근한 냄새를 만들었다.

과자 접시 하나와 샤르트뢰즈 술병이 하나, 술이 아직 절반은 남은 조그만 술잔 두 개가 벽난로 위에 놓여 있었다. 청동 벽시계의 윗부분은 커다란 남자 모자로 가려 있었다.

경위는 단호한 태도로 몸을 돌려서는 마들렌의 눈을 보며 물었다.

"당신은 분명 여기 계시는 신문기자 프로스페르 조르주 뒤루아 씨의 아내인 클레르 마들렌 뒤루아 부인이십니까?"

마들렌은 잘 나오지 않는 목소리로 더듬더듬 말했다.

"네, 그래요."

"여기서 무엇을 하고 계십니까?"

마들렌은 대답하지 않았다. 그러자 경위가 다시 물었다.

"뭘 하고 계신 겁니까? 댁이 아닌 가구 딸린 방에서 거의 옷을 벗은 상태로 계시는데, 대체 무슨 일로 여기에 오셨습니까?"

경위는 한참 동안 기다렸으나 그녀가 입을 열지 않자 닦달하듯 다시 말했다.

"부인, 지금 자백하지 않으면 조사를 하는 수밖에 없습니다."

침대 위에는 누군가 누워 이불을 뒤집어쓰고 있었다. 경위가 옆으로 다가가서 불렀다.

"이보시오!"

남자는 꼼짝도 하지 않았다. 등을 돌리고 돌아누워서는 머리를 베개 밑에 파묻고 있었다. 경위는 어깨로 보이는 곳을 건드리며 다시 말했다.

"이보시오. 거칠게 행동하는 일은 되도록 피하고 싶습니다."

이불을 덮어쓴 사람은 여전히 꼼짝도 하지 않았다. 참지 못한 뒤루아가 성큼성큼 앞으로 나가 시트를 잡아 벗겼다. 그리고 다시 베개를 치워 버리자, 라로슈 마티외의 창백한 얼굴이 드러났다.

뒤루아는 당장 장관의 목을 졸라 버리고 싶은 충동에 부들부들 떨면서 말했다.

"적어도 당신의 불명예를 밝힐 용기는 있어야 하지 않겠어!"

옆에 선 경위는 다시 한 번 물었다.

"당신은 누구십니까?"

정부는 넋이 나간 듯 아무 대답도 못 했다.

"경찰에서 나왔습니다. 자, 어서 이름을 대십시오!"

뒤루아는 짐승 같은 노여움에 몸을 떨며 소리쳤다.

"자, 어서 이름을 대. 그렇지 않으면 내가 네놈의 이름을 말하겠어!"

그러자 침대에 누워 있던 남자가 중얼거렸다.

"경위님, 이 남자가 더는 나를 모욕하지 못하게 만들 수 없소? 내가 당신을 상대하는 것이 맞지 않소? 왜 내가 저 남자를 상대해야 하는지 모르겠소!"

라로슈는 입 안의 침이 말라 버린 듯했다. 경위가 대답했다.

"좋습니다. 제게 말씀하시면 됩니다. 나는 경찰관으로서 당신의 이름을 묻는 겁니다."

상대는 입을 다물었다. 그리고 이불을 목까지 끌어당긴 채 얼빠진 두 눈을 굴렸다. 창백한 얼굴 때문에 위로 뻗친 콧수염이 더욱 시커멓게 보였다.

경위가 말을 이었다.

"여전히 대답이 없으시군요. 그럼 어쩔 수 없습니다. 이제 당신을 체포하겠습니다. 어서 일어나십시오. 옷을 입은 다음에 심문하겠습니다."

그러자 침대 속에서 몸이 움직이며 이불 밖으로 나온 얼굴이 중얼거렸다.

"그게, 지금…… 일어날 수 없소, 당신 앞에서는."

경위가 물었다.

"무엇 때문입니까?"

"실은…… 내가…… 아무것도 입고 있지 않기 때문이오."

뒤루아는 통쾌한 듯이 웃어 대고, 마룻바닥에 떨어져 있는 속옷을 주워 침대 위로 던지며 소리쳤다.

"자, 어서 일어나시지! 내 여편네 앞에서 발가벗었으니까 내 앞에서 입어도 괜찮지 않나?"

그러고 나서 홱 등을 돌리고 벽난로 쪽으로 갔다.

마들렌은 냉정을 되찾았다. 이제는 끝장났다고 느낀 마들렌은 될 대로 되라는 심정으로 서 있었다. 그리고 모든 것을 포기하자 대담할 정도로 당당해지며 눈이 반짝거렸다. 그녀는 마치 손님이라도 맞는 것처럼 종이쪽지를 말아서 벽난로 위 지저분한 촛대에 꽂혀 있는 열 개의 초를 켰다. 그러고는 벽난로 대리석에 등을 대고 섰다.

그녀는 맨발이었고, 속치마 뒷자락이 거의 엉덩이까지 들려 올라간 다리 한쪽을 꺼져 가는 불 쪽으로 내뻗었다. 그녀는 분홍 종이 상자에서 담배를 꺼내 불을 붙였다.

경위는 공범인 남자가 옷을 입기를 기다리는 동안 그녀 곁으로 돌아왔다. 그녀는 부끄러워하거나 머뭇거리지 않고 물었다.

"보세요, 이런 일을 종종 하시나요?"

경위는 정색을 하고 대답했다.

"가급적이면 피합니다, 부인."

그녀는 엷은 웃음을 띠고 말했다.

"그거 다행이군요. 그다지 좋은 일은 못 되니까요."

그녀는 남편이 눈에 보이지도 않고 보려고도 하지 않는 듯했다. 그동안 침대 위의 남자가 옷을 다 입었다. 그는 바지에 다리를 꿰고 구두를 신고 조끼를 입으면서 다가왔다. 경찰관이 그쪽을 향해 돌아서며 물었다.

"자, 이제는 이름을 밝히십시오."

상대는 입을 열지 않았다.

경위는 단호한 어조로 말했다.

"그럼 하는 수 없습니다. 체포하겠습니다."

그러자 남자는 갑자기 고함을 쳤다.

"손대지 마시오. 난 구속될 수 없는 사람이니까!"

그러자 뒤루아는 상대를 때려눕힐 듯한 기세로 튀어나가서는 소리쳤다.

"당신은 현행범이란 말이야, 현행범! 내가 원한다면 당신을 체포할 수 있어, 알겠어?"

그러고 나서 떨리는 목소리로 말했다.

"이 남자는 외무장관인 라로슈 마티외란 위인이죠."

경위가 놀라서 뒤로 물러섰다. 그리고 더듬거리면서 말했다.

"오, 세상에나⋯⋯. 성함을 분명히 말씀해 주십시오."

상대는 마침내 체념하며 힘주어 말했다.

"이번만은 이 역겨운 인간이 하는 말도 거짓은 아니군. 그렇소, 외무장관 라로슈 마티외요."

라로슈 마티외는 뒤루아가 가슴에 단 붉은색 작은 리본을 가리키며 소리쳤다.

"이 악당 놈이 내가 준 훈장을 달고 있군!"

뒤루아는 낯이 창백해져 그 즉시 단춧구멍에서 새빨간 리본을 잡아떼어서는 벽난로 속에 던져 넣었다.

"너 따위 인간이 준 훈장 따위는 이렇게 처치하지!"

그들은 지금이라도 서로를 물어뜯기라도 할 듯 얼굴과 얼굴을 맞댔다. 여윈 구레나룻 얼굴과 살찐 카이저수염 얼굴이 주먹을 불끈 쥔 채 서로를 노려보았다.

경위가 급히 그사이에 끼어들어 두 사람을 양팔로 떼어 놓으면서 말했다.

"두 분 모두 신분을 생각하십시오. 인격에 관한 문젭니다."

그들은 입을 다물고 돌아섰다. 마들렌은 꼼짝도 하지 않고 엷은 웃음을 띤 채 여전히 담배를 피웠다.

경위가 말을 계속했다.

"장관님, 저는 장관님께서 여기에 계시는 뒤루아 부인과 단둘이, 장관님께선 침대에, 부인께선 거의 맨몸이나 다름없는 모습으로 계시는 것을 보았습니다. 더욱이 두 분의 옷은 온 방 안 여기저기에 흩어져 있었습니다. 이것으로 간통죄는 성립됩니다. 사태는 극히 명백하고 부정할 여지가 없습니다. 따로 말씀하실 내용이 있으십니까?"

라로슈 마티외는 중얼거렸다.

"없소. 당신 직무나 수행하시오."

경위는 다시 마들렌을 향하여 물었다.

"부인, 이분이 당신 정부라는 것을 자백하시겠습니까?"

그녀는 어깨를 펴며 대답했다.

"부인하지 않아요. 이분은 내 정부예요!"

"네, 좋습니다."

경위는 방 모양과 가구 배치에 대한 기록을 했다. 그가 일을 끝냈을 때는 이미 옷을 입고 외투를 팔에 걸치고 손에 모자를 들고 선 장관이 물었다.

"아직도 볼일이 또 있소? 나는 이제 어떻게 행동하면 되오? 돌아가도 됩니까?"

뒤루아가 그를 돌아보며 거만한 목소리로 말했다.

"왜 벌써 돌아가지? 일은 이미 끝났지만 당신은 또 한 번 자도 좋아. 내가 둘만 있게 해 줄 테니까."

그리고 경찰관의 팔에 손을 대고 말했다.

"자, 돌아갑시다, 경위님. 여기에는 이제 일이 없으니까요."

경위는 조금은 놀란 듯 그의 뒤를 따라 나갔다. 그러나 방문턱에서 뒤루아는 그를 먼저 나가게 하려고 걸음을 멈추었다. 상대는 굳이 이를 사양했다.

그러나 뒤루아는 거듭 말했다.

"먼저 나가십시오."

경위가 대답했다.

"당신께서 먼저."

신문기자는 머리를 숙이고 빈정대듯 정중한 태도로 말했다.

"이번엔 당신 차례입니다, 경위님, 여기는 내 집이나 마찬가지니까요."

그런 다음 조용히 문을 닫았다.

한 시간 뒤, 조르주 뒤루아는 〈라비 프랑세즈〉 편집실로 들어갔다.

왈테르 영감은 이미 와 있었다. 그도 그럴 것이 그는 변함없는 정력으로 신문을 지휘하고 있어서, 그의 신문은 매우 발전하여 그의 은행 사업에 커다란 공헌을 했기 때문이었다.

사장이 얼굴을 들고 물었다.

"오, 자넨가? 얼굴이 이상하군! 그런데 왜 집에 저녁 먹으러 안 왔나? 어딜 다녀오는 길인가?"

뒤루아는 지금부터 하려는 말의 효과를 위해 한 마디 한 마디 힘을 주어 말했다.

"방금 외무장관을 실각시키고 오는 길입니다."

사장은 농담이라고 여기며 물었다.

"실각을 하다니, 어째서?"

"전 내각을 경질하려고 합니다. 그뿐이에요! 그런 부패한 내각은 빨리 쫓아 버리는 편이 좋습니다."

영감은 어안이 벙벙해서 뒤루아가 술에 취한 것이라 생각하고는 말했다.

"자네 왜 이러나? 그만두게. 그런 말도 안 되는 잠꼬대는."

"천만에요. 저는 지금 라로슈 마티외가 제 아내 마들렌과 간통하는 현장을 붙잡았습니다. 경찰관이 이 사실을 확인했습니다. 장관은 이제 끝입니다."

왈테르는 놀라 안경을 이미 위로 추켜올린 채 물었다.

"설마 나를 놀리는 건 아니겠지?"

"천만에요. 전 지금부터 그 사실을 기사로 쓰려고 합니다."

"어쩔 작정인가?"

"그 사기꾼을, 악당을, 사회의 독충을 매장해야죠."

뒤루아는 모자를 의자 위에 놓고 덧붙였다.

"제 앞길을 막는 놈은 처치해야 합니다. 절대로 용서하지 않을 테니까요.”

사장은 그래도 이해할 수 없는지 다시 중얼거렸다.

“그럼 자네 부인은?”

“날이 새는 즉시 이혼 소송을 제기하겠습니다. 그 여잔 죽은 포레스티에에게 되돌려 주겠어요.”

“정말로 헤어질 생각인가?”

“당연하지요. 그동안 전 세상 사람들의 웃음거리가 되어 왔습니다. 하지만 현장에 뛰어들기 위해 저는 모르는 척했습니다. 그리고 계획대로 잘되었습니다. 이제부터는 모든 것이 제 손안에 있으니까요.”

왈테르 씨는 입을 벌린 채 겁먹은 눈으로 뒤루아를 보면서 생각했다.

‘정말, 만만치 않은 놈이군.’

뒤루아가 말했다.

“전 이제야 겨우 자유의 몸이 되었습니다. 재산도 조금 있습니다. 고향에서도 이름이 알려졌으니 시월 재선에 출마할 작정입니다. 여태까지는 세상 사람들에게 손가락질받을 그런 여자와 살아서 보기 좋게 밀고 나갈 수도 없었고 남들에게 존경도 받지 못했습니다. 그 막돼먹은 여자는 저를 바보로 생각하고 농락해 왔습니다. 하지만 저는 그 여자의 속임수를 눈치채고부터 줄곧 주시해 왔습니다. 그 매춘부를 말입니다!”

뒤루아는 웃으면서 덧붙였다.

“불쌍한 인간은 포레스티에죠. 여편네를 뺏겼으면서도 조금도 눈치채지 못했으니까요. 하지만 저는 다행히 그에게서 물려받은 쓰레기 같은 여자를 쫓아내 이제야 겨우 속이 편해졌습니다. 이제부터는 제대로 해 볼 생각입니다.”

그는 의자에 걸터앉아 꿈꾸듯 되풀이했다.

“가는 데까지……”

왈테르 영감은 안경을 이마에 올려 걸치고 눈을 드러낸 채 여전히 그를 바라보며 마음속으로 생각했다.

'이 녀석은 분명 출세하겠어, 이 악당은 말이지.'

뒤루아가 일어서며 말했다.

"지금 그 사건 기사를 써 오겠습니다. 되도록 신중히 다룰 작정입니다만, 사장님, 장관으로선 무서운 타격일 겁니다. 그 녀석은 이미 바다에 떨어진 놈이니 구제할 수도 없습니다. 〈라비 프랑세즈〉도 그 녀석을 옹호한다고 해 보았자 한 푼어치의 이득도 없습니다."

사장은 한동안 망설이는가 싶더니 결심한 듯 말했다.

"좋네, 해 보게나. 이놈한테는 방법이 없지."

9

석 달이 지났다. 뒤루아는 어렵게 이혼했고 아내 마들렌은 포레스티에의 성(姓)으로 돌아갔다.

왈테르 가족이 칠월 십오 일에 트루빌로 피서를 떠날 계획이므로 뒤루아는 그들과 헤어지기 전에 하루만 시간을 내어 교외에서 놀기로 했다. 날짜는 목요일로 정하고 말 네 필을 맨 6인승 대형 여행 마차로 아침 아홉 시에 출발했다.

점심은 생제르맹, 앙리 4세 정자에서 할 예정이었다. 벨 아미는 왈테르 씨에게 남자로서는 자신만이 야유회에 참석할 수 있도록 부탁했다. 카졸 후작의 얼굴을 보는 것이 견딜 수 없었기 때문이다. 그러나 마지막 순간에 계획이 변경되었다. 아침에 일어나는 즉시 라투르 이블랭 백작의 집에 들러 그를 데려가기로 했다. 바로 전날 연락했다.

마차는 빠른 속도로 샹젤리제의 가로수 길을 지나 불로뉴 숲을 빠져 나갔다.

그다지 덥지 않은 상쾌한 여름날이었다. 제비들은 파란 하늘에 커다란 원을 그리며 날았고, 그 흔적은 새들이 사라진 뒤에도 보이는 듯했다.

세 여자는 마차 뒤에 자리를 잡고 앉았다. 어머니는 가운데에 앉았고 양옆에 딸들이 앉았다. 남자 세 명 중 왈테르는 가운데 앉고 나머지 남자들은 양옆 역방향으로 앉았다. 센 강을 건너고 발레리앵 산기슭을 돌아 부지발에 이른 후 강을 따라 프펙까지 갔다.

라투르 이블랭 백작은 중년의 남자로 숨을 쉴 때마다 기다란 구레나룻이 흔들렸다. 뒤루아는 "바람이 불 때 이분 수염이 매우 아름답군요." 하고 말했지만 백작은 사랑스러운 듯이 로즈를 지켜보고 있었다. 그들은 한 달 전에 약혼했던 것이다.

뒤루아는 창백한 얼굴로, 마찬가지로 창백한 쉬잔의 얼굴을 자꾸만 쳐다보았다. 그들은 서로 마주 보며 뭔가 이야기하고 또 서로를 이해하며 남모르게 마음이 통하는 것 같다가도 문득 서로를 피했다. 왈테르 부인은 편안하면서도 행복한 모습이었다.

한참 동안 점심 식사를 했다. 잠시 후, 뒤루아는 파리로 돌아가기 전 테라스를 한 바퀴 돌자고 제안했다. 모두 함께 경치를 보기 위해 발걸음을 멈췄다. 그리고 벽을 따라 옆으로 늘어서서는 광활한 지평선을 보며 황홀해했다. 센 강은 마치 푸른 초원 속에 누워 있는 뱀처럼 긴 언덕 기슭을 흘러 메종 라피트 쪽으로 흐르고 있었다. 오른편 언덕 꼭대기에는 마를리의 수도교가 하늘을 향해 커다란 애벌레 같은 모습으로 솟아 있고, 그 아래쪽의 마를리 마을은 무성한 나무숲 속에 가려서 보이지 않았다.

눈앞에 펼쳐진 광활한 평야 가운데로 드문드문 흩어진 마을이 보였다. 희미한 초록의 자그마한 숲이 바탕을 이루고, 그사이에는 베지네의 호수들이 선명하면서도 깨끗한 얼굴처럼 눈에 쏙 들어왔다. 왼편 아득히 먼 저쪽으로는 사르트루빌의 뾰족한 종각이 하늘을 찌르고 서 있는 것이 보였다.

왈테르가 외쳤다.

"전 세계 어디를 가더라도 이토록 멋진 경치는 볼 수 없을 거야. 스위스에 가도 이런 멋진 곳은 없을걸."

모두들 경치를 조금 더 즐기기 위해 천천히 걸음을 옮겼다. 뒤루아와 쉬잔은 뒤로 천천히 걸었다. 그리고 앞서 걷는 다른 사람들과 대여섯 걸음 떨어지자마자 그가 낮은 목소리로 속삭였다.

"쉬잔, 나는 당신을 몹시 사랑합니다. 미칠 만큼 사랑합니다."

그녀도 중얼거렸다.

"나도 그래요, 벨 아미."

"만약 당신과 결혼할 수 없다면 난 파리를 떠날 것입니다. 아니 곧 이 나라에서도 떠나 버리겠습니다."

"그럼 아빠께 우리 결혼 이야기를 말씀드려 보세요. 분명 좋아하실 거예요."

그는 약간 답답하다는 몸짓을 했다.

"소용없는 일입니다. 제가 벌써 열 번도 넘게 말하지 않았나요? 분명 나는 댁에 출입도 못 하게 될 것이고 신문사에서 쫓겨나 당신의 얼굴을 영영 볼 수 없을지도 모릅니다. 정식으로 구혼한다면 어떤 일이 벌어질지 뻔합니다. 당신은 이미 카졸 후작의 청혼을 받아들이셨잖습니까. 결국은 당신이 좋아한다고 믿고 기다리고 계신 겁니다."

"그럼 전 어떡하면 좋죠?"

그는 잠시 주저하더니 그녀에게 물었다.

"당신은 정말 나를 사랑하나요? 말도 안 되는 일을 할 수 있을 만큼?"

그녀가 단호하게 대답했다.

"네."

"어떤 미친 짓이라도?"

"네."

"아주 미친 짓도?"

"네."

"그리고 당신 아버지와 어머니에게 끝까지 대항할 용기도 있나요?"

"네."

"정말입니까?"

"네."

"그렇다면 방법이 있습니다. 단 한 가지 유일한 방법이 있습니다! 하지만 그 일은 내가 아닌 당신이 해야 할 일입니다. 당신은 귀여움을 받으며 자랐으니 무엇이고 하고 싶은 말을 할 수가 있겠지요. 그러니 아무리 대담한 이야기를 꺼내더라도 그다지 놀라시지 않을 겁니다. 자, 이렇게 하면 됩니다. 오늘 저녁 집에 돌아가면, 우선 어머니가 혼자 계실 때 가서 나와 결혼하겠다고 말하세요. 어머니는 몹시 당황하시며 크게 화를 내실 겁니다."

쉬잔은 그 말을 가로막았다.

"아니요, 어머니는 무척 기뻐하실 거예요."

그는 재빨리 말을 계속했다.

"그렇지 않아요. 당신은 어머니를 잘 모르십니다. 어머니는 아버지보다도 훨씬 더 화를 내시며 분개하실 겁니다. 하지만 실망하거나 포기해서는 안 됩니다. 끝까지 저, 뒤루아와 결혼하고 싶다고 말하셔야 합니다. 그렇게 말하고 행동할 수 있는 용기가 있습니까?"

"할 수 있어요."

"그런 다음에는 어머니 방을 나와 아버지한테로 가서 똑같은 말을 진지한 태도로 말하십시오."

"네, 알았어요. 그다음엔?"

"그다음부터는 더 어려워집니다. 만약 당신이, 귀여운 쉬잔, 내 아내가 되겠다고 굳게, 아주 굳게 결심했다면 나는 당신을 납치해 달아나겠습니다."

그녀는 너무 기뻐서 하마터면 손뼉을 칠 뻔했다.

"오, 세상에 너무 멋져요. 그리고 행복해요! 아, 저를 납치하신다고요? 그럼 언제 납치하실 건데요?"

옛날이야기에 나오는 낭만적인 야반도주와 역마차 그리고 여인숙의 오래된 시가 등의 이미지들은 곧 매혹적인 모험으로 바뀌어 그녀의 머릿속을 스쳐 갔다. 게다가 그 마법의 꿈들은 당장이라도 이뤄질 것만 같았다. 그녀가 거듭 물었다.

"언제지요, 나를 납치하겠다는 날이요?"

그는 낮은 목소리로 대답했다.

"바로, '오늘 밤'입니다."

그녀는 몸을 떨며 물었다.

"그래서 어디로 가나요?"

"비밀입니다. 아무튼 이제부터 해야 할 일을 잘 생각해 주세요. 그리고 나와 몰래 도망을 치고 나면 꼼짝없이 당신은 내 아내가 될 수밖에 없는 겁니다! 방법은 이것밖에 없어요. 그러나 이건, 매우, 위험합니다. 당신에게는."

그녀는 단호하게 대답했다.

"결심했어요, 하지만 어디서 만나죠?"

"혼자 집을 빠져나올 수 있습니까?"

"네, 작은 문으로 나오면 돼요."

"좋아요, 그렇다면 열두 시경, 문지기가 잠든 뒤 콩코르드 광장까지 와 주십시오. 해군 본부 앞에 마차를 잡아 놓고 기다릴 테니까요."

"네, 가겠어요."

"틀림없지요?"

"네, 틀림없어요."

그는 소녀의 손을 잡고 힘껏 움켜쥐었다.

"아! 얼마나 당신을 사랑하는지! 당신은 정말 너무도 착하고 용기 있으시군요! 그럼 카롤 씨하고는 결혼할 의사가 전혀 없는 거지요?"

"네, 그래요."

"아버지는 당신이 거절했을 때 무척 화를 내셨겠지요?"

"네, 그러셨어요. 저를 당장 수녀원에 보내 버리겠다고 말씀하셨 어요."

"그럼 더욱 분발해야 된다는 사실도 아시겠지요?"

"네, 힘내겠어요."

그녀는 오직 납치에 관한 생각으로 머릿속이 꽉 찼다. 그러고는 눈앞에 펼쳐진 지평선보다 더 멀리 뒤루아와 함께 떠나겠다는 생각을 했다.

'나는 납치되는 것이다!'

그녀는 매우 뿌듯했다. 그리고 세상의 모든 소문이라든가 자신에게 닥쳐올지도 모르는 불명예 같은 것은 아예 생각지도 않았다. 물론 그녀는 그런 것을 알지도 못했고 생각해 본 적도 없었다.

왈테르 부인이 되돌아보면서 불렀다.

"얼른 오너라, 쉬잔. 벨 아미하고 뭘 하는 거냐?"

두 사람은 사람들에게 다가갔다. 사람들은 곧 해수욕장이 보일 거라는 이야기를 나누고 있었다.

집으로 돌아갈 때는 왔을 때와는 다른 길로 가자는 의견이 나와 샤투를 돌아서 되돌아왔다.

뒤루아는 아무 말도 하지 않은 채 생각에 잠겼다. 만약 이 처녀가 조금만 용기를 낸다면 오랜 내 소망을 달성하는 순간이다! 석 달 전부터 그는 피할 수 없는 애정의 그물로 쉬잔을 포위해 왔다. 그녀의 비위를 맞추며 교묘하게 사로잡아 정복하려고 애를 써 왔다. 뒤루아는 여자에게 사랑받는 법을 잘 알고 있었기에 인형 같은 쉬잔의 마음을 사로잡는 일은 별로 힘들지 않았다.

그는 우선 카졸 후작의 구혼을 거절하게 하는 데 성공했다. 그리고 이번에는 함께 도망가기로 했다. 다른 방법이 없었기 때문이다. 왈테르 부인은 절대로 딸을 내놓지 않으리라는 것을 그는 잘 알고 있었다. 부인은 아직도 그를 사랑했다. 그리고 전과 다름없이 더 집요한 열정으로 사랑할 것이다.

그는 왈테르 부인의 사랑을 냉소적인 태도로 피해 왔으나 스스로 통제하지 못하는, 집어삼킬 것 같은 정념이 그녀를 파괴하고 있다는 사실을 느낄 수 있었다. 그녀를 납득시킨다는 것은 불가능했다. 그녀는 그가 쉬잔을 아내로 맞는 것을 절대로 용납하지 않을 것이다. 그러나 쉬잔을 납치한다면 그는 당당히 왈테르 영감과 담판 지을 수 있는 것이다.

그는 이 모든 생각에 잠겨 다른 사람들이 하는 말은 제대로 귀에 들어오지도 않았고 대답도 건성으로 했다. 결국은 파리에 도착했을 때에야 비로소 제정신으로 돌아온 것 같았다.

쉬잔도 마찬가지로 생각에 잠겨 있었다. 네 필의 말에 달아 놓은 방울 소리가 딸랑거리며 그녀를 공상 속으로 데려갔다. 공상 속 그녀는 달빛 아래 끝없이 이어진 길을 달리고, 어두운 숲 속을 지나고, 샛길 여인숙에 머물렀다. 마구간에서 말을 바꿔 주는 사람들도 서둘러 움직인다. 누가 봐도 두 사람이 쫓기고 있다는 것을 알기 때문이다.

마차는 왈테르 저택 뜰에 도착했다. 그리고 뒤루아는 곧 시작되는 저녁 만찬에 붙잡혔으나 한사코 사양하고 집으로 돌아갔다.

그는 간단한 식사를 마친 뒤 먼 여행이라도 떠나는 사람처럼 서류

정리를 했다. 일에 지장이 있을 만한 편지는 태웠고 그 밖의 편지는 감추어 둔 다음 친구들에게 편지를 썼다.

이따금 시계를 보며 '지금쯤 저택에선 큰 난리가 났겠군.' 하고 생각했다. 그러나 한 가지 근심이 그의 가슴을 물어뜯었다. 만약 실패한다면? 뒤루아, 뭘 겁내는 거야! 어떤 일이 생기든 뚫고 나갈 구멍이 있겠지. 그러나 오늘 밤 일은 일생일대의 큰 도박이 아닌가!

그는 열한 시경에 집을 나왔다. 그는 잠시 시내를 서성거리다 마차를 잡아탄 뒤, 콩코르드 광장 해군 본부 아케이드 옆에 멈추어 섰다. 그는 이따금 성냥을 켜서 회중시계로 시간을 보았다. 열두 시가 가까워지자 그는 초조한 마음에 안절부절못하며 쉴 새 없이 창문으로 목을 내밀어 밖을 바라보았다.

멀리서 괘종시계가 열두 시를 알렸다. 그리고 좀 더 가까운 곳의 시계가 울렸고, 이윽고 두 개가 한꺼번에 울리더니, 마지막에는 아주 멀리에서도 또 하나가 울렸다. 소리가 그치자 그는 생각했다.

'틀렸다, 실패다. 쉬잔은 오지 않는다.'

그는 날이 밝을 때까지 버틸 결심을 했다. 이런 경우는 참고 견뎌야 했다.

십오 분을 치는 소리, 삼십 분, 사십오 분을 알리는 소리가 들렸다. 시내의 모든 큰 시계가 열두 시를 알렸을 때와 마찬가지로 제각기 한 시를 알렸다. 그는 일이 어찌되었을까 골똘히 생각했다. 그때였다. 갑자기 여자 하나가 마차 문으로 고개를 들이밀며 물었다.

"벨 아미 맞아요?"

그는 놀라 벌떡 일어났다. 숨이 막혔다.

"쉬잔?"

"네, 저예요."

그는 정신없이 문의 손잡이를 돌리면서 되풀이해서 말했다.

"아, 왔군요. 정말 잘 왔어요. 자, 어서 타요."

그녀는 마차에 올라타고 그의 옆에 쓰러지듯이 앉았다. 그는 마부에게 소리쳤다.

"갑시다!"

마차가 달리기 시작했다. 그녀는 말도 하지 못하고 숨을 헐떡였다.

"그래, 어떻게 됐소?"

쉬잔은 쓰러질 듯 속삭였다.

"아, 정말 난리가 났어요. 특히 어머니가요."

그는 불안한 마음에 목소리를 떨면서 물었다.

"어머니께서요? 뭐라고 하시던가요? 어서 말 좀 해 봐요."

"아, 정말로 무서웠어요. 전 어머니 방에 가서 마음속에 준비해 둔 말을 줄줄 외웠어요. 그러자 어머니는 새파랗게 질려서는 '안 된다. 절대로 안 돼!' 하며 고함을 치셨어요. 전 화를 내면서 당신이 아닌 다른 사람과는 결혼하지 않겠다고 했어요.

전 그 순간 매를 맞을 줄 알았어요. 어머니는 마치 미친 사람처럼 내일 당장 저를 수녀원에 보내겠다고 으름장을 놓으셨어요. 어머니가 그토록 화나신 것은 지금까지 한 번도 본 적이 없어요. 게다가 어머니가 너무나 큰 소리로 고함을 치셔서 아버지께서 들어오셨어요.

아버지는 어머니만큼 화를 내지는 않았지만 당신은 그다지 훌륭한 신랑감이 아니라고 하시더군요. 그래서 저도 화가 나 아주 크게 소리 질렀어요. 아버지는 조금도 어울리지 않는, 연극하는 듯한 몸짓으로 저더러 나가라고 하셨어요. 그래서 당신과 함께 달아날 결심을 하고 이곳으로 왔어요. 이제 어디로 가는 거죠?"

뒤루아는 다정하게 그녀의 허리에 팔을 두르며 귀를 기울여 들었다. 가슴이 몹시 뛰었고, 쉬잔 부모에 대해서는 말할 수 없는 분노가 치밀어 올랐다. 그러나 딸은 이미 내가 차지했다. 이번에야말로 단단히 혼을 내 주겠다!

"시간도 많이 늦었고 기차도 탈 수 없으니, 마차로 세브르에 가서 오늘 밤은 거기서 묵읍시다. 그리고 내일 라로슈기용으로 갑시다. 망트와 보니에르 사이에 있는 센 강가의 아름다운 마을입니다."

"그런데 저는 갈아입을 옷도 가지고 오지 않았어요. 아무것도 없는걸요."

그는 미소 지으며 말했다.

"걱정 마요. 모두 그곳에서 해결할 수 있어요."

마차는 쉬지 않고 달렸다. 뒤루아는 쉬잔의 손을 잡고 마음을 다하여 키스했다. 플라토닉한 애정은 익숙하지 못해 적당한 말이 떠오르지 않았다. 그러다 갑자기 그녀가 울고 있는 것을 알았다.

뒤루아는 어리둥절해서 물었다.

"왜 그런지 말해 봐요. 내 귀여운 아가씨."

그녀는 눈물에 젖은 목소리로 대답했다.

"지금쯤 엄마는 내가 나간 걸 알고 주무시지도 못하고 있을 거예요. 어머니가 불쌍해요."

사실 왈테르 부인은 잠을 이루지 못했다. 쉬잔이 방에서 나가자마자 왈테르 부인은 곧 남편과 얼굴을 마주했다. 믿기지 않은 일에 충격을 받은 그녀가 남편에게 물었다.

"세상에, 이게 도대체 무슨 일이죠?"

왈테르는 화를 내며 고함쳤다.

"그 모사꾼 뒤루아가 쉬잔을 꾀어낸 것이 분명해. 카졸을 거절하게 한 것도 그놈 짓이야. 지참금을 노린 거지, 망할 놈!"

그는 화가 나서 방 안을 서성이다 다시 말했다.

"흥, 당신은 언제나 그놈을 끌어들이지 않았소? 그런 놈에게 알랑거리고 비위를 맞추어 주며 정신없이 빠져들었지. 여기서도 벨 아미,

저기서도 벨 아미, 아침부터 밤까지 그저 벨 아미였지. 당신은 벌을 받은 거라고."

그녀는 안색이 변하여 중얼거렸다.

"제가요? 제가 언제 그 사람을 끌어들였다고요?"

남편은 코앞에서 소리를 질렀다.

"이런, 몰라서 묻소? 바로 당신 때문이야! 당신도 그렇고 마렐 부인이나 쉬잔이나 다른 여자들 모두 그놈에게 미쳤지! 당신은 이틀이 멀다 하고 그놈을 여기에 끌어들였잖아, 내가 모르는 줄 알고?"

그녀는 얼굴에 경련을 일으키며 소리쳤다.

"그런 말씀은 하지 마세요. 전 당신처럼 막 자란 사람이 아니에요!"

그는 부인의 말과 기세에 놀라 멍청히 서 있다가 곧 화가 치밀어서는 "빌어먹을!" 하며 고함을 치고는 문을 닫고 나가 버렸다.

혼자 남은 그녀는 본능적으로 거울 앞에 가서 얼굴을 비쳐 보았다. 얼굴빛이 변하지는 않았는지 보려는 듯이. 그렇게 닥쳐온 일이 기괴하게 느껴졌다. 쉬잔이 벨 아미를 사랑한다고! 아니야, 내가 잘못 들은 것이 분명해. 절대로 그럴 리가 없어.

딸이 잘생긴 뒤루아에게 반한 것도 무리는 아니지만, 딸이 뒤루아를 남편으로 삼고 싶어 하고 있다. 마치 어린아이처럼 정신을 못 차리고 있는 것이다. 그러나 설마? 그 사람은 어린아이를 상대로 장난칠리가 없다. 천재지변에 휩쓸린 것처럼 가슴이 떨리는 것을 느끼며 그녀는 생각했다. '절대……, 그럴 리가 없다.' 벨 아미는 쉬잔의 변덕스러운 마음 따위는 조금도 모르는 것이다.

그리고 이것이 그 사람이 계획한 일인지, 아니면 그도 전혀 모르는 일인지 곰곰이 생각했다. 만약 그가 음모를 꾸몄다면 얼마나 파렴치한 일인가. 만약 그렇다면 어떤 일이 생길 것인가? 그녀는 수많은 위험과 뼈를 깎는 고통을 예견했다.

만약 그가 전혀 모르는 일이라면 아직 방법은 얼마든지 있다. 쉬잔을 데리고 여섯 달쯤 여행을 갔다 오면 일은 끝날 것이다. 그러나 그러면 어떤 면목으로 그를 대할 수 있단 말인가. 왜냐하면 부인은 여전히 그를 사랑했기 때문이다. 이 정열은 이제 마치 화살촉처럼 가슴속에 파고들어 도저히 뽑을 수가 없었다.

뒤루아 없이는 도저히 살 수가 없었다. 그것은 죽는 거나 다름없었다.

그녀의 생각은 이렇게 고뇌와 불안 사이를 방황했다. 머리가 쑤시는 듯이 아팠다. 생각을 정리하려 했으나 도무지 끝이 나지 않고 점점 더 복잡해졌다.

그녀는 필사적으로 일의 진상을 찾았으나 아무것도 알 수 없고 자꾸 초조해지기만 했다. 시계를 보니 한 시가 지났다.

'언제까지나 이렇게 앉아 있을 수는 없어. 이러다 미쳐 버리고 말 거야. 어떻게든 사실을 알아야겠어. 쉬잔을 깨워 물어봐야지.'

그녀는 소리가 나지 않도록 신발을 벗고 손에 촛대를 들고 딸의 방으로 갔다. 그리고 조용히 문을 열고 들어가 침대를 보았다. 이불을 들추니 딸이 보이지 않았다. 처음에는 까닭을 몰라 쉬잔이 남편과 이야기 중이라고 생각했다. 그러나 갑자기 어떤 무서운 의혹이 마음을 스쳤다. 그녀는 창백한 얼굴로 무작정 남편 방으로 달려갔다. 남편은 침대에서 무언가를 읽고 있었다.

그는 깜짝 놀라 물었다.

"뭐요? 대체 왜 그래?"

그녀가 더듬거리면서 말했다.

"여보, 쉬잔……, 못 보셨나요?"

"쉬잔? 아니, 왜?"

"애가 안 보여요. 그 앤…… 그 앤……, 어딘가로 가 버렸어요. 방에 없어요!"

그는 양탄자 위로 뛰어내린 뒤 슬리퍼를 신었다. 그러고는 바지는 입을 생각도 하지 못한 잠옷 자락을 펄럭이며 딸 방으로 뛰어갔다.

그러나 방 안을 돌아보니 더 이상 의심의 여지가 없음을 알았다. 딸은 집을 나간 것이다.

그는 안락의자에 앉아 등불을 발치에 내려놓았다. 아내가 쫓아와 떨리는 목소리로 물었다.

"내 말이…… 맞지요?"

그는 대답할 기운도 없어져 화를 내는 것도 잊고는 말했다.

"이런, 당했군. 딸애는 그놈이 붙잡고 있어. 우리는 이제 방법이 없어."

그녀는 짐승처럼 울부짖었다.

"그 사람에게요! 당신, 정신 나갔어요?"

그는 힘없이 대답했다.

"여보 울어 봤자 이미 때를 놓쳤어. 그놈은 딸을 속여서 데려갔어. 그 애는 이미 놈에게 결딴났을 거야. 그리고 잘 처리하면 남에게 알리지 않고 잘 수습할 수도 있을 거야."

그녀는 분노로 몸을 떨며 말했다.

"안 돼요! 그놈에게 쉬잔을 줄 수는 없어요! 전 절대 승낙할 수 없어요!"

발테르는 낙담하여 중얼거렸다.

"하지만 그놈은 지금 그 애를 데리고 있소. 이미 일은 끝난 거요. 그러니까 세상 사람들 입을 막기 위해서는 허락하는 수밖에 없어."

아내는 고통에 가슴을 쥐어뜯으면서 거듭 말했다.

"아뇨, 안 돼요! 전 결코 승낙하지 않겠어요!"

그도 아내의 말을 되받아 말했다.

"그러나 반대할 이유가 없잖소. 아, 그 악당 놈! 우리를 골탕 먹였구

나. 아무튼 대단한 놈이야. 따지자면 조금 더 훌륭한 사윗감을 찾았겠지만, 그놈만큼 영리한 놈은 찾기 힘들 거야. 장래가 유망한 놈이야. 어쩌면, 국회의원 아니 장관도 될 수 있는 놈이오."

그러나 왈테르 부인은 사나운 소리로 외쳤다.

"그 남자에게는 절대로 쉬잔을 안 주겠어요! 아시겠어요? 절대로 못 줘요!"

그는 끝내 화를 냈다. 그러나 실리에 밝은 인간답게 뒤루아의 입장을 대변하기 시작했다.

"여보, 제발 좀 그만둘 수 없겠소? 우린 단념해야 해. 이제는 어쩔 수가 없다고 하지 않았소. 그러나 그렇게 비관할 일이 아닐지도 몰라. 나중에는 오히려 기뻐하게 될지도 모른단 말이오. 저런 사나이는 어디까지 출세할지 짐작할 수가 없으니까. 그 라로슈 마티외라는 겁쟁이를 단 세 건의 기사로 보기 좋게 해치우지 않았소. 그것도 품위를 잃지 않고 말이야. 사실 남편이라는 입장에선 어려운 일인데도 말이야. 여보, 좀 더 긴 안목으로 봅시다. 아무튼 우리는 함정에 빠졌어. 이제는 이 함정에서 빠져나갈 방법도 없어."

그녀는 소리를 지르는 것도 모자라 마룻바닥에 뒹굴며 머리를 쥐어뜯고 싶었다. 그녀는 더욱 화가 치미는 목소리로 말했다.

"그 남자에게는 못 주겠어요. 싫어요!"

왈테르를 일어나서 등불을 손에 들고 말했다.

"여보, 당신도 다른 여자들과 똑같은 바보군. 여자란 언제나 감정에 흔들리지. 상황에 대처하지도 못하고……. 정말 어리석어! 나는 그놈한테 딸을 주겠소. 별수 없어!"

그는 슬리퍼를 끌면서 나갔다. 그리고 잠들어 있는 커다란 저택의 넓은 복도를 우스꽝스러운 잠옷 바람으로 유령처럼 걸어서 소리도 내지 않고 자기 방으로 돌아갔다.

왈테르 부인은 참을 수 없는 괴로움에 마음이 복잡해서 말뚝처럼 서 있었다. 아직도 이 사태가 이해가 되지 않았다. 그저 마음만 괴로웠다. 그러나 그 자리에 밤새도록 서 있을 수도 없음을 깨달았다. 자리를 피해 발길 닿는 대로 어디라도 뛰어가고 싶었다. 또 누군가 힘이 되어 줄 사람을 찾아 구원을 받아야겠다는 생각이 불현듯 가슴에 솟아올랐다.

그녀는 누구를 부르면 좋을지 생각해 보았다. 누가 있을까? 그러나 생각나지 않았다. 신부님! 그렇다. 신부님을 부르자! 발밑에 엎드려 모든 것을 고백하고 자신의 죄와 절망을 말하리라. 그렇게 하면 신부님은 그 나쁜 놈이 쉬잔을 아내로 맞을 수 없다는 것을 이해하고 도와줄 것이다.

당장 신부님을 만나야겠다! 하지만 어디로 가면 만날 수 있을까? 때가 때인 만큼 여기 이대로 가만히 있을 수는 없다!

그때였다. 파도 위를 걷는 그리스도의 평온한 얼굴이 그녀의 눈앞을 스쳤다. 그림에서 본 모습과 똑같았다. 그래, 그리스도는 나를 부르는 것이다. "이리 오너라. 내 발밑에 무릎을 꿇어라. 그대를 위로하고 취할 바를 가르쳐 주겠으니." 하고 말하는 것이다.

그녀는 초를 들고 방에서 나와 온실로 향했다. 그림은 온실 구석 작은 살롱에 걸려 있었다. 흙에서 나온 습기로 그림이 상하지 않도록 방에는 유리문을 달아 놓았다. 기괴한 숲 속의 기도실처럼 보였다.

밝은 빛에 비쳤을 때 밖에는 그림을 본 일이 없었던 왈테르 부인은 온실 속으로 들어가 깊은 어둠 속에 섰다. 육중한 열대 식물들이 답답한 숨결을 내뿜어 공기가 끈끈하게 괴어 있었다. 근래 문을 연 일도 없었기 때문에 둥근 유리 지붕에 갇힌 공기는 괴로울 정도로 답답했다. 동시에 기분을 취하게 하는 쾌감을 주었다. 그 기분은 쾌락과 죽음이 뒤섞인, 정체를 알 수 없는 느낌이었다.

가련한 여인은 어둠에 휩싸여 천천히 걸어갔다. 촛불 빛에 비쳐 기묘한 식물이 괴물 같은 사람의 모습으로 나타났다.

돌연 그녀 앞에 그리스도가 나타났다. 그녀는 쓰러지듯이 무릎을 꿇었다.

처음에는 정신없이 사랑의 말을 중얼거리며 기도했다. 기도의 열의가 가라앉자 그리스도를 향해 눈을 들었다. 순간, 가슴을 세게 누르는 괴로운 생각에 그녀는 다시 몸부림쳤다. 한 자루 촛불 아래 희미하게 보이는 그리스도의 얼굴이 벨 아미와 너무도 닮았기 때문이었다. 그리스도가 아닌 벨 아미가 조용히 자신을 내려다보는 것 같았다. 눈길도, 이마도, 표정도, 차갑고 거만해 보이는 태도도, 모두가 벨 아미였다.

그녀는 "예수님, 예수님, 예수님!" 하고 중얼거렸으나 "조르주"라는 말이 입술에 치밀고 올라왔다. 그러자 갑자기 지금쯤은 아마 조르주가 딸을 품에 안고 있으리라는 생각이 들었다. 그 남자가 그 어느 곳인가의 방에서 딸과 단둘이! 그 사나이가, 그 사나이가! 내 딸, 쉬잔과!

그녀는 "예수님, 예수님!" 하고 되풀이했으나 마음은 딸과 연인에게로 달리고 있었다. 어딘가의 방에서 둘만의, 더욱이 이 한밤중에.

두 사람의 모습이 눈에 보였다. 그것도 선명하게, 그림이 놓인 자리가 나타났다. 그들은 활짝 웃으면서 서로 포옹하고 키스했다. 방은 어두웠다. 침대에는 이불이 깔려 있었다. 부인은 몸을 일으키고 그들 곁으로 가서 딸의 머리채를 움켜쥐고 그에게서 잡아 떼 놓으려고 했다. 그 사나이에게 몸을 맡기려는 괘씸한 딸의 목을 조르고 싶었다. 딸에게 달려들었다. 그러나 손은 그림에 부딪쳤다. 그리스도의 발 근처였다.

그녀는 비명을 지르며 뒤로 물러섰다. 촛대가 쓰러지며 촛불이 꺼졌다.

다음에는 무슨 일이 일어났을까? 그녀는 끔찍한 꿈속을 오랫동안 헤매고 다녔다. 그리고 어느 꿈에든 조르주와 쉬잔이 꼭 껴안고 나타났으며 예수 그리스도가 그들의 쾌씸한 사랑을 축복했다. 그녀는 이곳이 자신의 방이 아님을 어렴풋이 느꼈다. 일어나서 달아나려고 몸부림을 쳤지만 몸은 말을 듣지 않았다. 마치 온몸이 마비된 것 같았고 손발도 자유롭지 않았다. 오로지 생각만이 깨어 있었다. 하지만 생각마저 혼란스러웠다. 끔찍하면서도 절대 있을 수 없는 환상 같은 장면 앞에서 그녀는 몸부림치며 울었다. 그렇게 걷잡을 수 없는 꿈속을 방황했다. 그것은 열대 식물들 중 최면 효과가 잇는 식물이 인간의 머릿속에 불어넣는 해로운 꿈, 때로는 목숨을 빼앗아 갈 수도 있는 악몽이었다.

날이 밝은 뒤에야 왈테르 부인이 '물 위를 걷는 그리스도' 앞에서 의식을 읽고 거의 혼수상태로 누워 있는 것이 발견됐다. 생명까지도 위태로울 정도였다. 그녀는 이튿날이 되어서야 겨우 의식을 회복했으나 이내 소리 없이 울기 시작했다. 쉬잔의 실종에 대해 하인들에게는 그녀를 황급히 수녀원으로 보냈다고 말했다. 한편 왈테르 씨는 뒤루아가 보낸 긴 편지에 답장을 써서 딸과의 결혼을 허락했다.

그 편지는 벨 아미가 파리를 떠날 때 부쳤던 것이다. 그날 밤 집을 나서기 전에 미리 써 둔 것이었다. 그는 사연도 공손한 태도로 오래전부터 따님을 사랑했다는 것, 미리 서로 계획을 세우지 않았다는 것, 그러나 따님이 오로지 자발적으로 "당신의 아내가 되겠어요." 하고 기쁘게 달려왔으므로 부모의 회답을 받을 때까지 따님을 아끼며 또 몰래 숨겨 둘 것을 허락받겠다는 것, 물론 자신에겐 부모의 법률상 의사보다 따님의 의사가 더 가치 있다는 말 따위를 늘어놓았다.

그리고 회답은 유치우편으로 보내 주기 바라며, 어떤 친구가 찾아다 주기로 돼 있다고 왈테르 씨에게 전했다. 그는 바라던 회답을 받아

들자 곧 쉬잔을 파리로 데리고 돌아와서 부모에게 보냈다. 그러나 자신은 한동안 초대를 사양하고 모습을 나타내지 않았다.

그들은 엿새 동안 센 강가의 라로슈기용에서 지냈다. 어린 소녀는 이처럼 즐겁게 놀아 본 적이 없었다. 마치 목가 세계에서 사는 기분이었다. 뒤루아가 그녀를 동생이라고 불렀기 때문에 그들은 자유롭고 순결한 친밀감 속에서 마치 사랑에 눈뜬 친구처럼 지낼 수 있었다. 그는 그녀의 정조를 존중하는 편이 현명하다고 생각했던 것이다.

도착한 이튿날 그녀는 곧 시골 여자들이 입는 속옷과 옷을 사 입고 들꽃으로 장식한 밀짚모자를 쓰고 낚시를 했다. 그녀는 그곳이 마음에 들었다. 그곳에는 오래된 탑과 낡은 성관이 있어 그 경치가 마치 훌륭한 태피스트리 같았다.

뒤루아는 그 지방 상인에게서 기성복으로 된 선원복을 사 입고 쉬잔과 둑을 선책하기도 하고 배를 젓기도 했다.

그들은 가슴이 설레어 쉴 새 없이 키스했다. 소녀는 아무것도 모른 채 평온했지만 그는 당장에라도 끓어오르는 욕정에 지쳐 쓰러져 버릴 것만 같았다. 그러나 그는 자신을 억제할 줄 알았다. 그래서 그가 "내일은 파리로 돌아갑시다. 아버지께서 결혼을 허락해 주셨으니까요." 라고 했을 때 그녀는 순진하게 이렇게 속삭였던 것이다.

"어머, 벌써 가는 거예요? 당신의 아내가 되어서 정말 즐거웠어요!"

10

콩스탕티노플 거리의 작은 방은 캄캄했다. 마침 입구에서 만난 뒤루아와 클로틸드가 급하게 들어와서는, 남자가 덧문을 열 틈도 없이 여자가 물었기 때문이다.

"당신, 정말인가요? 쉬잔 왈테르와 결혼한다는 말이?"

그는 그렇다고 말하며 덧붙였다.

"모르고 있었소?"

뒤루아 앞에 선 그녀는 얼굴을 붉히며 외쳤다.

"쉬잔 왈테르하고 결혼을 하다니! 너무해요! 정말 너무해요! 지난 석 달 동안 내게 그렇게 듣기 좋은 소리를 하더니, 결국은 결혼한다는 사실을 감추기 위한 행동이었군요. 모두가 아는 사실인데 나만 몰랐어요. 내게 이 사실을 가르쳐 준 사람이 누군지 아세요? 바로 우리 남편이에요!"

그는 쑥스러운 듯 미소를 짓고는 벽난로 구석에 모자를 놓고 안락의자에 앉았다.

그녀는 뒤루아를 정면으로 노려보며 잔뜩 노기 띤 낮은 목소리로
말했다.

"당신은 부인과 이혼하자마자 또 다른 결혼을 준비했군요. 그리고
나는 그사이 애인 노릇을 시키려고 붙들어 두고. 아, 당신은 지독한
악당이에요!"

"무엇이 잘못되었소? 아내에게 정부가 있기에 나는 현장을 잡아 이
혼했고, 이번엔 다른 여자를 얻는 거요. 지극히 간단하면서도 당연한
일 아니오?"

그녀는 몸을 떨면서 중얼거렸다.

"아, 당신같이 교활하고 무서운 사람은 없을 거예요!"

그는 빙그레 웃었다.

"그런 거지, 바보나 멍청한 사람은 잘 속기 마련이야!"

그녀는 일그러진 얼굴로 소리쳤다.

"아, 처음부터 당신의 근성을 알아봤어야 했는데. 하지만 당신이 이
토록 잔인한 악당이라곤 믿지 않았어요!"

그는 정색했다.

"무슨 소리! 말조심해."

그녀는 뒤루아가 발끈하는 모습을 보고는 더욱 화를 내며 말했다.

"흥, 이제와 새삼스럽게 공손한 말을 쓰라는 건가요? 당신은 처음
부터 악당이었어요. 그리고 이제와 그런 식으로 말하지 말라니…….
당신은 모두를 속인 것도 모자라 이용했어요. 또 가는 곳마다 여자를
희롱하고 돈도 긁어냈지요. 그런데 정작 자신은 신사 대접을 받고 싶
다는 말인가요?"

참다못한 그는 벌떡 일어나 입술을 떨면서 소리쳤다.

"닥쳐, 그러지 않으면 여기서 쫓아내겠어!"

그녀가 놀라 더듬더듬 말했다.

"쫓아낸다고……? 당신이 나를 여기서 쫓아낸다고? 당신은…… 당신은……."

그녀는 분노가 치밀어 말도 제대로 할 수 없었다. 그러나 분노를 가뒀던 문이 돌연 부서지며 마구 퍼부어 대기 시작했다.

"여기서 나를 쫓아내겠다고? 그럼 맨 처음부터 내가 이곳 방세를 지불했다는 것을 잊었나 보군. 하긴, 당신도 때론 돈을 냈죠. 하지만 이걸 내놓지 않고 둔 건 누구였나요? 나예요? 그런데 당신은 나를 쫓아내겠다는 건가요? 입 닥쳐요, 이 악당! 난 당신이 어떻게 보드렉의 유산을 절반이나 마들렌에게서 우려냈는지 다 알고 있어요. 또 모를 줄알아요? 당신이 쉬잔과 결혼하기 위해 그 아이에게 수작을 부려 손을 댄 사실도요."

뒤루아는 두 손으로 그녀의 어깨를 붙잡고 거칠게 흔들며 말했다.

"쉬잔 얘기는 마! 절대 가만두지 않겠어!"

그녀는 멈추지 않았다.

"손을 댔어요. 난 다 알아요!"

그는 다른 말은 몰라도 이 말도 안 되는 억측은 참을 수가 없었다. 그녀의 말은 곧바로 그의 마음에 분노의 전율을 일으켰다. 조금만 있으면 그의 아내가 될 소녀에 대해 이따위 말을 뱉어 내다니. 그는 근질거리는 손바닥으로 지금 당장 그녀를 후려갈기고 싶었다.

그는 거듭 말했다.

"닥쳐. 맞지 않으려면 닥쳐!"

그리고 나뭇가지에서 열매를 흔들어 떨어뜨릴 때처럼 그녀를 마구 흔들어 댔다. 하지만 그녀는 충혈된 눈에 머리가 산발이 된 채로 입을 크게 벌리고는 큰 소리로 외쳤다.

"손을 댄 게 아니고 뭐야!"

그는 즉시 어깨를 놓고는 뺨을 세차게 갈겼다. 어찌나 세게 쳤는지 그녀는 비틀거리다 벽에 부딪혀 쓰러졌다. 그러나 그녀는 얼굴을 돌린 채 두 손으로는 바닥을 짚으며 또 한 번 울부짖었다.

"아, 분명히 손을 댔어!"

그는 마치 남자를 때릴 때처럼 그녀 위에 올라가 주먹질을 했다. 그녀는 뒤루아의 주먹을 받으며 신음했다. 더 이상 말도 하지 못했고 꼼짝도 하지 않았다. 얼굴을 마루와 벽 모퉁이에 처박은 채 슬프게 울기만 했다.

그는 때리는 것을 멈추고 일어섰다. 그리고 흥분을 가라앉히기 위해 방 안을 대여섯 걸음 거닐었다. 그러다 생각이 난 듯 침실로 가 대야에 찬물을 뜬 후, 그 속에 머리를 담갔다. 그리고 다시 손가락을 정성들여 닦으면서 여자가 어떻게 하고 있는지 보러 갔다. 그녀는 꼼짝도 하지 않고 마룻바닥에 쓰러진 채 소리 없이 울고 있었다.

"이제는 그칠 때도 됐잖아?"

그녀는 대답하지 않았다. 그는 약간 겸연쩍어져서 방 한가운데 버티고 섰다. 눈앞에 쓰러져 있는 그녀의 몸을 보자 난폭한 짓을 한 것이 약간 부끄러웠다. 그러나 매정하게 벽난로 위의 모자를 집어 들었다.

"그럼 난 이제 가 봐야겠어. 나갈 준비가 되면 열쇠는 수위에게 맡겨 줘. 당신 기분이 가라앉을 때까지 난 한가하게 기다릴 순 없으니까."

그는 밖으로 나가 문을 닫고 수위실로 가서 이렇게 말했다.

"부인은 아직 있소. 하지만 곧 돌아갈 거요. 그리고 저 방을 구월 말에 비워 주겠다고 집주인에게 대신 말해 주시오. 오늘이 팔월 십육 일이니까 아직 기간은 충분할 거요."

그는 거침없이 밖으로 나왔다. 결혼 선물을 아직 완벽하게 준비하지 못했기 때문에 바빴던 것이다. 결혼식은 의회가 다시 열린 뒤인 시월 이십 일 마들렌 성당에서 하기로 결정되었다. 이 결혼에 대한 소문은 많았으나 아무도 정확한 사실은 알지 못했다. 갖가지 잡다한 소문이 퍼졌다. 여자를 납치했다는 말도 있었으나 확실하지 않았다.

하인들 말로는, 그 뒤 왈테르 부인은 딸의 약혼자와 전혀 말을 하지 않았으나, 이 결혼 이야기가 있었던 날 밤, 딸을 수녀원으로 보내고 화가 나 독약을 마셨다고 수군거렸다.

부인은 거의 죽은 상태로 방에 실려 왔지만 전처럼 회복될 가능성이 있는지는 알 수 없었다. 그녀는 이미 노파처럼 머리도 완전히 잿빛으로 변하고 말았다. 그리고 신앙에 열중하여 일요일마다 빠지지 않고 영성체를 모셨다.

구월 초순이 되자, 〈라비 프랑세즈〉는 뒤루아 드 캉텔 남작이 주간으로 취임했음을 발표했다. 왈테르 씨는 명의상 사장일 뿐이었다. 그리고 유명한 논설 기자, 사회 기자, 정치 기자, 미술 비평가며 음악 비평가가 돈의 힘이나 권력으로 평판 좋고 전통 깊은 큰 신문사에서 〈라비 프랑세즈〉로 뽑혀 갔다.

기자 출신 명사나 성실하고 존경받는 기자들도 이제는 〈라비 프랑세즈〉에 대해 말할 때 비웃지 않았다. 이토록 빠르고 완벽한 성공은 이 신문이 창립되었을 당시 까다로운 문필가들이 퍼부었던 경멸을 완전히 잠재워 버렸다.

뒤루아 주간의 결혼은 온 파리를 떠들썩하게 만들만큼 굉장했다. 조르주 뒤루아와 왈테르 집안은 최근 세상의 주목을 받았기 때문이었다. 신문에 이름이 오를 정도의 사람들은 모두 이 결혼식에 가 보리라 생각했다.

화창한 가을 날씨를 뽐내는 결혼식 날이었다. 아침 여덟 시부터 마들렌 성당에서는 고용인들이 총동원되었다. 루아얄 거리로 향한 교회당의 높은 돌계단에 폭넓은 붉은 양탄자를 깔았다. 지나는 사람들 모두 걸음을 멈추고 바라보았고 이렇게 성대한 예식은 온 파리 사람들에게 알렸다.

출근길 사무원, 여직공들, 상점의 점원들은 걸음을 멈추고 부부가 되는 데 이토록 엄청난 돈을 쓰는 부자들은 어떤 사람들일까 하는 생각을 했다.

열 시경이 되자, 호기심 많은 구경꾼들이 모여들었다. 그들은 식이 금방 시작되는 줄 알고 잠시 머뭇거리다가 이내 지나갔다. 열한 시가 되자, 경찰관이 도착하여 모여 있는 사람들 사이로 길을 만들었다. 시간이 지날수록 사람들이 많이 모여들었기 때문이다.

곧이어 식에 참석하기 위한 사람들이 하나둘씩 모여들기 시작했다. 잘 보이는 자리를 잡아 식을 처음부터 끝까지 제대로 보려는 사람들이었다. 그들은 중앙의 홀을 따라 통로 쪽 의자에 앉았다.

성당은 손님들로 가득 찼다. 부인들은 비단옷을 스치는 소리를 내며 걸었고, 점잖은 신사들은 사교계의 법도에 맞는 단정한 걸음으로 점잔을 빼며 들어왔다. 점점 성당 안은 사람들로 채워졌다.

열어 놓은 커다란 현관으로 햇빛이 물결처럼 들어와 앞줄에 앉은 손님들 모두를 비췄다. 안쪽은 조금 어두침침했다. 제단에는 촛불을 가득 켜 놓아 밝은 노란빛이 보였지만, 활짝 열린 문으로 들어오는 빛에 비하면 매우 빈약하고 퇴색해 보였다.

사람들은 서로 아는 이들과 인사를 하는가 하면 손을 흔들며 불러내서 각각 무리를 지어 앉았다. 문인들은 사교계 사람들만큼 예법에 신경 쓰지 않고 나지막한 목소리로 이야기를 나누었다. 그러면서 한편으로는 부인들에게 눈길을 보냈다.

노르베르 드 바렌은 아는 친구가 없나 하고 두리번거리다 의자들 중간쯤에 앉아 있는 자크 리발을 발견하고 그의 곁으로 갔다.

"어떤가! 교활한 놈들은 출세를 하는 법이지!"

자크 리발은 뒤루아가 하나도 부럽지 않았다.

"잘됐네요. 이제 저 녀석의 앞길을 막을 수 있는 건 아무것도 없겠어요."

그러고 나서 두 남자는 참석한 사람들의 이름을 하나하나 살펴보았다. 갑자기 리발이 물었다.

"그런데 뒤루아의 전 아내는 어떻게 지내는지 아세요?"

노르베르 드 바렌은 빙긋 웃으며 말했다.

"뭐, 잘은 모르지만 소문에 의하면 몽마르트르 근처에 사는 모양이더군. 그런데 좀 이상한 일이 있어. 〈라플룀〉에 실린, 정치 논설을 읽었는데 포레스티에와 뒤루아가 쓰던 글과 매우 비슷하더라고. 필자는 장 르 돌이라는 젊은 미남인데 머리도 좋다고 들었어. 그래, 조르주와 비슷한 타입이지. 그자가 조르주 전처와 동거를 하는 모양이야. 내 생각은 말일세, 그 여잔 젊은 풋내기가 좋은 모양이야. 그래서 평생토록 그런 사람들을 귀여워하며 데리고 살겠지. 게다가 돈도 있겠다. 보드렉이나 라로슈 마티외도 할 일 없이 그 여자 집에 드나들지는 않을 테니 말이야."

리발이 말했다.

"아무튼 그 마들렌이란 여자는 괜찮은 여자예요. 세련됐으면서도 무척 영악하지요! 사귀어 본다면 꽤나 재미있을 여자입니다. 그런데 뒤루아는 정식으로 이혼했는데 어떻게 성당에서 재혼식을 올릴 수 있지요?"

노르베르 드 바렌이 대답했다.

"그건 성당이 첫 결혼을 인정하지 않았기 때문이지."

"무슨 말이지요?"

"벨 아미는 마들렌 포레스티에와 결혼할 때 종교에 관심이 없었는지 그것도 아니면 비용을 절약하기 위해서인지 모르지만 시청에서 수속을 밟는 것만으로 끝냈다네. 그래서 신부의 축복 없이 결혼했기에 우리 성모 교회에서는 그 결혼을 정식으로 인정하지 않은 거지. 그저 첩을 본 것 정도로만 생각한 거야. 그래서 그는 오늘 미혼 남자로 성당에 왔고 성당도 그에 걸맞은 성대한 의식을 베풀어 줄 수 있는 걸세. 물론 왈테르 영감으로서는 크게 비용이 들겠지만 말일세.”

몰려든 군중의 소음이 둥근 천장 아래 더욱 시끄럽게 울렸다. 거리낌 없이 큰 소리로 떠들어 대는 사람도 여기저기 있었다. 사람들은 저명한 인사들을 손가락으로 가리켰다. 그 당사자들은 주목의 되는 것이 기뻐서 위엄을 갖추고 조심성 있게 대중 앞에 나갈 때 으레 그러듯 자세를 가다듬었다. 그들은 이러한 훌륭한 모임에 자신들은 빠질 수 없는 장식물이자 미술품이라고 믿는 듯 구경거리가 되는 데 익숙했던 것이다.

리발이 말했다.

“이보게, 자네 사장 댁에 곧잘 가는 모양인데, 부인이 뒤루아하고 말을 하지 않는다는 게 정말인가?”

“그럼, 사실이고말고. 전혀 말을 안 해. 부인은 딸을 녀석에게 주고 싶지 않았거든. 그런데 녀석은 지난날의 잘못을 들추어내서 영감의 목을 눌렀지. 필시 모로코 건일 테지만 말일세. 아무튼 심한 폭로 전술로 영감을 협박한 거지. 그래서 왈테르는 라로슈 마티외의 선례를 생각해 내고 당장 항복한 셈이지. 그러나 어머니는 여자에게 있음 직한 고집을 부리며 사위하고는 말을 하지 않겠다고 신께 맹세했다네. 두 사람이 마주 앉아 있을 때면 정말 가관이지 뭐야. 장모는 돌부처처럼, 더욱이 복수하는 석상 같은 모양이고 사위는 태연자약하게 앉아 있지만 원래 처세에 능한 녀석이니까.”

같은 신문사 기자들이 들어와 그들과 악수를 나눴다. 정치에 관한 이야기도 간혹 들려왔다. 성당 앞에 잔뜩 모여 구경하는 사람들이 떠드는 소리가 햇빛과 함께 먼 바다의 파도 소리처럼 희미하게 현관으로 들어와서 둥근 천장 아래서 울렸다. 그러고는 성당에 빽빽이 들어찬 명사들의 조심스런 수군거림을 잠재웠다.

그때 수위가 창끝 장식으로 돌바닥을 세 번 두드렸다. 참석한 사람들은 일제히 옷 스치는 소리를 내면서 자리 뒤를 돌아다보았다. 현관 속 눈부신 빛 속에서 신부가 아버지 팔에 매달린 채 모습을 나타냈다. 그녀는 아름다운 인형 같았다. 머리에 오렌지꽃을 꽂은 귀여운 순백 인형이었다. 그녀가 잠깐 입구에서 발을 멈췄다가 성당 안으로 한 걸음 내디딘 순간, 대형 풍금이 요란하게 울리며 신부가 도착했음을 알렸다.

그녀는 머리를 숙였으나 전혀 수줍은 기색이 없이 약간 흥분한 모습으로 들어왔다. 얌전하면서도 아름답고 사랑스러운 신부였다. 그녀가 지나가는 것을 바라보면서 사람들은 소곤거렸다. 신사들은 "훌륭한걸. 멋진데." 하며 작은 소리로 말을 주고받았다. 왈테르 씨는 안경을 똑바로 코에 걸고 약간 창백한 얼굴로 점잔을 빼며 걸어왔다.

그 뒤로는 들러리 소녀 넷이 똑같은 장밋빛 옷을 입고 하나같이 예쁘게 사랑스러운 여왕을 모셨다. 뽑힌 들러리 소년들도 맡은 일에 어울리게 미남이었다. 그들은 마치 발레 선생에게 훈련받은 듯한 발걸음으로 가볍게 앞으로 걸었다.

왈테르 부인은 또 다른 한 사위의 아버지인 일흔두 살의 라투르 이블랭 후작에게 팔을 맡기고 그 뒤를 따랐다. 그녀는 걷는 것이 아니라 몸을 끌고 있었다. 앞으로 한 걸음 내디딜 때마다 기절이라도 할 것 같았다. 발바닥이 돌에 들러붙어 다리가 앞으로 나가기를 거부하고, 달아나려는 짐승처럼 심장이 가슴속에서 몸부림치는 것 같았다.

부인은 몹시 말랐고 흰 머리칼 때문에 한층 더 창백해 보였다. 그녀는 누구의 얼굴도 보지 않으려는 듯 앞만 보았다. 아마도 마음을 괴롭히는 일밖에는 생각지 않으려 한 모양이었다.

뒤루아가 낯선 노부인과 함께 나타났다. 뒤루아는 머리를 쳐들고 약간 찌푸린 눈썹 밑에 굳은 표정을 하고 있었다. 그리고 시선을 한곳에 고정한 채 곁눈질도 하지 않았다. 마치 콧수염이 입술 위에서 성난 것 같았다. 누가 보아도 훌륭한 미남이었다. 태도도 훌륭했거니와 풍채도 점잖고 다리도 늘씬하고 곧았다. 몸에 잘 맞는 옷에는 레지옹 도뇌르 훈장의 조그마한 빨간 리본이 핏방울처럼 선명했다.

친척들이 들어왔다. 로즈는 상원의원인 리솔래오가 나란히 들어왔다. 그녀는 육 주 전에 결혼했다. 리투르 이블랭 백작은 페르스뮈르 자작 부인에게 팔을 빌려 주고 있었다.

끝으로 뒤루아의 동료와 친구들의 기묘한 행렬이 있었다. 그는 그 사람들을 새로운 가족에게 소개했는데 모두 파리의 중류 사교계에서 이름난 사람들뿐이었다. 이들은 누구하고도 즉시 친해질 수 있었으며 때로는 벼락부자의 먼 친척으로 둔갑하기도 했고, 몰락하거나 파산하거나 가문의 명예를 손상하거나 결혼한 귀족으로 둔갑하기도 했는데 유부남이 가장 골칫거리였다. 드 벨비뉴 씨, 방조랭 후작, 라브넬 백작 부부, 라모라노 공작, 크라발로프 대공, 발레알리 기사 등이었다. 다음은 왈테르가 초대한 손님으로 게르슈 대공, 페라신 공작 부부, 아름다운 된 후작 부인 등도 있었다. 왈테르 부인의 친척도 몇 명이 행렬에 섞여 시골 사람처럼 긴장하고 있었다.

그사이 대형 풍금은 하늘을 향하여 인간의 환희와 고뇌를 외치듯 빛나는 관에서 터져 나오는 음률을 넓고 큰 성당 안에 가득 채웠다. 그리고 현관의 커다란 문이 닫혔다.

지금 뒤루아는 안쪽에서 불빛이 휘황한 제단 앞에 신부와 나란히 무릎을 꿇고 있었다. 탕헤르에서 새로 부임한 사제가 손에 홀을 들고 머리에 관을 쓰고 제의실에서 나타나 '영원'이라는 이름으로 두 사람을 결합하려 했다.

그는 격식에 맞게 질문을 하고 반지를 교환하게 한 다음 신랑 신부에게 그리스도교적의 이름을 빌려 훈계를 했다. 그리고 과장된 말로 정절의 길을 길게 설교했다. 신부는 키가 크고 뚱뚱한 남자로 불룩 나온 배가 그의 위엄을 더욱 추켜세웠다.

흐느껴 우는 소리에 몇 사람이 돌아보았다. 왈테르 부인이 두 손으로 얼굴을 가리고 울고 있었다. 그녀는 끝내 결혼을 승낙하지 않을 수 없었다. 방법이 없었다. 그러나 돌아온 딸의 키스를 거절한 뒤 자기 방에서 쫓아낸 후, 뒤루아가 다시금 자기 앞에 나타나서 정중하게 인사했을 때, 낮은 목소리로 "당신처럼 비열한 사나이는 본 적이 없어요. 이제는 두 번 다시 나에게 말을 걸지 말아요, 절대로 대답하지 않을 테니까." 하고 말했다. 그녀는 도무지 마음을 가라앉힐 수 없는 고민에 시달려 왔다. 그녀는 정욕과 생살을 도려내는 듯한 질투와 지울 수 없는 증오로 딸 쉬잔을 미워했다. 이루 말할 수도 없이 잔인하고도 살을 저미는, 어머니이자 정부로서의 말 못 할 질투였다.

그런데 지금 신부가 교회에서 이천 명의 손님 앞에서 두 사람을, 자신의 딸과 자신의 연인을 결혼시키고 있는 것이다! 그런데도 나는 아무 말도 할 수가 없다. 방해도 할 수 없다. "하지만 뒤루아는 내 남자입니다. 그래요, 내 정부이지요. 당신이 축복하시는 이 결혼은 말도 되지 않는 결혼입니다!" 하고 외칠 수도 없었다.

여자들은 왈테르 부인을 동정했다. 그리고 몰래 소곤거리며 말했다. "세상에나, 불쌍도 하지! 어머니로서 얼마나 서럽겠어요!"

신부가 드높은 목소리로 말했다.

"당신들은 최고의 부와 명예를 받고 이 지상에 만나서 비교될 것이 없을 만큼 축복받은 분들입니다. 특히 신랑은 재능이 누구보다도 뛰어납니다, 글로써 민중을 교육하고 그 귀중한 사명을 충분히 완수하여 세상 사람들에게 훌륭한 모범을 보여 줄 수 있는 분입니다."

뒤루아는 자만심에 취해 신부의 목소리를 들었다. 다름 아닌 로마 교회의 사제가 자신에게 이 찬사를 보내고 있었다. 더욱이 그의 등 뒤에는 그를 보기 위하여 모인 군중과 고관대작 무리가 앉아 있다! 그는 알 수 없는 어떤 힘이 자신을 공중에 밀어 올리는 것처럼 여겨졌다. 가난한 농부의 자식으로 태어난 그가 이제 지상의 최고 위치에 서게 된 것이다.

문득 그는 루앙의 넓은 골짜기를 내려다보는 언덕 위의 보잘것없는 주막과, 거기서 농부들에게 술을 파는 부모의 모습을 눈앞에 떠올렸다. 이번에는 5만 프랑을 보내 줘야겠다. 그러면 웬만한 땅이라도 살 것이고 무척 행복해하겠지.

사제의 설교가 끝났다. 예복을 입은 신부가 제단으로 올라갔다. 대형 풍금은 어떤 때는 파도처럼 크게 굽이쳐 끌며 요란한 소리를 냈다. 지붕을 걷어 올려 버리고 푸른 하늘로 퍼져 가는 느낌이었다. 그 떨리는 음조는 성당을 채우고 사람들의 육체와 영혼을 흔들었다. 그러나 곧 그 외침은 경쾌한 음색으로 바뀌어 공기 속을 흐르더니 산들바람처럼 모두의 귀를 간질였다. 그리고 새가 날듯 사랑스럽고도 아름다운 노래로 변했다.

그러나 갑자기 그 세련된 음악이 다시 커다랗게 퍼져서 마치 모래 한 알이 무한한 세계로 변한 것처럼 무서운 힘을 되찾았다. 그런 다음 사람의 음성이 퍼져 일어나 숙인 모두의 머리 위로 흘렀다.

노래하는 사람은 오페라 극장의 보리와 랑데크였다. 향로는 안식향의 희미한 향기를 내뿜었고 제단 위에서는 장엄한 의식이 진행되었다. 성자 그리스도는 신부가 부르는 목소리에 응해서 지상으로 강림하고 조르주 뒤루아 남작의 승리를 축복했다.

벨 아미는 쉬잔 곁에 꿇어앉아 고개를 숙이고 있었다. 그는 그때 진심으로 하나님을 믿고 종교에 깊이 의지할 마음을 먹었다. 이토록 풍족한 은총을 내려 주고, 깊은 경의를 나타내 주는 하나님에게 감사의 마음을 금할 수가 없었다. 그리고 하나님을 분명히 알지도 못하면서 하나님에게 성공을 주신 것에 감사했다.

의식이 끝나자, 그는 일어서서 신부에게 팔을 내밀고 제의실로 들어갔다. 그러자 모였던 사람들이 길고 긴 줄을 이루어 그의 앞을 지나가기 시작했다. 뒤루아는 기쁨에 도취해 정신을 못 차렸다. 마치 자신이 국왕이라도 되어 사람들의 갈채를 받는 것처럼 느꼈다. 그는 사람들의 손을 잡고는 "정말 감사합니다." 하고 대답했다.

문득 그는 드 마렐 부인의 모습을 보았다. 그러자 그녀와 서로 주고받았던 키스며, 갖가지 애무와, 그녀의 귀여운 행동이 떠올라 다시 한 번 그녀를 정부로 삼고 싶다는 욕망이 끓어올랐다. 그녀는 여전히 아름다운 모습으로 어린애처럼 눈을 굴리고 있었다. 뒤루아는 생각했다. '역시 정부로서 나무랄 데 없는 여자야.'

그녀는 약간 수줍은 듯이 겁먹은 태도로 다가와 손을 내밀었다. 그는 그 손을 잠깐 동안 쥐었다. 그리고 화사한 여자의 손가락이 은근히 무언가를 전달하는 것을 느꼈다. 분명 그 손은 지나간 일은 깨끗이 잊어버리고 다시 한 번 시작하자는 마음이 담겨 있었다. 뒤루아 역시 "나는 지금 당신을 사랑하고 있소. 난 당신 것이오." 하는 듯 조그만 손을 꽉 움켜쥐었다.

두 사람의 눈이 마주쳤다. 미소를 띤 반짝이는 두 사람의 눈에는 애정이 넘치고 있었다. 그녀는 상냥한 목소리로 속삭였다.

"곧 만나요."

뒤루아는 밝은 목소리로 답했다.

"네, 부인."

그리고 그녀는 멀어져 갔다. 곧 다른 사람들이 밀어닥쳤다. 손님 무리는 뒤루아 앞을 강물처럼 흘러갔다. 그리고 한참 후에야 뜸해지다가 얼마 지나지 않아 마지막 손님이 지나갔다. 뒤루아는 쉬잔의 팔을 잡고 다시 성당을 가로질렀다.

성당은 사람들로 가득했다. 모두가 먼저 자리로 돌아가, 두 사람이 지나가는 것을 구경하려 했기 때문이다. 그는 머리를 들고 햇볕이 내리쬐는 현관의 커다란 입구에 눈길을 주며 천천히 발걸음을 옮겼다.

그는 긴 전율을 느꼈다. 그리고 무한한 행복을 느꼈다.

현관으로 나오자 그곳에도 많은 사람들이 보였다. 시간이 지나도 소란스러운 군중이었다. 그를 보기 위해서, 그 조르주 뒤루아를 보기 위해서 모여든 사람들이었다. 모든 파리 사람들이 그를 바라보며 부러워하고 있었다.

그가 눈을 들자 아득히 멀리, 콩코르드 광장 저편에 국회의사당 건물이 솟아 있는 것이 보였다. 그는 마들렌 성당 현관에서 부르봉 궁 현관까지 단숨에 뛰어갈 것 같았다.

그는 구경꾼들이 울타리를 이룬 높은 돌계단을 천천히 내려갔다. 그러나 그의 눈은 다른 곳을 향하고 있었다. 그의 생각은 과거로 돌아가 있었다. 햇볕이 내리쬐는 눈앞에는, 거울 앞에 앉아 그의 관자놀이 위 곱슬머리를 매만지던 드 마렐 부인의 모습이 아른거렸다.

벨 아미

모파상의 삶이 담긴《벨 아미》

모파상은 1850년 노르망디인 아버지와 노르망디인 어머니 사이에서 태어났다. 하급 귀족 가문 출신이던 아버지는《벨 아미》의 주인공 뒤루아가 그런 것처럼, 약혼녀의 요구로 대혁명 이후 가문 이름에서 사라졌던 귀족 표시 '드(de)'를 다시 쓰기 시작했지만 결혼 생활은 행복하지 못했다. 결국 두 사람의 별거로 모파상은 어머니와 함께 노르망디 해안 작은 마을 에트르타에서 유년 시절을 보내게 된다.

열세 살 때 신학교에 입학했지만 강제적인 분위기에 적응하지 못해 결국 퇴학을 당하고 루앙 고등학교를 거쳐 파리에서 법학을 공부했다. 이 무렵 어머니, 외삼촌과 가깝게 지냈던 플로베르에게 문학 지도를 받게 된다. 혹자들이 모파상이 플로베르의 사생아라고 주장하는 것처럼 플로베르는 모파상에게 문학적 스승이자 아버지의 빈자리를 채워 주는 역할까지 하는 존재였다.

1870년 프러시아와 프랑스 사이에 전쟁이 시작되자 자원입대하여 참혹한 패전을 겪은 뒤, 해군부와 교육부 등에서 공무원 생활을 하며 글쓰기를 병행했다. 그가 참가했던 전쟁은 그에게 매우 소중한 체험이 되었는데, 이를 통해 출세작이라 할 수 있는 〈비곗덩어리〉(1880)를 비롯한 많은 중·단편 소설이 탄생했다. 이즈음 스승인 플로베르를 통해 에밀 졸라, 공쿠르 형제, 알퐁스 도데, 투르게네프 등과 친분을 맺었다.

특히 에밀 졸라를 통해 '메당' 모임에 합류하면서 본격적인 작품 활동을 시작하게 된다. 프러시아-프랑스 전쟁을 주제로 한 작품집 《메당의 저녁》에 발표한 〈비곗덩어리〉가 큰 성공을 거둔 덕택에 그는 직장을 그만두고 글쓰기에 전념할 수 있게 된다.

스승인 플로베르는 모파상이 〈비곗덩어리〉를 발표하자 격찬을 아끼지 않았으나 불행하게도 그의 눈부신 성공을 보지 못하고, 그해 세상을 뜨고 말았다. 이후 약 십여 년 동안 모파상은 평생을 괴롭힌 매독으로 인한 눈병을 이겨 내며 왕성한 작품 활동을 하면서 《텔리에 집》(1881) 《피피 양》(1882) 《두 친구》(1883) 《어느 인생》(1883) 《벨 아미》(1885) 《목걸이》(1885) 《피에르와 장》(1888) 등 약 300여 편의 소설을 써냈다.

부(富)를 향한 욕망과 여성 편력이 드러난 작가관

그의 문학 속에 나타나는 비관적 세계의 바탕을 젊은 시절 심취했던 쇼펜하우어의 철학이 채우고 있다면, 그가 직접 겪은 어두운 사건들, 즉 부모의 불행한 결혼 생활과 아버지의 부재, 패전의 치욕, 공무원 생활의 권태 등은 그 바탕에 깔리는 주제로 등장하게 된다.

모파상은 작품 활동을 통해 큰돈을 벌었는데 그것은 당시 소설의 유통 구조 덕분이었다. 그 당시는 신문이 엄청난 성장을 하고 있었고 신문 연재소설 또한 폭발적인 인기를 얻었기 때문이다. 특히 모파상이 글을 많이 발표했던 〈르 골루아〉〈르 질블라스〉 등은 신문의 원래 목적인 뉴스 보도보다는 독자들이 좋아할 만한 단편들을 주로 실었다. 게다가 수완이 좋은 노르망디 사람답게 모파상은 부동산으로도 큰돈을 벌었다.

그의 작품이 인간 내면을 냉혹할 정도로 묘사해 많은 독자들의 사랑을 받은 반면 그는 매독으로 인한 신경쇠약으로 극심한 고통에 시달렸다. 그가 충동적인 여행을 즐기고 가끔 '벨 아미호' 요트를 타고 항해를 떠난 것도 그런 고통에서 벗어나고 싶었기 때문으로 보인다. 모파상은 1892년에는 자살을 시도하고, 결국 이듬해인 1893년에 정신병원에서 마흔세 살의 나이로 죽음에 이른다.

《벨 아미》는 모파상의 개인사가 많이 반영된 작품으로, 모파상 자신이 그런 것처럼 부(富)를 향한 욕망과 여성 편력이 주인공 조르주 뒤루아에게 고스란히 나타난다.

"모든 여자를 사랑하기에 한 여자를 사랑할 수 없다."라고까지 말했던 모파상은 19세기 파리를 풍미했던 예술가들 중에 툴루즈 로트렉과 함께 파리 사창가에서 최고의 고객으로도 꼽힐 만큼 여성 편력으로 유명했다. 〈비곗덩어리〉〈텔리에 집〉〈피피 양〉 등 초기작들은 창녀들을 다룬 이야기였으며, 상류사회에 입문한 뒤에는 상류층 여인들의 살롱으로 바뀌었을 뿐, 여자는 욕망의 대상일 뿐이라는 그의 생각에는 변함이 없었다.

그는 고등학생 시절 여자에게 큰 상처를 받은 이후로 '여자란 비단옷과 레이스 속에 감추어진 거짓말이며, 화장으로 가린 위선일 뿐'이라는 생각을 하게 되었고, 이것은 소설 속 주인공 뒤루아가 아내 마들렌을 의심하면서 "여자들이란 모두 창녀일 뿐이다. 그냥 써먹고 말아야지, 절대 진심을 내어 주면 안 된다."라고 하는 것과 같다. 결국 여자를 마구잡이로 이용해서 부와 명예를 얻으려던 뒤루아는 모파상 자신인 셈이다.

추악한 인간 내면을 보여 주는 사실주의 작품

《벨 아미》는 모파상이 그의 전성기에 쓴 작품으로 1884년 여름에 집필을 시작하여 1885년 2월에 탈고했고 이 작품은 사월에서 오월까지 〈질 블라스〉 신문에 연재된 후 아바르 서점에서 출판되었다.

외모가 아름다워 '벨 아미'로 불리는 조르주 뒤루아라는 인물이 자신의 장점을 이용하여 출세한다는 줄거리다. 모파상은 이 소설에서 그 당시 프랑스 상류층의 혐오스러운 모습과 사회상을 솔직하게 그려 냈다. 이 작품은 주인공을 통해 출세나 권력에 대한 집착욕과 그것을 위해 수단과 방법을 가리지 않는 추악한 인간 내면을 보여 준다.

당시 프랑스의 시대상을 그린 걸작

이 작품은 당시 프랑스 정치 상황을 자세히 보여 주는 작품으로 유명하다. 1880년에서 1885년 사이에 프랑스는 국내 경제를 살리기 위한 방법으로 식민지 확장을 택했는데, 특히 북아프리카는 가깝고도 손쉬운 지역이었다.

모파상은 1881년 여름에 〈르 골루아〉 신문 특파원 자격으로 그곳에 두 달 동안 체류한 경험이 있었다. 뒤루아가 식민지에 파견되었던 전직 하사관 출신이며 출세를 위해 신문사를 이용하는 것도 모파상이 특파원 시절 경험을 바탕으로 한다.

또한, 모파상은 막대한 재산을 모을 수 있는 방법을 많이 알고 있었는데 그런 것들은 돈을 위해 수단 방법을 가리지 않는 뒤루아의 모습에 고스란히 드러나 있다.

뒤루아가 많은 여자들을 농락한 뒤 파리의 거대 신문사와 막대한 돈을 차지하기까지의 과정이 생생하게 드러난 이 소설은 전형적인 사실주의 문학의 걸작 중에 하나로 손꼽힌다.

1850년 8월 5일, 프랑스 노르망디에서 아버지 귀스타브 드 모파상과 어머니 로르 드 푸아트뱅 사이에서 출생했다.

1858년 부모의 별거로 어머니와 동생 에르베와 함께 에트르타의 별장에서 자유롭고 방랑적인 유년 시절을 보냈다.

1867년 이브토 신학교에 기숙 학생으로 입학했으나 적성에 맞지 않아 환멸을 느끼던 중 퇴학을 당했다.

1868년 루앙의 고등학교에 입학, 이때 플로베르의 절친한 친구인 시인 루이 부이에에게 시 쓰기를 지도받고 플로베르와 친분을 맺었다.

1869년 파리 대학 법학과에 입학했다.

1870년 보불전쟁(프러시아-프랑스)이 발발하자 유격대로 참전했다. 이 전쟁에서 패전의 기억은 후에 모파상 소설의 단골 소재로 쓰였다.

1871년 휴전과 함께 제대하여 돌아온 후 플로베르의 지도로 문학 수업에 전념했다. 플로베르의 주선으로 에밀 졸라, 알퐁스 도데, 에드몽드 공쿠르, 투르게네프 등과 친분을 쌓았다.

1875년 잡지에 첫 단편소설 〈살갗이 벗은 손〉을 발표했다.

1878년 해양식민부 사직 후 플로베르의 소개로 공교육부에 취직하지만 사무직이 적성에 맞지 않아서 괴로워했다.

1879년 《근대 자연주의 평론》에 〈물가에서〉를 발표하나 풍기문란을 이유로 검찰의 기소 처분을 받았다.

1880년 3월, 《메당의 저녁》에 〈비곗덩어리〉를 발표해 큰 성공을 거두었다. 5월 8일, 아버지 귀스타브가 뇌출혈로 사망했다.

1881년 첫 단편집 《텔리에 집》을 출간했다.

1882년 단편집 《피피 양》을 발표했다. 신문 〈골루아〉 〈질블라스〉 〈피가로〉 〈에코 드 파리〉 〈누베르뷔〉 등에 정기적으로 작품을 기고했다. '기 드 발몽' 혹은 '기 드 모프리뇌즈'라는 필명으로 기사와 단편소설을 집필했다.

1883년 첫 장편소설 《어느 인생》, 단편집 《도요새 이야기》와 《달빛》을 발표했다. 장편소설의 성공으로 유복한 생활을 이어갔다. 결혼은 하지 않은 채 조세핀 리첼만과의 사이에서 아이가 태어났다.

1885년 단편집 《낮과 밤 이야기》, 장편소설 《벨 아미》, 단편집 《파랑 씨》를 발표한다. 이탈리아 여행을 다녀왔다.

1886년 단편집 《투안》 《소녀 로크》 발표했다. 요트 '벨 아미호'를 구입해 지중해를 여행했다.

1888년 장편소설 《피에르와 장》, 여행기 〈물위에서〉, 단편집 《위송 부인의 장미나무》를 발표했다. 전 유럽과 미주에서 명성을 얻었지만 병세가 악화되어 고생했다.

1889년 단편집 《왼손》, 장편소설 《죽음처럼 강한》을 출간했다. 동생 이 에르베가 리용 정신병원에서 사망했다.

1890년 여행기 〈유랑생활〉, 단편집 《쓸모없는 아름다움》, 마지막 장편소설 《우리들의 마음》을 발표했다. 병세가 급격히 악화되어 치료와 휴식에 전념을 다했다.

1892년 자살을 시도한 후 파리 근교 파시의 정신병원에 수용되었다.

1893년 희곡 〈가정의 평화〉를 발표했다. 7월 6일 43세의 나이로 정신병원에서 사망했다. 몽파르나스 묘지에 안장되었다.

옮긴이 베스트트랜스

세계 여러 곳에 숨겨진 작품을 발굴·기획하고 번역하는 사람들의 모임이다. 베스트트랜스는 기존의 번역가가 번역한 작품을 편집자가 편집하는 방식에서 탈피하여 번역가와 편집자가 한 팀을 이뤄 양질의 책을 만드는 데 온 힘을 쏟고 있다. 번역한 책으로는 더클래식 세계문학컬렉션《노인과 바다》《동물 농장》《어린 왕자》《사람은 무엇으로 사는가》《이방인》《그리스인 조르바》《도리언 그레이의 초상》《안나 카레니나》《레 미제라블》등이 있다.

벨 아미

개정1쇄 펴낸 날 2021년 1월 10일

지은이   기 드 모파상
옮긴이   베스트트랜스
펴낸이   장영재
펴낸곳   (주)미르북컴퍼니
자회사   더클래식
전 화   02)3141-4421
팩 스   02)3141-4428
등 록   2012년 3월 16일(제313-2012-81호)
주 소   서울시 마포구 성미산로32길 12, 2층 (우 03983)
E-mail   sanhonjinju@naver.com
카 페   cafe.naver.com/mirbookcompany

* (주)미르북컴퍼니는 독자 여러분의 의견에 항상 귀 기울이고 있습니다.
* 파본은 책을 구입하신 서점에서 교환해 드립니다.

더클래식
—
세계문학
컬렉션

*더클래식 세계문학 컬렉션은 계속 출간될 예정입니다.